国家社会科学基金项目（项目编号：13BZW140）最终成果

认同模式与中国小说的现代转型研究

黄晓华 著

中国社会科学出版社

图书在版编目(CIP)数据

认同模式与中国小说的现代转型研究/黄晓华著. —北京：中国社会科学出版社，2023.4
ISBN 978-7-5227-1494-3

Ⅰ.①认… Ⅱ.①黄… Ⅲ.①小说研究—中国—近代 Ⅳ.①I207.42

中国国家版本馆 CIP 数据核字(2023)第 035294 号

出 版 人	赵剑英
责任编辑	刘志兵
责任校对	郝阳洋
责任印制	李寡寡

出　　版	中国社会科学出版社
社　　址	北京鼓楼西大街甲 158 号
邮　　编	100720
网　　址	http://www.csspw.cn
发 行 部	010-84083685
门 市 部	010-84029450
经　　销	新华书店及其他书店
印　　刷	北京明恒达印务有限公司
装　　订	廊坊市广阳区广增装订厂
版　　次	2023 年 4 月第 1 版
印　　次	2023 年 4 月第 1 次印刷
开　　本	710×1000　1/16
印　　张	24.5
插　　页	2
字　　数	365 千字
定　　价	139.00 元

凡购买中国社会科学出版社图书，如有质量问题请与本社营销中心联系调换
电话：010-84083683
版权所有　侵权必究

目 录

绪论 ……………………………………………………………（1）
    一　选题缘起 …………………………………………………（1）
    二　研究综述 …………………………………………………（5）
    三　研究思路 …………………………………………………（13）
    四　研究意义 …………………………………………………（18）

第一章　"立人"命题与小说认同模式的建构 …………………（22）
  第一节　"立人"命题的展开与认同模式的理论架构 …………（22）
    一　认同维度："立什么人" ………………………………（23）
    二　认同向度："如何立人" ………………………………（30）
    三　认同强度："能否立人" ………………………………（39）
  第二节　"立人"命题的嬗变与认同模式的历史演化 …………（44）
    一　传统—阐释型认同模式 …………………………………（45）
    二　现代—协商型认同模式 …………………………………（50）
    三　后现代—错位型认同模式 ………………………………（56）

第二章　近代社会认同分化与传统小说认同模式的解体 ……（63）
  第一节　情境裂变与近代小说认同困境的发生 …………………（64）
    一　时局变化与认同取向的分裂 ……………………………（65）
    二　观念冲突与话语权威的解体 ……………………………（70）
  第二节　作者增加与近代小说认同维度的分化 …………………（75）

  一 近代小说作者的代际嬗递与时代聚焦的嬗变 …………（76）
  二 近代小说作者的价值分化与修辞目的的深化 …………（83）
 第三节 读者扩容与近代小说认同向度的翻转 ……………（90）
  一 流通区域扩大与语言载体的选择 ……………………（91）
  二 读者素质提升与修辞策略的调整 ……………………（96）

第三章 认同维度的质变与近代小说修辞目的的深化 …………（102）
 第一节 中外小说与近代小说认同维度的确立 ……………（105）
  一 传统小说的反面对照 …………………………………（105）
  二 翻译小说的正面示范 …………………………………（110）
 第二节 鼓民力与近代经济主体的理性彰显 ………………（116）
  一 强身体 …………………………………………………（117）
  二 崇实学 …………………………………………………（123）
  三 兴实业 …………………………………………………（128）
  四 明阶级 …………………………………………………（134）
 第三节 新民德与近代政治主体的伦理重构 ………………（139）
  一 从忠君到爱国 …………………………………………（140）
  二 从利己到利群 …………………………………………（152）
  三 从专制到自由 …………………………………………（162）
 第四节 正民趣与近代文化主体的审美重塑 ………………（171）
  一 目的的问题化 …………………………………………（174）
  二 原型的生活化 …………………………………………（180）
  三 事件的新闻化 …………………………………………（186）

第四章 认同向度的翻转与近代小说修辞策略的展开 …………（194）
 第一节 近代小说传播机制与认同向度的翻转 ……………（196）
  一 报刊发行与读者阅读需求的彰显 ……………………（198）
  二 稿酬制度与作者市场意识的强化 ……………………（202）
 第二节 有新益：理性协商与近代逻辑思维模式的建构 …（210）
  一 凸显知识的有效性 ……………………………………（211）

二　强化逻辑的严密性 …………………………………… (216)
　　三　提升读者的参与度 …………………………………… (222)
第三节　有新情：情感协商与近代政治体验方式的生成 …… (230)
　　一　建构命运共同体 ……………………………………… (231)
　　二　确立道德制高点 ……………………………………… (239)
　　三　保持传统延续性 ……………………………………… (243)
第四节　有新味：审美协商与近代文化启蒙身份的确认 …… (250)
　　一　白话的兴起与文化身份的自觉 ……………………… (252)
　　二　解构的运用与启蒙意识的强化 ……………………… (257)
　　三　写实的深化与社会批判的展开 ……………………… (264)

第五章　认同强度的偏至与近代小说修辞风格的呈现 …… (270)
第一节　近代小说价值排序与认同强度的偏至 ……………… (271)
　　一　近代小说的新变与价值排序的位移 ………………… (272)
　　二　近代小说的分类与价值排序的凸显 ………………… (277)
第二节　修辞情景与价值排序的分化 ………………………… (284)
　　一　1895—1901："时新小说"与"新民"的滥觞 ……… (286)
　　二　1902—1911："新小说"与"新民"的深化 ………… (293)
　　三　1912—1917："鸳鸯蝴蝶派"与"新民"的转向 …… (298)
第三节　作者个性与修辞风格的呈现 ………………………… (305)
　　一　"鼓民力"的富民与强国 …………………………… (305)
　　二　"新民德"的复古与趋新 …………………………… (313)
　　三　"正民趣"的挑战与迎合 …………………………… (323)

第六章　未完成的现代转型
　　　　——近代小说认同模式建构的局限 ………………… (330)
第一节　徘徊于"新""旧"之界
　　　　——认同维度的局限性 ……………………………… (332)
　　一　个体与群体：鼓民力与理性认同立场的悖反 ……… (333)
　　二　权利与义务：新民德与伦理认同基点的游移 ……… (339)

三　现象与本质:正民趣与审美认同平台的裂变 …………（347）
第二节　纠缠于"教""乐"之间
　　　　——认同向度的局限性 ………………………（353）
　一　启蒙的偏至 ……………………………………………（354）
　二　消闲的回归 ……………………………………………（358）
第三节　游移于"传""觉"之境
　　　　——认同强度的局限性 ………………………（363）
　一　单维与多维:认同强度的结构性局限 ……………（364）
　二　距离与张力:认同强度的力量性局限 ……………（367）

余论 ………………………………………………………………（374）
参考文献 ………………………………………………………（378）
后记 ……………………………………………………………（385）

绪　论

作为中国小说现代化进程中的关键节点，近代小说的重要性已经日渐为学者们所关注，众多重要研究成果先后面世。学者们从作品、作者、世界等不同角度，从主题、题材、技巧、语言、心理等不同层面，对近代小说进行了深刻而细致的考察，取得了丰硕成果。然而，现有研究中，将近代小说置于"世界—作者—作品—读者"之间修辞交流的动态体系中进行宏观考察的成果尚不多见，对于近代小说作者与读者之间认同模式转型对于中国小说现代转型的重要意义，还未进行全面系统分析。正是针对目前研究的不足，本研究将近代小说置于特定的历史语境中，把握近代小说认同模式的特征、成就与不足，从而帮助人们更深刻准确地理解中国小说现代转型的内在动力与机制。

一　选题缘起

文学是人学，小说更是人学，从"人学"的角度进行考察，一代有一代之文学的潜台词，就是一代之文学有一代文学之"人学"架构。小说作为"人学"，其"人学"架构的核心命题可以说就是"立人"命题。任何时代的小说，其中都隐含着对当时的"人"应该如何的理解，以及如何建构理想的"人"的想象。具体来说，这一命题可以分为三个层面："立什么人""如何立人""人能否立"。与此同时，小说作为

"与读者交流的艺术"①，其"立人"命题需要通过作者与读者之间的认同互动来实现。由于不同时代的小说有着不同的认同维度——"立什么人"，不同的认同向度——"如何立人"，以及不同的认同强度——"人能否立"，使不同时代的小说隐含着不同的"立人"命题，表现出不同的认同模式。中国小说的发展转型，从内在机理上讲，就是以"立人"命题为核心的认同模式的转型。

从认同模式的角度进行考察，可以发现近代小说是中国小说现代转型的关键节点。首先，在认同维度——"立什么人"方面，近代小说与传统小说形成鲜明对照，开启了中国小说对"人"的理解与建构的现代化进程，推进了中国小说修辞目的的现代转型。其次，在认同向度——"如何立人"方面，近代小说作者重构了与读者的关系，推进了中国小说叙事技巧与修辞策略的创新发展。最后，在认同强度——"人能否立"方面，近代小说作者为实现各不相同的"立人"目的，对各认同维度进行了独特的价值排序，丰富了中国小说的修辞风格。将近代小说"立什么人""如何立人"以及"人能否立"等"人学"命题的不同层面结合起来，统合考察近代小说认同模式的特征与机理、成就与不足，有助于更准确地对近代小说进行历史定位，更深入地把握中国小说现代转型的动力、机制、效果。

鸦片战争以来，中国文人开始睁眼看世界，并对种种问题做出回应，由此开启了中国文学的近代化进程。然而，率先做出这种反应的，主要还是与上层社会联系紧密的诗歌与散文。与下里巴人紧密联系在一起的小说，反应则较为迟钝。这也正折射出小说近代化与民众觉悟之间的密切关联：只有当广大民众意识到启蒙的必要性的时候，小说的近代化才水到渠成。在1840—1894年，中国小说虽然出现了一些较有影响的作品，如俞万春的《荡寇志》(1847)、陈森的《品花宝鉴》(1849)、魏子安的《花月痕》(1858)、文康的《儿女英雄传》(1878)、俞樾修订的《七侠五义》(1889)、韩邦庆的《海上花列传》(1894)等，但这些小说的"人学"构架基本沿袭传统小说观念，没有提出新的"立

---

① [美] W. C. 布斯：《小说修辞学》，华明等译，北京大学出版社1986年版，序言第1页。

人"理想，也没有对现实重大问题进行直接回应。贪梦道人的说法表现出当时的流行观念："书中之大旨，无非是惊愚劝善，感化人心，善恶分明，使忠臣义士，得留名于后世，邪教乱臣，尽遭报应循环，使读者有悦目赏心之欢，拍案惊奇之乐。"① 韩邦庆的《海上花列传》，虽然艺术成就较高，能以"记载如实，绝少夸张"②的笔法，达到"平淡而近自然"③的境界，但其主题与人物依旧未脱狭邪一路。

1895年5月，傅兰雅在《申报》与《万国公报》上发布《求著时新小说启》。以这次"时新小说征文"为起点，中国小说开始由传统认同模式向现代认同模式转型。傅兰雅的征文启事从主题与形式等方面回应了时代需要，对小说提出了新的要求，这可以视为后来"小说界革命"的先声。

> 窃以感动人心，变易风俗，莫如小说。推行广速，传之不久辄能家喻户晓，气息不难为之一变。今中华积弊最重大者，计有三端：一鸦片，一时文，一缠足。若不设法更改，终非富强之兆。兹欲请中华人士愿本国兴盛者，撰著新趣小说，合显此三事之大害，并祛各弊之妙法，立案演说，结构成编，贯穿为部，使人阅之心为感动，力为革除。辞句以浅明为要，语意以趣雅为宗，虽妇人幼子皆能得而明之。述事务取近今易有，切莫抄袭旧套。立意毋尚稀奇古怪，免使骇目惊心。④

傅兰雅的征文启事中隐含着近代小说观念的重大转变。首先，他认为小说不应是休闲之文，而是救世之文，因此，小说创作应该直指时弊，干预现实，由此极大地拉近了小说与现实的距离。其次，他提出的"除三弊"主张，虽然没有涉及封建政治专制、帝国主义入侵等核心问

---

① 贪梦道人：《永庆升平后传》（又名《续永庆升平》1893）自序，转引自王同舟主编《中国文学编年史·晚清卷》，湖南人民出版社2006年版，第337—338页。
② 鲁迅：《中国小说史略》，《鲁迅全集》第九卷，人民文学出版社2005年版，第272页。
③ 鲁迅：《中国小说史略》，《鲁迅全集》第九卷，人民文学出版社2005年版，第275页。
④ 傅兰雅：《求著时新小说启》，《申报》光绪二十一年五月初二（1895年5月25日）。

题，但还是潜在提出了新的"立人"理想，其"人学"观念与传统的"驯化"及"奴化"思维形成鲜明对立，由此使小说的修辞目的表现出鲜明的近代特征。最后，他提出小说实现其社会效果的手段在于"使人阅之心为感动"，强化了小说作者与读者之间的情感共鸣，试图在传统小说的消闲与教化之外，开辟出一条新路。

这次小说竞赛的成绩并不理想，傅兰雅对收到的162篇参赛小说并不十分满意，同时由于傅兰雅离开中国，其出版计划也无疾而终，除了直接参赛的《熙朝快史》（即朱正初获得征文比赛第十二名的《新趣小说》）后来自行出版，《醒世新编》（又名《花柳情深传》）受征文刺激写作与出版之外[①]，其他大多数作品在百年之后才得以面世，但这次征文隐含着小说认同模式开始发生质变的历史信息，小说与世界、小说与作者、小说与读者的关系，都开始发生根本性的改变，因此可以视为中国小说现代转型的起点。

从傅兰雅时新小说征文到1918年《狂人日记》发表[②]，这段时间是中国小说现代转型的关键时期。这一时段历程虽短，但小说发展的轨迹却曲折多变，其中有主流，有支流，有逆流，多种力量的合力，最终形成了近代小说的整体风貌。近代小说强烈的"新民"意识，标志着近代小说实现了与传统小说的"裂变"，开始中国小说的现代转型。然而，由于小说发展的强大惯性，近代小说的转型并非一帆风顺，认同模式的各个要素也并非同步发展。在这一转型过程中，近代小说的认同维度逐渐发生根本性的变化，认同向度则保持了传统小说的惯性，认同强度方面也存在较大的局限。这种曲折性与不同步，鲜明地体现出近代小说的过渡色彩。然而，这种过渡色彩，正是历史复杂性的折射，蕴含着丰富的历史信息。对这一时段具有近代意义的创作小说的认同模式进行深入分析，可以使人们更清晰地看到中国小说认同模式转型的动力机制，从而更准确地把握中国小说现代转型的内在理路，更明确地指出现

---

① 参看[美]韩南《新小说前的新小说——傅兰雅的小说竞赛》，《中国近代小说的兴起》，徐侠译，上海教育出版社2004年版。

② 参看拙文《〈狂人日记〉的修辞与现代小说认同机制的建构》，载《中国现代文学研究丛刊》2016年第2期。

代小说与近代小说之间的血缘关系：近代小说为现代小说的兴起准备了作者、读者、氛围与话题。

二　研究综述

清末民初，中国小说的外在语境以及其生产、流通、消费机制都发生巨大变化，小说作者与读者在价值观念、情感体验和审美趣味等方面的认同取向出现严重分化，传统小说的阐释型认同模式逐渐解体。为实现作者与读者之间多个维度的相互认同，近代小说逐渐建构一种协商型认同模式，推进了中国小说的现代转型。本研究通过系统考察近代小说作者为解决其面临的认同困境所做的种种实践，总结不同时段不同作家认同实践的得失成败，探讨阐释型认同模式的解体、协商型认同模式的建构及其与中国小说现代转型之间的内在关联，把握中国小说现代转型的动力和机制。

与本课题相关的研究成果可以从以下两个方面进行梳理：

（一）中国近代小说转型发展研究

现代小说的兴起，就是以对近代小说的反思与批判为基点。现代文坛诸多大家都对近代小说进行了独到的分析评价，历史亲历者的身份使他们对近代小说的观照较为感性直观，现实需要又使他们的评价存在情绪化或偏激化的倾向。总体来说，他们的研究为后人奠定了基点，确定了基调，对后来的研究产生了重大影响。

胡适在新文学运动进入总结反思阶段时撰写的《五十年来中国之文学》（1923），为新文学的合法性与合理性进行总结论证。他将晚清以来五十年（1872—1921）的小说发展放在一起进行考察，特别凸显了"白话小说"的历史地位，认为"这些南北的白话小说，乃是这五十年中国文学的最高作品，最有文学价值的作品"[1]。他将这一时期的小说发展概括为以公案小说为代表的北方小说与以社会讽刺小说为代表

---

[1] 胡适：《五十年来中国之文学》，《胡适文集》第三卷，北京大学出版社2013年版，第183页。

的南方小说，存在几个明显的弊端，一是忽视了近代小说的丰富性，将很多小说流派，如政治小说、科幻小说、言情小说等排斥在外；二是用共时性取代历时性，忽视小说发展的历史脉络，对近代小说发展转型中的关键节点缺乏细致梳理；三是只重视语体，而没有从其出发点"要有我"与"要有人"①深入论述近代小说的"人学"内涵与认同机制。但其"有我"与"有人"的论述，对于理解近代小说的认同结构与认同模式，具有重要启发意义。

胡适注重把握近代小说的宏观特征，鲁迅的《中国小说史略》（1924）则对近代小说的发展历程进行了更详细的历史考察。全书多章涉及近代小说，其分类方式与论述口径，已成为后人展开研究的基础。其最突出的特点是语言简练，概括精准；其次则是始终联系时代背景展开分析，对近代小说发展的社会思想文化动力与动机，见微知著。其论述对近代小说研究影响最大的无疑就是关于谴责小说兴起的论述，其中隐然将修辞情景与修辞话题的成熟度、作者的修辞动机、读者的期待视野等融会贯通，用墨不多，而筋节毕现。但作者对当时小说，主要还是从艺术成就等角度进行遴选，其论述虽然比胡适全面，但也还存在大量空白，诸多小说类型，如侦探小说、政治小说、科幻小说等，还是没有进入其视野。而且由于全书体例，以朝代分章，对民初小说鲜有涉及，因此难以看出近代小说全貌，不利于把握其内在转型动力与机制。

阿英的《晚清小说史》（1937）以1902—1911年的创作小说为考察对象。作者对晚清小说非常熟悉，拥有诸多一手资料，诸多论述都是信手拈来。该书不像胡适那样，只是将近代小说分为南北两派，也不是像鲁迅那样从艺术风格上去区分，而是从题材与主题的角度进行分类论述，对相关作品介绍准确翔实，涉及几乎所有晚清重要小说。其中部分论述，已涉及近代小说发展动力问题。不过论述重点还是集中在社会思想文化的大背景，对于作者与读者之间的互动着墨甚少。此外，该书分析以朝代为限，同样未曾涉及民初小说，难以帮助读者了解近代小说发

---

① 胡适：《五十年来中国之文学》，《胡适文集》第三卷，北京大学出版社2013年版，第214页。

展全貌，把握近代小说发展脉络。

胡适、鲁迅、阿英三人的研究，实际上代表了三种研究路向，胡适将近代小说置于大文学视野中进行考察，鲁迅将近代小说置于小说发展史中进行考察，阿英则是对其进行断代史专题考察。这三种研究路向，在新时期都得到了继承与发展。

将近代小说置于大文学中进行考察的，主要有杨联芬《晚清至五四：中国文学现代性的发生》（2003）、郭延礼《中国前现代文学的转型》（2005）、袁进《中国文学的近代变革》（2006）等著述。这些著述虽然不是专门论述近代小说的发展转型，但作者将近代小说作为近代文学场域的重要组成部分进行深入系统分析，可以让读者更清晰地理解小说与时代背景的互动关系，以及小说与其他文体的互动关系，进而更准确地把握其发展动力，较大地推进了近代小说研究的深化。

将近代小说置于小说发展史中进行考察的，主要有袁进《中国小说的近代变革》（1992）、范伯群《中国近现代通俗文学史》（2000）、武润婷《中国近代小说演变史》（2000）、韩南《中国近代小说的兴起》（2004）、王德威《被压抑的现代性——晚清小说新论》（2005）等著述。袁进《中国小说的近代变革》从宏观层面分析了近代小说的内在矛盾，揭示其发展动力，把握其宏观特征，并将其与外国小说的近代转型进行比较，这种开阔的视野，对于把握近代小说的宏观特征具有较大启发意义，但其内在的细致梳理还存在一定不足，对近代小说的内在丰富性与矛盾性也难免有所疏漏。范著《中国近现代通俗文学史》虽然名为"通俗文学史"，实际上主要讲述"通俗小说史"。他将中国近代小说整体纳入"通俗文学"进行考察，其把握的材料非常丰富，分析的体系也非常系统，不少论述也很有新意，对于理解近代小说发展脉络具有重要的启发意义。但其主要关注近代小说与现代通俗小说之间的联系，较为忽视近代小说相对于现代严肃小说的源头作用，对近代小说的价值还是存在低估。武润婷《中国近代小说演变史》将近代小说分成侠义公案、言情、社会、历史、神怪等几大类，对各类小说的演变发展进行了介绍。该书本意是聚焦"演变"，探讨近代小说发展的内在机制、动力、特点，但最后呈现出来的还是各类小说作品的介绍，各章节之间没有明显的脉络可寻。不过，对于很多不常见的作品，作者进行了认真研读，对于作品的特点分析也时有创新之处。美国学者韩南《中国近代小说的兴起》实际上是一部论文集，该书通过散点透视，把握近代小说的特征及发展动力，其研究思路对中国学界产生了重要影响。尤其是《新小说之前的新小说——傅兰雅的小说竞赛》一文，将"新小说"的研究视野前推到1895年，对于研究者更准确地把握近代小说的发展动力，尤其是内生动力，具有重大启发意义。王德威《被压抑的现代性——晚清小说新论》虽然是断代史研究，但其视野实际上突破了阿英等人的界定，将晚清向上延伸到鸦片战争进行考察，由此把握近代小说转型的内生动力。王著可以说是中外学者"重写文学史"的一项重要成就，其"没有晚清，何来五四"的论断，一方面注重近代小说的现代特质，另一方面则强调了中国文学发展的内生动力。虽然学界对这些论断有不同见解，但其研究思路对后来者产生了巨大影响。

将近代小说置于一个明确时段进行考察分析的，有陈平原《二十世纪中国小说史（1897—1916）》（1989）、欧阳健《晚清小说史》（1997）等著述。后者沿袭阿英的思路，还是集中谈1902—1911年的小说创作，以两个高峰概括晚清小说的发展动态。该书对晚清知名作品介绍甚详，但对于为什么会出现两个高峰语焉不详。同时，这种断代考察不利于把握近代小说发展的内在理路。陈平原《二十世纪中国小说史（1897—1916）》代表了新时期的主导研究取向，将晚清到民初的小说视为中国小说现代转型过程中一个相对独立的领域进行考察，这更有利于把握近代小说的整体特征，分析其内在转型动力与机制。陈著是一部别开生面之作，如其在卷后语中所言，是以专家学者为对象的小说史。该书在体例上不是以作家作品为中心，而是以问题为中心，重点切入近代小说发展理路与典型特征，对于深化理解近代小说的发展脉络、发展动力有着重要启示。该书将近代小说发展置于一个统摄语境—作者—读者的场域中展开，许多论述已经涉及读者与作者的认同关系，如对由俗入雅与回雅向俗，文言与白话的此消彼长，谴责小说的盛行等问题的分析，都已经点出作者与读者在特定社会语境中审美趣味、价值取向互动的重要意义。总的来说，该书在诸多方面表现出独创性，但在近代小说的历史定位方面还是存在一定偏颇，对近代小说推进中国小说现代转型的重要意义挖掘不够。这种判断主要基于该书著者更关注审美问题，因为近代小说在艺术方面并没有太大突破，所以忽视近代小说在"立人"方面的质变，忽视现代小说与近代小说内在的血脉关联。这种研究思路也凸显出近代小说较为尴尬的历史地位。

新时期以来，除了对近代小说的史学考察，学者们在开拓新的研究领域方面，也做出了诸多努力，取得相当丰硕的成果。如付建舟《小说界革命的兴起与发展》（2008）从一个现象入手，郭战涛《民国初年骈体小说研究》（2010）从一种文体入手，汤克勤《近代转型视阈下的晚清小说家——从传统的士到近代知识分子》（2012）从作者的身份意识入手，罗晓静《"个人"视野中的晚清至五四小说——论现代个人观念与中国文学的现代转型》（2012）从小说中的人物意识入手，杨霞《清末民初的"中国意识"与文学中的"国家想象"》（2012）从国家意识入手，凌硕为《新闻传播与近代小说之转型》（2013）从新闻传播入手，如此等等，对近代小说发展转型进行了多向度、多层次的考察。这些研究共同推进了近代小说研究的深化。

在探讨近代小说修辞认同关系中语境、作者、作品、读者各个要素及其相互关系方面，学者们也进行了许多对后来者具有重要启示意义的探讨。相关研究中，陈平原《中国小说叙事模式的转变》（1988）对中国近代小说作者与读者交流方式由说—听转为写—看，对中国小说叙事模式的重要影响，已经涉及作者与读者之间进行修辞交流的方式，以及实现相互认同的路径。郭洪雷的《中国小说修辞模式的嬗变——从宋元话本到五四小说》（2008）较宏观地考察了从宋元话本到五四小说的文本构成与修辞情景演进的过程，对于探讨中国小说修辞认同模式的演变规律具有启发意义。拙著《20世纪中国小说修辞史略》（2014）从小说修辞的动态体系入手，从宏观角度分析20世纪中国小说修辞模式的建构历程与转变机制，把握20世纪中国小说发展的内在理路与动力机制，奠定了本研究的基本框架。但该论著对于具体的历史场景缺乏细致把握，由此显得较为空疏。

就近代小说资料整理方面而言，刘永文的《晚清小说目录》（2008）

及《民国小说目录（1912—1920）》（2011）为检索近代小说提供了极大便利。陈大康六卷本的《中国近代小说编年史》（2014）用力甚多，对1840年至1911年纷繁的小说史料进行了全面系统的爬梳，钩玄提要，条目清晰，对于后人研究有着不可或缺的意义。但其编年史以1911年为限，对于一般视为近代的民初小说资料，付诸阙如，不能不说是一大遗憾。

综合考察相关研究成果，不难发现目前学术界对中国小说现代转型的语境压力（认同困境）、核心因素（认同维度"立什么人"、认同向度"如何立人"、认同强度"人能否立"）、个性分化（价值排序）、成败得失（偏于一端与有机统一）等核心问题尚未进行系统梳理，对中国小说现代转型的内在动力与机制的把握尚有待深化。

（二）作者与读者认同关系研究

迄今为止，学术界对小说作者与读者之间的认同模式进行专题探讨的论著还不多见，但作者与读者之间的认同关系对于小说创作与接受的重要性，长期以来一直为中外小说理论家，尤其是小说修辞研究者所关注，许多论著已经涉及认同模式各方面各层次的理论问题。

巴赫金在《陀思妥耶夫斯基诗学问题》（1929，1963）中提出的"对话理论"，虽然指向的是作者与人物的潜对话，但其对探讨作者与读者之间的潜对话具有重要启示意义。他对独白小说与复调小说的区分，已经隐含着对作者—人物—读者之间的认同关系的理解与考察。弗莱《批评的解剖》（1957）从作者—人物—读者之间的相对位置，区分神话、传奇、高模仿、低模仿、讽刺（反讽），也已经涉及对作者—读者之间认同方式的探讨。不过最早明确提出认同理论的，还是修辞学研究领域。

20世纪中期，在美国"新修辞学"兴起的浪潮中，著名修辞学家肯尼斯·博克[①]针对亚理士多德（或译：亚理斯多德）"说服"[②]式修

[①] 关于肯尼斯·博克（Kenneth Burke）的名字的翻译，现在国内还没有统一，也有译为肯尼斯·伯克的。为表达便利，本书统一使用肯尼斯·博克。

[②] 亚理斯多德著，罗念生译《修辞学》："修辞术的定义可以这样下：一种能在任何一个问题上找出可能的说服方式的功能。"生活·读书·新知三联书店1991年版，第24页。

辞定义的局限性，在《动机语法》（*A Grammar of Motives*，1945）与《动机修辞学》（*A Rhetoric of Motives*，1950）中提出"认同"理论，强调修辞行为的双向交易性。在《动机修辞学》中，博克明确指出，认同是修辞的归宿，也是修辞的手段："修辞者可能必须在某一方面改变受众的意见，然而这只有在他和受众的其他意见保持一致时才办得到。遵从他们的许多意见为修辞者提供了一个支点，使得他可以撬动受众的另外一些意见。"① 也就是说，说服（让受众认同自己的观点）必须以修辞主体认同修辞受众的某些观点为手段。同时，博克借鉴吸收了弗洛伊德精神分析的成就，将修辞认同研究的疆域拓展到了无意识领域，不仅指出了修辞主体可能存在下意识的修辞目的，而且受众同样可能出现无意识认同。这些论述极大地拓展与完善了修辞认同理论。

肯尼斯·博克以认同为基点，揭示修辞行为的特质；韦恩·布斯则将认同理论引入小说研究领域，对作者与读者之间的认同机制进行了更为深入的剖析。布斯《小说修辞学》（1961）这一小说修辞研究里程碑式的作品，不仅明确指出了小说修辞的目的性，而且系统分析了小说作者如何实现与读者相互认同的技巧与方式。他对小说修辞伦理效果的强调，对交流过程中各个修辞要素之间各类距离的划分，以及最终如何实现相互认同的阐述，确立了小说修辞认同分析的基本框架。他认为，小说修辞的理想境界就是作者与读者在小说开始时各方面的距离很大，而到结尾时则实现二者在多个层面上的认同。这种相互认同的实现，就是小说修辞技巧的任务。

西蒙·查特曼的《术语评论：小说与电影的叙事修辞学》（1990）将读者反应批评、文化研究的某些方法融入叙事研究，认为小说叙事中存在两种修辞：劝说读者接受其形式的修辞与劝说读者接受其主题的修辞，亦即美学修辞与意识形态修辞。查特曼对修辞目的的区分，实际上指向了两种不同的认同维度。但他并没有对这两种修辞目的与认同关系进行深入系统的分析，也未曾明确阐述两种修辞的内部结构及其相互关系。

---

① ［美］肯尼斯·博克：《动机修辞学》，第 56 页，转引自刘亚猛《西方修辞学史》，外语教学与研究出版社 2008 年版，第 346 页。

相对而言,对修辞认同进行最为系统研究的,可能还是修辞性叙事理论的代表人物,詹姆斯·费伦。他对小说修辞交流的各个层面都进行了具有独创性的研究,极大地推进了小说修辞认同理论的发展。在《解读人物,解读情节》(1989)中,费伦重点探讨了文本层面,提出了动态情节观;在《作为修辞的叙事》(1996)中,他更为系统地分析了作者代理、文本现象与读者反应之间的循环互动。但是,在他分析这种作者—文本—读者修辞互动的复杂关系时,对作者修辞选择的目的性以及读者价值判断的可靠性却有所忽略。这些问题在他的《体验小说:判断、进程及修辞性叙事理论》(2007)得到了较为深入探讨。通过对阐释判断、伦理判断与审美判断三类叙事判断的区分及其相互影响的论述,费伦更深入地分析了隐含作者与隐含读者之间的修辞互动的结构。在该著中,费伦认为在小说阅读接受中,读者的阐释判断、伦理判断与审美判断这三种主要的叙事判断对于理解小说的叙事伦理、叙事形式和叙事审美三个方面至关重要;同时,读者的阐释判断、伦理判断、审美判断相互影响。费伦的这些论述指向了小说修辞认同的层次性、系统性与多维性,隐含着对小说修辞认同结构的理解与阐发。但费伦的理论中也存在一些需要澄清与完善的地方。他谈到读者的审美判断时,未曾涉及语体等重要的审美问题;对作者、人物、读者之间的情感互动与认同的作用没有进行系统论述;侧重读者的修辞反应,而对作者的修辞目的,对小说意识形态性的关注没有贯穿始终;对修辞认同的历史演变脉络也不甚关注。

小说修辞研究注重对共时性修辞系统的深入分析,而不太关注修辞系统的历时性动态演变,这种倾向招来了詹姆逊等人的批评,使布斯等人也意识到对修辞体系进行历时性考察的重要性。《小说修辞学》初版21年之后,布斯借该书再版的机会回应了詹姆逊的批评,承认历史视野的必要性:"作家、读者和批评家的技巧反映了他们的时代,他们的阶级倾向,他们特殊的文化时期,包括这个时期的叙述惯例,它决定了人们对一个特定叙述类型的认可与否。"① 这种回应实际上承认了认同

---

① [美]韦恩·布斯:《小说修辞学》,付礼军译,广西人民出版社1987年版,第426页。

模式的历时性，但布斯本人并没有在这一问题上进行更深入系统的研究，反而是批评他的弗雷德里克·詹姆逊在《政治无意识——作为社会象征行为的叙事》（1981）中，将叙事与大的文化语境联系了起来，在文化研究视野下探讨小说的修辞认同问题，从宏观上把握小说修辞认同与时代文化语境的关系。

对作者与读者之间互动关系的重视，也是中国小说叙事与小说修辞研究的传统。在金圣叹修改评点《水浒传》的过程中，就已经注意从读者接受的角度去考察叙事修辞技巧的有效性。胡亚敏的《叙事学》（1994）单列一章专谈"阅读"，探讨小说叙事中读者的地位与作用，一定程度上突破了结构主义叙事学的局限。李建军的《小说修辞研究》（2003）对既有小说修辞理论进行了梳理与反思，为小说修辞认同研究提供了较具体的方法与思路。其中微观修辞与宏观修辞的区分，提高了小说修辞认同研究的可操作性。但他的理论框架还是囿于小说修辞研究的结构主义思路，注重小说修辞认同的共时性研究，忽视小说修辞认同的民族性与时代性。王一川的《兴辞诗学片语》（2005）中，结合肯尼斯·博克的认同理论与马斯洛的需求层级理论，勾勒出文学中的八类认同模式，对于小说修辞认同研究有着重要的启发作用。

这些研究从不同角度对认同模式的认同维度、认同向度、认同强度进行了具有创见的考察，凸显了作者与读者认同关系的重要性，对本研究有重要的理论启示意义。然而，这些理论探讨还存在一些不足：首先，认同模式的体系建构尚欠完整，没有系统梳理作者与读者之间的认同机制。从局部看，这些研究都充满创见，但整体来说，尚未形成一个较为完整的小说批评框架。其次，这些研究对认同维度的论述也欠全面，对审美认同的重要性未曾进行深入阐发。最后，对认同模式的历时演变关注不够，基本未涉及认同模式转变与小说发展的内在关联。

三 研究思路

陈平原先生曾经对小说史研究提出极具建设性与启发性的意见："小说史研究中，必须努力把握各种小说形式和小说类型在文化结构、文学结构和小说结构中的地位和作用，以及三者之间的联系和转换。"①本研究可以说就是顺着陈平原先生指出的路向，对中国小说的现代转型进行具体考察。"小说史意识的具体内涵，起码应该包括小说发展模式、小说发展动力、小说史分期原则以及小说史体例等。"② 在笔者看来，小说发展的核心动力，在于小说作者与读者围绕"立人"命题展开的交流与交锋。任何一个时代的小说关于人的书写，都潜含着不同时代对人的理解的差异、对人的建构的差异，也就是说，小说中始终潜含着"立人"的命题。然而，小说是否能够实现"立人"，不仅需要有明确的"立人"目的，更需要成熟的"立人"策略，最后才有可能有理想的"立人"效果。这都需要读者与作者之间的高度认同。因此，小说的"立人"命题，实际上也就是小说读者与作者围绕"人"的建构如何实现相互认同的问题。布斯认为，"经典也可以被定义为历经数年成功建立起友谊的作品"③，小说作者与读者能否通过作品实现高强度的认同关系，建立稳定持久的友谊，是衡量小说成就的重要标准。

从这一研究思路出发，重新考察中国近代小说的历史贡献与历史地位，可以为中国近代小说研究提供一个新的视角。

本书首先以"立人"命题的多个层面，构建认同模式的理论框架。如福柯所言，每个时代有每个时代的"认识型"，这种"认识型"决定"在何种基础上，知识和理论才是可能的；知识在哪个秩序空间内被构建起来；在何种历史先天性基础上，在何种确实性要素中，观念得以呈现，科学得以确立，经验得以在哲学中被反思，合理性得以塑成"④。这种总体的"认知型"决定了一个时代作者与读者的认知习惯与思维方式，影响了其价值标准与审美取向，从根本上制约了一个时代小说作者与读者之间的认同模式。

---

① 陈平原：《小说史：理论与实践》，《陈平原小说史论集》（下），河北人民出版社1997年版，第1265页。
② 陈平原：《小说史：理论与实践》，《陈平原小说史论集》（下），河北人民出版社1997年版，第1265页。
③ [美] 韦恩·布斯：《修辞的复兴》，穆雷等译，译林出版社2009年版，第177页。
④ [法] 米歇尔·福柯：《词与物——人文科学考古学》，莫伟民译，上海三联书店2001年版，前言第10页。

小说作者与读者的认同模式包括认同维度、认同向度与认同强度三个方面。认同维度主要从认知、伦理与审美三个层面探讨"立什么人"；认同向度主要从作者声音的权威类型，作者—读者交流方式等角度切入"如何立人"；认同强度则从认同力度与认同结构等方面检验"人能否立"。

由于宏观社会文化语境的制约，中国小说认同模式主要有传统—阐释型认同和现代—协商型认同及后现代—错位型认同三大类型。在传统—阐释型认同模式中，作者依据天理获得认知、伦理与审美等方面的权威性，因此可以对读者进行宣讲。在现代—协商型认同模式中，作者不具有不言自明的权威性，需要与读者进行对话和协商来实现相互认同。而在后现代—错位型认同模式中，作者的权威性进一步削弱，读者成为小说阐释的主导者，双方经常发生认同错位。

近代小说的发展与近代社会认同取向分裂直接相关，这种认同分裂直接导致了传统小说那种高度稳定的阐释型认同模式解体，传统小说作者的那种宣讲姿态难以为继。与此同时，读者数量、质量的提升，也给小说修辞交流带来更多的可能性。在这种大的文化语境中，近代小说认同模式开始艰难的现代转型过程。

近代小说认同模式的转型，可以从三个角度进行考察。一是认同维度的质变，也就是近代小说对于人的理解的质变。二是认同向度的转换，也就是由传统小说作者向读者的宣讲，转化成近代小说作者与读者的协商互动。三是认同强度的位移，传统小说作者与读者在伦理观念方面没有强烈冲突，伦理认同因此在其价值排序中相对沉潜；而近代小说最激烈的冲突就发生在伦理领域，由此使近代小说的价值排序出现结构性转变，其"立人"效果也表现出历史独特性。

在近代小说发展过程中，传统、现代，甚至后现代等因素混杂在一起，一方面承续传统的重负，一方面接受现代的熏陶，偶然还有似是而非的后现代的影响。这种含混性使近代小说的现代性表现为未完成状态。但这种未完成性，同时也意味着意义的丰富性，值得研究者深入探索。

本书整合博克、布斯、费伦等人的修辞理论，充分发挥小说修辞研究的包容性，汲取叙事学、阐释学、接受美学、文化研究等理论的合理因素，建构一种新的小说批评方法，以此考察中国近代小说认同模式。在具体研究中，着重注意两个方面的问题：

史料整理与学理发掘相结合。通过对小说最初发表的原始期刊、作者对自己作品以及与读者关系的论述、同时代读者的评论等方面的史料收集，形成对历史语境的理解。同时，以史料为依据，梳理近代小说认同模式演变的内在脉络，进行学理阐发。

整体观照与个案研究相结合。由于本课题的相关文献极为丰富，本书以中国小说现代转型关键节点的小说创作现象为重点，以经典作家作品为中心，点面结合，深入探讨中国小说现代转型的内在动力与机制。

根据"立人"命题的差异性，可以将近代小说发展大致分为三个阶段。

1895年至1901年，为新小说的孕育期，小说的核心命题是"鼓民力"。关于傅兰雅的历史意义，陈大康的分析有其合理性，那就是当时很多应征作品并没有出版，因此不可以说对当时的创作产生了巨大影响。但傅兰雅的时新小说征文作为一个历史事件，折射出当时社会文化氛围的转变，其中一个核心问题就是小说由不谈时事转变为评论时事。这种转向可以在关于刘永福的小说流行这一现象中看出端倪。① 傅兰雅的征文启事，催生了"时新小说"，使近代小说在"立人"方面开始发生质的变化。1895年12月，香港起新山庄出版的署"饮霞居士编次，西泠散人校订"的《熙朝快史》十二回石印本，即朱正初《新趣小说》的修改增补本，初稿为傅兰雅征集小说之并列第十二名。1901出版的《醒世新编》，也是受到傅兰雅征文直接影响的作品。其他如1895年出版的反映鸦片战争的小说《芙蓉外史》，反映割让台湾、台湾民众抗日的《台战实记》（一名《台战演义》），1897年的《白话演义报》发表的《通商原委》，这些都是"新小说"之前的"新小

---

① 在傅兰雅发出征文启事后不到两个月，自1895年7月起，《刘大将军平倭战记》初集、《台战实纪》续集、绘图《刘大将军平倭》真三集、绣像《刘大将军百战百胜图说》等相继出版，可以看出当时社会风气之转化。

说"。这些小说创作已经开始回应现实问题，凸显出小说的现实关怀。与此同时，小说理论界也逐渐关注现实。严复、夏曾佑的《本馆附印说部缘起》（1897）对政治小说的重视，在一定程度上就是对20世纪小说与政治的关系的预言。在这一阶段，严复等人鼓吹的"鼓民力"得到了广泛认同。傅兰雅的"除三弊"可以说就是对严复1895年3月发表的《原强》的回应，同时也更为直接与集中地指向了"鼓民力"。放小脚、戒鸦片直接与民力相关，身体的经济价值得以直接凸显；而废八股的直接理由也是从经济角度立论。只是前者与个体直接相关，后者则与社会相关。因此，这一时期的小说，关注的主要就是"经济主体"的建构。

从梁启超1902年创办《新小说》，到辛亥革命爆发，近代新小说进入兴旺期。在此期间，无论小说家还是理论家，大多以梁启超的《小说与群治之关系》为基准，呼吁用小说改良社会，其核心认同维度就是"新民德"。尽管不同作家可能存在不同倾向，如维新派（梁启超）与革命派（黄小配）之间，保守派（吴趼人）与激进派（陈景韩）之间，存在着巨大的差异，甚至相互攻讦，相互抹黑，但他们对小说"新"民德的作用都持有坚信，只是对于何为"新德"，有着不同的理解。这种对小说"新""民""德"的重视，随着以吴趼人为代表的关注道德的晚清小说家的去世或退场逐渐弱化，小说与群治的关系随后也被大家重新审视。

以1912年《玉梨魂》的流行为标志，近代小说进入发展的第三个阶段。由于政治环境的变化，近代小说家的"新民德"意图受到重创，小说逐渐由"大说"重新转向"小说"，小说审美趣味也由通俗启蒙转向文人雅趣，"正民趣"成为小说认同维度的核心要素。与此前小说期刊提倡使用俗语白话不同，这一阶段的小说出现文言的复兴，语言明显雅化，此前被淡化的诗词也重新回到小说中间。同时，小说的伦理维度，也由此前注重"公德"层面，回归到注重"私德"层面。这种对私德的重视，表面上看是从上一阶段大踏步后退，但其中隐含着的个性主义因子，却与上一阶段存在相通之处，与后一阶段的现代小说同样有着隐秘联系。

近代小说虽然存在由"鼓民力"到"新民德"再到"正民趣"的发展趋势，但这种趋势并不意味三个阶段能截然分开，而是不同倾向始终相互交织，形成近代小说的整体风貌。

四 研究意义

本研究将小说的"立人"命题细化为三个层面，建构小说认同模式，并从认同模式入手，探讨近代小说对于推进中国小说现代转型的重要意义。这种思路使本研究具有较强的理论与实践意义。

首先，将"立人"命题区分为"立什么人""如何立人""人能否立"三个相关联系又相互区分的层面，对于丰富与深化"文学是人学"这一经典命题具有较大的理论意义。虽然大家一直强调"文学是人学"，但对于文学为什么是人学，文学作为人学与其他人学有什么不同，一直语焉不详。本书明确指出，"文学是人学"的核心命题就是"立人"。从"立人"的角度，可以对文学进行较为全面的价值判断。第一，文学中关于人的书写，总会包含着"立什么人"的理想，这种对于理想的人的理解与建构，划定了文学的基本品格。李白的"凤歌笑孔丘"与杜甫的"穷年忧黎元"是各不相同的人生设计，魏源的"苟利国家生死以"与苏轼的"也无风雨也无晴"是各不相同的人生取向。这些差异不仅是作者的个性差异，更是对于理想人生理想人格的理解的差异。第二，文学使用的修辞手段，潜含着作者"如何立人"的设计。《周易》所说的"修辞立其诚"，强调与受众的情感联系，这一思路主导了中国文学的发展路向。几千年的中国文学，始终注重占据道德制高点，强化情感感染力，由此实现对读者影响的最大化。这也是中国古代文学中抒情类文体始终占据主导地位的重要原因之一。哪怕是论说性文章，同样注意感情的冲击力，而不是逻辑的严密性。被金圣叹激赏的王安石《读孟尝君传》中隐含的偷换概念，长期以来都未曾为人关注。第三，对于文学价值的最终评判标准实际上还是"人能否立"，也就是文学作品是否长久地影响了人们的人格理想。优秀作品也就是能与读者建构稳定而持久的友谊，对读者产生深远影响的作品。庄子、屈原、李白、杜甫、苏轼等人的作品之所以经久不衰，就是因为他们的作品塑造了中国传统人格典范，与不同时代的读者都能建立高强度的相互认同关系。

其次，从"认同维度""认同向度"与"认同强度"三个方面，建构小说修辞认同模式，沟通小说修辞与文学"立人"命题，对于完善与充实小说修辞理论，具有较大的理论意义；其具体的分析方法，可以为小说批评提供新的视角与思路，具有一定的方法论意义。文学是人学，小说更是人学。作为典型的"人学"，小说的核心命题就是"立人"。作者与读者之间的修辞互动，是小说发展的内在动力。然而，由于时代语境的差异，不同时代不同民族的小说对"立什么人"与"如何立人"有着不同理解，其"人能否立"的效果自然也千差万别。小说修辞认同模式就是从作者与读者之间的认同互动去综合考察小说"立什么人"的修辞目的，小说"如何立人"的修辞策略，以及小说"人能否立"的修辞效果。小说修辞的认同模式的三个方面，实际上也就是文学"立人"命题的具体化，同时也使文学的"立人"命题具有批评方法上的可操作性，建构小说的评价体系。综合考量小说修辞的目的、策略与效果，可以将小说的思想评价与艺术评价、社会评价等结合起来，不至于偏于一端。在笔者看来，小说认同模式是理解小说思想价值、艺术价值与社会价值的重要路径。在小说理论与小说批评的发展过程中，对小说修辞认同机制的各个相关因素都已经有非常深入而系统的分析与探讨，如文化研究对小说与外部语境的关系、结构主义叙事学对小说文本的分析、精神分析对作者的分析、接受美学对读者的分析，更不用说传统小说理论对人物、情节、环境等小说要素以及各种小说技巧的论述，等等。然而，这些研究大多偏于一端，在一定程度上忽视了小说的外部研究与内部研究之间的有机联系，忽视了小说的审美研究与思想研究之间的有机联系，从而导致了某些局限与偏差。而从小说认同机制切入，则可以较为全面地把握小说的内部与外部、思想与艺术、内容与形式之间的复杂关系：外部语境制约了小说的文本表达，艺术成就决定小说思想的社会影响，小说形式本身也是极为重要的内容，它们都会对小说修辞交流的认同效果产生重大影响。只有充分考虑小说作者与读者在一定语境中进行修辞交流时的协商互动,才可能将小说的思想价值与艺术价值统一起来,进而判断其社会价值。在小说修辞交流中,作者与读者之间关于"立什么人"的认同,决定了小说的价值取向;而在"如何立人"层面,则体现出小说修辞策略与修辞技巧的意义;最后"人能否立"的检验,则可以评价小说的社会影响。综合考量小说的认同模式,对小说也便可能完成一个较为准确的整体判断。

再次,从认同模式转型的角度切入小说史研究,对于把握小说发展的动力、机制、特征,有较大的方法论意义。在传统社会中,诗文与小说的"人学"分工明显,诗歌与散文主要影响了精英人士的人格塑造;而小说则主要影响社会中下层的自我想象。传统小说由于与社会中下层的联系较紧密,其关于人的理解也更为平实,大多还是诗文的阐发,缺乏创造性与超越性的建构,因此被排斥在由精英主宰的文坛之外。在社会发展过程中,尤其是在近代中国发展过程中,小说的影响越来越大,越来越广,对社会的回应也越来越快,其关于"人"的理解与建构逐渐超越诗文,成为时代的引领者,由此也使小说成为"文学之最上乘"。尽管近代小说存在极多毛病,很难找到与此前或此后的经典作品比肩的作品,但作为小说在文学竞赛中实现弯道超车的时段,近代小说的历史地位与历史意义还是存在被低估的倾向。从认同模式转型的角度对近代小说进行考察,可以发现别样的风景,也可以发现近代小说在中国小说现代转型中不可或缺的独特贡献。对近代小说认同模式进行深入研究,系统梳理近代小说"立什么人""如何立人"与"人能否立"之间的内在关联,可以更准确地把握近代小说小说"立人"的成就与局限,更深刻地理解近代小说发展的内在动力与外在局限,更准确地把握近代小说的主导特征。

最后,在现实层面,如伊格尔顿所言,修辞研究"既是一种'批评'活动又是一种'创作'活动"①,因此,修辞批评也是一种广义的社会实践。"修辞学想找出祈求、说服和争论的最有效的方法,而修辞

---

① [英]特里·伊格尔顿:《当代西方文学理论》,王逢振译,中国社会科学出版社1988年版,第296页。

学者研究其他人语言中的这样一些方法也是为了在自己的语言中更有效地运用它们。"① 当下的社会文化语境，与近代有着一定程度的相似性，人们的认同取向之间的距离日渐扩大，尤其是在官方话语与民间话语之间，沟通的平台变得脆弱。如何在社会上重构坚实的沟通平台，实现良性的协商对话，对于整体社会发展具有不可或缺的作用。小说作为当下影响最为广泛的文学文体，本研究总结近代小说认同实践的得失成败，准确把握小说发展的动力与规律，对于促进当代小说更好地发展，更充分发挥当代小说在建构社会主义核心价值观方面的作用，重构社会认同，具有重要的启示意义。

---

① [英]特里·伊格尔顿：《当代西方文学理论》，王逢振译，中国社会科学出版社1988年版，第296页。

第一章 "立人"命题与小说认同模式的建构

"文学是人学",小说更是人学,任何时代的小说都潜含着"立人"命题。小说作为"人学",其对人物的书写折射了不同时代对人的理解;小说作为修辞,其修辞策略始终指向了人的建构;对小说的评价,最终还是指向了立人的效果。不同时代不同文化对"人"的理解不同,小说的"立人"理想、策略与效果也不一样,因此,小说的"立人"命题,从横向考察,可以发现"立什么人""如何立人""人能否立"三个层面的复杂关联;从纵向考察,则可以发现传统、现代、后现代等不同认同模式的发展演变。

第一节 "立人"命题的展开与认同模式的理论架构

小说的"立人"命题包含三个方面:"立什么人"——小说作者与读者如何理解"人"?"人"应该具有什么特征?什么样的"人"才是理想的人?"如何立人"——如何才能让读者认同作者关于"人"的观点?怎样才能在作者与读者之间建立有效的交流渠道,实现小说的"立人"目的?"人能否立"——小说是否能对读者产生预期的效果?读者是否能够正确理解并认同作者的人学观念与价值排序?这三个方面正对应了小说的修辞目的—认同维度、修辞策略—认同向度与修辞效果—认同强度,构成了小说作者与读者认同模式的理论框架。

一 认同维度:"立什么人"

与诗歌等抒情类文体中更注重个体性与细腻性的情感相比,作为叙事类文体,小说关于人的书写,总是包含着人的经验与欲望。[①] 正是通过人类共通的生产与生活境遇,小说奠定了作者与读者进行修辞交流与相互认同的基础。然而,如马克思所言,"人的本质不是单个人所固有的抽象物,在其现实性上,它是一切社会关系的总和"[②]。作为社会化的存在,现实中的人必然处于一个包含着政治、经济、文化等多个维度的复杂的社会关系网格中,表现出多个侧面;而小说作为生活的折射,尽管作者对"立什么人"的理解与想象存在不同的侧重,但小说关于人的书写始终潜含着对人的多维性的书写与建构,由此也意味着作者与读者之间的认同维度十分复杂。虽然小说关于"立什么人"的设想会由于语境的时代制约、作者的个性差异、小说的长短容量等因素,表现出巨大分化,但小说"立什么人"的问题,始终是小说作者与读者进行修辞认同的核心内容。同时只有通过小说作者与读者之间的多个认同维度,才可能系统把握小说"立什么人"的复杂性。

不少理论家对小说修辞的认同维度进行了探讨。亚理士多德(或译:亚理斯多德)在《修辞学》中明确指出:"演说者要使人信服,须具有三种品质,因为使人信服的品质有三种,这三种都不需要证明的帮助,它们是见识、美德和好意。"[③] 这里所说的理性、人格与情感,实际上已经隐含着认同维度的分类。布斯对小说修辞价值的论述与亚理士多德有着内在一致性:"小说中使我们感兴趣的,因而可以通过操纵

---

① 参见黄晓华《20世纪中国小说修辞史略》,人民出版社2014年版,第32—35页。
② [德]马克思:《关于费尔巴哈的提纲》,《马克思恩格斯选集》第一卷,人民出版社2012年版,第135页。
③ [古希腊]亚理斯多德:《修辞学》,罗念生译,生活·读书·新知三联书店1991年版,第70页。

技巧来获得的价值,可以大致分为三类。(1)认知的或认识的……(2)性质的……我们可以把这种趣味称为'审美的'……(3)实践的……我们可以把这种趣味称为'人性的'。"① 无论是亚理士多德的说服技巧,还是布斯的修辞价值,实际上都围绕作者与读者之间核心认同维度展开。这些认同维度隐含着小说作者对于理想读者的设计,折射出了小说作者"立什么人"的基本构想。

(一)理性认同维度与知性人的建构

共通的理性思维方式,是小说修辞交流中最重要的桥梁,也是小说"立人"命题的基本预设。没有基本的理性认同,不可能发生作者与读者之间的修辞交流;而小说之所以能够流传甚广,也与人类的理性思维方式直接相关。"东海西海,心同理同",小说由此可能在不同时代不同民族之间传播。然而,小说作者总是在一定时代的思维方式与思维能力的规约中展开叙事,小说的理性认同维度,必然打下一个时代的思维方式的烙印,折射出小说"立什么人"的理性边界。

不同时代的小说作者对小说故事、叙事、叙述②三个层面都有基本的理性预设,这种理性预设由此构成小说在知性人建构方面的基本底色。

在故事层面,小说总会涉及人类经验的表达,但选择什么样的经验来表现,正折射出作者在认知方面的理解与设计。生产经验与生活经验,外在经验与内在经验,不同时代的小说作者对于人的经验的选择的不同侧重,都是试图对读者的认知局限进行补偿,也就是通过以"新"的经验,来满足读者认识世界与认识人生的好奇心。好奇心是人类发展的动力之一,人们总想知道自己所不知道的事情,而小说是使用最为广泛的传递陌生经验的手段之一。中国早期小说,无论是历史小说、写情

---

① [美]韦恩·布斯:《小说修辞学》,华明等译,北京联合出版公司2017年版,第116页。
② 叙事学界对于小说叙事层次的划分一直存在着两分法与三分法之争。两分法将其区分为故事和话语两个层面,查特曼的《故事与话语》就直接以此作为书名。而以热奈特为代表的叙事学家则认为小说叙事存在故事—叙事—叙述三个层面。在《叙事话语》中,热奈特明确提出小说叙事包括故事(叙述内容)、叙事(叙述文本)、叙述(叙述行为)三个层面:"把'所指'或叙述内容称作故事(即使该内容恰好戏剧性不强或包含的事件不多),把'能指',陈述、话语或叙述文本称本义的叙事,把生产性叙述行为,以及推而广之,把该行为所处的或真或假的总情境称作叙述。"([法]热奈特:《叙事话语 新叙事话语》,王文融译,中国社会科学出版社1990年版,第7—8页。)本书采用三分法。

小说还是志怪小说，都强调非常态经验的传递。尽管小说在发展过程中，出现了情节弱化、冲突内化等特点，但情节弱化背后实际上存在着另一种陌生化，即相对于情节型小说的陌生化；冲突内化则是将陌生化的领域由外在世界转向心理领域，由常人未曾经历的外在经历转向常人未曾体验的内在体验。小说的故事层面选择的经验与欲望的变化，折射出小说作者对知性人理解的变化。

在叙事层面，小说总存在一定的叙事逻辑。尽管小说故事可以虚构，而且受述者被假定为接受叙述者所说的一切，因此神魔小说、武侠小说与穿越小说并没有因其不可能在现实生活中发生而被排斥在阅读视野之外；然而，良好的修辞契约同样建立在人类基本的理性经验之上，作者与读者都需要认同基本的叙事逻辑。相关性、可验证性、一致性、时效性、客观性①等理性判断标准，对小说叙事有着重要意义。没有对逻辑性的基本认同，就不可能建立稳定的叙事契约。换言之，叙述者可以确立基本的叙述前提与原则，如神魔世界、武侠世界，但这一虚构出来的世界中，同样有其内在约束性与逻辑性，故事的发展应该按照这一世界的原则展开，遵循这一世界的基本逻辑。然而，对于叙事逻辑与生活逻辑之间的关系，依旧存在不同的认识。"戏不够，鬼神凑"是一种逻辑，现实主义是一种逻辑，现代主义同样是一种逻辑，不同的叙事逻辑设计，同样折射出小说作者对知性人理解的边界。

故事层面的新颖性关注知性人的经验局限，叙事层面的逻辑性关注知性人的思维方式，但小说作者在知性人建构方面更根本的意图，还在于叙述层面对规律性的把握与揭示。小说叙述层面的评价，不仅是对具体事件的分析与评价，而且是一种带有方法论意义的分析与评价，由此给读者一种方法论启示。小说对具体经验的表现总是有限的，但通过对有限经验的评价，可以让读者建立一种把握无限的具体经验的认知方式。这可以说是小说在知性人建构方面的根本目的。然而，对世界的规律性的认识，同样存在着时代色彩。"天道轮回"与"天演进化"，"天理昭昭"与"天赋人权"，不同时代不同文化背景下的小说作者，对小

---

① 蓝纯编著：《修辞学：理论与实践》，外语教学与研究出版社2010年版，第360页。

说叙述层面的规律性的理解,指向了对生活意义的揭示,对世界本质与规律的发现,引导读者深化对生活的认识与思考。不同作者理解生活的方式不一样,理解生活的深度也可能不一样,其对知性人的设计自然也不可能相同,其中正好可以看出个体与时代对知性人理解与塑造的边界。

无论是故事层面的具体知识(经验),还是叙事层面的逻辑结构,或者叙述层面的规律发现,其中都隐含着作者对(理想)读者在理性方面的预设,肯定与强化了读者理性认识世界的能力与意愿。这种理性预设同时也折射出小说在理性方面的"立人"要求。不同时代不同风格的作者对理性认同不同层面的强调,对读者的理解力提出了不同要求,由此出现外显型、幽暗型、和谐型①等主题效果的分化。大体而言,是否能够在具体的故事中发现新颖性,唤起读者的注意;是否能够在叙事中展现足够的逻辑性,让读者完成程式化过程;是否能够在叙述中体现某种规律性,让读者有深入思考空间,是小说理性认同维度的基本追求。对新颖性、逻辑性、规律性的不同理解与表现,正折射出不同时代不同作者对知性人的不同理解与不同建构。

(二)伦理认同维度与道德人的建构

"讲述故事就是一个道德探究行为。"② 小说作者与读者之间的伦理认同,是小说修辞最根本的目的。小说叙事作为一种"经验预演",就是要让读者思考碰到同类情况时应该怎么做。正是因为对小说修辞伦理认同维度的重视,梁启超将小说视为全面改造整个民族品行的不二法门。"欲新道德,必新小说;欲新宗教,必新小说;欲新政治,必新小说;欲新风俗,必新小说;欲新学艺,必新小说;乃至欲新人心、欲新人格,必新小说。"③ 梁启超在这里几乎将人类所有的伦理关系都纳入了小说的势力范围,虽然他并没有就此展开论述,但已可看出小说修辞伦理认同维度的复杂性。作为人学的小说,可以书写与伦理相关的所有问题,由此凸显人之所以为人的依据,因此,在一定程度上可以说小说

---

① 参看李建军《小说修辞研究》,中国人民大学出版社2003年版,第294页。
② [美] 韦恩·C. 布斯:《修辞的复兴》,穆雷等译,译林出版社2009年版,第264页。
③ 饮冰(梁启超):《论小说与群治之关系》,《新小说》第一号。

就是一种伦理学。然而，小说修辞的伦理认同不是抽象的道德宣讲，而是始终与具体的人的生产生活结合在一起的。这种形象性也是小说区别于伦理学之根本所在，小说作者的伦理态度经常隐藏在对故事的讲述中。小说涉及的伦理关系的复杂性与具体性，给小说修辞伦理认同的分析带来难度；同时，由于小说修辞交流的多层次性，使小说修辞的伦理认同关系更为复杂。

在故事层面，小说人物之间的关系是现实伦理关系的折射。小说作者与读者都需要关注人类伦理关系的复杂性，以及由此产生的情感的丰富性。这种复杂性与丰富性，不仅是生活复杂性的折射，也是小说作者显示自己独特眼光的机会。在古往今来的小说中，小说几乎涉及了人类生活的所有层面：天—人、国—人、家—人、人—人，自然、社会、政治、家庭、爱情、死亡等主题，是小说永恒的母题。然而，每个时代都有其社会禁忌，从《金瓶梅》到《洛丽塔》，各种禁书的存在，正是种种社会禁忌的折射。由于这些社会禁忌，使某些伦理问题被排除在小说作者与读者的视野之外，成为一种社会无意识。因此，不仅小说故事表现出来的伦理关系有其重要意义，其所未曾表现的伦理关系同样也有其重要意义。一个时代的小说中的盲区，代表着一种潜在的社会征候，预示着时代的伦理边界。

在叙事层面，小说的形式与技巧也与伦理问题直接相关。在人类文明史与小说史上，许多伦理话题依旧处于禁忌状态，如吃人（鲁迅）、乱伦（张资平、萨德、纳博科夫）、奸尸（沈从文）等，要表现这些话题，需要作者通过特定技巧对故事进行特殊处理。因此，不仅对故事的选择代表着一种伦理取向，对叙述者与叙事方式的选择同样代表着一种伦理态度。狂人、白痴、亡灵等特殊叙述者，为表现某些特殊伦理话题提供了某种便利。这时的叙述者并不是对故事进行"全盘实录"，而是根据其理念对生活经验进行过滤，由此表现出自己的倾向性。

在叙述层面，隐含作者对小说叙事的伦理分析与透视是一个更为复杂的话题。小说的伦理主题，不仅具有现实针对性，而且具有超越性。在小说发展史上，时代需要对小说伦理主题的影响显而易见，如晚清时期的强国想象、五四时期的婚恋自由、抗战时期的同仇敌忾、土改时期的农民翻身等，宏观社会语境对小说伦理主题的选择产生了根本性的制约与影响。但小说不仅需要表现时代，而且应该超越时代。因此，小说对伦理关系的关注，不仅应该具有现实针对性，而且应该具有前瞻性。这不仅包含对个体的终极关怀，而且包括对社会的终极关怀；不仅指向生命对自身的意义，而且指向生命对自然、对社会、对人类乃至对宇宙的意义。

总体来说，小说的伦理关怀以个体为基点，但其意义指向则包含了多个层面，这种多层次折射出小说在伦理方面"立人"的复杂性与丰富性。在这方面，经常会出现人类发展的前瞻性与意识形态的保守性之间的矛盾，人文关怀的超越性与现实关怀的时效性之间的矛盾。相对而言，为了维护现存秩序，主流意识形态都会划定其合法性与合理性边界。但小说不应是现存秩序的说明书，而应在凸显现实关怀的同时，怀抱终极关怀的理想。

（三）审美认同维度与文化主体的建构

肯尼斯·博克认为，在人与人面对面的直接修辞交流中，修辞主体对修辞受众的仪表、神态、语气以及肢体语言等方面的认同，对修辞交流的效果会产生重要影响。小说修辞交流的间接性使这些直观可见的因素被排除在修辞交流过程之外，但这并不意味修辞交流中的直观因素或美学因素并不重要。相反，在小说修辞的间接交流中，不仅同样包含着语体、风格等直观因素，更重要的是，小说中的形象是一种间接形象，这一间接形象的具象化与审美化的手段与技巧，对于小说修辞的审美认同具有极其重要的影响，甚至对小说修辞目的的实现具有重要甚至决定性的作用。而作者对审美认同的预设，同样潜含着对审美立人的预设，也就是希望建构与改造读者的审美趣味与审美理想，由此建构作者预期的文化主体。

在故事层面，人物作为小说故事的载体，总是现实生活中的人（或动物）的投影，具有一定的模仿性[①]，因此，人物总是具有一定具

---

① 参见 James Phelan, *Reading People, Reading Plots: Character, Progression, and the Interpretation of Narrative*, The University of Chicago Press, 1989, p. 11。

象性的个性化与审美化的形象。无论是注重情节的传统小说，还是淡化情节甚至淡化人物的新小说，人物（幽灵、动物、神仙等在小说中都是人的变形）始终是小说中的行为主体，是作者与读者实现相互认同的中介。任何作者与读者都不可能去认同"物"，这是他们成为"人"的先决条件。法国新小说派对物的强调，关注的还是人对物的观照方式的转变，而不是将人当成纯粹的物去进行观照。然而，小说中的人物形象是虚拟性形象，作者不仅可以选择肖像、语言、动作、心理等方面不同的模仿性因素，对不同的模仿性因素进行从清晰到模糊的不同处理，而且可以对不同的模仿性因素进行不同的审美判断。这种对人物模仿性的不同处理，可以见出小说作者审美趣味的差异，折射出作者在文化主体建构方面的审美取向。以林黛玉为美与以扈三娘为美，隐含着不同的审美趣味；以知识分子为美与以农民为美，同样折射出不同的审美理想。故事层面对人物模仿性的审美把握，折射出小说作者审美方面"立什么人"的构想，传统文人小说中的才子佳人，传统话本小说中的江湖豪杰，以及当代革命历史小说中的革命志士，这些审美取向始终隐含着小说作者"文化主体"建构的设计。

叙事层面的情节设置与叙事技巧，同样折射出小说作者对读者的审美趣味的预期与塑造。传奇小说与诗化小说，满足了不同读者的审美需要，同时也强化着读者的审美取向，由此折射出小说作者在审美方面"立什么人"的设想。与此相关，常规视角与变异视角，简单结构与复杂结构，传统技巧与先锋技巧，对不同叙事技巧的追求，折射出作者的审美趣味与其对读者的审美预期，由此折射出其对文化主体的不同理解方式与建构路向。然而，在审美领域，人们的"喜新厌旧"表现得特别明显，"使一部作品成功的东西，在下一部中将是不合适的或无生气的"[1]，这也就迫使古今中外的小说家不断翻新出奇。不同时代的小说作者，对小说的时间、空间、视角等问题进行了多重探讨。这种小说叙事技巧的丰富，也是小说审美趣味的丰富，以及小说在审美方面"立什么人"的丰富。

---

[1] ［美］韦恩·布斯：《小说修辞学》，华明等译，北京联合出版公司2017年版，第55页。

在叙述层面，叙述语体是一个直观的审美元素。肯尼斯·博克认为，在口语修辞中，"只有当你认同一个人的言谈方式，在言辞、姿态、声调、语序、形象、态度、思想等方面与他保持一致，用他的语言说话，你才可能说服他"①。小说中的人物语言属于故事层面人物的模仿性因素之一，对于构建人物的审美形象至关重要。而叙述语体则可以说属于隐含作者的模仿性因素，是构建隐含作者的审美形象的重要因素，也是作者—读者进行间接修辞交易实现相互认同的重要纽带。采用什么样的语体进行叙述，跟作者的审美情趣、价值立场乃至身份意识密切相关。小说语体至少具有三个维度：实用性、审美性、意识形态性，涉及作者与读者之间的民族认同、时代认同、审美取向认同、社会身份认同，暗含着小说作者对于文化主体建构的多重密码。五四时期的文言与白话之争，新时期的政治话语与市井话语之争，其中涉及的不仅仅是语言的雅俗问题，趣味的雅俗问题，更是人生境界的雅俗问题，由此可以看出作者的审美"立人"取向。

小说作为一种修辞艺术，包含着对读者的审美需要的预设，故事层面人物形象的审美塑造，叙事层面叙事技巧的审美建构，叙述层面语体风格的审美呈现，小说的审美认同维度，折射出小说审美方面的"立人"构想。

二 认同向度："如何立人"

通过对小说认同维度的性质进行分析，可以对小说"立什么人"进行基本的判断。然而，如果仅仅停留在"立什么人"这一层面，小说与哲学、伦理学、美学等其他人学并没有什么不同，在深刻性与系统性上也难以与其他人学比肩。真正体现小说"人学"独特性因素的，就在于小说"如何立人"的独特性。贺拉斯所说的"寓教于乐"，在小说中体现得分外明显，在小说作者的"教"与读者的"乐"之间，存在着隐秘而重要的交易机制。

---

① Kenneth Burke, *A Rhetoric of Motives*, Berkeley: University of California Press, 1969, p. 55.

第一章 "立人"命题与小说认同模式的建构

　　小说作为一种修辞，其目的在于实现作者与读者在某些方面的相互认同。小说"立什么人"的修辞目的，最终还是需要"如何立人"的修辞策略来实现。从理论上讲，作者与读者两个主体之间的认同必然是相互的，如肯尼斯·博克指出的那样，修辞是一种交易。但是，修辞的交易性质并不意味着交易双方的地位完全平等。在交易双方之间，总存在话语权的分配问题，买方市场与卖方市场中，双方拥有的话语权存在巨大差异。修辞交易显得更为复杂的是，不仅这种交易行为双方拥有的话语权不同，而且双方使用的并不是通用的货币，而是存在多种交易方式。小说的三个认同维度，都存在话语权的分配问题，同时三个维度之间相互影响，这就使作者与读者之间的认同向度关系极其复杂。

　　在小说修辞中，真正显形的是叙述者的声音，作者通过叙述者的声音来实现与受述者以及读者进行交流。声音"指叙事中的讲述者（teller），以区别于叙事中的作者和非叙述性人物"[①]，然而，叙述声音潜含着"话语权"的分配，小说的叙述声音，不仅关系"谁在发声"的问题，而且关系"谁能发声""为什么他能发声"等问题。因此，声音"这个术语已经成为身份和权力的代称"[②]，折射出各种社会文化权力之间的博弈。"叙述声音位于'社会地位和文学实践'的交界处，体现了社会、经济和文学的存在状况。"[③] 叙述声音是否具有权威性，如何获得权威性，关系到小说修辞交流的可靠性，绝大多数小说家都会认真考虑如何建构叙述声音的权威。"每一位发表小说的作家都想使自己的作品对读者具有权威性，都想在一定范围内对那些被作品所争取过来的读者群体产生权威。"[④] 在一定程度上可以说，叙述权威是小说修辞交流发生的前提，只有当受众认可了这种权威的存在，才可能出现真正的交流关系。否则，受众完全可以不理会小说的存在，也就不可能出现交流。

　　兰瑟深刻地指出，"社会行为特征和文学修辞特点的结合是产生某

[①] ［美］苏珊·S. 兰瑟：《虚构的权威》，黄必康译，北京大学出版社2002年版，第3页。
[②] ［美］苏珊·S. 兰瑟：《虚构的权威》，黄必康译，北京大学出版社2002年版，第3页。
[③] ［美］苏珊·S. 兰瑟：《虚构的权威》，黄必康译，北京大学出版社2002年版，第4页。
[④] ［美］苏珊·S. 兰瑟：《虚构的权威》，黄必康译，北京大学出版社2002年版，第6页。

一声音或文本作者权威的源泉"①,也就是说,叙述权威不仅与文本内的修辞特点相关,而且与文本外的社会行为相关,包含"由作品、作家、叙述者、人物或文本行为申明的或被授予的知识荣誉、意识形态地位以及美学价值"②。这一表述实际上暗示叙述权威可以来源于理性认知、伦理观念、审美取向三个认同维度,由此使叙述权威的建构显得更为复杂。作者在三个维度上所拥有的话语权威不同,也就会导致作者相对于读者的位置不同,进而影响其叙述姿态与认同向度。根据小说叙述权威与外在权威话语的关系远近,可以将其大体分为三种形态:主要依靠外在权威话语的集体型权威,主要追求内在说服力的作者型权威,以及主要追求个体表达需要的个人型权威。不同权威类型潜在决定了作者的叙述姿态,集体型权威大多采用居高临下的宣讲姿态,作者型权威倾向于平等的协商对话,个人型权威则偏好相对隔离的独白。叙述权威形态与叙述姿态潜在地决定了作者与读者之间的相对位置与互动程度,以及实现认同时相互妥协的程度,由此可以将小说修辞认同向度分为作者主导的阐释型认同、作者—读者对话的协商型认同与读者主导的错位型认同。不同的叙述权威,折射出叙述权威的历史性与意识形态性,形成了不同的认同向度,建立了不同的"如何立人"方式。

(一)集体型权威与作者主导的阐释型认同

所谓集体型权威,是指小说中的叙述声音,在"知识荣誉、意识形态地位以及美学价值"等方面与社会上主流或者主导的取向一致,由于有社会集体信念或权威话语为其背书,因此叙述声音的权威性显得不言自明,而作者由此也可以对读者采用居高临下的姿态,以权威话语的阐释者自居,对读者进行宣讲甚至教训。但在现实的小说叙述中,作者并不一定在三个维度上都能获得或保持集体型权威,由此使现实中的小说认同向度更为复杂。

理性维度集体型权威的获得,主要依赖于作者在经验领域知识的广

---

① [美]苏珊·S. 兰瑟:《虚构的权威》,黄必康译,北京大学出版社2002年版,第5页。
② [美]苏珊·S. 兰瑟:《虚构的权威》,黄必康译,北京大学出版社2002年版,第5页。

博性方面，远远高出读者。这也正是小说长盛不衰的重要原因，其中隐含着对读者基本共识的认同与肯定，那就是小说需要讲一个好的故事。这种经验的广博性在小说中也就表现为故事的新颖性，由此使小说表现出较强的"传奇"色彩。帝王将相、才子佳人、花妖狐鬼等题材之所以成为中外传统小说的主导题材，就是因为这类题材与普通民众生活的距离较远，能够激发并满足读者的好奇心理，对于读者具有较大吸引力。时至当下，小说依旧包含着经验的新颖性等重要元素，无论历史题材小说还是现实题材小说，抑或架空穿越小说，小说对新鲜经验与新鲜故事的追求，都隐含着对理性集体型权威的认同与追求。这种权威的获得，使小说作者在认知方面表现出明显优势，并由此可能获得其他方面的优势。

伦理维度集体型权威的获得，主要来源于自觉向主流意识形态靠拢。由于主流意识形态具有超出话语本身的权威性，信奉主流意识形态的作者因此占据了道德的制高点与阐释的主动权。传统小说中无处不在的三纲意识，显然就是这种话语权威的直接体现。作者在这里充当主流意识形态的代言人，因此也成为读者的代言人。在作者看来，读者理所当然地被包含在主流意识形态之中，由此自然表现出一种对读者进行"宣讲"甚至"教训"的姿态，向读者阐释各种价值规范，而读者则处于相对被动的位置，表现出顺应型接受的特征。

审美维度集体型权威的获得，则主要依靠与社会主流审美取向保持一致，并将传统叙述技巧发挥到极致。"三言""二拍"与"四大奇书"等传统经典小说，集中体现了传统叙述技巧，折射出传统小说读者"好奇"的审美趣味。在形象刻画上，注重外在独特的审美特征，以凸显人物的天生异秉，吸引读者阅读注意；在情节设置上，注重故事的传奇性，甚至不惜因此而破坏叙事逻辑的严谨性，通过持续不断的矛盾冲突与跌宕起伏的悬念设置，引导读者跟随叙事进程；在叙述语体上，传统小说虽然有文言与白话双峰对峙，但"史传"与"诗骚"[①] 对传统小

[①] 参看陈平原《中国小说叙事模式的转变》，《陈平原小说史论集》（上），河北人民出版社1997年版。

说的渗入，可见出其深层的雅俗等级区分意识。这种审美维度的集体型权威，保证了传统小说传播的顺畅性与有效性。

由于集体型权威与外在的权威话语体系有着密切联系，带有一定的"外在的专制性"[1]，因此，这种权威一般存在于意识形态高度统一的时代。此时不仅作者是意识形态的"代言人"，读者同样处于主流意识形态的统摄之下，没有多少独立思考的空间，难以养成独立思考的习惯，使其不得不接受作者的宣讲。中国传统白话小说中的说书人口吻，可以说是宣讲姿态的集中体现。传统白话小说保留了传统说书"说—听"现场交流的痕迹，但不论是书面的白话小说还是真实的说书，听众总是被预设为沉默的一群，并不能与说者进行对话，对说者进行质疑。白话小说中"若是说话的与他同时生，并肩长，便劈手扯住，不放他两个出去，纵有天大的事，也惹他不着"[2]之类的指点介入，表面上是回应预设的读者/听众的提问，实质上不过是对作者/说者权威的再次确认。

在这种认同向度中，作者处于主导地位，读者则处于被动接受的位置，对作者的反作用并不明显。但小说还是有其自身内在的发展需求，集体型权威为了获得读者的认同，同样需要自身的不断发展。传统小说在理性维度的开拓与伦理维度的创新方面虽然进展缓慢，但在审美维度形成了一套有效的成规。

（二）作者型权威与作者—读者对话的协商型认同

集体型权威的建构，不仅依赖于作者的经验储备、价值取向与审美趣味的权威地位，更依赖于读者对这种认同向度的预先认同。在一定程度上，集体型权威建立在作者与读者的"共谋"之上。只有在读者认同作者的"代言人"身份，认同其"代言"的价值取向的时候，集体型叙述权威才有可能维持其稳固地位。一旦读者对外在的权威话语产生怀疑，作者的这种集体型权威也便难以为继。这时也便要求叙述声音增强其"内在说服力"，通过作者与读者的对话与潜对话，建立作者型权

---

[1] ［苏］巴赫金：《长篇小说的话语》，钱中文主编《巴赫金全集》第三卷，河北教育出版社2009年版，第129页。

[2] （明）凌濛初：《张溜儿熟布迷魂局 陆蕙娘立决到头缘》，《拍案惊奇》，人民文学出版社1991年版，第250—251页。

威。"与外在的专制性的话语不同,具有内在说服力的话语在人们首肯的掌握过程中,同人们'自己的话语'紧密交融。平时在我们的意识中,有内在说服力的话语,总是半自己半他人的话语。它的创造力就在于能唤起独立的思想和独立的新的话语。"① 集体型权威的合法性来源于意识形态不言自明的合理性,作者型权威的合法性则来源于话语的内在说服力。这也就要求作者与读者进行协商对话,尽可能激发读者的独立思考,进而获得读者质疑与思辨后的主动认同,从而扩大作者型权威的合法性基础。因此,各个维度的作者型权威的建构比集体型权威复杂得多,都需要作者与读者进行协商对话,通过修辞交易实现相互认同。

协商总是基于差异展开,协商认同一般与社会认同的分化直接相关。认同分化的社会中,多种意识形态同时并存,相互竞争;意识形态的竞争又导致伦理道德规范、理性思辨方法、审美时尚情趣等方面相互竞争。在这种情境中,集体型权威难以为继,作者对读者的宣讲姿态难以获得读者的认同,修辞由此真正成为一种"交易",叙述声音的权威性的获得需要作者与读者围绕理性、伦理与审美等轴线进行多重协商。与集体型权威相比,获得作者型权威的难度更大,因为作者与读者之间的距离更大,作者需要付出更多的努力。在这种修辞交易中,作者与读者一方面不断相互质疑,一方面又不断相互让步,由此形成一种新的共识。"只有质疑才能带来探究。质疑本身又来自敌对的道德定位间的冲突而非安然重温之前已有的道德定位。"② 道德层面如此,理性与审美层面同样如此。

理性维度的作者型权威的建立依赖于认知深度的开掘,而不是认知广度的拓展,通过建构一种新的修辞交易,也就是通过满足读者深化对世界的认识,获得一种新的审视世界的方式,来换取读者对并不十分新颖的人生经验的关注。发现"近于没有事情的悲剧"③ 或喜剧,就是这种作者型权威在理性维度的基本任务。"几乎无事"显示出与集体型权

---

① [苏]巴赫金:《长篇小说的话语》,钱中文主编《巴赫金全集》第三卷,河北教育出版社2009年版,第129页。
② [美]韦恩·C. 布斯:《修辞的复兴》,穆雷等译,译林出版社2009年版,第261页。
③ 鲁迅:《几乎无事的悲剧》,《鲁迅全集》第六卷,人民文学出版社2005年版,第383页。

威中经验的新颖或传奇色彩的巨大差异，但从"几乎无事"中看出悲剧或喜剧，则是对生活经验的深层透视，由此可能影响读者认知世界的视角与思考问题的方式。集体型理性权威试图扩大的是经验世界的广度，而作者型理性权威试图拓展的是经验世界的深度。从大家司空见惯的人与事中看出深意来，无疑也是一种新颖，对读者具有另一种吸引力，是满足读者"好奇"心理的另一种方式。满足读者深化认知世界的欲望，是作者型权威得以建构的重要路径之一。

伦理维度的作者型权威面临着比集体型权威复杂得多的局面，其权威性的获得也便更为艰难。对于集体型权威而言，作者与读者之间并没有价值冲突，只是"闻道有先后"。对于作者型权威而言，作者与读者之间的价值观念则不再像集体型权威那样融洽无间，而是存在矛盾甚至对立。这也就使作者难以继续使用宣讲的姿态，而是需要建构双方认可的价值交流平台，并形成良好的修辞交易机制。要建构真正有效的价值交流平台，首先就需要能够换位思考，从对方的利益出发，对事物的价值进行判断。集体型权威直接告诉读者"你必须如何"，作者型权威强调的则是让读者反思"如果如何就可能如何"，由此促使读者做出自己的价值判断。在这种交流方式中，作者能做的就是从读者的角度，对种种伦理行为进行价值预判，由此激发读者的认同。作者型伦理权威注重的是发现问题，而不是提供教训。[①] 双方通过协商对话来实现基本的认同，是对伦理问题的发现与认同。

审美维度的作者型权威的获得同样依靠审美修辞交易，其关键在于协商型审美规范的建构。集体型权威的审美规范同样有着外在权威话语的渗透与干涉，如人物形象的天生异禀，情节设置的天意巧合，叙述语体的雅俗分化，实际上都在强化外在权威话语的优势地位。而审美维度的作者型权威在一定程度上也是现代民主观念的体现，其审美规范的建构同样折射出民主意识。在人物形象方面，天生异禀的独特性逐渐退场；在情节设置方面，超自然力量对情节发展的介入逐渐退场；在叙述

---

① 仲密（周作人）：《中国小说里的男女问题》，严家炎编《二十世纪中国小说理论资料》第二卷，北京大学出版社1997年版，第81页。

语体方面，语言的等级观念逐渐退场。这种新的审美规范，为作者与读者之间的平等对话营造了良好氛围，使双方在建构新的文化身份方面，可能实现良好的相互认同。

在协商型认同中，读者的主体地位得到了作者的充分尊重。"良好修辞学……就是说，使同类参与到相互劝说的行为中去，即相互质询的行为。"① 良好的小说修辞就是作者与读者之间能够进行顺畅的"对话"与"潜对话"。"不可能把读者、文本和作者相互区别开来。修辞交易中这些不同因素的协同作用恰恰是修辞方法想要承认的。"② 在协商型认同中，虽然作者试图使读者认识并改善自己的局限性，但其实现这一修辞目的的路径不是直接的宣讲或教训，而是与读者进行修辞交易，通过认同读者的部分主张，换取读者认识到自己的局限，从而实现"人立"的效果。

(三) 个人型权威与读者主导的错位型认同

协商型认同中的作者与读者，虽然在各个认同维度存在较大距离，但这种距离并不意味着他们无法对话。相反，他们之所以进行对话协商，正是因为他们承认了彼此的差异，同时试图找到相互认同的价值基点。作者型权威建立在作者与读者相互认同的基础之上，协商对话则是实现相互认同的基本路径。而在社会认同基本准则趋于消解的后现代社会，作者型权威也难以稳定建构，后现代图景中的小说作者获得的通常是一种个人型权威。这种权威形态使作者与读者之间的认同方式发生了根本性的变化。一方面是作者试图凸显自己的独异性，另一方面则是读者试图强化自己的主体性。双方交流的基础漂移不定，双方的认同取向由此经常发生错位。

在后现代主义者眼中，世界是一种碎裂的图景，是否能与读者实现认同始终值得怀疑。个人型权威注重的是自己判断的独异性，其对与读者进行有效交流的可能性充满怀疑，对人的理解与书写在后现代视野中也变得面目不清。然而，尽管作者否定认同的可能性，但小说修辞交流

---

① [美] 韦恩·C. 布斯：《修辞的复兴》，穆雷等译，译林出版社2009年版，第54页。
② [美] 詹姆斯·费伦：《作为修辞的叙事：技巧、读者、伦理、意识形态》，陈永国译，北京大学出版社2002年版，第99页。

的实现还是需要依靠认同这一纽带。作者只要发表了自己的小说，就已经说明作者试图与人交流，其中自然潜含着某种目的。他们对自身独特感受的不可交流性的强调，在一定程度上只是他们试图凸显出其独创性的策略，因为从根本上讲，人都是被既有文化建构起来的，处于同一时代语境中的人，其自身的独特性不可能脱离其生存的背景，因此不可能完全不被同时代的人所感受。从细微的地方讲，每个人都与众不同，不可复制，从宏观的角度讲，则每个人都不可能不与别人相同，因为我们都是被同样的文化与生存背景所建构。在这种情况下，作者虽然会强调小说的"独白"性质，但小说一旦发表，就已经是修辞的产物，已经在追求修辞认同。

在理性方面，个人型权威追求认知的独特性，但这种独特性不是集体型权威的经验的新颖性，也不是作者型权威的透视的深刻性，而是强调经验的原生态与含混性。现实生活中的经验并不像哲学著作那样逻辑严谨，条理分明，而是混杂着理性与非理性，意识与无意识，因此个人型权威甚至出现对理性的质疑，表现出"去逻辑化"的倾向。与作者看到的碎裂的世界相对应，小说文本也表现出碎裂与拼贴特征。最为典型的例证无疑就是所谓的"扑克小说"实验。这种"去逻辑化"带来与读者沟通的障碍，同时带来认知世界的新方式，使读者具有进行"再逻辑化"的广阔空间。这种非逻辑化使对小说的重组出现无限可能，使读者可能在另一个层面充分展现自己的创造性与主体性。

在伦理方面，作者对经验独特性的强调，实际上已经隐含着对欲望独特性的强调，由此表现出与现有伦理价值体系主动疏离的倾向，作者的价值标准与价值排序变得模糊与含混。这种模糊与含混，使读者难以找到确定的评价与定位标准，同时也使读者获得一种阐释的自由，读者可以根据特定的语境进行自由阐释，因此，他们得出的价值判断与价值排序同样表现出鲜明的不确定性。在这种情况下，读者与作者之间的价值判断与价值排序经常出现错位。尽管一定程度的错位就像一定程度的误读一样，在小说修辞交流中必然存在，但在后现代的错位型认同关系中，错位变得无从判断，因为根本没有所谓的"正位"与之对应。

认知方面的非逻辑化与伦理方面的不确定性，必然使小说的审美取向出现颠覆性改变。无论集体型权威还是作者型权威，小说在人物、情节、风格等方面都追求统一性，而在个人型权威那里，这种统一性受到严重挑战。首先是人物塑造的审美规范发生巨大变化，人物的统一性由于非理性的介入而受到冲击，情节的统一性在去逻辑的冲击下被瓦解，风格的统一性由于拼贴与并置的凸显而被削弱。人物与情节的确定性都被人为弱化，剩下的只是细节的拼贴。这对于读者的审美规范造成巨大挑战。而在这种挑战背后，同样是留给读者的巨大再创造空间。

在这种交流中，读者的自主性更为彰显，他可以随时对作者的权威性进行挑战，由此表现出挑战型接受的特征。作者的"原意"变得不再重要，甚至直接成为读者解构与挑战的对象。作者对理性产生怀疑，价值确信淡化，对读者的"劝转"意识自然弱化。在这种情形中，小说的叙述权威表现出一种"个人型"特征，作者表现出自说自话的"独白"姿态，不再强调读者认同其对事件的阐释与评价，使作者与读者对事件的阐释与评价都趋向多元化。读者成为这种认同关系中的主导者，重要的不是作者写了什么，而在于读者看出了什么。

构成认同向度的复杂性的，不仅在于不同类型的话语权威可能同时并存于同时代的不同作者身上，而且在于一部小说的不同认同维度也可能出现不同的话语权威与认同向度，作者与读者之间的认同关系由此显得更为复杂多变。然而，总体来看，从集体型权威到作者型权威到个人型权威，读者相对于作者的地位越来越高，这在一定程度上，也正体现出不同作者在"教诲立人""协商立人"与"使人自立"等"如何立人"方式方面的差异。

三 认同强度："能否立人"

在以口语为中心的直接修辞交流过程中，说者与听者处于同一语境，由此使双方的交流具有语境的便利性。而小说作者与读者之间主要通过小说文本进行间接修辞交流，作者的创作语境与读者的接受语境处于分离状态。这种修辞交流的间接性，带来了小说修辞认同的复杂性。首先是作者的原意难以捕捉，时过境迁，作者本人对小说的写作意图可能有新的认识,时代久远的小说作者的创作意图后人更难以还原。其次是读者的期待视野时刻变化,不同时代有不同的知识谱系,价值体系,以及审美规范,由此使不同时代的读者有不同的期待视野。处于不同语境中的作者与读者,不仅对于认同维度的性质判断可能发生根本性的变异,如传统小说作者极力宣扬视为天经地义的"三纲五常",在当下已经成为批判的靶子;而且认同向度也可能发生根本性的变化,传统小说作者认为理所当然的集体型权威,在当下受到现实读者的戏谑挑战,阐释型认同由此转化为错位型认同。然而,对小说进行"人学"评价,还是需要尽可能还原其具体时代的创作与接受语境,考察具体语境中小说作者与读者之间的认同强度,考察小说"能否立人"的效果,由此才可能对小说进行全面的价值评判与准确的历史定位。

理论上讲,小说修辞交流只要得以完成,就可能对读者产生影响。但这种影响力量有强有弱,范围有大有小,时间有长有短。是否能够在足够长的时段保持足够高的认同强度,是判断小说经典性的重要依据,真正的经典就是在不同时代都能够保持足够高的认同强度,发挥其正面"立人"效果的作品。小说理想的"立人"效果,需要全结构、大力量的认同强度来保证。

(一) 认同强度的结构

小说修辞的认同强度与其认同维度的结构存在密切关系。由于小说"立人"的复杂性,小说中总会潜含着多个认同维度。但不同作者对不同维度不仅存在不同的价值判断,而且存在不同的价值排序,这种由价值判断与价值排序组成的价值认同结构,对作者—读者之间的认同强度具有深刻的影响。在一定程度上,小说的价值认同结构决定了小说的阐释空间,从而影响了认同强度的广泛性与持久性。

首先,影响小说价值认同结构完善度的重要因素就是各个价值维度本身的完善度。如前所述,小说认同在理性、伦理、审美等维度有不同的价值要求。在理性认同维度,是否能够实现新颖性、逻辑性、规律性的统一,在伦理认同维度,是否能够实现现实关怀的时效性与人文关怀的超越性的统一,在审美认同维度,是否能够实现感官之乐的成规性与精神之乐的先锋性的统一,能否在各个维度上满足读者多层次、多方位的需要，是衡量小说价值结构完善度的重要依据。一般来说，小说的价值认同维度本身越完善，其阐释空间越大，其获得不同时间不同空间的读者认同的可能性越大，认同强度可能越高。

其次，是价值排序的可塑性。小说作为一种修辞，总是基于一定的修辞情景，回应一定的修辞话题，由此总是表现出一定的时代制约性。由于"人"本身的丰富性，小说不可能穷尽"人"的表现，其对"人"的理解与表现也必然是选择性的。同样，由于"立什么人"命题潜含的现实针对性，小说作者对理想的"人"的设计也必然是选择性的，因此小说中必然隐含着作者独特的价值判断与价值排序。不同时代不同作者，出于对"人"的不同认同维度内涵的不同理解，以及对"人"的建构的不同侧重，使他们对不同认同维度进行不同的价值排序。这种独特的价值排序，正是小说创作表现出丰富的个性特征的重要基础，在一定程度上也正是小说流行的重要原因。小说能够流行，肯定是回应了读者的某种需要，由此产生了较强的共鸣。但畅销小说能否变成常销小说，则需要考察小说的价值排序是否具有内在有机性与可塑性，是否具有回应不同时代不同话题的能力。

最后，是价值维度之间关系的协调性。小说认同的各个维度虽然可以进行必要的区分，就好比小说的内容与形式可以进行相对区分，"小说的形式和整体性本身就是价值观念，它们与它们如何表达意义是不同的和分开的"①。然而，在实际的修辞交流中，这种区分只是出于分析论述的必要，而不意味可以将他们截然分开。在实际的修辞交流中，各个维度始终相互影响，对某一维度的强调通常会带来其他维度的相应变化。纵观小说发展史，虽然小说的伦理认同维度始终占据重要地位，从强调"三纲五常"到强调个性解放，从强调阶级意识到强调个体自由，小说伦理观念的内涵在不断改变，小说关注伦理问题这一倾向则始终如一，但好的小说总是"要求作者尽职尽责，将道德伦理融入对形式美的热爱之中"②，这实际上也就是要求不同认同维度之间相互协调，实

---

① 程锡麟、王晓路：《当代美国小说理论》，外语教学与研究出版社2001年版，第9页。
② ［美］韦恩·C. 布斯：《修辞的复兴》，穆雷等译，译林出版社2009年版，第215页。

现和谐共振。

小说修辞认同维度的不可分割性，实际上也就是小说的"立人"命题的不可分割性。人总是具体的人，是理性、伦理与审美多维统一的人。真正伟大的小说，对人的理解是复杂的，其与读者之间的联系也是复杂的，对读者的影响也是全方位的，它们能"通过不断指导我们（读者）的理智、道德和情感的进展来提高效果"①。尽管作者可以出于自己的偏好，或出于具体语境的需要，侧重不同认同维度，使小说表现出不同的价值排序，或侧重伦理维度，或侧重认知维度，或侧重审美维度，但要想让小说成为优秀甚至伟大的作品，这种侧重就不能成为偏废。三个维度的健全发展，相互协调，成为一个有机系统，才可能使小说具有长久的吸引力，才可能真正实现"立人"效果。只注重某一维度的小说，可能会在具体的时代语境中风行一时，但从长远来看却可能是昙花一现。优秀的小说家，不仅应该注意对"人"的理解的正确性与新颖性，而且应该注意其理解的丰富性与复杂性，尽可能完善小说认同的价值结构，在不同维度与读者建立稳定的认同关系。

（二）认同强度的力量

小说的"立人"效果，不仅受制于认同结构，更受制于认同力量。认同力量越大，其对读者的影响就越深远，其"立人"效果也便越显著。

梁启超的熏浸刺提说对理解认同强度的力量问题，具有重要的启发意义。

> 抑小说之支配人道也，复有四种力：一曰熏。熏也者，如入云烟中而为其所烘，如近墨朱处而为其所染。……二曰浸。熏以空间言，故其力之大小，存其界之广狭；浸以时间言，故其力之大小，存其界之长短。浸也者，入而与之俱化者也。……三曰刺。刺也者，刺激之义也。熏浸之力利用渐，刺之力利用顿；熏浸之力在使感受者不觉；刺之力在使感受者骤觉。……四曰提。前三者之力，自外而灌之使入；提之力，自内而脱之使出，实佛法之

---

① ［美］韦恩·布斯：《小说修辞学》，华明等译，北京联合出版公司2017年版，第238页。

最上乘也。凡读小说者，必常若自化其身焉，入于书中，而为其书之主人翁。①

梁启超在这里对小说的艺术感染力进行了复杂的分类，首先是内生力与外输力，内生力主要指读者自化其身，移情于小说主人公，成为主人公之化身；外输力则包括熏浸刺三种力，指作品对读者产生刺激与影响。外输力又可以区分为渐力与顿力，熏浸的作用时间长，效果产生慢，所以是渐力；刺则是发生时间短，效果产生快，所以是顿力。而渐力中又可以因时间与空间进行区分。熏重在空间的广狭，浸则重在时间的长短。

用图表示：

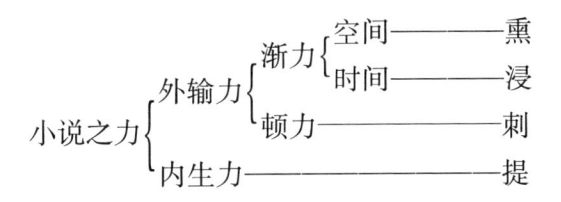

$$
\text{小说之力}\begin{cases}\text{外输力}\begin{cases}\text{渐力}\begin{cases}\text{空间}\longrightarrow\text{熏}\\ \text{时间}\longrightarrow\text{浸}\end{cases}\\ \text{顿力}\longrightarrow\text{刺}\end{cases}\\ \text{内生力}\longrightarrow\text{提}\end{cases}
$$

梁启超在这里分类标准虽然多次转移，但其思路还是具有较强的启发意义，那就是可以从不同的角度对认同力量进行考察。

首先是认同的空间广泛度。梁启超在论述中存在着潜在的概念置换，也就是将读者群体与读者个体混为一谈，在他谈浸、刺、提的时候，都集中于个体读者的阅读反应，而在谈熏的时候，则注重读者群体的相互影响。但从判断小说认同强度的角度而言，这一思路具有重要借鉴意义。也就是说，一部小说流通的范围越大，影响的读者越多，也便可以判断其认同强度越高。

其次是认同的时间持久度。小说对读者产生的影响越久，自然其影响力越大。对于个体读者如此，对于群体读者同样如此。一部作品对个体的影响力越持久，意味着小说对个体的效力越大，强度越高；一部作

---

① 饮冰：《论小说与群治之关系》，《新小说》第一号。

品对群体的影响力越持久,意味着小说的经典性越强。

再次是认同的刺激强烈度。梁启超在这里关注的是情感的刺激,这虽然有点偏狭,但同样可以打开理解思路。对于读者而言,小说可以带来情感的刺激,让读者产生"竟然如此"的惊讶;可以带来认知的刺激,让读者产生"原来如此"的惊叹;还可以带来审美的刺激,让读者产生"原来可以如此"的惊喜。小说带来的惊讶、惊叹与惊喜的大小,同样影响小说读者认同的深刻度与持久度。

最后是认同的感染同化度。小说作者"立什么人"的构想,主要通过"应该如此"与"不应如此"两种取向之间的冲突来展开,这组冲突构成了小说的主要叙述动力。而衡量小说最终"能否立人"的修辞效果的依据,主要还是看"应该如此"的人物能否发挥其"同化"作用。在小说的实际接受过程中,读者的理解与作者的目的可能会出现多重错位,同时代的读者对同一部作品的解读可能出现差异,不同时代的读者对作品的解读更可能南辕北辙,但总体而言,读者的感染同化度始终是衡量认同强度的一个重要标准。

无论是内生力还是外输力,小说的认同强度都基于读者与作者之间的共鸣,是对二者之间通过文本实现的修辞交易性质与状态的评价。认同强度的力量,与双方之间的认同向度与认同方式密切相关。在作者的集体型权威、作者型权威与个人型权威与读者的顺应型接受、协商型接受、挑战型接受之间,存在着多种组合方式。不同的组合方式,可以产生不同的认同强度,由此也造就了小说批评的丰富性与复杂性。

需要特别指出的是,认同力量是标量而非矢量,对小说的评价不仅需要注意标量问题,更需要注重矢量问题,也就是认同结构的性质判断。对小说进行"人学"批评,始终需要把握的还是"人"的价值。

第二节 "立人"命题的嬗变与认同模式的历史演化

如福柯所言,每个时代有每个时代的"认识型",这种"认识型"决定了小说修辞认同的可能空间,小说作者与读者都只能在时代宏观语境的规约性中发挥自己的能动性。小说修辞特定的历史语境造就了特定的作者与读者，限定了一个时代"立什么人"的理解边界，制约了一个时代"如何立人"的叙述技巧与创新空间，也划定了一个时代"人能否立"的理想疆域。这种时代的规约性，使小说的认同模式在一定时间段表现出相对稳定的特点。随着社会政治经济文化的发展，人们的思维方式、伦理规范与审美规范逐渐变化，小说修辞的认同维度、认同向度与认同强度随之改变，认同模式由此逐渐转化。这种小说修辞认同维度、认同向度与认同强度等方面的时代规约性，使中国小说认同模式表现出鲜明的时代性与民族性特征。大体而言，中国小说认同模式可以分为传统—阐释型认同模式、现代—协商型认同模式，以及后现代—错位型认同模式。

一　传统—阐释型认同模式

在传统社会中，由于意识形态、知识生产、艺术传播等方面的高度集中统一，小说作者与读者都处于超稳定超同一的宏观文化语境中。他们都认同一个"天理"，对人的理解，以及立人的要求与方式，都处于高度一致的状态。因此，传统小说的认同模式表现出超稳定特征。

（一）认同维度的规约性

在古代中国相当长的时间内，由于"天理"的既定性，小说对于"立什么人"的理解长期保持稳定。

传统小说对人的理解与书写，与其认知世界的方式密切相关。天人交感的思维方式，从根本上制约了传统小说对世界的理解与阐释，构成"天理"存在的认识论基础。关云长的死后封神与秦可卿的临终托梦，看起来风马牛不相及，而背后体现的是同样的思维方式，那就是天地神有其自身的运行法则，人间世只是这种法则的体现。这种共同的理解世界的方式，使小说作者与读者可以毫无障碍地交流对世界的认识，为传统小说的伦理认同打下了认识论基础。

就伦理维度而言，"三纲五常"不仅划定了现实中"人"的行为规范，也划定了小说关于人的想象边界。对于具有超稳定的政治、经济、文化结构的传统社会而言，小说叙事的主要任务就是封建意识形态的再生产。尽管中国历史上经历多次改朝换代，但封建专制制度与封建意识形态没有受到真正的冲击。通过多种途径的潜移默化，传统纲常思想已经内化为作者与读者共有的"日用而不知"的社会意识。传统小说修辞的主导情境，就是由这种社会意识支撑起来的价值体系，"三纲五常"成为传统小说阐释的"天理"，小说中的人物与事件不过是"三纲"这一"天理"的人间体现。《西游记》可以说是传统小说中最具有叛逆色彩的作品，孙悟空天生没有父母，见到玉皇大帝也不磕头，授业之师也已与他划清界限，至于女色与家庭更是与孙悟空无缘。这种无君无父无妻的"三无主义"可能是对三纲最彻底的挑战，写出了传统小说对于"自由"与"平等"的想象的极致。然而，这种"三无主义"在传统社会中不可能持续，因此孙悟空奉行"三无主义"大闹天宫之后，被如来佛压到了五指山下。为了从五指山下脱身，孙悟空不得不拜一无所能的唐僧为师，他对自由的追求不得不屈从于紧箍咒的束缚。他成佛后外在的金箍没有了，但实际上外在的金箍已内化为内在的自我约束。孙悟空的境遇可以说是中国文化的一个寓言：任何反叛者都无法逃出如来佛的手掌心，而成佛的最高境界就是将外在约束转化为自我约束。收起心猿意马的孙悟空，再也没有"皇帝轮流做"的念头，通过认同现有等级制度而被现有等级制度认可，实现彻底的"驯化"。因为"天理"的既定性，"驯民"（驯化臣民）成为传统小说的主要伦理目的。"天有十日，人有十等，下所以事上，上所以共神也。故王臣公，公臣大夫，大夫臣士，士臣皂（皁），皁臣舆，舆臣隶，隶臣僚，僚臣仆，仆臣台。"① 让每个人都各安其位，是"驯民"的关键。这种"驯民"要求，不仅体现在《平山冷燕》《玉娇梨》《红楼梦》等男女叙事中，也体现在《封神演义》《西游记》等鬼神叙事中，以及《三国演义》《水浒传》等带有"叛逆"色彩的英雄叙事中。《三国演义》"君

---

① 孔颖达：《左传春秋正义》卷四十四，阮元校刻《十三经注疏》，中华书局1980年版，第2048页。

臣如手足"的政治蓝图，实际上以君臣之大防为前提，桃园结义时"长兄如父"，刘备因此获得绝对的权威。《水浒传》"四海之内皆兄弟"的"平等"理想，最终还是通过"家文化"的排座次，确定宋江至高无上的"家长"地位。

传统小说作者与读者认知方式与伦理观念的相似性，使传统小说修辞的审美维度也表现出其独特性。传统小说作者与读者在伦理观念、认知方式等方面非常接近，因此，传统小说要想获得读者的关注，就需要凸显出故事的新奇性以及叙事的趣味性。因此，传统小说作者与读者虽然认知方式一致，但作者在具体知识方面，则具有完全的优势，他知道许多读者不知道的新鲜故事，掌握许多读者不知道的知识。通过具体知识的优越性，小说作者建立了相对于读者的权威地位。无论是英雄叙事中的历史知识，还是男女叙事中的爱情想象，或者鬼神叙事中的因果报应，小说作者通过找到让读者感兴趣的知识点，满足读者的"好奇心"，从而使小说具有吸引力。与此同时，在小说的叙事技巧方面，传统小说作者通过强烈的冲突来制造悬念，使小说保持较强的叙事动力，从而吸引读者对叙事保持兴趣。这也就使传统小说在审美方面表现出强烈的以情节为中心的"好奇"倾向。

(二) 认同向度的单向性

中国传统小说的作者与读者处于同一"道统"之中，没有根本的价值冲突。然而，"闻道有先后"，因此，作者通常以"先闻道者"自居，由于对"道统"的"先知"而获得了一种"集体型"叙述权威。中国传统小说虽然存在文言小说与白话小说的分野，表现为两种不同的审美风格，面对两个全然不同的读者群体，但作者的权威地位都来源于对"道统"阐释权的垄断。这种权威性使作者在整个交流过程中处于主导地位，作者通常以"传道者"身份对读者进行"宣讲"，表现出一种单向度认同的特征。

在认知层面，传统小说作者通常是读者的"导师"。他们不仅包揽了对世界的解释权，同样拥有具体知识的优越感。从《虬髯客传》到《三国演义》再到《荡寇志》，小说作者拥有历史知识的优越性，因此也附带拥有对一切事物阐释的优先性。从《搜神记》到《聊斋志异》

再到《淞隐漫录》，关于鬼神的传说，不仅满足了读者好奇心，而且建构了阐释"天—人"关系的认识论模式。从《三言》《二拍》到《金瓶梅》《红楼梦》再到《花月痕》《儿女英雄传》，虽然描写的是日常生活，但对普通读者而言，这种日常生活与他们的生活相距甚远，具有重要的"开智"作用。读者如同进入大观园的刘姥姥，对一切都充满好奇。作者的叙述正满足了他们的好奇。

在伦理层面，传统小说中的人事不过是天理的一种投射，作者的使命便是阐释天理，因此，他获得了叙述权威，成为传统价值的阐释—宣讲者。罗贯中从来不会为《三国演义》的"拥刘反曹"感到疑惑，因为他认为自己阐释的就是天理。甚至兰陵笑笑生在《金瓶梅》中，同样要说上几句劝惩的套话，由此凸显出他创作的正当。因为对"天理"与"道统"的坚信，使传统小说作者占据了道德制高点，可以直接对读者进行阐释与宣讲。

在审美层面，传统小说作者更是绝对的主导者。就白话小说一脉而言，其流传主要依靠"说—听"模式，大多数普通读者不能阅读小说文本，而是通过说书人这一中介完成接受过程。在这一过程中，作者处于主导地位，他们的审美习惯决定了小说的基本审美趣味。其中虽然存在市井气息，但其主导审美取向还是由作者决定，而不是由受众决定，话本小说中引用的大量诗词，可以说就是作者趣味对小说介入的明证，哪怕听众可能完全理解不了诗词，他们还是要在面对下层读者的小说中加入他们认为高雅的诗词，而这些诗词与故事本身并没有太多联系。就文言小说一脉而言，其流传方式虽然与"写—读"相关，是文人之间的内部交流，但其审美趣味从属于文人的整体审美趣味。这种整体倾向制约了文言小说的语言形态、人物塑造、情节设置。因此，在文言小说中，主人公经常是文弱书生，一无所能却又无所不能，其中折射出文人的自恋与自大。

在传统小说修辞交流中，作者无论在理性、伦理还是审美层面，都处于权威地位，使传统小说表现出鲜明的单向度特征。

（三）认同强度的稳定性

传统小说认同维度的规约性与认同向度的单一性，使传统小说的认同强度表现出高度的稳定性。首先,在认同强度的力量方面,传统小说虽然在认同的空间广度方面,由于传播技术的限制,难以实现无远弗届;但在认同的时间方面,由于小说创作数量的局限性,使其对读者的影响可能持续累加。同时,由于没有挑战性力量,传统小说的作者与读者之间始终保持着较高强度的认同,这种高强度认同使传统小说保持一种超稳定形态。

更重要的是,传统小说的超稳定形态,使其认同强度的结构也出现一种超稳定态势。传统小说在故事—叙事—叙述三个层面,特别注重故事层面的"讲什么",作者与读者主要通过故事获得高强度的认同。由于传统小说的主要修辞目的就是维护名教纲常这一"天理",这种修辞目的的既定性,使小说作者与读者在一定程度上只能关注"故事"层面的创新,故事的新颖性与情节的曲折性成为小说的首要任务。中国传统小说读者与作者对"传奇"的推崇,显示出对小说故事新颖性与传奇性的追求。大家都希望看到一个自己没看到过没经历过的故事,由此来满足自己对生活的好奇心。无论是白话小说还是文言小说,历史小说或狭邪小说,讲述的都是常人很少经历的故事。就是《金瓶梅》与《红楼梦》等关注日常生活的小说,其中的"日常生活"也并不是普通人能有机会体验的。虽然这些小说当时能够唤起诸多上流社会人士的共鸣,由此获得"写真"的美名,但小说之所以能流传广远,主要还是普通读者的好奇心在发挥作用。大体而言,这种由宋元话本肇始,以《金瓶梅》与《红楼梦》为集大成者的日常生活转向,并没有弱化传统小说的故事性,而只是将对故事性的追求由宏大的历史舞台转向了日常生活。

就伦理维度而言,传统小说也是强调故事层面伦理关系的复杂性与丰富性。小说故事的传奇性,来源于人物经历的传奇性。独特的人物经历必然包含独特的人物关系,由此使传统小说故事层面的伦理关系表现出独特性与复杂性。落难才子中状元,虽然后来变成了一个老套模式,但其中折射出当时作者与读者对这一伦理关系的关注。它不仅意味着人物命运的改变,也意味着人物之间伦理关系的改变。虽然这种伦理关系的改变并没有动摇传统的价值观,而是强化了传统价值观,如秀才及第之后，一人得道鸡犬升天，家人亲戚朋友都跟着沾光，无疑是对传统等级制度与家族制度的肯定；但是这种伦理关系的改变，也折射出民众改变现实的渴望，揭示出伦理的多重可能性。这种伦理关系的复杂性与丰富性，也是小说故事传奇性的一个重要因素。《金瓶梅》在很大程度上因为其反映的社会伦理关系的复杂性而获得称道。它描绘了一幅广阔的生活画卷，从中可以看出当时的诸多伦理关系。西门庆的每个妻妾后面，实际上都包含着一种独特的社会关系。通过西门庆的各个老婆，小说将笔触延伸到了社会的各个阶层，各个领域。《红楼梦》中的伦理关系虽然较为简单，主要集中在亲情与爱情领域，但这种豪门的钩心斗角，对普通读者而言，不啻一个全新领域。至于《转运汉巧遇洞庭红》《卖油郎独占花魁》等拟话本小说，更是反映日常生活中独特伦理关系的范本。

就审美维度而言，传统小说较为关注故事层面的具象化。为了实现这一目的，传统小说在两个方面表现出独特的审美品格。一是特别重视人物的外貌特征，传统小说中人物出现是一个特别重要的场合，这时不仅需要介绍人物的出身与性格，更重要的是需要给读者留下一个视觉形象，因此人物的肖像描写在传统小说中占有特别重要的地位。《红楼梦》中林黛玉的笼烟眉和《三国演义》中许褚的赤膊，虽然在审美情趣上有天渊之别，但其中体现出的对人物肖像的重视却一脉相承。这种肖像描写，与介绍人物出身的"某生体"叙述一样，由于其模式化而饱受诟病，但其也塑造了传统小说的故事层面的审美风格。另一个特点，则是特别关注人物动作，尤其是细节动作，这也正是使人物真正具象化的重要手段。

二 现代—协商型认同模式

晚清以来三千年未有之大变局，使传统小说对于人的理解逐渐出现解体与变异。传统小说"立什么人"的核心，是要"人"各安其位，服从等级制的安排，因此，"人"的权利与义务是割裂的。他对高于其等级的人只有绝对的义务，而对低于其等级的人则拥有绝对的权利。正是这种权利与义务的割裂,维持了超稳定的传统社会等级制度。由于西方文明的输入,传统社会中视为"天理"的"三纲五常"受到"民主"与"科学"的直接冲击,权利与义务截然分开的等级制受到深刻质疑,权利与义务统一的现代平等观念逐渐普及。现代民主意识的核心,就是人人平等,每个人都拥有各自的权利与义务,权利本身也是义务。个体与国家的关系如此,个体与家庭的关系如此,个体与个体的关系更是如此,"现代的人"由此逐渐露出曙光,小说的认同形态由此得以逐渐改变。

(一) 认同维度的现代性

现代社会的产生以对传统价值观念的全面批判为基点。在对于人的理解上,自近代以来,梁启超、邹容等先觉者就指出中国人的"奴隶"命运,而鲁迅的表述最为直接,最具有革命意义。他直接指出中国历史上只有两个时代:"一,想做奴隶而不得的时代;二,暂时做稳了奴隶的时代。"① 现代社会的核心命题,就是"创造这中国历史上未曾有过的第三样时代"②,使"人"真正获得"'人'的价格"③。这一新的时代使命,使现代小说的认同维度出现真正的质变。

在认知维度上,"赛先生"的普及,使人们开始能够正确认识自身的欲望。"人是一种从动物进化的生物"④,意味着人的欲望是原始的,也是进化的,但从来就不应该是与"天理"对应的应该"灭"的。正确认识甚至满足人的合理欲望,是现代性视野中理解与建构人的基点。近代以来对于科技的重视,建立在科技能够满足人欲因而具有合理性这一基础之上。谭嗣同正是看到了人欲对于社会发展的刺激作用,所以才鼓励"奢侈",为此不惜走到另一个极端,"言俭者,龌龊之昏心,禽道也"⑤。现代的理性的人、经济的人,由此逐渐获得了社会的肯定与认同。传统小说中那些不辨麦黍的主人公,不用从事体力劳动就能够获得所需物质的人,转变成为关注谋生手段的人。从《祝福》中的祥林

---

① 鲁迅:《灯下漫笔》,《鲁迅全集》第一卷,人民文学出版社2005年版,第225页。
② 鲁迅:《灯下漫笔》,《鲁迅全集》第一卷,人民文学出版社2005年版,第225页。
③ 鲁迅:《灯下漫笔》,《鲁迅全集》第一卷,人民文学出版社2005年版,第224页。
④ 周作人:《人的文学》,《新青年》第五卷第六号。
⑤ 谭嗣同:《仁学》,华夏出版社2002年版,第68页。

嫂，到《子夜》中的吴荪甫，他们都被纳入一个复杂的社会经济网络，受其制约。能否正确认识人在社会经济网络中的地位与作用，成为现代个体建构的重要前提。

在伦理维度上，现代小说的核心命题是重构个体的权利与义务关系。《沉沦》中"祖国呀祖国！我的死是你害我的！／你快富起来！强起来罢！／你还有许多儿女在那里受苦呢！"①的喟叹，隐含着一种逻辑思路，那就是我们爱祖国，但祖国也应该爱我们。在这里，一种新型的家国关系隐然形成，那就是国民有爱国的义务，国家同样有保护国民的义务。近代以来，有条件的爱国论逐渐取代传统的无条件的忠君论。国家与政府、国家与民族被有意识地区分开来。对民族的认同可能是无条件的，而对于具体的政府的认同则可能是有条件的。如果不能实现民族富强，政府的合法性就值得怀疑。政府证明其合法性的关键依据则是对国民的保障程度。正是因为对政府的不满，现代革命文学逐渐成为时代主潮。与个体与国家关系的重构同步，是个体与家庭关系的重构。传统社会的家国一体模式，在现代社会中受到深刻质疑与剧烈冲击，个体的自由似乎以反出家庭为前提，传统的父为子纲在时代变局中摇摇欲坠。《家》中的觉慧，作为时代先锋，影响了一代又一代的读者。而夫为妻纲，不仅受到《追求》中章秋柳之类的女性质疑，也受到《伤逝》中涓生之类的男性质疑。人身依附或者说奴隶性格，对于许多现代个体来说似乎都已成为一种不堪忍受的重负。

在审美维度上，与传统小说关注故事层面的"新奇"与叙事层面的"情节"形成鲜明对照，现代小说不太关注故事层面的"新奇"，而是关注叙事层面人物形象的塑造，以及叙述层面透视社会的深度。因此，语言的重要性得到更明显的凸显。一方面，人物语言的个性化是塑造人物形象的重要手段；另一方面，叙述语言的个性化是塑造作者形象的重要手段。语言不仅与审美相关，更与个体的身份相关，成为"立什么人"的一个重要侧面。

---

① 郁达夫：《沉沦》，《郁达夫文集》第一卷，花城出版社、生活·读书·新知三联书店香港分店1982年版，第58页。

（二）认同向度的互动性

现代小说价值体系的建构是一个复杂而艰巨的过程，需要小说作者与读者进行多重协商互动。

鸦片战争尤其是甲午战争以来，传统的"道统"加速解体，作者与读者之间共同的价值体系开始分崩离析。一方面，传统价值观念虽然依旧试图维持其统治地位，但在事实上已不可避免地走向衰亡；另一方面，现代价值观念虽然开始萌生，但同样没有占据统治地位。双方的此消彼长与互相渗透，导致了作者与读者之间的认同方式发生巨大改变。它解构了传统小说修辞中隐含作者—叙述者—人物—受述者—隐含读者之间的价值共同体，社会价值取向趋向多元，由此使小说作者与读者进行对话（论辩）显得极为必要。同时，现代社会的平等意识，也使小说作者难以延续传统居高临下的宣讲姿态，因为宣讲姿态可能会使读者对其失去信心：一个不能平等对待读者的作者，其平等信念的可靠程度也便值得怀疑。现代社会中，作者很难继续垄断"道统"的阐释权，读者也不再只是一个被动的接受体，这就要求作者尊重读者的主体性与平等地位，与其进行协商对话，以期获得最大限度地相互认同。由此，现代小说成为一种"主体"间的对话，而不是一种单向度的宣讲。

这种协商在现代小说修辞交流的认知、伦理与审美等各个层面同步展开，各层面的协商相互制约，相互影响，由此形成一种新型互动模式——"对话"。梁启超倡导的小说界革命，实际创作成就远远落后于其理论意义，一个重要原因就在于新小说过于强调自己的伦理权威，而对读者的理性认知尤其是审美情趣不甚关注，由此使读者难以对其保持持久的关注。谴责小说试图迎合读者的好奇心，但作者也部分放弃了对读者进行更高层次启蒙这一目的，从而使小说作者与读者之间并没有实现真正的相互认同。直到五四时期，随着以鲁迅小说为代表的现代小说崛起，这种现代协商认同模式才得以真正建构。五四小说的作者与读者在伦理观念、理性认知与审美情趣等方面都产生了巨大分化，但在这种分化中，有一种共同的认识，即传统价值体系与传统认知方式已不适合现代社会的发展。在这一大前提下，在对现代化进行探讨的过程中，五四小说作者与读者建立了一种"协商型"认同模式，在理性维度，他们以对读者生活本质的发现换取读者对新的题材主题的认同；在伦理维度，以对读者合理欲望的肯定换取读者对新的伦理规范的认同；在审美维度，以对读者新的文化身份的认同换取读者对作者新的审美情趣的认同。

（三）认同强度的差异性

现代出版技术的发展与传播途径的增加，使现代小说在创作的丰富程度与传播的空间广度方面，远超传统小说；同时，现代社会人们文化水平的提高，也使小说读者大幅增加；这为现代小说修辞认同的转型与发展提供了广阔空间。然而，读者选择主动权越多，作者面临的挑战也越大。作者需采用更多的修辞策略，才可能吸引更多读者，获得更广泛的认同。现代小说认同强度由此出现巨大分化。

在认同强度的力量方面，现代小说流通空间范围的扩大，从整体上讲，意味着现代小说对现代社会生活的影响力的增加。与此同时，现代小说创作的增加，使单部现代小说认同在时间的持久性方面可能出现衰退。与传统小说中一部小说影响几个朝代的读者不同，现代小说创作曾经出现多次热潮，如"问题小说""普罗小说"等，但"其兴也勃焉，其亡也忽焉"，许多风行一时的作品转眼成为明日黄花，无人问津。能否与不同时间不同空间中的读者建立长时段的认同关系，成为检验现代小说质量的重要标准。

在认同强度的结构方面，与传统小说凭借故事层的"新奇"来实现与读者的高强度认同不同，现代小说更注重叙事层的"典型"与叙述层的"深刻"来实现与读者的高强度认同，从而统一了故事层的"讲什么"，叙事层的"怎么讲"，以及叙述层的"为什么这么讲"。

传统小说关注故事的"新奇"，根本原因就在于价值层面的"守旧"。而现代小说的"新颖"，则主要体现在价值观方面的"更新"。因此，现代小说的认同排序出现根本性的变化，对伦理认同的重视程度极大提升，更关注人物与读者之间的相关性。在传统小说中，人们为了故事的新颖性，常常可以不顾其现实可能性，落难才子中状元这类故事，并不因为其在现实生活中不太可能发生而失去其受众，新时期这类故事则成了"瞒与骗"的代表。是否可能发生，成为小说叙事"逼真性"

的一个重要标准。为此,当郑振铎认为阿Q"终于要做革命党","在人格上似乎是两个"① 时,鲁迅直接站出来,认为这就是写实,"据我的意思,中国倘不革命,阿Q便不做,既然革命,就会做的"。甚至对现实进行了更久远的预言,"但我还恐怕我所看见的并非现代的前身,而是甚后,或者竟是二三十年之后"。② 在这种情况下,小说的真实性与深刻性成为衡量小说的重要标准,甚至最高标准。它可以不是真实发生,但应该是可能发生;不是生活的复制,但应该反映生活的逻辑。

现代小说的"写实"倾向,使其更为注重新的价值观念的建构,伦理认同成为小说修辞的主要目的,新价值与旧"道统"之间的交锋成为现代小说中重要的情节发展动力。为了论证自己的价值观念的合理性,现代小说需要利用与传统小说完全不同的资源。传统小说向历史寻找合法性资源,现代小说则以现实生活作为论证自己价值观念合理性的依据。在现代小说作者看来,现实社会比历史显然更有说服力。这也是为什么现代小说作者主要创作现实题材的小说,不太关注科幻题材的重要原因之一。对历史题材的关注,通常出现在表现现实生活受阻的时候,而对历史题材的运用,也常常是借古讽今,"没有将古人写得更死"③。现实不仅是小说创作题材的来源,也成为小说价值判断的标准。

然而,为了实现作者与读者之间的伦理认同,必须建立作者与读者进行有效沟通的公共平台,因此理性认知与审美趣味的更新具有不可或缺的意义。

作者与读者之间伦理认同的实现需要二者理性认知层面的相互认同,现代小说与现实生活相关性的强化,使其叙事逻辑与生活逻辑的相关性也得以强化。小说叙事层面的逻辑性超越小说故事层面的新颖性,成为读者与作者理性认同的关键。作者与读者都不仅关注发生了什么,更关注事件"怎么样"发生。

---

① 鲁迅:《〈阿Q正传〉的成因》,《鲁迅全集》第三卷,人民文学出版社2005年版,第394页。
② 鲁迅:《〈阿Q正传〉的成因》,《鲁迅全集》第三卷,人民文学出版社2005年版,第397页。
③ 鲁迅:《故事新编·序言》,《鲁迅全集》第二卷,人民文学出版社2005年版,第354页。

叙事层面的"如何发生"会影响现代小说的伦理认同，叙述层面的"为什么这样讲"同样影响现代小说的伦理认同。由于小说题材的现实性与主题的针对性，人们对小说的具象性提出了更高的要求；同时，现代印刷技术的进步，大大降低了小说的生产成本，小说的传播方式也随之出现一次大的革命，传统小说中一直保留的"说—听"痕迹逐渐淡化，"写—看"成为主导交流方式。小说的现实针对性使小说修辞技巧创新成为必要，小说的新型传播方式使小说修辞技巧创新具有可能，传统小说的表现手法显然不够用了。"说—听"虚拟语境假定小说修辞交流是一种公共场合下的一次性交流，而"写—看"则使其变成私密空间中的可重复性交流。在这种情况下，作者与读者可以寻找更多的共谋机会，以实现更高层面的阅读快感。一个较为典型的现象就是，现代小说中不可靠叙述明显增多。出于对读者的尊重，越来越多的作者将对事件的判断权部分出让给读者。现代小说中"狂人"[①]之类不可靠叙述者的增多，显然是一种向读者出让判断权的尝试，隐含作者通过不可靠叙述者引导读者作出自己的判断，而不是让读者直接借用叙述者的判断。这也正是现代小说平等意识的审美体现。

与传统小说中基本稳定的供求关系保证了其认同强度的基本稳定不同，现代小说变动不居的供求关系，使现代小说作者与读者之间的认同强度也表现出明显的个体差异与时代差异。读者对作者不断提出更高要求，推动小说修辞不断发展。

三　后现代—错位型认同模式

后现代主义对理性、价值、真实等观念的质疑，使后现代小说对于"立什么人""如何立人"以及"人能否立"等问题的理解发生深刻变化，甚至连小说的修辞认同本身也成为一个可以质疑的话题。然而，小说必然是一种修辞交流，后现代小说也必然存在一定的认同模式。

---

① 参看拙文《中国现代癫狂叙事的修辞策略与认同困境》，《文学评论》2011年第6期。

在中国的现实生活中，后现代社会并未来临，因为所有国人都还在关注"现代"的实现，关注个性解放、民主、自由、平等、公正等现代价值的实现。然而，20世纪80年代末以来，以经济建设为中心这一口号深入人心，现实经济利益的最大化往往成为个体追求的首要目标。这种社会思潮有时导致社会的原子化，人们很难找到共同的精神价值平台，由此也难以展开真正的对话。经济利益上的利己主义虽然并不必然与个性解放、民主、自由等现代价值直接冲突，有时甚至相互促进，但对利己主义的过分强调必然导致公共话题的失焦，大家关注的焦点不再集中于这些现代价值，由此导致话语交流平台的分裂。与此同时，西方后现代思潮为论证这种社会意识的合理性提供了理论资源，使某些作者与理论家的眼光表现出一种"超前性"，有意识地加剧了社会的原子化、言说的个体化与意义的碎片化。

后现代小说在逻辑层面的碎裂性与伦理层面的矛盾性，使小说作者与读者在理性与伦理层面相互认同的重要性下降，小说的审美层面则出现新的可能空间。后现代小说对"叙述"的强调，使后现代认同模式表现出其独有特征。

（一）认同维度的含混性

现代小说尽管关于"立什么人"有着不同的倾向，但其整体价值观还是较为清晰的。这种清晰性在后现代小说那里逐渐消退。"人是近期的发明。并且正接近其终点。"[①] 因此，"如同大海边沙地上的一张脸"[②]，人将被后现代的海浪逐渐磨平，失去其明显特征。在这种语境中，"人"的理解被重新建构。

在伦理维度方面，现代小说强调"人"的权利与义务的统一，后现代小说则更关注权力与权利，淡化责任与义务。"上帝死了"之后，没有上帝的注视，一切皆有可能。因此，"我爱美元""有了快感你就喊"，都不过为了"冷也好热也好活着就好"。生理欲望突破社会禁忌

---

① ［法］米歇尔·福柯：《词与物——人文科学考古学》，莫伟民译，上海三联书店2001年版，第506页。
② ［法］米歇尔·福柯：《词与物——人文科学考古学》，莫伟民译，上海三联书店2001年版，第506页。

的压制,获得完全的合法性,《上海宝贝》等作品向读者打开了一扇通向隐秘欲望的暗门。后现代小说试图回避道德判断,格非的叙事迷宫将许多现存道德判断融为一种混杂的喧哗;王小波则以超然的眼光,看着芸芸众生的荒唐表演。

后现代的伦理观念不仅具有道德意义,而且具有认识论的意义。后现代小说书写的生活内容,对于普通读者而言意味着一种新的生活方式;后现代小说书写生活的方式,则是一种新的认知方式。后现代小说试图解构小说与现实的相关性,否定小说的逼真性,拆解情节的逻辑性,这种解构扩展了人们的认知领域,丰富了人们的认知方式,隐含着一种对生活的再思考。如王小波所言,"生活有真实和想象两个部分"①,人类的精神生活也是一种真实存在,甚至比物质生活更重要,"有种文艺理论以为,作品应该'源于生活,高于生活',但我以为,起码现实生活中的大多数场景是不配被写进小说的。所以,有时想象比摹写生活更可取"②。

我们看到的、听到的、经历的是一种真实存在,我们想过的也是一种真实存在,不能因为我们想过的东西没有留下痕迹就被当成一种虚幻,小说正是保留我们的精神存在的最好手段。在后现代小说看来,这种想象世界可能是一种更高的真实,能够验证我们精神生活所能达到的境界。马原的叙述圈套、格非的叙述迷宫,其指向重心虽然各有不同,但实际上都没有超出王小波的论述。

由于后现代小说更关注人的生理性欲求,或者想象性存在,而不再是现实生活中人的生存状态,因此,小说"展示"现实生活的功能被弱化,"讲述"本身的重要性被提升,因此在审美层面,叙述的重要性得以凸显。"讲述"在小说中一直存在,与传统小说、现代小说不同的是,后现代小说的"讲述"表现出对叙事逻辑性的质疑与消解。在后现代主义看来,人的行为与思想带有极大的偶然性,人不仅受意识与理性制约,也受潜意识支配,而后者并不能完全用理性解

---

① 王小波:《红拂夜奔》,《王小波文集》第二卷,中国青年出版社1999年版,第494页。
② 王小波:《〈未来世界〉自序》,《王小波文集》第四卷,中国青年出版社1999年版,第326页。

释，因此人的行动有时也无法用逻辑来规范。后现代关注的就是这种无逻辑或弱逻辑的人生常态。残雪、韩东、李冯以及须一瓜等人，都试图打破寻常的逻辑链条，表现生活中的非理性因素。这种非逻辑的讲述，为后现代小说带来新的审美风格，培育着读者新的身份意识与审美趣味。

（二）认同向度的阻滞性

作为现代小说修辞沟通平台的主体意识与理性精神等中心概念，在后现代语境中受到强有力的挑战。人类的主体神话随着"逻各斯"的解构而不成片段，人类曾经共有的沟通平台不再受信任。每个人都可以言说，但每个人都不信任他人的言说，于是世界充满纷繁杂乱的"独白"，混杂成无意义的喧哗。这种后现代"独白"不同于传统叙述的"宣讲"。在传统的宣讲情境中，只有宣讲者一个人在说话，其他的人都是听众，这种宣讲有明确的说话对象，明确的意义指向，所有听众都保持沉默听他讲话，因此这一话语行为的意义极为明晰。后现代语境中的独白，则是所有的人都在说话，却没有谁在专注地聆听别人说话；所有人都试图表达自己的想法，但很少有人试图建构与他人进行有效沟通与对话的话语平台。

在这种认同模式中，作者与读者的关系被彻底改造。与后现代对逻各斯的解构相似，后现代叙述中，读者也在同步解构作者的叙述权威。重要的不是作者写了什么，而是读者读到了什么。读者在传统认同模式中是处于从属—边缘地位的角色，在现代认同模式中是与作者平等对话的主体，在后现代认同模式中则隐然成为另一个中心，对作者的中心地位提出了巨大挑战。在后现代小说修辞中，作者的主导地位不仅受到读者的严重质疑，也被作者有意识地进行自我解构。通过元小说与戏拟等方式，作者让自己站在读者的位置对自己的叙述进行拆台，从而实现作者与读者位置的变换。

在这种情况下，一切讲述都接近于私人性的独白。然而，讲述本身不可能完全是私人的，任何讲述采用的都是公共符号，因此，所谓彻底的私人性是后现代的一个悖论。在这一悖论语境中，独白获得更为自由的阐释空间，作者与读者都不用过于担心所谓的"共识"。作者讲述他想讲述的，读者关注他想看到与能看到的。在这样一种交流语境中，双方难以实现与对方的真正沟通，出现一种交流的阻滞，最后使双方之间的认同出现"错位"，对同一文本的理解可能非常不同。当王小波强调自己的目的就是讲一个好的故事的时候，有读者总是试图从中发现微言大义；当残雪试图阐释自己作品中的微言大义的时候，有读者却认为这不过是故弄玄虚。虽然错位认同在小说修辞中永恒存在，就如同所谓误读永恒存在一样，但后现代小说的错位，并不是一种"误读"，而是"正读"，是作者与读者都鼓励并认同的解读方式。这种有意的"错位"，使后现代小说成为一道独特的风景。

（三）认同强度的偶然性

就中国的现实而言，后现代情状从未真正到来，因此，对后现代主义的接受主要是一种理论上的移植与嫁接。就后现代小说而言，无论对于作者还是读者，这种小说创作更多的是一种理论上的试验与审美上的探索，而不是一种伦理上的内生。

后现代小说的这些特征，使其在认同强度的力量方面存在较大局限。在认同的空间广度方面，后现代小说受到读者群的制约。能够理解后现代小说的读者，一般而言是能够理解后现代主义的读者，这对小说读者提出了相当高的要求，后现代小说的"先锋"色彩使其曲高和寡。在认同的时间长度方面，后现代小说的兴起与后现代主义的兴起基本同步。随着后现代主义的退潮，后现代小说的影响力自然也随之衰退。在刺激强度方面，后现代小说最初可能给人耳目一新之感，但如果缺乏故事层面的支持，后现代小说的迷宫终究只是迷宫。

在认同强度的结构方面，后现代小说给读者冲击最大的是认知层面与审美层面。后现代小说特别重视叙事层的"怎么讲"，并将其独立与凸显出来，割裂了其与故事层"讲什么"以及叙述层"为什么这样讲"之间的内在联系。后现代主义质疑与解构了小说的"逼真性"，由此解构了小说与现实的相关性。在后现代主义眼中，只要承认小说是人的创作，那么无论怎样追求小说的逼真性，都不能掩盖其人为性的特征，因此，追求逼真性本身就是一个错误。他们认为展示小说本身的虚构性，反而更接近"真实"。这种"元小说"观念对小说修辞产生了重大影响，叙述技巧得到更多的重视。在后现代小说中，隐含作者不再"隐含"，而是经常非常明显地在文本中出现，由此凸显出小说本身的虚构性，如王小波小说中的王二，与马原小说中那个叫作马原的汉人。这种对叙述技巧的关注，使作者对自身的不可重复性也特别关注，不断追求叙述方式的创新。其中，对于隐含作者的多种"面目"的探讨，是他们关注的一个重要方面。从元小说的全面介入，到"零度"的置身事外，"一切皆有可能"。这种审美风格追求的多样化，无疑是对现代小说中常见的"现实主义"的丰富，带来了中国小说对"形式主义"的真正重视，凸显出形式的审美重要性。

这种对叙述技巧的凸显，也导致了小说伦理认同与理性认同的转变。

在后现代主义看来，小说修辞的主要目的不再是对价值的认同，而是对言说权力的认同。与后现代的平面化、碎裂化、去主体、去深度、去中心相关，后现代小说修辞中的叙述者不再充当价值评判者的角色，理性权威受到质疑。现代小说试图通过协调对话来实现多元价值主体之间的价值认同，后现代修辞则关注多元话语方式之间对话语权力的认同。现代小说作者与读者进行沟通的平台是主体与理性，后现代小说作者与读者进行沟通的平台则是话语权力，也就是承认每个人都有言说的权力。在这一基础上，寻求话语权力的最大化以及最广泛的认同，也许就是后现代小说的目的。

后现代主义对逻各斯的质疑，使后现代小说中的人与事不再专注于主体与理性这些现代价值规范，表现出一种碎裂的形态。小说中的人物与情节均成为解构对象，故事逻辑被消解，人物典型被消解，剩下的只有碎片化的事件。这种后现代修辞虽然不再以现代的价值认同为目标，但在一定程度上，意味着一种现代之后的"自由"与"平等"。这种"超自由"与"超平等"在尚未完全实现现代价值目标的中国，虽然显得有点不合时宜，但体现出一种思维的超前性，意味着另一种启蒙：思维方式的启蒙。

在漫长的发展过程中，中国小说修辞认同模式的各个方面虽然存在重心转移的历史脉络，但这并不意味着小说修辞认同模式的发展就是一种线性过程。在这种历时发展中，有主流，有支流，有顺境，有逆境，更多的时候各种倾向混杂在一起，相互交融，而不是前赴后继。从中国小说的现代转型过程中，可以清晰地看到这种复杂的存在状态。

第二章　近代社会认同分化与传统小说认同模式的解体

鸦片战争以来，中国社会认同取向逐渐分化。与西方的坚船利炮一起进入中国的，还有西方的科学技术、政治观念与人文思想，传统文化不再一统天下，社会认同开始出现多元分化。但文学对社会认同分化的感受，却存在一个逐渐下沉的过程。最早受到冲击的是极少数高层官员以及敏感的上层知识分子。表现在文学创作领域，是与上层知识分子联系密切的诗歌与散文开始反映时代变化。甲午战争失败后，社会危机意识迅速下沉。公车上书折射出下层知识分子政治参与意识的高涨，庚子事变则标志着普通民众反帝情绪的爆发。在这种社会危机意识下沉的时代氛围中，与普通百姓联系紧密的"俗文学"——小说，开始登上历史的大舞台，中国小说的认同模式逐渐发生改变。

与政治格局与文化观念上的变化同步，近代经济运行方式也发生了巨大变化。近代印刷工业的发展与近代传播媒介的兴起，逐渐改变了中国的文化生产与再生产机制，加速了社会认同分化的进程。传统社会中，文化的生产与再生产主要通过学堂进行，而学堂学生的最终目的就是通过科举考试，因此，朝廷可以通过控制科举考试来控制传统文化的阐释权，其文化生产与再生产也就能够围绕"三纲五常"高度集中统一。传统小说虽然带有民间话语性质，但从来未曾对官方话语构成根本威胁。这不仅因为政府可以通过查禁小说的方式进行釜底抽薪，更重要的是所有小说作者实际上都是饱受官方意识形态熏染的知识分子，哪怕是民间知识分子，其价值观念依旧以官方正统为准绳。朝廷对文化阐释权的垄断地位，受到近代报刊尤其是租界报刊的沉重冲击，近代社会文化生产与再生产机制由此发生根本性的改变。首先，从性质上讲，近代报刊带有公共话语性质，这对传统铁板一块的官方话语构成挑战，民间话语由此取得话语权的重大突破，由无声的一群转变为能发声的一群。其次，从发行的自由度与广泛度而言，近代报刊对社会的影响日渐扩大，传统文化生产机制难以维持其绝对优势。最后，近代报刊提倡的观念，与传统观念存在内在冲突，由此削弱了传统文化权威地位。

  总而言之，近代政治经济文化的剧烈变迁，造成了近代社会的认同困境与认同危机。外国的侵略暴露出中国的落后；中国的落后则可以归咎于政府的无能；政府的无能刺激人们探讨强国之路；对于强国之路的探讨又可能出现不同的观点。近代报刊不断放大这些各不相同的观点，从而加剧与加速了社会认同取向的分化进程。这种分化，一方面表现为保守者与变革者之间的此消彼长，另一方面表现为变革者与保守者内部的众声喧哗，中国由此从传统的一家独鸣进入多声齐鸣。声音的增加，自然也带来认同取向的增加，由此导致社会认同取向的分裂，以及普通人的认同选择的困境。近代中国政治管理体制、经济运行方式与文化生产机制的变化，改变了小说的作者与读者，也改变了二者之间的关系，传统认同模式难以为继，中国小说由此开始现代转型。

第一节　情境裂变与近代小说认同困境的发生

  中国小说在甲午战争以前，并没有受到时代变化的太大影响，依旧沿袭传统小说的发展趋势。《花月痕》《儿女英雄传》《品花宝鉴》《荡寇志》等作品，从价值观到艺术手法，都没有太多新意，小说对时局变化缺乏必要的敏感。《花月痕》涉及太平天国运动，但其对太平天国的评价，采用的还是传统的叛乱眼光；《荡寇志》出现了洋人的身影，但洋人的地位与传统小说中的番人相似；由此也可以看出传统认同模式的稳固程度。传统认同模式依存的政治、经济、文化超稳定结构，虽然经历了第一次鸦片战争、第二次鸦片战争与太平天国运动的冲击，但还没有被动摇根本，清政府的合法性也没有因此而丧失，依旧被传统文人视为"正统"。包括曾国藩等中兴名臣在内,从来没有人质疑过清政府的合法性,太平天国始终被视为"叛乱"。这一时期对西方文化的接受,在内容上主要局限于科学技术,在接受主体上局限于极少数高级官员与上层知识分子,而他们作为体制内人员,不太可能挑战官方意识形态。甲午海战失败后,局势大变,由于近代传媒的发展,了解时事的人群逐渐增加,官方的鸵鸟政策与愚民政策逐渐失效。在政治形势上,民间对官方质疑的声音开始增多;在传播媒介上,民间发声的途径逐渐增多,影响逐渐扩大;在思想观念上,民间对西方文化的接受逐渐扩展到政治思想等方面。近代社会思想的多元化,使人们的认同取向出现分化,普通民众陷入认同困境。这种社会认同分化,对近代小说的认同维度、认同向度等产生了深远影响,作者与读者之间开始出现认同危机,新的认同模式由此逐渐浮出历史地表。

一 时局变化与认同取向的分裂

中国近代积弱积贫的过程,也就是清政府的合法性与合理性逐渐流失的过程。这一流失过程,以1894年中日甲午战争为拐点,速度加快,程度加深,社会对政府的不满逐渐加深。此前清政府还可以通过掩盖事实、封锁消息等方式,使百姓无从得知丧权辱国的种种条约,近代传媒则让稍微关注国事的人都能了解甲午之耻之痛。包天笑的回忆录记录了当时文人的普遍心态:"那个时候,中国和日本打起仗来,而中国却打败了,这便是中日甲午之战了。割去了台湾之后,还要要求各口通商,苏州也开了日本租界。这时候,潜藏在中国人心底里的民族思想,便发动起来,一班读书人,向来莫谈国事的,也要与闻时事,为什么人家比我强,而我们比人弱?为什么被挫于一个小小的日本呢?读书人除了八股八韵之外,还有它应该研究的学问呢!"[①]

这种痛感促使了"公车上书"的发生。"公车上书"实际上包含着肯定与否定清政府合法性的双重性。一方面,公车上书证明了知识分子

---

① 包天笑:《记徐子丹师》,《钏影楼回忆录》,(香港)大华出版社1971年版,第145页。

对清政府依旧持肯定态度，对其寄予厚望，希望其能够奋发图强；另一方面，公车上书意味着知识分子试图干政，而这种书生干政可能削弱其合法性。以前的朝政大事，都是"肉食者谋之"，与百姓无间，而"公车上书"则是知识分子对朝政的质疑，潜台词是，一旦朝廷不采纳知识分子的意见，朝廷在知识分子心目中的合理性自然也会消退。

以公车上书为起点，中国知识分子登上政治舞台。随后"强学会""保国会"等知识分子团体的建立，以及《强学报》《时务报》等刊物的创刊，知识分子表现出对朝政的强烈关切，而这种关切在实质上也是对政府的质疑。后来"百日维新"的失败，加剧了政府合法性的消解。光绪皇帝与慈禧太后之争，在朝廷看来，是宫廷内部权力之争，而在民间眼中，则可能演化为政权的合法性之争。按照儒家观念，皇帝才是真正的决策者。皇帝失势，太后行权，不仅是朝廷内部的权利之争，更是对儒家观念的挑战。当蔡元培等上层知识分子也对这一权力结构进行质疑甚至反抗的时候，其合理性也便岌岌可危。因此，帝后之争背后隐含着儒家文化与宫廷文化的对抗，最后甚至演化成汉族权贵与满族权贵的对抗。相对而言，后党都是满族权贵，崇尚功利与实用，以自身利益为基点；而帝党则大多是汉族儒士，信奉仁义等传统价值准则。二者从文化上可以立判高下，但对权力的把握正好与文化上的地位成反比。这种不合理态势的长期持续，自然会削弱普通民众对朝廷的信心。

这种政治态势使传统政权—文化、朝臣—文人相互协调的意识形态运作体制，出现大的错位与翻转，普通民众在意识形态运作机制中的作用发生了巨大变化。传统意识形态运作机制的解体，使传统社会中君—臣—绅—民四者之间超稳定的金字塔形结构解体，转而变成游移不定的四边关系，认同取向高度统一的传统社会，逐渐转变成各种观念的角力场。传统小说认同模式依托的基石被逐渐动摇。

（一）君—臣—绅—民超稳定结构的解体与认同分化

在传统文化看来，"天子"的地位与"天意"相通，其决策具有天然的合法性，这也是传统政治制度能够保持高度稳定的内在缘由。中国历史上的改朝换代，换的只是姓氏，而不是制度，由此可以见出其根基之深，结构之稳。

这种制度的高度稳定性建立在君—臣—绅超稳定的层级结构上。一方面，君通过臣，对民众实行行政控制，使民众能够服从管理；另一方面，官通过绅，对民众进行意识形态内化，使其能够安于现状，三者的意识形态认同始终保持高度一致。在这种运行机制中，民始终是被动角色，"非礼勿动非礼勿言"等教条，成为百姓的基本行为规范。虽然民众在不堪忍受时也可能成为一种"覆舟"的力量，但他们最终也只能是无意识的"水"，要"覆舟"还需绅士阶层的"风"。换代之后，君依旧处于权力金字塔的最高层，除了部分民众爬上了臣或者绅的阶层，整个社会结构并没有发生根本改变。

鸦片战争以来，随着西方坚船利炮一起进来的，还有西方政治观念。在近代西方民主观念的冲击下，君权的合法性不仅受到理论的质疑，而且受到实践的检验。如果皇帝无法有效地治理国家，保护臣民，其合法性自然会被逐渐削弱。1894年甲午战争的失败，就是压在这个朝廷上的一根巨大梁木。后来的帝后之争，更从内部掏空了其合法性的根基。辛亥革命之所以没有人殉节，根本原因就在于传统帝制的合法性已不大被人认同。袁世凯称帝与张勋复辟的失败，从另一个角度证明了现代民主制度影响的深远。

在现代民主制度中，民众的感受成为衡量政权合法性的重要依据，因此，民众的重要性随之提高。甲午以后，中国的政治运行机制出现明显的变化。那就是以前三位一体的君—臣—绅结构，成为君—臣/绅结构。绅—知识分子的认同与臣出现分化，甚至成为臣的对立面。戊戌维新失败之后，最顶端的君也分化为帝/后二元结构，由此出现政治运行的显结构与隐结构的冲突。在显结构层面，太后与官员成为显在行政管理机构的掌控者，对整个社会进行管治；而在隐结构方面，知识分子以皇帝为号召，进行意识形态宣传主动权的争夺。在这一机制中，民众的重要性也随之提升。他们不再只是被管治的对象，而是知识分子力图争取过来以对抗行政体制的力量。

由此，传统的愚民政策在这里出现重大转向。以前无论君—臣—绅实际上实行的都是愚民政策，目的就是要让百姓安守本分，服从管治；现在则出现分化，君—臣继续一贯的愚民政策，而绅则开始试图启蒙民众，让百姓介入国家与社会发展进程，成为绅—知识分子可以动员的力量。

由此，传统超稳定金字塔结构：

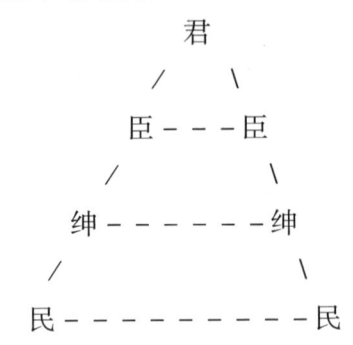

```
            君
           / \
          臣---臣
         /     \
        绅------绅
       /         \
      民----------民
```

转化为包含着多重分裂与对立的不稳定的四边形结构：

```
        后/帝
        /   \
      臣-----绅
        \   /
        民/民
```

对于臣而言，民众依旧只是管治对象；对于绅而言，民众则转化成为潜在的援军，启蒙的重要性由此凸显。

辛亥革命之后，虽然推翻了帝制，政治权力在形式上统一到总统，但官与绅的对立却没有完全弥合，主要表现在官方的专制本质与知识分子的民主观念之间存在巨大冲突。袁世凯总统之位的合法性依据，本来是孙中山指导制定的《临时约法》，但此后袁世凯多次修改约法甚至制定宪法，不断扩充总统权力，甚至试图利用法律实现称帝，由此可以看出其专制本质。然而，袁世凯表面上对法律的重视，还是隐含着现代政权的法理依据已由传统的"皇权天授"转化为"政权民授"，这也意味着总统的合法性，除了政治与军事实力的支持，还需要法统与民众的支持。袁世凯政府这种外在的民主形式与内在的专制实质之间的背离，使其行政管理体制内部也出现分化。传统作为一个统一体向皇帝负责的"臣"，分化为具有不同诉求的行业官僚体系与地方官僚体系，由此出现地方政权与中央政权的分离倾向。而侧重意识形态再生产的"知识分子"，与袁世凯试图确立的新"法统"，更是南辕北辙。官方的意识形态宣传，与民间的意识形态感受，相互对立，相互解构，从而形成更明显的分化。

袁世凯去世后，中国进入了更深层的分化与对立。政治上军阀割据，意识形态上多种思潮风起云涌，社会认同取向陷入更深刻的危机。在这种社会认同分化加剧的语境中，小说作为与百姓关系密切的文学形式，承载起其独特的历史使命。

（二）认同取向的分化与小说地位的提升

社会认同取向的分化，使各个阵营都需要运用自己的策略去论证与宣传自己的合法性，争取民众的认同。对于掌握国家机器的政府部门而言，这似乎只是一个如何对意识形态进行包装的问题。袁世凯准备称帝时期，甚至有专门印制给他看的报纸，由此可以见出行政权力运作之一斑。而对于"在野"的知识分子而言，民众的舆论支持与行动支持，则是他们可能争取的重要社会资源。

1895年到1917年，社会认同取向的分化，首先表现为维新派与顽固派的对垒，然后是改良派与革命派的纠缠，革命派内部还存在反满与共和的分歧，辛亥革命后又有帝制与共和的反复。除了早期作为执政者的顽固派，其他各种力量都尝试利用舆论力量寻求民众的认同与支持。在各种观念争夺民众认同的历史时期，小说因为与民众的关系紧密而受到高度重视，其地位得到极大提升。

虽然小说一直是与普通民众联系最为紧密的文学样式，但它在由上层知识分子主导的传统文学版图中地位并不高。原因之一是小说作者本身地位不高，在文学史著述中没有话语权。而诗文的地位，则由于作者的社会地位而得以在文学版图中占据较高位置。"诗言志"，"文以载道"，诗与文由此垄断了文学的抒情功能与说理功能，至于叙事功能，则另有"史"在，小说作为"稗史"被列入更低的行列。原因之二是小说只是"小道"的载体，没有多少理论独创性，难以进入大雅之堂。历代文人对小说社会功能的定位，基本都是教化"小民"，而非启蒙雅士。小说在传统社会运作机制中，处于最下层的绅—民交接处，充当着愚民的工具。

近代小说兴起的大背景，是传统政治运行机制的逐渐解体，民众的社会地位开始逐渐提升，作为与民众联系最紧密的小说，由此获得士绅阶层的重视。传统社会利用小说将民众驯化为无声的一群，小说由于受众的卑微而卑微。近代社会则试图利用小说使民众觉醒，进而使民众成为影响政治的力量，小说的重要性由此得到彰显，因为受众地位的提升而提升。与此直接相关，小说与现实的关系得以强化。传统小说的"慕史"情结，使其更为关注历史，而非当下，对事件的阐释，也主要依据传统价值观，其目的就是论证并宣扬传统意识形态的合法性与合理性。对于近代小说作家而言，其试图利用小说争夺民众支持，就必然要求他更关注民众的生活处境，做出与民众利益一致的价值判断。虽然不同作者对现实的判断，由于其所使用的理论资源不同，必然会呈现出不同面目，社会认同的分裂，也必然体现在小说之中；但从总体上看，"小说为文学之最上乘"[①]的说法不胫而走，小说的地位显著提升，用小说争取民众，进而影响社会发展进程的意识逐渐凸显。

二 观念冲突与话语权威的解体

要寻求社会认同，小说需要具有相应的理论资源。对于传统小说而言，一切似乎都不言自明。代代相传的儒家伦理教诲在现实生活中简化为"三纲五常"之类的道德规范，成为"日用而不知"的信念。传统小说大多体现着这种日用而不知的信念，由此具有不言自明的权威性。然而，作为与百姓联系最为紧密的文体，小说与诗文的纯粹与雅正不同，在与百姓的互动过程中，受到百姓草根信仰的影响，由此形成传统小说话语权威的特色，其中包含三大支柱：天人交感的世界观、天道轮回的历史观与天理昭昭的伦理观。甲午战争以后，由于士绅阶层对小说的强势介入，这些支柱受到深刻质疑与深度改造，近代与传统之间强烈的观念冲突使传统话语权威逐渐解体。受到西方近代文化影响的近代小说作者，试图为近代小说寻找新的理论支撑，进而建构自己

[①] 饮冰（梁启超）：《论小说与群治之关系》，《新小说》第一号。

的话语权威。

(一) 天人交感与天人相分

尽管在庙堂中，儒家文化占据绝对主导位置，但对于广大百姓而言，影响最深的却是道教。"中国根柢全在道教"①，明白了这点，不仅"以此读史，有许多问题可以迎刃而解"②，以此阅世，也可以明白不少问题。现实生活中"纵欲成仙，袖手杀人"③ 等白日梦式的奇想，最直接地体现出道教对百姓的影响。其背后的理论支撑，就是道教的天人交感思维模式。与基督教区隔彼岸世界与此岸世界不同，道教的神仙世界与现实世界并存，人们所要努力的只是找到相互转化的通道。

道教的人格化的"天"及世俗化的"天堂"，在中国传统小说中打下了深刻的烙印。无论《三国演义》还是《红楼梦》，无论是《金瓶梅》还是《花月痕》，背后都有一个隐形的"天"在。《三国演义》中关云长死后还能大喊"还我头来"，《红楼梦》中关键时候总是有僧人与道士救场，《金瓶梅》中西门庆可以转世投胎，《花月痕》更是"情话未央，忽来鬼语"④。这一与现实世界平行的"天"成为现实世界的最终评价标准，由此也确立了小说话语的权威性。

但这种交感思维模式，在近代西方科学思维那里，却难以找到支持依据。在科学看来，一切无从验证的思想都应该排斥，至少应该悬置，因此，天是天，人是人。随着近代科学意识的增强，近代小说中的"鬼话"逐渐退场。傅兰雅时新小说征文的作者中，虽然大多与基督教有着千丝万缕的联系，但人物命运的变化不再诉诸冥冥之中的因果报应，而是逐渐建立在比较坚实的逻辑基础上。鸦片的致病致贫，甚至导致火灾等飞来横祸，都有较为严谨的生活逻辑；小脚对妇女命运的影响，尤其是在战乱中的影响，同样有理有据；至于八股的弊端，更是体现在中国社会的各个方面，其现实依据同样坚实。随后科幻小说的翻译

---

① 鲁迅：《180820 致许寿裳》，《鲁迅全集》第十一卷，人民文学出版社 2005 年版，第 365 页。
② 鲁迅：《180820 致许寿裳》，《鲁迅全集》第十一卷，人民文学出版社 2005 年版，第 365 页。
③ 鲁迅：《中国的奇想》，《鲁迅全集》第五卷，人民文学出版社 2005 年版，第 254 页。
④ 鲁迅：《中国小说史略》，《鲁迅全集》第九卷，人民文学出版社 2005 年版，第 267 页。

与创作热潮，侦探小说的引进与模仿风尚，从根本上都是对交感思维模式的釜底抽薪。传统小说中用神迹或其他方式来处理的环节，都逐渐让位于逻辑推演。

这种近代逻辑思维方式的建构，强化了现实世界的意义。其潜台词是现实生活世界就是唯一的世界，并没有与现实世界平行的神话世界，因此，人们需要掌握的就是现实世界的演化逻辑。这种现实逻辑以其明显的现代色彩区别于传统的天人交感思维，对近代小说作者与读者的认知模式与思维模式产生了深远影响。

（二）天道轮回与天演进化

传统小说中权威的时间意识，是一种循环时间观。无论是社会还是个人，都只是循环的时间之流中的一个片段，当下的意义并不由现在确定，而是由过去与将来决定。对于个体而言，现在的享受可能是以前做善事的奖励，现在的恶事则可能在将来得到报应，天理循环，报应不爽。《三言二拍》之类的劝惩小说自然充斥着因果说教，就是《红楼梦》也同样设置了一个"人间历劫还泪"的大背景。这种劫数说不仅在个体身上有着充分体现，而且在历史演进上同样表现明显。政权的合法性主要因过去的辉煌而得到肯定，一个再腐败无能的皇帝，也可以因为其姓氏与血统而成为正统。《三国演义》中一个个昏庸无能的皇帝，同样可以一代代传承，他们的血书血诏并不因其无能而失去道德优势。小说开头的"合久必分，分久必合"，更是对天道轮回的直接肯定。《水浒传》只反贪官，不反皇帝，同样将皇帝的合法性建立在过去，而非当下。至于其中的星宿下凡，正是劫数说的人间体现。进入近代，甚至连康有为从长时段对中国历史进行考察时，其理论主张也还是循环史观的具体演化。这种循环时间，赋予传统小说以一种否定现在、否定当下的意味。因为现在只是过去的投射，未来的铺垫，并不具备自足性与自洽性。尤其是在历史阐释上，当下的合法性的依据是过去，而非现在。这也是历代皇朝能够保持高度稳定的重要缘由。后代皇帝都可以因为祖先的功绩，自然具有合法性，哪怕是个三岁娃娃，一旦成为"天子"，也就拥有无上的权力。

但这种传统的时间观念与历史观念，在近代同样受到西方的冲击。

随着近代西方政治思想的传入，以及西方政治制度的示范作用，当下的意义逐渐凸显。就个人而言，由于科学意识的逐渐增强，对平行世界的幻想逐渐退场，人们知道能够把握的只有现在。就社会而言，政府的合法性也不能仅仅依据过去，而是指向当下，只有当政府能够切实解决当下的问题，才能证明其存在的合理性。

严复《天演论》的流传，为人们阐释当下的处境提供了理论武器，物竞天择成为人们的口头禅，当下的重要性进一步凸显。解决当下问题的能力，成为论证政府合法性的根本依据，任何历史功绩都不再可能成为为当下失效辩护的理由。正是在这种注重当下注重现实的思想的影响下，晚清的政治小说与谴责小说从不同向度解构了传统论证政府合法性的方式，对后来产生了深远影响。辛亥革命后，人们关注当下的热情与时俱进，袁世凯政府并没有因为推翻帝制的历史功绩而具有天然合法性，循环阐释的历史观念终于逐渐退场。

（三）天理昭昭与天赋人权

传统小说不言自明的话语权威的第三根支柱，就是以"三纲五常"为核心的"昭昭天理"。作为始终潜含着"人的建构"这一命题的文学文体，小说无论是劝善还是消闲，都必然潜含着对"人"的书写与建构。传统小说中自然不乏人性与人情的书写，对忠贞爱情与无私友谊的吟唱，对献身精神与民族大义的讴歌，从来没有在传统小说中缺席。但传统社会中具有统治地位的"三纲五常"，为传统小说的人性与人情书写划定了边界，其书写的人性与人情难免会被"三纲五常"所扭曲。因此，传统小说的核心目的还是"驯民"与"愚民"。《三国演义》中的"君臣如手足"，一个"如"字，透露出背后不平等的玄机。《红楼梦》中贾宝玉不仅在行动上如儿童一样任人摆布，在精神上也先天不足。

《红楼梦》集中表现了传统社会运用"天理"对人进行驯化的方式。《红楼梦》建构了一个秩序井然、等级分明的世界，每个人都可以在里面找到自己的位置，同时每个人只要安于自己的位置，然后按照被社会认可的方式向上爬，个体就可能获得社会的承认，相反，则可能万劫不复。在贾府的权力结构中，贾母处于最高层，其法理依据是传统的父为子纲，辈分的权威性是家族制度的支柱之一，因此她在贾政面前具有绝对的权威。但在政治体系中，她还是得服从君为臣纲，当孙女贾妃回家省亲时，她必须持臣下之礼。依靠贾母的宠爱，贾宝玉获得了一定的特权，但这种特权只能保持在贾母默许的范围之内。当贾宝玉试图与林黛玉自由结合时，他碰到的是李代桃僵，他最后的反抗也只能是遁入空门。其他人的命运，更鲜明地体现出服从制度的重要性，金钏死于不按规则出牌，对贾宝玉的挑逗没有严词拒绝，以至于被王夫人视为勾引贾宝玉；袭人则因对规则的认可而获得肯定，她与贾宝玉有事实关系却还是受到王夫人的一再奖掖。

这种完善的等级制与奖惩制，使传统社会保持了高度稳定。每个人都在这个体制中占据了一席之地，每个人都有着"无限"的希望。"有贵贱，有大小，有上下。自己被人凌虐，但也可以凌虐别人；自己被人吃，但也可以吃别人。一级一级的制驭着，不能动弹，也不想动弹了。"① 每个人都可以按照预先制定好的规则往上爬。服从规则的袭人获得了嘉奖，不服从规则的金钏晴雯则走向了死亡。服从规则的贾政获得了成功，试图挑战规则的贾宝玉则只能遁入空门。这种驯化，本质上也就是奴化，就是通过强行割裂个体的责、权、利，使个体不再是他自己，而是社会的一个螺丝钉。在这种制度中，个体对上面承担全部的责任，对下面则拥有完全的权力，其利益来于自己所处的位置，而不是依靠自己的能力。个体不需要对自己负责，更谈不上对下面负责，只需要对上面负责。

随着西方人权思想的传入，传统等级制度的合法性受到深刻质疑。近代西方人权思想的核心，就是人人平等，也就是每个个体的责、权、利都相对统一，个体享受自己的权利，保有自己的利益，同时需要履行自己的责任，承担自己的义务；但这种权利与义务不再分属于对上或对下，而是融为一体。权利即义务，义务即权利，个体的利益即在对自己的权利与义务负责任的态度之中。每个人都应该对自己负责，而不是对上级负责。

这种人权思想首先影响了近代小说的人物塑造。在个体层面，责权

---

① 鲁迅：《灯下漫笔》，《鲁迅全集》第一卷，人民文学出版社 2005 年版，第 227 页。

利统一的思想较容易被人接受。对于广大普通民众而言，每个个体首先要面对的都是自己的生存问题，他们实际上一直都在对自己的生活负责。《卖油郎独占花魁》等小说虽然隐含着劝惩思想，秦重的行为因为符合社会规范而得到好报，但其最后的福报显然来自个体的自我选择，而非外来恩赐。进入近代，西方人权思想的逐渐渗入，使个体更明确地意识到需要对自己的行为负责。对于小脚女人而言，她在战乱中的痛苦，无人可以替代，因此女性解放小脚应该由女性自身决定；同理，鸦片的祸害也必须由个体来承担。在这种对自己负责的思想的影响下，三纲的统治力量逐渐弱化。由于真正的自由标志着责权利的统一，因此自由成为近代流行的口号；尤其是婚恋自由，成为一种时代风尚，在历史过渡时期的各种小说中都留下了身影。

更重要的是，这种人权思想影响了近代小说的政治想象。在政治层面，责权利统一的思想的影响更为深远，从根本上决定了中国历史的走向。近代以来的小说，只要涉及政治，无论是鼓吹君主立宪，还是革命共和，都强调政府的责权利的统一，尤其强调向下负责，民主制度权力的合法来源，是民众的认可。最高统治者必须对民众负责，官员也应该对民众负责，而不是只对上负责。近代人权意识与政治观念，对于传统的"天理"构成了严重挑战。

近代的科学思维、进化观念、人权思想对传统话语权威形成了严肃挑战，然而，任何话语权威的解体都不可能在一夜之间完成，新的话语权威也不可能在一夜之间建立。新旧交织与新旧博弈，使近代小说在话语权威的重构方面，举步维艰；近代小说的叙述声音由此表现出复杂与多变的特征。

第二节　作者增加与近代小说认同维度的分化

近代小说地位的提高，吸引了越来越多的文人加入了小说创作队伍。傅兰雅 1895 年 5 月 25 日在《申报》上发布《求著时新小说启》，到 1895 年 9 月 18 日征文结束，在不到四个月的时间中，收到了来自全国各地的 162 篇稿件，由此可见当时作者参与的积极程度。同时，与传统小说作者大多使用化名不同,这批小说中的许多作者使用的都是真名。傅兰雅的小说征文主要吸引了与教会系统有关的作者从事小说创作,林纾翻译《巴黎茶花女遗事》的一纸风行,则对传统读书人产生了巨大的示范效应,吸引了众多经历正规科举的知识分子加入小说翻译与创作行列。随后梁启超以维新派领袖的身份登高一呼,称"小说为文学之最上乘",更是免除了作者们的后顾之忧,众多人物都可以堂而皇之地冲向这顶"文学皇冠"。与此同时,近代稿酬制度的建立,使小说创作可以成为"稻粱之谋",解决个体的生存问题,小说生产机制由此趋于完备。在多重因素的影响下,近代小说作者群体迅速扩大。

与传统小说作者大多为主流意识形态"代言"不同,近代小说作者难以借用现成的传统思想资源解释纷繁复杂的社会现象,而只能自己不断摸索,就种种社会问题提供自己的答案。因此,他们的创作态度逐渐由"代言"转向"立言"。与此同时,由于他们回应现实的思想资源不同,使他们的"立言"也不可能天下一统,而是众说纷纭。与传统小说作者大都深受传统文化熏染不同,近代小说作者的知识背景来源不一。从来稿留下的通讯地址以及作品的思想倾向可以看出,时新小说的作者大多与教会有关,可能大多为教会学校师生,其小说创作自然受到基督教与西方科技的影响。林纾、刘鹗、曾朴、李伯元、包天笑、李涵秋等经过正规科举训练的人物,与传统文化有着千丝万缕的联系,但现实经历与时代风云给了他们第二次学习的机会。梁启超、张肇桐、黄小配等人虽然政治主张各不相同,但相似的海外经历赋予他们观察与理解社会的另类角度。陈独秀、鲁迅、周作人、胡适、刘半农等人虽然还要等上一段时间才进入文坛的中心,但这时的创作与思考已经为后来的发展埋下伏笔。近代小说作者的知识结构不同,他们的伦理取向、审美取向也存在巨大分野,从而使近代小说修辞的认同维度出现重大分化。

一 近代小说作者的代际嬗递与时代聚焦的嬗变

近代小说按照其发展轨迹,大致可以区分为三个时期:1895—1902年为萌芽期;1903—1911年为兴盛期;1912—1917年为转型期。这三个时间段,各有占主导地位的社会问题,各有占主导地位的发声者,虽然不同小说作者对社会问题关注的角度不同,但由于时代语境的限制,使他们还是表现出一定的群体特征,由此使近代小说作者出现较为明显的代际嬗递。根据不同时期活跃的理论家、作者、刊物以及创作主导倾向等因素,可以将近代小说作者大致区分为以下几个群体。

(一)"时新小说"作者群与"鼓民力"的滥觞

傅兰雅的小说征文,最后收到了162篇应征作品,尽管傅兰雅对这批作品的总体评价不高,"或立意偏畸,述烟弊太重,说文弊则轻;或演案希奇,事多不近情理;或述事虚幻,情景每取梦寐;或出语浅俗,言多土白;甚至词意淫巧,事涉狎秽"①,但他在实际奖励时,由广告预定的7部作品扩大到20部,奖金也由150元增加到200元,由此可见他对征文事实上的基本肯定。1896年3月,傅兰雅在主要面向传教士的《教务杂志》中做出了与《时新小说出案》矛盾的判断:"总体来说,这些小说达到了所期望的水平……这次征文大赛中也有人写出了确实值得出版的小说,希望今年年底能够出版其中的一些,以便为读者提供有道德和教育意义的消遣物"②,由此可以看出,这批小说作者已在当时的水平线以上。他们对傅兰雅征文迅速及时的呼应,体现出他们对时代命题的严肃思考。

总体而言,傅兰雅的"三弊"说,在一定程度上,是对严复的"鼓民力、开民智、新民德"的呼应。在傅兰雅征文刊出之前发表的《原强》中,严复认为,"是故富强者,不外利民之政也,而必自民之能自利始"③,也就是说,让民能够自己生利,是国家富强的根基。鼓民力的根本则是强民体,"然则鼓民力奈何?今者论一国富强之效,而以其民之手足体力为之基"④,但中国人的体质被缠足与鸦片害得日渐

---

① 傅兰雅:《时新小说出案》,转引自周欣平《清末时新小说集·序》,周欣平主编《清末时新小说集》第一册,上海古籍出版社2011年版,第11页。
② 转引自周欣平《清末时新小说集·序》,周欣平主编《清末时新小说集》第一册,上海古籍出版社2011年版,第12页。
③ 严复:《原强》,王栻主编《严复集》第一册,中华书局1986年版,第14页。
④ 严复:《原强修订稿》,王栻主编《严复集》第一册,中华书局1986年版,第27页。

虚弱，"沿习至深，害效最著者，莫若吸食鸦片、女子缠足二事"①。至于开民智的途径，在严复看来，最重要的则是废除八股。"是故欲开民智，非讲西学不可；欲讲实学，非另立选举之法，别开用人之涂，而废八股、试帖、策论诸制科不可。"②

正是在这种时代风潮中，傅兰雅的征文获得了广泛呼应。与严复注重理论倡导与上层启蒙不同，傅兰雅更注重用小说来改变下层民众的观念。"窃以为感动人心，变易风俗，莫如小说，推行广速，传之不久，辄能家喻户晓，气习不难为之一变。"③ 这种理念也被后来的梁启超接受。1896年，梁启超在《变法通议·论幼学》中提到"说部书"的重要性："今宜专用俚语，广著群书，上之可以借阐圣教，下之可以杂述史事；近之可以激发国耻，远之可以旁及彝情；乃至宦途丑态、试场恶趣、鸦片顽癖、缠足虐刑，皆可穷极异形，振厉末俗，其为补益，岂有量哉。"④ 梁启超提到的"试场恶趣、鸦片顽癖、缠足虐刑"，也就是傅兰雅所说的"三弊"。

"时新小说"作者群是试图将新的理念与小说结合起来的最初实践者。他们的创作虽然当时刊出的甚少，但这种自觉地将小说与时代命题结合起来的取向，却有着重要的历史意义，标志着小说与时代之间的紧密联系由此开始得以建构。

这一代作者如傅兰雅一样，重点思考国家积弱积贫的问题，并将希望寄托于"鼓民力"，试图以此为路径实现国家的富强。与傅兰雅的征文启事相呼应，他们的小说主题集中在"三弊"与"民力"的关系上面。在他们看来，"鸦片"与"小脚"自然与"民力"相关，而"时文"实际上也是一种谋生手段，不过这种手段在当时已经变成使人贫困的原因，因此，废时文也是"鼓民力"的手段。获得征文比赛第九名的刘忠毅，在其《无名小说·自序》中，明确指出"三弊"与民困国贫之间的内在联系："时文之足以致贫，鸦片之足以为害，与夫中国

---

① 严复：《原强修订稿》，王栻主编《严复集》第一册，中华书局1986年版，第28页。
② 严复：《原强修订稿》，王栻主编《严复集》第一册，中华书局1986年版，第30页。
③ 傅兰雅：《求著时新小说启》，《申报》光绪二十一年五月初二（1895年5月25日）。
④ 梁启超：《变法通议》，《饮冰室合集》第一册，中华书局2015年版，第54页。

妇女之缠足，只能居家坐食，不能出外谋事，其为害一一具见。一家如此，一国可知，中国国家亦宜知所变计矣！否则中国必至民生日困，国计日穷，而中国将不亡而自亡，可不惧哉！"①

在这批作者中，"有相当一部分稿件的作者是分布在全国各地的教会学校和教会大学的学生和老师"②，他们在一定程度上代表了当时受过近代教育的知识分子的认识水平，反映出时代聚焦的趋向与特征。

（二）政治小说家群体与"开民智"的转向

早在1896年，梁启超就认识到小说"振厉末俗"的重要作用，但真正提出"以小说改良群治"的主张，则是1902年的事了。此时他的兴趣也已由"阐圣教"转向了"学西方"，对小说社会作用的鼓吹，也主要由"鼓民力"转向了"开民智"，兴奋点集中到了政治小说，试图用政治小说来实现"开民智"。在这里，梁启超的"开民智"与严复的"开民智"已经出现重心的位移。在严复眼中，"民智"主要指西方的科学理论与应用技术，"开民智"的途径是"学问之士，倡其新理，事功之士，窃之为术"③，实际上是为"鼓民力"服务；而梁启超的"民智"则主要指民众的政治智慧，也就是如何处理公共事务，培养公德，实际上已经潜含着"新民德"的命题。因此，梁启超创作小说，"专欲发表区区政见，以就正于爱国达识之君子"④。利用小说发表政见，改良"群治"，成为梁启超鼓吹小说的主要目的，其转变折射出了时代焦点的转移。

与近代社会发展的历程相似，1895年，民众对清廷虽然开始质疑，但还没有出现全盘否定的声音，社会改革的矛头也没有指向政治层面，"民力"由此成为社会改革的主要切入口。百日维新失败后，梁启超等社会精英已经意识到清政府专制是社会改革的最大障碍，政府本身就是需要改革的目标，由此由上层改良转向下层启蒙。而下层启蒙的"开

---

① 刘忠毅：《无名小说·自序》，周欣平主编《清末时新小说集》第一册，上海古籍出版社2011年版，第155—156页。
② 周欣平：《清末时新小说集·序》，周欣平主编《清末时新小说集》第一册，上海古籍出版社2011年版，第13页。
③ 严复：《原强修订稿》，王栻主编《严复集》第一册，中华书局1986年版，第29页。
④ 梁启超：《新中国未来记》，《饮冰室合集》第三十五册，中华书局2015年版，第9671页。

民智",首先就需要让百姓明白自己的权利在哪里,明白如何才可能维护自己的合法权利,这实际上指向了政治思想变革。为了"开"民众政治之"智",梁启超大力提倡政治小说,并以此为契机,揭开了小说与政治联姻的历史大幕。

以《新小说》为阵地,梁启超的《新中国未来记》、雨尘子的《洪水祸》、岭南羽衣女士的《东欧女豪杰》、玉瑟斋主人的《回天绮谈》,以及我佛山人的《痛史》等带有明显政治倾向的作品陆续登场。与梁启超利用小说发表政见相似,旅生的《痴人说梦记》、荒江钓叟的《月球殖民地小说》、震旦女士的《自由结婚》、春颿的《未来世界》、颐琐的《黄绣球》、碧荷馆主人的《黄金世界》、吴趼人的《新石头记》等作品,陆续提出改造中国的思路,充分发挥对未来中国的想象。与梁启超政治观点不同甚至对立的小说家,实际上沿袭的还是梁启超将小说与政治结合起来的思路,只是在具体的主张上,将梁启超本人及其观点当成了批判对象。陈天华的《狮子吼》、黄小配的《大马扁》等小说,立场虽然与梁启超不尽相同,但利用小说进行政治宣传的思路,却颇为相似。而陈景韩的《侠客谈》、新中国之废物的《刺客谈》,虽然格局较小,立论偏激,但实际上还是指向了政治改造。将小说与政治联系起来,呼应了小说的时代使命,提升了小说的社会地位,但其忽略小说自身的艺术独立性,对后来的小说发展也产生了较大的负面影响。

(三)谴责小说家群体与"新民德"的反讽

也是在1896年,梁启超谈到小说的描写对象时,超出了傅兰雅的边界,将"宦途丑态"置于"试场恶趣、鸦片顽癖、缠足虐刑"之前,在《新中国未来记》中,同样也涉笔成趣,揭示了晚清官场的黑暗与丑陋。与政治小说侧重从正面塑造"新民德"的典范不同,谴责小说则从反面论证"新民德"的必要性。以《绣像小说》《月月小说》等刊物为中心,会集了一大批以揭露社会道德败坏与批判现实黑暗的作家,形成晚清谴责小说大潮。其代表作家自然首先要数吴趼人与李伯元,二人都创作了大量影响广泛的作品,如吴趼人的《二十年目睹之怪现状》《上海游骖录》《发财秘诀》《九命奇冤》,李伯元的《文明小史》《官场现形记》《活地狱》等。刘鹗的《老残游记》与曾朴的《孽海花》，也被视为谴责小说的代表作。其他如创作了《负曝闲谈》的蘧园（欧阳钜源）、创作了《冷眼观》的八宝王郎（王浚卿）、创作了《邻女语》的忧患余生（连梦青）、创作了《宦海》的张春帆等人，都是这一群体中的佼佼者。

在这些小说中，以李伯元的《官场现形记》示范作用最强，以至于此后各种"现形记"层出不穷。如"浪荡男儿"（叶景范）的《新党嫖界现形记》（1905），遁庐的《学生现形记》（1906），郁闻尧的《医界现形记》（1906），啸侬（葛啸侬）的《时髦现形记》（1907），仙源苍园（项苍园）的《家庭现形记》（1907），白眼的《后官场现形记》（1907），玩时子的《滑头现形记》（1908），白莲室主人的《绅董现形记》（1908），云间天赘生的《商界现形记》（1911）等。煮梦（李小白）的《新西游记》（1910）甚至被一琴一剑斋主吹捧为各种"现形记"之大全："一、《新西游记》是女学生现形记，欲知女学之现状者，不可不读。一、《新西游记》是学生现形记，学界中人不可不读。一、《新西游记》是官场现形记，官场中人不可不读。一、《新西游记》是教习现形记，为教员者不可不读。一、《新西游记》是选举现形记，选举中人不可不读。一、《新西游记》是警察现形记，警界中人不可不读。一、《新西游记》是嫖客现形记，嫖界中人不可不读。一、《新西游记》是青楼现形记，青楼中人不可不读。"① 通过各种"现形记"，谴责小说家群体将笔触深入政界、商界、学界、医界、嫖界、女界、家庭等各个方面各个层面，发现了整个社会道德败坏后的混乱场景。甚至连林纾都未能免俗，1917年将自己的小说《巾帼阳秋》改为《官场新现形记》。

这些谴责小说对晚清社会道德沦丧的揭露与批判，在某种意义上，是对严复与梁启超"新民德"的反面回应。如严复所说："至于新民德之事，尤为三者之最难。"② 谴责小说后来演变成黑幕小说，正说明

---

① 陈大康：《中国近代小说编年史》第四册，人民文学出版社2014年版，第1975页。
② 严复：《原强修订稿》，王栻主编《严复集》第一册，中华书局1986年版，第30页。

"新民德"任重道远；同时，他们对社会道德败坏的揭示，从反面说明了"新民德"的必要性与紧迫性。

（四）鸳鸯蝴蝶派小说家群体与"正民趣"的变异

无论是"鼓民力"，还是"开民智"，抑或"新民德"，将小说视为改造社会的工具，在一定程度上都会遮蔽小说本身的艺术魅力。因此，这类"新小说"在当时就已被广泛批评："今之为小说者，俗语所谓开口便见喉咙，又安能动人？"① 对小说的艺术性的追求，在《小说林》杂志的主办者们那里得到了回应。他们明确主张："小说者，文学之倾于美的方面之一种也。"因此，如果小说不注重美的一面，就根本算不上小说："一小说也，而号于人曰：吾不屑屑为美，一秉立诚明善之宗旨，则不过一无价值之讲义、不规则之格言而已。"② 然而，他们对美的倡导主要还是停留在理论层面，并没有多少创作范例作为实际支撑；与此同时，他们这种对美的倡导实质上隐含着对政治的疏离，对后来的小说转向产生了深远影响，在一定程度上推动了小说重新回归"消闲"倾向。徐念慈所倡导的"理想美学"没有得到多少回响，而其"感情美学"③ 的主张，则为后来言情小说的兴起提供了理论依据。"试睹吴用之智（《水浒》）、铁丐之真（《野叟曝言》）……足令人快乐，令人轻蔑，令人苦痛尊敬，种种感情，莫不对于小说而得之。"④ 小说引起的感情共振，成为其审美功能的主要体现，这为言情小说的兴起提供了合理性依据。

也就是以《小说林》为阵地，包天笑、徐卓呆、李涵秋等人初露头角，他们后来逐渐成为《小说时报》（主要作者有包天笑、徐卓呆、恽铁樵、周瘦鹃、张毅汉等）与《小说月报》（主要作者有王蕴章、许指严、刍狗、徐卓呆、恽铁樵等）的台柱，最后成为所谓鸳鸯蝴蝶派的中坚。

---

① 公奴：《金陵卖书记（节录）》，陈平原、夏晓虹编《二十世纪中国小说理论资料》第一卷，北京大学出版社1997年版，第65页。
② 摩西：《小说林发刊词》，《小说林》第一期。
③ 东海觉我：《小说林缘起》，《小说林》第一期。
④ 东海觉我：《小说林缘起》，《小说林》第一期。

从《小说林》开始,部分小说作者已经在有意识地改变"视小说又太重"[①]的趋势,因此,《小说时报》与《小说月报》等刊物都有意识地不写发刊词之类,似乎是想疏离当时过于强烈的启蒙倾向,但在当时的大环境中,他们也不好意思公开唱反调。这种对启蒙的自我疏离,在辛亥革命后,得到更广泛的呼应。当徐枕亚的《玉梨魂》与吴双热的《孽冤镜》大为流行的时候,《小说丛报》《礼拜六》等刊物也顺势而上,甚至直接打出了"有口不谈家国,任他鹦鹉前头;寄情只在风花,寻我蠹鱼生活"[②]的口号。这种向"风花雪月"的回归,虽然如众多研究者指出的那样,骨子里是"向俗"的表现,但其语言与内容的"雅化",在一定程度上,是对此前过于强调"通俗"的反拨,潜含着"正民趣"的意味,小说的艺术性由此重新得到重视。

从时新小说作者群"鼓民力"的倡导,到政治小说家与谴责小说家"新民德"的分化,再到鸳鸯蝴蝶派小说家"正民趣"的变异,不同时期的小说家对时代命题做出了自己的回应,他们的回应中包含着时代共性,同时也存在着个体差异。通过这种个体差异,可以更明显地看出近代小说家之间的价值分化。

二 近代小说作者的价值分化与修辞目的的深化

从纵向看,不同时期的小说作者,对不同时期的社会焦点话题进行了具有共性的回应,由此表现出代际嬗递的特点。他们的这种代际嬗递,从本质上讲,都对传统认同权威构成了挑战,由此促成了中国小说的现代转型。但从横向看,他们对于时代话题的回应又有着各自不同的侧重,由此表现出不同的价值倾向与鲜明的个性特征。不同作者的知识结构、思维方式、价值观念、审美趣味不同,他们对社会问题的分析角度不同,得出的结论不同,开出的药方也就不同,由此使近代小说的价值取向出现较大分化。启蒙使命、政治激情、商业意识、艺术追求等因

---

① 摩西:《小说林发刊词》,《小说林》第一期。
② 徐枕亚:《小说丛报发刊词》,《小说丛报》第一期。

素，在他们身上交织成一个复杂的矛盾体，不同作者通过不同的价值排序，从不同角度丰富与深化了近代小说的修辞目的，取得了不同的认同效果。这些面目各不相同的小说作者，共同推进了近代小说认同机制的现代转型。

（一）启蒙使命

近代小说兴起的核心动力，可以说就是近代小说作者们突出的启蒙使命感。从傅兰雅的时新小说征文开始，近代小说作者们表达自己富国强民之策的内在需要被逐渐激发出来。李伯元在没有找到用小说进行启蒙这条路径之前，已经在思考用报纸进行"觉世"："故不得不假游戏之说，以隐寓劝惩，亦觉世之一道也。……或托诸寓言，或涉诸讽咏，无非欲唤醒痴愚，破除烦恼。意取其浅，言取其俚，使农工商贾、妇人竖子、皆得而观之。"① 梁启超的《论小说与群治之关系》，为相当一部分关注"新民"的知识分子指明了出路，使民间已经积蓄多年的力量，找到了突破口，从而造就了晚清小说的繁荣景象。

尽管大家都抱有启蒙目的，但在不同作者眼中，"唤醒痴愚"的内涵并不相同。在绿意轩主人那里，启蒙意味着让民众明白"三弊"害人害己；在李伯元那里，启蒙意味着让民众尊重道德的"劝惩"效力；在梁启超那里，启蒙意味着"民权"的自觉；在颐琐看来，启蒙意味着女性的自立；在壮者看来，启蒙意味着科学常识的普及；在姬文看来，启蒙则意味着科学技术的运用。正是对启蒙的重视，使启蒙甚至成为黑幕小说自我辩护的理由："故我说黑幕小说的好处，乃在长进我们的知识，指导我们的迷途；然后我们知道进德迁善。"② 这种启蒙意识的多重性，构成了近代小说修辞目的的丰富性。

虽然许多后来者如徐念慈，吴趼人，甚至梁启超自己，对于小说改良社会的实际功效抱有怀疑态度，但对于具有社会良知的近代小说作者而言，启蒙始终是小说的重要社会使命，因此，尽管小说与社会风气之

---

① 李伯元：《论〈游戏报〉之本意》，原载1897年8月25日《游戏报》第63号，转引自魏绍昌主编《中国近代文学大系（1840—1919）·史料索引集二》，上海书店1996年版，第180页。
② 杨亦曾：《对于教育部通俗教育研究会劝告勿再编黑幕小说之意见》，《新青年》第六卷第二号。

间的关系非常复杂,但如包天笑所言,卑劣小说犹如传染病,哪怕不能根绝,也不能因此而任其自流。"客曰:'否。子将以小说能转移人心风俗耶?抑知人心风俗亦足转移小说。有此卑劣浮薄、纤佻嫖荡之社会,安得不产出卑劣浮薄、纤佻嫖荡之小说?供求有相需之道也。'则将应之曰:'如子所言,殆如患传染病者,不能防护扑灭之,而反为之传播菌毒,势必至于蔓延大地,不可救药,人种灭绝而后止。人即冥顽,何至自毒以毒人哉!'"① 这里的道德诉求虽然显得有点软弱无力,但这种从我做起的精神,正体现出近代小说作者始终不灭的启蒙使命意识。

(二) 政治激情

傅兰雅的小说征文虽然特意回避了政治制度等核心问题,但其"三弊"中的"鸦片"一弊,却与清廷密切相关,与时事密切相关,在一定程度上已经涉及清廷的合法性问题。征文作者虽然没有明确将这一问题与政治质疑联系起来,但对这些问题的关注,必然涉及对时事的评价。这与传统小说向后看的"慕史"情结存在本质区别。为了更真切地表现"三弊"的害人害己,时新小说更倾向于将人物置于当下的"乱世"之中,鸦片战争、太平天国运动、中日朝鲜战争等重大历史事件成为表现"三弊"的背景,其中自然折射出当时的社会真相,如外交之软、土匪之祸、百姓之穷、战乱之繁,等等,由此使当下政权合法性的根基受到了质疑与动摇。

但时新小说的倡导者与写作者可能都还没有这种政治质疑的自觉。戊戌政变与庚子事变,对政府的不满日渐下沉,民众的政治热情开始高涨。在这一语境中,经梁启超等人的大力提倡,政治小说一跃而进入前台,作者们的政治激情由此找到释放的通道。无论是刘鹗等人的补天愿望,还是春飙等人的立宪梦想,抑或陈天华等人的革命激情,对当下政治的质疑已成一种时代共识,对未来的政治构想成为小说家重要的修辞目的,甚至成为一种社会风尚。

辛亥革命后,一方面由于民众的政治激情得到了一定程度的发泄,

---

① 包天笑:《小说大观宣言短引》,《小说大观》第一集。

一方面由于袁世凯政府的专制高压，近代小说开始被动或主动疏离政治；但政治因子并没有从近代小说中完全退场，徐枕亚《玉梨魂》以辛亥革命为背景，显然试图借政治提升小说的境界；林纾《金陵秋》直接以辛亥革命为题材，更是凸显出小说的政治正确性与合法性；李涵秋《广陵潮》写袁世凯称帝，还只是涉笔成趣；杨尘因《新华春梦记》则为袁世凯称帝做全息摄影，同时创下最快反映时事的记录，将矛头直指刚刚下台的袁世凯。其他如包天笑、周瘦鹃，他们的小说中依旧有着政治或隐或现的影子。

这种政治基因，不仅潜在决定了近代小说的表现形态，在一定程度上，甚至决定了 20 世纪中国文学的走向。

（三）经济动机

近代稿酬制度对小说作者的创作心态具有深远影响。能够通过小说写作获得生活资料，对于众多文人而言，肯定是一个好消息。时新小说征文能够获得 162 名作者应征，其中自然不乏奖金的吸引力。近代期刊兴起后，小说读者日益增加，小说写作成为有利可图的职业，吸引了众多文人的加入。林纾这类传统文人，最初对接受稿费还感到难为情，最后却已安之若素。更多的作者，则可能是直接冲着稿费而去，小说创作成为废除科举之后文人的一条重要出路，甚至成为改变生活处境的一种方式。刘鹗为了帮助连梦青，创作《老残游记》，以稿费形式帮助他渡过人生困境。毕倚虹在被软禁期间，通过小说创作的稿费还清家庭债务。这种经济动力吸引了越来越多的作者加入小说创作队伍，这对于推动小说发展，起到了巨大的刺激作用。

稿费制度为小说作者带来了经济上的独立，使他们"思想上更可以离经叛道"[1]，更大幅度地摆脱传统"道统"的约束，更直接地回应读者的需要。谴责小说的兴起，在一定程度上，就是"大众口味逼着他们闯政治上的禁区"[2] 的结果。作者们根据读者喜好，闯入政治禁

---

[1] 陈平原：《二十世纪中国小说史（1897—1916）》，《陈平原小说史论集》（中），河北人民出版社 1997 年版，第 676 页。

[2] 陈平原：《二十世纪中国小说史（1897—1916）》，《陈平原小说史论集》（中），河北人民出版社 1997 年版，第 678 页。

区,对官场进行酣畅淋漓的讽刺与批判。与此同时,作者们因为满足了读者的需要,也为自己带来良好的经济效益。

然而,如果盲目地跟着读者这一指挥棒转,完全以小说的经济效益为中心,小说也便可能沦为快餐甚至毒品式的消费品。如众多批评者所指出的那样,在小说流行的高潮中,"一般无意识之八股家,失馆之余,无以谋生,乃作此无聊之极思,东剿西袭,以作八股之故智,从而施之于小说,不伦不类,令人喷饭"①。这种一哄而上的结果,自然可能是"朝脱稿而夕印行,一刹那间即已无人顾问。盖操觚之始,视为利薮,苟成一书,售诸书贾,可博数十金,于愿已足,虽明知疵累百出,亦无暇修饰"②。这种逐利冲动,不仅可能引发粗制滥造的风尚,更重要的是可能使小说表里不一。"'小说为社会教育之利器,有转移世道人心之能力。'此话已为今日各小说杂志发刊词中必不可少之套语。然问其内容,有能不用'迎合社会心理'的工夫、以遂其'孔方兄速来'之主义者乎?"③

这种粗制滥造与表里不一,从另一个角度看,正说明近代小说杂志的经济追求与时代命题形成了共振,由此才可能获得广大读者的认同,哪怕是短暂的认同。因此,近代小说虽然出现了很多粗制滥造的作品,但总体取向还是较为健康积极。然而,这种表里不一始终存在内在冲突,很难保持长久的和谐状态,最后不是趋向逐利,就是偏向启蒙。因此,辛亥后的鸳鸯蝴蝶还带有一点文人雅致,但黑幕大观则可能成为犯罪教科书。这种追腥逐臭的创作倾向,最终激起文坛公愤,为近代小说的终结从反面立了大功。同时,近代小说在经济方面的得失成败,为设置小说与经济媾和的可能方式提供了重要借鉴。

(四)艺术追求

如众多研究者所指出的那样,近代小说并没有出现如《红楼梦》那样的经典作品,但不能因此否定近代小说作者在艺术方面的执着追

---

① 新庵:《〈海底漫游记〉》,《月月小说》第一年第七号。
② 寅半生:《〈小说闲评〉叙》,陈平原、夏晓虹编《二十世纪中国小说理论资料》第一卷,北京大学出版社1997年版,第200页。
③ 刘半农:《诗与小说精神上之革新》,《新青年》第三卷第五号。

求。近代小说缺少经典的原因，一方面由于近代小说作者注重社会效益与经济效益，追求快速出版，另一方面则由于他们没有可以学习借鉴的范本，需要他们自己摸索。但他们在艺术创新方面的努力与尝试，依旧值得从历史的角度进行总结与评价。正是他们的尝试，包括失败的尝试，为后来的小说发展提供了诸多借鉴，这也是近代小说历史成就的重要组成部分。

为了凸显出小说的"觉世"功能，梁启超的小说理论实际上存在割裂小说的"体"与"用"的倾向。他极力强调小说具有"熏浸刺提"的艺术感染力，却将真正具有艺术感染力的传统小说从思想性上一竿子打倒，全列为"诲淫诲盗"之作；他推荐的思想性较强的政治小说，艺术感染力却乏善可陈，但为了凸显政治小说之"用"，他又将其强行推到小说的最顶端，由此使其小说理论中出现了断裂与矛盾。随后的中西小说优劣论争，为小说家们提供了一个新的参照系，但这种比较大多停留在理论层面，对创作缺乏实质示范与指导作用。结果近代小说作者大多不中不西，亦中亦西。思想、结构、技巧等方面的分歧，文言、白话、方言等方面的对立，近代小说作者需要解决的问题太多，真正能够解决的问题却很少。不过，他们关注与提出各种问题，本身就是历史贡献。

在《熙朝快史》（即朱正初应征时新小说征文的作品《新趣小说》的修改增补版）序言中，西泠散人感叹写小说不易："小说岂易言者哉！其为文也俚，一话也必如其人初脱诸口，摹绘以得其神；其为事也琐，一境也必如吾身亲历其中，曲折以达其见。"① 在这里，他点出了人物语言的个性化与环境描写的逼真性等问题。此后，不同作者对于小说的主题、人物、情节、环境等方面提出了自己的见解，从不同向度深化与完善了近代小说理论，推进了近代小说的发展。

相对而言，徐念慈对于小说艺术特质的探讨较为深入系统，他从美学的角度论证"小说为文学之最上乘"，由此区别于梁启超的功利主义路向。

---

① 西泠散人：《熙朝快史序》，黄霖、韩同文选注《中国历代小说论著选》（修订本）（上），江西人民出版社2000年版，第648页。

所谓小说者,殆合理想美学,感情美学,而居其最上乘者乎?试以美学最发达之德意志征之,黑狒尔氏(Hegel,1770—1831)于美学,持绝对观念论者也。其言曰:"艺术之圆满者,其第一义,为醇化于自然。"简言之,即满足吾人之美的欲望,而使无遗憾也。……要之不外使圆满,而合于理性之自然也。其征一。又曰:"事物现个性者,愈愈丰富,理想之发现,亦愈愈圆满,故美之究竟,在具象理想,不在抽象理想。"西国小说,多述一人一事;中国小说,多述数人数事:论者谓为文野之别,余独谓不然。事迹繁,格局变,人物则忠奸贤愚并列,事迹则巧绌奇正杂陈,其首尾联络,映带起伏,非有大手笔,大结构,雄于文者,不能为此,盖深明乎具象理想之道,能使人一读再读即十读百读亦不厌也,而西籍中富此兴味者实鲜。孰优孰绌,不言可解。然所谓美之究竟,与小说固适合也。其征二。邱希孟氏(Kirchmann,1802—1884),感情美学之代表者也。其言美的快感,谓对于实体之形象而起。试睹吴用之智(《水浒》)、铁丐之真(《野叟曝言》)……足令人快乐,令人轻蔑,令人苦痛尊敬,种种感情,莫不对于小说而得之。其征三。又曰:"美的概念之要素,其三为形象性。"形象者,实体之模仿也。……观《长生术》、《海屋筹》之兴味,不若《茶花女》、《迦因小传》之秾郁而亲切矣。一非具形象性,一具形象性,而感情因以不同也。其征四。又曰:"美之第四特性,为理想化。"理想化者,由感兴的实体,于艺术上除去无用分子,发挥其本性之谓也。……而月球之环游,世界之末日,地心海底之旅行,日新不已,皆本科学之理想,超越自然而促其进化者。其征五。[①]

虽然《小说林》刊发的小说与当时并没有太大差别,但理论上阐释小说的美学特征与美学意义,还是体现出近代小说发展的另一种可能路向。与王国维《红楼梦评论》中的纯粹哲学研究相比,徐念慈的理

---

① 东海觉我:《小说林缘起》,《小说林》第一期。

论与现实较为接近,因此也更可能对小说创作实践产生影响。

成之对美的制作的四阶段的分析,对小说实践显然具有更强的指导意义。"凡一美的制作,必经四种阶级而后成。所谓四种阶级者,一曰模仿。……二曰选择。……能模仿矣,能选择矣,则能进而为想化。……能想化矣,而又能以吾脑中之所想象者,表现之于实际,则所谓创造也。合是四者,而美的制作乃成。故美的制作者,非摹拟外物之谓,而表现吾人所想象之美之谓也。"① 然而,如周作人指出:"中国讲新小说也二十多年了,算起来却毫无成绩,这是什么理由呢。据我说来,就只在中国人不肯模仿不会模仿。"② 由于不从模仿入手,中国近代小说对艺术的追求,最终也只能停留在理论层面,而很难落实到实践层面。小说作者们的艺术实践,也便难以臻于完善。

启蒙使命、政治激情、经济动机、艺术追求等因素在近代小说作者身上同时存在,他们作为一个整体,构成了对传统小说的解构与挑战,但不同作者对这些要素的价值排序不同,由此表现出不同的个性特征。也正是这种各不相同的个性特征,从不同向度满足了近代小说读者的不同需要,加速了传统认同模式的解体。

第三节 读者扩容与近代小说认同向度的翻转

在传统认同模式中,读者始终处于被动接受的地位,因此,传统小说作者大多只注重小说的"教诲"或"消闲"的目的,而不太重视读者的真实反应。直到梁启超的"熏浸刺提"说,才较为系统地阐释了小说对读者的影响机制。然而,"熏浸刺提"说关注的主要还是读者的被动反应,对读者的主动性着墨不多。

与传统小说读者大多处于被动接受位置不同,近代小说读者与作者之间的相对位置发生了巨大改变。随着近代印刷业与新闻业发展而兴起的近代小说,发行范围不断扩大,生产数量不断增加,这对小说作者与

---

① 成之:《小说丛话》,陈平原、夏晓虹编《二十世纪中国小说理论资料》第一卷,北京大学出版社1997年版,第439—440页。
② 周作人:《日本近三十年小说之发达》,《新青年》第五卷第一号。

读者之间的关系产生了根本性的影响。一方面，发行范围的扩大使小说读者数量迅速增加，读者作为整体对小说作者的话语权增大；另一方面，小说产量的增加使读者的选择空间也随之增大，改变了小说的供求关系。由于生产数量有限，传统小说读者没有太多选择空间，只能被动接受作者提供给他们的作品；近代小说产量的大幅增加，彻底改变了小说流通市场的供求关系，读者可以在众多小说中从容选择。供求关系的改变使作者与读者的相对位置也发生改变，读者对作者的影响显著提升，作者的读者意识明显强化，最后使二者之间的认同向度出现一定程度上的翻转，传统小说的作者中心逐渐向近代小说的读者中心移动。

一 流通区域扩大与语言载体的选择

近代小说的兴起与近代报刊发行机制的逐渐健全密切相关。1895年傅兰雅发布时新小说征文广告，依托的就是近代报刊《申报》与《万国公报》的发行体系。由于这两种报刊发行广泛，使其征文启事获得了来自全国14个省份的162位作者的回应。从梁启超创立《新小说》开始，近代小说刊物大都建立了自己的全国性发行体系，小说迅速成为全国流通的艺术。如《月月小说》出版第六号时还只有分布于全国32个城镇的42个代派处，到第十号时，其代派处迅速增加了29处，可见其发行扩张的速度。小说流通区域的扩大，对近代小说的认同向度产生了深远影响。为了能够适应不同地域读者的语言习惯，近代小说作者不能不考虑小说语体，使用文言还是白话或者方言进行创作，成为作者与读者进行交流的头道关卡。

（一）社会流动与方言的衰退

韩邦庆与孙玉声关于方言文学的争论，可以算是近代小说兴起前的一个预言性事件。孙玉声反对韩邦庆用吴方言写《海上花列传》，其理由是："此书通体皆操吴语，恐阅者不甚了了。且吴语中有音无字之字甚多，下笔时殊费研考，不如改易通俗白话为佳。"韩邦庆则反驳说："曹雪芹撰《石头记》皆操京语，我书安见不可操吴语？"同时，他认为也可以为有音无字的方言自造生字："虽出自臆造，然当日仓颉造字，度亦以意为之。文人的游戏三昧，更何妨自我作古，得以别开生面。"① 韩邦庆"自我作古"的勇气，表现出了他的艺术勇气与艺术定力，但他以《石头记》为例，证明自己用方言写作的合法性与合理性，却也反映出他的思维方式较为传统。一方面，他用《石头记》这一传统经典来论证方言的合理性，还是"慕史"情结的体现；另一方面，他将吴语与京语相提并论，反映出韩邦庆与当下现实的隔膜。京语与吴语虽然都是方言，但二者流通的广狭程度有很大不同。京语虽然具有地域性，但由于其与官话的天然联系，使其更接近通俗白话，而吴语流行的地域较为狭窄，并不是一种全国性语言。正是由于吴语地域性的限制，使孙玉声在比较《海上繁华梦》与《海上花列传》时，可以得意地宣扬自己的小说在商业上的成功。

孙玉声商业上的成功与韩邦庆的失意，从一个角度反映出近代小说作者读者意识的重要性。方言的局限性使方言小说难以获得更广泛的读者认同。

梁启超在创办《新小说》伊始，也曾经试图凸显地方特色，因为他是广东人，而且同事中也有很多广东人，所以他尝试凸显其粤语特色。"本报文言、俗语参用；其俗语之中，官话与粤语参用。"② 但他对粤语的观照却没有获得太多回应，包括出生于广东的吴趼人等人都基本不用广东方言创作。这可以看出当时小说作者已经具有非常明确的读者意识，因为他们需要面对的是全国读者，而不仅仅是某一区域的读者。

梁启超从区域读者的角度考虑使用方言，陈景韩则从普通读者的角度直接否定方言，其读者意识显得更为明确。他将《侠客谈》的读者定位为少年，于是从少年读者的语言能力来限定小说作者的语言选择："《侠客谈》之作，为少年而作也。少年之耐性短，故其篇短；少年之文艺浅，故其义其文浅；少年之通方言者少，故不用俗语；少年之读古

---

① 参看袁进主编《中国近代文学编年史——以文学广告为中心（1872—1914）》，北京大学出版社2013年版，第36—37页。
② 新小说报社：《中国唯一之文学报〈新小说〉》，陈平原、夏晓虹编《二十世纪中国小说理论资料》第一卷，北京大学出版社1997年版，第59页。

书者少，故不用典语。"①

小说报刊的全国性发行要求小说使用官话，近代小说读者社会流动性的增强，同样要求小说使用官话。近代社会人口流动大幅增加，北京、上海、广州、武汉等近代大都市会聚了来自全国的人物，这种人口流动极大地压缩了方言的使用空间，因为不同地方的人不能用方言进行交流。对于小说杂志而言，它们不仅要注意全国不同区域读者的语言习惯，而且需要注意大都市中来自不同地域读者的语言习惯。相对而言，那些大都市中外来人口的消费水平，可能比地道的本地人要高出不少，例如许多进入上海租界的外地人非富即贵。这种人口流动与人口会集，使近代小说作者在创作时不能不考虑读者的语言习惯。"小说欲其普及，必不得不用官话演之。"②

随着社会流动性的增强，方言的局限性越来越明显。虽然在部分小说中，方言作为一种人物个性化的方式得以保存，例如狭邪小说中妓女通常使用吴方言，吴语成为妓女身份的一个标志；但在《海上花列传》之后很少再有影响较大的纯方言小说。松友梅的《小额》（1910）是较为成功的北京方言作品，但其当时的流通领域还是集中在北京，没有产生全国性影响。

（二）受众下沉与白话的兴起

与方言在近代小说中日渐式微的单一下降曲线不同，近代小说发展过程中的文言与白话之争却出现了反复。以1912年为界，白话在前期占据优势，而在1912年后，文言小说出现大幅回潮。这种反复同样与近代小说的读者意识密切相关。

甲午战争的失败，使众多有识之士注意到"民"的重要性。严复在《原强修订稿》中率先提出"三民主义"，"是以今日要政，统于三端，一曰鼓民力，二曰开民智，三曰新民德"。③ 这种以民为国家富强之本的意识，使大家都开始关注对普通民众的启蒙，清末下层启蒙运动

---

① 冷血：《侠客谈·叙言》，《新新小说》第一年第一号。
② 海天独啸子：《〈女娲石〉凡例》，陈平原、夏晓虹编《二十世纪中国小说理论资料》第一卷，北京大学出版社1997年版，第148页。
③ 严复：《原强修订稿》，王栻主编《严复集》第一册，中华书局1986年版，第27页。

逐渐兴起，白话的重要性开始凸显。

早在1872年，《申报》已专为民间增出白话二日刊《民报》，这是中国最早的白话报纸，但当时并没有产生太大影响。下层启蒙运动兴起后，白话报刊进入一个创办高潮。1897年11月7日，中国第一份独立的白话报纸《演义白话报》在上海创刊。1898年5月，《无锡白话报》诞生，裘廷梁发表《论白话为维新之本》，从理论上系统阐述了白话对于维新运动的重要性。此后，白话报刊逐渐增多，影响逐渐扩大。义和团运动之后，越来越多的人意识到下层启蒙的紧迫性，白话报刊创办进入一个新阶段。1901年6月，《杭州白话报》创办。1901年10月，《苏州白话报》创办。1903年11月，《宁波白话报》在上海创办。1903年12月，《中国白话报》由福建人林獬在上海创办。1904年2月，《安徽俗话报》由陈独秀在安徽芜湖创办。1904年12月，《扬子江白话报》于江苏镇江创办。1905年，《直隶白话报》在河北（直隶）创办。1907年，《吉林白话报》于吉林省城创办。据统计，清末民初的白话报刊如雨后春笋，总数有170多种，其中晚清的有130多种。①

据蔡乐苏《清末民初一百七十余种白话报刊》一文，从1897年至1918年每年出版的白话报刊的数量大致如下：1897年2种，1898年3种，1899年1种，1900年1种，1901年5种，1902年4种，1903年10种，1904年14种，1905年14种，1906年19种，1907年10种，1908年18种，1909年4种，1910年9种，1911年4种，1912年22种，1913年7种，1914年2种，1915年5种，1916年2种，1917年3种，1918年2种。另有16种白话报纸无法判定年代。②

与白话报刊的兴起一致，近代小说在晚清也出现了一个白话小说创作高潮。在1912年以前，近代小说作者为了让更多读者能够接受小说中的"新民"思想，有意识地使用白话进行创作；晚清小说期刊编辑对于语言也表现出较大的包容性，甚至有意识地引导作者使用白话进行创作。虽然对于习惯文言的"高等文人"而言，创作与阅读白话作品

---

① 蔡乐苏：《清末民初的一百七十余部白话报刊》，《辛亥革命时期期刊介绍》（5），人民出版社1987年版。
② 袁进：《中国文学的近代变革》，广西师范大学出版社2006年版，第125页。

第二章　近代社会认同分化与传统小说认同模式的解体

的难度甚至远超文言："凡文义稍高之人，授以纯全白话之书，转不如文话之易阅。鄙人近年为人捉刀，作开会演说、启蒙讲义，皆用白话体裁，下笔之难，百倍于文话"①，但为了能够让更多的读者接受，他们并没有想着让读者去迁就自己，而是试图让自己去迁就读者，由此形成近代白话小说创作热潮。"单纯小说之有取于曲本与白话者，抑亦开发社会之普通钥匙矣。究其所以然，则小说者其主动者也，而听小说、读小说者，则又感情于主动而无形被动者也。准此，作者竭主动之精神，以增长被动者之脑力，鼓吹文明，陶淑蛮野，舍曲本小说、白话小说，其又何从哉？"② 正是出于运用白话进行启蒙的目的，晚清出现大量白话小说，"据不完全统计清末约刊行了一千五百种以上的白话小说"③。

然而，在晚清已经形成一定声势的白话文运动在民初并没有得到延续，白话报刊在1912年达到峰值，随后马上跌入低谷，白话小说也同样受到冷落，文言甚至骈体小说忽然兴盛。其中原因，同样与小说作者的读者意识直接相关。白话盛行的原因根植于晚清小说作者的启蒙意识高涨，他们从便于普通读者接受的角度肯定了白话的价值，并借白话小说努力践行其启蒙使命。而文言小说的回潮则由于民初小说作者对士绅审美趣味的迎合。辛亥革命将皇帝赶下了台，实现了形式上的民主共和，社会对政治的关注度降低，小说作者似乎失去启蒙目标与动力。《民权报》的双重性可以说是这种时代氛围的一个隐喻。一方面，《民权报》作为革命阵营的喉舌，大力鼓吹继续革命，反对袁世凯专政，带有浓厚的政治色彩；另一方面，其文艺附刊连载的则是徐枕亚与吴双热的文言哀情小说《玉梨魂》与《孽冤镜》，政治上的激进与小说中的哀情被扭结在一起。但这种外在组合并没有促进双方有机融合，反而推进了双方的分道扬镳。哀情小说的兴起，带来了文言的回潮。曾经用白

---

① 姚鹏图：《论白话小说》，陈平原、夏晓虹编《二十世纪中国小说理论资料》第一卷，北京大学出版社1997年版，第151页。
② 老伯：《曲本小说与白话小说之宜于普通社会》，陈平原、夏晓虹编《二十世纪中国小说理论资料》第一卷，北京大学出版社1997年版，第331页。
③ 袁进：《中国文学的近代变革》，广西师范大学出版社2006年版，第127页。

话翻译《惨世界》的苏曼殊，转而用文言创作《断鸿零雁记》；同样推崇白话翻译的鲁迅，也创作了文言小说《怀旧》。这次文言的回潮折射出民初小说作者读者意识的转向，从中可以看出民初小说作者的市场意识的强化，从另一个角度折射出读者影响力的增强。晚清小说作者的启蒙意识，使他们肯定白话的重要性。但白话的使用者通常属于消费能力较低的社会阶层，而文言的使用者相对而言消费能力更高。当作者们关注的不再是下层启蒙，而是商业利益时，他们当然更愿意讨好那些具有一定经济实力与文化底蕴的读者，文言的兴起在特定语境中也就成为必然。

无论白话的兴起还是文言的回潮，都源于近代小说作者的读者意识的强化，只是他们关注的读者分属不同的类型。晚清的白话小说作者关注中下层读者，民初的文言小说作者则更关注中上层读者。二者都存在历史合理性与历史局限性。晚清小说作者注意到了白话的工具性，但忽视了白话的审美性；民初的文言小说作者，正是在这方面进行反拨，试图弥补晚清以来的审美缺失。但作为与民众联系更紧密的文体，小说的白话化是一种不可逆转的趋势。哪怕在民初文言小说兴起的高潮中，依旧有不少有识之士肯定白话的正宗地位。到了新文化运动时期，白话的审美属性与小说的启蒙使命得以有机融合，白话小说的地位也便真正变得不可动摇。

二 读者素质提升与修辞策略的调整

小说的社会地位的提升，也改变了社会对小说读者的通常认识。老棣（黄小配）在分析中国小说发达较晚的原因时，曾着重指出社会对小说读者的偏见的影响："小说发达独迟者，一误于拘迂学究，一误于顽锢父兄，不以小说为坏人心术，即以为废事失时。故阅者不多，而著者因之亦少，殆有由也。"[1] 在传统士人看来，小说不配给上等人读；上等读者不多，自然难以吸引上等作者去写。晚清以来，由于傅兰雅、

---

[1] 老棣：《文风之变迁与小说将来之位置》，陈平原、夏晓虹编《二十世纪中国小说理论资料》第一卷，北京大学出版社1997年版，第226页。

梁启超等人的大力提倡，小说的社会与文化地位得到极大提升，读小说不再被视为下等人的消闲，而是上等人的"开智"，小说读者的地位由此也得到大幅提升，读小说成为一种时尚，尤其是读"新小说"成为时尚。"迩来，风气渐变"①，"谈小说不再是轻薄，而是趋新"②。同时，随着近代教育的普及，读者的思想水平也大幅提升。这种读者社会阶层与思想水平的提升，反过来也要求近代小说作者在主题意蕴、修辞技巧、修辞策略等方面进行大幅调整与创新。

（一）绅士读者与修辞策略的严肃化

在夏曾佑等人眼中，小说主要还是用来开妇女与粗人之智，而士夫则可以接受更高深的学问。"今值学界展宽，士夫正日不暇给之时，不必再以小说耗其目力。惟妇女与粗人，无书可读，欲求输入文化，除小说更无他途。"③但事实上妇女与粗人不太可能成为新小说真正的接受主体。这不仅由于他们的知识水平，更由于他们的经济实力。订阅小说杂志需要必要的经济实力做支撑，对于妇女粗人而言，小说显然并不具有与生活资料相同的地位。从性质上讲，小说始终是在满足基本生活需要后的文化消费，因此小说读者通常具有相对较好的经济条件。据分析，民初"《礼拜六》、《中华小说界》、《眉语》、《民权素》都是当时拥有相当订数的杂志"④，"这些杂志的订户，一般应当是月薪在40元以上的职员、老板、教师、医生等中上层社会人士"⑤。近代小说一般都需要经过士绅组织的社团、演讲、读报等下层启蒙活动，通过逐级下沉，才可能被妇女粗人接受。

作为官与民之间的沟通纽带，士绅在传统社会中具有极为重要的地位。在近代小说发挥其启蒙作用的过程中，士绅读者同样起着不可或缺

---

① 老棣：《文风之变迁与小说将来之位置》，陈平原、夏晓虹编《二十世纪中国小说理论资料》第一卷，北京大学出版社1997年版，第226页。
② 陈平原：《中国小说叙事模式的转变》，《陈平原小说史论集》上卷，河北人民出版社1997年版，第272页。
③ 别士：《小说原理》，陈平原、夏晓虹编《二十世纪中国小说理论资料》第一卷，北京大学出版社1997年版，第78页。
④ 袁进：《中国文学的近代变革》，广西师范大学出版社2006年版，第48页。
⑤ 袁进：《中国文学的近代变革》，广西师范大学出版社2006年版，第46页。

的作用。同时，也正是因为士绅对近代小说的接受与认同，使阅读小说获得了更高程度的肯定。黄小配认为"著小说固难，阅小说亦殊不易。……研究其命意之所在，而细玩其笔法之何如，如是而阅小说，庶乎可也！"① 在黄小配那里，小说获得了与诗文相似的待遇，成为审美把玩的对象。读小说与读诗文一样，也包含理解命意—修辞目的、细玩笔法—修辞手段这些过程。小说读者不再只是消闲者，而成为具有高度艺术修养的鉴赏者。通过强调阅读小说的审美意味，黄小配不仅提升了小说读者的审美品格，也提升了其文化层次，进而提升其社会地位。

黄小配注重小说读者的审美品格，无名氏则更注重读者的思想修养，由此提升小说读者的思想境界。"无格致学不可以读吾新小说"，"无警察学不可以读吾新小说"，"无生理学不可以读吾新小说"，"无音律学不可以读吾新小说"，"无政治学不可以读吾新小说"，"无伦理学不可以读吾新小说"②。这些对读者的要求显然脱离实际，但这种肯定小说读者的艺术品位与知识素养乃至思想境界的方式，无疑对于提升小说读者的社会地位具有重要作用。因此，哪怕是在民初鸳鸯蝴蝶小说泛滥的时期，小说杂志依旧肯定小说读者的"健康"品位，由此凸显小说读者相对于其他社会成员的高尚性。

小说读者的高尚化与高雅化，自然要求小说作者调整修辞策略。一个重要的变化就是小说转化为"大说"。"新小说宜作史读"，"新小说宜作子读"，"新小说宜作志读"，"新小说宜作经读"③，实际上也就是潜在地要求新小说成为"史、子、志、经"。具有高尚思想与健康趣味的读者，对小说的基本要求就是"第一理想要高尚"，"第二材料要丰富"，"第三组织要精密"。④ 民初鸳鸯蝴蝶派向"小说"的回归，其中

---

① 老棣：《文风之变迁与小说将来之位置》，陈平原、夏晓虹编《二十世纪中国小说理论资料》第一卷，北京大学出版社1997年版，第227页。
② 《读新小说法》，陈平原、夏晓虹编《二十世纪中国小说理论资料》第一卷，北京大学出版社1997年版，第298—299页。
③ 《读新小说法》，陈平原、夏晓虹编《二十世纪中国小说理论资料》第一卷，北京大学出版社1997年版，第295—296页。
④ 成之：《小说丛话》，陈平原、夏晓虹编《二十世纪中国小说理论资料》第一卷，北京大学出版社1997年版，第477—479页。

还是保留了部分"大说"的因子。《玉梨魂》结尾的战死沙场,就暗示了鸳鸯蝴蝶在时代语境中的境遇。

士绅读者的审美趣味,不仅影响了近代小说的表现形态,而且影响了近代小说的发展趋势。"晚清大批士大夫阅读通俗小说帮助通俗小说崛起,却混淆了原先的纯文学与通俗文学的界限。"[①] 民初骈体小说的兴起,在一定程度上,正是士绅审美趣味的彰显。纯文学与通俗文学在这里得到最大程度的融合,语言的高雅与趣味的通俗结合成一个时尚的怪胎。不过,哪怕是在提倡消闲的时候,近代小说也还是保持了其内在的健康趣味。与明末通俗小说中泛滥的色情相比,鸳鸯蝴蝶小说只谈风花雪月,基本不涉及暴力情色。同时,他们不仅追求情调的雅致,同时追求语言的雅致。诗词曲赋的重新回归,显然也是为了满足士绅读者的审美趣味,小说终于可以被当成文章及诗词来读。

无论如何,近代士绅加入小说读者群体,从总体上提升了小说读者的社会地位与接受水平,进而提升了小说读者的话语权,传统认同向度由此逐渐发生微妙位移。

(二)学生读者与叙事技巧的近代化

作为近代小说另一个最大的受众群体,新式学生对中国小说发展的影响更为深远。作为最有可能接受新思想以及新小说的群体,他们不仅是近代小说的接受者,而且相当一部分后来成为近代小说的批判者,以及现代小说的创造者。

晚清以来,近代学生群体增长极为迅速。就官派留学生而言,从1872年派出第一批赴美学生开始,到1875年,每年选30名幼童赴美留学。1877年,政府选派包括严复在内的第一批赴欧留学生共35人。1882年,福州船政学堂派出第二批留欧学生共10人。1886年,派出第三批留欧学生共34人。甲午战争失败激发了中国向日本学习的激情,留日学生迅速增长。1896年,官方派出第一批赴日留学生13人,到1903年3月,留日学生总数已达668人。[②] 此后,留日学生成为留学生

[①] 袁进:《中国文学的近代变革》,广西师范大学出版社2006年版,第39页。
[②] 参看罗检秋、李占领、黄春生《中国文化发展史·晚清卷》,山东教育出版社2013年版。

数量增长最快的群体，也成为最为激进的群体。1906年梁启超在致康有为的书信中披露："革党现在东京占极大之势力，万余学生从之者过半。"①

就教会创办的学校而言，1877年有6000人进入教会学校学习。到1890年上升到16836人，到1906年又升到57683人。除2000多所小学外，到1906年开办了近400所高等专业学校，包括许多大学在内。②

至于国内学堂的设立，据统计，1902年在校生数为6912人，1903年有学堂769所，在校生达到31428人，1904年有学堂4476所，在校生99475人，1905年学堂发展到8277所，在校学生258873人。③ 1905年清廷宣布废除科举后，"1906年，学堂数量猛增到23862所，学生数量达到545338人，分别比1905年增多15585所、286465人。1907年有学堂37888所，在校学生1024988人；1908年有学堂47995所，在校学生1300739人；1909年有学堂59117所，在校学生1639641人；1910年有学堂42696所，在校学生1284965人"④。

在女性教育方面，尽管起步较晚，但"妇女需要受教育的必要性在1907年还是得到了承认，于是制定了关于女子师范学堂和女子小学的章程"⑤。

无论是留学生，还是教会学校学生，或者近代学堂学生，受到一定近代教育的青年对新事物的接受欲望与接受能力，应该超出年纪较大的绅士，以及受教育程度较低的民众。傅兰雅时新小说征文的主要应征者，就是与教会学校相关的师生，由此可以看出近代教育与近代小说发展之间的紧密联系。周树人、周作人、胡适等人的亲身经历，则从另一个角度说明了近代小说与近代学生读者之间关系的复杂性。

---

① 丁文江、赵丰田编：《梁启超年谱长编》，上海人民出版社2009年版，第532页。
② [美]费正清、刘广京编：《剑桥中国晚清史》（上），中国社会科学院历史研究所编译室译，中国社会科学出版社1985年版，第561页。
③ 罗检秋、李占领、黄春生：《中国文化发展史·晚清卷》，山东教育出版社2013年版，第270页。
④ 罗检秋、李占领、黄春生：《中国文化发展史·晚清卷》，山东教育出版社2013年版，第270—271页。
⑤ [美]费正清、刘广京编：《剑桥中国晚清史》（上），中国社会科学院历史研究所编译室译，中国社会科学出版社1985年版，第375页。

第二章 近代社会认同分化与传统小说认同模式的解体

对西方文化与西方小说有一定程度了解的新式学生读者群的扩大，对小说作者产生了另一种压力。士绅读者群在思想与审美上的保守性，使近代小说作者不得不保持与传统的联系，甚至出现艺术上的复古。而新式学生读者群则可能强迫近代小说作者不仅去闯政治上的禁区，而且"可能逼着他们闯艺术上的禁区"①。

近代小说作者对西方叙事技巧、小说体裁的接受，在学生读者这里最容易找到共鸣。同时，一旦近代小说作者失去了其创造性与先锋性，学生读者也最可能起而批判。在某种意义上，可以说近代小说的学生读者决定了近代小说的命运。当近代小说从原有的启蒙立场后撤，甚至迎合低俗趣味，曾经的近代小说学生读者马上开始批判。传统小说认同模式中被动接受的读者，成为与作者相对平等的对话主体。

近代小说读者的改变，改变了传统小说认同模式中作者与读者之间的相对地位，对传统认同模式的进行釜底抽薪，加速了传统认同模式的解体进程。

---

① 陈平原：《二十世纪中国小说史（1897—1916）》，《陈平原小说史论集》（中），河北人民出版社1997年版，第678页。

第三章　认同维度的质变与近代小说修辞目的的深化

早在 1905 年，侠人就对小说的"立人"机制进行了心理学阐释："凡人之性质，无所观感，则兴起也难；苟有一人焉，一事焉，立其前而树之鹄，则望风而趋之。小说者实具有此种神力以操纵人类者也。夫人之稍有所思想者，莫不欲以其道移易天下，顾谈理则能明者少，而指事则能解者多。今明著一事焉以为之型，明立一人焉以为之式，则吾之思想，可瞬息而普及于最下等之人，是实改良社会之一最妙法门也。"①也就是说，无论是树立正面典型，还是批判反面角色，小说总是利用具体的人物与事件来感染读者，这比单纯地讲道理更能对读者起有效示范作用。从小说对人物的书写，以及隐含作者对人物的评价，可以看出不同时代小说对于"立什么人"的不同理解与想象。正是在"立什么人"方面表现出与传统小说的巨大差异，近代小说成为中国小说现代转型的关键节点。

伦理维度一直是传统小说中"立什么人"的核心。"人的本质不是单个人所固有的抽象物，在其现实性上，它是一切社会关系的总和。"②现实生活中的人是复杂的，有多少种社会关系，就具有多少种不同面目。然而，小说对人的描述不可能像生活中那样全面，在不同的时代，

---

① 侠人：《小说丛话》，《新小说》第二年第一号。
② ［德］马克思：《关于费尔巴哈的提纲》，《马克思恩格斯选集》第一卷，人民出版社 2012 年版，第 135 页。

由于人们对自身认知的局限性，小说对人的描述总会侧重某些社会关系，而忽视甚至故意遮蔽另一些社会关系。更重要的是，不同时代的小说作者为了不同的社会需要，会有目的地凸显人的某些关系，塑造符合当时社会统治需要的理想人物形象，从而发挥小说的"立人"功能。总体而言，传统小说对"君臣、父子、夫妇、兄弟、朋友"等各种伦理关系都有所表现，而由于家国一体，所有的伦理关系中，"君臣"始终处于统摄地位，因此，传统小说中的人物哪怕看起来与政治很远，实质上都与政治相关，都服从与服务于君臣关系，为政治稳定服务。作为维护社会稳定的重要助力，传统小说也就无时无刻不在强调个体对等级制度的认同与服从。所谓"三纲"就是传统等级制度在各个层面的具体化，其实质就是肯定等级制度中个体责权利的绝对分离。个体对下具有完全的权力，对上则只有完全的义务。通过肯定这种责、权、利的分离，传统小说使等级意识成为百姓"日用而不知"的真理。

为了强化伦理维度责、权、利分离的合理性，传统社会需要建构一整套的思维模式与其对应，从而构成这种伦理规范的认识论基础。这也就使传统小说中理性维度出现扭曲与变形。这种特殊的认知方式与思维方式，核心就是扭曲或者遮蔽对个体对"利益"的认知。首先是传统的"义利之辨"，将"利"置于"义"之下，从而遮蔽个体追求利益的合理性。其次是"劳心者治人，劳力者治于人"的古训，将利益的分配与个体的社会等级直接挂钩，从而固化了利益分配秩序。最后，"士农工商"的排序，进一步明确利益分配、社会分工以及道德排序之间的关系，不言利的士人被列入最高等级，而以逐利为生的商人则列为最后，个体的道德排序与其生财能力成反比，进一步削弱了个体追求自身利益的道德合理性。然而，这种义利逻辑并没有贯穿始终，存在着深层悖论。士人信奉的"书中自有黄金屋"，不仅揭示了这一道德序列的虚伪性，更揭示了其内在逻辑的矛盾性。这一信条中隐含的"读书—科举—当官—发财"的生活逻辑，最终指向是"利"而非"义"，从而从实质上颠覆了传统的"义利"结构。同时，读书人不辨麦黍，不知稻稷，无农工商之能，却可以享用超越农工商的"黄金屋"之利，由此可以看出"士农工商"的排序，不仅仅是道德排序，更是利益排序，其表层意味与深层意味也就出现巨大背离与反差。正是这种扭曲的认知方式与思维模式，使传统小说中的人物绝少关注真实的经济生活，而热衷于梦想的飞黄腾达，小说作者也从来不曾质疑反而在不断强化这种思维方式。秀才落难，自然有美女舍身舍财；科举中第，则马上财源滚滚。除了晚明时期，商人很少成为小说的主角；而农民与手工业者，基本只能作为无名氏构成故事背景。真实的社会生活与人生处境，很少被正视，"瞒与骗"成为小说的常态。无论作者还是读者，主角还是配角，都满足于跳跃性的造梦与抒情，绝少理性化的分析与论证。也正是这种造梦与抒情，构成了传统伦理观念背后的认识论基础。

　　传统小说中的人物，不仅折射出一个时代在伦理观念与思维方式方面的"立人"要求，同样也折射出一个时代在审美取向方面的"立人"构想。由于传统小说作者与读者的分化，小说人物塑造的审美趣味也表现出两种取向。文人小说自然以作者形象为依据，于是出现了一堆风雅的文人才子；市井小说或说唱小说的创作者，大多来自民间，相对而言，这些小说中的人物比文人小说中的人物形象更有生活气息。这两种审美取向，折射出不同的审美理想，前者以"雅"为标志，后者则以"俗"为旨归。但传统小说人物无论雅俗，在以诗文为主导的"雅人"世界中，都难登大雅之堂。

　　以1895年的时新小说征文为界，中国小说对"人"的理解与建构开始出现质的变化。尽管近代小说在选材、主题、风格等方面存在多重差异，但在共通的时代语境中，他们对小说的根本修辞目的，却有着相对一致的认识。通过传统小说的反面对照与西方小说的正面示范，近代小说作者不约而同地将目光投向了"新民"。虽然不同作者在不同时段对于这种新型国民有着不同理解，但这种对新型国民的召唤却标志着近代小说的根本转向。如果说传统小说致力于塑造理想的"臣民"与"顺民"，近代小说最根本的目的就是塑造理想的"国民"。这种在理性、伦理、审美等维度都表现出新型质素的国民形象，在单篇小说中可能模糊不清，但在近代小说这一整体中却表现得较为鲜明，标志着近代小说作者与读者的认同维度发生了质变。从近代小说人物群像，可以认识到近代小说家"立什么人"的构想。

第一节 中外小说与近代小说认同维度的确立

近代小说的兴起以对传统小说的批判与反思以及对外国小说的学习与借鉴为背景。1872年，蠡勺居士在其《昕夕闲谈小序》中，就指出传统小说的四大弊端："邪正之辨不可混，善恶之鉴不可淆，使徒作风花雪月之词，记儿女缠绵之事，则未免近于导淫，其弊一也；使徒作豪侠失路之谈，纪山林行劫之事，则未免近于诲盗，其弊二也；使徒写奸邪倾轧之心，为机械变诈之事，则未免近于纵奸，其弊三也；使徒记干戈满地之事，逞将帅用武之谋，则未免近于好乱，其弊四也。"① 以四弊为参照，蠡勺居士肯定了他的翻译小说："今西国名士，撰成此书，务使富者不得沽名，善者不必钓誉，真君子神彩如生，伪君子神情毕露，此则所谓铸鼎象物者也，此则所谓照渚然犀者也。"② 在这里，无论是对传统小说的批判，还是对外国小说的推崇，其核心都不是艺术性的，而是关乎小说的"立什么人"这一核心命题。这实际上也揭示了近代小说的主导倾向。正是通过对传统小说的批判与对外国小说的借鉴，近代小说确立了其"新民"命题的主导地位。

一 传统小说的反面对照

近代小说兴起的过程，也就是对传统小说的批判与反思深化的过程。在此期间，对《水浒传》《红楼梦》等传统小说的评价出现过山车式的翻转，对中西小说优劣比较也众说纷纭，但这些评价，尤其是正面评价，主要还是集中在传统小说的艺术成就方面，对于传统小说的社会影响，近代小说界大多持否定态度。1872年，蠡勺居士还没有明言

---

① 蠡勺居士：《昕夕闲谈小序》，黄霖、韩同文选注《中国历代小说论著选》（修订本）（上），江西人民出版社2000年版，第630—631页。
② 蠡勺居士：《昕夕闲谈小序》，黄霖、韩同文选注《中国历代小说论著选》（修订本）（上），江西人民出版社2000年版，第631页。

"四弊"就是传统小说的基本属性,1902年梁启超《论小说与群治之关系》则已经明确将传统小说视为"中国群治腐败之总根原"①。1912年管达如《说小说》将旧小说之害总结为四条,"一曰诲盗"②,"一曰诲淫"③,"一曰长迷信依赖之习"④,"一曰造作荒诞无稽之语以坏国民之智识"⑤;1918年周作人《人的文学》则"一言以蔽之",将所有传统小说视为"非人的文学"⑥。他们都抓住了传统小说的核心问题,那就是传统小说在人的理解与人的建构方面存在严重的负面影响。

就传统小说的类别而言,梁启超在严复等人提出的"英雄""男女"两大"公性情"之外,补充了一附属性情:"吾以为人类于重英雄、爱男女之外,尚有一附属性焉,曰畏鬼神。以此三者,可以该尽中国之小说矣。"⑦ 这三种性情在近代小说理论家那里,无一不是批判的目标。这种对传统小说的否定与批判为近代小说的"新民"意图指明了方向。

（一）重构英雄

作为人类自存保种的"公性情"之一,英雄叙事是中外小说永远的母题。中国传统小说有着悠久的英雄叙事传统。然而,由于传统社会中的权力崇拜,传统小说的英雄叙事同样存在着英雄的等级序列,那就是官方英雄高于民间英雄,文人英雄高于武夫英雄。《虬髯客传》中的虬髯客,碰到李世民这一真命天子,马上退避三舍。《水浒传》中的各路英豪,杀人放火,不过是为了招安。到了晚清的《三侠五义》等侠义公案小说,民间英雄最后的出路还是成为官员的部属。而大多数传统英雄叙事中都存在智囊式的人物,如《三国演义》中的诸葛亮,《水浒

---

① 饮冰（梁启超）：《论小说与群治之关系》，《新小说》第一号。
② 管达如：《说小说》，陈平原、夏晓虹编《二十世纪中国小说理论资料》第一卷，北京大学出版社1997年版，第409页。
③ 管达如：《说小说》，陈平原、夏晓虹编《二十世纪中国小说理论资料》第一卷，北京大学出版社1997年版，第409页。
④ 管达如：《说小说》，陈平原、夏晓虹编《二十世纪中国小说理论资料》第一卷，北京大学出版社1997年版，第410页。
⑤ 管达如：《说小说》，陈平原、夏晓虹编《二十世纪中国小说理论资料》第一卷，北京大学出版社1997年版，第410页。
⑥ 周作人：《人的文学》，《新青年》第五卷第六号。
⑦ 饮冰：《小说丛话》，《新小说》第七号。

传》中的吴用，他们在小说中的作用明显高出只懂蛮力的勇士。

这种英雄叙事中的文人崇拜，与传统小说中的"状元宰相"叙事合流，共同营造了传统文人的英雄梦。相对而言，这种文人的英雄梦对统治者更为安全，因此也更值得鼓励。民间草莽英雄可能挑战既有的社会秩序，文人的状元梦则只有助于社会稳定。因此，《水浒传》等作品在不同朝代多次被禁，其根本原因不外"自《水浒传》出，而世慕为杀人寻仇之英雄好汉多"①，对社会稳定形成威胁。而《儿女英雄传》等作品，将江湖侠女收编为文人内室，自然可以获得官方肯定。

然而，无论是草莽英雄还是状元宰相，都不是近代小说作者肯定与推崇的对象。

就近代社会而言，尤其是对于具有改良思想的近代思想家与小说家而言，《水浒传》之类小说中杀人寻仇之类的好汉，与《三国演义》之类小说中斩木揭竿的军机，都是批判的目标，因为这类小说宣扬的"江湖盗贼之思想"，使"我国民绿林豪杰，遍地皆是，日日有桃园之拜，处处为梁山之盟，所谓'大碗酒，大块肉，分秤称金银，论套穿衣服'等思想，充塞于下等社会之脑中，遂成为哥老、大刀等会，卒至有如义和拳者起，沦陷京国，启召外戎"②。

民间英雄法律意识、民族意识、国家意识淡薄，容易成为黑社会团体，以致在近代社会受到批判，而文人的状元梦走向的则是另一个极端，那就是对规则的过于驯服而导致全然的奴化。"状元宰相"是文人梦想的终极，是文人的英雄梦的实现，但这不过是一条通往奴役之路。这类文人英雄叙事宣扬的"状元宰相之思想"，使"我国民慕科第若羶，趋爵禄若鹜，奴颜婢膝，寡廉鲜耻，惟思以十年萤雪，暮夜苞苴，易其归骄妻妾、武断乡曲一日之快，遂至名节大防，扫地以尽"，其后果不外导致"我国民轻弃信义，权谋诡诈，云翻雨覆，苛刻凉薄，驯至尽人皆机心，举国皆荆棘"。③

---

① 邱炜萲：《小说与民智关系》，陈平原、夏晓虹编《二十世纪中国小说理论资料》第一卷，北京大学出版社1997年版，第47页。
② 饮冰：《论小说与群治之关系》，《新小说》第一号。
③ 饮冰：《论小说与群治之关系》，《新小说》第一号。

近代社会的发展，呼唤着对英雄的重新界定。虽然正面例子还需要外国小说来提供，但传统小说为近代小说提供了反面教材。受外国小说影响的政治小说，是近代小说重新界定英雄的具体例证，而种种现形记，则都是对传统英雄的消解。无论是显得稚嫩的正面英雄想象还是显得浅薄的负面英雄消解，近代小说在一定程度上为后来的现代英雄的出场，清扫出了一片空间。

（二）端正男女

与英雄叙事相似，"男女"是同样古老的"公性情"。同时，男女比英雄更接近普通人的生活，对普通人有着更深远的影响。然而，男女叙事中潜含着的欲望彰显，对传统社会的禁欲主义与道德秩序形成挑战，由此使传统男女叙事经常被加上"诲淫"的恶名。近代社会在个体层面的道德判断似乎没有太大进步，但随着时代发展，近代小说为男女叙事增加了一些新的内容。其中最主要的就是近代小说将男女问题上升到了国家与民族富强的层面，认识到才子佳人梦想对于社会发展的阻碍作用。在邱炜萲看来，"自《西厢记》出，而世慕为偷情私合之才子佳人多"①，他的这种判断沿袭的依旧是传统的道德标准。而梁启超则将男女问题与国民性联系起来。传统小说宣扬的"佳人才子之思想"，其后果是导致"我国民轻薄无行，沉溺声色，缱恋床笫，缠绵歌泣于春花秋月，销磨其少壮活泼之气，青年子弟，自十五岁至三十岁，惟以多情多感多愁多病为一大事业，儿女情多，风云气少，甚者为伤风败俗之行，毒遍社会"②。在梁启超那里，对国民与社会的危害才是才子佳人小说需要批判的根本理由。

正是因为注重小说的社会影响，近代小说作者在男女叙事中总是有意无意地加上"风云气"。《自由结婚》从题目看是正宗的男女叙事，但实际上只是以结婚为幌子，以自由为旨归。"全书以男女两少年为主，约分三期：首期以儿女之天性，观察社会之腐败；次期以学生之资格，振刷学界之精神；末期以英雄之本领，建立国家之大业。无一事不

---

① 邱炜萲：《小说与民智关系》，陈平原、夏晓虹编《二十世纪中国小说理论资料》第一卷，北京大学出版社1997年版，第47页。近代理论家对于小说与戏剧的区分还不明确，往往作为一类。
② 饮冰：《论小说与群治之关系》，《新小说》第一号。

惊心怵目，无一语不可泣可歌，关于政治者十之七，关于道德教育者十之三，而一贯之佳人才子之情。"① 这里的佳人才子之情，不再是传统的你欢我爱的个人私情，而是近代的志同道合的革命公情。所谓的自由结婚，更是附带条件的自由，关关在答应黄祸母亲的求亲时，附带条件："侄女今天同伯母约，缔姻之事，请自今始；完婚之期，必待那爱国驱除异族，光复旧物的日子。"②

这种男女叙事的政治化，不仅在政治小说中存在，而且在鸳鸯蝴蝶小说中也存在，由此可以看出时代风尚。《玉梨魂》中光明的尾巴，使得吴双热为其大加感叹："是七尺奇男，死当为国；作千秋雄鬼，生不还家。岂不壮哉！亦可哀矣。"③ 将男女叙事纳入社会发展，而不是将其局限于个体自身的命运，显然是近代小说"端正"男女叙事的一个重大举措，由此部分改变了近代男女叙事的风貌，丰富了男女叙事的内容，为后来的"革命+恋爱"叙事模式埋下了伏笔。

（三）废黜鬼神

小说与鬼神迷信思想之间的关系，1900 年以前似乎还没有引起人们的注意，无论是 1872 年的蠡勺居士还是 1897 年严复与夏曾佑，都没有提到这一"弊端"。后二者在《本馆附印说部缘起》中，提到小说写的公性情还只有"英雄"与"男女"。但庚子事变使有识之士意识到迷信实际上是影响社会发展的重要因素，而传统小说与迷信思想的传播，更是存在莫大关系："今年庚子五、六月拳党之事，牵动国政，及于外交，其始举国骚然，神怪之说，支离莫究，尤《西游记》、《封神传》绝大隐力之发见矣。"④ 邱炜萲看到了传统小说迷信思想与庚子事变的关系，而梁启超则注意到传统小说迷信思想更为深远的影响。因为有

---

① 犹太女士万古恨：《自由结婚·弁言》，震旦女士自由花译，董文成、李勤学主编《中国近代珍稀本小说》第六册，春风文艺出版社 1997 年版，第 286 页。

② 犹太女士万古恨：《自由结婚》，震旦女士自由花译，董文成、李勤学主编《中国近代珍稀本小说》第六册，春风文艺出版社 1997 年版，第 342 页。

③ 吴双热：《玉梨魂·序》，吴组缃、端木蕻良、时萌主编《中国近代文学大系·小说集》第六册，上海书店 1991 年版，第 427 页。

④ 邱炜萲：《小说与民智关系》，陈平原、夏晓虹编《二十世纪中国小说理论资料》第一卷，北京大学出版社 1997 年版，第 47 页。

"妖巫狐鬼之思想",以至于"我国民惑堪舆,惑相命,惑卜筮,惑祈禳,因风水而阻止铁路、阻止开矿,争坟墓而阖族械斗杀人如草,因迎神赛会而岁耗百万金钱、废时生事、消耗国力"①。究其根源,"吾中国人妖巫狐鬼之思想何自来乎?小说也"②。

在这一时代氛围中,鬼神叙事成为人人喊打的过街老鼠。萧然郁生在《乌托邦游记》中将传统小说拉出来示众,神魔小说正是让人感觉最为荒唐的一类。在"我"乘坐的轮船上,设有阅小说室,但堆在地上的"支那小说",不过是"甚么《六美图》《七美图》《八美图》《九美图》这种书,里面总是说的状元宰相,佳人才子,神出鬼没,淫词秽语,种种没道理没见识的东西,不过略为铺排点词章,抄录点诗句,引着那支那国里没意识的人欢喜看他,弄得那支那国里的人,受了他的迷,中了他的毒,居然同他书里所说的主意一样起来。最奇的那《封神传》里造出了许多菩萨,现在居然各寺院庵庙里,都造起他的偶像来"③。在作者看来,神魔小说显然比才子佳人小说更为荒诞不经,影响更为恶劣更为深远。

作为已经接受了一定近代科学知识的个体,近代小说作者已经能够认识到传统迷信思想的本质,以及传统鬼神叙事为虎作伥的实质,"中国以神道设教,挟为愚民之术,而小说家又借鬼神以扬厉之"④。传统小说中隐含的天人交感思维方式与因果轮回等迷信思想,塑造了传统社会的愚昧个体,成为社会进步的严重障碍。反迷信,黜鬼神,由此成为近代小说发展的一条重要线索。

二 翻译小说的正面示范

对传统小说的批判为近代小说的发展指明了方向,外国小说的翻译

---

① 饮冰:《论小说与群治之关系》,《新小说》第一号。
② 饮冰:《论小说与群治之关系》,《新小说》第一号。
③ 萧然郁生:《乌托邦游记》,《月月小说》第一年第二号。
④ 棠:《中国小说家向多托言鬼神最阻人群慧力之进步》,陈平原、夏晓虹编《二十世纪中国小说理论资料》第一卷,北京大学出版社1997年版,第234页。

引进则为近代小说的发展提供了范例。近代小说对外国小说的理解与接受,自然存在误读与错位①,但在总体上,翻译小说提升了小说的社会地位,端正了小说的创作目的,提供了小说"新民"的范本。

(一) 翻译小说与开民智

对于近代外国小说翻译者而言,他们首先关注是外国小说在开民智方面的作用。1897年,严复与夏曾佑还只是用推测语气提及外国小说在开民智方面的影响,"且闻欧、美、东瀛,其开化之时,往往得小说之助"②。到1898年,梁启超就信誓旦旦地说小说对于推动社会发展具有最高之功:"在昔欧洲各国变革之始,其魁儒硕学,仁人志士,往往以其身之经历,及胸中所怀,政治之议论,一寄之于小说。于是彼中缀学之子,黉塾之暇,手之口之,下而兵丁、而市侩、而农氓、而工匠、而车夫马卒、而妇女、而童孺,靡不手之口之。往往每一书出,而全国之议论为之一变。彼美、英、德、法、奥、意、日本各国政界之日进,则政治小说,为功最高焉。"③ 1901年,林纾同样强调翻译小说对于开启民智的重要性。"吾谓欲开民智,必立学堂;学堂功缓,不如立会演说;演说又不易举,终之唯有译书。……多以小说启发民智。"④ 尽管大家对于小说到底开启何种智慧语焉不详,但对外国小说的社会功能却众口一词,曰能"使民开化"⑤。

西方"一种小说,即有一种之宗旨,能与政体民志息息相通;次则开学智,祛弊俗;又次亦不失为记实历,洽旧闻,而毋为虚憍浮伪之习,附会不经之谈可必也"⑥。正是在开民智这一口号的倡导下,各类

---

① 参阅拙文《"讹"与"化":近代翻译小说与中国小说修辞的现代转型》,《外国文学研究》2014年第5期。
② 几道、别士:《本馆附印说部缘起》,陈平原、夏晓虹编《二十世纪中国小说理论资料》第一卷,北京大学出版社1997年版,第27页。
③ 梁启超:《译印政治小说序》,《饮冰室合集》第二册,中华书局2015年版,第238—239页。
④ 林纾:《〈译林〉序》,陈平原、夏晓虹编《二十世纪中国小说理论资料》第一卷,北京大学出版社1997年版,第42页。
⑤ 几道、别士:《本馆附印说部缘起》,陈平原、夏晓虹编《二十世纪中国小说理论资料》第一卷,北京大学出版社1997年版,第27页。
⑥ 邱炜萲:《小说与民智关系》,陈平原、夏晓虹编《二十世纪中国小说理论资料》第一卷,北京大学出版社1997年版,第47—48页。

外国小说蜂拥而入，同时每种小说都必然被冠以特定的"开智"功能。政治小说由于梁启超等人出于现实政治需要，得风气之先，最早获得关注，随后每一类小说的引进，译者都会强调其直接的"开智"作用。翻译科学小说能"破遗传之迷信，改良思想，补助文明"①，翻译侦探小说能让人知道"泰西各国，最尊人权"②；翻译社会小说能够"引为殷鉴"③，翻译军事小说可以用来取"代兵书"④；翻译写情小说能帮助中国"敦风俗，正人心"⑤。

对于翻译小说的实际社会效果，吴趼人等人也产生过质疑："其（翻译小说）内容之果能合于吾国之社会与否，不能一概而论定之，其能改良吾国社会与否，尤不能一概而论定之。"⑥但吴趼人担心的不过是翻译小说的艺术感染力会由于其水土不服而大打折扣，并不是想要全盘否定翻译小说。与吴趼人相对，黄小配对翻译小说的作用非常乐观："各国民智之进步，小说之影响于社会巨矣。《佳人奇遇》之于政治感情，《宗教趣谭》之于宗教思想，《航海述奇》之于冒险性质，余如侦探小说之生人机警心，种族小说之生人爱国心，功效如响斯应。"⑦更重要的是，黄小配不仅注意到翻译小说本身的社会作用，而且注意到翻译小说对创作小说的示范作用："风尚之所由起，如译本小说者，其真社会之导师哉！一切科学、地理、种族、政治、风俗、艳情、义侠、侦探，吾国未有此瀹智灵丹者，先以译本诱其脑筋；吾国著作家于是乎观社会之现情，审风气之趋势，起而挺笔研墨以继其后。观此而知新风过

---

① 鲁迅：《〈月界旅行〉辨言》，《鲁迅全集》第十卷，人民文学出版社2005年版，第164页。
② 周桂生：《〈歇洛克复生侦探案〉弁言》，陈平原、夏晓虹编《二十世纪中国小说理论资料》第一卷，北京大学出版社1997年版，第135页。
③ 林纾：《〈黑奴吁天录〉》，陈平原、夏晓虹编《二十世纪中国小说理论资料》第一卷，北京大学出版社1997年版，第43页。
④ 林纾：《利俾瑟战血余腥录》，陈平原、夏晓虹编《二十世纪中国小说理论资料》第一卷，北京大学出版社1997年版，第139页。
⑤ 铁樵：《论言情小说撰不如译》，陈平原、夏晓虹编《二十世纪中国小说理论资料》第一卷，北京大学出版社1997年版，第534页。
⑥ 吴趼人：《〈中国侦探案〉弁言》，海风主编《吴趼人全集》第七卷，北方文艺出版社1998年版，第72页。
⑦ 世（黄小配）：《小说风尚之进步以翻译说部为风气之先》，陈平原、夏晓虹编《二十世纪中国小说理论资料》第一卷，北京大学出版社1997年版，第320—321页。

渡之有由矣。"① 翻译小说在"诱其脑筋"方面的重要性，可能超出其本身内容的重要性，产生更为深远的影响。

（二）翻译小说与新民德

对道德优越论占极大市场的近代中国而言，要国人承认西方小说在道德上也更为高尚似乎很难。《茶花女》的一纸风行，满足的还是众多士人的道德优越感。他们对马克的同情之泪，其性质与对传统爱情悲剧的道德同情没有本质区别。

由于知道传统道德之顽固，林纾在翻译小说时，不时用中国固有之道德，去解释西方小说之道德，由此证明东西道德互通。"人伦之至归圣人，安得言一圣人外无人伦?"② 只要父子关系存在，那么"孝子与叛子，实杂生于世界，不能右中而左外也"③。因此，可以推知"父子天性，中西初不能异"④，"西人不尽不孝"⑤，而不是如某些顽固派说的那样，西方"欲废黜父子之伦"⑥。通过道德的共通性，林纾最终证明向西方全面学习的合理性，得出"西学可以学矣"⑦ 的结论，由此可以看出其良苦用心。

然而，社会对林纾的评价，却表现出明显的两极分化。陈熙绩对林纾进行了全面肯定："自《茶花女》出，人知男女用情之宜正；自《黑奴吁天录》出，人知贵贱等级之宜平。若《战血余腥》，则示人以军国之主义；若《爱国二童子》，则示人以实业之当兴。"⑧ 寅半生认为

---

① 世（黄小配）：《小说风尚之进步以翻译说部为风气之先》，陈平原、夏晓虹编《二十世纪中国小说理论资料》第一卷，北京大学出版社1997年版，第323页。
② 林纾：《〈英孝子火山报仇录〉序》，陈平原、夏晓虹编《二十世纪中国小说理论资料》第一卷，北京大学出版社1997年版，第155页。
③ 林纾：《〈英孝子火山报仇录〉序》，陈平原、夏晓虹编《二十世纪中国小说理论资料》第一卷，北京大学出版社1997年版，第155页。
④ 林纾：《〈美洲童子万里寻亲记〉序》，陈平原、夏晓虹编《二十世纪中国小说理论资料》第一卷，北京大学出版社1997年版，第157页。
⑤ 林纾：《〈英孝子火山报仇录〉序》，陈平原、夏晓虹编《二十世纪中国小说理论资料》第一卷，北京大学出版社1997年版，第156页。
⑥ 林纾：《〈英孝子火山报仇录〉序》，陈平原、夏晓虹编《二十世纪中国小说理论资料》第一卷，北京大学出版社1997年版，第156页。
⑦ 林纾：《〈英孝子火山报仇录〉序》，陈平原、夏晓虹编《二十世纪中国小说理论资料》第一卷，北京大学出版社1997年版，第156页。
⑧ 陈熙绩：《〈歇洛克奇案开场〉叙》，陈平原、夏晓虹编《二十世纪中国小说理论资料》第一卷，北京大学出版社1997年版，第350页。

林纾"所译诸书,半涉牛鬼蛇神,于社会毫无裨益"①。金松岑则对林纾进行了全盘否定,认为他是在"诲淫诲盗":"使男子而狎妓,则曰我亚猛着彭也,而父命可以或梗矣(《茶花女遗事》,今人谓之外国《红楼梦》);女子而怀春,则曰我迦因赫斯德也,而贞操可以力破矣(《迦因》)。"②

对林纾翻译小说的道德影响评价的分化,正说明林纾翻译小说的道德影响之深远,同时也说明近代社会道德判断标准正处于急剧变化的过程中,需要建构新的伦理道德规范。从政治小说中的革命志士,到言情小说中的痴情男女,从冒险小说中不畏艰难的冒险家,到侦探小说中追求正义的侦探家,在如何发挥小说"新民德"的正面效应方面,翻译小说为近代小说作者们提供了重要范例。

(三)翻译小说与正民趣

与直接欢迎与拥抱翻译小说"开民智"方面的新内容相比,近代小说界对翻译小说中新的技巧与新的审美趣味,则显出欲迎还拒的扭捏姿态。林纾引起轰动效应的《巴黎茶花女遗事》,获得的评价是"以华文之典料,写欧人之性情"③,其成功的秘诀在于沿袭了传统的审美趣味。此后,林纾一直试图用中国技法解读西方小说。翻译《黑奴吁天录》时,便强调中西文法的相通性:"是书开场、伏脉、接笋、结穴,处处均得古文家义法。可知中西文法,有不同而同者。"④ 翻译《斐洲烟水愁城录》时,又将西方小说与《史记》进行类比:"西人文体,何乃甚类我史迁也!"⑤ 然而,他同时也注意到外国小说的创新性,并肯定这种创新性。"欧人志在维新,非新不学,即区区小说之微,亦必从

---

① 寅半生:《读〈嘉因小传〉两译本书后》,陈平原、夏晓虹编《二十世纪中国小说理论资料》第一卷,北京大学出版社1997年版,第251页。

② 松岑(金松岑):《论写情小说于新社会之关系》,陈平原、夏晓虹编《二十世纪中国小说理论资料》第一卷,北京大学出版社1997年版,第172页。

③ 邱炜萲:《〈茶花女遗事〉》,陈平原、夏晓虹编《二十世纪中国小说理论资料》第一卷,北京大学出版社1997年版,第45页。

④ 林纾:《〈黑奴吁天录〉例言》,陈平原、夏晓虹编《二十世纪中国小说理论资料》第一卷,北京大学出版社1997年版,第43页。

⑤ 林纾:《〈斐洲烟水愁城录〉序》,陈平原、夏晓虹编《二十世纪中国小说理论资料》第一卷,北京大学出版社1997年版,第158页。

新世界中着想,斥去陈旧不言。"① 这种外国小说的创新性与异质性,对中国小说读者形成了潜移默化的影响,使他们逐渐接受了西方新的小说类型,新的叙事技巧,以及新的叙事风格。"其(泰西小说)间若写情小说之绮腻风流,科学小说之发明真理,理想小说之寄托遥深,侦探小说之机警活泼,偶一披览,如入山阴道上,目不暇给。"② 不同翻译小说都能给读者带来新鲜的审美享受。

由于审美趣味本身具有的延续性与保守性,翻译小说对近代小说读者审美趣味的塑造,与翻译者最初的意图,可能出现明显差距。梁启超的功利主义翻译,偏重政治小说,最初引来了较多的效仿者,却因过于注重宣传,忽视读者的审美意愿,以至于难以为继。周作人强调审美,认为翻译作品要把握作品原意,理解其审美趣味,而不应该对其进行功利主义解读甚至改造:"中国近方以说部教道德为桀,举世靡然,斯书之繙,似无益于今日之群道。顾说部曼衍自诗,泰西诗多私制,主美,故能出自由之意,舒其文心。而中国则以典章视诗,演至说部,亦立劝惩为臬极,文章与教训,漫无畛畦,画最隘之界,使勿驰其神智,否者或群逼拶之。所意不同,成果斯异。然世之现为文辞者,实不外学与文二事。学以益智,文以移情。能移人情,文责以尽,他有所益,客而已。而说部者文之属也。读泰西之书,当并函泰西之意;以古目观新制,适自蔽耳。"③ 但他与鲁迅费尽心血,强调"文情""文术"与"心声"④的翻译,却并没有像他们期盼的那样,让"异域文术新宗"在华土落地生根。与这种审美取向的落寞相对照,"于章法上占长,非于句法上占长;于形式上见优,非于精神上见优"⑤的侦探小说,因为与普通民众的趣味一致,成为近代引进最为成功的翻译小说类型。

---

① 林纾:《〈斐洲烟水愁城录〉序》,陈平原、夏晓虹编《二十世纪中国小说理论资料》第一卷,北京大学出版社1997年版,第158页。
② 周桂生:《〈歇洛克复生侦探案〉弁言》,陈平原、夏晓虹编《二十世纪中国小说理论资料》第一卷,北京大学出版社1997年版,第135页。
③ 周作人:《〈红星佚史〉序》,钟叔河编订《周作人散文全集》第一卷,广西师范大学出版社2009年版,第48—49页。
④ 鲁迅:《域外小说集·序言》,《鲁迅全集》第10卷,人民文学出版社2005年版,第168页。
⑤ 觉我:《第一百十三案·觉我赘语》,《小说林》第一号。

然而，无论梁启超功利主义的政治小说，还是鲁迅审美主义的"异域新宗"，抑或百姓趣味主义的侦探小说，对于近代小说的审美趣味重构都具有重要意义。其中一个重要方面就是端正了小说创作目的。"中国小说，起于宋朝，因太平无事，日进一佳话，其性质原为娱乐计，故致为君子所轻视，良有以也。今日改良小说，必先更其目的，以为社会圭臬，为旨方妙。"① "输入政治小说、侦探小说、科学小说"，都是改造中国小说目的的"补救之方"②。

第二节　鼓民力与近代经济主体的理性彰显

传统社会中，由于劳心与劳力在社会层级上的上下之分，以及言义与言利在道德与文化品位上的等级之别，使普通人的经济生活很少进入传统小说的视野。《水浒传》中的大碗喝酒大秤分金，无非打家劫舍，并非自己赚来；《红楼梦》中用大观园生利，显出精打细算的一面，终究是杯水车薪；《金瓶梅》算是涉及商业运作，还是有些云山雾罩，小说中的人物也多为食利之人，而非生财之士。在才子佳人类小说中，穷秀才碰到富小姐，一切问题都迎刃而解。除了王熙凤与西门庆等少数人物，传统小说中的大部分人物很少考虑生利问题，经济理性明显缺席。

进入近代，国家的积贫积弱成为整个民族必须面对的问题，而个体的经济状况与国家的贫富有着直接联系。在这种情况下，"鼓民力"成为时代的强音。正是在这一口号的影响之下，时新小说提出了"除三弊"的主张，试图使每个个体成为于国于家于己都有用的人。对自己经济状况以及经济潜能进行理性判断成为时代的需要，个体的生存状态，个体的经济状态，由此进入小说的视野。近代小说"新民"最基础的层面，就是能够运用现代理性对自己的生存状况做清醒判断的经济主体的建构。

---

① 定一：《小说丛话》，《新小说》第二年第三号。
② 定一：《小说丛话》，《新小说》第二年第三号。

近代小说对经济主体的发现与塑造，随着时代发展而逐步深化。时新小说注意到了身体的经济意义，提倡废止女性缠足。但1902年慈禧颁布懿旨正式禁止缠足后，解放小脚从政策上落到了实处，利用小说鼓动放足的急迫性也便逐渐弱化。崇实学主要针对八股，1905年废除科举后，批判的靶子消失，小说叙事的激情自然有所消退。兴实业的要求在拒约运动中得到最充分的体现，也在拒约题材小说中得到最充分的论证，但其目的过于明确，以至于其命运也与拒约运动联系在一起。对后世影响更为深远的，可能还是近代逐渐兴起的社会主义思潮，将人的经济生活置于阶级的背景中进行考察，给人物打下了阶级的烙印。这一倾向在近代虽然还不占主流，但民国初年已经出现苗头，播下了后来发展的种子。然而，不管近代经济主体建构存在着多少局限，其对个体利益的肯定，跳出了跳跃性的造梦传统，彰显出了现代理性精神。对经济主体不同侧面的强调，也正体现出这种理性思维方式的深化。

一 强身体

在傅兰雅之前，严复不仅已经指出了小脚与鸦片对身体的危害，同时指出了国民身体素质对国家民族发展的影响，"盖母健而后儿肥，培其先天而种乃进也"[①]。身体不仅关乎自身生存，而且关系民族发展。在列强环伺的时代，强民体是鼓民力的最基本也最急切的需要。"然则鼓民力奈何？今者论一国富强之效，而以其民之手足体力为之基，此自功名之士观之，似为甚迂而无当。顾此非不佞一人之私言也，西洋言治之家，莫不以此为最急。"[②] 与严复的观点一致，傅兰雅认为妨碍中国富强的三个根本原因中两个与残戕身体有关，那就是"鸦片"和"小脚"。通过傅兰雅的时新小说征文，反鸦片、禁缠足的主张成为小说的重要主题。而众多小说作者立论的依据，正是强壮的身体具有多重经济效益。这种对身体的经济效益的强调，从一定程度上颠覆了传统的义利

---

① 严复：《原强修订稿》，王栻主编《严复集》第一册，中华书局1986年版，第28页。
② 严复：《原强修订稿》，王栻主编《严复集》第一册，中华书局1986年版，第27页。

之辨，凸显了近代经济主体的理性精神。

（一）身体与个体自存

在时新小说征文中，傅兰雅的三弊说能够获得广泛认同，而且在较短时间内就征集到162部作品，其内在原因就在于国民对这一问题已经进行了长期思考。受征文刺激撰写的《醒世新编》作者萧詹熙在小说自序中介绍，"于二礼拜中成此一书"①，由此可见其撰写之迅速，同时也可见出该话题引起的共鸣之强烈。

在太平盛世，身体柔弱未必就会害了性命，而在动荡年代，逃亡速度则关系生死存亡。时新小说首先就是在这方面凸显鸦片与小脚之害。获得时新小说征文第二名（第一名作品已佚）的詹万云的《澹轩闲话》，用一次强盗为祸香山的死亡数据，说明体弱者难以在动乱中自存的惨烈现实。强盗洗劫香山后，"查得城中共有六百十一具尸骸，未曾入殓。内中有四百具是妇女的，都是小脚，也有烧坏的，也有被贼杀死的，大概因脚小走不动，所以被祸。尚有一百五十一具，都是男子的，面上青黑异常，想都是有鸦片烟瘾，逃走得慢，被贼杀死的。余下六十具，便都是老人小孩的尸首"②。

詹万云用统计数据说话，而获得第三名的李钟生所撰之《五更钟》则让具体的人物现身说法。希世珍与吴紫珊夫妇都有鸦片烟瘾，前者是一名腐儒，被推荐到军中任文书，却因长期吸食鸦片导致身体衰弱，不能骑马，掉队失业。其妻在战乱中被太平军编入女馆，在女馆中，迫于割耳惩罚，终于戒掉烟瘾；但她的小脚又使她饱受折磨。太平天国在拆内城来增高外城时，强迫所有女馆人员放脚，参加建城；稻熟时，便派女性到城外割稻。吴紫珊因小脚而经受更多磨难。女性缠脚之弊，通过个体生命体验，得到更为充分的展示。

获第十三名的廖卓生的《缠足明鉴》在时新小说征文中较有特色，该小说艺术成就不高，但与其他小说总是将三弊交叉叙述不同，该小说

---

① 绿意轩主人：《醒世新编》，董文成、李勤学主编《中国近代珍稀本小说》第七册，春风文艺出版社1997年版，第195页。
② 澹轩居士詹万云：《澹轩闲话》，周欣平主编《清末时新小说集》第一册，上海古籍出版社2011年版，第194—195页。

集中描述了女性缠足之弊,由此使小说的线索相对清晰。该小说以"红匪"作乱为背景,集中讲述了小脚女性在战乱中的命运。她们先是在战乱中成为土匪抢掠的货物,"贼人从来是困穷无妻的人,一面抢掠妇人,一面抢掠财物宝贝。乡中大脚妇女,四散奔走,只有缠足的妇女,心急脚软,却走不得,尽行被贼人抢掠而去"①;后来又因为分配不均,在贼人内部作乱时被全部杀死。小脚女性在动乱时代的悲惨命运于此昭然若揭。

与小脚女性形成对照,大脚妇女在动乱时代却可以获得诸多优势。《醒世新编》以参差对照的方式,写出了大脚与小脚的不同命运。在太平天国之乱中,魏家的赵姨娘因小脚受祸被奸杀,与魏水如相好的丫头春云也因小脚逃难不便,爬山时摔死。而与魏华如相好的丫头雪花因为大脚,不仅自己得以逃脱,而且背着小姐阿莲逃难,成为魏家的功臣。

女性小脚无益于己,也无益于人,只能给女性带来无尽的痛苦与折磨。李涵秋的《广陵潮》中通过描写云麟母亲给春儿缠足,为女性缠足的惨痛经历留下了一幅历史剪影。"五个指头已都蜷蜷地压在脚心底下,每个指头上总有一块豆子大的鸡眼嵌在肉里。"② 这种对女性身体的摧残,只不过是为了满足男性的变态趣味。《澹轩闲话》早已指出这一真相:"就是有人敢于耻笑,这是那些轻薄男人,癖好小足的,造作言语,来鼓惑人心,那些无识的妇女,听了他一片浮言,便信以为真,就都道女人们不缠足,果不好看。"③ 但传统观念的转变,显然不是一朝一夕能够实现。因此,1902年慈禧宣布禁止缠足后④,颐琐的《黄绣球》还是从女性放脚写起。吴趼人在《劫余灰》中也念念不忘宣扬大脚的好处。朱婉贞因为是天足,所以在被其叔父拐卖到妓院之后,才可能想办法去步行烧香,拦着县官喊冤告状;因为是天足,她在被式钟钉

---

① 廖卓生:《缠足明鉴》,周欣平主编《清末时新小说集》第四册,上海古籍出版社2011年版,第408页。
② 李涵秋:《广陵潮》(上),凤凰出版社2014年版,第72页。
③ 澹轩居士詹万云:《澹轩闲话》,周欣平主编《清末时新小说集》第一册,上海古籍出版社2011年版,第112—113页。
④ [美]费正清、刘广京编:《剑桥中国晚清史》(上),中国社会科学院历史研究所编译室译,中国社会科学出版社1985年版,第567页。

入薄木棺材后,才能"腾起一脚"踢开棺盖;因为天足,她从棺材中爬出后才能找到人家。这双天足处处与小脚妇女形成对照,成为她全性命保名节的重要身体器官,由此也可见天足的重要意义。

(二) 身体与家庭自足

身体强弱不仅关系到个体存亡,而且关系到家庭贫富。小脚女性不能为家庭经济出力,无疑是中国家庭贫困的重要原因之一。"今中国之无人不忧贫也,则以一人须养数人也,所以酿成此一人养数人之世界者,其根原非一端,而妇人无业,实为最初之起点。"① 相对于小脚女性,大脚女性在家庭经济建设方面同样占据有利地位。《醒世新编》中的大脚丫鬟雪花,不仅能够在战乱中救出小姐,而且在战后还能独立支撑起家庭经济。魏家在战乱中被掠走大部分金钱,战后又由于几兄弟吸食鸦片而更加穷困。雪花利用自己的天足,买田耕种,亲自监工,甚至参加劳动,由此实现了魏家的经济复兴。魏家的坐馆先生孔先生之妻,也是一双大脚,在孔先生四处求助无门时,她自力更生,带着儿子耕地谋生,维持了家庭的存续。

女性身体的强健固然是家庭兴盛的重要因素,但男性身体显然更为关键。在这方面,近代小说对于鸦片之害的描写,可谓不遗余力。时新小说中,由于征文要求,大都涉及鸦片之害。《澹轩闲话》中主人公包尚德的姑表兄弟盛平湖,二十一岁时父母双亡,交友不慎,染上烟瘾,不过三四年光景,就将家中财产挥霍一空。包尚德儿子们的启蒙老师郑秀才家,因妻子吃鸦片导致家中失火,烧死母亲、妻子及女儿三人。《五更钟》中的希世珍多次因烟败事。获得第四名的青莲后人的《扪虱闲谈》中,吸食鸦片的周来仪与刘玉成后来都因烟而死。而更具有冲击力的,无疑是彭养鸥的《黑籍冤魂》。

《黑籍冤魂》讲述了广东中山县富豪吴家五代吸烟败家身亡的故事。第一代吴廉(号荣泉),在鸦片最初进入中国时便吸食成瘾,最后因误食烟膏而死。第二代吴念萱(号慕慈),研制烟枪,流毒全国,道光初因禁烟而吞生烟自杀。第三代吴恒澍(号春霖),走私鸦片,被林

---

① 梁启超:《变法通议》,《饮冰室合集》第一册,中华书局2015年版,第38页。

则徐正法。第四代吴良（号瑞庵），烟禁松弛后通过贩卖鸦片大发横财，捐官为浙江宁绍道台，因吸鸦片多次误事而被罢官，后来烟毒发作而亡。第五代中，幼子阿荫七岁时误食家人自备烟膏夭折；女儿爱珠嗜烟如命，嫁入原本严禁鸦片的张家之后，引诱丈夫张景韩（号子诚）与婆婆同吸，气死公爹张质夫，致使张家败亡；长子吴伯和与次子吴仲勋在父母死后，因吸食鸦片将家败尽，后来吴伯和因结交匪人而被牵连入狱，病死狱中；吴仲勋在北上投奔姐夫张子诚的路上，被父亲友人谢子晋招赘，并出资让其办纱厂，他因烟误事，纱厂破产，最后沦为乞丐。第六代，吴仲勋之女，出生时就有烟瘾，需喷烟才能安睡。吴仲勋在家破人亡之后，将女儿以五十元的价格，押入一个堂子。

作者通过一个家族的六世衰亡，描述了一幅鸦片遗祸万年的场景，为所有吸食鸦片者敲醒了警钟。与此对照，只要有决心戒掉鸦片，家庭经济状况也自然有所好转，《醒世新编》中魏镜如等人戒掉鸦片后家庭兴旺发达的景象，显然是为了给瘾君子们树立榜样。

（三）身体与民族自强

健壮的身体不仅是家族财富，更是国家财富。因此，戕害身体的鸦片，不仅关系个体与家庭的命运，更关系国家与民族的前途。"悲哉洋烟之为害，乃今日之洪水猛兽也，然而殆有甚焉。洪水之害不过九载，猛兽之害不出殷都，洋烟之害流毒百馀年，蔓延二十二省，受其害者数十万万人，以后浸淫尚未有艾。废人才、弱兵气、耗财力，遂成为今日之中国矣。而废害文武人才，其害较耗财而又甚焉。志气不强，精力不充，任事不勤，日力不多，见闻不广，游历不远，用度不节，子息不蕃，更数十年，必至中国胥化而为四裔之魑魅而后已。"①谴责小说中那一批乌烟瘴气的官僚，甚至将吸鸦片当成了升官发财的捷径，《官场现形记》中的王道台升官的缘由，竟然是因为吸鸦片，将熬夜当成了赶早。这样颠倒日夜，竟然也被上司赏识，由此也见出吏治与鸦片之关系："吃大烟呢，其实也无害于事。现在做官的人，那一个不抽大烟。我自从二十几岁上到省候补，先出来当佐杂，一直在河工上当差。我总

---

① 张之洞：《劝学篇》，上海书店出版社2002年版，第31页。

是一夜顶天亮，吃烟不睡觉。约摸天明的时候，穿穿衣裳，先到老总号房里挂号，回回总是我头一个，等到挂号回来再睡觉。后来历年在省城候补，都是这个法子。所以有些上司不知道，还说某人当差当的勤。我从县丞过知县，同知过知府，以至现在升到道台，都沾的是吃大烟、头一个上衙门的光。"① 当官场都由这类人物把持，国家前途自然堪忧。

　　也正是从身体与国家富强之间的关系着手，《刀余生传》中的刀余生甚至列出"杀人谱"，其基本的判断标准就是身体强弱："鸦片烟鬼，杀！小脚妇，杀！年过五十者，杀！残疾者，杀！抱传染病者，杀！身体肥大者，杀！侏儒者，杀！躯干斜曲者，杀！骨柴瘦无力者，杀！面雪白无血色者，杀！目斜视或近视者，杀！口常不合者，杀！（其人心思必收检）齿色不洁净者，杀！手爪长、多垢者，杀！手底无坚肉、脚底无厚皮者，杀！（此数皆为懒惰之证）气呆者，杀！目定者，杀！口急或不清者，杀！眉蹙者，杀！多痰嚏者，杀！走路成方步者，杀！（多自大）与人言、摇头者，杀！（多予智）无事时常摇其体、或两腿者，杀！（脑筋已读八股读坏）与人言、未交语、先嬉笑者，杀！（贡媚已惯）右膝合前屈者，杀！（请安已惯故）两膝盖有坚肉者，杀！（屈膝已惯故）齿常外露者，杀！（多言多笑故）力不能自举其身者，杀！（小儿不在此例）凡若此者，均取无去。其能有一定职业，能劳动、任事者，均舍去，且勿扰其财物。"②

　　在刀余生极为恐怖的主张背后，实际上隐藏的还是强国之策，在他看来，这种淘汰方式，是培养有用之人的有效手段。"当今之时，第一有用者为好儿女，次则金钱，次则学业。然天下最不平事，有好儿女者，未必有金钱，有金钱者未必有好儿女。有好儿女有金钱者，未必肯授以学业，肯授以学业者，未必有好儿女，或未必有金钱。经我淘汰，则有金钱者取金钱，有儿女者取儿女，有金钱儿女而授之以学授之以业。若是则三之有用合，而不平事泯，天下之成材多，此乃我淘汰之作用。"③

---

① 李伯元：《官场现形记》，薛正兴主编《李伯元全集》第二卷，江苏古籍出版社1997年版，第120页。
② 冷血：《刀余生传》，《新新小说》第一号。
③ 冷血：《刀余生传》，《新新小说》第一号。

真正的人才是健康身体与开明知识的结合体。这篇寓言小说在一定程度上，折射出当时人们对国家富强之路的某种想象，而身体依旧处于最关键的基础地位。

二 崇实学

小脚、鸦片将国民的身体戕害成为无用之身体，而八股、科举则使国民脑中充满无用之知识，其要害之处都在于使人成为废物，这也是傅兰雅将三弊列在一起的内在原因之一。时新小说征文第九名刘忠毅《无名小说》，对三弊的一致性有清醒认识："此书所载，乃方学士一生之事，一家之事。然而时文之足以致贫，鸦片之足以为害，与夫中国妇女之缠足，只能居家坐食，不能出外谋事，其为害一一具见。一家如此，一国可知，中国国家亦宜知所变计矣！否则中国必至民生日困，国计日穷，而中国将不亡而自亡，可不惧哉！"①

"时文之足以致贫"，同样还是从经济上立意。近代小说对八股进行的批判，对实学与现代科技进行的宣扬，都在强化知识与经济效益直接的关系，强化了"新民"的经济色彩。

（一）尚八股与滋游手

在傅兰雅之前，严复在《救亡决论》中就直指八股之害。"天下理之最明而势所必主者，如今日中国不变法则必亡是已。然则变将何先？曰：莫亟于废八股。夫八股非自能害国也，害在使天下无人才。其使天下无人才奈何？曰：有大害三。""其一害曰：锢智慧。"②"其二害曰：坏心术。"③"其三害曰：滋游手。"④ 在严复看来，八股制度养出来的都是一些只会食利的废物，对国家与社会没有生利功能。

《五更钟》中的希世珍就是这样一位中了八股之毒的废物。在动荡

---

① 刘忠毅：《无名小说·自序》，周欣平主编《清末时新小说集》第三册，上海古籍出版社2011年版，第155—156页。
② 严复：《救亡决论》，王栻主编《严复集》第一册，中华书局1986年版，第40页。
③ 严复：《救亡决论》，王栻主编《严复集》第一册，中华书局1986年版，第41页。
④ 严复：《救亡决论》，王栻主编《严复集》第一册，中华书局1986年版，第42页。

的社会中，希世珍百无一能，最后全靠岳在田的帮助才得以家庭团圆，也是在岳在田的帮助下，他到义学去教人识字，总算学以致用，得以养家糊口。

希世珍的倒霉还可以勉强以时运不济为借口，《醒世新编》则写了更多因八股而倒霉的读书人，由此可以见出八股危害的广泛性与普遍性。《醒世新编》中的孔先生与希世珍一样痴迷八股，但与希世珍相比，他不抽鸦片，而且更具有进取精神，理论上讲应该更能适应社会。然而，由于他的八股习气，他在各个行业都闹出笑话，完全不能适应社会需要。在军营从军，他用八股腔调写军情通报，导致延误军机，差点被砍头；在上海报馆，他用八股腔调写新闻，与报馆主笔这一职位失之交臂；在商铺当账房先生，他用八股腔调记账，擅自挪动小数点，害得商家损失惨重。他的八股习气使他百无一用，穷困潦倒，由此可以看出八股的流毒之深。

孔先生的落魄终究还是一位科举失意者的落魄，作者更深刻之处，在于不仅写出八股科举失意者的百无一用，而且写出了八股科举得意者的不合时宜。魏华如一直坚信学好八股就可以飞黄腾达，后来他也真的考中进士，得偿所愿。然而，考中进士并没有改变他家的经济状况。因为科举只是一块敲门砖，要真正改变经济状况，还需进入官僚体制，只有真的当官，才可能搜刮民财。为此，魏华如变卖分到他门下的家产，外出谋官，结果官没谋着，家产倒败光了。如他自己所言，他中进士后得的候补知府，是"享虚名，受实祸"[①]。最后，还是依靠抄了郑芝芯一篇革除时弊以策富强的策论，获得皇上赏识，从而得以真正进入官场，八股作为敲门砖的意义在这里也明显弱化。

萧詹熙《醒世新编》中的魏华如只是在官场外面打转，八股为祸也仅及其一身。李伯元《官场现形记》则借赵温中举，深入官场内部，揭示八股之祸可以危及一国。在由科举制度衍生出来的光怪陆离的官场世界中，汇集了从飞黄腾达到落魄不堪的各类读书人形象。在小说中，

---

① 绿意轩主人：《醒世新编》，董文成、李勤学主编《中国近代珍稀本小说》第七册，春风文艺出版社1997年版，第369页。

所有人物都呈现出极强的"经济主体"形象，钻到钱眼里出不来，但他们对于社会却没有发挥半分"经济主体"的作用。该小说由此也可以看作近代废物之大展览。

正是因为八股的种种弊端，清政府于 1905 年废除科举。在时代变局中，八股养成的废人显示出其生存的困境。《广陵潮》以写实的笔调，较为忠实地记录了时代变局中何其甫等落魄八股先生的生存境遇，凸显出八股遗祸之远。

（二）崇科技与富国民

与八股的百无一用形成鲜明对比的是，实学能够产生巨大的经济效益。《五更钟》中的岳在田处处与希世珍形成对照。与希世珍潜心八股不同，岳在田崇尚实学。他凭借医学，在乱世悬壶济世，在维持家庭生计的同时救治世人，实现了自己人生价值。"岳在田父子全不同乎流俗，真是绝好榜样。"①

至于近代小说作者觉得应学的实学内容，可谓五花八门，莫衷一是。而其主导取向，不外学贯中西。《澹轩闲话》中的王应时列出一堆烦琐的名称："学问之事，实有许多般。就中国所有者计之，如天文之学、舆地之学、刑名钱谷之学、律例之学、古文考据之学、词章诗赋之学，他如医学、算学、图画之学，没一样不当学，没一样不当考试，岂能单凭八股文章一种，以定人才之高下乎？若外国各种学问，尤为有益，如电学、水学、火学、重学、机器制造之学、化学、矿学、筑路建垒之学、各国文字方言之学、水陆兵法之学、装船造械之学、工艺种植之学，此皆中国所无者，急宜融会中西，广建学堂，广延中外通儒，广购中外书籍，广罗各省聪颖子弟，中西两学兼教并授，学成然后就其所学而考试之，则得人自盛矣。"② 所列学问，包罗万象，但究其实质，却不知所云。这种空洞议论，实在不如人物现身说法有效。《醒世新编》直接将西学转化为致富手段，由此凸显西学的有效性。魏家四弟

---

① 李钟生：《五更钟》，周欣平主编《清末时新小说集》第一册，上海古籍出版社 2011 年版，第 646—647 页。
② 澹轩居士詹万云：《澹轩闲话》，周欣平主编《清末时新小说集》第一册，上海古籍出版社 2011 年版，第 211—212 页。

魏月如见三个哥哥都无甚出息，觉得不能坐在家中等死，于是与崇尚实务的郑芝芯出洋游历。他们在海外看到各种新式科技，马上想到这些科技能够解决国内的实际问题，因此认真学习相关技法。他们对那种"搬水的机器"特别感兴趣，因为抽水机可以用于解决山上稻田的取水问题。小说中不仅详细地讲解了抽水机的科学原理与制作工艺，甚至让魏月如他们真的制造出抽水机来，解决了当地农民的一大难题，为当地人带来了切实的经济利益。"地方有了这一架，这三四十里便无荒旱，将来连不好的田地都要值钱了。"① 这种切实的示范效用，更能够使百姓信奉科技的力量。

如果说机器制造可以有利于农业的话，现代矿学发财的速度更为快捷。郑芝芯看到魏月如学矿学，马上说："既有这书，便好开矿。开出矿来，就好发财。"② 这一论述虽然有简化痕迹，却明白地讲述了近代学习西方科技的目的：学以致用，用以发财。这种简化的逻辑可以快速启发近代人的经济意识，使实学的功用获得广泛认同。

（三）反迷信与保家财

科学技术是生财之道，科学思维则是保财之方。再富有的人物，如果掉进了迷信的泥沼，都可能身败名裂，家破人亡。

嘿生的《玉佛缘》讲述了钱子玉一生与玉佛的关系。他出生时因其父梦见和尚捧佛进来而将其取名"梦佛"。在他由北京去武昌赴任途中，在天津上船出海，途经黑水洋时遇险，脱难时有鸥鸟跟随，他认为这是天妃娘娘拯救，从此迷信神佛。"子玉自从经过黑水洋风潮之险，既信了天妃娘娘，把她供奉在衙内，就换了一种性情。相面也信了，算命问卜也信了。觉得人生一生名利，都有神明管着，不由自主的。"③ 然而，迷信鬼神正是他一生厄运的开始。首先因为迷信扶乩，耽搁了第一任夫人的病情，致其病死。然后因为迷信酒色和尚了凡，不仅捐钱造

---

① 绿意轩主人：《醒世新编》，董文成、李勤学主编《中国近代珍稀本小说》第七册，春风文艺出版社1997年版，第346页。
② 绿意轩主人：《醒世新编》，董文成、李勤学主编《中国近代珍稀本小说》第七册，春风文艺出版社1997年版，第366页。
③ 嘿生：《玉佛缘》，董文成、李勤学主编《中国近代珍稀本小说》第十六册，春风文艺出版社1997年版，第444页。

庙，而且包庇其奸淫妇女的恶行，以至于被参革职。最后他自己醒悟过来，太太姨太太却依旧顽冥不化，在他生病后不仅请和尚念经拜忏，而且找了凡祷佛赐水，以至于被她们活活气死。

《玉佛缘》写迷信害一人，吴趼人的《瞎骗奇闻》则写迷信害一家。不论贫富，迷信都可能让其家破人亡。济南历城土财主赵泽长，五十岁还没有子女，受夫人怂恿，去找周瞎子算命，后者说他马上就能得子。他夫人听了这话，马上瞒着赵泽长，假装怀孕，然后抱养一个孩子当成自己的儿子。赵泽长由此越发相信周瞎子的话，对其言听计从。由于周瞎子说他儿子长大后自然就有功名富贵，因此他夫人对抱养的儿子赵桂森百般溺爱，从不管教，最后赵桂森成为嫖赌俱全的败家子，将赵泽长夫妇活活气死。另一位中等人家洪士仁，本来对周瞎子的话半信半疑，但由于赵泽长迷信周瞎子，以至于也跟着相信周瞎子的话，认为自己败光家后就可以成为大富翁，以至于后来真的闹得家破人亡，无处存身。醒悟过来的洪士仁气愤不过，杀了周瞎子后投案自首。"穷算命，富烧香"，迷信鬼神的结果，是"富人的钱，大都是这些和尚得着的居多"①，而"穷人的钱，也有一大半葬送在这瞎子手里"②。

壮者《扫迷帚》的视野比《瞎骗奇闻》更大，写的是迷信害一乡，甚至一国。小说第一回便开宗明义："看官，须知阻碍中国进化的大害，莫若迷信。你们试想，黄种智慧，不亚白种，何以到了今日，相形见绌！其间必定有个缘故。乃因数千年人心风俗习惯而成，也不是一朝一夕的事。大凡草昧初开之世，必藉神权，无论中西，皆不能越此阶级。中国唐虞以来，敬天祭鬼，祀神尊祖，不过借崇德报功之意，检束民志。自西汉诸儒，创五行之论，以为祸福自召，而灾祥之说大炽，于是辗转附会，捏造妄言，后世变本加厉，谓天地鬼神，实操予夺生死之权，顺之则吉，逆之则凶。由是弃明求幽，舍人媚鬼，淫祀风靡，妖祠麻起。自宫廷以至外臣，自士夫以至民庶，一倡百和，举国若狂。日醉

---

① 吴趼人：《瞎骗奇闻》，海风主编《吴趼人全集》第三卷，北方文艺出版社1998年版，第73页。
② 吴趼人：《瞎骗奇闻》，海风主编《吴趼人全集》第三卷，北方文艺出版社1998年版，第73—74页。

心于祈禳祷祝,其遗传之恶根性,牢不可破。虽今日地球大通,科学发达,而亿万黄人,依然灵魂薄弱,罗网重重,造魔自迷,作茧自缚。虽学士大夫,往往与愚夫愚妇同一见识。最可笑者,极狡黠之人而信命,极奸恶之人而佞佛,不信鬼神之人而讨论风水,极讲钻营之人而又信前定。惝恍迷离,不可究诘。中国之民智闭塞,人心腐败,一事不能做,寸步不能行,荆天棘地,生气索然,几不能存立于天演物竞之新世界。视西人之脚踏实地,凭实验不凭虚境,举一切神鬼妖狐之见,摧陷廓清。天可测,海可航,山可凿,道可通,万物可格,百事可为,卒能强种保国者,殆判霄壤。故欲救中国,必自改革习俗入手。欲改革习俗,而不先举层层关键,一拳打破,重重藩篱,同时冲决,使自今以后,合四万万同胞,人人鼓勇直前,从实理阐起,实事作起,则胶黏丝缚,障碍多端,窃恐再更三百年,中国犹如今日,这岂不是最可忧虑的事么?"①

《扫迷帚》中的卞资生以旁观者的身份四处游历,考察民俗,"随时洞察,随处道破,转移而感悟之"②;胡适《真如岛》同样"以辟迷信为主义"③,通过孙绍武揭发与批判各种社会现象中迷信的危害。包天笑的《画符娘》更借过来人现身说法。一个以画符方式给人治病的迷信女士,嫁给一新学高才生,丈夫患病后,她不请医生,而是坚持用自己的迷信方式治疗,以至于延误救治时机,致其病亡。丈夫临死时要她学医,于是她在丈夫死后改换门庭,放弃迷信,转而潜心医学,最终成为济世名医。迷信的害人害己与科学的利己利人,在这个短篇中形成鲜明对照。

无论是保身、保家、保乡、保国,迷信与这些目的都是南辕北辙。近代小说批判迷信,就是为了宣扬近代科学精神。这种科学精神,同样具有极强的实用效应,强化了国民的经济意识与理性精神。

三 兴实业

强身体与崇实学的目的,都在鼓民力,而鼓民力在国家层面的体

---

① 壮者:《扫迷帚》,《绣像小说》第43号。
② 壮者:《扫迷帚》,《绣像小说》第45号。
③ 胡适:《真如岛》,《胡适全集》第十卷,安徽教育出版社2003年版,第535页。

现，则是兴实业。强身体与崇实学主要关注个体利益，兴实业则重点关注国家利益，以及外交利益。"须知实业者，强国之粮储也。"① 在近代先知先觉者看来，"农工商三样，实是国家的命脉。各依其国的风俗、性情、政策，因而有所注重。我国倘要自强，必当使商有新思想，工有新技术，农有新树艺，方有振兴的希望哩！"②

与强身体及崇实学相比，兴实业所涉及的社会关系更为广泛，对小说作者的要求也更高。由于近代本来就缺少民族实业家，而且小说作者对实业本身也未必有切实了解，因此，近代实业小说显得较为空疏，作者对人物的塑造大多依靠想象。但总体而言，近代小说中粗糙的实业家形象，是中国小说中一种全新的人物类型，折射出作者对近代经济主体建构的理性思考。

（一）实业与国民富裕

"大抵农、工、商三事互相表里，互相钩贯，农瘠则病工，工钝则病商，工、商聋瞽则病农，三者交病，不可为国矣。"③ 在《醒世新编》中，作者充分发挥想象，让魏家四兄弟各有所长，各有所获。老大魏镜如"在家整顿旧园，督率女工终年纺织，亦发了七八万的家私"④；老二魏华如不再出去做官，而是讲求西学，在家享福；老三魏水如也讲求洋务；老四魏月如则带着侄子到外洋学生意，已经有十几万的家产。这里的叙述虽然简单，但对人物的想象已经具有了实业家的雏形。

与《醒世新编》的凭空想象相比，吴趼人《发财秘诀》对买办的书写要具体形象得多。在小说中，吴趼人对买办进行了严厉的道德批判，但对于其中涉及民族实业的部分，还是寄托深远。小说以区丙的发家史为主线，对区丙崇洋媚外甘做汉奸的行径，自然大加口诛笔伐，但其中涉及买办及洋人的种种公正之处，却也未曾完全抹杀，其中潜含着

---

① 林纾：《〈爱国二童子传〉达旨（节录）》，陈平原、夏晓虹编《二十世纪中国小说理论资料》第一卷，北京大学出版社1997年版，第289页。
② 曾朴：《孽海花》，吴组缃、端木蕻良、时萌主编《中国近代文学大系·小说集》第四册，上海书店1991年版，第159页。
③ 张之洞：《劝学篇》，上海书店出版社2002年版，第60页。
④ 绿意轩主人：《醒世新编》，董文成、李勤学主编《中国近代珍稀本小说》第七册，春风文艺出版社1997年版，第372页。

吴趼人对如何发展实业的认真思考。区丙到香港贩卖一文的料泡，因无法用英语表达一文的意思，竖起一根指头，被英人误解成一元，由此大发其财。在料泡不再时髦后，他又向英人贩卖在本地不值钱的窑货小人儿的工艺品。发家后，他在广州开了一家"丙记"洋货字号，在香港则开了一家"丙记"杂货店，往来两间，贩卖当地缺少的东西。在这一时间内，区丙显然还是在做正当生意，沟通广州与香港两地的有无。区丙能够发家的最初原因，在于他能真正得"风气之先"，抓住了发财机会。对于这一点，作者相当肯定。在第二回回评中，评者点出："凡实业家，无论为操艺术者，操转运者，皆当默察社会风气，随之转移，然后其业可久可大。每怪吾国人，无论所操何业，皆一成不变，甘心坐致败坏。是则大可哀者也。区丙一小负贩，乃能潜窥默察，投其所嗜好者。呜呼！毋谓其富为徼致也。贩料泡一节，特欺之耳。至于石湾窑货，不可谓非吾国美术之一。外人至今犹多购之者。然亦墨守旧法，不图进步工艺之徒，夫何足怪？独怪夫士君子动以怀时局自命，而卒无以提倡之耳。凡事皆然，宁独此窑货已哉。"① 吴趼人认为买办之所以可恨，不在于他们能够抓住商机，而在于他们勾结外人，破坏民族实业。小说以买办在汉口替洋人买茶为例，因为买办行使权术，欺骗从山里贩茶的山客，最后弄得"那山客投江的、上吊的、吃鸦片的，也不知多少"②。正是因为这些买办的强取豪夺，民族工商业才日渐衰落。

  吴趼人写出了买办对民族实业的危害，姬文则鼓吹民族实业实现自强。姬文《市声》中的近代民族实业家，试图通过合法的手段，实现个体利益与民族利益的统一，探索振兴实业的道路。小说塑造了一些新兴民族资本家形象，如一心与洋人做对，希望振兴民族工商业，但总是受到自己人欺蒙的李伯正；想干实事却因贪花恋柳以致误事的范慕蠡；在租界担粪、做粪头、开粪厂致富的阿大利；因种花致富的花匠王香大等。在作者笔下，这些人瑕瑜互见，对于前两人，并不因为其具有

---

  ① 吴趼人：《发财秘诀》，海风主编《吴趼人全集》第三卷，北方文艺出版社1998年版，第14—15页。
  ② 吴趼人：《发财秘诀》，海风主编《吴趼人全集》第三卷，北方文艺出版社1998年版，第50页。

良好愿望而一美遮百丑；对于后两人，也并不因其粗鄙而否定其在实业上的价值："不要看轻了他，他倒是实业上发的财。他捐官是可鄙；他经营实业，这般勤苦，创成这个局面，却也不易。将就些的人，那里及得他来？"①

通过实业实现个体致富固然值得肯定，但作者更肯定的则是共同致富。"农、工、商、贾，就是合成的一个有机动物——斗起笋来，全都活动；拆去一节，登时呆住了。我国的人，悟不到此，大家有个独揽利权的念头，你争我夺，就如自己的手合自己的脚打架。相残过度，甚至把这一个有机动物毁坏了，方肯罢手。譬如把夺利的心放淡些，人家也获利，自己也获利，这利源永远流来，岂不更好么？"②在杨成甫看来，真正的实业家，"为己的利益，就是为人的利益"③。正是在共同致富理念的指引下，范慕蠡在归国留学生刘浩三的帮助下抱团振兴了民族工商业，民间发明家余知化则成为振兴农业的"领头羊"。"自此中国人也知道实业上的好处，个个学做。要知我国人的思想，本自极高明的，只要肯尽心做去，哪有做不过白人的理。却被一个穷极无聊的刘浩三，一个乡愚无知的余知化，提倡实业，工商两途，大受影响，外国来货，几至滞销，都震惊得了不得。市上的现象这般好，做书人，也略慰素心，不须再行絮聒了。"④ 这一梦想，折射出近代小说作者对于国家富强路线的设想，可以见出兴实业在当时人们心目中的重要性。

（二）实业与国际平等

"二十世纪，杀人灭种的手段，兵战倒在其次，狠不过的，是商战，是工战。"⑤ 1905 年的拒约反美运动可以说就是近代商战的实例。拒约运动最后虽然以失败告终，但众多小说家还是通过自己的想象，描

---

① 姬文：《市声》，吴组缃、端木蕻良、时萌主编《中国近代文学大系·小说集》第五册，上海书店 1991 年版，第 117 页。
② 姬文：《市声》，吴组缃、端木蕻良、时萌主编《中国近代文学大系·小说集》第五册，上海书店 1991 年版，第 215 页。
③ 姬文：《市声》，吴组缃、端木蕻良、时萌主编《中国近代文学大系·小说集》第五册，上海书店 1991 年版，第 214 页。
④ 姬文：《市声》，吴组缃、端木蕻良、时萌主编《中国近代文学大系·小说集》第五册，上海书店 1991 年版，第 234 页。
⑤ 佚名：《苦学生》，《绣像小说》第 63 号。

绘了众多民族实业家的形象，使这一商战在近代小说史上留下了浓墨重彩的一笔。实业与国家民族的国际地位之间的关系被推到前台。

《市声》通过留学生杨成甫之口，对商战与实业的关系进行了较为全面的论述，指出商战必须以实业为依托："学界的口头禅，都说现时正当'商战'。据兄弟看来，其实是'工战'世界。工业兴旺，商战自强。实因商人是打仗的兵卒，工人是打仗时用的克虏伯炮、毛瑟枪。那兵卒没有器具，哪里打得过人家呢？农人便是粮饷。有了枪炮，没有粮饷，兵丁不至解散么？所以农业也该讲求的。这都是实业上的事。"①

碧荷馆主人的《黄金世界》虽然事涉不经，幻想建立一个海外桃源，但书中对拒约运动的书写，却表现出浓厚的写实风格。海外巨商夏建威认为要想拒绝美货，还是得依靠振兴实业："弟以谓不定美货，当添一语曰，华定华货；不用美货，当添一语曰，华用华货。既曰华定华货，华用华货，非兴农牧以补未备之天然产，非兴工厂以补未备之制造物，亦复空言无实。"② 要想商战取得实效，还得依靠发展实业。事实上，任何国际商业交往，都以国家实力为后盾，否则所谓字面上的平等，不过成为别人侵略的借口。朱怀祖在听了夏建威的对"开放主义"的解释后，终于明白："'开放主义'四个字，主之于主，又有实力以为之护，是为通商护市之通例，无所忌惮，亦无所用其议论；主之于客，又有强权以为之继，便是侵疆掠地的代名词，言虽动听，实则尽丧，正难为主人呢。"③ 正是因为中国在与美国等资本主义列强交往时实力不对称，中国不得不一再吞下丧权辱国的苦果。

因为觉得在中国振兴实业无望，《黄金世界》中的朱怀祖等人最终离中国而去，躲入海外桃源；中国凉血人《拒约奇谈》中的病夫在现实中同样遭受了打击，但他还是坚守本土，试图通过自己的努力在现实中开辟出一个世外桃源。与夏建威相似，《拒约奇谈》中的病夫同样认

---

① 姬文：《市声》，吴组缃、端木蕻良、时萌主编《中国近代文学大系·小说集》第五册，上海书店1991年版，第207页。
② 碧荷馆主人：《黄金世界》，董文成、李勤学主编《中国近代珍稀本小说》第十二册，春风文艺出版社1997年版，第475页。
③ 碧荷馆主人：《黄金世界》，董文成、李勤学主编《中国近代珍稀本小说》第十二册，春风文艺出版社1997年版，第463页。

识到发展实业对于拒约长期化的重要意义："先令在内之兄弟，不至有倾家丧生之恐，而后我之抵制，可与美人争长期，不与美人争短时。美人虽悍，我愿终有偿日。诸君能知其故么？仆有扼要之两言曰：华定华货，华用华货。已有华货可美货者，价虽贵我必舍美而就华。在我虽有所失，然楚人之弓，楚人失之，犹是楚人得之，是何复损？中国现在未有之美货，有原料可仿造，则速纠资集财，广开工厂。无原料，则速醵金合众，广兴农牧，以补天产物之不足。"① 然而，对于众多商人而言，各自有各自的打算。"以中国今日人心之坏，无论如何事体，一面则热心之士立会演说，欲求团体之坚；一面则奸商滑贾即欲乘此风潮，以谋个人之利益。"② 商人的个人私利压倒了民族公利，拒约运动自然以失败流产告终。病夫从拒约运动失败中意识到商人的不可靠，于是独自推行自己的实业计划，在溧阳开辟牧场与工厂，终于取得一定成就。

没有强大的实业做支撑，国内的民族工商业者真切地感受到了帝国主义经济压迫的可怕。而没有强大的国力做保障，海外华人更是得忍受帝国主义残酷的政治歧视与经济剥削。无名氏《苦社会》真切地揭示了弱国子民在海外的悲惨境遇。庄明卿等人为发家致富出洋做工，但在海上就已经历非人境遇："诸位请想，我们走这样远路，所为何来？不过为的是钱。如今死的倒赔了性命，活的身边几个钱，也被他倒个干净。走了几十天，没有一顿吃个饱，两块又黑又硬、口咬不动的馒头，只算喂猪。撒尿出恭，轻易不得动，就借裤裆做个坑厕。没个铺给人安安逸逸睡个觉，蹲在板上，合一合眼，就算养神。蹲不住跌下，压倒了别人，也没人能过来扶。就这样人压人的胡混，一个个身上都肿了，面上倒瘦了，两脚麻了，两手还铐了。刚才不听说快到码头么？等上了岸，自然就要做工，我们这种样子，那里做得工来？再经他们一逼，怕不一个个都是死数？"③ 他们乘坐的船上总共有两千多华工，半路上死

---

① 中国凉血人：《拒约奇谈》，董文成、李勤学主编《中国近代珍稀本小说》第十八册，春风文艺出版社1997年版，第445页。

② 中国凉血人：《拒约奇谈》，董文成、李勤学主编《中国近代珍稀本小说》第十八册，春风文艺出版社1997年版，第476页。

③ 无名氏：《苦社会》，董文成、李勤学主编《中国近代珍稀本小说》第十五册，春风文艺出版社1997年版，第239页。

了被扔入海的有一百五十余人,下船时才发现死了的有七八十人,能自行下船的只有一千八百余人,死亡率近10%。到了目的地之后,华工的境遇也没有得到改善,等待他们的还是囚犯一样的生活。这种现象并不限于美国华工,而是所有海外华工的境遇。小说通过被收留做管账的鲁吉元之眼,揭示华人在全球被歧视被虐待的命运。不仅华工如此,就是华商,同样也难以获得所在国的认可。李心纯在美国合法经商致富,最后却还是不得不变卖产业回国。

弱国无外交。李心纯振兴实业的思路,在当时具有较强的代表性,那就是通过振兴实业,增强国力,使中国能与强国抗衡。因此,他提出将华工运回发展实业的解决办法:"我本有两层算计:一层是兴实业,又分两层办法:一层开垦,一层办工厂。千人不嫌少,万人也不嫌多,不就有了安插么?并且外洋回来的工,手段又胜似内地人。开垦成就,有天然的生货。工厂成就,有制造的熟货。不望销到美国,只须销给本国人,能适应供求的数目,就断了美货的销场。"① 至于资本,则依靠归国商人与本土资本家通力协作。这样,"内开利源,外塞漏卮,并立富强的基础。再隔十年二十年,我们中国不成了黄金世界么?"② 只是这种设想,在当时只是一场春梦,以致作者本人也无法继续做下去。

四 明阶级

在理想状态下,实业的发展有利于国民的共同富裕,但在现实生活中,实业的发展可能促进社会两极分化。两极分化与极端贫困并不是近代才有的现象,"朱门酒肉臭,路有冻死骨"在历朝历代都屡见不鲜。然而,如同传统的田园转化为近代的农村,意义的发现来自新的观照方法。贫困的发现,对于近代小说而言,也是一件具有重大历史意味的事件。

---

① 无名氏:《苦社会》,董文成、李勤学主编《中国近代珍稀本小说》第十五册,春风文艺出版社1997年版,第307页。
② 无名氏:《苦社会》,董文成、李勤学主编《中国近代珍稀本小说》第十五册,春风文艺出版社1997年版,第307页。

尽管意义并不明晰，但"社会主义"一词在晚清就已经逐渐流行。1904年，梁启超在《中国之社会主义》中对该词进行了解释："社会主义者，近百年来世界之特产物也。櫽括其最要之义，不过曰土地归公，资本归公，专以劳力为百物价值之原泉。"① 但梁启超同时也认为"吾中国固夙有之"②，"中国古代井田制度，正与近世之社会主义同一立脚点"③。在时人看来，社会主义主要还是指经济层面的共同富裕。1904年，旅生在《痴人说梦记》中将社会主义与一身一家之安乐相对："中国人不明白社会主义，单知道一身一家的安乐；再不然，多添几个亲戚朋友。觉得以外的人死活存亡，都不干他事似的。"④ 1910年，陆士谔的《新中国》将"社会主义"解释为"利群主义"："欧洲人创业，纯是利己主义。只要一下子享着利益，别人饿煞冻煞，都不干他事。所以，要激起均贫富党来。我国人创业，纯是利群主义。福则同福，祸则同祸，差不多已行着社会主义了，怎么还会有均贫富风潮？"⑤ 这一名词的普及，不仅表现在小说创作中，而且表现在小说评价中，《水浒传》等作品也用"社会主义"重新审视，天僇生认为《水浒传》，"观其平等级、均财产，则社会主义之小说也"⑥。蛮同样认为，"《水浒》一书，纯是社会主义"⑦。虽然对社会主义这一术语内涵的理解并不准确，但"社会主义"这一名词在小说创作与小说评论中的流行，还是折射出当时社会思想的发展趋势。

相对而言，1907年刘师培和他妻子何震对社会主义的理解可能更符合原意，他们创办了第一个提倡无政府主义和社会主义的刊物——《天义报》，并在1908年春发表了《共产党宣言》部分章节的中文译本，刘师培还作了《〈共产党宣言〉序》。随着社会主义思想的普及，

---

① 梁启超：《中国之社会主义》，《饮冰室合集》第十八册，中华书局2015年版，第4867页。
② 梁启超：《中国之社会主义》，《饮冰室合集》第十八册，中华书局2015年版，第4868页。
③ 梁启超：《中国之社会主义》，《饮冰室合集》第十八册，中华书局2015年版，第4868页。
④ 旅生：《痴人说梦记》，旅生、荒江钓叟、碧荷馆主人《中国近代小说大系 痴人说梦记·月球殖民地小说·新纪元》，江西人民出版社1989年版，第148页。
⑤ 陆士谔：《新中国》，中国友谊出版公司2010年版，第26—27页。
⑥ 天僇生：《中国三大家小说论赞》，《月月小说》第二年第二号。
⑦ 蛮：《小说小话》，《小说林》第一号。

阶级也逐渐进入近代小说的视野，人不只是独立的经济个体，同时也是不同阶级中的成员。近代小说关于经济主体的书写，由此也进入新的阶段。

（一）工人穷困的凸显

晚清实业小说一味强调实业发展与共同富裕的关系，民国后的小说作者则开始注意到实业发展与阶级贫困的内在关联，并由此切入社会批判。徐卓呆的《卖药童》（1911）已出现较明显的阶级分野，同时也已表现出较明显的阶级仇恨。十二岁的卖药童阿祥，母亲病危，想通过卖刀创药换点钱治病。然而，同情他的穷苦人家买不起他的药，买得起他的药的高等人群则对他始终报以冷眼。在慈照寺躲雨时，他与贵妇人家的婢女发生冲突，与贵妇人一起打牌的警察，以他私自卖药为名，要抓他回警察署。他谎称药物是食物，警察逼他吃了十七包刀创药后，还是没有放过他。第二天，他被警察署放出来时，发现母亲已经病亡。当晚，他放火烧了慈照寺，然后吐血身亡。

徐卓呆《卖药童》重点写了一人的穷困，恽铁樵的《工人小史》（1913）则通过一人写出了一个群体的穷困。韩糵人的命运，实际上就是数以千计的工人命运的浓缩。他变卖家产，辗转来到上海，虽然学过八股，但到了上海全然无用，幸好后来学了一门手艺，得以进入工厂，成为工人，但其"自食其力，不假求人"[①] 的愿望终究只是一个梦想，生活告诉他，"既为工人，便终身与贫困结不解缘"[②]。然而，由于一个小小的疏忽，他连这种缘分都难以保持，最后被自残同类的工头解雇。

《工人小史》以工人之失业结束，叶圣陶的《穷愁》（1914）则从工人之失业写起。阿松原是丝厂工人，丝厂歇业，他也随之失业。后来丝厂复工，他再去求职时，却被拒之门外，"盖失业之辈既众，即求职之途益艰"[③]。阿松找不到有力的推荐人，自然也进不了厂，不得已成

---

① 恽铁樵：《工人小史》，吴组缃、端木蕻良、时萌主编《中国近代文学大系·小说集》第七册，上海书店1991年版，第695页。
② 恽铁樵：《工人小史》，吴组缃、端木蕻良、时萌主编《中国近代文学大系·小说集》第七册，上海书店1991年版，第693页。
③ 叶圣陶：《穷愁》，吴组缃、端木蕻良、时萌主编《中国近代文学大系·小说集》第七册，上海书店1991年版，第707页。

为卖饼的小贩。结果,由于误入聚赌场所卖饼,被警察当成聚赌人员抓去。在"偏富浓情渥意"的"几家贫邻贱里"[①]的帮助下,阿松母亲将自己入棺时穿的寿衣典押,为阿松缴了两元罚款,阿松才得以脱身。然而阿松回家之日,正是房东因房租拖欠而将其母赶出之时。第二天,其母在贫病忧愤中去世,阿松草草葬母后不知所终。

工人的生存境遇不仅与国内局势相关,而且与国际局势相关。企翁《欧战声中苦力界》(1917)可以说是近代小说的一个特例,由此也可以见出"全世界无产阶级是一家"。小说通过中秋节王老二家的过节场景,写出了欧战对劳苦阶层生活的影响。王老二本来是怡和码头脚夫,欧洲战事使"土货又不能出口,洋货又不能进来,弄得我们这班苦力,抱着满身的气力,却换不来一个钱使用"[②]。隔壁的方家嫂嫂将自己失业的丈夫赶到河南去修铁路,欧战爆发后铁路停工,她丈夫干了两个月的活,不仅没赚到钱,反而欠了几元生活费,走投无路,服毒自尽,方家嫂嫂得知消息后也上吊自杀。王老二女儿阿珍的丝厂,也受欧战影响,不久就要停工。王老二想去租东洋车拉,而阿珍提醒他,东洋车的"生意都被电车夺尽了"[③]。这一局面使王老发出感慨:"现在我们这班苦力,简直只有一条死路了。"[④]

在阶级分化日渐明显的时代,出卖技术与力气的工人,始终是被侮辱与被损害者。尽管民初小说作者的阶级意识还不是很明确,但他们对工人经济处境与社会处境的关注,无疑还是表现出一种时代趋势。

(二) 农村凋敝的聚焦

资本主义的兴起不仅对城市产生了巨大影响,对农村同样产生了深远影响,使农村日渐凋敝,农民日渐贫穷。无愁《渔家苦》(1915)中

[①] 叶圣陶:《穷愁》,吴组缃、端木蕻良、时萌主编《中国近代文学大系·小说集》第七册,上海书店1991年版,第711页。

[②] 企翁:《欧战声中苦力界》,吴组缃、端木蕻良、时萌主编《中国近代文学大系·小说集》第七册,上海书店1991年版,第955页。

[③] 企翁:《欧战声中苦力界》,吴组缃、端木蕻良、时萌主编《中国近代文学大系·小说集》第七册,上海书店1991年版,第960页。

[④] 企翁:《欧战声中苦力界》,吴组缃、端木蕻良、时萌主编《中国近代文学大系·小说集》第七册,上海书店1991年版,第960页。

的老渔夫一家，凭借其高超的捕鱼技术，以及其女儿高超的刺绣技术，还有儿媳的纺纱技术，家庭生活原本比较富足。然而，其女儿的"神针绝技"，由于"时移世改，夏习欧风，儿帽渐尚西式，履亦用革，加之两番革命，丧乱之馀，亦每删繁就简，虽有绝技，无人过问，于是孝女计穷"①。其儿媳所恃之生活技术，"若纺纱、绩布、织带、轧棉等，新法既兴，无恃乎一手一足之烈，英雄坐老，苦无用武之地"②。在生活压力之下，其女也曾经试图改弦易辙，从事商业活动，但"二次习负贩，均为警吏干涉而丧本"③。在全家日渐贫困之际，儿媳不得不将自己的孩子送到富人之家，老渔夫则吞火柴头自杀，昔日富足的家庭在资本主义的侵袭下难以存续。

无愁的《渔家苦》讲述渔家的困顿，髯的《农家血》（1917）则聚焦荒年农民的血泪。南塘四十三位农户，因为遭遇"虫荒"，无粮交租。在与催租吏理论未果后，有人溺死催租吏全家三口，并放火烧了催租吏的房屋。本属农民中景况较好的钱大哥一家，"田主不敢抗，众亦不敢违"④，因为在群体抗租时与催租吏讲了几句道理，被官府当成抗租的头目，被捕入狱。官府人员在抓捕他的同时，洗劫了他全家的财物，将其妻子春季卖蚕丝积攒下来的四十千文顺手抢走。身无分文的妻子为了打点狱卒，不得不将十一岁的女儿宝宝卖给枭首。然而，等钱妻拿着钱到城中去打点狱卒的时候，钱大哥却已经"坐溺催租吏并火其屋死矣"⑤。得知丈夫死讯后，钱妻当场中邪，回来后上吊自杀，第二天人们在河中又发现其女的尸体。

《农家血》中的人物形象并不丰满，但作者对农村各种人物之间的

---

① 无愁：《渔家苦》，吴组缃、端木蕻良、时萌主编《中国近代文学大系·小说集》第七册，上海书店1991年版，第829页。

② 无愁：《渔家苦》，吴组缃、端木蕻良、时萌主编《中国近代文学大系·小说集》第七册，上海书店1991年版，第829页。

③ 无愁：《渔家苦》，吴组缃、端木蕻良、时萌主编《中国近代文学大系·小说集》第七册，上海书店1991年版，第834页。

④ 髯：《农家血》，吴组缃、端木蕻良、时萌主编《中国近代文学大系·小说集》第七册，上海书店1991年版，第885页。

⑤ 髯：《农家血》，吴组缃、端木蕻良、时萌主编《中国近代文学大系·小说集》第七册，上海书店1991年版，第895页。

关系却非常熟悉，围绕虫荒与抗租，写出了各阶层人物的真实心态。对于县官而言，如果因虫荒减租，自己的收入必然减少。"盖县官之在位也，无多日矣，继者已有人，所谓缠十万壮我腰，一旦解绶去买田园遗子若孙者，将一一取之粮，惟粮之源在租，租减则粮亦减，故县官与田主，不啻蛩蛩距虚，相依为命，皆利熟不利荒，即荒亦利少不利多。"①田主则又分大小，其对抗租的态度因家底厚实与否而有不同。大户"租以继富，不以资生"，他们态度强硬，"今岁宁茹痛不收一粒米，必将凡死催租吏并火其屋者，一一罪如律，庶有以惩后"。而小田主则赖地租以生，宁愿少收租，而不愿不收租。但他们"不能以情自达于县官"，依赖大田主与县官交涉，因此只能受大田主摆布。租户同样因家庭问题而对抗租有不同态度。钱大哥原本凭着妻子养蚕有点积蓄，能够交租，但由于大家协同不交，他不好意思单独交租，结果死于非命。更多的租户则是因为实在被逼无法，"不抗租死，抗租亦不过死，等死宁抗租"。②在小说中，各阶层的代表都以其身份出现，如县官、保长、狱卒、典狱、田主、租户，等等，都是无名之人，唯一有姓者，就是钱大哥，可以看出作者有意采用类型化的处理方式。这种类型化人物孕育着阶级的雏形。通过这种类型化的人物关系，作者揭示出农村种种经济关系，揭示出农民之所以穷困的缘由。

无论是渔家，还是农家，民初的这些小说撕破了传统农村社会的温情面纱，将复杂的社会经济关系赤裸裸地展现在读者面前，为人们更深刻地把握人的阶级属性，提供了重要借鉴。

第三节　新民德与近代政治主体的伦理重构

近代小说的"新民"命题，理性维度的经济主体建构只是基础，更重要的还是伦理维度的政治主体建构，也就是"新国民"的建构。

---

① 髯：《农家血》，吴组缃、端木蕻良、时萌主编《中国近代文学大系·小说集》第七册，上海书店1991年版，第884页。
② 髯：《农家血》，吴组缃、端木蕻良、时萌主编《中国近代文学大系·小说集》第七册，上海书店1991年版，第890页。

传统小说的修辞目的主要指向"臣民"的驯化,几乎从来没有打破过"三纲"的藩篱,《红楼梦》这部传统小说中的巅峰之作,同样没有越过雷池半步。贾宝玉在贾母的庇护下获得了一定的特权,而贾母的权力来自父为子纲;元春一成妃子,马上成为贾家的上级,君为臣纲从来没有受到挑战;贾宝玉成亲之后,薛宝钗便再也没有能力规劝他,夫为妻纲在他身上得到延续。鸦片战争到甲午战争之间的小说,如《荡寇志》《花月痕》《儿女英雄传》等作品,其道德观念更是陈腐不堪,由此可以看出中国传统道德观念的保守性以及顽固性。从新趣小说开始的"新民"倾向,不仅关注"民力"之振作,更关注"尤为三者之最难"① 的"民德"之更新,试图借用近代西方资源,重构"民"与"国"的关系。由于传统伦理结构中,家与国之间存在同构及互补关系,家庭的权力结构与政治的权力结构有高度一致性,"齐家"与"治国平天下"有着内在关联,"忠"与"孝"有着内在关联,因此,近代小说的"新民德"构想,不仅触及个体与国家的关系,而且会触及个体与群体、个体与家庭的关系。其"新民德"意图,对传统道德规范的各个层面产生了全面冲击,从根本上动摇了"三纲"存在的基础。

一　从忠君到爱国

甲午战争的失败,给中国知识分子一记猛击,唤醒了他们的爱国甚至参政热情。然而,中国历朝历代都严格限制民间知识分子参政议政。在传统社会中,政治是君与臣的专利,虽然顾炎武提出"天下兴亡,匹夫有责",但"修身齐家治国平天下"的梦想,终究只是学而优则仕的读书人的梦想,只有当官才可能治国平天下,因此,不读书不当官,也就与治国平天下没有关系。与此同时,"君为臣纲"划定了"臣"参政议政的边界,使整个政治运行机制保持在皇帝可控的范围。因此,在传统政治运行机制中,一个人只有通过科举考试,成为官员,然后才具有参政权力,但获得这一权力后,"忠君"就成为其最高价值准则,

---

① 严复:《原强修订稿》,王栻主编《严复集》第一册,中华书局1986年版,第30页。

"吾皇圣明"成为臣子首先要维护的信念。

甲午战争失败后的"公车上书",开启了近代官场之外知识分子议政甚至干政的大门,对传统的政治运行机制产生了重大冲击。一方面,"公车上书"削弱了"君"的威信。尽管鸦片战争以来清政府不断丧权辱国,但能够了解真相的还只是极少数上层知识分子,皇帝的威望还没有受到根本的质疑;而"公车上书"则明确表现出民间知识分子的不满,这种集体不满,必然会伤害"吾皇"的圣明形象。另一方面,"公车上书"突破了"臣"的限定。政治事务本来是君与臣的禁脔,公车上书是民间知识分子对政治的一次集体越界,闯入了传统的禁区。这次越界标志着传统的"臣忠君"开始逐渐向"民爱国"转变。在这一转变中,无论行为主体、行为对象,还是行为方式,都发生了根本改变。

在中国还可以闭关自守与世隔绝的情况下,"忠君"与"爱国"实际上是一体或者说一致的,因为传统的家国体制,皇帝即国家,皇帝的圣明与否,终究还是"自家"之事,而在列强入侵的时代,"国"与"君"的概念却逐渐分离,"国"不仅仅是"君"的国,而且是"民"的"国"。以前的"国"如果出现昏君,"民"终究还只是受"君"的欺侮,而皇帝欺压百姓一直就被视为天经地义,只要程度不是过于暴虐,百姓也大都习以为常。而近代中国处于"世界"之中,外国的入侵使百姓面临着更多的威胁,如果"君"无法保护自己的"国",老百姓就会受到多重压迫与奴役,由奴隶的奴隶变成奴隶的奴隶的奴隶。在这种情况下,传统的"忠君"与"爱国"一体的结构出现裂缝,二者开始分道扬镳;忠君一脉,最终消失在现代民主的地平线,爱国一脉,则随着时代的发展,日渐壮大,成为影响近现代中国发展走向最重要的力量。

(一)臣向民的泛化

近代小说中"新民德"最重要的表现,就是"忠君之臣"向"爱国之民"的转变。这首先就表现为爱国群体的扩大。只有臣才有忠君的资格,而爱国则是所有国民的责任。从这个角度看,"新趣小说"的诞生是一个彻头彻尾的关于"越俎代庖"的双重寓言。从表层看,傅兰雅作为一个外国人关注中国的富强，征求"除三弊"的"新趣小说"，显然是越俎代庖。从深层看，实现"除三弊"来实现富国强民，本来应该是当权者的责任，这里却呼吁由小说作者来实施，这同样是越俎代庖。

然而，近代小说就是在这种越俎代庖的使命感中诞生与发展起来的。通过塑造各类传统小说中并不常见甚至从未出现过的爱国者形象，近代小说为爱国精神的普及与下沉，打下了良好基础。

时新小说中的民间士绅已经与传统小说中的士绅出现巨大差异，他们关注国计民生，在各自领域为国富民强做出了自己的努力，贡献了自己的力量。如《澹轩闲话》中的士绅包尚德，《五更钟》中的医生岳在田，青莲后人《扪虱闲谈》中的商人周守中，望国新《时新小说》中的明更新，格致散人《达观道人闲游记》中的达观道人等，他们没有一个拥有行政权力，但他们都从自己身边做起，通过自己的身体力行，践行"除三弊"的主张。虽然几乎所有作者最终都将希望寄托于朝廷，小说的字里行间也还是与传统道德保持高度一致，如《澹轩闲话》中，主人公名包尚德给两个儿子分别取名包成忠与包成孝，可见其道德取向的保守；但他们关注国计民生的使命意识与浓厚的爱国精神却已经表现出明显的近代特质，同时也表现出对新生事物的肯定与认同。望国新《时新小说》通过人物命名表现出明显的价值取向，围绕明更新与尚喜故两人，形成了趋新与守旧两个系列，前者的亲人与友人有明改俗、尤仿西等人，后者的亲人与友人则有文国华、尚怀谷等，通过这一命名体系，作者表现出鲜明的情感倾向与价值判断。

时新小说虽然表现出爱国主义的下沉，但他们将改革的希望还是寄托在皇帝身上，依旧残留这"吾皇圣明"的影子。而戊戌维新的失败，以及庚子事变的发生，使民众对于朝廷的不满日渐明显，"臣忠君"的结构进一步动摇。一方面是光绪与慈禧的帝后之争，导致了帝党与后党的分化加速；另一方面是民主思想的逐渐普及，导致改良与革命的冲突加剧。前者使民众不知道忠于何人，后者则得民众不知道忠于何体。然而，无论哪种思潮，都在强化忠君与爱国的分离，激发普通民众的爱国思想。

《新中国未来记》中，黄克强与李去病虽然为中国应该进行革命还是改良进行了反复论辩,但其基调与目标始终指向富国强民。这里的爱国者与传统的忠臣全然不同,甚至完全对立。无论黄克强还是李去病,无论改良还是革命,他们都强调的是爱国,而不是忠君;而且他们不是追求以朝臣的地位去获得皇帝的恩宠,而是追求以普通国民的身份去承担其爱国的责任。

政治小说刻画了一批具有现代意识的爱国学生群体,拒约小说则刻画了一批爱国商人及实业家群体。《苦社会》中的李心纯从美国返国后,准备联合返国商人,振兴国内实业。中国凉血人《拒约奇谈》中的病夫,自己身体力行,从事牧业与矿业,率先开辟振兴实业的道路。碧荷馆主人《黄金世界》中的巨商夏建威,放弃留美机会,回国宣传拒约。在其他实业小说中,商人同样表现出强烈的爱国情怀。《市声》中的豪商李伯正,"诚心合外国人做对"①,高价收购蚕茧,试图振兴民族工商业。在他看来:"我这吃本国人的亏,却教本国人不吃外国人的亏,我就不算吃亏了。"②无论是海外还是国内,商人们这种淳朴的民族主义思想,为近代小说的爱国主义打下了底色。在这里,"臣"的形象逐渐弱化,"民"的地位日渐凸显。

商人爱国可能存在经济动机的影响,妇女爱国则更能说明爱国思想的普及与下沉,折射出当时国民意识的高涨。《黄金世界》中的应友兰从自身命运出发,通过讲述自己出国寻找家人时的屈辱经历,告诫女性也应该为拒约贡献力量:"诸位姊姊啊!诸位妹妹啊!白种女重于男,彼地为自由平等之产乡,女权尤为发达,乃同一神圣不可侵犯之女身,独独视我中国人以为可欺可侮。诸位姊姊啊!诸位妹妹啊!苟有血气,谁能甘心?并且彼国既有中国之男子侨居,或母或妇,乃概禁不使往,生生的离人家室,是何人情?是何法律?今日抵制这件事,男子之责任固然不可放弃,我姊姊妹妹所负的责任,也并不轻。"③拒约运动中,

---

① 姬文:《市声》,吴组缃、端木蕻良、时萌主编《中国近代文学大系·小说集》第五册,上海书店1991年版,第40页。
② 姬文:《市声》,吴组缃、端木蕻良、时萌主编《中国近代文学大系·小说集》第五册,上海书店1991年版,第44页。
③ 碧荷馆主人:《黄金世界》,董文成、李勤学主编《中国近代珍稀本小说》第十二册,春风文艺出版社1997年版,第501页。

女性没有缺席；社会改良与社会革命运动中，女性同样可以发挥重要作用。震旦女士自由花的《自由结婚》中，爱国女学生关关作为主角之一，极力鼓吹民族革命。颐琐《黄绣球》中的黄绣球，则成为改良社会的先锋。她受到其夫黄通理的民族主义教诲后，许下宏愿："我将来把个村子做得同锦绣一般，叫那光彩激射出去，照到地球上，晓得我这村子，虽然是万万分的一分子，非同小可。日后地球上各处的地方，都要来学我的锦绣花样。我就把各式花样给与他们，绣成一个全地球。"①黄绣球以女性的身份推行改良，海天独啸子的《女娲石》中的女性则以自己独特的方式，实行妇女救国革命运动。海城女子改造会领袖花溅女史金瑶瑟两度行刺胡太后；剑仙女史秦爱浓组建花血党，以灭"一内贼、二外贼、三上贼、四下贼"②四贼为使命；自在女尊崔雪胪领导的春融党，以身体引导男性革命；汤翠仙任会长的白十字社，则用洗脑方式改造民众。小说充满玄幻色彩，但其中饱含着女性致力于国富民强运动的激情。《女娲石》塑造了一批想象的女性革命者，静观子《六月霜》则直接以现实中的女性革命者秋瑾为原型，书写近代知识女性的革命历程。秋瑾作为留学生，与革命本来有较为紧密的联系，而妓女参加革命，则更能够说明爱国与革命思想的普及程度。焦木（恽铁樵）"革命外史之二"之《鞠有黄花》，讲述《海上繁华梦》中的妓女金菊仙，在辛亥革命时加入女子革命军，因此被称为婋婳将军。"其出身为名妓，其入世为女学生，然独以将军称者，则此第三时期为之也。"③婋婳将军出身卑微，沦为妓女，以色艺获得达官欢心，随时代潮流而受新式教育，在革命中也能迎合风潮，革命后则准备兴办女学，小说通过她的经历，反映社会大变革时期的女性心态及命运变化，从中可以看出爱国思想的普及程度。

不论是士绅、学生还是商人，不论普通男性还是特殊女性，这些爱

---

① 颐琐：《黄绣球》，吴组缃、端木蕻良、时萌主编《中国近代文学大系·小说集》第五册，上海书店1991年版，第252页。
② 海天独啸子：《女娲石》，董文成、李勤学主编《中国近代珍稀本小说》第三册，春风文艺出版社1997年版，第48页。
③ 焦木：《鞠有黄花》，《小说月报》第三年第五号。

国者的身份都与传统的"臣"毫无瓜葛,他们都是以普通国民的身份,表达对国家与民族的热爱。这种国民意识与爱国情怀,构成了近代小说中先进人物的底色。

(二)君向国的嬗递

在"臣忠君"向"民爱国"的转变中,不仅行为主体出现泛化,所有民众都可以爱国,都应该爱国,更重要的还是行为对象的性质也发生了重要转变。在"臣忠君"结构中,"君"不仅意味着一个人,更意味着一整套制度,在近代实际上也就意味着"君主制"的合法性。在这一体系中,皇帝是"天子",执行的是"天意",具有最高权力,而臣子则通过向天子效忠分享权力,并代表天子统治臣民,臣子在面对民众的时候,实际上就代表天子。中国传统的官本位思想,或者说民众的畏官心理,根源都在于"君主制"。在这种制度中,臣子只需要对皇帝负责,而不需要对百姓负责。

然而,皇帝作为天子,其基本职能是代"天"管制子民,因此政府需要维护社会的安定与民众的安全。由于列强入侵,皇帝与专制政府能够提供给民众的安全保障日渐脆弱,其存在的合理性与合法性由此也日渐受到怀疑。国民迫切希望一个能保障自身安全的政府。在这种语境中,民众对传统君主制的信仰,逐渐转化为对民主制的追求,近代国家理念由此逐渐成形。

在时新小说中,"除三弊"的最后落实还是靠"吾皇圣明",似乎凭借皇帝一纸诏书,就可以实现天下大治。然而,许多作者实际上也明白这只是一种梦想。朱正初《新趣小说》(出版时题名为《熙朝快史》)在结尾处故弄玄虚,面对旁人的质疑:"这三事,那里做得到?先生莫非说梦话么?"孝廉回复:"我原说记我的梦,梦中事,你要问真假么?"[①]《醒世新编》中魏氏四兄弟,名字合起来就是"镜华水月",由此可以见出作者抒写的只是一种想象。不过,就是在这种想象中,还是可以看出小说中皇帝角色与功能的转化,与现实中的皇帝不同,小说中的

---

① 朱正初:《新趣小说》,周欣平主编《清末时新小说集》第四册,上海古籍出版社2011年版,第87页。

皇帝能够顺从民意，改变成规，由此折射出作者理想中"君"的形象的变化。

然而，这种梦想与现实有着不可逾越的距离。戊戌维新的失败，打破了知识分子对皇帝的幻想。慈禧太后与光绪皇帝的权力斗争，加剧了士绅与知识分子对君主制的怀疑。"君"逐渐从神坛坠落，近代小说作者对皇帝的幻想逐渐破灭。"戊戌变政既不成，越二年即庚子岁而有义和团之变，群乃知政府不足与图治，顿有摅击之意矣。其在小说，则揭发伏藏，显其弊恶，而于时政，严加纠弹，或更扩充，并及风俗。"[①]在谴责小说中，作为"君"的代表的"臣"，无论哪个级别，都是嘲笑讽刺的对象，甚至"君"本身也成为讽刺的对象。《轰天雷》全文照录荀北山（真名沈北山）的奏章，批判矛头直指慈禧。通过对政府官员、官僚制度，甚至最高统治者的嘲笑，近代小说掏空了"臣忠君"的合理性，"君"的地位不再神圣。

作为近代谴责小说的代表性作家，李伯元对传统官场进行了全方位的揭示与批判。《官场现形记》中，对上至老佛爷下到佐杂的各级官员，进行了不遗余力的讽刺，由此凸显整个政府的腐败。太后的明鉴万里，不过是知道无官不贪，但其依旧睁一只眼闭一只眼。中堂大人的当官诀窍就是"一个是不动心，一个是不操心"[②]，各级官员的基本信条都是"千里为官只为财"[③]。然而，"做官的可只有一个皇帝，逃不到那里去的"[④]，因此，要想当官，就必须一级一级地巴结上去，以致官场就成为一个大染缸，无论什么人到了里面，都不可能独善其身。吴趼人《二十年目睹之怪现状》中的吴继之，似乎是个明白人，但他所能做的也只能是同流合污，从不挡别人财路："你说谁是见了钱不要的？而且

[①] 李伯元：《官场现形记》，薛正兴主编《李伯元全集》第二卷，江苏古籍出版社1997年版，第291页。

[②] 李伯元：《官场现形记》，薛正兴主编《李伯元全集》第二卷，江苏古籍出版社1997年版，第337页。

[③] 李伯元：《官场现形记》，薛正兴主编《李伯元全集》第二卷，江苏古籍出版社1997年版，第13页。

[④] 李伯元：《官场现形记》，薛正兴主编《李伯元全集》第二卷，江苏古籍出版社1997年版，第35页。

大众都是这样,你一个人却独标高洁起来,那些人的弊端,岂不都叫你打破了?只怕一天都不能容你呢!"① 第六十三回回评特意点出:"此书于吴继之无贬词,且一经撤任,即高蹈远引,飘然竟去,不可谓非高尚之流。而数年江都,其家人即力足以垫巨款;其甘垫巨款之故,欲继之仍得江都也。其欲继之仍得江都何故,盖可想矣!甚哉,臧获之可畏乎!此无笔墨处之笔墨,不可囫囵读过者也。"② 正是因为能同流合污,吴继之在自保之余,还可以发家致富;而一味为民的蔡侣笙,则不仅一贫如洗,甚至被革职查办,成为戴罪之身。比蔡侣笙更倒霉的是《宦海》中的广东臬台金翼,他决心禁赌,却斗不过赌馆老板王慕维,最后在上司与同事的嘲笑中气得吐血身亡。

与花钱买官的赃官相比,刘鹗更讨厌用清名求官的酷吏,因为后者对百姓的危害可能更甚。"赃官可恨,人人知之;清官尤可恨,人多不知。盖赃官自知有病,不敢公然为非;清官则自以为我不爱钱,何所不可。刚愎自用,小则杀人,大则误国。"③ 这里的"清官",实际上特指以清廉自居而刚愎自用的酷吏,如刚弼之流,自恃清廉,刚愎自用,以致屈打成招,制造冤案,其性质比赃官更可恶。赃官受贿是为了买官,而酷吏则是先用清廉买名,再用清廉之名去换取升官,其实质都是用百姓的牺牲去换取上司与朝廷的赏识。因此,在"有识之士"看来,升官的核心秘诀就是善于巴结上司,"骨子里头,第一个秘诀是要巴结。只要人家巴结不到的,你巴结得到;人家做不出的,你做得出"④。至于巴结的方式,可以各逞所能,送女儿(冒得官)是一种方式,穿破衣(浙江署院)是一种方式,装孝子(贾筱芝)是一种方式,做清官(刚弼)同样也是一种方式。

---

① 吴趼人:《二十年目睹之怪现状》(上),海风主编《吴趼人全集》第一卷,北方文艺出版社1998年版,第108页。

② 吴趼人:《二十年目睹之怪现状》(下),海风主编《吴趼人全集》第二卷,北方文艺出版社1998年版,第526页。

③ 刘鹗:《老残游记》,吴组缃、端木蕻良、时萌主编《中国近代文学大系·小说集》第四册,上海书店1991年版,第373页。

④ 吴趼人:《二十年目睹之怪现状》(下),海风主编《吴趼人全集》第二卷,北方文艺出版社1998年版,第845页。

基于对官员与官场关系的思考，《官场现形记》发出了疑问："天下可恶者莫若盗贼，然盗贼处暂而官处常；天下可恨者莫若仇雠，然仇雠在明而官在暗。吾不知设官分职之始，亦尝计及乎此耶？抑官之性有异于人之性，故有以致于此耶？"① 这一问号到了《活地狱》中，则被拉直成了感叹号："我不敢说天下没有好官，我敢断定天下没有好衙门。"② 在小说中，李伯元直接指出了传统官僚制度的重大缺陷："说是天下有好衙门，除掉本官不要说，试问那些书办衙役，叫他们靠什么呢？虽说做官有做官的俸银，书差有书差的工食，立法未尝不善。但是到得后来，做官的俸银，不够上司节敬，书差的工食，都入本官私囊。到了这个份上，要做他们毁家纾难，枵腹从公，恐怕走遍天涯，如此好人，也找不出一个。列位看官，设身处地，替他们想想，衙门里的人，一个个是饿虎饥鹰，不叫他们敲诈百姓，敲诈哪个呢？"③

谴责小说对官场的批判，掏空了"忠君"的合法性与合理性；而政治小说对未来的想象，则设置了"爱国"的目的与旨归。无论是《新中国未来记》对"宪政党"与"立宪政体"的设计，还是《狮子吼》对革命光复后的"共和国"构想，抑或《新石头记》对"文明境界"的想象，都已经偏离甚至否定了传统的"忠君"路线，设置了新的"爱国"章程，国家取代皇帝成为国民情感的投射对象。

近代民族国家意识在辛亥革命后得到了更广泛的普及与更深入的宣传。徐枕亚的《玉梨魂》、林纾的《金陵秋》、周瘦鹃的《为国牺牲》、包天笑的《冥鸿》等作品对辛亥革命得失成败的判断虽然不太一致，但他们都热烈欢迎民国的成立，没有人为清廷的退场哀歌。正是这种广泛的民意基础，使袁世凯的称帝成为一场历史闹剧与丑剧。李涵秋的《广陵潮》从侧面记录了底层对这一闹剧的反应，杨尘因的《新华春梦记》则从正面披露了上层操纵这一历史丑剧的详细进程。

---

① 茂苑惜秋生：《〈官场现形记〉序》，薛正兴主编《李伯元全集》第二卷，江苏古籍出版社1997年版，第855页。
② 李伯元：《活地狱》，薛正兴主编《李伯元全集》第三卷，江苏古籍出版社1997年版，第1页。
③ 李伯元：《活地狱》，薛正兴主编《李伯元全集》第三卷，江苏古籍出版社1997年版，第1页。

通过从反面消解了"君"的合理性，以及从正面确定了"国"的合法性，近代小说在培育近代国家观念方面发挥了重要作用，其发展历程折射出近代国家观念的转型历程。

（三）忠向爱的转变

在"臣忠君"向"民爱国"的转变中，不仅行为主体与行为对象的性质与范围发生了改变，更重要的是其行为方式也发生改变。"忠"更多地表现为一种臣对君的单向度行为，在这种关系中，臣与君完全不对等。一方拥有完全的权力，另一方则承担完全的义务，一方是主动者与主导者，另一方则是被动者与受动者。对"忠"进行判断的标准，就是"君为臣纲"。在这种关系中，臣没有多少选择空间，尤其是没有选择不忠的空间，不忠也就意味着政治生命甚至生理生命的终结。

而"爱"则是一个主体化的行为。首先，与忠的被动性不同，爱是一种能动性行为，能够爱，首先要求施爱者具有爱的能力；其次，与忠的单向度不同，爱者与被爱者之间良好关系的建立，总隐含着一定的良性互动，双方之间实际上隐含着相互的权利与义务，否则，爱就可能转化为恨；再次，与忠的强制性不同，爱是一种主体性选择，通常基于自愿，而非强迫；最后，与忠的唯一性不同，爱的方式具有多种可能性，对爱进行评价的标准，同样具有多种可能性。

近代小说作者在"民爱国"的大范围上达成了共识，但由于"爱"的丰富性与多样性，他们对"何为爱国"以及"如何爱国"的理解表现出鲜明的差异。李伯元认为义和团与官兵一样，都是祸国殃民的乌合之众："兵即是匪匪即兵，兵匪合一乱胡行。排枪好似连珠炮，哭喊之声不忍闻。巨贾豪商都被劫，大家小户不安宁。匪徒一到开箱看，到处搜罗金与银。上屋跳墙都做到，填街塞巷尽兵丁。"[①] 而梁启超则肯定义和团的反帝精神："义和团的大原因，全由民族竞争的势力刺激而成，这回不过初初发达，欧洲诸国侮我太甚，将来对外的思想日

---

① 李伯元：《庚子国变弹词》，薛正兴主编《李伯元全集》第三卷，江苏古籍出版社1997年版，第29页。

开，这些事还多着哩。结局大说义和团激变的原因，其责任不可不归诸外国。"① 黄克强所作的这篇《义和团之原因及中国民族之前途》的核心观点，实则来自总税务司赫德《中国实测论》："盖中国人数千年在沉睡之中，今也大梦将觉，渐有'中国者中国人之中国也'之思想，故义和团之运动，实由其爱国之心所发，以强中国、拒外人为目的者也。虽此次初起，无人才，无器械，一败涂地；然其始羽檄一飞，四方响应，非无故矣。自今以往，此种精神，必更深入人心，弥漫全国。他日必有义和团之子孙，辇格林之炮，肩毛瑟之枪，以行今日义和团未竟之志者。"② 只是后者的用意在消弭"黄祸"，梁启超将其改头换面，目的却在肯定义和团的爱国精神，并呼唤未来人民继承这种精神。

李伯元与梁启超的矛盾，源于对行为的主观目的及客观效果的不同侧重，李伯元注重行为的客观效果，而梁启超则重视行为的主观目的，二者实际上都秉承爱国精神，李伯元注重现实民生，而梁启超注重反帝精神，前者着眼国内的稳定，后者着眼国际的平等。

从不同视角看相同的行为可以得出不同的判断，从不同的出发点追求相同的目标，更可能发现不同的路径。对于近代小说家而言，他们的目标基本相近，都是追求国富民强。但对于如何实现国富民强，则是见仁见智，莫衷一是。由此也使近代小说的"爱国"情怀，表现出矛盾性与复杂性。

时新小说的"除三弊"没有涉及核心问题，其富强措施基本还是依靠"吾皇圣明"之类的梦话，表现出强烈的改良主义色彩。李伯元等人对封建官僚制度进行了不遗余力的抨击，但他们难以提出明确的改革主张。《官场现形记》结尾说教科书的后半部被烧掉，不过是黔驴技穷的掩饰："原来这部教科书，前半部方是指摘他们做官的坏处，好叫他们读了知过必改；后半部方是教导他们做官的法子。如今把这后半部烧了，只剩得前半部。"③ 他能提出的正面主张，甚至只能是"积点阴

---

① 梁启超：《新中国未来记》，《饮冰室合集》第三十五册，中华书局2015年版，第9686页。
② 梁启超：《灭国新法论》，《饮冰室合集》第三册，中华书局2015年版，第504页。
③ 李伯元：《官场现形记》，薛正兴主编《李伯元全集》第二卷，江苏古籍出版社1997年版，第853页。

德":"世上做官的人,倘能把我这本小说浏览两遍,稍尽为民父母之心,就使要钱也不至于如此厉害。或者能想个法子,把这害民之事,革除一二端,不要说百姓感激他,就是积点阴德,也是好的。"①《老残游记续集》甚至写老残"森罗宝殿伏见阎王",可见其对现实路径已丧失信心,只能借鬼神以警世。

李伯元与刘鹗等人没有发现中国的根本问题在于帝制,因此不太可能提出根本性的解决方案。他们笔下的"爱国",更多地表现为一种感性的爱。以梁启超为代表的维新派,对现实有着更深刻的认识,其爱国主张也更为具体。《新中国未来记》借小说发表政见,目的就是宣传其政治主张,宪政党的办事条例实际上就是梁启超实现国家富强的路径设计。

宪政党虽然党纲明确,但小说有头无尾,让人不知道黄克强到底如何落实其政纲。同时,作者依旧寄希望于光绪皇帝的主动变革,并且通过禅让实现政治体制的变革,"罗在田者,藏清德宗之名,言其逊位也。黄克强者,取黄帝子孙能自强立之意"②,这无异于与虎谋皮。相对而言,陈天华的《狮子吼》同样没有写完,但其设想的以民权村为基础实现光复共和的路径,则比《新中国未来记》更为清晰。文明种作为总教习,是民权村的精神导师,他将黄宗羲的《明夷待访录》与卢梭的《民约论》进行对读,引进并宣传近代国家观念。在其教导下,学生们各自选择并承担自己的使命。孙念祖等人出洋求学,学习西方治国理政策略,狄必攘则在国内发展革命组织,一方面联络各地会党英雄,一方面开设报馆进行舆论宣传。小说写到这里,因陈天华投海自杀中断,但其中的思路却比较明晰:国内国外齐头并进,武装宣传两手同抓。

《狮子吼》中的"爱",还是一种较为狭隘的"爱",其中隐含着强烈的大汉族意识,民主革命与排满民族革命纠缠在一起。这种大汉族主义在《自由结婚》《轰天雷》《瓜分惨祸预言记》等作品中同样有所表

---

① 李伯元:《活地狱》,薛正兴主编《李伯元全集》第三卷,江苏古籍出版社1997年版,第2页。
② 丁文江、赵丰田编:《梁启超年谱长编》,上海人民出版社2009年版,第196页。

现。而《拒约奇谈》《黄金世界》《苦社会》等作品则在国际语境中观照中华民族。由于华人在世界各地都低人一等，因此海外华人也表现出更强烈的民族自尊与更强烈的爱国意识。为了实现国家富强，维护民族自尊，夏建威、李心纯等人，毅然从美国归国，筹办实业，他们的"爱"表现出更宽广的民族视野。

中华民国成立后，民族问题逐渐淡化，民主问题也逐渐弱化，但在鸳鸯蝴蝶的浪潮中，"爱"国与"爱"人依旧结合在一起，由此形成近代小说一道独特的风景。周瘦鹃的《为国牺牲》与林纾的《金陵秋》等作品，直接赞扬了参加辛亥革命的革命情侣，徐枕亚的《玉梨魂》与李定夷的《茜窗泪影》等小说，在哀情之中还要加上一点革命的调味剂，李涵秋的《广陵潮》也在主人公的悲欢离合中杂糅时代风云。革命与爱情的奇特联姻，折射出时代的风气转化，以及"爱"国方式的多向拓展。

总体来说，近代小说通过扩大爱国主体，增加爱国方式，重构了个体与国家的关系，重建了政治道德规范，为近代政治主体的伦理重构奠定了坚实基础。

二 从利己到利群

国家意识的培养，只是国民公德的一个层面，而国家通常较为抽象，要将爱国落到实处，还是需要将公德心落到社会上，落到利群这一基础上。"我国民所最缺者，公德其一端也。公德者何？人群之所以为群，国家之所以为国，赖此德焉以成立者也。人也者，善群之动物也（此西儒亚里士多德之言）。人而不群，禽兽奚择？而非徒空言高论曰'群之，群之'，而遂能有功者也。必有一物焉，贯注而联络之，然后群之实乃举。若此者谓之公德。"[1] 公德的判断标准以利群为基点。"道德之立，所以利群也，故因其群文野之差等，而其所适宜之道德亦往往不同，而要之以能固其群、善其群、进其群者为归。"[2] 正是因为公德

---

[1] 梁启超：《新民说》，《饮冰室合集》第十九册，中华书局2015年版，第4994页。
[2] 梁启超：《新民说》，《饮冰室合集》第十九册，中华书局2015年版，第4996页。

的重要性，近代小说家一直对利用小说宣传公德方面寄予厚望："夫小说者，不特为改良社会、演进群治之基础，抑亦辅德育之所不逮也。吾国民所最缺乏者，公德心耳。惟小说则能使极无公德之人，而有爱国心，有合群心，有保种心。"① 近代小说"新民"目标就是以公德为基础，"知有公德，而新道德出焉矣，而新民出焉矣"②。

然而，"华风之敝，八字尽之：始于作伪，终于无耻"③。民德浇薄，要想改进，非一朝一夕之功。"一国所以成立，皆由民德、民智、民气三者具备，但民智还容易开发，民气还容易鼓励，独有民德一桩，最难养成。"④ 虽然近代小说的道德影响并非总是正面，人们对近代小说的道德作用的认识也并不总是一致，"今之为小说者，不惟不能补助道德，其影响所及，方且有破坏道德之惧"⑤；但近代小说作为近代道德演化的记录仪，其中总是包含着近代小说作者对个体与群体关系的思考，以及他们关于"新民德"的设想与路径。

(一) 洋人的善恶分化

近代小说与洋人有着不解之缘。在现实层面，时新小说征文由外国人傅兰雅发起；在人物塑造方面，近代小说中的很多人物以真实或虚构的洋人为模型。梁启超翻译的《佳人奇遇》，罗普的《东欧女豪杰》等小说中外国人物的爱国热情，一直是近代政治小说肯定与仿效的对象。林纾更是明确号召国人学习《爱国二童子》中的主人公，放弃官位，从事实业，"天下爱国之道，当争有心无心，不当争有位无位"⑥。洋人身上的爱国利群思想，对中国近代小说产生了深远影响。近代小说中利群人格的塑造，也便隐约出现外国人这一参照系。

毫无疑问，在列强入侵中国，并强迫中国签订多个不平等条约的情

---

① 天僇生：《论小说与改良社会之关系》，陈平原、夏晓虹编《二十世纪中国小说理论资料》第一卷，北京大学出版社1997年版，第284页。
② 梁启超：《新民说》，《饮冰室合集》第十九册，中华书局2015年版，第4997页。
③ 严复：《救亡决论》，王栻主编《严复集》第一册，中华书局1986年版，第53页。
④ 梁启超：《新中国未来记》，《饮冰室合集》第三十五册，中华书局2015年版，第9675页。
⑤ 天僇生：《论小说与改良社会之关系》，陈平原、夏晓虹编《二十世纪中国小说理论资料》第一卷，北京大学出版社1997年版，第284页。
⑥ 林纾：《〈爱国二童子传〉达旨（节录）》，陈平原、夏晓虹编《二十世纪中国小说理论资料》第一卷，北京大学出版社1997年版，第290页。

况下，生活在中国的洋人总体上呈现为侵略者形象。署名男儿轩辕正裔的《瓜分惨祸预言记》、亡国遗民之一的《多少头颅》中大肆屠杀国人的外国士兵，还有部分出于作者想象；李伯元《庚子国变弹词》中的外国侵略者则已基本出于写实："金汤巩固帝王京，竟让联军打破城，此际天昏并月黑，满城杀气上腾云！枪林炮雨无情物，遍地尸骸染血腥，碰到刀头无活命，哪分官职与平民？果然如入无人境，竟把皇都看得轻！"① 入侵中国的洋人，对华人极尽虐待之能事，而华人到了洋人地界，更是得忍辱吞声。《黄金世界》《拒约奇谈》《苦社会》《苦学生》等作品，揭示了华人作为下等人在外国被洋人肆意虐待的境遇。就是在国内的和平时期，洋人同样是上等人，国人则是下等人；官员是洋人的奴隶，百姓则是奴隶的奴隶。《新中国未来记》中，在俄罗斯治下的旅顺百姓，受尽俄国人欺凌，中国领土几成外国领土，"做着别国的人民，受气不受气呢？"② 《官场现形记》中的制台见洋人，记录了中国近代的屈辱一幕。"至于外国人，无论什么时候，就是半夜里我睡了觉，亦得喊醒了我。"③ 八宝王郎《冷眼观》中，官员遇到日本妓女也予以优待，由此可见洋人地位之高，以及他们在国人心目中形象之坏。

然而，当面对中国人的劣根性时，近代小说作者也经常有意无意地拉出洋人作为参照系。时新小说征文中，已经出现了外国传教士的身影。方中魁《游亚记》中的法国传教士艾德普，"每思遍历地球，广行圣道，使有国者兴盛其国，有家者兴盛其家"④。为此，他不远万里，来到中国进行考察，"详记其所身经目睹之事，与人问答之语，笔之于书，而中国之敝政颓风，亦于此见焉"⑤。经过考察，他与同伴认为：

---

① 李伯元：《庚子国变弹词》，薛正兴主编《李伯元全集》第三卷，江苏古籍出版社1997年版，第74页。
② 梁启超：《新中国未来记》，《饮冰室合集》第三十五册，中华书局2015年版，第9718页。
③ 李伯元：《官场现形记》，薛正兴主编《李伯元全集》第二卷，江苏古籍出版社1997年版，第746页。
④ 方中魁：《游亚记》，周欣平主编《清末时新小说集》第九册，上海古籍出版社2011年版，第58—59页。
⑤ 方中魁：《游亚记》，周欣平主编《清末时新小说集》第九册，上海古籍出版社2011年版，第58页。

"中国现今之亟务，当以开设议院为首。开设议院之后，然后上下之情通，君民之体合，乃可徐议改革诸事矣。"① 这一结论远超出同期"除三弊"的论述。《游亚记》中的艾德普虽然旁观者清，但小说并没有写到其对中国人的影响；《黄绣球》中的罗兰夫人，却通过托梦，实实在在影响了黄绣球。"这罗兰夫人，生平最爱讲平等自由的道理，故此游行到我们自由村，恰遇着你一时发的理想，感动他的爱情，遂将他生平的宗旨学问，在梦中指授了你。"② 同时，作者在这里也明确指出应该向洋人学习其优秀品质。"须知要拒外人，须要先学外人的长处"③，而"他们最大的长处，大约是人人有学问（把没有学问的不当人），有公德（待同种却有公德，待外种却全无公德），知爱国（爱自己的国，决不爱他人的国）"④。《黄绣球》中的罗兰夫人托梦化人，怀仁编述《卢梭魂》中的卢梭则变鬼与黄宗羲等人结交，再转世为华人，共同推动中国反满革命。

这些作为精神导师的洋人终究显得抽象而遥远，就是在与常人交往的洋人中，同样有值得肯定的品格。吴趼人《发财秘诀》对卖国发财的洋奴着力批判，但对于洋人的某些品格并没有一棍子打死。陶庆云因为给洋人换零钱时很老实，被洋人看中，提升为副买办，在旁人看来，这也体现出"外国人的好处。为了他（陶庆云）诚实了一角多洋钱，便马上抬举他。若是中国人，你便把良心挖出来给他吃了，他也不过如此"⑤。陶庆云因为老实被洋人提拔，乾昌老班则因为老实而被洋人支持创业。他费尽周折，将洋人误当成小洋钱的"金四开"交还本人，外国人相信他的诚信，支持他开店，并为他推荐生意，"把他送还金钱的事，上在外国新闻纸上，所以外国人都相信他，说他老实，凡买东

---

① 方中魁：《游亚记》，周欣平主编《清末时新小说集》第九册，上海古籍出版社2011年版，第86页。
② 颐琐：《黄绣球》，吴组缃、端木蕻良、时萌主编《中国近代文学大系·小说集》第五册，上海书店1991年版，第262页。
③ 陈天华：《警世钟》：《猛回头·警世钟》，朱钟颐评注，华夏出版社2002年版，第88页。
④ 陈天华：《警世钟》：《猛回头·警世钟》，朱钟颐评注，华夏出版社2002年版，第89页。
⑤ 吴趼人：《发财秘诀》，海风主编《吴趼人全集》第三卷，北方文艺出版社1998年版，第43页。

西,都到他店里去"①。外国人对诚信的重视,显然是对国人的奸猾的一种针砭。

洋人不仅懂得投桃报李,而且可以急公近义。《文明小史》中,滥生事端、恣意敲诈的是洋人,而扶危济困、搭救被捕士人的,同样是洋人,由此见出洋人在近代社会中的两面性。小说中那位进入中国二十六年的外国教士,与刘伯骥只是有过学问上的切磋,但刘伯骥向其求助,要求解救被冤枉抓捕的士人时,他坐言起行,马上找知府要人,并且护送他们到安全地带。他的这种行为本质上是对中国主权的侵犯,但如同《官场现形记》中入教的细崽所言:"在这昏官底下,也不得不如此,不然,叫我们有什么法呢?"② 与这些洋人相对的,正好又是落井下石唯利是图的中国人。正是在这种参差对照中,近代小说将极为尖刻的国民性改造问题推到了前台。

(二) 维新的真假变异

正直的洋人是国人学习的榜样,而与洋人接触机会最多的则是留学生。也正是这批近代留学生,成为近代社会"民德"演化的照妖镜。时新小说中,已经出现了留学生的身影。陈义珍《新趣小说》中的女性主人公冯文姬,为广东省城巨商冯聚财之女,少时随父出洋,在国外上了十二年学,十八岁时归国,致力改造时弊。本文三次出现"除大害奇文共欣赏"回目,三篇文章分别指向缠足、鸦片、时文三弊,都是冯文姬所做。在冯文姬身上,可以见出当时对留学生的想象,他们不仅有先进知识,更有先进品德,是尝试用西方知识改造中国的先行者。

时新小说对留学生的想象比较单纯,到《新中国未来记》中,对留学生的书写便已经出现分化。黄克强与李去病通过游历欧洲了解天下大势,而"南京高等学堂退学生"③ 宗明,从学堂退学后跑到日本留学,没有耐心认真学习学问,除了染上日本人满口"支那"的习气,

---

① 吴趼人:《发财秘诀》,海风主编《吴趼人全集》第三卷,北方文艺出版社1998年版,第54页。
② 李伯元:《官场现形记》,薛正兴主编《李伯元全集》第二卷,江苏古籍出版社1997年版,第701页。
③ 饮冰室主人:《新中国未来记(续第三号)》,《新小说》第七号。

只学到了一些"革命"名词,回国后除了这些激烈言辞之外,提不出任何具体主张。《瓜分惨祸预言记》对这类人物进行了更为直接的总结与批判:"看官,你不要听'留学生'三字便敬的了不得,他们那里真个爱国?不过因那爱国、爱群、革命、流血、独立、仇满、保皇、立宪等语,是那时行的口头话,若不能说说来给人听,便觉得没趣,何曾有是言,有是心呢。"①

《苦学生》对留学生的分化写得更为具体。小说中的黄孙与文琳在各方面都形成鲜明对照:旗人—汉人,富人—穷人,官费—自费,道德卑下—品行高尚,学问浅薄—学问优秀,半途而废—锲而不舍。其中虽然隐含着满汉民族情结,但同时也揭示了留学生的个体差异。与宗明这类"腹内原来草莽"的留学生形成对照,黄孙学成归国后学以致用,开办学堂,致力启蒙,"尽出所学,以养成国民资格"②。与黄孙相似,《市声》归国留学生刘浩三以振兴实业为目标,协助民族实业家范慕蠡等办尚工学堂。

《新中国未来记》《苦学生》《市声》等小说中认真学习西方思想科技文化的留学生,归国之后成为真正推动社会变革的维新派甚至革命者。但在近代小说作者那里,这种真正的新党凤毛麟角,更多的则是不学无术招摇撞骗的假新党。这些假新党在国外时,关注的不是学习,而是吃喝嫖赌。欧阳钜源《负曝闲谈》中"黄子文虽在日本留学多年,嫖赌二字却不曾荒疏过"③,向恺然《留东外史》中的黄文汉"于嫖字上讲功夫"④,做到了独树一帜,这样"不知廉耻道德"⑤的留学生,归国后能做的自然只是招摇撞骗。吴趼人的《上海游骖录》不动声色地揭露了假新党的嘴脸,王及源与谭味辛原本满嘴"腐败,腐败!""奴

---

① 日本女士中江笃济藏本、中国男儿轩辕正裔译述:《瓜分惨祸预言记》,董文成、李勤学主编《中国近代珍稀本小说》第十七册,春风文艺出版社1997年版,第494页。
② 佚名:《苦学生》,吴组缃、端木蕻良、时萌主编《中国近代文学大系·小说集》第四册,上海书店1991年版,第553页。
③ 蘧园:《负曝闲谈》,董文成、李勤学主编《中国近代珍稀本小说》第十七册,春风文艺出版社1997年版,第338页。
④ 不肖生:《留东外史》(上),花山文艺出版社2013年版,第17页。
⑤ 不肖生:《留东外史》(上),花山文艺出版社2013年版,第379页。

隶，奴隶！"的革命言辞，而一旦有钱可赚时，就全然不讲宗旨："只要有了钱，立宪我们也会讲的"，甚至"莫说立宪，要我讲专制也使得，只要给的钱够我化"①。欧阳钜源在《负曝闲谈》中对这类假新党做了总画像："原来那时候，上海地方几乎做了维新党的巢穴：有本钱有本事的办报，没本钱有本事的译书，没本钱没本事的，全靠带着维新党的幌子，到处煽骗；弄着几文的，便高车驷马，阔得发昏；弄不了几文的，便筚路蓝缕，穷得淌屎。他们自己跟自己起了一个名目，叫做'运动员'。有人说过：一个上海，一个北京，是两座大炉，无论什么人进去了，都得化成一堆。"②

然而，真假维新的表现并不是像吴趼人等人想象得那样泾渭分明，真假维新的社会效果更不能用简单的道德评价来一锤定音。相对而言，吴趼人与欧阳钜源的道德批判有些过于简单，而李伯元从社会发展的角度，部分肯定假维新的历史意义，显得较为深刻。《文明小史》中贾氏三兄弟自然是作者嘲讽的对象："贾子猷，假自由也。贾平权，假平权也。贾葛民，假革命也。命名皆有深意。"③ 然而，作者认为，不论真假，只要是试图办理新政新学，总是好事。"你看这几年，新政新学，早已闹得沸反盈天，也有办得好的，也有办不好的，也有学得成的，也有学不成的。现在无论他好不好，到底先有人肯办，无论他成不成，到底先有人肯学。加以人心鼓舞，上下奋兴，这个风潮，不同那太阳要出，大雨要下的风潮一样么？所以这一干人，且不管他是成是败，是废是兴，是公是私，是真是假，将来总要算是文明世界上一个功臣。所以在下特特做这一部书，将他们表扬一番，庶不负他们这一片苦心孤诣也。"④

与李伯元的观点相似，佚名的《官场维新记》（又名《新党升官发

---

① 吴趼人：《上海游骖录》，海风主编《吴趼人全集》第三卷，北方文艺出版社1998年版，第471页。
② 蘧园：《负曝闲谈》，董文成、李勤学主编《中国近代珍稀本小说》第十七册，春风文艺出版社1997年版，第323页。
③ 李伯元：《文明小史》，薛正兴主编《李伯元全集》第一卷，江苏古籍出版社1997年版，第102页。
④ 李伯元：《文明小史·楔子》，薛正兴主编《李伯元全集》第一卷，江苏古籍出版社1997年版，第1—2页。

财记》,简称《新党发财记》)对袁伯珍等人借维新以升官发财进行了讽刺:"我一向最喜欢、最盼望的,是朝廷变法维新。为什么要喜欢要盼望呢?朝廷多一桩新政,我们候补人员,便多了一个利源,多了一起保举。……但是我有一言奉劝诸公:目下虽然万口一词说维新维新,然却不可把维新两字看得认真,只求形式上的维新,不可求精神上的维新。要晓得精神上的维新,乃是招灾惹祸的根苗;若换作形式上的维新,便是升官发财的捷径。"① 由此明确见出袁伯珍的假维新脸孔。但小说对这种假维新并没有一味进行道德批判,而是隐含着部分辩证的观点。首先,真与假可能相互转换。袁伯珍(原不真)虽然是假维新,其目的在于个人的升官发财,但他实际上做了不少真维新的利群的事业。办学堂(虽然宗旨守旧)、开矿山(虽然为的是中饱私囊)、兴洋务(为的是从中拿回扣),种种维新事业,对于袁伯珍个人自然都是升官发财的捷径,但对于社会而言显然也不无促进作用。这实际上与黑格尔所说的历史中的"恶"的作用有相通之处。社会发展并不是凭借个人的理想主义就能推动的,更多的时候需要调动大多数人的趋利心理,让大家都能从改革中得到好处,才可能真正推动社会变革。从这个角度讲,袁伯珍一定程度上可以说是能够把握机遇的"时代英雄"。其次,形式与内容相互影响。假维新注重表面形式,但形式的变化,必然也会引起内容的变化。新的学堂、新的机构、新的产业,虽然其管理者骨子里追求的还是升官发财,但多少还是会带来新内容、新观念、新技术。最后,现象与本质相互制约。对于假维新,作者并没有一味谴责,而是注意到社会发展的内在规律,强调假的后面可能有真。因此,作者特别强调:"看小说的,切莫要把这班假维新的人看轻了!须知世界上有个真的,便有个假的,抑且有个假的,便有个真的。一二假维新提倡于前,必有千百个真维新踵起于后",社会发展"全仗一班假维新的人导其先路,所以才有真维新的步其后尘"②。

---

① 佚名:《官场维新记》,吴组缃、端木蕻良、时萌主编《中国近代文学大系·小说集》第五册,上海书店1991年版,第929—930页。
② 佚名:《官场维新记》,吴组缃、端木蕻良、时萌主编《中国近代文学大系·小说集》第五册,上海书店1991年版,第931页。

不论真假维新，其中都折射着社会变革的时代要求，假维新党之所以要标榜维新面目，无疑还是希望顺应时代潮流，表现出自己紧跟时代的进步倾向。相对于顽固保守者，这终究也是一种"进步"。因此，可以说晚清的维新党，不论真假，在一定程度上都为辛亥革命营造了氛围。假维新的利己动机背后，还是隐含着利群的时代要求。这种所谓维新党在民国后的沉沦，完全放弃维新的假面，才是历史真正的悲剧。对政治的主动疏离，使维新派真正退出历史舞台，逐渐淡出小说作者的视野。

（三）逐利的公私交融

维新的真假，本质上就是利己与利群的冲突。如袁伯珍所言，真维新要求维新者舍己为公，可能导致掉脑袋，在这种情况下，能够做到的自然凤毛麟角。而假维新在一定程度上，却可以实现公私两利。一方面，其维新行为虽然停留在表面形式，但对于促进社会发展未必完全没有益处；另一方面，其维新行为又可以让其个人名利双收，这自然吸引众人趋之若鹜。为了获得最广大的支持，维新派不能仅仅寄希望于少数不考虑个人利益的先进个体，而应该鼓动更多能够从维新中获得个体利益，同时又能促进群体利益的人的认同与参与。当个体利益与群体利益大体同步时，社会的改革与发展才可能顺利推进。

然而，由于中国传统文化中流行的道德主义，国人一方面唯利是图，一方面又耻言利益，由此使近代小说对于个体利益鲜有明确讨论。《醒世新编》肯定魏华如与郑芝芯利用新技术发财，表明作者试图打破传统为富必然不仁的观念；到了《发财秘诀》，吴趼人则重新回到为富必然不仁的窠臼。他将唯利是图的买办与洋人拉上了示众台，但同时也否定了合法与合理的营利方式。区丙最初通过卖料泡发财，其中虽然有语言不通产生的误解以及欺诈的成分，但终究还是勤劳致富，合法谋生，并不能因为他与外国人做生意，就将他视为洋奴。乾昌老班因老实而获得洋人赏识，也不能因其和洋人做生意而被否定。但在小说最后，知微子将所有发财人等一棍子打死："你若要发财，速与阎罗王商量，把你本有的人心挖去，换上一个兽心。"① 这里，显然是将孩子与洗澡水一起泼了出去。

吴趼人的《发财秘诀》将所有与洋人做生意的人从道德上全盘否定，《黄金世界》则大力提倡与洋人做生意，合法生财。作者对国人的道德沦丧有着清醒认识："大凡中国人有一种特别学问，从遗传性带下来，水不能濡，火不能灭，叫做只知利己，不知利他。揣摩纯熟，养到功深的，就是于人有害，只要于己有一丝的好处，且把良心歪到半边，千方百计，竭力钻谋，便称心如意了，还不住手。"② 国内拒约运动的功败垂成，正是由于国内商人只顾自己利益，不顾民族利益，作者由此批判了国人的劣根性。但他并没有因此而否定逐利的合理性与合法性。朱怀祖等人组建贸易公司，进行国际贸易，大赚洋人的钱，显然就是作者肯定与鼓励的对象。

《黄金世界》肯定了盈利的合法性，但这种赚钱到底还是倾向于利己，而《市声》则试图在利己与利群中做出调和。与朱怀祖等人相似，《市声》中的李伯正也曾经试图与外国资本进行对抗，他用高出洋人买办的价格收购蚕茧，目的就是保护蚕农。但他的这种损己利人的行为，并没有得到好的效果，一方面由于手下的办事人员不可靠，借机中饱私囊，另一方面则是这种个人意气用事，于民族工商业的整体发展并无太大益处。只有形成了健全的制度，使个体利益与群体利益实现统一，才可能真正促进民族工商业健康发展。因此，一方面，必须意识到"中国人不讲公德，须立出许多限制的条款"③；另一方面，个人也要认识到"凡人做买卖，且不说于社会上有益，只核算自己的利益，也须设个久长之法"④。形成了良性制度之后，"为己的利益，就是为人的利益"⑤，大

---

① 吴趼人：《发财秘诀》，海风主编《吴趼人全集》第三卷，北方文艺出版社 1998 年版，第 67 页。
② 碧荷馆主人：《黄金世界》，董文成、李勤学主编《中国近代珍稀本小说》第十二册，春风文艺出版社 1997 年版，第 405 页。
③ 姬文：《市声》，吴组缃、端木蕻良、时萌主编《中国近代文学大系·小说集》第五册，上海书店 1991 年版，第 212 页。
④ 姬文：《市声》，吴组缃、端木蕻良、时萌主编《中国近代文学大系·小说集》第五册，上海书店 1991 年版，第 232 页。
⑤ 姬文：《市声》，吴组缃、端木蕻良、时萌主编《中国近代文学大系·小说集》第五册，上海书店 1991 年版，第 214 页。

家"把夺利的心放淡些，人家也获利，自己也获利，这利源永远流来，岂不更好么？"①

在调和利己与利群之后，《市声》梦想了民族工商业的理想未来："自此中国人也知道实业上的好处，个个学做。要知我国人的思想，本自极高明的，只要肯尽心做去，哪有做不过白人的理。"②但这种理想未来并没有在现实中降临。与此相反，资本家的逐利冲动造成了更大的贫富差距。利己与利群在现实中的分离，推进了后来的阶级意识的兴起。《工人小史》等作品，已经体现出这种阶级意识的萌芽。新型国民需要具有良好的社会公德，而这方面正是国人的短板。为了提振国人的利群意识，近代小说作者一方面不遗余力地批判国民自私自利的劣根性，另一方面则殚精竭虑地建构利国利群的理想典范，并试图沟通利己与利群的内在关联。虽然不同作者的思路千差万别，利用的资源也因人而异，有的关注外国人的示范效应，有的关注维新党的历史功绩，有的关注实业家的社会使命，但他们在特定历史时期，将国民性批判与国民性改造这些重要的社会命题推到了历史前台，为后来者开拓了思路，提供了启示。

三 从专制到自由

中国传统社会结构中，家与国具有高度的一致性，家庭专制是君主专制的根基。一方面，君为臣纲并非无远弗届，草民与皇帝之间并没有直接联系，而父为子纲则牢牢地限制住了所有人；另一方面，夫为妻纲又为这种专制体制找到了一种补充与平衡。"天有十日，民有十等"，但夫为妻纲让处于最低等的男人——"台"，也有做主子的希望，因为"有比他更卑的妻，更弱的子在。而且其子也很有希望，他日长大，升而为'台'，便又有更卑更弱的妻子，供他驱使了"③。这种家庭专制的

---

① 姬文：《市声》，吴组缃、端木蕻良、时萌主编《中国近代文学大系·小说集》第五册，上海书店1991年版，第215页。

② 姬文：《市声》，吴组缃、端木蕻良、时萌主编《中国近代文学大系·小说集》第五册，上海书店1991年版，第234页。

③ 鲁迅：《灯下漫笔》，《鲁迅全集》第一卷，人民文学出版社2005年版，第227—228页。

动态体系,是社会专制的基础,因为家庭可以为每个人提供成为"主子"的"希望",从而使他们认同等级制度的合理性,维护专制体制的稳定与平衡。因此,从根本意义上讲,要想在社会上获得自由与平等,首先需要在家庭中获得自由与平等;要想培养健全的国民,首先需要建设健康的家庭;要想建立真正的现代民主制度,首先需要建立现代家庭制度。

然而,由于人们的心理习惯与行为习惯主要在家庭生活中形成,家庭对个体影响极为深远,因此,人们对传统家庭制度的感情也极为复杂。对君为臣纲的抨击,对于大多数人而言,都没有情感上的负担,而对父为子纲与夫为妻纲的批判,却可能受到私人情感的影响。因此,近代小说作者对家庭关系的书写,经常显得矛盾重重,但从总体上讲,他们对传统家庭制度的父为子纲与夫为妻纲进行了批判与解构,试图建立一种新的家庭道德规范,为个体的自由发展清扫出一片空地。

(一)家庭专制的多向解构

近代小说作者很早就认识到了家庭专制的弊害。时新小说的"反缠足"就隐含着对父母专制的批评,因为女性缠足绝不是出于女性自愿,而是父母以爱的名义对女性进行的戕害。《澹轩闲话》中周正斋的女儿璇姐五岁开始缠足,缠足成为其后母对她进行虐待的正当理由。不过,时新小说还只是就事论事,没有将反缠足提升到批判传统家庭专制的高度;就是在梁启超那里,改革传统家庭制度显然也还不是他关注的重心。《新中国未来记》中的宗明,大力主张家庭革命:"今日革命,便要从家庭革命做起。我们朋友里头有一句通行的话,说道:'尧舜禹汤文武周公孔子王八蛋!'为甚么这样恨他呢?因为他们造出甚么三纲五伦,束缚我支那几千年,这四万万奴隶,都是他们造出来的。"① 其语言虽然激烈,但未尝没有道理,他却受到了所谓"真革命者"李去病的反驳:"宗大哥,这些话恐怕不好乱说罢。《大学》讲得好,'其所厚者薄,而其所薄者厚,未之有也'。自己的父母都不爱,倒说是爱四万万同胞,这是哄谁来?"② 李去病在这里用儒家思想作为反驳宗明的

---

① 饮冰室主人:《新中国未来记(续第三号)》,《新小说》第七号。
② 饮冰室主人:《新中国未来记(续第三号)》,《新小说》第七号。

理论资源，正凸显出其思想的局限性，忽视了"爱"的多样性，混同爱父母与爱同胞的性质，显然还是受传统忠孝同源论的影响。但他的反应显示出家庭革命必然受到情感因素的制约。与李去病相似，黄克强对家庭革命同样持否定态度："我想这些自由平等的体面话，原是最便私图的。小孩子家脾气，在家里头，在书房里头，受那父兄师长的督责约束，无论甚么人，总觉得有点不自在。但是迫于名分，不敢怎么样。忽然听见有许多新道理，就字面上看来，很可以方便自己，哪一个不喜欢呢？脱掉了笼头的马，自然狂恣起来。"① 在这里，梁启超对传统家庭专制的危害性认识不足，否定了家庭革命的合理性。

　　与梁启超相似，一心试图恢复旧道德的吴趼人，同样反对西式家庭革命；但他对传统家庭怪现状的披露，却具有超出其预想的力量，《二十年目睹之怪现状》对种种家庭怪相入木三分的刻画，揭示出了传统家庭制度的内在悖谬。"开口便讲仁义道德，闭口便讲孝悌忠信"② 的符弥轩，却将其祖父符最灵视为"赘瘤"，对来京找他的祖父"拒而不纳"，反而让不相干的旁人帮他养着祖父。被官府得知后，他勉强收容了祖父，但在家里却同妻子对祖父百般虐待。因其祖父要一点咸菜下饭，符弥轩马上大发雷霆："今日要咸菜，明日便要咸肉，后日便要鸡鹅鱼鸭，再过些时，便燕窝鱼翅都要起来了。我是个没补缺的穷官儿，供应不起！"③ 当其祖父试图捡起他们夫妻掀翻到地上的菜时，他甚至"提起坐的凳子，对准了那老头子摔去"④。这种以下犯上的"灭伦背亲"，体现出传统仁义道德孝悌忠信在现实面前的无能为力，符弥轩将家庭专制之权用到其祖父身上，旁人也无可奈何。而以上凌下的家庭专制与家庭暴力，则因为父为子纲的古训，旁人更是无从过问。福建巡检黎鸿甫的二儿子黎景翼，因向其弟黎希铨借钱未果，便向其父写信告发

---

① 饮冰室主人：《新中国未来记（续第三号）》，《新小说》第七号。
② 吴趼人：《二十年目睹之怪现状》（下），海风主编《吴趼人全集》第二卷，北方文艺出版社1998年版，第606页。
③ 吴趼人：《二十年目睹之怪现状》（下），海风主编《吴趼人全集》第二卷，北方文艺出版社1998年版，第617页。
④ 吴趼人：《二十年目睹之怪现状》（下），海风主编《吴趼人全集》第二卷，北方文艺出版社1998年版，第617页。

黎希铨与下人阿良有暧昧之事。黎鸿甫得知后，马上"写了信回来，叫希铨快死；又另外给景翼信，叫他逼着兄弟自尽"①。因为贪图老姨太太留给希铨的几口皮箱，景翼马上借父亲之命，买了生鸦片逼着弟弟希铨自杀。"父叫子死，子不敢不死"②，凭借社会对家庭专制的认可，黎景翼逼死弟弟，却不用承担任何责任，家庭关系成为法外之地。

如果连父兄合谋杀死家人都不用承担责任，那继母对继子的诬告更加不用承担任何责任。罗魏氏多次状告过继给她的继子罗荣统"忤逆"，"每一个新官到任，罗魏氏便送一次"③，而事件真相则是"这罗魏氏不是个东西！"④ 她告继子忤逆的真正目的，是因为她伙同其胞弟侵占了罗家财产，谋杀了识破他们伎俩的老家人，为了不让阴谋暴露，想出了釜底抽薪之计，"恐怕罗荣统还要发作，叫罗魏氏把他送了不孝，先存下案，好叫他以后动不得手"⑤。罗魏氏以诬告继子不孝作为侵占罗家财产的措施，石映芝之母则以诬蔑儿子不孝作为报复儿媳的手段。石映芝事母极孝，对寡母言听计从，但结婚之后，"那位老太太因为和媳妇不对，便连儿子也厌恶起来了，逢着人便数说他儿子不孝"⑥。无论石映芝如何做，她总是不满意，四处宣扬他"逆伦"，结果弄得石映芝多次去职，"茫茫大地，无可容身"⑦。比石映芝之母更甚的是马子森之母，她"拿磨折男人的手段来磨折儿子"⑧，"每月要儿子把薪水全

---

① 吴趼人：《二十年目睹之怪现状》（上），海风主编《吴趼人全集》第一卷，北方文艺出版社1998年版，第251页。
② 吴趼人：《二十年目睹之怪现状》（上），海风主编《吴趼人全集》第一卷，北方文艺出版社1998年版，第251页。
③ 吴趼人：《二十年目睹之怪现状》（上），海风主编《吴趼人全集》第一卷，北方文艺出版社1998年版，第364页。
④ 吴趼人：《二十年目睹之怪现状》（上），海风主编《吴趼人全集》第一卷，北方文艺出版社1998年版，第431页。
⑤ 吴趼人：《二十年目睹之怪现状》（上），海风主编《吴趼人全集》第一卷，北方文艺出版社1998年版，第433页。
⑥ 吴趼人：《二十年目睹之怪现状》（下），海风主编《吴趼人全集》第二卷，北方文艺出版社1998年版，第572页。
⑦ 吴趼人：《二十年目睹之怪现状》（下），海风主编《吴趼人全集》第二卷，北方文艺出版社1998年版，第578页。
⑧ 吴趼人：《二十年目睹之怪现状》（下），海风主编《吴趼人全集》第二卷，北方文艺出版社1998年版，第644页。

交给他，自己霸着当家。平生绝无嗜好，惟有敬信鬼神，是他独一无二的事"①。她以孝道管儿子的目的，"不过要多刮儿子几个钱去供应和尚师姑"②，但在传统家庭制度中，儿子同样没有任何反抗的空间。

在吴趼人那里，并没有将家庭怪现状之原因归结到传统家庭制度的主观意图，但在客观上却揭示出传统家庭制度的内在矛盾，尤其是传统孝道的内在矛盾。首先，传统孝道的实行，主要依靠内在的信念支撑，缺乏外在的制度保障。因此，一旦碰上符弥轩这样的无耻之尤，道德规范完全不能发挥制约作用，反而成为其帮凶，由此可见孝道本身的脆弱。其次，忤逆自然可以制造人间悲剧，而孝顺竟然也可以制造人间悲剧，由此可以看出孝顺本身并不必然就是的善行，其合理性也便值得质疑。再次，孝顺产生悲剧的根本原因即在于其专制本质。孝与忠相似，是一种单向度的行为，一方拥有完全的权力，另一方承担全然的义务。这种不对等的关系，使行为主体之间缺乏必要的制约与平衡机制，个体的合法权益难以得到有效保护，家庭悲剧也便可能层出不穷。

吴趼人不仅用具体的悲剧揭示了传统专制家庭的内在矛盾，而且用和谐的家庭树立了道德典范。虽然从情感上他一直强调回归传统道德："以仆之眼，观于今日之社会，诚岌岌可危，固非急图恢复我固有之道德，不足以维持之，非徒言输入文明，即可以改良革新者也。"③ 在《二十年目睹之怪现状》中，他通过吴继之的家庭与"我"的家庭来树立和谐家庭典范，吴家老太太"最恨的就是规矩，一家人只要大节目上不错就是了"④，而"我"姊姊寡居后回到娘家，与一家人也其乐融融；他将两种家庭进行正反对照，已隐含着家庭与政治之间关系的思

---

① 吴趼人：《二十年目睹之怪现状》（下），海风主编《吴趼人全集》第二卷，北方文艺出版社1998年版，第644页。
② 吴趼人：《二十年目睹之怪现状》（下），海风主编《吴趼人全集》第二卷，北方文艺出版社1998年版，第646页。
③ 吴趼人：《上海游骖录》，海风主编《吴趼人全集》第三卷，北方文艺出版社1998年版，第491页。
④ 吴趼人：《二十年目睹之怪现状》（上），海风主编《吴趼人全集》第一卷，北方文艺出版社1998年版，第199页。

考:"琐琐叙家庭事,似甚无谓,然细玩之,实共和专制两大影子。共和之良果,专制之恶果,均于隐约间毕露。"① 作者虽然没有明白讲出,但以现代民主观念为基础的新型的家庭伦理关系已呼之欲出。

(二) 婚恋自由的时代呼告

在传统专制制度受到近代民主自由观念冲击的时代氛围中,与青年命运密切相关的自由婚恋问题浮出历史地表。在此之前,包办婚姻一直存在,但在专制制度没有受到挑战的时候,人们不可能找到挑战包办婚姻的突破口。"待月西厢下"之类的男女私下交往,最后不是靠"奉旨成婚"获得合法性,就是被人们视为"淫奔",成为道德上唾弃的行径。《红楼梦》中贾宝玉与林黛玉的朦胧爱情,在王夫人眼中就是天大的丑事,他们最后还是摆脱不了包办的命运。而西方的自由观念,则赋予了近代小说作者以新的理论资源,从而可能建构一种新型的男女道德规范,完善"新民德"的道德拼图。婚恋自由作为与青年命运关系非常密切的一种自由,对传统社会具有巨大的解构力量,它可以成为家庭革命的基点,甚至成为社会革命的基点。正是因为婚恋自由对传统家庭与传统社会的巨大冲击,近代小说作者对婚恋自由的观感出现两极分化。然而,要成为真正的近代政治主体,首先就需要成为能够把握自己命运的自由人,婚恋自由的意义由此逐渐凸显。

时新小说中基本看不到对婚恋自由问题的思考,因为对于时新小说作者而言,自由问题还没有被提上日程。一旦自由成为问题,婚恋自由马上成为问题,甚至成为社会关注的焦点问题。较早打出婚恋自由大旗的,是推崇民族革命的《自由结婚》。该书揭开了 20 世纪"革命+恋爱"写作模式的大幕,揭示了婚恋自由与人格自由乃至政治自由之间的隐秘关联。万古恨在自由学校开学仪式上的演讲正是顺着这一思路展开,他首先指出了自由的重要性:"人不能一日失去自由。没有自由就好像行尸走肉一般。"② 接着指出:"据老夫看起来,只有结婚自由是没

---

① 吴趼人:《二十年目睹之怪现状》(上),海风主编《吴趼人全集》第一卷,北方文艺出版社 1998 年版,第 204 页。
② 犹太女士万古恨:《自由结婚》,震旦女士自由花译,董文成、李勤学主编《中国近代珍稀本小说》第六册,春风文艺出版社 1997 年版,第 296 页。

有一个人不欢喜的,没有一个人不情愿替他死的。"① 最后提出希望:"老夫且愿我自由的男男女女,爱一切自由如结婚一般,我祖国就不怕无自由之日了。"② 关关与黄祸的自由恋爱,以对政治自由的共同追求为基础,也以政治自由的实现为目标;他们订婚是为了在革命过程中相互激励,因此,他们须等到"驱除异族,光复旧物"③ 的那一天才能完婚。从关关与黄祸的自由恋爱,可以看出部分近代小说作者对婚恋自由与政治革命之间关系的想象与理解。

相较于《自由结婚》的民族革命倾向,《未来世界》的立宪改良主张较为平和,但作者同样注意到了婚恋与政治的内在关联。符碧芙与韩京兆之间通过自由恋爱产生了感情,他们之间的婚恋关系甚至获得符夫人的认可;但出身显赫的刘公子出现后,符夫人马上反悔,将符小姐许配给刘公子,符小姐婚后郁郁寡欢,一年后抱病身亡。符碧芙以自身的毁灭演了一出包办婚姻的悲剧,而赵素华则以闪婚闪离演了一出自由结婚的闹剧。她与黄陆生两人一见钟情,短暂恋爱后马上自由结婚,但由于二人相识未久,了解未深,看到的都是对方的假面,结果婚后赵素华不满黄陆生的不学无术,黄陆生不满赵素华的自由社交,双方最后闹到对簿公堂,离婚收场。作者通过这两个婚姻悲剧,揭示社会上的人情风俗"更是个立宪自治基础,第一要紧的,就是那男女的婚姻。只要全国的同胞一个个都有了这般的学问,自然的男女结起婚来,没有那高低错配的事情,良莠不齐的毛病。到了那般的时代,那家庭教育,不知不觉的也就完备起来。人人都有自治的精神,家家俱有国民的思想,这还不成了个完全立宪的中国吗?即如这赵素华和符碧芙的两件事情,所以会闹到这般结果的原因,无非还是个结婚不合。一边是自由太过,以致激起这样的风潮;一边是专制綦严,不免酿出这般的恶果"④。如同作

---

① 犹太女士万古恨:《自由结婚》,震旦女士自由花译,董文成、李勤学主编《中国近代珍稀本小说》第六册,春风文艺出版社1997年版,第297页。
② 犹太女士万古恨:《自由结婚》,震旦女士自由花译,董文成、李勤学主编《中国近代珍稀本小说》第六册,春风文艺出版社1997年版,第297页。
③ 犹太女士万古恨:《自由结婚》,震旦女士自由花译,董文成、李勤学主编《中国近代珍稀本小说》第六册,春风文艺出版社1997年版,第342页。
④ 春飔:《未来世界》,《月月小说》第二年第七号。

者在社会改良上的调和主义,他在婚姻问题上同样推崇调和折中,试图在专制与自由间找到平衡。

《未来世界》关注自由结婚与立宪政治之间的关系,吴趼人则更关注婚恋自由与传统道德之间的冲突。他口口声声以"恢复我固有之道德"① 为急务,但他笔下写出来的却无一不是旧道德制造的悲剧,由此可以让人更清晰地看到旧道德的局限性。《恨海》中张棣华的言行,可以算是传统道德典范,在逃难途中依旧恪守传统礼教。她看到未婚夫陈伯和睡觉时被子没盖好,却不敢上去为他盖,甚至其母亲让她去盖的话,在她听来都成了嘲讽。"若是成了礼的夫妻,任凭我怎样都不要紧;偏又是这样不上不下的,有许多嫌疑,真是令人难煞。"② 然而,正是因为她恪守礼教,才导致了她与陈伯和后来的悲剧。作者明确希望将张棣华塑造成一位礼教英雄,而结果却塑造出一位悲剧罪人。《劫余灰》中的朱婉贞比张棣华对礼教的信奉更为坚定纯粹。她在父亲之命与媒妁之言的包办下,与考中秀才的陈耕伯订婚。谁知后者考试后便告失踪,死活不明。朱婉贞历尽劫难,死里逃生之后,坚持与陈耕伯的牌位完婚,收养嗣子,为陈家承担延续香火的任务。二十年后,陈耕伯忽然从海外归来,揭开失踪谜团,原来是被他表叔,也就是朱婉贞的亲叔叔"卖猪仔"卖到了海外。作者在这里表面上试图表现朱婉贞苦尽甘来,说明恪守传统道德终得好报,但事实上却是写出了一个极为悲催的故事,一个女人最好的时光就这样被包办婚姻抹杀,由此可以见出传统道德的矛盾性。

吴趼人的写情小说对后来的鸳鸯蝴蝶作者具有重要的示范作用,引导他们通过一个个爱情悲剧,从各方面揭示包办婚姻的弊端。徐枕亚的《玉梨魂》始于自由恋爱,终于包办婚姻,其结果是包办婚姻制造了何梦霞、白梨影、崔筠倩三个人的连环悲剧。白梨影的寡妇恋爱,本来是对传统道德的勇敢挑战,但这位囿于传统道德而不敢与白梦霞自由结合

---

① 吴趼人:《上海游骖录》,海风主编《吴趼人全集》第三卷,北方文艺出版社1998年版,第491页。
② 吴趼人:《恨海》,海风主编《吴趼人全集》第五卷,北方文艺出版社1998年版,第11—12页。

的女性，转而成为包办何梦霞与崔筠倩婚姻的主要力量。崔筠倩这位自诩"不自由，无宁死。余即此言之实行家也"①的近代女性，在白梨影的游说之下，虽然与何梦霞仅有半面之缘，但马上放弃"提倡婚姻自由，革除家庭专制"②的宏愿，答应与何梦霞成亲，其理由不过"爱我者惟父与嫂。妹不忍不从嫂言，复何忍故逆父意"③。不论是发乎天性的感情，还是近代道德的熏陶，在以亲情为理由的包办面前显得软弱无力。然而，感情之事，无法李代桃僵。结果白梨影为了成全何、崔而自杀，崔在知道事情真相后病死，而何在飘然远行后死于辛亥革命。三个人的悲剧证明，尽管出于好意，包办婚姻始终无法带来婚姻幸福。

出于好意的包办婚姻会制造悲剧，出于恶意的包办婚姻更加不可能制造幸福。与白梨影的寡妇恋爱相似，《断鸿零雁记》中三郎的和尚恋爱本来也是对传统道德的挑战。但三郎也与白梨影相似，无法解除自己心中的魔咒，而他的心理阴影，与包办婚姻直接相关。他与雪梅幼年因父母之命而订婚，成年后雪梅之父因三郎之父破产而悔婚。虽然雪梅信守前盟，但他却没有能力与勇气回报雪梅之爱，以至于后者在父母逼迫改嫁时自杀。包办婚姻不仅导致了雪梅的死亡，也造成了三郎的心理阴影，使其难以回应静子之爱。

三郎历尽劫波，终全性命，而《碎簪记》中的庄湜、杜灵芳与燕莲姑三人，则全毁于庄湜叔父与叔母之专制包办。杜灵芳与燕莲姑都是才情并茂的女性，但庄湜叔婶属意莲姑，庄湜则钟情杜灵芳。由于庄湜叔婶固执地要撮合庄湜与莲姑，结果使燕莲姑割喉自杀，杜灵芳上吊自杀，庄湜则病死于医院。

正是因为包办婚姻为祸甚烈，吴双热《孽冤镜》直接为天下男女请命，发出了时代的呼吁："《孽冤镜》胡为乎作哉？余无他，欲普救普天下之多情儿女耳；欲为普天下之多情儿女，向其父母之前乞怜请命

---

① 徐枕亚：《玉梨魂》，吴组缃、端木蕻良、时萌主编《中国近代文学大系·小说集》第六册，上海书店1991年版，第588页。
② 徐枕亚：《玉梨魂》，吴组缃、端木蕻良、时萌主编《中国近代文学大系·小说集》第六册，上海书店1991年版，第549页。
③ 徐枕亚：《玉梨魂》，吴组缃、端木蕻良、时萌主编《中国近代文学大系·小说集》第六册，上海书店1991年版，第550页。

耳；欲鼓吹真确的自由结婚，从而淘汰情世界种种之痛苦，消释男女之间种种之罪恶耳。"① 尽管这种呼告只是一种跪着乞求，但这也意味着自由婚恋终于获得了道德上的合法性，标志着新型婚姻道德规范露出了曙光。

传统专制制度涵盖了社会生活的各个层面，形成了系统的道德规范，体现在各种社会关系之中，对"臣民"进行全方位的驯化。近代小说作者要想实现"新民德"，推进近代政治主体的建构，也就需要解构种种"驯化臣民"的道德规范，建构新型道德体系。这也正是近代小说作者关注的核心问题。无论国家层面的爱国主义，还是社会层面的利群主义，或者家庭层面的自由主义，近代小说始终潜含着"新民德"的要求，通过对个体如何处理与国家、社会、家庭关系的思考，直接或间接地指向了近代政治主体的伦理重构。

第四节 正民趣与近代文化主体的审美重塑

小说作为特殊的"人学"，其"立人"功能不仅体现在理性维度与伦理维度，更重要的是，这两个维度要发挥作用，还需要审美维度作为中介与支撑。贺拉斯的"寓教于乐"，已经揭示了文学的修辞认同中不同维度之间关系的互动性。与此同时，近代小说在人物塑造的理性维度与伦理维度发生的质变，也必然影响其审美维度。相对而言，近代小说在审美创造这方面的成就较弱，但其将小说视为文学最上乘的理论主张，以及端正小说修辞目的的创作实践，潜含着明确的"正民趣"意图，由此与传统小说形成鲜明对照，在人物的审美塑造上表现出鲜明特色。

传统小说中"英雄"与"男女"两大类"公性情"，其人物类型与情节模式显然存在巨大差异，但从审美品格上讲，却存在明显的共通性。陈平原先生曾指出，传统小说受到了"史传"与"诗骚"两个传

---

① 吴双热：《〈孽冤镜〉自序》，陈平原、夏晓虹编《二十世纪中国小说理论资料》第一卷，北京大学出版社1997年版，第490页。

统的重要影响，但两个传统在不同的叙事类型上的作用显然还是存在差异。史传主要影响了传统的英雄叙事，后者经常利用历史作为自己的合法性依据。不仅《三国演义》之类的历史演义小说以历史作底色，就是《西游记》《封神演义》之类的神魔小说，同样也要扯上历史作为故事的背景，由此凸显自己的合法性。诗骚则左右了传统的男女叙事，后者经常充满诗骚的浪漫色彩，无论是人物设置还是故事演进到最终结局，诗骚的浪漫情调为传统男女叙事营造了一种幻梦氛围，诗词曲赋的直接引用，更是才子佳人之间的传情套路。然而，无论是史传的向后看，通过历史找到叙事的合法性依据，还是诗骚的抒情性，通过幻想营造叙事的浪漫化氛围，其审美品格都有相通之处，那就是故意拉开与现实的距离，由此形成传统小说的"造梦"特质，人物形象表现出明显的理想化与梦幻化色彩。

近代小说是在三千年未有之大变局中兴起的，近代中国的政治环境、经济环境与文化环境都已经发生巨大变化，外国势力的强行介入，打破了国人的鸵鸟心态，近代小说作者也不得不从梦境中醒来，面对现实。与此同时，传统经验难以帮助人们理解并回应现实的挑战。在这种情况下，近代小说作者的审美取向发生根本性的转变，出现"正民趣"的新要求。

与传统小说缺乏理论上的自觉不同，近代小说是通过有意识的理论倡导发展起来的。1895年傅兰雅《时新小说征文》已经明确指出了近代小说的发展方向。其"新趣小说"的提法，虽然还比较粗糙，但性质上却已与传统小说划出了清晰的界限。"新趣小说"核心不仅在其"新"，也在其"趣"，其中已经涉及小说对于人们审美趣味的改造问题，意识到了近代小说主题的新与表达的趣之间相辅相成的关系，凸显了审美趣味纯正性的重要性。没有"趣"，时新小说的"新"内容难以为读者接受，而没有"新"，其"趣"也便失去意义，"新"与"趣"的结合，才能促成近代小说的质变。

傅兰雅的这种理论倡导，在当时显然比较超前。因此，该征文活动虽然获得较大反响，但真正能够理解并实现其意图的小说创作并不多。同时，由于傅兰雅本人工作异动，这些作品大多没有如傅兰雅设计的那样得以顺利出版,但其理论倡导与作者们的写作实践,却可以看出近代小说发展演变的内在理路。1897 年,严复、夏曾佑从"易传"的角度分析了小说影响与改造社会的优势,强调了小说之"趣"的重要性,但这种"趣"还只是过去小说的总结,而非将来小说的预见。梁启超将小说提升到文学最上乘的位置,则意味着一种真正的"新趣"诞生。梁启超的论断隐含着重要的逻辑前提:小说之所以是文学之最上乘,是因为小说与群治关系最大。传统文学排座次以精英主义为标准,以读者的社会等级来区分文学之高下,因此散文高于小说,诗词高于戏剧;梁启超这种以社会影响的广狭长短为依据来安排文学座次的方式,本身就是一种"新趣",折射出近代民主意识的兴起。其名言"欲新一国之民,不可不先新一国之小说。故欲新道德,必新小说;欲新宗教,必新小说;欲新政治,必新小说;欲新风俗,必新小说;欲新学艺,必新小说;乃至欲新人心,欲新人格,必新小说"①,相较于传统小说的消闲或教诲,体现出小说目的之雅正,更是一种"新趣"。同时,梁启超"新小说"中的"新",不仅是形容词,而且是动词,新的小说门类与新的小说创作技巧的引进,也是"更新"小说的应有之义。从根本上讲,近代小说在审美趣味上的重大改变就体现在小说的雅正化,无论小说作者还是小说读者,都不再将小说作为低级的娱乐活动或者简单的教诲活动,而是将其视为雅正的文化启蒙活动。

这种"正民趣"的审美取向,"更新"了小说作者对人物的审美观照、审美评价以及审美表现,使其在人物文化身份、文化地位的审美判断与审美塑造等方面,表现出目的问题化,原型生活化,事件新闻化等新的审美取向。近代小说对人物文化品格的审美再塑,改造了读者的审美态度,培养了关注现实的审美取向,塑造了新的审美趣味,为现代小说的兴起做了审美情趣的铺垫。"文学不再成为士大夫的专利,也促使文学的审美趣味出现世俗化民主化的倾向。"②

---

① 饮冰(梁启超):《论小说与群治之关系》,《新小说》第一号。
② 袁进:《中国文学的近代变革》,广西师范大学出版社 2006 年版,第 268 页。

一　目的的问题化

由于传统小说重在阐释天理，人物大多不过天理的化身或者传声筒，作者与读者关注的都是人物实现其替代性满足的娱乐功能，而很少通过人物去反映与解决现实问题。与其相对，近代小说的兴起则是为了因应与回答当时的社会问题。傅兰雅的时新小说征文，针对的是他认为的"三弊"，希望小说作者能够就如何除三弊作出自己的回答。梁启超倡导的小说界革命，指向性更为明显，那就是如何利用小说改良群治，其主旨比傅兰雅更为严肃正大。民初的鸳鸯蝴蝶派，虽然在价值取向上出现明显的倒退，但其哀情与怨情，唤起一个时代的眼泪，使读者关注婚姻不自由导致的种种悲剧，提出的问题同样具有历史的合理性。甚至黑幕小说在兴起之时，同样强调其正当性，那就是人物的教训可以让读者避开社会陷阱。对不同问题的发现与强调，构成了近代小说繁复的分类的内在依据，政治小说，社会小说，理想小说，历史小说，侦探小说，科学小说，冒险小说，写情小说，苦情小说，如此等等，分类标准虽然混乱，但大都有相对明确的问题指向，小说人物由此承担了较为明确的主题与文化功能，成为社会问题的承载者、反映者或解决者，表现出目的的雅正性与重大性，端正了时代的审美判断基准。

（一）从小说到大说

恽铁樵在编辑《小说月报》时，曾经被人讥讽为他在编辑"大说"。为此，恽铁樵专门作出回应："或者谓我编小说过分认真，有似'大说'。此语甚谑，未为不知我，要亦非真知我。"[①] 在恽铁樵看来，新小说以旧小说为参照，才能显出其独特性，而新小说在一定程度上，正表现出"大说"的严肃性。

从时新小说征文开始，近代小说就肩负着回应现实社会问题的使命。尽管这种社会问题在不同时期的重心不同，但近代小说由此与现实问题结下了不解之缘。在近代小说理论家看来，小说一方面是社会的反

---

① 铁樵:《编辑余谈》，《小说月报》第五卷第一号。

映，另一方面则可以反作用于社会。"小说者，可称之为已过世界之陈列所。……可称之为现在世界之调查录。……可称之为未来世界之实验品。……兹编之作，尤抱有三大主义，以贡献于社会：一曰作个人之志气也。……一曰祛社会之习染也。……一曰救说部之流弊也。"① 他们一再强调小说目的的严肃性，忽视小说作为文学艺术的独特性，这种偏颇的理论主张在后人眼中自然显得不够完满，但这种理论在独特的历史时期，对于将小说提高到"大说"，将其推到"文学之最上乘"的地位，功不可没。

"小说者，觉世之文也。"② 在近代的社会文化氛围中，小说被逐渐改造成大说，作为"新民之说"，超出"载道之文"与"言志之诗"，成为文学版图中的至尊宝。连康有为这种与小说关系不深的启蒙者也认为，只要其主旨足够正大，小说的社会功能完全可以超过经史子集："仅识字之人，有不读'经'，无有不读小说者。故'六经'不能教，当以小说教之；正史不能入，当以小说入之；语录不能喻，当以小说喻之；律例不能治，当以小说治之。天下通人少而愚人多，深于文学之人少，而粗识之、无之人多。'六经'虽美，不通其义，不识其字，则如明珠夜投，按剑而怒矣。"③

近代小说的"大说"化，使众多小说作者都会强调自己的小说创作在改良社会方面的重要性。从时新小说到政治小说，从谴责小说到黑幕小说，从侦探小说到武侠小说，从狭邪小说到哀情小说，改良社会成为所有小说广告的核心词。虽然吴趼人等有识之士从艺术感染力的角度对新小说的实际效果提出质疑，梁启超在十多年后对此也进行了否定性评价："还观今之所谓小说文学者何如？呜呼！吾安忍言！吾安忍言！其什九则诲盗与诲淫而已。……近十年来，社会风习，一落千丈，何一非所谓新小说者阶之厉？"④ 但一众小说家都强调小说改良社会的作用，

---

① 沈瓶庵：《〈中华小说界〉发刊词》，转引自於可训、叶立文《中国文学编年史·现代卷》，湖南人民出版社2006年版，第23—24页。
② 二我：《〈黄绣球〉评语》，《新小说》第二年第三期。
③ 康有为：《〈日本书目志〉识语（节录）》，陈平原、夏晓虹编《二十世纪中国小说理论资料》第一卷，北京大学出版社1997年版，第29页。
④ 梁启超：《告小说家》，《饮冰室合集》第十二册，中华书局2015年版，第3216页。

从一个角度折射出这已经成为一种社会共识。在这种社会氛围中,包括鸳鸯蝴蝶派、黑幕小说等小说也不得不强调其目的的严肃性。

不仅近代功利主义小说观注重小说对现实问题的回应,就是近代"唯美主义"小说观同样注意小说的现实意义。王国维认为,小说在"美学上最终之目的,与伦理学上最终之目的合"①;周作人认为,"夫小说为物,务在托意写诚,而足以移人情,文章也,亦艺术也"②。他们都强调小说作为艺术的特征,但并不否定小说的现实意义,只是小说发挥社会作用的方式可以更为艺术化。近代这种"为艺术而艺术"的小说理论,虽然停留在理论层面,并没有多少现实回应,但他们对小说的现实意义的关注,折射出时代的共识。这种时代共识,为推进小说与现实的联结奠定了坚实基础,从整体上改变了小说人物的审美风貌,使其不再是梦境中的游历者,而是现实问题的言说者或行动者。

(二) 从造梦到写真

对回应社会问题这一严肃的历史使命的强调,使近代小说的总体风格由传统小说的造梦转向写真。传统小说大多以大团圆的结局,向读者提供白日梦式的替代性满足;近代小说则注重揭示社会真相,打破读者的迷梦,"引起疗救的注意"③。传统小说的"瞒与骗"④,转化为近代小说的"睁了眼看",近代小说人物书写由此表现出一种悲怆情调与写实精神。

传统小说的造梦倾向,王国维将其归结为中国人的"乐天精神":"吾国人之精神,世间的也,乐天的也,故代表其精神之戏曲小说,无往而不著此乐天之色彩:始于悲者终于欢,始于离者终于合,始于困者终于亨;非是而欲餍阅者之心,难矣。"⑤ 但这种乐天精神,实际上是

---

① 王国维:《〈红楼梦〉评论》,陈平原、夏晓虹编《二十世纪中国小说理论资料》第一卷,北京大学出版社1997年版,第123页。
② 周作人:《论文章之意义暨其使命因及中国近时论文之失》,钟叔河编订《周作人散文全集》第一卷,广西师范大学出版社2009年版,第113页。
③ 鲁迅:《我怎么做起小说来》,《鲁迅全集》第四卷,人民文学出版社2005年版,第526页。
④ 鲁迅:《论睁了眼看》,《鲁迅全集》第一卷,人民文学出版社2005年版,第252页。
⑤ 王国维:《〈红楼梦〉评论》,陈平原、夏晓虹编《二十世纪中国小说理论资料》第一卷,北京大学出版社1997年版,第120页。

以对现实问题的回避为前提。通过人物的大团圆结局，读者在小说中找到了一个避难所，获得了变相的白日梦式的满足。《红楼梦》这一王国维认为唯一具有厌世精神的小说（另一作品《桃花扇》是戏剧），最终还是被后人的续作改写得面目全非，由此也可见出传统中国人造梦意识之强烈。

近代小说作者改变了这种造梦倾向，转而强调写真意识。对于积弱积贫的近代中国而言，不如意事触目即是。个体只要从自造的幻境中醒来，将眼光投向自己的生存处境，投向社会的满目疮痍，就可能产生世事不可为的感慨。这种现实局面，让小说家几乎无从找到梦想的安置之地。因此，近代的理想小说，要么是难以为继，如《新中国未来记》《狮子吼》《自由结婚》，要么是重回世外桃源，如《黄金世界》《月球殖民地小说》。相反，对悲惨的现实生活，小说家则可以穷形极相，挥洒自如，因为现实从来就不缺少这方面的资源。在一定程度上，现实比小说更富有想象力，因此成就最高，影响最大的近代小说，是以写实为主导的谴责小说。《官场现形记》《老残游记》等名篇正是近代小说作者正视社会现实，并将其如实描绘下来的重要成果。在谴责小说的种种闹剧背后，折射的是让人绝望的社会现实。《官场现形记》劝官员为善的下部被火烧掉，《老残游记》回到了传统小说的"神道设教"的怪圈，作者们的黔驴技穷，正折射出近代小说已经不可能回到传统小说的"造梦"怪圈。

近代小说作者正视现实的精神，使他们不仅发现了政治生活的荒诞性，而且发现了社会风俗的荒诞性。由于天人交感思维的影响，中国民众多少有着迷信思想，宿命论甚至成为日用而不知的社会无意识。迷信思想实际上也是传统小说"造梦"能够广泛流传的社会基础与思想根源，因为轮回报应使每个人都可以对来世抱有希望，小说中的"梦境"在下辈子可能成为现实。而在近代科学视角的审视下，人们习以为常的迷信意识与迷信风俗显出了其荒谬的一面。《瞎骗奇闻》《玉佛缘》《扫迷帚》等小说，将人们种种迷信行径与迷信思想拉出来示众，深化了近代小说的写实精神。"现实主义的崛起是当时中国改造黑暗现实的迫切性所决定的，事实上，对'科学精神'的崇尚也是改造黑暗现实的一个方面。"① 与后人相比,近代小说作者的科学知识尚显浅薄,但他们直面陋习的勇气与坚信科学的信心,从根本上改变了小说中的社会生态与人物心态。

(三) 从天理到天演

无论是消闲还是教化,传统小说的价值导向始终以天理为依归。与近代小说几乎众口一词强调"改良社会"相似,传统小说则几乎众口一词地强调"惩恶劝善"。这两个口号折射出近代小说与传统小说在价值取向上的巨大差异。传统小说"惩恶劝善"的理论前提,是相信"天理"的永恒不变。要想"惩恶扬善",首先就需要清晰界定善恶,而这正是"天理"的优势。传统小说中的善恶早有定论,人们需要做的就是去恶从善。与此同时,这一口号的着眼点是个体之善,而非社会之善,要求的是个体根据"天理"制定的准则进行内省。在"天理"既定的价值规范中,个体的创造性与创新性没有施展的空间。传统小说作者在本质上一直是"天理"的宣讲者,人物就是"天理"的体现者。

传统中国社会的自洽性与自足性随着西方列强的入侵而逐渐衰退,"天理"的合法性与合理性也随之衰退。随西方坚船利炮一起进入中国的,还有西方的文化,由此使中西文化出现冲突与竞争,自强保种成为近代的关键词之一。在这一背景中,1896 年,严复翻译的《天演论》终稿,中国思想界找到了解释世界的新理论,"天演"之论不胫而走。尽管张之洞等人还在高呼"天理"的合法性,"我孔、孟相传大中至正之圣教,炳然如日月之中天,天理之纯、人伦之至,即远方殊俗亦无有讥议之者"②,但"物竞天择,适者生存"成为有识之士思考国家民族命运的基本依据,由此意识到中国局势之困窘,"中国之民智闭塞,人心腐败,一事不能做,寸步不能行,荆天棘地,生气索然,几不能存立于天演物竞之新世界"③。不论真维新还是假维新,他们"看看外国一日强似一日,中国一日弱似一日,不由他不脑气掣动,血脉偾张,拼着

---

① 袁进:《中国文学的近代变革》,广西师范大学出版社 2006 年版,第 283 页。
② 张之洞《劝学篇》,上海书店出版社 2002 年版,第 74 页。
③ 壮者:《扫迷帚》,《绣像小说》第四十三号。

下些预备功夫，要在天演物竞的界上，立个基础"①。

在这种时代氛围中，近代小说人物塑造也表现出崇尚"天演"的特征。近代小说"改良社会"的理论基石，就是"天演"的适者生存。从"天理"的角度观照世界，是"天不变道亦不变"的静态轮回，而从"天演"的角度观照世界，则是"物竞天择适者生存"的动态演化。基于"天理"进行"惩恶劝善"的传统小说人物塑造表现出历史的、向内的、个体的、既定的等特征，基于"天演"崇尚"改良社会"的近代小说人物塑造则表现出当下的、向外的、群体的、行动的等特征。

"改良社会"的口号能够提出，就意味着当下的社会存在着不足与缺陷，意味着现实存在改良的必要；其目标指向未来，强调通过现在的行动，实现改良社会的效果；其价值判断标准，则是看是否能够使群体更好地适应当下的处境，是否能获得更好的生存与发展机会。因此，它也是一种对未来的召唤与敞开，通过正面人物的示范与反面人物的对照，召唤人们的创造性行动。

"时新小说"的"除三弊"已经隐含着对"天理"的质疑，同时也已强调小说的行动感召力，征文启事要求应征作品做到"使人阅之，心为感动，力为革除"②。梁启超以小说改良群治的主张，更是直接宣扬小说的鼓动性。此后，政治小说从正面探寻适应"天演"规律的政治体制，谴责小说则从反面渲染传统"天理"不可逆转的衰颓进程。包括鸳鸯蝴蝶小说，同样在探讨符合"天演"的家庭制度。对天理的质疑与对天演的肯定，对当下的质疑与对未来的渴望，使近代小说不再向传统寻求价值支撑，而是希望以现在的行动来建构未来的世界，小说人物由此表现出鲜明的外向性、行动性的色彩。总的来说，对人物的文化立场与审美判断，传统小说以学识是否渊博与言语是否高雅为区分文野的标志，近代小说则以是否关注社会现实与解决社会问题为衡量文野的准绳。

---

① 蓬园：《负曝闲谈》，董文成、李勤学主编《中国近代珍稀本小说》第十七册，春风文艺出版社1997年版，第330页。
② 傅兰雅：《求著时新小说启》，《申报》光绪二十一年五月初二（1895年5月25日）。

二 原型的生活化

传统小说按人物区分，大体可以分为三类：英雄、男女、鬼神。由于传统文化的制约，传统小说的人物塑造也形成相对稳定的范式，其突出特点就是传统小说中的人物都是超出常人的"超人"。这种"超人"倾向，与传统小说的"造梦"色彩密切相关。因为传统小说的主要目的是满足读者的白日梦，所以他们将常人无法满足的愿望投射到了小说人物身上，由此形成传统小说人物塑造独特的审美风格。而近代小说重在人物塑造目的的问题化，使人物形象更为生活化。小说人物大多基于生活原型，他们不再超出常人的生活之外，而是处于常人的生活之中，小说人物也便由"超人"转化为"常人"，形成了新的审美风格，在一定程度上端正了时代的审美理想。

（一）从天命英雄到平民英雄

在传统小说中，所谓的帝王将相类叙事，都是以英雄人物为主人公。他们在大的方面可以决定历史的发展走向，如《三国演义》，在中等层面可以割据一方，如《水浒传》，在更小的层面则可以实现个人的飞黄腾达扬名立万，如《三侠五义》。传统小说的英雄塑造方式，折射出传统社会崇尚个人建功立业的思想倾向。然而，这种崇尚个人建功立业的思想，在近代小说家看来，却存在着多重局限。首先，传统小说价值取向存在缺陷，以至于传统英雄叙事经常成为所谓的"诲盗"之作。"若要官，杀人放火受招安"，传统英雄叙事的个人欲望通常以践踏普通百姓的或挑战社会秩序的方式来实现。《水浒传》中，普通百姓根本没有进入作者视野，所谓的平等还是集中在一百零八条好汉那里，其他人的生死被忽略不计，成为李逵"排头儿砍将过去"的对象；《三侠五义》中，法律的尊严最后竟然要依靠无视法律的江湖侠客来维护，更是形成一种深刻的反讽与悖论。这类英雄叙事，鼓励的是为了目的不择手段的行为方式，由此也成为"诲盗"之作。更重要的是，在理想实现的方式上，传统小说深受"天命观"的影响，无论是《三国演义》还是《水浒传》，抑或《三侠五义》，英雄人物要么天生异秉，要么天星下凡，要么天意如此，总之，英雄之成败与天意直接相关，而个人所能做的就是"尽人事知天命"，个体的创造性与能动性被极大地贬低。

近代小说同样关注英雄叙事。在一定程度上，近代小说的兴起，折射出近代小说作者的英雄情结，他们希望在时代变局中，通过自己手中的笔来推动社会发展。时代变局呼唤能够扭转局面的人物，然而，随着时代的发展，人们也逐渐意识到，能够只手回天的英雄实际上并不存在，因此，社会发展需要更多的平民英雄，或者说去英雄化的英雄，英雄的定义由此发生转变。"英雄者不祥之物也。人群未开化之时代则有之，文明愈开，则英雄将绝迹于天壤。"[1] 社会的进步依赖于全体国民的进步，而不是极少数个体的进步。在这种时代意识中，近代小说更关注身边人物，注重从生活中去发现能够代表时代趋势的杰出人物，而不是那类凭只手扭转乾坤的理想英雄。《澹轩闲话》中的包尚德，作为一方乡绅，从自己能做的事情入手，身体力行，力除三弊。这种榜样的力量，显然大于那种靠一篇奏章来改变局面的梦想叙事。《新中国未来记》虽然肯定黄克强首创宪政党之功，但同时明确指出，"天下无论大事小事，总不是一个人可以做成"[2]。《黄绣球》虽然理想极大，但着眼点很小，以自由村的改革为中心，其中诸种挫折障碍，并未因其寓言化写作而虚化。《老残游记》中的老残，是作者寄望极高的形象，但这一形象同样已经生活化，老残更多地表现为一个评价者，而不是行动者，更不是决策者，其最后的福尔摩斯探案，已经接近传统小说的鬼话。在老残身上，可以鲜明地看出近代英雄人物的过渡色彩。

近代小说中的正面人物，从一个向度解释了英雄的平民化的历史趋势，谴责小说则从反面消解了传统英雄出现的可能性。谴责小说的反英雄叙事，将那些能够决定历史走向的关键性人物一一拉出来示众，《官场现形记》中，最高统治者老佛爷"明鉴万里"，不过是知道"通天底

---

[1] 梁启超：《文明与英雄之比例》，《饮冰室合集》第十八册，中华书局2015年版，第4851页。

[2] 梁启超：《新中国未来记》，《饮冰室合集》第三十五册，中华书局2015年版，第9684页。

下十八省，那里来的清官"①。至于中国的大臣，"人人又都存了一个心：事情弄好弄坏，都与我毫不相干；只求不在我手里弄坏的，我就可以告无罪了"②。就算有一两个想干事的人，也不过是为了自己的私人欲望。《老残游记》中追求政绩的毓贤，以清官之名，行暴政之实，"只为过于要做官，且急于做大官，所以伤天害理的做到这样"③。毓贤追求政绩，弄得民不聊生，《孽海花》中的金雯青，同样因追求政绩，闹出外交风波。他在德国买了一幅中俄地界图，自以为得计，希望用该地图帮助国人与俄国进行边界谈判，结果"一纸书送却八百里"④，地图实际上是俄国人的阴谋，他的假地图反而授人口实，闹出重大外交事故，差点倒割出国土八百里。

无论英雄还是反英雄，天命不再是决定因素，个体开始决定自己的命运；同时，个体也不再能够决定历史的走向。每个人都应该从自己做起，只有全体人员都积极行动起来，才能最终促成社会的进步。近代小说的英雄塑造，消解了其神圣性与天意色彩，变得与普通人的生活息息相关。

（二）从才子佳人到寻常男女

与英雄叙事相比，男女叙事与常人的生活本来就比较接近。然而，由于小说撰写者多为文人，传统言情小说的主人公自然大多成为文人情感投射的对象，以至于才子佳人泛滥成灾。小说人物身份，多为文人才子与大家闺秀；小说情节发展，诗词唱和成为重要手段；小说故事结局，多为皆大欢喜的大团圆。《儿女英雄传》的一夫多妻，与《花月痕》的一穷一达，可以说都是传统文人自恋与意淫的产物。与近代小说整体向现实生活靠近的趋向一致，近代言情小说人物书写在审美取向

---

① 李伯元：《官场现形记》，薛正兴主编《李伯元全集》第二卷，江苏古籍出版社1997年版，第230页。
② 李伯元：《官场现形记》，薛正兴主编《李伯元全集》第二卷，江苏古籍出版社1997年版，第814页。
③ 刘鹗：《老残游记》，吴组缃、端木蕻良、时萌主编《中国近代文学大系·小说集》第四册，上海书店1991年版，第290页。
④ 曾朴：《孽海花》，吴组缃、端木蕻良、时萌主编《中国近代文学大系·小说集》第四册，上海书店1991年版，第172页。

方面同样表现出生活化与写实化倾向。

在人物身份上，近代小说的男女叙事出现较大突破。与传统男女叙事集中写才子佳人相对照，除了近代狭邪小说扩展出流氓加妓女这一独特领域外，近代言情小说将其视角转到更为广阔的社会。《自由结婚》虽然不是以情爱叙事为中心，但揭示出了一种新型情爱状态，那就是具有现代意味的"志同道合"，男女叙事被赋予了英雄叙事的内涵，开启了后来"革命＋恋爱"模式。《玉梨魂》从格调上与传统小说关系更近，但在人物身份上却有重要开创意义，白梨影的寡妇恋爱，与苏曼殊笔下的和尚恋爱，构成近代男女叙事的独特风景。《孽冤镜》富家子弟王可青与贫家女子薛环娘的爱情，可以说是对传统言情小说"落难才子中状元，小姐花园定终身"模式的反拨。

在情节发展方面，近代男女叙事也不再仅仅依靠诗词传情，而是将感情发展与时代风云结合了起来。对于言情小说中比比皆是的诗词唱和，吴趼人在《二十年目睹之怪现状》中，通过月卿对《花月痕》的评价，进行了批判："天下哪里有这等人，这等事！就是掉文，也不过古人的成句，恰好凑到我这句说话上来，不觉冲口而出的，借来用用罢了。不拘在枕上，在席上，把些陈言老句，吟哦起来，偶一为之，倒也罢了，却处处如此，哪有这个道理？"[①] 出于对诗词唱和作用的反拨，吴趼人在《恨海》《劫余灰》等男女叙事中，以社会变化作为推动故事发展的主要动力。《恨海》中陈伯和与张棣华、陈仲霭与王娟娟两对男女的爱情因庚子事变而出现变故，《劫余灰》中陈耕伯与朱婉贞的婚礼则因为陈耕伯被"卖猪仔"而推迟二十年。民初的鸳鸯蝴蝶派虽然试图重新复兴传统的诗词唱和模式，但在《雪鸿泪史》之后，这一模式也走入绝境。虽然还是有鸳鸯蝴蝶，但会诗词的鸳鸯蝴蝶却逐渐淡出历史舞台。

近代男女叙事写实化最彻底的表现，就是对传统大团圆结局的颠覆。近代以前，王国维认为中国传统小说中唯一的彻头彻尾的悲剧就是

---

① 吴趼人：《二十年目睹之怪现状》（上），海风主编《吴趼人全集》第一卷，北方文艺出版社1998年版，第404页。

《红楼梦》。到了近代,爱情悲剧却变得极为普遍,甚至泛滥成灾。鸳鸯蝴蝶派将言情分成极多门类,如苦情小说、哀情小说、悲情小说、怨情小说,如此等等,不一而足,其总体格调就是以个人悲剧赚取读者的眼泪与同情。这种对人生悲剧的书写,虽然因为其套路化格式化而降低了艺术价值,尤其是因为作者对悲剧原因的解释趋于模式化,悲剧的价值观传统陈旧,使其缺乏文学史价值,但在培养近代读者正视不如意的社会与人生方面,还是具有重要意义。它们打破了传统小说制造的迷梦,使读者能够真正"睁了眼看",帮助他们养成关注现实的审美习惯。从这一角度看,鸳鸯蝴蝶小说也可以说是现代小说的先行者。

(三) 从灵异鬼神到落魄鬼神

传统英雄叙事与男女叙事在近代虽然发生了变化,但终究还是得到了传承与发展,而传统的鬼神叙事则因为其与迷信思想的关系,被近代小说作者完全否定与排斥。无论《西游记》《封神演义》还是《聊斋志异》,它们都因为与中国人的鬼神思想存在隐秘联系,所以受到了众口一词的否定与批判。义和团运动中孙悟空等神话人物的"转世",更让人们意识到这类小说的社会影响之大,对人们迷信思想的影响之深。"今年庚子五、六月拳党之事,牵动国政,及于外交,其始举国骚然,神怪之说,支离莫究,尤《西游记》、《封神传》绝大隐力之发见矣。"[①] 在这种情况下,随着科学意识的提倡与兴起,鬼神叙事被视为迷信思想传播的载体,成为过街老鼠。"所谓导迷者何?如《封神榜》、《西游记》……等,托仙佛之名,肆祸福之说,以诱人迷信者是。"[②]

由于传统天人交感思维,鬼神世界在大部分国人心目中,都是一个神秘却又真实存在的世界,因此小说中的鬼神,被认为在现实生活中真实存在,甚至能够干涉与影响现实生活。而在近代科学思想看来,所有这些都是迷信,应该被扫入历史的垃圾堆。在这一文化背景中,近代小说中虽然也出现了部分传统鬼神人物,但这些鬼神不再是传统的灵异鬼

[①] 邱炜萲:《小说与民智关系》,陈平原、夏晓虹编《二十世纪中国小说理论资料》第一卷,北京大学出版社 1997 年版,第 47 页。

[②] 潋:《论改良社会宜严禁导淫导迷导恶之小说》,转引自陈大康《中国近代小说编年史》第三册,人民文学出版社 2014 年版,第 1331 页。

神，而落魄为与常人相似的鬼神。

近代小说中的鬼神世界，其神圣性与灵异性已经被完全消解。就算借用以前的鬼神形象，也不过人类世界改头换面的投影。吴趼人的《立宪万岁》，写天庭仿照人间实行立宪，同人间一样换汤不换药。包天笑的《诸神大会议》写天庭仿照人间成立"上议院"，也如人间一样以闹剧收场。冷（陈景韩）的《新西游记》在弁言中明确指出其破除迷信之用意："《新西游记》虽借《西游记》中人名事物以反演，然《西游记》皆虚构，而《新西游记》皆实事。以实事解释虚构，作者实寓祛人迷信之意。"① 在这一鬼神世界的架构中，鬼神世界不再具有超出现实世界的独立性，相反，现实世界倒具有超出鬼神世界的优越性。这种现实世界与鬼神世界地位的颠倒，消解了鬼神的神圣性。

与此同时，近代小说将鬼神打回原形，成为人类的创造物，而不是超自然的灵异物，甚至将鬼神塑造得比人类更为不堪，从而彻底消除了鬼神存在的合理性。在大陆的《新封神传》中，原本神通广大的姜子牙穿越到当下，却完全无法适应现代社会生活，闹出很多洋相。姜子牙被元始天尊派到尘世拯救众生，重新封神，谁知他一出来便走错了路，跑到了南非洲，被洋人抓了起来。元始天尊施法将他从洋人牢狱救出后，他吃一堑长一智，见自己不通洋务，马上要天尊命八戒陪同。这个《西游记》中的草包，在《新西游记》中，因为学会了一点洋务的皮毛，成了姜子牙的救星。他对姜子牙夸口，他的"洋务"比姜子牙的法术在人世间更吃得开："不是吹牛皮，路上是没有一个人敢欺的。你看见《时报》所登的《新西游》上，我们那脓包师父，不是全仗我老猪吗？没有我，恐怕一百个也死光了。亏得我是熟悉洋务的。穿着洋装，说着洋话，到处都是欢迎。看见了我，都说这是将来中国主人翁。没有一个不崇拜。"② 猪八戒这个重新包装的神仙在新时代找到了用武之地，而现实生活中的泥塑菩萨则可能更为不堪。新楼的《特别菩萨》讲述了上海的"撒尿菩萨"的境遇，用强烈的反差来描述鬼神的落魄。

---

① 冷：《〈新西游记〉弁言》，转引自陈大康《中国近代小说编年史》第三册，人民文学出版社2014年版，第953页。

② 大陆：《新封神传》，《月月小说》第一年第一号。

外国人在财神庙旁边征地修建厕所,但国人并未因其臭气熏天而不再膜拜,反而因财神菩萨待在厕所旁而增加了不少功能,诸如与撒尿有关的疾病(主要是花柳)都归他管,香火因此更加旺盛,原来的财神菩萨由此得名"撒尿菩萨"。著者借这一荒谬现象,批判"吾国人迷信菩萨,至此极矣!"①

消解了鬼神的神圣性与灵异性,鬼神也便不过人间的一个幻影,其在小说中存在的必要性也便逐渐弱化,鬼神叙事因此逐渐淡出近代小说的视野。

三　事件的新闻化

近代小说的兴起与报纸杂志等近代新闻媒体的发展,有着密切关系。1895年的"时新小说征文",之所以能够产生全国性影响,就因为其广告刊登于发行广泛的《申报》与《万国公报》;《时务报》《清议报》等报刊,都将刊登翻译小说作为重要内容,将翻译小说视为宣传政治观点的重要辅助。《新小说》的创办,确立了近代小说的发展模式,各种专门与非专门的小说报刊如雨后春笋般应运而生,小说与报刊正式联姻。

近代小说与新闻报刊的结缘,影响了近代小说的整体特色。"在清末民初,潜文本的运用出现了显著的变化:一是直露代替了曲笔;二是'倚实'代替了'倚史'。"② 传统小说的典籍化出版方式,使其自觉不自觉地向具有高度权威性的历史靠拢,由此表现出强烈的"慕史"或"倚史"倾向。而近代小说的报刊式发行方式,加快了小说创作与出版的节奏,使其自觉不自觉地向新闻靠拢,表现出"倚实"特征。近代小说人物塑造方面的目的问题化与原型生活化,已经隐含着新闻化的影响,而更为明显的则是人物事件的新闻化。近代小说的这种新闻化表现出的重事不重人倾向,在艺术上自然是一种缺陷,使人物与事件可能出

---

① 新楼:《特别菩萨》,《月月小说》第一年第八号。
② 杨霞:《清末民初的"中国意识"与文学中的"国家想象"》,南京师范大学出版社2012年版,第215页。

现脱节，人物性格化与情节统一性难以得到有效呈现，但对于近代小说特定的主题表达而言，则可能是一个相对有利的因素，因为新闻化的事件，与现实生活的联系更为紧密，对社会问题的反映速度也更快。这种新闻化从根本上改变了近代小说人物塑造的审美特征，同时也改变了人们对人物的审美取向。传统小说读者希望在小说中发现历史，而近代小说读者则期待在小说中发现新闻。事件的新闻化，赋予人物塑造以新的文化与审美内涵，使其从传统的"唯古是尚""唯史是尚"转变为"唯新是从""唯实是从"，对端正时代的审美取向与审美趣味发挥了重要作用。

（一）对真实性的强调

从总体上讲，无论传统小说还是近代小说，都存在着对"真实"的某种程度的迷恋。由于其"慕史"情结，传统小说一直存在着对真实的追求，但其对于真实的理解，或者说真实的参照对象，是已经过去很久的历史。在一定程度上，正是历史赋予了传统小说合法性与权威性。对于《三国演义》等历史小说而言，这种对历史真实的强调，自然有其内在必然性，但对于《水浒传》《金瓶梅》《西游记》等小说而言，历史其实只是一个引子，甚至噱头，但对这一噱头的重视，从深层折射出其"慕史"情结。似乎成为"稗史"，小说便获得了发行与接受的合法性。而这种合法性，也为传统小说的虚构打开了方便之门。

与传统小说在"稗史"掩护下的虚构不同，近代小说的真实观逐渐向新闻的真实观靠拢，也就是小说中的人物与事件能够与现实生活的人物及事件对号入座。这首先表现在近代小说中的许多人物直接来源于现实。《孽海花》《轰天雷》等小说还算有点虚构意识，替人物换了个名字，《大马扁》《六月霜》《新华春梦记》等小说则连人物名称都不改动。这种将小说人物与现实人物直接关联的倾向，使小说可能沦为人身攻击的手段。但这种倾向正显示出近代小说作者对新闻真实性的热情追求。

真实人物的挪用，可以说是近代小说人物塑造追求新闻真实性的极端体现，使用更多的还是通过新闻事件的引用，来实现对新闻真实性的追求。时新小说作者就已经强调小说与"实事"的关系，由此凸显小说的"真实性":"是书之作,期于感动人心,倘事为往古之事,无人见及,便不足以感动阅者之心。书中以近时实事为经,以文、烟、脚三项为纬。"① 李伯元《庚子国变弹词》特别强调"是书取材于中西报纸者,十之四五;得诸朋辈传述者,十之三四;其为作书人思想所得,取资敷佐者,不过十之一二耳。小说体裁,自应尔尔,阅者勿以杜撰目之"②。梁启超《新中国未来记》同样大段引用报刊材料,以凸显与强调小说的真实性。包天笑则通过报刊广告,广征小说素材:"鄙人近欲调查近三年来遗闻轶事,为《碧血幕》之材料,海内外同志如能贶我异闻者,当以该书单行本及鄙人撰译各种小说相赠。"③

这种对新闻真实性的追求,也影响了近代小说的叙述成规。在近代小说中,许多小说都有一个证明其真实性的楔子,与新闻中介绍材料来源的方式较为相似。《二十年目睹之怪现状》中的手稿买卖,《苦学生》中的南柯一梦,《狮子吼》中的未来蓝本,《黑籍冤魂》(吴趼人)的获得手稿,如此等等,不一而足。这种流行的叙述圈套,在作者那里都是为了凸显小说的真实性。通过借用新闻写作中说明材料来源的方式,凸显小说的新闻真实性。

这种新闻真实性赋予了近代小说"隐含作者"指点干预叙事进程的勇气与底气,从而进一步强化了这种审美取向的必要性与合理性。他们一会儿自行赌咒,一会儿拉人作证,其目的都是强调自己写的都是事实。《孽海花》的作者强调,"在下这部《孽海花》,却不同别的小说,空中楼阁,可以随意起灭,逞笔翻腾,一句假不来,一语慌不得,只能将文机御事实,不能把事实起文情"④。徐枕亚的《雪鸿泪史》,更是将一部虚构小说《玉梨魂》重新包装,塑造成两个可以在现实中查核的人物,由此再次获得读者的同情之泪。对于黑幕小说而言,新闻真

---

① 李钟生:《五更钟·凡例》,周欣平主编《清末时新小说集》第一册,上海古籍出版社2011年版,第293—294页。

② 李伯元:《庚子国变弹词·例言》,薛正兴主编《李伯元全集》第三卷,江苏古籍出版社1997年版,第185页。

③ 《天笑启事》,《小说林》第七期。

④ 曾朴:《孽海花》,吴组缃、端木蕻良、时萌主编《中国近代文学大系·小说集》第四册,上海书店1991年版,第183页。

实性更是其证明自身合理性的护身符。"黑幕小说,一方面写人写物,直言不讳,乃是社会的照妖镜;一方面信手挥来,有闻必录,又是人生权的保险公司。"①"有闻必录"的新闻写实倾向在这里得到最大限度的发挥。

由于近代小说追求新闻真实性,小说中的人物与事件被读者当成了真实的历史或现实。在林纾看来,"《孽海花》非小说也,鼓荡国民英气之书也。其中描写名士之狂态,语语投我心坎"②。蔡元培更是直接将《孽海花》当历史读。"《孽海花》出版后,觉得最配我的胃口了,他不但影射的人物与轶事的多,为从前小说所没有,就是可疑的故事,可笑的迷信,也都根据当时一种传说,并非作者捏造的。"③ 而黑幕小说的"有闻必录"使其批判者也承认"这些黑幕小说所报的事情,颇与现在之恶社会相吻合"④。

从时新小说对"实事"的强调,到黑幕小说的"有闻必录",近代小说向新闻真实的靠拢,一方面构成其特色,强化了小说人物反映与介入现实的功能,另一方面则构成其局限,模糊了小说与新闻的界限。但从总体上讲,近代小说对新闻真实性的追求,培养与强化了关注现实的审美取向,为小说实现真正的现代转型塑造了新型期待心理。

(二)对时效性的追求

传统小说以历史作为背景或阐释坐标,近代小说则转向以现实作为阐释坐标。无论是《新西游记》之类的拟旧小说,还是《新中国未来记》《黄金世界》之类的理想小说,甚至《痛史》之类的历史小说,其价值旨归都指向当下现实,近代小说由此表现出明显的时代特色。在一定程度上,近代小说承担了后来的报告文学的功能,及时反映了当时的社会情态,重要的历史事件在近代小说中都能找到对应的作品。

---

① 杨亦曾:《对于教育部通俗教育研究会劝告勿再编黑幕小说之意见》,《新青年》第六卷第二号。

② 林纾:《〈红礁画桨录〉译余剩语》,陈平原、夏晓虹编《二十世纪中国小说理论资料》第一卷,北京大学出版社1997年版,第183—184页。

③ 蔡元培:《追悼曾孟朴先生》,魏绍昌编《孽海花资料》,上海古籍出版社1982年版,第198页。

④ 《"黑幕"书·宋云彬致钱玄同》,《新青年》第六卷第一号。

传统小说的慕史情结，使他们更强调从历史中获得叙述的合法性。因此，他们叙述的故事越久远，就越可能获得尊重与认同。近代小说的兴起，则是为回应近代中国的社会与文化危机。在"三千年未有之大变局"中，历史经验不足以应对新的局势，新的权威话语尚未形成，新闻媒体成为公众就社会问题进行讨论的重要平台，成为早期的公共话语空间。在这一宏观语境中，小说承担了某种新闻功能，对现实世界发声，引导公共就相关事件与问题进行讨论。由此，近代小说也像报告文学一样，不仅追求事件的真实性，而且追求新闻的时效性。

这种对时效性的追求，在时新小说中已经表现了出来。时新小说"按时事以立言"[①]，近代大事在小说中作为背景不时出现。《五更钟》中谈鸦片之害，提及林则徐禁烟，谈小脚之祸，则以太平天国运动为背景；《扣虱闲谈》中的小脚之祸，则以中日朝鲜战争为背景。虽然事件发生时间与小说写作时间之间存在一定距离，但这种距离与传统小说相比已经极大地缩小。从洪兴全的《中东大战演义》开始，近代小说对时事的反映变得更为迅速及时。《轰天雷》《大马扁》等与百日维新，《庚子国变弹词》《邻女语》等与庚子事变，《瓜分惨祸预言记》与拒俄运动，《拒约奇谈》《苦社会》《黄金世界》等与拒约运动，《未来世界》《立宪万岁》等与立宪运动，《六月霜》与秋瑾被杀，《金陵秋》《为国牺牲》等与辛亥革命，《新华春梦记》《广陵潮》与袁世凯称帝，凡此种种，无一不是紧跟时代大事，甚至可以算是"现场直播"。至于黑幕小说的提倡，与新闻的时效性关系更为直接。黑幕小说的征集与刊发，都以报纸为主体，其主导者主要就是报刊从业人员。

对时事的关注，以及对时效性的强调，小说人物塑造由此缺乏沉淀与反思，难以成为真正的艺术典型，但这种倾向拉近了小说与现实的距离，培养了小说读者严肃的审美趣味。

(三) 对反常性的关注

如果仅仅只有真实性与时效性，新闻根本不足以吸引大家的注意。

---

① 青莲后人：《扣虱闲谈·凡例八则》，周欣平主编《清末时新小说集》第二册，上海古籍出版社2011年版，第8页。

以新闻界的标准衡量，狗咬人不是新闻，人咬狗才是新闻。对于普通的新闻读者而言，他们更为关注事件的离奇性与反常性。也正是在这种猎奇心态的影响下，近代小说更为关注反常性的人物与事件，通过这些特殊的人物与事件吸引读者。近代小说中种种现形记泛滥成灾，正是对反常性的推崇成为时尚的重要表现。

对反常的关注与推崇，从根本上讲，是一种恶劣的审美趣味，这也是近代小说虽然追求雅正，但并没有给后人留下良好印象的重要原因。从谴责小说到黑幕小说层出不穷的变态现象，激发与助长了读者的窥探欲等阴暗心理与审美趣味。《官场现形记》集中揭示官场的蝇营狗苟，为了升官发财，或送老婆给上司，或送女儿给上司，无所不用其极；《二十年目睹之怪现状》侧重展现传统伦常的变异，为了个人利益，孙子殴打爷爷，母亲虐待儿子，怪相层出不穷；《孽海花》《轰天雷》书写名士的逸闻逸事，还带有文人的风雅；《老残游记》《活地狱》则揭开权力运作的帷幕，直指传统刑罚的残酷。这种对反常性的关注与开拓，到黑幕小说中发展成主动而低俗的猎奇。这类小说已不甚注意艺术构造，而专注于事件的罗列。也正是因为其专注于收集社会上的变态事例，使其成为过街老鼠。

然而，以反常人物与事件为小说的主要内容，在一定程度上，催生了新的长篇小说结构模式，促成了短篇小说的兴起，培育了小说形式审美的新取向。

以反常人事为中心，使近代长篇小说成为话柄的连缀与集锦。这种话柄连缀的现象，在时新小说中表现得还不是很明显。尽管在主题方面已经出现根本变化，小说与现实的关系也已调整，但由于属于征文比赛，作者需要提交完整的稿件，需要按照指定主题组织材料，按照著作的方式进行创作，而不是像后来的报刊小说，为了连载的需要，每期都要吊读者的胃口，因此作者基本还是延续传统小说创作技巧，以人物为主线来组织故事。

小说发行的报刊化，使小说在形式上必须做出改变，以适应报刊连载，这对于长篇小说而言，构成一种严重挑战。"一部小说数十回，其全体结构，首尾相应，煞费苦心，故前此作者，往往几经易稿，始得一称意之作。今依报章体例，月出一回，无从颠倒损益，艰于出色。其难三也。寻常小说一部中，最为精采者，亦不过十数回，其余虽稍间以懈笔，读者亦无暇苛责。此编既按月续出，虽一回不能苟简，稍有弱点，即全书皆为减色。其难四也。"① 这里明确指出了报刊连载小说在情节组织上的难点，一方面是难以注意到整体结构，另一方面则是难以始终吸引读者。这也就迫使连载小说作者寻找能够吸引读者的新路径。

而反常性正好可以解决吸引读者的问题。通过相对独立的反常性的话柄，不仅解决了长篇小说的连载形式问题，也解决了每期内容对读者的吸引力问题，近代长篇小说由此流行集锦化结构模式。鲁迅先生对《官场现形记》的评价，也适用于近代诸多社会小说："头绪既繁，脚色复夥，其记事遂率与一人俱起，亦即与其人俱讫，若断若续，与《儒林外史》略同。然臆说颇多，难云实录，无自序所谓'含蓄蕴酿'之实，殊不足望文木老人后尘。况所搜罗，又仅'话柄'，联缀此等，以成类书；官场伎俩，本小异大同，汇为长编，即千篇一律。"② 这种集锦化对小说艺术性可能是一种损害，但对于报刊的发行却可能是好事，因为编辑者可以根据小说的社会反响，决定随时连载，或者随时终止。萧然郁生的《乌托邦游记》在《月月小说》上连载两期后就被编辑要求中止；而《活地狱》之类影响甚大的小说，则可以在原作者李宝嘉去世后换吴趼人与欧阳钜源继续写作，连载发表。

话柄连缀已经潜含着促成小说短篇化的因子，每个话柄，如果截取出来，就可以是一个短篇小说。随着时代发展，以及翻译小说的影响，近代小说作者也开始有意识地截取话柄，撰写成独立的短篇小说。吴趼人、徐卓呆、包天笑、周瘦鹃等人，通过自己的身体力行，在推进白话短篇小说的发展方面做出了重要贡献。

无论是目的的问题化，还是原型的生活化，抑或事件的新闻化，近代小说在人物塑造方面总体审美取向就是拉近与现实生活的距离，注重

---

① 《〈新小说〉第一号》，陈平原、夏晓虹编《二十世纪中国小说理论资料》第一卷，北京大学出版社1997年版，第56—57页。

② 鲁迅：《中国小说史略》，《鲁迅全集》第九卷，人民文学出版社2005年版，第292—293页。

小说人物反映生活揭示问题的功能，表现出浓厚的功利主义色彩；其中虽然存在诸多局限，如混淆了艺术真实与生活真实，强调新闻的"有闻必录"而不注重对生活的艺术提炼，强调小说的"觉世"功能而忽视其"传世"使命，喜好剑走偏锋的表层"好奇"而忽视对平常事件的深层挖掘等，但近代小说的种种尝试，包括失败的尝试，都为后来者提供了重要借鉴。其对人物文化身份、文化品位、文化地位、文化价值等的重新界定，重塑了时代的审美风尚与审美理想，端正了读者的审美趣味，为中国小说的现实主义转向奠定了基础。

第四章　认同向度的翻转与近代小说修辞策略的展开

近代小说的人物形象塑造与隐含价值评判，折射出近代小说"立什么人"的构想，但修辞目的的实现，还需要修辞策略的支撑。传统小说认同模式中，作者与读者在认知、伦理与审美等方面都持相近的标准，但作者在各方面都处于相对于读者的优越地位，因此他们可以采用居高临下的宣讲姿态。而近代小说作者与读者在知识体系、价值观念、审美取向等方面都产生分化，这也就使双方实现相互认同的可能性降低。这时，作者如果采用宣讲方式进行教训，其有效性可能大打折扣。如何实现小说"教"与"乐"的协调统一，一直是近代小说作者重点关注的问题之一。正是在近代小说作者不断的探索实践过程中，他们逐渐认识到与读者进行协商对话的可能性与必要性，进而初步建构现代修辞交易运行机制。

陈望道1922年在《作文法讲义》"文章的美质"一章中，认为文章的美质有三："第一要别人看了就明白，第二要别人看了会感动，第三要别人看了有兴趣。"[①] 在这一论述中，他明确提出文章之美应该以读者反应为中心，而不是以作者的主观意愿为标准。早在1905年，侠人就指出："吾谓小说具有一最大神力，曰迷。读之使人化身入其

---

① 陈望道：《作文法讲义》，民智书局1922年版，转引自宗廷虎、李金苓《中国修辞学通史·近现代卷》，吉林教育出版社1998年版，第405页。

中，悲愉喜乐，则书中人之悲愉喜乐也；云为动作，则书中人之云为动作也。"① 这一论述不过是1902年梁启超"熏浸刺提"的形象化表述，念兹在兹的都是小说对读者的艺术影响力。更早的1897年严复、夏曾佑的《本馆附印说部缘起》中的五易传与五不易传之说，对于读者接受小说的途径就已经有了非常全面的表述：

> 书中所用之语言文字，必为此种人所行用，则其书易传。其语言文字为此族人所不行者，则其书不传。此一也。
> 若其书之所陈，与口说之语言相近者，则其书易传；若其书与口说之语言相远者，则其书不传。故书传之界之大小，即以其与口说之语言相去之远近为比例。此二也。
> 故读简法之语言，则目力逸而心力劳；读繁法之语言，则目力劳而心力逸。……则繁法之语言易传，简法之语言难传。此三也。
> 言日习之事者易传，而言不习之事者不易传。此四也。
> 书之言实事者不易传，而书之言虚事者易传。此五也。②

这五条都是基于读者接受的难易立论。前三条指向了小说的语言载体，第四条指向了小说的叙事内容，第五条则指向小说的叙事风格。然而，不论哪一条，都指向了读者接受的可能性与难易度。小说正是在这五个方面占据优势，从而比历史流传更为广泛，影响更为深远。

无论是严复、梁启超还是侠人，他们对读者的重视大多还是以传统小说对读者的影响为依据，存在着潜在的内容与形式的二分。一方面，他们肯定传统小说的形式特征与艺术技巧，认为传统小说因其易传以及能"迷"人而具有对社会莫大的影响力；另一方面，他们又认为传统小说对社会的影响是负面的，传统小说的形式与内容，目的与手段，需要区别看待。为实现小说对社会的正面影响，需要将"新"的思想内容，与小说作为一种独特文体本身具有的艺术魅力结合起来。

---

① 侠人：《小说丛话》，《新小说》第二年第一号。
② 几道、别士：《本馆附印说部缘起》，陈平原、夏晓虹编《二十世纪中国小说理论资料》第一卷，北京大学出版社1997年版，第25—27页。

然而，对于近代小说作者而言，主题思想方面的"新"比较容易理解，但如何将"新"思想与小说艺术技巧结合起来却缺乏现成的借鉴。严复、梁启超等人谈论小说艺术技巧，引用的例证都是传统小说，但小说的形式与内容之间始终存在辩证统一关系，传统小说艺术的旧瓶，很难与近代思想的新酒和谐共处，而新的艺术技巧，对近代小说作者而言，是一个需要探索的全新领域。近代小说较为明确的"新"内容与需要探索的"新"形式，极大地影响了作者与读者之间认同关系的建构。传统小说的作者与读者和谐相处，二者对小说内容与形式的认知不存在矛盾对立；而近代小说主题思想的"新"拉大了作者与读者之间的距离，双方之间的认同难度增大，这也就要求近代小说作者探索新的艺术形式，缩小作者与读者的距离。

近代小说读者与作者各个维度之间距离的扩大，要求近代小说作者调整自己的叙述姿态；近代小说读者话语权的增加，同样要求近代小说作者调整自己的叙述姿态。随着近代小说出版发行范围的扩大，近代小说读者无论在数量上还是质量上都得到大幅提升，读者作为一个整体相对于作者的话语权增大，对近代小说的认同向度——"如何立人"产生重要影响。读者的认同与购买决定了小说期刊的生产与再生产；小说期刊的再生产影响了小说作者的启蒙目的与经济目的的实现。读者成为近代小说生产与消费过程中的重要环节。为此，近代小说作者不得不调整自己的修辞策略，尝试建构与读者进行对话协商的修辞交易机制，传统的作者中心逐渐向读者中心转移。

第一节　近代小说传播机制与认同向度的翻转

近代报刊的兴起，与近代社会"开民智"的要求紧密联系在一起，而"开民智"的前提是"求新知"。由于以前的知识体系已不足以应对当下发生的问题，因此社会迫切需要"新知"。这种传播"新知"的紧迫性，不仅得到了梁启超等维新派知识分子的肯定，而且得到了张之洞等政府官员的认同。而传播"新知"的重要手段之一就是近代报刊。《时务报》创刊之后，"张之洞确曾于1896年动用官方经费，为湖北全省文武衙门订购《时务报》288份"①。在《劝学篇》中，张之洞直接指出了读报的重要意义："吾谓报之益于人国者，博闻次也，知病上也。昔齐桓公不自知其有疾而死，秦以不闻其过而亡，大抵一国之利害安危，本国之人蔽于习俗，必不能尽知之，即知之亦不敢尽言之，惟出之邻国，又出之至强之国，故昌言而无忌。我国君臣上下果能览之而动心，怵之而改作，非中国之福哉？近人阅洋报者，见其诋訾中国不留馀地，比之醉人，比之朽物，议分裂，议争先，类无不拂然怒者。吾谓此何足怒耶？勤攻吾阙者，诸葛之所求；讳疾灭身者，周子之所痛。古云士有诤友，今虽云国有诤邻，不亦可乎？"②

张之洞以读报人的身份肯定了报刊的作用，梁启超则以办报人的身份对报刊的重要性进行了更深刻更全面的论述。他在《〈清议报〉一百册祝辞并论报馆之责任及本馆之经历》中以《清议报》为例，说明近代报刊的作用："《清议报》之特色有数端：一曰倡民权。始终抱定此义，为独一无二之宗旨，虽说种种方法，开种种门径，百变而不离其宗。海可枯，石可烂，此义不普及于我国，吾党弗措也。二曰衍哲理。读东西诸硕学之书，务衍其学说以输入于中国，虽不敢自谓有所得，而得寸则贡寸焉，得尺则贡尺焉。《华严经》云：'未能自度，而先度人，是为菩萨发心。'以是为尽国民责任于万一而已。三曰明朝局。戊戌之政变，己亥之立嗣，庚子之纵团，其中阴谋毒手，病国殃民，本报发微阐幽，得其真相，指斥权奸，一无假借。四曰厉国耻。务使吾国民知我国在世界上之位置，知东西列强待我国之政策，鉴观既往，熟察现在，以图将来。内其国而外诸邦，一以天演学物竞天择、优胜劣败之公例，疾呼而棒喝之，以冀同胞之一悟。此四者，实惟我《清议报》之脉络之神髓，一言以蔽之曰，广民智、振民气而已。"③

近代小说与近代报刊有着不解之缘，傅兰雅的《求著时新小说启》刊登于《申报》与《万国公报》；近代第一家产生广泛社会影响的小说

---

① 俞政：《严复译著研究》，苏州大学出版社2003年版，第13页。
② 张之洞：《劝学篇》，上海书店出版社2002年版，第47—48页。
③ 梁启超：《清议报一百册祝辞并论报馆之责任及本馆之经历》，《饮冰室合集》第三册，中华书局2015年版，第514页。

报刊——《新小说》由办报老手梁启超创办；近代小说大多先在报刊公开发表，然后再出版单行本；直接出版单行本的小说也需要报刊广告提升其知名度。与此同时，近代小说从一开始也承担着与报刊相似的启蒙使命，被作者视为进行下层启蒙的重要手段。然而，小说报刊与启蒙报刊不同，后者经常有党团提供经费支持，《时务报》与《清议报》等报刊大多由党团同人集资创办，经济利益不是其考虑的核心问题；而小说报刊则更为市场化，其生产与再生产和消费者的接受认同联系紧密，读者的认同与否关系到小说报刊的生死存亡。

近代小说报刊这种启蒙与市场的结合，使其同时具有典籍与闲书的双重特性。一方面，因为其承担的启蒙使命，使其必须提供新知，从而具有与典籍类似的严肃性与有效性；另一方面，报刊必须面对市场，也便使小说需要保持其传统的消闲色彩，使其具有闲书的娱乐性与轻松性。这实际上也就要求近代小说"寓教于乐"，实现经济效益与社会效益的统一。而这一机制的核心，就在于改变传统小说那种作者对读者进行单向宣讲姿态，转而尊重读者的主体地位，建立作者与读者协商对话的双向交易机制。

一 报刊发行与读者阅读需求的彰显

在某种意义上，传统小说更像一个卖方市场。小说作者无论提供什么货色，小说读者都没有多少讨价还价的空间。这种局面的存在，与传统小说的生产机制与流通机制紧密相关。首先，作者的稀缺使小说作品较少。因为小说地位不高，从事小说创作的人员较少，他们能够提供的小说自然也少。这也就是为什么传统小说能够流传多年的原因之一。其次，传统印刷能力有限使小说的发行有限。由于印刷技术的落后，小说的印刷成本较高，由此限制了小说的发行数量。相较而言，人们更倾向于花较高价格去买能够传世的诗文，而不是用于消闲的小说。再次，传统小说的大部分接受者，实际上是不识字的普通百姓，因此，他们接受小说的途径，主要是通过说书，这种传播方式存在更大的时空限制，听众的选择空间更少。

近代印刷工业发展带来的大批量生产方式，降低了小说书刊的生产成本，使小说可能进入普通人的消费视野；同时，近代书刊发行体系的逐步健全，使小说报刊在全国的流通渠道逐渐完善，小说读者从而大幅增加，小说发行真正成为一种商业行为。这也就从根本上改变了读者在小说生产与再生产中的劣势地位。一方面，读者的支付意愿，决定了小说报刊生产与再生产的链条是否能够延续；另一方面，社会提供的小说数量的增加，使读者的选择空间变大，这也就使近代小说市场，由传统的卖方市场，逐渐转化为买方市场，小说作者必须考虑读者认同的可能性。"这时作家的创作便不必过多地顾忌传统的文学规范，而只要考虑读者能否接受他的创作。"① 对于报刊与出版社的经营者而言，小说读者的认同更为重要，读者是否愿意购买成为小说报刊主办者需要考虑的首要问题。为实现小说报刊的经济效益或社会效益，报刊编辑作为评审读者，要求小说作者找到与广大读者实现相互认同的基点，由此才可能使小说的生产与再生产顺利进行。

（一）消闲娱乐的需要

严复与夏曾佑的"五易"说，已经说明了大多数读者对小说的基本要求，那就是语言易懂，故事新奇，情绪快意。读者对小说的这种基本要求，适用于传统小说，也同样适用于新小说。而不能满足读者这方面的需要，也正是某些新小说销量不佳的重要原因。徐念慈对小说林社发行的小说的销售量的分析，反映出了当时的现实。"默观年来，更有痛心者，则小说销数之类别是也。他肆我不知，即'小说林'之书计之，记侦探者最佳，约十之七八；记艳情者次之，约十之五六；记社会态度，记滑稽事实者又次之，约十之三四；而专写军事、冒险、科学、立志诸书为最下，十仅得一二也。"② 也就是说，社会上欢迎的还是侦探与艳情等具有明显消闲倾向的通俗小说，而启蒙者念兹在兹的严肃小说，则受到了读者的冷落。

严肃小说不被读者欢迎的局面之所以形成，一方面固然在于读者的

---

① 袁进：《中国文学的近代变革》，广西师范大学出版社2006年版，第7页。
② 觉我：《余之小说观》，《小说林》第九期。

消闲倾向，另一方面则在于作者并没有充分尊重读者的这种需要。相当一部分近代小说作者不是采用"开口便见喉咙"的宣讲教训姿态，就是将小说视为稻粱之谋，粗制滥造，唯利是图。作者不尊重读者，自然也难以获得读者的肯定。而读者最直接的反应就是不买这类作品。读者对宣讲姿态与粗制滥造的反感，提醒近代小说作者，在读者与作者各方面距离都在扩大的时候，尊重读者的审美趣味，可以是一种有效的沟通方式。在近代小说界，鲁迅与周作人《域外小说集》曲高和寡的翻译小说难以为继，王国维《红楼梦评论》灭欲存美的理论主张无人喝彩，根本原因还是读者的审美趣味远远跟不上这些主张。而《官场现形记》之类的话柄小说，则不仅可以让读者对社会的不满情绪得到宣泄，而且可以让读者的消闲欲望得到满足，由此可以不胫而走。读者审美趣味的重要性由此可见一斑。

（二）接触新知的需要

徐念慈从不同类型小说的销售数量，发现读者审美趣味对小说销售的重要影响；而从白话小说销量反不如文言小说，他发现读者知识背景对小说销售也有重要影响。他对当时小说的读者构成进行了估算："余约计今之购小说者，其百分之九十，出于旧学界而输入新学说者，其百分之九，出于普通之人物，其真受学校教育，而有思想、有才力欢迎新小说者，未知满百分之一否也。"① 这一估算，应该说还是符合历史真相。近代小说读者大多"出于旧学界而输入新学说"，其中不仅有"旧学界"的根基，同时也有"新学说"的需要。而这也正是近代小说兴起的读者基础。

近代小说读者这种对"新学说"的需求，一直是近代小说报刊关注的焦点。几乎所有近代小说的广告都会涉及"振国民精神，开国民智识"②，以凸显小说目的之正当性，以及见解的新颖性。然而，这种"新学说"在读者那里，却逐渐蜕化为"新信息"。对新信息的要求，本来就是近代传媒读者对报刊的基本定位，这一要求自然要传导到近代

---

① 觉我：《余之小说观（续）》，《小说林》第十期。
② 《〈新小说〉第一号》，陈平原、夏晓虹编《二十世纪中国小说理论资料》第一卷，北京大学出版社1997年版，第56页。

小说报刊。小说读者不仅要求小说表现出"新学说",而且要求其传播新信息。他们更关注当下世态,而非久远历史,哪怕是历史小说,同样关注它们的当下意义。与书籍出版追求经典化不同,报刊发行追求的不是经典化,而是时效性。对"新"的追求,是报刊永远的基因。因此,阅读报刊与阅读书籍,实际上也是两种不同的心态。在这样的一种心态中,与近代报刊联姻的近代小说,自然会沾染上新闻的色彩,读者对其定位也会悄然发生变化。

近代小说读者对小说报刊的潜在定位,使他们希望从小说中读到新信息。从《新小说》的政治小说,到《绣像小说》《月月小说》的社会小说,再到《礼拜六》的写情小说,近代小说实际上在不断求新求变。虽然这种新变能够提供的新知有限,而且在深度上乏善可陈,但从本质上讲,还是对读者的求知欲望的肯定与满足。从近代小说提供的"新知"的性质与类型,可以看出近代小说读者求知欲望对近代小说的重要影响。

(三) 交流表达的需要

读者并不是一个纯粹的被动体,他们同样有情感交流表达的需要。好的小说应该是社会心理的折射,代普通民众说出心中所想所感。"凡人在社会中所日受惨毒而觉其最苦者二:一曰无知我之人,一曰无怜我之人。苟有一人焉,于我躬所被之惨毒,悉知悉见,而其于评论也,又确能为我辩护,而明著加惨毒于我者之非,则望之如慈父母、良师友不啻矣,以为穷途所归命矣。且又不必其侃侃而陈之,明目张胆以为我之强援也,但使其言在此而意在彼,虽昌言之不敢,而悱恻沉挚,往往于言外之意,表我同情,则或因彼之知我而怜我也,而因曲谅其不敢言之心,因彼之知我者以知彼,且因知彼以怜彼,而相结之情乃益固。故有暴君酷吏之专制,而《水浒》现焉;有男女婚姻之不自由,而《红楼梦》出焉。虽峨冠博带之硕儒,号为生今之世、反古之道,守经而不敢易者,往往口非梁山,而心固右之,笔排宝、黛,而躬或蹈之。此无他,人心之所同受其惨毒者,往往思求怜我知我之人,著者之哀哀长号,以求社会之同情,固犹读者欲迎著者之心也。"① 正是因为把握并

---

① 侠人:《小说丛话》,《新小说》第二年第三号。

表达出晚清社会对政府的失望，谴责小说才不胫而走；也正是因为表现出民初社会对婚姻不自由的不满情绪，鸳鸯蝴蝶小说才得以风行。

好的小说应该表达出读者之所想，但小说作者是否真正表达出读者之所想，还是需要读者的反馈。传统小说认同模式中，并没有建构作者与读者进行沟通的公共平台。二者之间的交流，或是限于点对点的个体沟通（文人小说），或者限于听说者的现场反应（话本小说），读者没有构成一个社会情绪的整体，向作者形成一种反作用力。而近代报刊的发行，则打造了一个读者与作者进行交流活动的公共平台，读者的意见与建议可以得到更直接与迅速的反馈。从《新小说》创刊开始，各种形式的编读往来，如发表读者的评论（诗词），刊登读者来信等，就已出现，这种形式也一直受到后来的报刊编辑者的重视。其中虽然不乏商业运作以及相互吹捧，但作为一种迅速有效的沟通方式，可以使读者的表达欲望得到及时释放。

与读者即时互动是推进小说报刊不断发展完善的重要手段，也是提升读者对小说报刊忠诚度的重要手段，更是促进读者与作者实现相互认同的重要手段。读者的及时反馈，可以提醒作者及时调整自己的创作姿态，提升自己的创作水平。小说作者不仅要面对读者的肯定与认同，而且必须面对读者的质疑与批判。读者与作者之间的这种交流对话，推进了近代小说交流机制的转型，使近代小说表现出双向交流的对话与潜对话意味。

二　稿酬制度与作者市场意识的强化

近代报刊的兴起，提升了读者的地位；而读者地位的直接体现，就在于其购买意愿决定了小说报刊的经济前途。而报刊的经济前途，又直接影响了作者的稿费收入。因此，近代小说读者经由稿酬制度才能对作者施加间接影响，由此可以见出稿酬制度与近代小说发展的密切关联。在近代稿酬制度确立之前，写小说虽然也可能获得经济回报，但写小说还没有成为一个独立的行业（说书不在此列）。《花月痕》的作者获得资助，只是传统润笔在小说界的变形；王韬从报刊获得稿费，也只是凤毛麟角的个案；韩邦庆创办《海上奇书》，只发行自己一个人的小说，因此不存在稿酬问题；林纾最初将《茶花女》的稿费全部捐出，则折射早期文人对稿费的复杂心态。

然而，小说的普及与发展需要更多的作者参与到小说创作中去。在这一意义上，能够通过小说创作获得经济效益，是近代小说发展的核心动力之一。当小说成为一个行业，能够让写作者从中获取物质利益，小说影响社会的能力也逐渐扩大。

1895年傅兰雅的时新小说征文并不是近代稿酬制度的起点，但对于积极投稿的162位作者而言，奖金未必不是重要的创作动力。傅兰雅试图以公益活动的形式推动小说发展，这一尝试的失败，在一定程度上，正说明小说在实现商业化之前难以实现近代化改造。而随后《新小说》带动一系列小说报刊的兴起，推动了小说市场的成熟，由此奠定了近代小说转型的社会基础。

随着小说报刊的增加，稿费制度逐渐确立成形。几乎无一例外，所有小说杂志的稿费都区分了等级，根据小说质量进行区别对待。而所谓小说质量的高低，在更可靠的范围内，实际上就是小说作者名气的大小。平江不肖生由最初《留东外史》卖不出去，到后来多家杂志社约稿，其间其作品质量并没有明显提高，但名气的增大似乎就是稿酬的保障。作者的名气，实际上体现的是读者的认可度。读者的认可度越高，作者的名气越大，而作者的名气越大，他的小说稿酬就越高，因此，读者的认可总是直接或间接地转化为经济效益。反过来，这种隐性或显性的经济效益，也会直接或间接地影响着作者的态度。近代小说中很少真正挑战读者的作品，或者说很少有真正挑战读者而又获得成功的作品，其根本原因大概也就是因为近代小说生产中的经济机制。

这种经济机制，强化了近代小说作者的市场意识，使他们保持面向市场，面向读者的姿态。"作小说而有志于社会，第一宜先审察一般阅者之习惯，投其好以徐徐引导之。"[①] "这里，明显的指挥棒没有了，创

---

① 叶小凤:《小说杂论（选录）》，黄霖、韩同文选注《中国历代小说论著选》（修订本）（下），江西人民出版社2000年版，第492页。

作变得自由了；可潜在的指挥棒依然存在，不过已由达官权贵转为读者大众，作家仍然无法完全自由创作。"① 这也就形成近代小说以及后来的现代小说的悖论：一方面，由于启蒙使命，作者处于高出读者的位置；另一方面，由于经济依附，作者又处于依附于读者的位置。作者因此具有引导者与依附者的双重属性。这种双重属性，使近代小说作者在面向市场时，无论是修辞话题的选择，还是修辞交易的建构，都面临新的挑战。近代小说作者在这两个问题上表现出来的内在矛盾，在一定程度上，正凸显出他们的市场意识与创作自由之间的矛盾，从另一个侧面凸显出读者地位的提升，以及读者对小说认同机制影响的增大。

（一）修辞话题的选择：启蒙与市场的博弈

近代小说从诞生开始，就一直在经济效益与社会效益之间寻求平衡。傅兰雅的"除三弊"主张，其对中国积弱积贫的原因分析，虽然比较粗浅，但终究提出了他自己的药方，表现出利用小说进行社会启蒙的意图。同时，傅兰雅以个人身份出钱征文，且计划自己掏钱出版部分小说，强调小说的社会效应而忽视小说的经济利益。然而，这种对经济利益的忽视，使其出版计划的动力不够强劲，最后因傅兰雅离开中国而无果而终，小说的社会效应最终也无从实现。这一事件预示了近代小说的命运：如果没有经济利益作为动力，近代小说难以顺利发展。由《新小说》掀起的近代小说期刊大潮，正是近代小说期刊不断适应市场运作机制的结果。而小说刊物存活时间的长短，与刊物是否能够满足市场的需要直接相关。近代存活时间较长的《绣像小说》《月月小说》《小说月报》《小说大观》等小说报刊，其市场化运作机制已经比较完善，那就是通过报刊发行获得经费，利用经费购买优秀作品，通过刊登优秀作品扩大报刊影响力，从而获得更多订阅者，使小说的生产与再生产能够顺利进行。

在近代小说生产与再生产的链条中，稿酬制度的作用极为关键。一方面，近代稿酬制度赋予了小说作者经济上的独立地位，小说创作

---

① 陈平原：《二十世纪中国小说史（1897—1916）》，《陈平原小说史论集》（中），河北人民出版社1997年版，第676页。

成为一种具有高度自由的职业；另一方面，稿酬制度本身就是市场化的产物，小说作者不得不面向市场，面向读者。近代小说作者在修辞话题的选择上，也就不能不考虑读者的多重需要，在启蒙与消闲之间寻求平衡。

时新小说征文，由于评定者是傅兰雅这一特定读者，傅兰雅的标准自然成为时新小说作者的标准，傅兰雅的主张成为小说作者的主张，很少有人超出作者限定的范围。这次征文之所以表现出浓厚的启蒙色彩，是因为作者们具有明确的读者（特定读者）意识，他们都根据傅兰雅这一特定读者的需要，调整了自己的写作姿态。

时新小说征文作者针对的是特定读者，《新小说》的政治小说作者群则已意识到需要面向普通读者，但他们在启蒙与市场之间没有找到合适的平衡点。他们选择以小说进行启蒙，就是注意到小说对于读者的吸引力，但他们没有意识到并不是所有小说都必然具有艺术感染力，因此他们的政治小说中，依旧带有浓厚的说教色彩，使小说的趣味性大为降低，难以满足读者的消闲需要，政治小说由此也难以真正获得读者的认同。相对而言，《新新小说》作者群对读者的定位更为明确，由此更有针对性地满足读者的需要。他们不仅将期刊的主题定位为"侠客谈"，而且对读者进行了明确定位：

> 非好事者无阅我《侠客谈》之价值。
> 非初通文理略解人事之十四五岁少年，无阅我《侠客谈》之价值。
> 非有侠客思想者，无阅我《侠客谈》之价值。
> 非有侠客性情者，无阅我《侠客谈》之价值。
> 非好阅《游侠传》者，无阅我《侠客谈》之价值。①

《新新小说》由于其同人期刊性质，不以市场为唯一标准，因此他们可以采用针对特定读者的策略，而对于《绣像小说》《月月小说》

---

① 冷血：《侠客谈·叙言》，《新新小说》第一号。

《小说林》等面向市场的报刊而言，则希望获得尽可能多的读者，以获得尽可能大的经济效益，因此，他们需要获得最普泛的读者群。李伯元、吴趼人、刘鹗、曾朴等人在平衡读者的启蒙需要与消闲需要方面，走出了自己的独特道路。

晚清这种启蒙与消闲的平衡，在辛亥革命后，因为社会氛围而发生变化，小说市场出现向消闲的倾斜。《小说丛报》《礼拜六》《小说新报》等报刊，因这种市场风气变化而兴起，同时也为这种风气推波助澜，由此形成了民初鸳鸯蝴蝶满天飞的局面。不过，在这种消闲的强化背后，依旧隐含着启蒙的因子："'新小说'广告最突出的有两点：一是突出其'思想高尚'，一是强调其'情节曲折'。前者为提高身价，后者则为招徕读者。"① 这种倾向在民初的鸳鸯蝴蝶流行时依旧存在，只是"思想高尚"的声音已逐渐被市场的喧嚣遮蔽，无法形成时代的强音。

（二）修辞交易的建构：守旧与创新的律动

近代小说作者面向市场的修辞话题选择，也必然会影响其修辞交易的建构。"报刊登载小说与小说书籍的大量出版对小说形式发展的决定性影响，主要体现在传播方式的转变促使作家认真思考并重新建立作者与读者之间的关系。"②

由于近代小说读者大多为"出于旧学界而输入新学说者"，读者的特殊性造就了近代小说修辞交易机制建构的特殊性。"修辞术是一种适应术。所谓适应，就是适应读者的意思，使与读者或听者的心理状态发生适应的效力。适应的范围很大，或是对于知识，或是对于感情，或是对于意志，或是对于想象。在知识方面，必须明了读者的理解力；在情感方面，必须激发读者的积极反应。在想象方面，必须诱引读者的兴趣。"③ 近代小说读者的变化，使近代小说的修辞术也必然随之变化。

---

① 陈平原：《中国小说叙事模式的转变》，《陈平原小说史论集》上卷，河北人民出版社1997年版，第367页。

② 陈平原：《小说的书面化倾向与叙事模式的转变》，《陈平原小说史论集》上卷，河北人民出版社1997年版，第540页。

③ 石苇：《作文与修辞》，上海光明书局1933年初版，第5—6页，转引自宗廷虎、李金苓《中国修辞学通史·近现代卷》，吉林教育出版社1998年版，第534页。

从总体上讲，近代小说受众的文化水平远远超出传统小说的受众。除了原有的士绅读者群，近代小说新增的学生读者群的文化水平远超传统说唱小说的读者群，由此读者文化水平大大提升；与文化水平的提高一致，近代小说读者群也形成了自己较为稳定的价值观念与审美趣味。读者的全面提升对近代小说作者构成了巨大挑战，使近代小说作者不得不建构新的修辞交易机制。

对近代小说的修辞交易机制，近代小说界也进行了不少理论探讨。在"冷"看来，"小说之能开通风气者，有决不可少之原质二：其一曰有味，其一曰有益"①。而在吴趼人等人看来，小说"能改良社会者，以其能动人感情也"②。这些论述，已经涉及近代小说建构与读者进行修辞交易的核心问题。然而，无论"有味""有益"还是"有情"，都不是近代小说的特质，在"有味"方面与传统小说相比，近代小说甚至处于劣势。但近代小说作者与传统小说作者相比，却具有更为明确的自觉性。他们试图通过"有新益""有新情"与"有新味"来建构与读者协商对话关系。

这种机制中，列为首位的就是"有益"。从时新小说开始，近代小说就一直强调小说对于国家、民族、社会、家庭以及个人的有益。时新小说的"除三弊"指向的是民强国富，而其基点却是家庭与个体的利益。政治小说与谴责小说异曲同工，从不同向度指向对政权的不满，不过前者重在探索，后者重在批判，但他们都意识到了政治腐败与民族境遇乃至个体境遇的相关性，其修辞目的都指向了"改良群治，开启民智"。鸳鸯蝴蝶派的言情小说，则更关注个体命运，将晚清的宏大叙事拉回到个体叙事；但个体命运依旧受政治与文化的宏观影响，使个体命运还是与民族命运联系了起来。尽管近代小说作者对于究竟"何为有益""如何有益"等问题，很难达成共识，但其与传统小说的"惩恶扬善"还是有较大距离。传统小说强调用小说"移风易俗"，但其对良好

---

① 冷：《论小说与社会之关系》（上），转引自陈大康《中国近代小说编年史》第二册，人民文学出版社2014年版，第853页。
② 吴趼人：《中国侦探案·弁言》，海风主编《吴趼人全集》第七卷，北方文艺出版社1998年版，第212页。

风俗的判断标准始终是传统礼教。近代小说的"改良群治",则隐含着近代的政治观念、社会观念与个体观念,由此形成与传统小说的本质差异。因为小说在传导新型价值观,近代小说界特别强调阅读小说本身的有益性。小说不再是洪水猛兽,也不再是浪费光阴,不再是误人子弟,而是于人于己都有益的健康行为。这种"有益",从大的角度讲可以是"开智",从小的角度讲也是一种"省俭而安乐"①的消闲方式,可以让人调节工作后的劳顿:"一编在手,万虑都忘,劳瘁一周,安闲此日,不亦快哉!"②

如果"开口便见喉咙",那么再"有益"的小说,只怕也难以有人问津。梁启超看重小说,就在于其有"熏浸刺提"之魔力,一言以蔽之,则可以曰"迷",而能让读者"入迷"的,还是"情"。从刘鹗、吴趼人、符霖到徐枕亚、吴双热、李定夷,虽然他们对"情"的定义广狭有别,但对"情"的重视则一脉相承。然而,近代小说的"情",相对于传统小说的"情",已发生重大变化。一方面是近代小说的情感内涵发生变异,家国之情得以强化与泛化。"吾人生今之时,有身世之感情,有家国之感情,有社会之感情,有种教之感情。"③ 这些情感经常混杂在一起,在当时的时代氛围中,自然会染上"今之时"的特点。因此,无论是《恨海》,还是《禽海石》,抑或《玉梨魂》,甚至《广陵潮》,个体命运始终与家国命运联系在一起,私人情感也包含着家国情感。另一方面则是近代小说的情感基调发生转变,传统的大团圆结构消解,悲剧色彩增强。在"今之时","其感情愈深者,其哭泣愈痛"④。无论传统小说作者本意如何,其故事大多始于悲而终于欢,最后总会有一个大团圆结局。而在近代社会氛围中,却让人连这种做梦的环境也没

---

① 钝根:《〈礼拜六〉出版赘言》,陈平原、夏晓虹编《二十世纪中国小说理论资料》第一卷,北京大学出版社1997年版,第484页。
② 钝根:《〈礼拜六〉出版赘言》,陈平原、夏晓虹编《二十世纪中国小说理论资料》第一卷,北京大学出版社1997年版,第484页。
③ 刘鹗:《老残游记·自叙》,吴组缃、端木蕻良、时萌主编《中国近代文学大系·小说集》第四册,上海书店1991年版,第244页。
④ 刘鹗:《老残游记·自叙》,吴组缃、端木蕻良、时萌主编《中国近代文学大系·小说集》第四册,上海书店1991年版,第244页。

有了。稍有识见之人，就可以看到举目皆荆棘，无论是家国之情，还是个体私情，都难以大团圆，结果便是近代小说的"悲情"盛行，刘鹗所说之"哭声"一片。

无论"有益"还是"有情"，都需要合适的表达方式，才能够唤起读者的兴趣。"有味之说，解者固易：其立格也奇，其运思也巧，其遣词也绮丽明达。"① 然而操作起来，却可能最难。这也是限制近代小说艺术成就的关键要素。相对而言，对小说"有味"与否的判断，涉及审美趣味，而审美趣味是一种较为稳定的阅读心理，因此近代小说作者在这方面表现出更强的保守色彩。徐念慈在1908年就已经发现近代小说销售中的悖论：理论上讲，白话小说"言语则晓畅，无艰涩之联字；其意义则明白，无幽奥之隐语，宜乎不胫而走矣"②，事实上却是"文言小说之销行，较之白话小说为优"③。这一倾向已经预示了民初骈体小说的兴起。

然而，近代小说的出版发行机制，也为近代小说在"有味"方面的探索开拓了新的空间。近代小说的"写—看"式书面化交流，与传统小说的"说—听"式现场化交流（包括拟说书体）相比，出现较大差异，部分改变了读者对小说"有味"的认知。读小说与听小说不同，后者是一次性的，而前者可以是多次性的，后者是公共化的，前者则是私密性的，因此，从根本上讲，后者是浅层的，前者则可以是深层的。这种交流方式的差异性，以及交流主体的文化水平的差异性，使小说可能向深里开掘，促使作者在描写的内容与叙述的形式上创新。如心理描写会使叙事节奏变慢，在传统小说中并不多见；如倒叙，在一次性的说书中很难处理，容易让听众产生混淆；而在书面叙事中，广泛采用心理描写与倒叙也不至于产生阅读障碍。或者说，这种阅读障碍本身，也成为阅读的乐趣之一。

---

① 冷：《论小说与社会之关系》（上），转引自陈大康《中国近代小说编年史》第二册，人民文学出版社2014年版，第854页。
② 觉我：《余之小说观（续）》，《小说林》第十期。
③ 觉我：《余之小说观（续）》，《小说林》第十期。

第二节 有新益:理性协商与近代逻辑思维模式的建构

近代小说一直强调对读者"有益",对于终究何为有益,不同作者可能有不同解释:"有益之说,论者各异矣。巧辩之士,固无一不可牵合之为有益也:记放纵之事,则曰养国民慷慨之气也;记委靡之事,则曰去国民粗暴之气也;记残酷之事,则曰恐我国民之性之不深刻也;记淫荡之事,则曰哀我国民之性之不活泼也。"① 但没有任何人能够确保作者"有益"的用心,使读者获得"有益"的效果。《官场现形记》意在劝惩,在部分读者那里成为"官场教科书"。黑幕小说自诩为"学校以外教科书"②,事实上却可能是"杀人放火奸淫拐骗的讲义"③。然而,近代小说这种力图使小说"有益"的意识,尤其是小说中那种存在多种阐释空间的"有益",在作者与读者之间建立了一座理性沟通的桥梁,使双方能够就此展开对话。"以小说改良风俗,古之人未尝不知此义矣"④,传统小说"无不以劝善惩恶、移风易俗为职志"⑤,然而,传统小说中的善恶标准从来就没有矛盾,其最高评价标准不过"三纲五常",《红楼梦》中出家了的贾宝玉,依旧要朝着贾政遥遥一拜。而近代小说对于"有益"的阐释,却开创出多重空间。这也就需要作者运用自己的理性去进行理论建构,读者同样需要运用自己的理性去进行理论重构,由此形成了近代小说的理性协商机制。

从根本上讲,对读者最为"有益"的方式,就是"开智",也就是让读者独立而自由地运用自己的理性,自行判断何者对自己"有益"。

---

① 冷:《论小说与社会之关系》(上),转引自陈大康《中国近代小说编年史》第二册,人民文学出版社 2014 年版,第 854 页。
② 王钝根:《〈中国黑幕大观〉序》,转引自於可训、叶立文《中国文学编年史·现代卷》,湖南人民出版社 2006 年版,第 64 页。
③ 《"黑幕"书·宋云彬致钱玄同》,《新青年》第六卷第一号。
④ 《新小说之平议》,转引自陈大康《中国近代小说编年史》第四册,人民文学出版社 2014 年版,第 1704 页。
⑤ 《新小说之平议》,转引自陈大康《中国近代小说编年史》第四册,人民文学出版社 2014 年版,第 1705 页。

第四章 认同向度的翻转与近代小说修辞策略的展开

在近代小说的启蒙过程中,虽然依旧存在某些研究者所指出的问题,"读者则被当做完全被动的接受体"①,但更多作者已经开始注意到如何发挥读者的主动性:"著小说者,既趋时势之潮流,一改从前腐旧社会之鬼神梦寐诸陈腐;则读小说者,亦将披寻其寄托之意思,而生发其无穷之颖想。"② 没有读者的能动参与与自觉认同,任何启蒙都难以取得实效。近代小说通过"有益"的"开智",促进了近代逻辑思维模式的建构。

一 凸显知识的有效性

近代小说作者认为,对读者最为紧迫的"有益"之事,无疑就是"开智"与启蒙。"启蒙运动就是人类脱离自己所加之于自己的不成熟状态"③,实现启蒙的要诀就是"允许他们自由"④,尤其是"公开运用自己理性的自由"⑤。但运用理性的前提,是掌握现有的理性的成果,也就是前人积累下来的证明有效的知识。这些证明有效的知识,大体可以分为科学智识与社会智识两大类:"夫我社会所以沉滞而不进者,以科学上之智识,未足故也;以物质上之智识,未有经验故也。因之而安于固陋,入于迷信者,大半以此。若提倡小说者,而能含科学之思想,物质之经验,是则我社会之师也,我社会之受其益者当不浅。虽然,尤有一事。我社会之所以衰弱而无力者,以国家思想之薄弱也。以己与国家无关,国家与己无关也,故一听其腐败灭亡而无所顾。若提倡小说者,而能启发国家之思想,振作国家之精神,是亦我社会之指导者也,我社会之受其益,亦必不浅。我社会智识之缺乏,虽不一端,而今日所

---

① 武润婷:《中国近代小说演变史》,山东人民出版社2000年版,第99页。
② 耀公:《小说发达足以增长人群学问之进步》,陈平原、夏晓虹编《二十世纪中国小说理论资料》第一卷,北京大学出版社1997年版,第314页。
③ [德]康德:《答复这个问题:"什么是启蒙运动?"》,《历史理性批判文集》,何兆武译,商务印书馆1990年版,第22页。
④ [德]康德:《答复这个问题:"什么是启蒙运动?"》,《历史理性批判文集》,何兆武译,商务印书馆1990年版,第23页。
⑤ [德]康德:《答复这个问题:"什么是启蒙运动?"》,《历史理性批判文集》,何兆武译,商务印书馆1990年版,第24页。

最宜补助者，莫如斯二者。"① 陈景韩在这里对近代知识体系进行了初步的分类，即与物质有关的自然科学知识以及与国家有关的社会科学知识。近代小说在这两方面都颇为用心，通过凸显近代理性思维成果的有效性，奠定近代逻辑思维模式的基础。

（一）自然科学的有效性

对科学的重视，是近代社会的一股重要思潮。这种思潮自然也影响到小说界，不少小说报刊非常关注科学普及。《绣像小说》创刊时就在小说中掺杂"益智问答"这类科普栏目，连载日本坂下龟太郎著的《理科游戏》这类与小说风马牛不相及的科普作品。这种趋向也延续到《小说月报》，《绣像小说》未连载完毕的《理科游戏》在《小说月报》上继续刊载。不仅小说期刊与科学有着不解之缘，更重要的是近代小说创作与科学也有着不解之缘。

时新小说对"实学"的强调，使其对具体的科学知识极为重视，甚至希望借小说以传播作者认为有益的知识，使小说达到帮助读者甚至社会的效果。《五更钟》直接抄录岳龙治疮、医疟、戒烟、续骨、疗伤等多个处方，并在凡例中特意点出这些医方的有效性："一书之出，均求有益于世。是书不敢云足以益世，但其中救急诸药方，均有实效，非敢随口乱道也。藏是书者，如遇有疾患，与书中所言相同者，尽可照书医治，决不有误，而且可以决其有效。"②《五更钟》注重传统中医的有效性，《醒世新编》则注重西方现代科技的有效性。小说中详细介绍了引水机（抽水机）的原理、结构、工艺以及制作方法，明显带着科学普及意味，试图用小说展示科学的有效性，从而让更多人仿效。

科技的普及可以救死扶伤，也可以发家致富，更重要的可能还是强种强国。《月球殖民地小说》中，现代科技可以使个体摆脱地球的约束实现自己的愿望；《新纪元》中，发达的现代科技可以使中国战胜列强，成为全球霸主；《新石头记》中，不仅可以依靠科技强种，更可以

---

① 冷：《论小说与社会之关系》（下），转引自陈大康《中国近代小说编年史》第二册，人民文学出版社2014年版，第861页。
② 李钟生：《五更钟·凡例》，周欣平主编《清末时新小说集》第一册，上海古籍出版社2011年版，第295页。

运用科技强国。

这些带有幻想性质的小说,虽然同样试图彰显科技的有效性,但终究与春秋大梦相似,缺乏理性的支撑。给读者以更为实在的思想触动的,应该是近代科学背后隐含的理性精神;最明显地体现出这种理性精神的,就是近代的反迷信小说。正是在反迷信的过程中,近代小说逐渐彰显了理性的意义。《扫迷帚》中的卞资生以启蒙者的姿态,对社会上种种迷信习俗进行揭露,其"从实理阐起,实事作起"[1]的主张,本身就是理性精神的体现,其具体手段更是理性精神的运用,通过"吾辈读书明理之人,随时洞察,随处道破,转移而感悟之"[2],破除迷信,推动社会进步。《瞎骗奇闻》与《玉佛缘》则通过迷信者自己的命运来现身说法,他们迷信命运与神佛,最后反被迷信害了性命,由此说明理性精神的重要性。理性精神背后的支撑,还是近代科学技术。吴趼人对"穷算命,富烧香"等社会现象,进行了近代心理学阐释;嘿生则通过王以言十六岁时的怪论,解释了迷信鬼神的心理机制:"一切神佛都生于人心。没见识的人,只觉得地球上的风云雷雨、日食月食各事,都可恐怖。如一一明白了那缘故,也不至于怕到那步田地。至于神佛,也是这个念头。一条心是畏惧,一条心便是希望。假如明白了没神没佛的道理,自然心就冷了。譬如一人夜行,只觉得背后有鬼跟着,窸窣有声。此时哪里有鬼?为他脑筋里先印入一个鬼的影响,到孤寂时候,触念便来,所以觉得有鬼。"[3]包天笑《画符娘》中画符娘在自己丈夫死于迷信后,改学现代医学,成为一代名医。这似乎也指示出近代科学与小说结合的一条新路,具有一定的示范作用。

近代科学技术与理性精神不仅对个体、社会、国家发展有效,对于侦探破案同样有效。传统公案小说向近代侦探小说转变的过程中,近代警察制度的建立自然是关键要素之一,但内在决定性因素,则是由"重口供"向"重证据"的转变。而证据的获得与现代科技密切相关。

---

[1] 壮者:《扫迷帚》,《绣像小说》第43号。
[2] 壮者:《扫迷帚》,《绣像小说》第45号。
[3] 嘿生:《玉佛缘》,董文成、李勤学主编《中国近代珍稀本小说》第十六册,春风文艺出版社1997年版,第488—489页。

支明所著之《生生袋》，正是通过近代生理学知识，破解了多个疑案。如利用人紧张时不分泌唾液的生理反应，让所有仆人口中含枣，然后找出那个枣特别干燥的人，指出他就是偷大汉金杯之家贼。利用狗的条件反射，发现妇人就是谋杀其丈夫的凶手。程小青霍桑探案系列侦探小说中，处处可见近代科技的背景。现代法医与传统仵作已不可同日而语，现代取证技术与传统取证技术，其差异同样不可以道里计。近代侦探小说说明近代科技在明辨是非鉴别善恶方面，也具有不可替代的有效性。

近代小说对科学技术与理性精神的有效性的强调，推动了中国近代唯科学主义的兴起。其中虽然存在矫枉过正的倾向，如《扫迷帚》对民俗文化的一味批判，但总体上对建构近代理性个体发挥了巨大的历史作用。

（二）社会科学的有效性

自然科学知识具有解决实际问题的有效性，政治理念等社会科学知识看起来比较空疏，实际上却可能更深远地影响国家与民族的发展。《老残游记》中的"罗盘"已经暗示了治国理念的重要性，梁启超等人的表述则更为明确。在梁启超看来，"一曰开民智，二曰开绅智，三曰开官智，窃以为此三者，乃一切之根本"①；然而，无论是"开民智"，还是"开绅智"，抑或"开官智"，其所谓的"智"都主要不是指自然科学，而是指社会科学，尤其是自由与自治等涉及个体与国家之间关系的现代政治理念。"今日欲伸民权，必以广民智为第一义。"② 在梁启超那里，所谓"开民智"，就是要让老百姓知道自己所拥有的权利，从而为"伸民权"做准备；所谓"开绅智"，则是要让绅士明白如何掌管"地方公事"，实现地方自治；所谓"开官智"，则是官员能够提高治理社会的能力与效率，"吏者治事者也，吏不治事，即当屏黜，岂待扰民哉？虽然，治事者，必识与才兼，然后可云也"③。正是因为坚信政治理念能有效解决国家发展问题，梁启超的《新中国未来记》大段引用"宪政党"的章程与办事条例，使小说成为其发表"区区政见"的手段。在小说中，梁启超特别强调了这些章程的有效性，因为其预想的新

---

① 梁启超：《论湖南应办之事》，《饮冰室合集》第二册，中华书局2015年版，第251页。
② 梁启超：《论湖南应办之事》，《饮冰室合集》第二册，中华书局2015年版，第245页。
③ 梁启超：《论湖南应办之事》，《饮冰室合集》第二册，中华书局2015年版，第251页。

中国之美好未来，正是践行了其政治理念的结果。

与《新中国未来记》相似，陈天华的《狮子吼》也预设了一个未来的强大的中国，其实现路径却与梁启超的改良主义不同，其指导理念是民族革命；但二者路径虽异，思路相通，那就是强调政治理念对于改造中国的有效性。只要唤醒民众对其主张的认同，并且群起践行，中国就可以成为强大的国家。

《黄金世界》与《痴人说梦记》没有梁启超与陈天华那么乐观。他们似乎对当时的政府已经不抱希望，因此不是像梁启超与陈天华那样寄希望于未来，而是寄希望于海外，在世外桃源中践行其政治理念。《黄金世界》中，朱怀祖等人运用近代经济学管理学知识，将螺岛建设成了一个世外桃源；《痴人说梦记》中的贾希仙，则通过启蒙民众，推翻仙人岛原有统治者，将仙人岛开拓为华人的殖民地。

《黄金世界》与《痴人说梦记》试图开拓海外桃源，《瓜分惨祸预言记》则试图划出自治疆土。与上述作品的乐观情绪不同，该小说预言中国将被列强瓜分蹂躏的命运。但在中国被列强瓜分的过程，政治理念还是具有其有效性。在作者心目中，地方自治就是救世良方，不仅可以提升百姓的权利意识，改进地方管理，增加地方福祉，而且可以使其摆脱帝国主义的压迫，避免被殖民的悲惨命运。华永年四处进行理论鼓吹："这洋人原道我们中国人是极愚的……这便是不应在地球上享福之人，所以任意的残杀。若是我们乡内有议事厅，就中有卫生部、警察部、教育部。……这便是地方自治的规模。从前我在好几处地方说过此法，他们总是不信。如今你若要免得外人残虐，快要依我之言办去。"① 夏震欧将这种自治理念付诸实践，在领导众人反抗外国入侵时，联合地方自治力量，摆脱清政权控制，成立"新立兴华邦共和国"，推行现代民主政体。经过众人推举，夏震欧担任了该国大统领，并"公定了官制宪法，又集众人公举大臣"②。这种自治使该共和国获得了部分外国

---

① 日本女士中江笃济藏本、中国男儿轩辕正裔译述：《瓜分惨祸预言记》，董文成、李勤学主编《中国近代珍稀本小说》第十七册，春风文艺出版社1997年版，第479—480页。
② 日本女士中江笃济藏本、中国男儿轩辕正裔译述：《瓜分惨祸预言记》，董文成、李勤学主编《中国近代珍稀本小说》第十七册，春风文艺出版社1997年版，第510页。

政府的承认，从而在战乱中保护了该地的百姓。甚至只是实行地方自治的商州县，也因实行自治，获得英国保护，当地百姓"竟与白人平等，同享自由"①。这种寄希望于帝国主义的仁慈的解决方式，自然是痴人说梦，但其强调政治理念的有效性的思路，却与梁启超等人一脉相承。

相对而言，《未来世界》对未来的想象，主要依托当时的现实，具有较强的现实色彩，但其思路依旧是进行政治启蒙，只是其政治理念由地方自治转化为君主立宪："要叫那天下二十二行省，全国四万万同胞，一个个都晓得自己身上，有对于宪政的问题，有赞成立宪的义务，成了个完完全全立宪以后的国民，这才算得是立宪，这才算得是自强。"②

辛亥革命的成功，可以说是近代政治理念有效性的一次验证；但随后而来的专制的回潮，似乎又从反面消解了这一证明。《新华春梦记》与《广陵潮》等作品，对民国后的政治乱象，进行了较为忠实的表现，其中隐含着对政治理念的怀疑与失望。这种对政治理念有效性的怀疑，使民初小说家开始疏离政治。直到阶级意识兴起，政治与小说才再次联姻。从总体上讲，近代小说尤其是晚清小说已经为20世纪中国小说的政治化埋下了种子，其核心就是强调了社会理念对于社会改造的有效性。

二 强化逻辑的严密性

通过验证近代自然科学与社会科学的有效性（主要还是通过想象而不是实践），近代小说作者凸显了近代科学相对于传统文化的优越性，从而潜在地论证了近代逻辑思维模式相对于传统交感思维模式的优越性；与此同时，近代小说作者对小说叙述的内在合逻辑性的不断强化，正是对近代逻辑思维模式的活学活用，对读者可以产生潜移默化的影响，从而使小说真正对读者"有益"。

---

① 日本女士中江笃济藏本、中国男儿轩辕正裔译述：《瓜分惨祸预言记》，董文成、李勤学主编《中国近代珍稀本小说》第十七册，春风文艺出版社1997年版，第543页。
② 春飔：《未来世界》，《月月小说》第一年第十号。

近代小说对合逻辑性的追求，主要表现在两个层面，一是故事层面的生活逻辑与故事逻辑的统一，一是叙事层面的因果关系强化与关键细节凸显。

（一）虚构与写实：故事逻辑的生活化

"戏不够，神仙凑"，在传统小说中，种种超自然情节屡见不鲜。一到人力不能解决或礼教难以解释之处，就可能出现超自然力量来帮忙。《三国演义》碰到违反常识的情节，就用"谋事在人成事在天"来搪塞；《红楼梦》碰到故事无法发展下去时，就有和尚道士来救场。《花月痕》中"情话未央，突来鬼语"①，借鬼神来解决战争问题；《儿女英雄传》则是用皇帝取代神仙，用圣谕来调和现实矛盾。在近代小说界看来，传统小说这种对超越个体的外在力量的推崇，助长了人们的依赖心理："中国之旧小说则动丧人自立之性者也。其故有二：一曰教人以依赖鬼神，如为善获福、为恶获祸，主张因果诸小说是也。此犹不失劝惩之义。其甚者，乃教人以依赖命运，依赖社会上有声势权力之人，如当山穷水尽之时，并不教人以自力战胜天然及社会之危难，而徒撰一绝处逢生，不衷情理之事实以斡旋之，则使读之者，人人贱人为之功，而藉获天然不可知之福矣。"②

由于意识到这种超自然情节的荒诞，近代小说强调虚构一定要合乎情理，也就是要注意故事逻辑与生活逻辑的协调："小说者，文学的，而非科学的、历史的也，诚不能责之以叙述实事。然书中所叙述之事，出于意造可也，而必不能不衷于情理。"③

基于"衷于情理"，近代小说的"写实派"逐渐压过了"理想派"。就是所谓的理想派，也表现出较强的现实主义色彩，其理想也以现实为前提与旨归，其故事逻辑与生活逻辑逐渐接近，不再像传统小说那样用超自然手段去解决矛盾。

---

① 鲁迅：《中国小说史略》，《鲁迅全集》第九卷，人民文学出版社2005年版，第267页。
② 管达如：《说小说》，陈平原、夏晓虹编《二十世纪中国小说理论资料》第一卷，北京大学出版社1997年版，第410页。
③ 管达如：《说小说》，陈平原、夏晓虹编《二十世纪中国小说理论资料》第一卷，北京大学出版社1997年版，第410页。

"时新小说"在故事逻辑上，还是与传统小说较为接近。这些小说依旧保留了传统的大团圆式结构，大多以三弊的尽行废除来结尾，表现出明显的理想化与浪漫化色彩，同时，除三弊的实现也还是依靠皇帝的一纸敕令，与传统小说对超自然力量的推崇有相通之处。但其对个体命运的书写，已经表现出较强的现实质感。《五更钟》等小说对小脚女性行为不便的描写，落到了生活的细处与实处，使得其除弊主张具有较强的来自生活逻辑的力量。《新中国未来记》《狮子吼》《未来世界》等政治小说虽然构建了一个理想化的未来，但其通向这一理想未来的路径，却始终指向了全体国民的努力，而不再是依靠外力的赐予。"一国的势力，一国的地位，也全靠一国的人民自己去造他，才能够得的。"① 以谴责小说为代表的社会小说，与政治小说的理想化正好相反，充满的是对现实的失望，为了表现对现实的不满，近代社会小说经常为了哗众取宠而过甚其辞，但这种"话柄"的漫画化表述，与现实生活依旧保持着高度一致，其中隐含的故事逻辑，与民众对于生活的理解相通。如"大凡做州县官的，第一要有一副假慈悲的面貌；第二要有一种刽子手的心肠；第三还要有一肚皮做妓女的米汤"② 这类说法，体现了民间智慧，也夹带着民间情绪，成为当时生活逻辑的典型表达。这种生活逻辑也正是近代谴责小说得以兴起与流行的社会基础。

　　无论是政治小说的理想化还是社会小说的夸张化，其故事逻辑与生活逻辑还是存在一定距离，因此其发展动力也还是存在一定缺陷。辛亥革命后，理想化的政治小说难以为继，而漫画化的社会小说则朝"实录化"的黑幕小说演变。在虚构与写实之间寻求平衡的写情小说，则因其故事逻辑与生活逻辑的协调共振，获得快速发展与广泛认同。

　　与传统言情小说经常因贵人相助而使有情人终成眷属的大团圆结局不同，近代言情小说讲述的基本是悲剧故事。这些悲剧的发生，基本以现实生活逻辑为基础。《恨海》与《禽海石》以庚子事变为背景，写出了大动荡中的小儿女的悲剧命运，"覆巢之下无完卵"，个体命运与家

---

① 梁启超：《新中国未来记》，《饮冰室合集》第三十五册，中华书局2015年版，第9683页。
② 八宝王郎：《冷眼观》，董文成、李勤学主编《中国近代珍稀本小说》第十六册，春风文艺出版社1997年版，第14页。

国命运存在高度一致性。《玉梨魂》与《断鸿零雁记》，一写寡妇恋爱，一写和尚恋爱，其间自然有时代风潮的影子，但个性解放在当时还未成为主流，个体难以击败自己内在的心魔，其悲剧结局也就成为必然。《孽冤镜》与《双枰记》的主题更为古老，一写男方家庭专制，一写女方包办婚姻，自由婚恋在家庭专制面前，依旧显得极为脆弱。爱情在家国命运、时代风气以及专制家庭面前，始终处于弱势。这种对生活逻辑的顺应，使近代言情小说虽然呼唤婚恋自由，却始终未曾打破哀情的魔咒；同时也因其具有坚实的生活逻辑基础，获得了广泛的社会认同。

（二）原因与结果：叙事逻辑的细节化

超自然力量的退场，要求小说在文本的叙事逻辑上，具有更周延的因果联系，逻辑链条中细节的重要性由此得到彰显。

由于有超自然力量的协助，传统小说对于小说叙事中的细节并不十分重视，因此，前后矛盾的事情时常发生。连以细节描写著称的《红楼梦》，也碰到了一个极大的难题，那就是小说中人物的年龄。由于成年男女混居在大观园中，可能被人视为《金瓶梅》第二，因此曹雪芹不得不让这些人都成为天才儿童，一群十来岁的孩子个个出口成章，卓尔不群；但为了让故事能够向纵深发展，曹雪芹又不得不多讲几个年头，于是小说中人物的年龄也便忽大忽小，前后不一。《儿女英雄传》中，江湖侠女十三妹的纤纤玉足"只有二寸有零，不及三寸"[①]，而她提起二百多斤的石头碌碡没有重心失衡；其性格说变就变，江湖辣妹婚后马上成为三从四德的贤妻良母。《花月痕》中，不仅要写妓女恋爱，而且死抱处女情结，于是妓女杜采秋出淤泥而不染，竟然能够预知自己的发达而保留处子之身，以便让男主韩荷生能够独享艳福，同时也配得上其一品夫人的身份。

这种叙事逻辑的随意性，在近代小说中得到极大改观。《海上花列传》已表现出对叙事逻辑的严格要求："合传之体有三难：一曰无雷同，一书百十人，其性情言语面目行为，此与彼稍有相仿，即是雷同。

---

① 文康：《儿女英雄传》，华夏出版社2013年版，第51页。

一曰无矛盾，一人而前后数见，前与后稍有不符，即是矛盾。一曰无挂漏，写一人而无结局，挂漏也；叙一事而无收场，亦挂漏也。"① 其中的第二与第三，实际上都是强调叙事的逻辑性。这种对叙事逻辑的强调，在随后的小说中得到了继续。《澹轩闲话》虽然采用了传统小说并不常见的倒叙，但其逻辑链条却并没有因此而弱化，相反，其倒叙对其叙事链条进行了解释与补充，从而强化了其内在逻辑性。小说开场时，主人公包尚德已经五十多岁，但为了写出其痛恨"三弊"的缘由，作者将笔墨转向其妻三岁时的命运，让时间倒退五十年，从其妻缠足写起，娓娓道来，通过五十年的世事变化，揭露"三弊"的遗毒无穷。《新中国未来记》对未来的设计虽然趋于理想化，但对于其实现路径的设计，却依旧强调其内在的逻辑性，尤其是其中黄李二人的论辩，从故事性衡量固然是一个缺陷，但在逻辑的严密性方面却可以算是一个典范。《官场现形记》等社会谴责小说，"虽云长篇，颇同短制"②，作为长篇小说固然算是缺陷，但如果将其当成短篇小说读，却可以发现每个故事都注重内在的逻辑性。买官的成功与失败，钻营的碰壁与投机，都由来有自，由此见出官场的复杂性，并非简单的"买官卖官"可以概括。《二十年目睹之怪现状》更是运用了"穿插藏闪"之法，虽然未曾做到人人有交代，但主要人物在小说中的忽隐忽现，使小说成为一个有机整体。主要人物的命运，在其最初出场时便已埋下伏笔，表现出较严密的逻辑性。苟才死于儿子之手，蔡侣笙终被弹劾，吴继之的破产，"我"的潦倒，都是"性格决定命运"的例证。

对细节与逻辑的强调，在言情小说与侦探小说这两类最受欢迎的小说中，表现得更为突出。《恨海》中陈伯和的最终堕落，不仅在其小时候的"活泼"③ 中预留了空间，更重要的原因还是其人格的内在缺陷。他在天津的战乱中，因"凭空撒了一个大谎，被我谎了八口大皮箱"而"暗暗快活起来"④，可见其轻浮油滑与好占便宜；这种性格到了上

---

① 韩邦庆：《海上花列传·例言》，人民文学出版社1982年版，第3页。
② 鲁迅：《中国小说史略》，《鲁迅全集》第九卷，人民文学出版社2005年版，第229页。
③ 吴趼人：《恨海》，海风主编《吴趼人全集》第五卷，北方文艺出版社1998年版，第5页。
④ 吴趼人：《恨海》，海风主编《吴趼人全集》第五卷，北方文艺出版社1998年版，第52页。

海这种地方，有了金银，又结交匪友，自然在风月场中一发不可收拾，其最后的结局也便不显突然。《禽海石》中劈头就说自己与其意中人受了孟夫子的害，而故事中实际讲述的则是庚子事变导致二人的悲剧命运，故事与主题似乎风马牛不相及；但叙述者最后特意点出其中的逻辑关系："我不怪我的父亲，我也不怪拳匪，我总说是孟夫子害我的。倘然没有孟夫子那'父母之命，媒妁之言'的老话，我早已与纫芬自由结婚，任从拳匪大乱，我与纫芬尽管携手回南，此时仍可与纫芬围炉把酒，仍可与纫芬步月看花。"①《玉梨魂》中情感的发展，依靠的是种种巧合与细节。《碎簪记》《双枰记》等，在标题中就已标出了小说的"文眼"。《广陵潮》中为了云麟的死里逃生，早就预设了一个红颜知己。细节在叙事逻辑中的重要性得到了充分展示。

言情小说对逻辑性的追求，是为了使小说情感发展合情合理；侦探小说对逻辑性的追求，更是其天性使然。《九命奇冤》之所以能够被胡适认为是"中国近代的一部全德的小说"②，原因之一就是该小说采用了侦探小说的逻辑结构，"用西洋侦探小说的布局来做一个总结构。繁文一概削尽，枝叶一齐扫光，只剩下这一个大命案的起落因果做一个中心题目"③。事实上《九命奇冤》依旧带着传统公案小说的影子，还是以口供作为证据。程小青等人的侦探小说，对关键细节更为关注，其中的逻辑也更为谨严。"侦探小说，一举一动，一言一语，无不令人注意，因有绝细事，而关系绝巨存也。"④ 由于侦探小说故事单纯，情节集中，细节翔实，逻辑谨严，因而成为近代小说中最受读者欢迎的类型。这种严谨的逻辑推理，对于培养读者的近代逻辑思维方式，自然具有较强的正面作用。

"作小说，每苦事之突然暴露，或将其事约略叙过，能令读者寡

---

① 符霖：《禽海石》，吴组缃、端木蕻良、时萌主编《中国近代文学大系·小说集》第六册，上海书店1991年版，第923页。
② 胡适：《五十年来中国之文学》，《胡适文集》第三卷，北京大学出版社2013年版，第221页。
③ 胡适：《五十年来中国之文学》，《胡适文集》第三卷，北京大学出版社2013年版，第222—223页。
④ 觉我：《一百十三案·赘语》，《小说林》第三号。

欢。然必事事委曲琐屑写来，便又失之拖沓。此节略将告暗码者逗过，布置熨帖，令人不觉。余谓文章至是，能事尽矣。"① 徐念慈对侦探小说《一百十三案》的评点，揭示了小说叙事逻辑对于读者阅读感受的重要性，这也正是近代小说发展的方向。

三 提升读者的参与度

近代小说作者对知识有效性与逻辑严密性的强调，其最终目的自然是获得读者的肯定与认同，但真正的认同，必须有读者的理性的参与。这就需要读者运用自己的理性去进行自由而独立的判断，而不是由作者代替他做出判断。近代小说读者对"开口便见喉咙"的宣教的反感，正凸显出读者对于小说阅读与接受中的主体能动地位的自觉。近代小说作者在这方面也做出了诸多有益尝试，调动读者运用自己的理性去进行独立判断，从而使近代逻辑思维模式得以落地生根，对读者真正"有益"。

（一）双层叙述

双层叙述甚至多层叙述，在传统小说中并不罕见，《红楼梦》就存在多重叙述。然而，《红楼梦》中的多层叙述，只是全知叙述者的多层转述，所有的叙述最终还是统一于故事外的全知叙述者的价值、情感甚至审美立场。近代小说则将双层叙述与同故事叙述者结合起来，主叙述层与超叙述层中的一个甚至两个叙述者，是故事内叙述者。由于同故事叙述者必然是人格化的叙事者，拥有自己具体的价值、情感与审美立场，其认知角度、知识储备与另一叙述者（无论是人格化还是非人格化叙述者）必然存在一定程度的差异（否则同故事叙述者的存在就完全没有必要），因此小说中出现了多种声音，产生了不同叙述者之间的话语交流与交锋。这种内部的潜对话，使读者在面对小说中的矛盾时，必须运用自己的理性去进行判断，由此激发读者阅读时的主动性，参与到小说的再创作之中。

---

① 觉我：《一百十三案·赘语》，《小说林》第九号。

第四章 认同向度的翻转与近代小说修辞策略的展开

朱正初的《新趣小说》（即《熙朝快史》初稿）就以"记梦"的方式，设置了一个双层叙述结构。小说第一回"论时弊游山得梦　著新书寓言见志"①，写一孝廉因梦而生出写小说的愿望，小说主体则叙主角康济时如何顺利"除三弊"之梦想，结尾第八回"平回逆贤豪邀特达　演好梦国祚祝灵长"②则又回到孝廉，强调自己的小说本身就是写梦。"我原说记我的梦，梦中事，你要问真假么？"③超叙述层的写梦与主叙述层的写实出现了内在冲突，其创作意图不像单层叙事那样简单明了，需要读者运用自己的理性去自行判断。

朱正初《新趣小说》以超叙述层的元叙述来消解主叙述层的真实性，使读者具有了更大的阐释与选择的空间，但其叙述技巧依旧带有传统小说的痕迹。林纾翻译的《巴黎茶花女遗事》中双重叙述与同故事叙述者的结合，对近代小说作者具有更强的启发效应。许多近代小说作品采用了类似的双层结构。《狮子吼》《二十年目睹之怪现状》《黑籍冤魂》（吴趼人短篇）《瓜分惨祸预言记》《自由结婚》《冷眼观》《新舞台鸿雪记》（报癖）等作品，都采用的是双层叙述。超叙述层讲述怎么样得到一部书，而主叙述层则讲述这部书的内容。《苦学生》《新中国》等作品，虽然没有明确点出主叙述层的书名，但同样采用双层叙述，超叙述层与主叙述层并不在同一层面。《官场现形记》则是在结尾的时候，才显示出其双层叙述的特征："原来这部教科书，前半部方是指摘他们做官的坏处，好叫他们读了知过必改；后半部方是教导他们做官的法子。如今把这后半部烧了，只剩得前半部。光有这前半部，不像本教科书，倒像个《封神榜》、《西游记》，妖魔鬼怪，一齐都有。"④

在作者那里，这种双层叙述具有各自不同的目的。如吴趼人、王浚

---

① 朱正初：《新趣小说》，周欣平主编《清末时新小说集》第四册，上海古籍出版社2011年版，第7页。
② 朱正初：《新趣小说》，周欣平主编《清末时新小说集》第四册，上海古籍出版社2011年版，第75页。
③ 朱正初：《新趣小说》，周欣平主编《清末时新小说集》第四册，上海古籍出版社2011年版，第87—88页。
④ 李伯元：《官场现形记》，薛正兴主编《李伯元全集》第二卷，江苏古籍出版社1997年版，第853页。

卿借此表现文本的真实性,强调小说故事都是可靠叙述,"我先发一个咒在这里——我如果撒了谎,我的舌头伸了出来,缩不进去,缩了进去,伸不出来"①,借以坚定读者对小说故事的确信,进而相信其劝惩意图。陈天华则借超叙述层凸显小说的寓言与预言性质,强化读者对其理念的信心。《苦学生》最后让两个叙述层融合起来,主叙述层的黄孙竟然去拜访超叙述层的杞忧子,打破了叙述层之间的界限,其目的显然还是想强化小说与现实的联系。《官场现形记》的超叙述层作为一个尾巴,则是在为小说的道德影响辩护,"虽不能引之为善,却可以戒其为非"②。

然而,双层叙述的两个叙述层之间或多或少必然存在差异与矛盾。《狮子吼》的预言因主叙述层的戛然而止而难以验证,但从已经写出的部分可见其的确是一个极为遥远的预言。《二十年目睹之怪现状》并非如"九死一生"所说,"所遇见的只有三种东西:第一种是蛇虫鼠蚁;第二种是豺狼虎豹;第三种是魑魅魍魉"③,除了这些,实际上还有吴继之、蔡侣笙、"大姐"等善良人物,正是这些善良人物,才使其可以在"九死"之外获得"一生"。《官场现形记》试图通过对为恶者的穷形极相而"戒其为非",但其对种种升官发财方法的细致描写,实际上却可能"导其为非"。《苦学生》试图打破两个叙述层的界限,强化小说的现实性,但杞忧子一个梦从当年夏天一直做到次年三月,已足以斩断小说与现实的对应关系。

这种双层叙述的矛盾性,鼓励甚至强迫读者更加积极地参与小说的再创作,更主动地运用自己的理性,这样才能得出自己的判断与结论。也正是在尊重读者的基础上,以《狂人日记》为原点的现代小说,继承了近代小说的双重叙述技巧,同时强化了双层叙述的内在的对话性,从而实现中国小说的现代转型。

---

① 吴趼人:《黑籍冤魂》,海风主编《吴趼人全集》第七卷,北方文艺出版社1998年版,第18页。
② 李伯元:《官场现形记》,薛正兴主编《李伯元全集》第二卷,江苏古籍出版社1997年版,第853页。
③ 吴趼人:《二十年目睹之怪现状》(上),海风主编《吴趼人全集》第一卷,北方文艺出版社1998年版,第17页。

（二）演说论辩

双层叙述强化了近代小说的潜对话色彩，论辩、演说等文体对小说的渗入则大大增强了近代小说的显对话性质。演说、论辩等文体对小说的渗入，一方面固然削弱了小说的故事性，另一方面却强化了小说的逻辑性，各种思想之间的充分论辩，增强了小说话语的内在说服力，对近代小说的认同向度同样产生了深远影响。

由于近代社会认同取向的分化，近代小说中的人物自然也会出现各种价值观的交锋。由于当时社会环境的制约，这种交锋主要体现在思想层面，而非行动层面，近代小说由此成为各种价值观交锋的战场。革命与保皇的对立，排满与共和的冲突，维新与守旧的对垒，在近代小说中都留下了身影。近代小说各种人物的话语交锋，展现了近代各种思想的对立。对于小说作者而言，演说与论辩等话语方式，对于宣扬自己观点，争取读者认同，具有独特意义。

为了争取读者认同，小说中的显对话不能忽视读者的存在，甚至可以说，小说中的显对话真正的受众就是读者。由于没有权力做支持，近代小说话语并不具备"专制性的话语"的权威地位，只能通过增强其内在说服力来获得读者认同。这也就要求作者在设计人物对话时考虑读者的话语，并试图让读者将作者的话语转化成其自身的话语，让读者自己得出作者试图让他得出的结论，使其价值观内化，从而真正实现二者的相互认同。"与外在的专制性的话语不同，具有内在说服力的话语在人们首肯的掌握过程中，同人们'自己的话语'紧密交融。平时在我们的意识中，有内在说服力的话语，总是半自己半他人的话语。它的创造力就在于能唤起独立的思想和独立的新的话语。"[①]

对话与论辩包含多种话语的交锋，这种交锋自然要求读者自己进行选择与判断。近代小说中，论辩似乎从未缺席。从《瀹轩闲话》等时新小说开始的新旧论战在近代小说中一直延续，只是由于时代氛围不同，可能出现不同的主题与观点。《瀹轩闲话》争论西学与中学何者为

[①] ［苏］巴赫金：《长篇小说的话语》，钱中文主编《巴赫金全集》第三卷，河北教育出版社2009年版，第129页。

重,《新中国未来记》则探讨革命与改良何者为优;《孽海花》关注强国之本,《扫迷帚》则关注富民之基。由于作者的主观导向,近代小说中的论辩不太可能是真正的地位平等的对话,但论辩终究展示了各种观点,远胜于仅有一方独白的宣讲。

演说是近代社会才出现的新鲜事物,它在形式上近乎独白,但实质上却接近对话。能够真正吸引人的演说不仅需要主题的新颖性与逻辑的周延性,而且必须考虑听众的需要及其可能的反应。要想让听众接受其观点,演讲者就必须使演说成为具有内在说服力的话语。正是出于对那种空喊口号式的演讲的不满,《新中国未来记》将宗明之类不学无术的演说者拉出来示众,但作者并没有因此而完全否定演说这一形式,而是在否定宗明的同时肯定了郑伯才,甚至故事的主干就是孔觉民的演讲。演说在随后的近代小说中也得到了重视。近代社会每涉及重大事件,就可能利用演说来鼓动民众,这些演讲自然也会体现在反映社会大事的近代小说中。《瓜分惨祸预言记》通过演讲来宣传地方自治,《拒约奇谈》与《黄金世界》通过演讲来普及拒约思想;《黄绣球》利用演说进行启蒙,《未来世界》则通过演讲宣传立宪。然而,要想让演讲能够吸引并改造听众,发挥演讲的最大功效,首先就要重视听众的反应。如《瓜分惨祸预言记》中的曾子兴所言:"那演说之道,须是善察听官的颜色。觉得这句话他们不以为然,我便用言解去;觉得这句话他们激动了些,我便火上加油,逼紧了来;觉得他们误会了,将要轻举妄动,我便救正他些;觉得他们实心实意的信从了,我便立时代他合起团体来,更代他布置计划,要他办去。总之,这抑扬轻重,增减变化,是第一要的。"① 真正的演说从来就不是独白性的,它同样要求与听众进行潜对话。演讲这种潜在的对话性,为读者的独立判断营造了一定的空间。

(三) 评点评论

对于近代小说而言,评点不是新鲜事物,也不是发展高峰。有金圣叹、毛宗岗、张竹坡及脂砚斋等小说评点大家在前,近代小说评点可以

---

① 日本女士中江笃济藏本、中国男儿轩辕正裔译述:《瓜分惨祸预言记》,董文成、李勤学主编《中国近代珍稀本小说》第十七册,春风文艺出版社1997年版,第464页。

说星光黯淡。然而，从评点的广泛性、及时性与自觉性等角度考察，近代小说评点的作用与地位需要重新审视。这种与文本结合在一起的评点形式，对于建立近代小说作者与读者之间良好的修辞关系具有重要意义，对于近代小说的迅速普及发挥了重要作用。

首先，近代小说评点的广泛性，远超传统小说评点的范围。与传统小说评点多集中在有限的名篇名作相比，近代小说从其期刊化开始，就与评点结下了不解之缘，《新小说》《绣像小说》《新新小说》《月月小说》《小说林》等期刊从创刊开始，就极为注重小说评点，许多创作小说甚至翻译小说，都有专人评点或有作者自评。岭南羽衣女士的《东欧女豪杰》，梁启超的《新中国未来记》，吴趼人的《二十年目睹之怪现状》《电术奇谈》《九命奇冤》《恨海》《两晋演义》《上海游骖录》《劫余灰》《发财秘诀》，李伯元的《官场现形记》《文明小史》《活地狱》，刘鹗的《老残游记》，颐琐的《黄绣球》，连梦青的《邻女语》，报癖的《恨史》，支明的《生生袋》，侠民的《中国兴亡梦》《菲猎滨外史》，冷血的《侠客谈》，嗏予的《新党现形记》，南支那老骥的《亲鉴》，陈鸿璧翻译的《第一百十三案》《苏格兰独立记》《电冠》等作品，或有名、或无名，或短篇、或长篇，或翻译、或创作，但其在刊物上最初发表时，都附有评点。不少作者甚至一身二任，同时以创造者与评点者的身份出现。吴趼人小说的很多点评没有署名，可能就是出自作者本人之手，而彭俞更是经常化身为数人，如其《闺中剑》（原名《普如堂课子记》），署"亚东破佛撰，沪滨散人评注，盲道人批点"，实际上三者均为彭俞之号。无论是作者亲自点评，还是同人批注，小说点评的广泛流行，体现出当时对点评的关注与重视，为近代小说在短期内迅速获得读者的接受，立下了汗马功劳。

其次，近代小说点评的及时性，也远超传统小说评点。传统小说评点大多集中于经典作品，其点评是在作品流行并获得读者的肯定之后，才有人去深入挖掘其艺术价值与思想内涵。脂砚斋评点石头记，算是一个评点与创作同步的例外，但其评点与作品一样，很长时间沉寂于民间。近代小说的评点则基本与小说的发表同步，也就是说，近代小说评点本身就是小说文本的一部分，或者说是小说的"副文本"或"附文本"。这也就使得近代小说评点具有较强的时效性,与读者之间的沟通也更为迅速及时。小说的修辞情景有其独特性,当时过境迁,对小说的接受也会因为环境的变化而产生变化,这也是《红楼梦》在近代被解读为"排满小说"的原因之一。而近代小说的评点语境与创作语境基本同步,评点者对于小说的理解与阐释,也更可能接近作者的本意,其评点对于读者的作用也更为直接及时。

最后,也是最重要的一点,那就是近代小说评点具有明确的自觉性与功利性。传统小说评点,或注重发现小说的艺术手法,由此提升小说的艺术地位,如金圣叹、毛宗岗等;或关注考证作者与作品、人物之间的关系,为后人考据留下重要线索,如脂砚斋;或探索形式与内容之间的关系,为后人解读小说开拓新的思路,如张竹坡。但在思想性方面,传统小说评点大多由于其天然局限性,难以有重大突破。而近代小说之所以"新",则主要体现在思想的新。"小说曷言乎新?以旧时流行之籍,其风俗习惯,不适于今社会,则新之;其记事陈义,不合于今理想,则新之;其机械变诈,钩稽报复足以启智慧而昭惩戒焉,则新之。"① 这种新思想也带来了读者的接受障碍,小说评点正是帮助读者跨越这一障碍的桥梁。这也是近代小说诞生时评点特别发达,而一旦进入稳定发展期,评点就逐渐退场的重要原因。因此,近代小说评点虽然也探讨艺术性问题,但更多还是集中于思想性阐释,表现出明显的针对性与功利性。《新中国未来记》第四回正文中的商铺店主对黄李二人抱怨旅顺华人为虎作伥:"若使没有这些助纣为虐的无耻之徒,我们也可以清静得好些。就只有这一群献殷勤拍马屁的下作奴才,天天想着新花样儿,来糟蹋自己,才迫得这些良民连地缝儿都钻不出一个来躲避哩。罢了!罢了!中国人只认得权力两个字,那里还认得道理两个字来。"② 吴趼人《发财秘诀》中,评点者借区丙卖料泡发财,由此引申到民族实业家的局限:"凡实业家,无论为操艺术者,操转运者,皆当默察社会风气。随之转移,然后其业可久可大。每怪吾国人,无论所操何业,

---

① 觉我:《余之小说观》,《小说林》第九号。
② 梁启超:《新中国未来记》,《饮冰室合集》第三十五册,中华书局2015年版,第9718—9719页。

皆一成不变，甘心坐致败坏。是则大可哀者也。区丙一小负贩，乃能潜窥默察，投其所嗜好者。呜呼！毋谓其富为徼致也。贩料泡一节，特欺之耳。至于石湾窑货，不可谓非吾国美术之一。外人至今犹多购之者。然亦墨守旧法，不图进步工艺之徒，夫何足怪？独怪夫士君子动以怀时局自命，而卒无以提倡之耳。凡事皆然，宁独此窑货已哉。"①《黄绣球》的评点者则借评点解释与宣扬政治观念："以下隐寓发挥民族主义。民族主义者，同种族同宗教同言语之人，独立自治，组织政府，以谋公益而御他族之意。此至十九世纪之末所争义务。今二十世纪已进而有民族帝国主义。民族帝国主义者，则国民之实力已充于内而溢于外，可张权力于他族之意。此书只讲上一义，以我国程度尚须求自治独立也。"② 对于近代小说评点者而言，点出小说的启蒙作用，才是根本。小说评点的目的，就是随时点出常识与新知，引起读者注意，由此建立了作者—作品—读者之间的交流通道。

随着新小说逐渐被大多数读者接受，读者的阅读习惯已经定型，评点的作用也便逐渐弱化。辛亥后的小说期刊，很少再将评点与小说同时刊行，但对小说的专题评论文章，开始逐渐出现，小说评点的功能，逐渐由近代化的学术批评承担。不过，小说评论对于读者的作用，与评点还是存在一脉相承之处，它们同样提升了读者的参与意识，鼓励着读者进行深入思考。

通过凸显近代逻辑思维成果的有效性，展示近代逻辑思维模式的运作方式，并且促使读者独立运用逻辑思维，近代小说作者逐步建立了与读者进行理性协商的机制，力图使小说对读者在多个层面"有益"：在故事层面，小说介绍的具体科学知识有益于读者了解最新知识成果；在叙事层面，小说设计的严谨逻辑结构有益于读者理解什么是逻辑思维；在叙述层面，小说建构的理性沟通平台有益于读者独立运用自己的理性。通过这种协商对话，读者的主体性逐渐凸显，小说理性层面的

---

① 吴趼人：《发财秘诀》，海风主编《吴趼人全集》第三卷，北方文艺出版社1998年版，第14—15页。
② 颐琐：《黄绣球》，吴组缃、端木蕻良、时萌主编《中国近代文学大系·小说集》第五册，上海书店1991年版，第100—101页。

"立人"意图也才可能逐渐实现。

第三节　有新情：情感协商与近代政治体验方式的生成

如果仅仅是理性交流，不一定需要小说，在某种程度上，小说难以达到学术专著那样的理论深度与高度，这也是夏曾佑等人反对士人读小说的重要原因："今值学界展宽，士夫正日不暇给之时，不必再以小说耗其目力。"① 然而，也正如夏曾佑自己所言："小说者，以详尽之笔，写已知之理也（如说某人插翅上天，其翅也、天也、飞也，皆已知者也；而相缀连者，则新事也），故最逸。"② 因此读小说的乐趣，"可与饮食、男女鼎足而三"③。对于近代小说的"新民"命题而言，不仅需要"晓之以理"，更重要的还是"动之以情"，情感甚至比理性更为有效。"人类之好恶，不能一成不变。其变也，导之以情易，喻之以理难。"④ 近代小说的难点也正在让读者能够"动情"。"小说之作，不难于详叙事实，难于感发人心；不难于感发人心，难于使感发之人读其书不啻身历其境，亲见夫抑郁不平之事，流离无告之人，而为之掩卷长思，废书浩叹者也。"⑤

重视情感交流并不是近代小说的特质，甚至不是小说的特质，传统小说与传统诗文在这方面可能做得更好。梁启超所举"熏浸刺提"的范例，都是传统经典，近代小说在让人入"迷"的程度上，远逊于传统经典小说。然而，近代小说在情感发生、情感特质、情感表达等方

---

① 别士：《小说原理》，陈平原、夏晓虹编《二十世纪中国小说理论资料》第一卷，北京大学出版社1997年版，第78页。
② 别士：《小说原理》，陈平原、夏晓虹编《二十世纪中国小说理论资料》第一卷，北京大学出版社1997年版，第75页。
③ 别士：《小说原理》，陈平原、夏晓虹编《二十世纪中国小说理论资料》第一卷，北京大学出版社1997年版，第75页。
④ 成之：《小说丛话》，陈平原、夏晓虹编《二十世纪中国小说理论资料》第一卷，北京大学出版社1997年版，第441页。
⑤ 漱石生：《〈苦社会〉序》，陈平原、夏晓虹编《二十世纪中国小说理论资料》第一卷，北京大学出版社1997年版，第152页。

面，都有其自身的特殊性，由此使得近代小说作者与读者之间进行情感交流的方式发生变化，其基本特征就是强化了读者对于政治的关注度与敏感度，构建了近代读者的政治体验方式。

一 建构命运共同体

传统小说的情感发生机制大多以个体命运为基点，无论幸运或者不幸，都是具体个人的命运，再扩大也不过特殊家庭的命运。《三国演义》中的三分一统，不过几个家庭的命运轮回；《红楼梦》中的"忽喇喇大厦倾"，缩小到贾府一家的兴衰荣辱；《儿女英雄传》中的坐拥三娇，畅想了特定个体腾达的极限，《花月痕》的一穷一达，同样包含着特殊个体欲望的投射。这种将小说情感发生机制集中于某一类特殊个体，或者某一类特殊家庭，使读者可以对人物保持安全距离，对悲剧他们可以一掬同情之泪，但不用担心这种命运会落到自己头上；对喜剧他们可以保持艳羡心理，但也不至于起而效尤。这种情感发生机制，在一定程度上影响了民众的心态，造成了大家感受的不相通。《狂人日记》中那种"他们会吃人，就未必不会吃我"[①]的由人及己，在传统小说中不可能出现，这种感受的不相通，使国人"变成散沙"[②]。

近代小说的情感发生机制，则是以集体命运为基点。在近代中国内外交困的大变局中，"新国民"的建构，一方面需要重构个体与国家的关系，调整个体的权利与义务，另一方面则需要改变国人与洋人的关系，在国际社会中追求人格平等。这两方面都不是个体能力所及的范围，需要整个国家与民族的大变革。因此，个体命运始终与民族国家命运联系在一起，传统小说那种以个体为基点的情感发生方式难以为继。近代小说由此表现出对集体命运的关注，其试图唤起的情感，同样是读者的集体情感，由此引导读者产生一种群体认同，将自己纳入一定的命运共同体之中。

---

① 鲁迅：《狂人日记》，《鲁迅全集》第一卷，人民文学出版社2005年版，第446页。
② 鲁迅：《沙》，《鲁迅全集》第四卷，人民文学出版社2005年版，第564页。

（一）缠足与性别命运共同体

傅兰雅对"女性缠足"之弊的强调，将传统社会与传统小说中一直被视为赏玩对象的女性，拉回社会发展的轨道，女性作为与国家民族命运相关的群体受到近代小说作者的关注。

在《澹轩闲话》等时新小说中，女性作为一个整体，因为其缠足而成为同情对象。无论富裕还是贫穷，年老还是年幼，漂亮还是丑陋，她们都因为缠足而承受相同的命运，从而成为一个命运共同体。面对天灾人祸，缠足女性因其行为不便而成为首当其冲的受害者。这种对缠足女性命运的关注，一直延续到《广陵潮》等小说。

女性占据国民总数的一半，国家的强盛离不开女性的自觉。因此，近代小说作者不仅重视女性缠足之弊，更重视女性改良之利，并对改良女性的路径进行了探讨。"我国山河秀丽，富于柔美之观，人民思想，多以妇女为中心。故社会改革，以男子难，而以妇女易。妇女一变，而全国皆变矣。虽然，欲求妇女之改革，则不得不输其武侠之思想，增其最新之智识。"[①]《女娲石》一改传统小说以男性为中心的惯例，塑造了一群女性英雄群像。小说不仅特别强调女性的独特地位，而且特别要求女性发挥自身的独特优势。秦爱浓领导的花血党主张的"灭四贼"还可以说是男女共通之使命，而其"三守"主张，则全然从女性的特殊性出发，将所有女性视为一个命运共同体予以强调："第一，世界暗权明势都归我妇女掌中，守着这天然权力，是我女子分内事。第二，世界上男子是附属品，女子是主人翁，守着这天然主人资格，是我女子分内事。第三，女子是文明先觉，一切文化都从女子开创，守着这天然先觉资格，是我女子分内事。"[②]

《女娲石》的女性中心主义是对传统男性中心主义的反拨，但在当时社会只能是一种空想。相对而言，《黄绣球》对男女同能的表述，以及对男女平权的追求，显得更为合理，也更为可行。如黄绣球所言：

---

① 卧虎浪士：《〈女娲石〉叙》，陈平原、夏晓虹编《二十世纪中国小说理论资料》第一卷，北京大学出版社1997年版，第147页。

② 海天独啸子：《女娲石》，董文成、李勤学主编《中国近代珍稀本小说》第三册，春风文艺出版社1997年版，第50页。

"天虽比地来得高,地是比天还容得大。女人既比了地,就是一样的。俗语所说:'没有女人,怎么生出男人?'男人当中的英雄豪杰,任他是做皇帝,也是女人生下来的。所以女人应该比男人格外看重,怎反受男人的压制?如今讲男女平权平等的话,其中虽也要有些斟酌,不能偏信,却古来已说二气氤氲,那氤氲是个团结的意思。既然团结在一起,就没有什么轻重厚薄、高低大小、贵贱好坏的话,其中就有个平权平等的道理。"[①]

随着近代这种男女平等思潮的普及,女性在近代小说中的地位大幅提升。《瓜分惨祸预言记》中女性夏震欧被推举为"新立兴华邦共和国"的大统领;《黄金世界》中多名女性登上了本来属于男性的演讲台;《六月霜》更是直接为女性革命者秋瑾立传。女性作为一个整体,逐渐登上历史的大舞台,参与到社会发展的浪潮中。女性的命运成为近代小说作者关注与表现的重要对象。

(二)婚恋与代际命运共同体

对女性命运共同体的关注,是对传统小说的一个重要突破,作者试图通过唤起女性读者的情感共鸣,推进女性启蒙。然而,相同性别的群体可能承受相似的命运,相同年龄的群体,尤其是青年群体,同样可能承受相似的命运,由此构建一种代际命运共同体。他们面对相似的文化与家庭语境,"父为子纲"像一条巨大的绳索,紧紧地束缚着他们;与此同时,他们也有着相似的需求,尤其是在西方文明的冲击下,对婚恋自由的渴望日渐增长,年轻一代与父辈的冲突,由此成为一个重要的时代命题,年轻一代围绕婚恋问题,自然构成一个命运共同体。鸳鸯蝴蝶派之所以能够兴起,正是抓住了这一命运共同体的情感软肋,代他们说出了自己心里的愿望,由此获得了青年群体的广泛认同。

作为鸳鸯蝴蝶派的滥觞,吴趼人《恨海》并没有将矛头直接指向代际冲突。在他笔下,导致悲剧的主要原因还是时局变化以及个人品德,如果没有庚子事变,而且陈伯和没有因一时贪念而获得横财,他可

---

① 颐琐:《黄绣球》,吴组缃、端木蕻良、时萌主编《中国近代文学大系·小说集》第五册,上海书店1991年版,第404—405页。

能也不会变坏，与张棣华还是可以成为神仙伴侣。在小说中，作者把张棣华写成了一个传统道德的完人，以致小说中的"代际冲突"变成了严格恪守传统道德的"子辈"与残留人性闪光的"父辈"之间的冲突，由此可见吴趼人道德观念之保守。在张棣华心中，传统道德已完全内化，严格遵守"未嫁从父，既嫁从夫，夫死守节"的套路；倒是张棣华的父亲，意识到包办婚姻的弊端："当日陈氏来求亲时，你们只有十二三岁，不应该草草答应了他，以致今日之误。"①但他最终还是拗不过女儿，只能让其守节修行。与张棣华相似，《劫余灰》中的朱婉贞将封建道德内化为自己内心的需求，她同样因父母之命与陈耕伯订婚，在陈耕伯莫名其妙失踪后，她以未亡人的身份，到陈家为尚未真正成亲的丈夫陈耕伯守了二十年的节。吴趼人让一个个严格恪守传统道德的年轻女性遭遇悲剧，从另一个向度证明了传统婚恋制度的内在荒谬性。"综观此事始末，皆早婚不良之结果而已。"②而早婚的决策者从来都不是年轻一代自己，而是父辈。但父辈的专制只是悲剧的前提条件，在吴趼人笔下，悲剧更根本的原因在于子辈自身，也就是他们从来没有任何人权的自觉，从而让自己成为传统婚姻制度与道德规范的牺牲品。"正面文章反面看"，没有代际冲突，正是传统婚恋悲剧得以不断延续的重要原因。

　　与吴趼人相比，符霖对婚恋自由的态度显然要积极了一点。与《恨海》的故事相近，《禽海石》中的秦如华与顾纫芬的爱情悲剧，也是以庚子事变为背景，但符霖则直接点出悲剧的原因就是"父母之命"。秦如华与顾纫芬两小无猜，好不容易经过他人撮合，让双方父母同意二者订婚，但秦如华的父亲"说我年纪太轻，早婚必斫丧元阳，不能永寿，执定要过了十七岁才许完婚"③。结果因为庚子事变，顾纫芬在战乱中经过各种变故，最终病亡，而秦如华也因悲伤病重垂亡。虽然属于哀情

---

　　① 吴趼人：《恨海》，海风主编《吴趼人全集》第五卷，北方文艺出版社1998年版，第69页。

　　② 新广：《〈恨海〉》，陈平原、夏晓虹编《二十世纪中国小说理论资料》第一卷，北京大学出版社1997年版，第214页。

　　③ 符霖：《禽海石》，吴组缃、端木蕻良、时萌主编《中国近代文学大系·小说集》第六册，上海书店1991年版，第908页。

套路，但作者在这里还是喊出了年轻一代的心声："男婚女嫁的事，在男女两面都有自主之权，岂是父母媒妁所能强来干涉的？"①

然而，在整个社会文化得到根本改变之前，父母媒妁干涉婚姻的状况不可能有根本的转变。年轻一代的苦闷，于是在不同作者笔下不断复制。《玉梨魂》《孽冤镜》《碎簪记》《双枰记》《广陵潮》等作品，揭示出年轻一代的共同命运，汇集成一种时代共鸣，从而赚足了年轻人的眼泪。

（三）穷困与职业命运共同体

在近代社会的大变革中，许多职业都受到时代冲击，不同职业的人们作为命运共同体，一起承担社会变故。他们的时代境遇，唤起了作者的关注与读者的反思。而大部分职业在近代的发展路向，几乎都直接或间接地指向了穷困。

作为传统读书人的主要职业，私塾先生在近代的境遇颇为尴尬。一方面，由于社会动荡不安，读书人的坐馆生涯也受到影响，而一旦失馆，他们的百无一能使得他们再就业较为艰难，他们也便可能从此掉入社会底层；而传统读书人的优越感，又使得他们可能难以接受这种命运，"孔乙己"式的人物由此逐渐浮出历史地表。另一方面，知识作为一种能力，也可能使他们比其他人更快地接受新事物。八股先生的分化，从傅兰雅的"除三弊"开始，就成为近代小说关注的重要话题。《五更钟》中的希世珍与《醒世新编》中的孔先生，在动荡之世，不能以教书谋生之后，在现实的教育下，改弦易辙，推崇实学，再谋新路，算是能够与时俱进。《广陵潮》中何其甫、严大成，则故步自封，看不清社会发展的趋势，处处落后于时代变化，最终沦为历史笑柄。《学究新谈》较为集中描写了作为一个群体的传统私塾先生的分化，从作者的情感态度可以见出作者的价值导向。

私塾先生被社会淘汰有其历史必然性；民族实业家的蜕变，同样有历史必然性。只是对于前者，历史以喜剧的面目出现，对于后者，历史

---

① 符霖：《禽海石》，吴组缃、端木蕻良、时萌主编《中国近代文学大系·小说集》第六册，上海书店1991年版，第862页。

则主要以悲剧的面目出现。由于民族工商业同时面临外国政治与经济的压迫、国内政治的腐败、同行的恶性竞争等不利因素，因此其发展举步维艰。虽然《市声》的结尾添了一个光明的尾巴，但近代小说中让人更有实感的还是民族工商业者的创业困境。《发财秘诀》说明民族工商业者不知不觉中就可能变成洋奴买办；《拒约奇谈》则表现不是洋奴的民族工商业者同样唯利是图。《市声》表现外国资本挤压下的民族实业家的发展困境；《黄金世界》则揭示国内官场腐败甚至比外国同行竞争更让人难以对付。在这种情形下，民族工商业发展自然也只能是一场春梦。

在现实生活中，工人与实业家应该同时出现，但在近代小说中，对工人的发现却晚于实业家。《市声》理想化的尾巴中，所有工人被置于一个朦胧的背景中，作为一个想象的集体与实业家融洽地生活在一起。在《工人小史》《穷愁》《欧战声中苦力界》等作品中，湮没在背景中的工人被逐渐拉近，成为一个个可以辨认的个体，工人的真实生活处境也由此被发现。工人作为一个群体，作为一种职业，他们的穷困并不是因为他们自身的原因，而是与社会紧密联系在一起。他们不仅经受雇主与管理者的层层盘剥，而且受到国际形势的影响。

随着近代工商业的发展而出现的工人，自然会受到近代生产关系与经济秩序的影响；传统社会中处于自给自足状态的农民与渔民，同样受到了近代社会经济变化的冲击，其命运同样是每况愈下。《渔家苦》《农家血》等作品对传统小说忽视的农民生活的发现，丰富了近代小说的人物光谱，唤起了读者对被遮蔽的职业群体的关注。

（四）屈辱与民族命运共同体

近代小说对女性群体、青年群体以及职业群体命运的书写，都是以国家富强与民族振兴为基点与旨归。在列强环伺，政治腐败的近代中国，每个个体的命运都与民族命运联系在一起，由此也便形成了一个民族命运共同体。在当时情形下，中华民族饱受外国的蹂躏欺凌，其可悲可叹的命运，正足以唤起读者的同声一哭。

面对外人入侵，首当其冲的倒霉者自然是普通百姓。时新小说《扪虱闲谈》中，因为叶志超在中日朝鲜战争中溃败，海城居民不分良莠，全部面临被倭寇屠杀与虐待的威胁。《新中国未来记》中，在被俄军占领的旅顺口，中国人饱受俄国人的暴虐欺凌，过着比奴隶还不如的生活。而更为惨烈的预言，则是《瓜分惨祸预言记》与《多少头颅》等作品中，中国被外国人彻底侵占之后的命运。《瓜分惨祸预言记》中，洋兵专门屠杀顺民良民，"乡前跪着的民人，个个被洋人揪住，不及几分钟，都成了肉酱"①。《多少头颅》中，则是满城俱毁。俄军破城后，"但见满地红的是血，黄的白的是脑浆，黑的是死人头发，绿的是兵的号衣带"②。

在战乱中，不仅普通百姓朝不保夕，前途未卜，就是平时养优处尊，在百姓头上作威作福的各级官僚，同样难逃厄运。《庚子国变弹词》中，八国联军入京后，北京居民不分官民全部遭殃："一鼓破城恣抢掠，官民无处可逃生。市廛卖买都难做，钱米俱归异姓人，莫说居民遭毒甚，那堪搜刮到宫廷！"③平日在百姓头上作威作福的高官大员，甚至宫廷内禁，同样成为洋人搜刮的目标。《邻女语》中，写出了京城达官贵人如丧家犬的狼狈景象。《恨海》《禽海石》等小说则折射出富贵人家在外国人入侵后的衰败轨迹。

兵战中的失败命运，威胁了整个民族各个阶层的生存权；商战看起来比较平和，但实际上其影响却更为深远。商战带来的屈辱感，并不亚于兵战中的欺凌。在有识之士看来，"二十世纪，杀人灭种的手段，兵战倒在其次，狠不过的，是商战，是工战"④。《黄金世界》《拒约奇谈》《苦社会》等小说，围绕华工禁约，正面提出了"商战"主张。然而，与兵战的全面败北相似，没有强大的国家实力作支撑，所谓的"商战"也只能是纸上谈兵，海外华工、商人、学生，都不得不忍受外国人的歧视。《市声》中，民族实业家在外国资本的挤压下，处处碰

---

① 日本女士中江笃济藏本、中国男儿轩辕正裔译述：《瓜分惨祸预言记》，董文成、李勤学主编《中国近代珍稀本小说》第十七册，春风文艺出版社1997年版，第486页。

② 亡国遗民之一：《多少头颅》，董文成、李勤学主编《中国近代珍稀本小说》第十四册，春风文艺出版社1997年版，第174页。

③ 李伯元：《庚子国变弹词》，薛正兴主编《李伯元全集》第三卷，江苏古籍出版社1997年版，第97页。

④ 佚名：《苦学生》，《绣像小说》第六十三期。

壁："又过几年，上海的商情大变，几乎没一家不折本。满街铺子除了烟钱店、吃食店、洋货店还都赚钱，其余倒是外国呢绒店、日本杂货店，辉煌如故。中国实业上，失败的何止一家！"①《发财秘诀》指出了一条"明"路，要想发财，就得成为洋奴买办，在那些唯利是图的人眼中，"还是情愿做外国人的狗，还不愿做中国的人呢"②。

由于兵战、商战的全面失败，洋人于是成为中国这片国土上的"人上人"。《文明小史》中，一个外国矿师被打可以导致全县秀才被捕，一个外国牧师光临又可以使被捕秀才全部获释，真可谓"一人兴狱，一人平狱"，两个洋人都是能力通天。《官场现形记》中的江南制台文明，"只要听到'洋人'两个字，一样吓得六神无主"③。在他的心目中，根本没有所谓是非曲直，而只有洋人国人。因此，当洋人愿意赔偿自己讨账逼死的人命时，他反怪那些主持公义的留学生是"不安分"的"刁民"，因为"我只晓得中国人出钱给外国人是出惯的，那里见过外国人出钱给中国人"④。正是因为他根本没有任何保护国民的意识，始终害怕得罪洋人，以致"如今虽然被他们争回这个脸来，然而我心上倒反害起怕来"⑤。这种民族屈辱感，并没有随着民国的成立而消退。《留东外史》中留学生们的下等公民处境，无疑是民族意识发展的温床。"日本在许多方面为加强留学生的民族意识做了工作。恩施态度和民族歧视当然起了重要作用。"⑥

正是出于对民族内忧外患的充分估计，近代小说作者从一开始就呼吁读者关注国家民族命运，其主张虽然各异，其真诚却无可置疑。"看

---

① 姬文：《市声》，吴组缃、端木蕻良、时萌主编《中国近代文学大系·小说集》第五册，上海书店1991年版，第229页。
② 吴趼人：《发财秘诀》，海风主编《吴趼人全集》第三卷，北方文艺出版社1998年版，第43页。
③ 李伯元：《官场现形记》，薛正兴主编《李伯元全集》第二卷，江苏古籍出版社1997年版，第745页。
④ 李伯元：《官场现形记》，薛正兴主编《李伯元全集》第二卷，江苏古籍出版社1997年版，第748页。
⑤ 李伯元：《官场现形记》，薛正兴主编《李伯元全集》第二卷，江苏古籍出版社1997年版，第748页。
⑥ [美]费正清、刘广京编：《剑桥中国晚清史》（下），中国社会科学院历史研究所编译室译，中国社会科学出版社1985年版，第347—348页。

官啊，休怪我羽衣女士多事，我这部书不是讲来当好耍的，我是仰体著天公爷爷这一段意思，将我三千斛血泪，从腔子里捧将出来，普告国中有权有势的人，叫他知道水愈激则愈逆行，火愈扇则愈炽烈。到那横流祸起、燎原势成的时候，便救也救不来了。不若趁早看真时势，改换心肠，天下为公，与民同乐，免致两败俱伤，落得后来小说家，又拿来当作前车之鉴、后事之师罢。这便算我著书人一点微意、一片苦衷了。"①羽衣女士的呼吁，在近代小说中具有相当的代表性。他们注目的始终是国家民族命运，由此确立了近代小说情感发生的基点。

二 确立道德制高点

近代小说以集体命运为基点的情感发生机制，也影响到近代小说的情感特质，也就是由传统小说的以私人关系与个体情感为中心，转化为以公共关系与家国情感为中心。传统小说中，个体命运与个人道德之间存在着紧密联系，对一个人进行道德判断的标准，又基本上依据个体与个体之间的关系。传统小说"惩恶劝善"，大体以忠孝节义为旨归，有助于实现忠孝节义的就是善，而不利于忠孝节义的就是恶。然而，无论"忠孝节义"都是基于私人关系，而非社会责任；都是针对特定个体，而非社会正义，强调的都是个体对其他特定个体的人身依附关系。所谓"孝"，是儿子对自己的父母，而非他人父母；所谓"节"，是妻子对自己丈夫，而非他人丈夫；所谓"义"，是对自己朋友，而非他人朋友；所谓的"忠"，同样是个体与个体的关系，而非个体与国家的关系，臣子所忠的对象，始终是具体的皇帝，而非抽象的职位。《三国演义》中关云长所忠的对象，始终是刘备而非汉献帝；《水浒传》中的"忠义堂"，其效忠对象只是宋江个人，而非梁山集体。这种对私人关系的强调，其必然后果就是只问私人关系如何，而不问是非对错。宋江坐了头把交椅，他的权威性就不容置疑，否则就是不义。关云长既然与刘备结义，就不能另找主子，否则就是不忠。孙悟空既然投在唐僧门下，就得

---

① 岭南羽衣女士：《东欧女豪杰》，《新小说》第一号。

听唐僧吩咐，否则就是背师叛祖。薛宝钗既然与贾宝玉定亲，就得从一而终，否则就是不贞不节。这种人身依附关系，在传统小说中成为对人物进行道德判断的基本依据。

近代小说将人物的命运置于性别、代际、职业、民族等共同体中进行考察，对人物的道德判断，也便不再以其对某一特定个体的态度为依据，而需要以其对群体的态度为准绳。换句话说，近代小说强调从国家民族社群利益出发，进行道德判断，由此建构一种新的道德规范，确立新的道德制高点，建立与读者进行近代情感交流的平台。

（一）以私德为基本

无论是传统小说的惩恶劝善还是近代小说的改良群治，其基点都是道德问题，近代小说的"立人"命题，首先关注的还是"做人"的基本，也就是人之所以为人。"人之所以异于禽兽者几希"①，其核心则是"善善恶恶"："无恻隐之心，非人也；无羞恶之心，非人也"②。尽管近代小说的道德内涵因时代变化而出现新的变化，但做人的道德底线却依旧必须坚守。

正是因为与读者形成了道德共识与道德共谋，谴责小说才得以广泛流传。作者与读者对丑恶现象产生了相近情绪，由此爆发出时代的嘲笑。《官场现形记》《二十年目睹之怪现状》《冷眼观》《新华春梦记》等作品对官场进行批判的基点正是官员的道德败坏。如《新华春梦记》中的梁士诒所言："如今这年头，儿子害老子，老婆害丈夫，母舅害外甥，这些事儿，车载斗量都包不了。"③ 这种风气显然并不始于民国，在晚清便已是谴责小说作者们津津乐道的话题。《官场现形记》中，为了消灾弭祸，冒得官可以将自己的亲生女儿送给上司淫乐；为了方便受贿，湍制台可以收丫鬟（宝珠）为义女，借嫁干女儿敛财；为了个人私利，尹子厚伙同内弟，合伙骗岳父徐大军机在卖国合同上签字；因为分赃不均，何藩台兄弟反目成仇。《二十年目睹之怪现状》则不仅关注官场，而且关注家庭中的种种背伦逆亲之乱象。不仅有罗魏氏以上凌

---

① 《孟子·离娄下》。
② 《孟子·公孙丑上》。
③ 杨尘因：《新华春梦记》（下），岳麓书社1985年版，第717页。

下，也有符弥轩的以幼虐长，不仅有黎鸿甫的父要子死，也有苟才之子的子谋父命。在谴责小说作家们看来，社会风气的败坏，首先还是个体道德的败坏。通过将那些表面光鲜亮丽的人物各类追腥逐臭、蝇营狗苟的行径暴露出来，作者使普通读者获得一种道德优越感，从而可以爆发出对丑恶社会的嘲笑。

私德不修可以招致人们的嘲笑，私德严谨则可能唤起人们的敬重。做人与做事之间的相关性，使近代小说作者在涉及维新、革命等严肃事业时，也经常将私德视为区分真假维新、真假革命的试金石。《新中国未来记》中的李去病对宗明不认父母的"家庭革命"主张不以为然；与宗明相对，黄克强始终保持着"赤子天性"，在接到母亡父病的电报后，马上"哭得泪人儿一般"①，私德谨严与其真维新身份相得益彰。《负曝闲谈》中的黄子文，《广陵潮》中的贾鹏翥，出于私利不认父母，其假维新面目也便不言自明。至于其他假维新者的种种丑态，用传统道德话语可以一言以蔽之，就是"见利忘义"而已。这不仅涉及传统道德的义利之辨，更关涉传统道德的核心问题：诚与不诚。不是发自内心的信仰，其言行自然会表现出种种乖谬矛盾之处，最终成为世人的笑柄。与这种表里不一的假维新者相对，《老残游记》中的老残，《邻女语》中的金不磨，《上海游骖录》中的李若愚，其见解主张或许有保守可笑之处，但其发自内心的真诚信仰，却使他们成为近代小说中难得的人格标本。

无论是对丑恶人物的嘲笑，还是对善良人格的敬仰，近代小说作者通过私德方面的共识，建构了一个与读者进行情感协商的平台。双方在私德方面达成共识，可以为双方最终在公德上的认同提供良好基础。

（二）以公德为旨归

对于孟子而言，善恶心是人之根本，而对于梁启超等人而言，责任心才是人之根本。"人生于天地之间，各有责任。知责任者，大丈夫之始也；行责任者，大丈夫之终也；自放弃其责任，则是自放弃其所以为人之具也。是故人也者，对于一家而有一家之责任，对于一国而有一国

---

① 饮冰室主人：《新中国未来记（续第三号）》，《新小说》第七号。

之责任，对于世界而有世界之责任。一家之人各各自放弃其责任，则家必落；一国之人各各自放弃其责任，则国必亡；全世界之人各各自放弃其责任，则世必毁。"①梁启超在这里特别强调了个体相对于群体的责任，也就是所谓的公德。个体不仅要谋求自身的生存，更应该推动群体的发展，因此，近代小说确立了个体道德判断的终极标准，那就是"公德"。"吾国民所最缺乏者，公德心耳"，近代小说的核心使命就是"使极无公德之人，而有爱国心，有合群心，有保种心"②。

私德沦丧者自然难以保有公德心。而近代小说似乎又是"世风日下"的展示场，官界、商界、学界的大多数人，信奉的都是个人私利，而非群体利益。对于他们而言，社会责任还很遥远，以至于都成为国家民族命运的"旁观者"③。《官场现形记》中，低层官员关心的是自己如何升官发财，高层官员关心的则是如何不在自己手里出事；《老残游记》中的酷吏看起来是想整治社会，骨子里依旧是想买名升官。《市声》《拒约奇谈》中的大多数商人，始终想的都是如何利用国难发财；《发财秘诀》中的买办更不会思考民族工商业的发展。《瓜分惨祸预言记》中的留学生的激烈不过是有口无心，《上海游骖录》中的留学生为了钱财则完全可以见风使舵。究其根本原因，还是在于私德不修，立场不稳。

与此相对，私德严谨的人更可能接受近代公德。《澹轩闲话》中的包世德与《五更钟》中的岳龙等时新小说中的主角，本来就是名重一时的地方绅士，一直关心地方百姓生活与地方事业建设，在家庭中更是家人的楷模。这种私德无亏的绅士，接受新知之后，自然成为改变旧俗的先行者，强种强国的示范人。《醒世新编》中的魏月如，之所以能够成为敢于踏出国门的探路人，是因为他没有其三位兄长那样的恶癖，不曾受时文、小脚、鸦片三弊的拖累。《新中国未来记》中的黄克强、李去病，《瓜分惨祸预言记》中的夏震欧、华永年，《多少头颅》中的经不识夫妇，《自由结婚》中的黄祸、关关，《痴人说梦记》中的宁孙谋、

---

① 梁启超：《呵旁观者文》，《饮冰室合集》第二册，中华书局2015年版，第453页。
② 天僇生：《论小说与改良社会之关系》，陈平原、夏晓虹编《二十世纪中国小说理论资料》第一卷，北京大学出版社1997年版，第284页。
③ 梁启超：《呵旁观者文》，《饮冰室合集》第二册，中华书局2015年版，第453页。

贾希仙，《金陵秋》中的林述卿、胡秋光，他们接受了新式教育，对公德的理解与践行自然更为自觉，但他们同时依旧保留着对个人品行的严格要求。《广陵潮》中的富玉鸾因参加革命舍弃妻子，散尽家财，气死母亲，在世人眼中自然是个浪荡子，但他的浪荡背后是对革命的执着信念，而且在个人品行上，他也不像云麟那样到处拈花惹草，想入非非，由此可见出其品行的端正。

近代政治小说与社会小说对公德的强调，也影响到近代言情小说的道德取向。《恨史》写唐生与妓女杜秋瑛谈恋爱，也不离革命报国，一者许愿："俟有机缘，定当师取欧西文明诸国自由结婚之体制，以偿我两人空前绝后之爱情。"[①] 一者寄情："他日洗国耻、光全体、强种族、恢权利，以及其他之重大责任，舍郎其谁当之耶？"[②]《玉梨魂》中的何梦霞最后投身革命，死于沙场，当了一回革命先烈。《茜窗泪影》中的沈琇侠则为爱国牺牲的未婚夫何长龄守节，未嫁守寡，沈琇侠"殉此为国捐躯之未婚夫，是直接所以爱其夫，间接所以爱其国"[③]，成为一名爱国节妇。这种"革命+恋爱"的模式的流行，折射出当时的社会道德取向。

"人人独善其身者谓之私德，人人相善其群者谓之公德，二者皆人生所不可缺之具也。无私德则不能立。合无量数卑污虚伪残忍愚懦之人，无以为国也。无公德则不能团。虽有无量数束身自好、廉谨良愿之人，仍无以为国也。"[④] 公德与私德应该是近代国民的一体两面，不可或缺。而在当时更为急迫的，还是公德的养成。近代小说正是通过凸显公德，强化了读者近代政治体验方式的建构。

三 保持传统延续性

"小说者，社会上之一人，自鸣其所苦痛，自述其所希望，以求同

---

① 报癖：《恨史》，《月月小说》第一年第八号。
② 报癖：《恨史》，《月月小说》第一年第八号。
③ 徐天啸：《〈茜窗泪影〉序》，陈平原、夏晓虹编《二十世纪中国小说理论资料》第一卷，北京大学出版社1997年版，第493页。
④ 梁启超：《新民说》，《饮冰室合集》第十九册，中华书局2015年版，第4494页。

情于社会者也。读小说之人，则同具此等之心理，欲求同情之人于社会，而尚未能得者也。一朝相遇，欣然如旧相识，而其关系遂永久固结而不可离，宜矣。"① 读者与作者之间良好的情感共鸣机制的建立，依托于双方对社会具有相似的认识与相通的反应。如果双方对同一件事的价值判断南辕北辙，在情感反应上也便可能势同水火，自然不可能形成情感上的共鸣与共振。这也就要求近代小说作者对读者的价值取向表现出足够的尊重，作者不能过于超前，以致与读者难以对话。在近代的具体语境中，就是需要尊重文化传统与道德传统。一旦与社会观感距离太远，也便可能被社会质疑，由此使得其新的道德准则被全盘否定。一个典型例证，就是近代小说关于婚恋自由的书写。婚恋自由本来是现代人权的基础，但由于近代社会对"自由"的认可度不高，以致"婚恋自由"被视为洪水猛兽，在近代小说中经常被污名化。而对婚恋自由污名化最有效的手段，就是将追求婚恋自由者说成私德不堪，自由于是成为纵欲的代名词。正是由于将婚恋自由与淫欲联系起来，自由结婚在晚清难以获得正名的机会。民初的鸳鸯蝴蝶派，通过将婚恋自由与传统的洁身禁欲结合起来，避免了被人污名化的可能，由此才使得鸳鸯蝴蝶不胫而走，获得最广泛的社会认同，唤起了社会对婚恋自由问题的高度关注。

因此，如何处理新道德与旧道德之间的关系，是近代小说作者必须认真思考的问题。这个问题的核心，实际上也就是如何处理传统私德与现代公德之间的关系。近代读者在个体私德方面具有较为成形的观念，但对作者提倡的近代公德则较为陌生，这也就要求近代小说作者将社会公德转换成读者能够理解与接受的话语体系。保持传统的延续性，在近代公德与传统私德之间建立联系，在近代作者看来，就是一种便于读者理解与接受的有效方式。

（一）忠孝内涵的近代解释

近代公德的核心就是爱国，利群与强种都属于爱国范畴。为了让读者更容易接受爱国信念，近代小说作者借用了读者熟知的"忠""孝"

---

① 管达如：《说小说》，陈平原、夏晓虹编《二十世纪中国小说理论资料》第一卷，北京大学出版社1997年版，第404页。

概念，同时对其进行近代阐释，从而使其更易于被读者接受。

传统的"忠孝"，在梁启超看来，就是培养奴才的手段。《新中国未来记》中的古乐府《奴才好》，将奴才的形成与忠孝直接挂钩："奴才好，奴才好，勿管内政与外交，大家鼓里且睡觉。古人有句常言道：臣当忠，子当孝，大家切勿胡乱闹。满洲入关二百年，我的奴才做惯了。他的江山他的财，他要分人听他好。转瞬洋人来，依旧要奴才。他开矿产我作工，他开洋行我细崽。他要招兵我去当，他要通事我也会。内地还有甲必丹，收赋治狱荣巍巍。满奴作了作洋奴，奴性相传入脑胚。父诏兄勉说忠孝，此是忠孝他莫为。"① 梁启超在这里实际上已经指出，如果只是忠于一人，孝于一家，忽视国家民族命运，其最终结果就是沦为只关注一己之利的奴才。

要实现民族振兴，首先就是要打破奴才迷梦，而要打破奴才迷梦，自然也就需要打破"忠孝"思想的禁锢。然而，由于忠孝思想在传统社会中根深蒂固，近代小说由此也不得不借用其名义，同时改造其内涵，使读者对新的公德更容易接受。

邹容在《革命军》中，首先肯定了忠孝的重要意义，但同时重新界定了忠孝的对象，打破忠孝的人身依附性质，使得忠孝与国家一体，而非与朝廷一体。"夫忠也，孝也，是固人生莫大之美德也。以言夫忠于国也则可，以言夫忠于君也则不可。何也？人非父母无以自生，非国无以自存，故对于父母、国家，自有应尽之义务焉，而非为一姓一家之家奴、走狗者，所得冒其名以相传习也。"②

邹容对忠孝的对象进行了移花接木，而《自由结婚》中的关关则对忠孝的内涵进行了脱胎换骨，她强调忠孝的内在本质就是"良心"："我不懂什么怎么样叫忠，怎么样叫孝，我只晓得忠孝总是个有良心。拿良心待国家，就是忠；拿良心待父母，就是孝了。良心这样东西，人有了就好，人没有了就不好。"③"所以能拿良心待父母的，必不能昧着

---

① 梁启超：《新中国未来记》，《饮冰室合集》第三十五册，中华书局 2015 年版，第 9706 页。
② 邹容：《革命军》，冯小琴评注，华夏出版社 2002 年版，第 49 页。
③ 犹太女士万古恨：《自由结婚》，震旦女士自由花译，董文成、李勤学主编《中国近代珍稀本小说》第六册，春风文艺出版社 1997 年版，第 337 页。

良心待国家；能拿良心待国家的，必不能昧着良心待父母。求忠臣于孝子之门，求孝子于忠臣之门，都没有什么不可以的。"① 关关表面讲的似乎还是传统的一套，但其内涵却已经发生转变，其所说的"良心"，不再是传统的同情恻隐之心，而是近代的民族富强之念。正是因为这种新型信念，她面对母亲的教训，不是逆来顺受，而是侃侃而谈，成为其母亲的启蒙者。

关关用近代"良心"置换了"忠"的内涵，而《瓜分惨祸预言记》中的曾子兴则用现代民权颠倒了"忠"的主客体关系："你守着旧学古义，不知道国家是民众的产业，只知说要忠君，难道不读《左传》说那君也是要忠于民的么？"②

这种民权思想，在《孽海花》中得到了更清晰的表达。金雯青在船上碰到俄国博士毕叶士克，后者向他讲解什么是现代民主制度："不是我糟蹋贵国，实在贵国的百姓仿佛比个人，年纪还幼小，不大懂得世事，正是扶墙摸壁的时候，他只知道自己该给皇帝管的，那里晓得天赋人权、万物平等的公理呢？所以容易拿强力去逼压。若说敝国，虽说政体与贵国相仿，百姓却已开通，不甘受骗，就是刚才大人说的'大逆不道，谋为不轨'八个字，他们说起来，皇帝有'大逆不道'的罪，百姓没有的；皇帝可以'谋为不轨'，百姓不能的。为什么呢？土地是百姓的土地，政治是百姓的政治，百姓是主人翁，皇帝、政府不过是公雇的管帐伙计罢了。"③ 而姜剑云则直接用公羊学说阐释西方民权思想："孟夫子说过'《春秋》，天子之事也'，这句还是依着俗见说的。要照愚见说，简直道：'《春秋》，凡民之天职也。'这才是夫子做《春秋》的真命脉哩。当时做了这书，就传给了小弟子公羊高。学说一布，那些天子诸侯的威权，顿时减了好些；小民之势力，忽然增高了。天子诸侯那里甘心，就纷纷议论起来，所以孟子又有'知我罪我'的话。不过

---

① 犹太女士万古恨：《自由结婚》，震旦女士自由花译，董文成、李勤学主编《中国近代珍稀本小说》第六册，春风文艺出版社1997年版，第338页。
② 日本女士中江笃济藏本、中国男儿轩辕正裔译述：《瓜分惨祸预言记》，董文成、李勤学主编《中国近代珍稀本小说》第十七册，春风文艺出版社1997年版，第498页。
③ 曾朴：《孽海花》，吴组缃、端木蕻良、时萌主编《中国近代文学大系·小说集》第四册，上海书店1991年版，第77页。

夫子虽有了这个学说，却是纸上空谈，不能实行。倒是现在欧洲各国，听说民权大张，国势蒸蒸日上，可见夫子《春秋》的宗旨是不差的了。可惜我们中国，没有人把我夫子的公羊学说实行出来。"①

正是通过种种内容置换，忠孝的传统根基被掏空，近代爱国思想得以获得更广泛的宣传与认同。

（二）公私关系的新式阐发

公德与私德相互影响，公情与私情自然也相互贯通。对群体、民族、国家的情感，最终还是得依靠对具体对象的情感加以落实，而对具体对象的情感，广而大之，可以与对群体的情感相通，爱民族需要从爱亲人开始，爱亲人扩大则可以爱民族。正是注意到公私情感的相通性，恽铁樵肯定了言情小说的社会作用："爱不能无差等，以亲亲之义推之，夫妇之情厚者，于爱国、爱群之情亦厚。如其不然，是于所厚者薄，而所薄者厚乎？是故言夫妇，可以敦风俗，正人心。何以故？曰：夫妇之间行之以恕，则放僻邪侈，不可为也；维之以任，则廉顽立懦，可操券也。恕与任，即爱群与自立。社会有惰性，吾将利用爱情以鞭策之。然则言情小说，又安可少哉？"②

这种通过私情来影响公情的思路，在近代小说中颇为流行。通过将"情"的内涵泛化，近代小说作者与读者建立了一种更为稳定的联系。

在吴趼人看来，"情"是"忠孝大节"的根本："人之有情，系与生俱生，未解人事之前，便有了情。大抵婴儿一啼一笑都是情，并不是那俗人说的'情窦初开'那个'情'字。要知俗人说的情，单知道儿女私情是情；我说那与生俱来的情，是说先天种在心里，将来长大，没有一处用不着这个'情'字，但看他如何施展罢了：对于君国施展起来便是忠，对于父母施展起来便是孝，对于子女施展起来便是慈，对于朋友施展起来便是义。可见忠孝大节，无一不是从情字生出来的。"③ 与此同时，吴趼人将爱情排除在"情"之外："至于那儿女之情，只可叫

---

① 曾朴：《孽海花》，吴组缃、端木蕻良、时萌主编《中国近代文学大系·小说集》第四册，上海书店1991年版，第86页。
② 铁樵：《论言情小说撰不如译》，《小说月报》第六卷第七号。
③ 吴趼人：《恨海》，海风主编《吴趼人全集》第五卷，北方文艺出版社1998年版，第3页。

做痴；更有那不必用情，不应用情，他却浪用其情的，那个只可叫做魔。"因此，吴趼人的"情"本质上是一种"公情"，甚至就是"天理"的感性显现："大约这个'情'字，是没有一处可少的，也没有一时可离的。上自碧落之下，下自黄泉之上，无非一个大傀儡场，而牵动傀儡的总线索，便是一个'情'字。"①

吴趼人区分"情"与"痴"，将儿女私情置于"情"之外，虽然其观念保守，但思路却与近代小说发展一致，也就是强调"公情"。相对而言，《禽海石》将"情"分为"小情"与"大情"显得更为合理，同时，肯定"小情"与"大情"相互沟通也更为辩证："儿女之情，情之小焉者也。特是人为万物之灵，自人之一部分观之，则凡颠倒生死于情之一字者，实足为造物者之代表。是以善言情者，要必曲绘夫儿女悲欢离合之情，以泄造物者之秘奥而不厌其烦。兹编为言情小说，可与天下有情人共读之。读之而能勃然动其爱同种、爱祖国之思想者，其即能本区区儿女之情而扩而充之者也。"②

《禽海石》希望读者由"小情"扩充到"大情"，而陈景韩《〈恋爱之魔鬼〉序言》则直接指出，"恋爱"这一"小情"实际上是"爱国""爱种"这些"大情"的基础：

> 造物生人，始则锢其知识，继则罚其奔波，终则令其衰颓。一生劳碌，刻无宁时。既不得永保，又不能终存。我之为我，转瞬而杳。然则，人固何乐而生此苦恼之世，人又何乐为此顷刻之我？然古今来恒河沙数之人类，固莫不乐生此苦恼之世，莫不乐为此顷刻之我。且惟恐其苦恼不甚，兴种种事业以求自困；又恐其顷刻不久，设种种方法以图自存。此何故欤？盖有一怪物存乎其间。怪物为何？爱而已矣。亲爱其子，兄爱其弟，而成一家；家爱其族，族爱其种，而成一国；人与人相爱，物与物相爱，而成一世界。种种

---

① 吴趼人：《劫余灰》，海风主编《吴趼人全集》第五卷，北方文艺出版社1998年版，第81页。
② 符霖：《禽海石·弁言》，吴组缃、端木蕻良、时萌主编《中国近代文学大系·小说集》第六册，上海书店1991年版，第860页。

感情由是而生，种种事业由此而成，种种善因由此而起，种种恶果由此而结。故爱也者，实成立世界之原素、维持社会之要理也。而爱之中尤以男女恋爱之魔力为最巨。……古人有言曰：英雄气短，儿女情长。英雄如是，遑论其他。故有恋爱而后有义夫烈妇，有恋爱而后有大奸大恶。故恋爱者，是万世不可更易之至理，神圣不可侵犯之名词。①

在陈景韩这里，"爱"关系到人的存在本质，而"恋爱"在一切"爱"中，性质上最强烈，作用上最基础，由此建立了"私情"与"公情"沟通的哲学基础。在一定程度上，这一理论主张为后来的鸳鸯蝴蝶提供了辩护的理由。

民初的鸳鸯蝴蝶派小说，其内容固然出现多谈风月少谈风云的倒退，且其姿态表现为跪着造反的哀求，但其对婚恋自由的渴望，却可以说是关乎现代自由的根本。对自由的追求经常始于对婚恋自由的追求，对专制的反抗也经常始于对家庭专制的反抗，婚恋自由对于近代人性解放的意义，再怎么高估都不过分。由于传统专制制度的家国一体，婚恋自由对传统家庭专制的冲击，实际上动摇了封建专制制度的梁柱。在一定程度上，正是因为近代累积起来的苦闷，才使得子君可以爆发出"我是我自己的，他们谁也没有干涉我的权力！"②那一声呐喊。

近代小说在感染力方面并没有取得超出前人的成就，但其情感交流机制已经发生巨大改变。近代小说在情感发生上以集体感受为基点，构建命运共同体；在情感特质上以公德为旨归，抢占道德制高点；在情感表达上以旧瓶装新酒，注重传统延续性；这种注重与读者建立良好关系的情感协商方式，从总体上强化了近代读者对政治的关注度与敏感度，对于构建近代体验方式发挥了重要作用。

---

① 新中国之废物：《〈恋爱之魔鬼〉序言》，转引自陈大康《中国近代小说编年史》第三册，人民文学出版社 2014 年版，第 1029—1030 页。

② 鲁迅：《伤逝》，《鲁迅全集》第二卷，人民文学出版社 2005 年版，第 115 页。

第四节　有新味：审美协商与近代文化启蒙身份的确认

"小说者，文学中之以娱乐的，促社会之发展，深性情之刺戟者也。"① 小说要实现对读者的影响，不仅需要"以理服人""以情感人"，还需要"以趣娱人"。"小说之有益于世道人心，是要将现在时势局面、人情风俗一切种种实在坏处，——演说出来，叫人家看得可耻可笑。又将我脑中见得到的道理，比现在时局高尚点子的，敷衍出来，叫人家看得可羡可慕。中间又要设出许多奇奇怪怪、变化出没的局面，叫人家看得可惊可喜。"② "可耻可笑"指向了"有情"，"可羡可慕"指向了"有益"，而"可惊可喜"则指向了"有趣"。总而言之，近代小说界十分清楚小说应该"寓教于乐"，"乐"是"教"的前提，"有味"是"有益"的基础。如果小说成为政论，开口便见喉咙，不能抓住读者的注意力，让其产生阅读的快感，再高明的意见，只怕也难以取得预期的效果。因此，近代小说界从一开始就非常重视阅读小说的快感，"天下之快，莫快于斯，人同此心，书行自远。"③

要让小说有趣，一方面需要"浅而易解"④，在理解能力方面不能设置障碍，"要之，小说一道，凭空结撰，其事本属子虚，然命意遣词，亦不可悖夫人情物理，语句不嫌琐屑，以显为宜，辞意不尚新奇，以浅为要，能于嬉笑怒骂之中隐寓转移风俗之意，按时事以立言，庶几妇孺皆知，雅俗共赏，不难家喻而户晓矣"⑤；另一方面则需要"乐而多趣"⑥，在故事情节方面需要设置一定的障碍，"小说之所以耐人寻索，

---

① 觉我：《余之小说观》，《小说林》第九号。
② 中原浪子：《京华艳史》，《新新小说》第五期。
③ 几道、别士：《本馆附印说部缘起》，陈平原、夏晓虹编《二十世纪中国小说理论资料》第一卷，北京大学出版社1997年版，第27页。
④ 梁启超：《论小说与群治之关系》，《新小说》第一号。
⑤ 青莲后人：《扪虱闲谈·凡例八则》，周欣平主编《清末时新小说集》第二册，上海古籍出版社2011年版，第8—9页。
⑥ 梁启超：《论小说与群治之关系》，《新小说》第一号。

而助人兴味者,端在其事之变幻,其情之离奇,其人之复杂"①。小说的易解与多趣,构成了相反相成的矛盾组合,使小说成为最受普通读者欢迎的文体。

如同"有情"不是近代小说的专利,"有味"也不是近代小说的独创,甚至可以说,这方面正是近代小说的短板。然而,如同近代小说的"有情"表现出其历史独特性,即通过对公德与公情的强调,培育了读者近代政治体验方式;近代小说的"有味"也表现出其历史独特性,那就是通过审美协商,改造了读者的审美趣味,使其具有更明确的文化身份认同,成为社会的启蒙者。也正是因为这种文化身份认同的扩大,小说才真正坐稳"文学之最上乘"②的宝座。

在近代小说作者看来,近代小说读者不应该是纯粹的被动接受者,而应该是能够与作者进行平等对话并产生共鸣的接受者。梁启超在为自己的《新小说》第一号上刊登翻译小说《世界末日记》这类小说时,就已经明确指出,如果没有一定的哲学与文学根基,根本就不应读《新小说》:

> 问者曰:"吾子初为小说报,不务鼓荡国民之功名心进取心,而顾取此天地间第一悲惨杀风景之文,著诸第一号,何也?"应之曰:"不然。我佛从菩提树下起,为大菩萨说华严,一切声闻凡夫,如聋如哑,谓佛入定,何以故?缘未熟故。吾之译此文,以语菩萨,非以语凡夫语声闻也。谛听谛听,善男子,善女子,一切皆死,而独有不死者存。一切皆死,而卿等贪著爱恋嗔怒猜忌争夺胡为者?独有不死存,而卿等畏惧恐怖胡为者?证得此义,请读《小说报》。而不然者,拉杂之,摧烧之。"③

梁启超的表述中隐含着一个圈套:如果你指责我,那是你水平不够,不能理解我的本意;如果你认同我,那我就承认你也水平很高。由

---

① 觉我:《余之小说观》,《小说林》第九号。
② 梁启超:《论小说与群治之关系》,《新小说》第一号。
③ 饮冰译:《世界末日记·识语》,《新小说》第一号。

于他的巨大的社会影响，使得众多读者更愿意与其认同，而不是对其挑战。由梁启超的这一论述出发，近代小说作者与读者也就形成了一种共谋关系，一种相互拉抬小说社会地位的交易关系：如果近代小说读者承认近代小说作者的审美趣味，那近代小说作者就承认近代小说读者的文化身份。"新小说不可无读法。既已谓之新矣，不可不换新眼以阅之，不可不换新口以诵之，不可不换新脑筋以绣之，新灵魂以游之。"[①] 读者越能够理解作者，也就越证明读者自己的文化地位之高。在这一共谋关系中，读者不再是近代小说启蒙的最终对象，而只是其中的一个环节，他们实际上也是"国民"中的先觉者，远高于传统小说"粗人"读者的文化地位。因此，近代小说读者对近代小说作者追求新的审美趣味的肯定，自然也是一种证明读者文化地位的手段，是对其启蒙身份的确认。

一 白话的兴起与文化身份的自觉

对于近代小说作者与读者而言，要提升小说，尤其是白话小说的地位，首先就要完成白话与文化身份关系的重构。"中国人本有两种语言，同时并行于国中：一为高等人所使用，文言是也；一为普通人所使用，俗语是也。"[②] 文言与俗语一直被视为区分文化身份与文化地位的重要标志。传统小说地位不高的重要原因之一就在于其语言的"浅而易解"，由于其"通俗"色彩，使得传统士人为了显示出自己与"俗人"的区别，不屑写，也不屑读。在近代社会的下层启蒙大浪潮中，白话的重要性得以凸显，因为白话才可能使启蒙思想被下层民众理解与接受。但如何让高等人认可白话的地位，则是一个更为复杂的问题。在这方面，近代小说做出了诸多有效尝试，通过将白话小说视为一种新的审美趣味，一种新的文化身份象征，近代白话小说作者与读者实现了一种共谋，使白话获得更高的社会地位与更广泛的社会认同，为白话真正

[①] 《读新小说法》，陈平原、夏晓虹编《二十世纪中国小说理论资料》第一卷，北京大学出版社1997年版，第295页。

[②] 成之：《小说丛话》，陈平原、夏晓虹编《二十世纪中国小说理论资料》第一卷，北京大学出版社1997年版，第477页。

占据统治地位奠定了坚实基础。

(一) 白话的工具性与新思想传播

在近代社会，白话被强调与重视，首先自然因为其工具性，也就是其在社会启蒙中的重要作用。裘廷梁《论白话为维新之本》对白话的好处总结为八条：

一曰省日力：读文言日尽一卷者，白话可十之，少亦五之三之，博极群书，夫人而能。二曰除骄气：文人陋习，尊己轻人，流毒天下，夺其所恃，人人气沮，必将进求实学。三曰免枉读：善读书者，略糟粕而取菁英；不善读书者，昧菁英而矜糟粕。买椟还珠，虽多奚益？改用白话，决无此病。四曰保圣教：《学》、《庸》、《论》、《孟》，皆二千年前古书，语简理丰，非卓识高才，未易领悟。译以白话，间附今义，发明精奥，庶人人知圣教之大略。五曰便幼学：一切学堂功课书，皆用白话编辑，逐日讲解，积三四年之力，必能通知中外古今及环球各种学问之崖略，视今日魁儒耆宿，殆将过之。六曰炼心力：华人读书，偏重记性。今用白话，不恃熟读，而恃精思，脑力愈浚愈灵，奇异之才，将必迭出，为天下用。七曰少弃才：圆颅方趾，才性不齐；优于艺者或短于文，违性施教，决无成就。今改用白话，庶几种精一艺，游惰可免。八曰便贫民：农书商书工艺书，用白话辑译，乡僻童子，各就其业，受读一二年，终身受用不尽。①

在此基础上，裘廷梁得出结论："愚天下之具，莫文言若；智天下之具，莫白话若。吾中国而不欲智天下斯已矣，苟欲智之，而犹以文言树天下之的，则吾前所云八益者，以反比例求之，其败坏天下才智之民亦已甚矣。吾今为一言以蔽之曰：文言兴而后实学废，白话行而后实学兴；实学不兴，是谓无民。"②

---

① 裘廷梁：《论白话为维新之本》，徐中玉主编《中国近代文学大系·文学理论集》第一册，上海书店 1994 年版，第 84—85 页。
② 裘廷梁：《论白话为维新之本》，徐中玉主编《中国近代文学大系·文学理论集》第一册，上海书店 1994 年版，第 86 页。

裘廷梁从语言与维新的关系出发，对文言与白话的地位进行了颠覆，彻底否定了文言，肯定了白话。他不仅强调白话对于下层民众的有效性，而且强调白话对于所有国民的有效性，甚至首先针对的就是"文人"，最后才是"贫民"。这一理论主张，与梁启超将小说地位提高到"最上乘"一起，二者相互影响，相互激发，催生了近代白话小说的创作高潮。

对于近代白话小说而言，白话不仅是传承经典的工具，更是引进西方文明的工具。诸多新学说新名词，在文言中根本找不到对应的词汇，白话的文化优势由此得以更加凸显。在时新小说征文中，便已出现一些并非传统文化的新名词。《澹轩闲话》对西方学问的罗列，诸如"电学、水学、火学、重学、机器制造之学、化学、矿学、筑路建垒之学、各国文字方言之学、水陆兵法之学、装船造械之学、工艺种植之学"[①]，都难以用传统文言语汇表达；《醒世新编》对近代物理学知识的介绍，更不可能纳入文言体系。到了《新小说》时期，出现更多的则是"自由""民主""民族""革命""主义"等新的政治学术语。在这里，哪怕每个字读者都认识，但其内涵却难以通过字面来理解。白话在这里不再是"浅而易解"的标志，而是"深而且新"的标志。正是因为"新小说"白话的难解性，近代小说期刊对白话小说大加批注，以帮助读者对白话进行理解。在"新小说"中，白话在文化品格上比文言处于更高的位置，由此实现二者地位的翻转。

因此，近代白话小说与传统白话小说最根本的区别，也就是内容的区别，而不是形式的区别。以传播新思想为使命的近代白话小说，增强了白话的难解性。同时，这种难解性也潜在证明了白话小说读者的"新潮性"。"作小说不可以无普遍知识，读小说亦何尝可以无普遍知识。作小说之难处，在具有此种常识，而笔足以达之，所谓人人意中之所有，人人笔下之所无是也。读小说者，苟具有同等之常识，乃能知作者所以运用此常识之心思及笔法。"[②] 只有对近代常识形成共鸣，近代

---

① 澹轩居士詹万云：《澹轩闲话》，周欣平主编《清末时新小说集》第一册，上海古籍出版社2011年版，第212页。
② 冥飞：《古今小说评林（选录）》，黄霖、韩同文选注《中国历代小说论著选》（修订本）（下），江西人民出版社2000年版，第485页。

小说作者与读者才可能就白话小说形成真正默契与相互认同。在这一语境中，读者对白话小说的接受与认同，已经成为对新思想的"先锋"认同，而不再是传统的"通俗"认同。

(二) 白话的审美性与新境界营造

白话对于近代小说的重要性，不仅体现在新思想的传播与共鸣方面，而且体现在新境界的营造与认同方面。其中最关键的问题，就是"俗情"的表达。近代小说作者大多已经认识到，"俗情"是小说表达的核心内容，而在这方面文言同样处于弱势地位。"文言多沿袭古代，有不能曲达今世人之感想之憾，故白话乘之而兴。"① 随着近代社会发展，所谓"俗情"自然随之发展，"今世人之感想"变得更为复杂。接受新思想之后，许多感想的内容，在文言中找不到相关概念，因此也不可能用文言准确地传情达意，白话在表达"俗情"方面，也就具有更大优势。与此同时，要使白话能够准确传达"俗情"，还是需要不断提升白话的品质，追求白话的"文"与"达"。在这方面，近代小说作者也有较为清醒的认识："传曰：言之无文，行而不远。所谓文，非藻绘之谓，能达所不能达之谓。故曰'辞达而已矣'。吾侪执笔为文，非深之难，而浅之难；非雅之难，而俗之难。"②

因为白话也可以做到"文"与"达"，所以近代白话小说并没有放弃对艺术性的追求。傅兰雅小说征文，对小说语言的通俗性与艺术性同时做出了要求："辞句以浅明为要，语意以趣雅为宗。"③ 近代小说报刊编辑者对白话小说与文言小说采用的是同样的艺术标准。从《新小说》开始，近代小说报刊大多文白并用，但对于小说语言，无论文言白话，都提出相对统一的要求："文字不拘浓淡，体例不拘章回笔记，或文言白话，惟以隽永漂亮为归。"④

近代白话小说对表现俗情的"达"的境界的追求，使得白话小说

---

① 成之：《小说丛话》，陈平原、夏晓虹编《二十世纪中国小说理论资料》第一卷，北京大学出版社1997年版，第477页。
② 宇澄：《〈小说海〉发刊词》，陈平原、夏晓虹编《二十世纪中国小说理论资料》第一卷，北京大学出版社1997年版，第510页。
③ 傅兰雅：《求著时新小说启》，《申报》光绪二十一年五月初二（1895年5月25日）。
④ 《本社启事》，《小说月报》第七卷第四号。

的社会影响逐渐扩大。虽然有林纾的文言翻译小说做样本,有徐枕亚的骈体言情小说做表率,使得近代文言小说在民初出现了一次高潮,但历史发展终究有其自身的规律,文言小说的复兴不过是一种回光返照。周作人试图用文言拉开文学与现实的距离:"欲改革人心,指教以道德,不若陶熔其性情。文学之益,即在于此。若在方来,当别辟道涂,以雅正为归,易俗语而为文言,勿复执著社会,使艺术之境萧然独立。斯则其文虽离社会,而其有益于人间甚多。"① 这种空疏的理论在当时响应者寥寥。在更多的人看来,"雅言不能状琐屑事物"②,难以写出人物心理的独特性,骈体言情小说"不言其理,徒讲藻饰,此与搬弄新名词者何异?宜味同嚼蜡也"③,因此断言骈文"断不可施之小说"④。而"俗情"与"俗语"存在着高度契合性,"用白话方才能描写得尽情尽致"⑤,因此,白话小说逐渐成为小说的正宗,"以俗言道俗情者,正格也;以文言道俗情者,变格也"⑥。从包天笑的转变中,就可以看出历史发展的动向。1901 年翻译《迦因小传》下部时,"那时候的风气,白话小说,不甚为读者所欢迎,还是以文言为贵,这不免受了林译小说熏染"⑦。到 1917 年,感受到时代发展变化的包天笑,则率先打出纯白话小说期刊的旗号,在《小说画报》创刊例言中开宗明义地指出:"小说以白话为正宗,本杂志全用白话体。"⑧

以俗语写俗情,是白话小说的优势,也是其"有味"的重要原因。"语云:知多世事胸襟阔,识透人情眼界宽。'知识'两字,由于自己想象而明,亦由闻人之谈论而得也。……惟讲得有趣,方能人人耳,动人心,而留人余步矣。善打鼓者,多打边鼓;善讲古者,须谈别致。讲

---

① 周作人:《小说与社会》,钟叔河编订《周作人散文全集》第一卷,广西师范大学出版社 2009 年版,第 318 页。
② 铁樵:《答刘幼新论言情小说书》,《小说月报》第六卷第四号。
③ 铁樵:《答刘幼新论言情小说书》,《小说月报》第六卷第四号。
④ 铁樵:《答刘幼新论言情小说书》,《小说月报》第六卷第四号。
⑤ 梦生:《小说丛话》,转引自於可训、叶立文《中国文学编年史·现代卷》,湖南人民出版社 2006 年版,第 33 页。
⑥ 吴曰法:《小说家言》,《小说月报》第六卷第六号。
⑦ 包天笑:《译小说的开始》,《钏影楼回忆录》,(香港)大华出版社 1971 年版,第 175 页。
⑧ 包天笑:《小说画报·例言》,《小说画报》第一号。

得深奥，妇孺难知。惟以俗情俗语之说通之，而人皆易晓矣，且津津有味矣。"①"有益"的"知识"，还需要"有味"的讲法，而要想讲得"有味"，还需要"俗情俗语"。白话由此成为沟通小说之"有益"与"有味"的重要桥梁。

白话的艺术性之难，甚至远在文言之上，如恽铁樵所言："小说之正格为白话，此言固颠扑不破，然必如《水浒》、《红楼》之白话，乃可为白话。换言之必能为真正之文言，然后可为白话；必能读得《庄子》、《史记》，然后可为白话。"② 用这一标准衡量近代白话小说，能够达到这一标准的白话小说并不多见。但近代白话小说作者在白话艺术上的追求，还是获得了读者的认同与肯定。胡适对近代白话小说就做了高度评价："吾每谓今日之文学，其足与世界'第一流'文学比较而无愧色者，独有白话小说（我佛山人，南亭亭长，洪都百炼生三人而已）一项。此无他故，以此种小说皆不事摹仿古人（三人皆得力于《儒林外史》，《水浒传》，《石头记》，然非摹仿之作也），而惟实写今日社会之情状，故能成真正文学。"③ 在胡适看来，白话小说同样可以成为艺术经典，而且是"今日社会"之经典。在近代白话小说作者与读者的共同努力下，近代白话小说确立了自己的社会地位，同时确立了白话审美趣味的文化地位。

二 解构的运用与启蒙意识的强化

"新而难解"的白话，培养了近代小说读者的"新趣味"，同时也确认了近代小说读者的新身份，近代小说由此与传统小说在"有味"方面表现出巨大差异。而为了实现近代小说的启蒙意图，不仅需要语言的改造，更需要表现方法的改造。近代小说的启蒙导向，使得其总体趋向表现为向现实主义的靠拢。然而，由于缺少西方现实主义所经历的自

---

① 邵纪棠：《俗话倾谈·自序》，转引自陈大康《中国近代小说编年史》第一册，人民文学出版社2014年版，第63页。
② 铁樵：《小说家言·编辑后记》，《小说月报》第六卷第六号。
③ 胡适：《文学改良刍议》，《新青年》第二卷第五号。

然科学与社会科学的洗礼，近代小说作者在追求现实主义的过程中，无意中表现出浓厚的"后现代"色彩，其对现实主义在中国传播与发展的贡献，并不表现在典型现实主义文本的建构方面，而是表现在对种种传统规范的解构方面。这种带有后现代色彩的解构，同样成为近代小说的一种"新趣味"，对这一趣味的认同，折射出近代小说作者与读者的启蒙意识的深化与强化。

（一）文体杂糅与多声齐鸣

近代小说的解构意味，首先就表现为多个层面的文体杂糅，从而在多个层面改造了读者的审美趣味。而近代小说的文体杂糅，从根本上讲又是为了深化其启蒙意图，由此也使得这一审美趣味带有明显的启蒙色彩。

小说报刊的兴起，是关系近代小说发展的一件大事，对读者审美趣味产生了深远影响。在一定程度上，可以说近代小说报刊的编辑方式，从根本上改变了近代小说读者的审美趣味。传统小说的编辑出版，一般是长篇单独成册，而短篇则按类编排。"三言二拍"的流传久远，与其编辑体例密切相关。近代小说报刊彻底颠覆了这种编辑方式，将不同类型的小说甚至其他文体编在一起，使小说报刊表现出强烈的"杂语性"与"对话性"。一本纯粹的小说杂志中（泛文学杂志中情况更为复杂），在文体上有长篇，有短篇，在语言上有文言，有白话，在风格上有喜剧，有悲剧，在思想上有保守，有激进。这种编辑方式，一方面让读者有更大的选择空间，增强了读者的自主性；另一方面自然增加了读者的困惑，期刊本身已经成为各种声音的交战场，要从这种喧哗中，找到自己认同的主张，对读者是一种挑战。也正是这种挑战，足以培养读者独立的判断能力与审美趣味。

就小说内部而言，近代小说的文体杂糅也表现得非常明显。已有学者对中国小说史传传统与诗骚传统进行了深入分析，这对传统小说文体产生了深远影响。近代小说在文体的创造方面，由于受到西方与传统的双重影响，表现得更为活跃，从不同向度拓展了小说的表现疆域，丰富了小说的审美取向。在内在的精神气质上，传统游记对近代小说产生了重要影响。虽然传统小说中同样不乏《西游记》《东游记》等以游记为名的小说，但传统小说中的游记集中于神魔小说，实际上成为一种独特的小说类型，与传统游记文体的精神气质不甚相干。近代小说则将传统的游记神韵与小说文体结合，时新小说征文中的《达观道人闲游记》已表现出这种趋向，《老残游记》《乌托邦游记》《上海游骖录》等作品，更是借鉴了游记的精神，拓展了近代小说表现内容的广度。而日记与小说的结合，则主要由于林纾翻译的《巴黎茶花女遗事》的示范作用。徐枕亚的《雪鸿泪史》，周瘦鹃的《花开花落》，包天笑的《飞来的日记》等作品，拓展了近代小说心理描写的深度。而书信与小说的结合，如包天笑的《冥鸿》，则为近代小说添加了一种独特的受述者，为近代小说中的叙述者—受述者，隐含作者—隐含读者之间关系的多样性，增添了丰富的内容。

文体互渗拓展了近代小说的广度与深度，小说内多种文体的并置，则增强了小说内部的对话性。在近代小说中，诗词依旧是重要内容，但近代小说中不仅古体诗词表现出更鲜明的时代色彩，而且出现了外国诗歌，《新中国未来记》与《断鸿零雁记》等小说中的外国诗歌，从一个侧面折射了近代中西对话的轨迹。而对其他文体的直接引用，如《轰天雷》照抄上谕与奏章，更是让不同声音得以直接展现。

由于不同文体承担的功能与使命不同，表现方法与艺术风格不同，因此，哪怕是同一个作者创作不同文体时，都会表现出较大差异。近代小说这种多种文体的并置与互渗，增强了小说的对话性，同时增加了读者的主动性，迫使读者进行选择与判断，这不仅有助于读者领会启蒙意图，也有助于读者形成新的审美趣味。

（二）作者介入与情节弱化

对于传统小说而言，"有味"在情节方面的要求主要表现为故事离奇，情节曲折，外加大团圆结局，而在叙述上则要求具有逼真感与统一性。传统小说"造梦"机制努力让读者"入迷"，进入故事营造的"梦境"，而不是跳出故事之外对故事进行质疑。因此，传统小说可以不注意故事与现实生活的关系，不注意叙事的内在逻辑，但极为注重小说叙述自身的统一性与逼真性。虽然说书人的影子在传统小说中一直残留，"若是说话的与他同时生，并肩长"之类的套话一直存在，但这类套话正好从另一个角度证明了小说自身的独立性，说明故事处于说书人控制的范围之外。

与传统小说的"造梦"意图相反，近代小说希望让读者"睁了眼看"，这也就要求读者时时跳出故事，从更为宏观的角度对小说故事进行反思与判断。因此，近代小说几乎采取了与传统小说相反的技法，在故事层面注重小说内容与现实生活的相关性，在叙事层面注重故事发展的内在因果关系，由此才可能经得起读者的质疑与推敲；但在叙述层面，他们却不太注意叙述的统一性，时时进行评论介入，甚至进行指点介入，采用元小说技法，打破小说的拟真性迷雾，中断故事情节，使读者难以"入迷"，从而能够跳出故事对小说进行反思，强化小说的启蒙效果。

近代小说作者的评论介入一直较为发达。隐含作者在小说中随时议论，以便提醒读者对某些内容加以特别关注。这种评论介入虽然破坏了叙述的统一性与故事的逼真感，但作为作者与读者之间的一种潜对话，这种评论介入鼓励读者积极参与小说的"再创作"，从而更准确地把握作者的本意。《玉梨魂》的主体部分以第三人称全知视角进行叙述，小说中却经常出现"吾知女郎殆必与梨花同其薄命，且必与梦霞同具痴情"[①]之类第一人称推断。《广陵潮》的作者也时时跳出来，对人物行为进行评论，引导读者进行价值判断。"乔大姑娘因为当夜被顾阿三污了，次日公堂上情愿不嫁饶大雄，但求跟随顾阿三回家。这也是他误会了妇人从一而终的话，以为既污了我身子，除得一个'死'字，只有嫁给他，算是遮了羞，再没有别的办法。"[②] 这种评论介入，对传统小说的情节结构形成巨大冲击："'新小说'借以冲击中国小说以情节为中心的叙事结构的，既不是风土人情、自然风光的着意描写，也不是人物心理的精细刻划，而是大段大段的政治议论和生活哲理。"[③] 这些议

---

① 徐枕亚：《玉梨魂》，吴组缃、端木蕻良、时萌主编《中国近代文学大系·小说集》第六册，上海书店1991年版，第443页。
② 李涵秋：《广陵潮》（上），凤凰出版社2014年版，第374页。
③ 陈平原：《中国小说叙事模式的转变》，《陈平原小说史论集》上卷，河北人民出版社1997年版，第374页。

论促使读者与作者进行潜对话,由此引导与激发读者的参与意识,鼓励读者进行深入思考。

隐含作者对小说进行评论介入,并不是一种新技法,传统小说中也时常出现,只是在评论的依据方面,近代小说与时俱进,表现出一种新型价值观。而隐含作者对小说的指点介入,则已经具有较为明显的元小说特征,其对故事情节统一性的解构也更为有力。

在近代小说中,隐含作者经常在小说文本中现身,强调自己讲述的故事与人物的真实性。曾朴说自己所讲都有来由:"在下这部《孽海花》,却不同别的小说,空中楼阁,可以随意起灭,逞笔翻腾,一句假不来,一语慌不得,只能将文机御事实,不能把事实起文情。"[①] 李涵秋甚至赌咒发誓:"在下敢发得毒誓,我这部书完全记的是实事,没有一件是捏造的。"[②] 隐含作者跳出来为小说故事的真实性背书,一方面固然凸显了小说与现实生活的相关性,另一方面却破坏了小说的统一性与拟真性。指点介入使小说故事暂时中断,隐含作者召唤隐含读者与其进行对话,对故事的真实性进行评判,这自然也使读者跳出小说故事,从更为宏观的角度对小说进行观照。更为自觉地点出"元小说"技法的用意的,是刍狗的《自治地方》。友人对小说中使用"小可"第一人称,却能够进行全知叙事进行质疑:"我且问你,自强那一番心中计算,理论只应他自家明白,如何却被你晓得?前文叙自治自尊自利诸人,亦有这派言语,莫是你无中生有编造出来?""小可"说:"不错,他们心思,小可原不应知道,自然是小可编造。只是譬如几片布不能成衣,要他成衣,必须用线。又譬如一堆钱不能成串,要他成串,必须用索。小可这书中正文,譬如就是几片布,一堆钱,小可编造的话,便是线索。没有他,小可这本《自治地方》,也就无从说起。"[③] 这一辩解,已经明确承认了小说的虚构性,而不是强化小说的逼真性。

这种小说文本内部的自我解构,弱化了情节的统一性与完整性,使

---

① 曾朴:《孽海花》,吴组缃、端木蕻良、时萌主编《中国近代文学大系·小说集》第四册,上海书店1991年版,第183页。
② 李涵秋:《广陵潮》(下),凤凰出版社2014年版,第774页。
③ 刍狗:《自治地方》,《小说月报》第一卷第六号。

读者从关注情节转向关注意义,促进了小说启蒙意识的强化与读者审美趣味的转型。

(三) 翻新戏仿与经典解构

近代小说作者不仅对传统小说的情节中心模式进行了解构,甚至直接对传统小说经典进行了解构。对著名小说进行续写,并不是近代小说的创举,此前各类"补天之作"早已层出不穷。《红楼梦》之后《后红楼梦》《续红楼梦》《红楼复梦》《红楼梦补》等前赴后继,《水浒传》之后则有《水浒后传》《荡寇志》等接踵而来。民间说书公案小说,更是可以不断续写,以致无穷。《施公案》续书十集,《彭公案》续书十七种,《三侠五义》同样成为一个系列。这种续书虽然可以情节上对原著进行颠覆,如《荡寇志》与《水浒传》,但在人物性格故事逻辑上,还是试图与原著保持统一性与连续性。

近代小说的戏仿小说,则只是借用原著的人物名称,其性格已经大幅变化,至于情节更是风马牛不相及。这类小说成为中国小说最早的"穿越小说",其对传统经典的戏仿与解构,同样冲击着读者的审美趣味。

近代较为著名的戏仿小说有陆士谔《新三国》《新水浒》,冷血的《新西游记》,吴趼人的《新石头记》,大陆的《新封神传》等。对于这类小说,阿英称之为"拟旧小说",认为这"可以说是在文学生命上的一种自杀行为"[①],欧阳健则命名为"翻新小说"[②],从命名就可以看出其价值判断之差异。

对于戏仿小说作者而言,采用旧瓶装新酒,自然有其特殊用意。吴趼人对续书有着清醒认识:

> 大凡一个人,无论创事业,撰文章。那出色当行的,必能独树一帜。倘若是傍人门户,便落了近日的一句新名词,叫做:"倚赖性质",并且无好事干出来的了。别的大事且不论,就是小说一

---

① 阿英:《晚清小说史》,东方出版社1996年版,第207页。
② 欧阳健:《晚清小说史》,浙江古籍出版社1997年版,第335页。

端，亦是如此。不信，但看一部《西厢》，到了《惊梦》为止，后人续了四出，便被金叹骂了个不亦乐乎；有了一部《水浒传》，后来那些续《水浒》、《荡寇志》，便落了后人批评；有了一部《西游记》，后来那一部《后西游》，差不多竟没有人知道。如此看来。何苦狗尾续貂，贻人笑话呢？此时，我又凭空撰出这部《新石头记》，不又成了画蛇添足么？按《石头记》是《红楼梦》的原名，自曹雪芹先生撰的《红楼梦》出版以来，后人又撰了多少《续红楼梦》、《红楼后梦》、《红楼补梦》、《绮楼重梦》……种种荒诞不经之言，不胜枚举。看的人没有一个说好的。我这《新石头记》，岂不又犯了这个毛病吗？然而，据我想来，一个人提笔作文，总先有了一番意思。下笔的时候，他本来不是一定要人家赞赏的，不过自己随所如，写写自家的怀抱罢了。至于后人的褒贬，本来与我无干。所以我也存了这个念头，就不避嫌疑，撰起这部《新石头记》来。①

近代戏仿小说作者的"自家怀抱"具有明显的时代色彩，那就是始终着眼于文化启蒙。在艺术性方面，续作可能难以与原作比肩，但在思想性方面，续作却可以与时俱进。近代小说对后者的重视，使得他们对续写还是不避嫌疑。《新三国》试图探索何为正确的"立宪"途径，《新水浒》则揭示"新法"实行后梁山好汉"与时俱进"唯利是图的丑态。《新西游记》让孙悟空师徒在当下游历，以利于作者一方面"寓祛人迷信之意"，一方面"见世界变迁之理"②，《新石头记》则试图让贾宝玉"干了一番正经事业"③，以启发"热血心诚，爱种爱国之君子，萃精会神，保全国粹之丈夫"④。

---

① 吴趼人：《新石头记》，海风主编《吴趼人全集》第六卷，北方文艺出版社1998年版，第6页。

② 冷：《新西游记·弁言》，转引自陈大康《中国近代小说编年史》第三册，人民文学出版社2014年版，第953页。

③ 吴趼人：《新石头记》，海风主编《吴趼人全集》第六卷，北方文艺出版社1998年版，第7页。

④ 吴趼人：《新石头记》，海风主编《吴趼人全集》第六卷，北方文艺出版社1998年版，第324页。

旧瓶装新酒自然会导致种种内在矛盾，而这些内在矛盾又可以被近代戏仿小说作者有意利用：借传统经典的知名度来唤起读者对新内容的关注，从而实现文化启蒙的目的。对经典的戏仿与解构，消解了经典的神圣性，发挥了续作普及启蒙的作用，这对于近代小说作者与读者来说，未尝不是一种有益的尝试。

三　写实的深化与社会批判的展开

无论是对白话重要性的强调，还是对传统审美规范的解构，对于近代小说而言，其核心目的就是一个，加强小说与现实的联系，强化小说的现实主义倾向。虽然近代小说作者与读者对现实主义还没有准确理解，但他们为真正的现实主义的诞生做了重要的前期准备。近代小说在写实化方面的努力，从根本上改变了小说的审美取向及评价标准。

近代小说界就小说选材达成了高度共识，那就是选择读者熟悉的题材。"小说之妙，在取寻常社会上习闻习见、人人能解之事理，淋漓摹写之，而挑逗默化之，故必读者入其境界愈深，然后其受感刺也愈剧。"[①] 正是因为近代小说与现实生活的接近，近代小说才获得了陈独秀等新文学提倡者的肯定，成为现代小说的先行者："仆对于吾国近代文学，本不满意，然方之前世，觉其内容与社会实际生活，日渐接近，斯为可贵耳。"[②]

近代小说的写实化倾向，一方面表现为关注日常生活，另一方面则表现为发现隐藏在纷繁现象后的本质。写实化不仅仅需要关注表面的真实，更需要关注本质的真实。近代小说作者在透过现象看本质，通过现象写本质等方面也做出了很多尝试，初步建构了近代小说的深度模式。这种深度模式强化了近代小说的文化批判意味，引导读者成为现实社会的批判者，而不是沉迷于小说制造的幻梦之中，进而确立新的审美取向与文化身份。

---

① 蜕庵：《小说丛话》，《新小说》第七号。
② 《通信·陈独秀复钱玄同》，《新青年》第三卷第一期。

(一) 日常生活的时代变迁

普通民众的日常生活并不是近代小说的独特发现。晚明时期，普通人的生活便已经进入小说的视野，《海上花列传》等注重日常生活的小说也出现在时新小说之前。然而，有意识地通过普通人的日常生活，反映时代发展与社会变迁，则可以说是时新小说以来的"创见"。在《澹轩闲话》等时新小说作品中，主角不再是叱咤风云的帝王将相，也不是出口成章的才子佳人，而是关注普通民众生存状态的民间士绅。通过这些士绅的心态变化，折射时代发展趋势，近代小说由此走上一条通过日常生活表现时代变迁的写实之路。这一路向也引导读者由传统小说的对传奇的偏好，转向对日常的关注。

这种对日常生活的关注，首先表现为小说环境的具体化与当下化。在小说的空间背景上，传统小说中存在虚化的倾向，让人难以辨认小说场景与现实场景的关系，如《石头记》中的金陵就难以让人认出南京的模样，而近代小说中的空间则日渐具体，且日渐注重空间的地域独特性。近代迅速发展起来的大都市日渐进入小说版图的中心，而且这些城市也已表现出各自的特殊性，如《小额》中的北京、《上海游骖录》中的上海、《发财秘诀》中的广州、《广陵潮》中的扬州、《扫迷帚》中的苏州等地，空间不仅作为背景存在，甚至成为近代小说的重要内容。在小说的时间背景上，传统小说大多都与当下存在较大距离。讲史小说的时间较为具体，但与当下相距遥远；其他小说则一般采用虚化的方式，让人难以确知故事的时间背景。而近代小说的时间背景不仅较为具体，而且与当下距离日益接近，其"新闻化"趋向甚至使其与时代发展同步。由《澹轩闲话》中的"大清皇帝"到《新华春梦记》中的"洪宪皇帝"，近代小说与当下的距离，总体上表现出日益接近的态势。

与环境的具体化与当下化相似，小说中的人物也日渐具体化与当下化。虽然近代小说并没有塑造出多少成功的人物典型，但故事人物已经日趋生活化，他们用当下的语言与思想，对当下的问题进行交流。《澹轩闲话》等时新小说中的人物语言已经与日常生活语言较为接近，更重要的是人物的思想以及讨论的话题与当下有着密切关系，他们关注的不再是抽象的"忠孝节义"，而是普通人的日常生活。无论是小脚、鸦片、时文，还是自由、平等、民主，在近代小说那里，都不是抽象的理念，而是与具体的人的生活情状联系在一起，作者基本都是通过具体的人物来展现自己的观点。《自由结婚》中的关关与《官场维新记》中的宽小姐，形成婚恋自由的对立两极；《二十年目睹之怪现状》中的吴继之与《负曝闲谈》中的黄子文，形成家庭平等的对立两极；《痴人说梦记》中的贾希仙与《新华春梦记》中的袁世凯，则形成近代民主的对立两极。近代小说之所以是"近世文学"，是因为其"所述者多今人之感想，切近而易明"①。

小说作为"近世文学"，不仅关注当下的人，更关注当下的事，近代小说不仅故事大多"皆事实而非空言"②，而且情节设置也大多符合生活逻辑。然而，故事来源于生活并不意味着故事没有"传奇性"，相反，生活有时比小说更有想象力。近代小说将目光投向现实生活，却发现了一个比传统小说更有"传奇"色彩的宝库。社会的大变局导致让人触目惊心的乱象层出不穷，而人们观念的混乱又使得对这些现象的判断与评价千变万化，这也就使得近代小说写的虽然是日常生活，给人的印象却是光怪陆离，其对种种"怪现状"的忠实书写，不仅前无古人，而且后无来者。

近代小说环境、人物、情节三要素的日常生活化，使得近代小说风格与传统小说出现巨大差异。传统小说的"造梦"倾向，使得"小说之文，寓言八九。蜃楼海市，不必实事，钩心斗角，全凭匠心，俾读者可以坐忘，可以卧游，而劝惩即寓乎其间也"③。近代小说对当下日常生活的"写实"精神，使得近代小说可以作为社会史、风俗史，甚至心态史去读。恽铁樵创作"革命外史"系列时，就有较为明确的社会史意识："儿女爱情，私人恩怨，苟可以资炯戒者，尤且不可无记，况关乎国家社会者哉？又吾所记者，皆猥鄙纤细事。治乱之故，盛衰之

---

① 成之：《小说丛话》，陈平原、夏晓虹编《二十世纪中国小说理论资料》第一卷，北京大学出版社1997年版，第438页。
② 成之：《小说丛话》，陈平原、夏晓虹编《二十世纪中国小说理论资料》第一卷，北京大学出版社1997年版，第439页。
③ 焦木：《血花一幕》，《小说月报》第三卷第四号。

微，当世不乏马迁班范其人。若此琐琐屑屑，或未必入二十世纪中国史，则尤不可无记矣。本现在之事实，留真相于将来。"①

不仅作者强调近代小说生活化写作的社会史意义，读者同样强调近代小说生活化写作的社会史意义，新广就将《胡宝玉》当社会史读："全书节目颇繁，叙述綦详，盖不仅为胡宝玉作行状而已。凡数十年来上海一切可惊可怪之事，靡不收采其中。旁征博引，具有本原，故虽谓之为上海社会史亦可也。"② 同时，书写日常生活的小说作为社会史，具有正史所不及的重要意义："盖中国自古至今，正史所载，但及国家大事而已，故说者以为不啻一姓之家谱，非过言也。至于社会中一切民情风土，与夫日行纤细之事，惟于稗官小说中，可以略见一斑。故余谓此书可当上海之社会史者此也。"③

在作者与读者的共谋下，近代社会小说得以迅猛发展，成为近代小说中成就最高影响最大的一类。其他如《扫迷帚》《玉佛缘》等反迷信小说，未尝不可当成风俗史读；《玉梨魂》《孽冤镜》等言情小说，未必不可以当成心态史读。近代小说强化了与日常生活的联系，强化了小说的写实倾向，为中国小说的现代转型做了重要铺垫。

（二）纷繁现象的本质发现

写实的深化要求作者在纷繁的表象背后发现本质的真实，只有发现现象背后的"真情真理真趣"，才可能在作者与读者之间建构坚实的认同基点。"世故之炎凉冷暖，本自无定，惟一衡以情理之真趣所发现。则世界人道，固有理与理相通、情与情相通者，即有理与情、情与理相通者。谁无灵魂？谁无督脉？诚能绅绎其情理之真趣，则作者之心，与读者之心，已默而化之矣。"④

由于时代局限，近代小说作者还不太可能建构完善的现象—本质深度模式，他们较善于从感性层面去描绘现象，而不太善于从理性层面去

---

① 焦木：《血花一幕》，《小说月报》第三卷第四号。
② 新广：《〈胡宝玉〉》，《月月小说》第一年第五号。
③ 新广：《〈胡宝玉〉》，《月月小说》第一年第五号。
④ 伯耀：《小说之支配于世界上纯以情理之真趣为观感》，陈平原、夏晓虹编《二十世纪中国小说理论资料》第一卷，北京大学出版社1997年版，第244页。

把握本质。这也是近代小说思想深度存在较大局限的重要原因。然而，他们对社会的感性把握，同样折射出他们对时代发展趋势的判断。

相对而言，近代小说作者们对现实政治的判断有着更多的共识，无论革命还是改良，保守或者激进，他们都意识到专制政府不足恃。《澹轩闲话》中皇帝的影子已经淡化，《醒世新编》中皇帝基本缺席，民间力量取代官方力量成为社会变革的主导；皇帝地位的这种变化折射出社会心态的转变。《新中国未来记》中，虽然还保留着罗在田的过渡位置，但作者明确将变革的希望寄托在黄克强等人身上。随后兴起的谴责小说，从各个层面揭示了专制政府的种种弊端。辛亥革命后，由于袁世凯逆行倒施，大开民主倒车，使得民主政体徒具其形而无其神，人们对专制政府的失望与不满自然溢于言表。李涵秋的《广陵潮》与杨尘因的《新华春梦记》等作品对袁世凯治下的民国政府的专制本质做了多向揭示。

随着近代小说作者对政治专制批判的深入，自然也会发现政治专制与传统文化之间的内在关系。如果说专制政府不足恃，那传统文化一样不可靠。与传统专制政体紧密联系在一起的，就是传统的"三纲五常"，尤其是"君为臣纲"。随着现代民主思想的逐渐普及，社会对专制政府弊端的认识日渐清晰，"君为臣纲"的合法性与合理性逐渐消解，传统文化的最大支柱由此轰然倒塌。这一支柱的倒塌意味着传统文化的禁区被攻占，如果"君为臣纲"都已经不再神圣不可侵犯，那么传统文化的其他教条也需要被重新审视与评估，"输入新文明"由此成为重要的时代共识。《老残游记》中，拯救大船需要依靠"外国向盘"，《新石头记》中"文明境"的"礼乐文章""仁义礼智""友慈恭信""刚强勇毅""忠孝廉节"[①]，如此等等，都得依靠现代科技做后盾。无论"中体西用"，还是"西体中用"，西方文化的必要性已是不争的事实。

透过纷繁复杂的社会现象，近代小说作者试图把握隐藏在各个领域

[①] 吴趼人：《新石头记》，海风主编《吴趼人全集》第六卷，北方文艺出版社1998年版，第179页。

的"真情真理"。无论理想派还是写实派,近代小说作者的总体取向都是致力于揭露现实的政治、文化的缺陷,对传统社会进行全方位批判,由此培养并强化读者的社会批判意识。

  作为"寓教于乐"的文体,小说的"乐"可以说是实现"教"的通道。然而,不同的"教"的目的,需要有不同的"乐"的手段。"教"的变化,也会导致"乐"的变化。近代小说在"教"方面的全面变化,有西方近代思想文化作为参照系,由此较为明确,但其"乐"的手段,却不可能全盘照搬西方近代小说,因为中西存在巨大的文化差异,这也就要求近代小说作者在尊重读者的审美趣味的同时,在小说的"有味"方面发挥更大的创造性。虽然他们的探索还是存在诸多局限,但他们初步构建了近代小说审美协商的平台,通过凸显白话的启蒙意义,肯定阅读白话小说的读者的启蒙者身份,换取读者对近代白话小说的肯定;通过凸显小说内在对话性的启蒙价值,肯定接受新形式的读者的先锋意识,换取读者对近代解构倾向的认同;通过凸显写实的启蒙性质,肯定关注日常生活的读者的文化自觉,换取读者对近代写实主义的接受。这种审美趣味层面的修辞交易机制,改造了近代小说读者关注情节、偏爱传奇的审美趣味,对于确立近代读者的文化启蒙身份发挥了重要作用。

第五章 认同强度的偏至与近代小说修辞风格的呈现

近代小说"立什么人"的修辞目的,最终还是需要通过认同强度——"人能否立"来检验。在近代社会发展的大潮中,尽管诸多人士当时都发出"世风日下"的感慨,但从历史的大视野却可以看到时代发展的车轮滚滚向前。1911年的辛亥革命,没有以前改朝换代时大规模的兵燹之祸,也没有什么遗老遗少为清殉节,1916年的洪宪皇帝以及1917年的宣统皇帝,其复辟都以失败告终,由此可以看出时代风气的转化,近代共和思想已经取代传统忠君意识,成为时代的主流;1919年的五四运动,不仅学生具有爱国精神,后来的主力甚至转换成普通市民,这一转换折射出近代启蒙的下沉程度。虽然这种时代风气转变与近代小说之间的关系,难以进行量化分析,但作为近代社会启蒙的重要手段,近代小说在社会发展中的作用不容忽视。

从总体上讲,近代小说的认同强度虽然存在着种种缺陷,但同样表现出与传统小说全然不同的性质,取得了与传统小说全然不同的效果,对近代新型国民的建构,发挥了巨大作用。近代社会科学精神与逻辑思维模式的普及,民主观念与民族国家意识的高涨,直面人生与关注现实情怀的强化,都与近代小说有着隐秘联系。

作为中国小说现代转型的关键环节,近代小说作为一个整体,其"立什么人"的修辞目的涵盖了多个维度,注意到了"新民"的立体性与丰富性。然而,由于传统小说认同模式高度稳定,"驯民"意识积重难返,近代小说建构新型国民的意图不可能毕其功于一役,因此不同作者需要从不同的侧面进行突破。在具体的创作语境中，不同作家对"立什么人"与"如何立人"有不同理解，因而可能侧重不同的认同维度，表现出一种"启蒙的偏至"。在近代这一特定历史时期，这种"启蒙的偏至"具有其存在的合理性与必然性。近代小说作者正是通过这种"偏至"的价值排序，凸显了自己的特色，强化了某一维度的认同强度，力图实现预期的修辞效果。

第一节　近代小说价值排序与认同强度的偏至

传统小说"驯民"的高效与深远，基于传统小说认同模式各方面的协调与共振。传统小说无处不在的迷信思想与奴化意识，和其强烈的感染力交融在一起，使得传统小说具有巨大的社会影响力。因为有审美方面的高强度认同，其隐含的价值观才能够不知不觉地对读者产生影响，以至于传统小说成为"中国群治腐败之总根原"。也正是因为对小说艺术感染力的重视，传统小说虽然一直强调教化的重要性，但实际上首先关注的还是如何使小说更有吸引力，由此形成传统小说的"传奇"传统，强调"无传不奇，无奇不传"。虽然不同人对"传"的技巧与"奇"的内容存在不同的理解，但总体上的"好奇"与"传奇"，是传统小说吸引读者的重要手段。作者与读者在表面上的"劝善"意图与骨子里的"好奇"趣味两个方面，都实现了高频共振。

近代小说却难以在作者与读者之间实现这种和谐共振。一方面，近代小说的伦理观念与传统小说形成鲜明对立；另一方面，近代小说的审美规范尚处于摸索阶段。这对近代小说作者与读者都构成严肃挑战。伦理距离的扩大要求审美距离的缩小，由此才可能实现作者与读者之间高强度的相互认同。然而，与这一要求相反，近代小说作者虽然强调"熏浸刺提"的重要性，但在这方面实际上乏善可陈。因此，近代小说作者不得不寻找新的突破口，通过特别强调某一维度，强化对读者的影响，使其认同某一方面，而忽视其他方面的不足。与传统小说中不进行明确的价值排序不同，近代小说实现其修辞目的的重要手段就是进行明确的价值排序，以实现"偏至"的相互认同。

一 近代小说的新变与价值排序的位移

传统小说的"寓教于乐",其显层是"乐",隐层才是"教"。有了不知不觉之"迷",才有随后之莫大的影响力。在这种传播模式中,读者实际上处于被动地位,对于小说中的价值没有评判空间。同时,也由于传统小说之"乐"足以迷人,读者对"教"的认同强度较高,由此才使得帝王将相才子佳人花妖狐鬼深入人心。

近代小说"教"与"乐"的位置发生了翻转,小说的显性层面强调的是"教","乐"则退居次要地位,是从属于"教"的工具与手段。同时,由于对这一工具使用得并不顺手,近代小说作者不得不寻找其他足以强化与读者相互认同的手段,传统小说中的价值排序方式被从根本上改造。

在梁启超的论述中,已经隐含着这种位移。其论证"小说为文学之最上乘"的根据,是小说在各体文学中,能"极其妙而神其技"①,具有熏浸刺提四力,还是将"乐"视为首要因素;但后文话锋一转,具有熏浸刺提四力的传统小说,在性质上全部带有毒素,是"中国群治腐败之总根原",因此必须全部扫除,另辟"新小说"之疆土。因此,"新小说"之新,从来都不是"乐"之新,而是"教"之新。以新的"教"为基点,近代小说重构作者与读者之间的价值排序,试图通过新的价值排序,来实现较高强度的相互认同。

(一) 求新与价值排序的翻转

与传统小说的向后看不同,近代小说最重要的特色就是向前看,由此带来近代小说整体修辞风格的变化,也就是对"新"的强调。无论傅兰雅的"新趣小说",还是梁启超的"新小说",再到沈雁冰的"小说新潮",近代小说一直在不断求"新"。尽管不同倡导者对"新"的理解并不一致,但其对传统之"旧"的否定,则是一脉相承。

求"新"由此成为近代小说作者与读者最有可能实现高强度认同

---

① 梁启超:《论小说与群治之关系》,《新小说》第一号。

的价值取向。对"新"的共同追求,从根本上翻转了传统小说的价值排序。传统小说强调"惩恶扬善",但由于其善恶标准早已确定,其根本思路还是"以古为训",没有什么创新空间,因此吸引读者的主要手段还是其趣味性或娱乐性,小说的修辞目的隐藏在趣味之后。近代小说的"求新"倾向,却重在小说的"新民"目的,趣味性与娱乐性则退居到次要地位。

因为将"新"置于价值排序之最重要的位置,所以近代小说更关注题材与主题,而非形式与技巧。正是通过题材与主题的更新,近代小说强化了对读者的吸引力,在一定程度上实现了自己的修辞目的,部分完成了"新民"使命。

在题材的拓展方面,近代小说实现了大步跨越。首先是常人苦难的发现。传统小说中,同样也有着苦难书写,但苦难落到个体之上,不是成为孙悟空式"天将降大任于斯人也"的发达前磨炼,就是成为贾宝玉式"空即是色色即是空"的顿悟前折腾;落到群体上,不是表现为"路有冻死骨"的泛泛性悲悯,就是表现为《三国演义》中哭声震野的集体悲剧。近代小说则开始关注普通个体的苦难与悲剧命运。"新趣小说"中,对缠足女性的苦难的书写,不再以群体面目出现,而是以一个个具体的女性命运展现。帝国主义的压迫与欺凌,同样需要个体承载。民族的宏大叙事与个体的生命叙事,虽然没有得到完美结合,却已经开创出最初的道路。

其次是历史的发现。由于闭关锁国的外交政策,外国历史在传统小说中自然难得一见;同时由于文字狱的盛行,中国历史同样被改头换面成皇帝的家族史与群臣的奴才史。近代社会的大变局,使中外历史进入小说家的视野。外国历史可以成为中国政治改革的借鉴,本国历史可以唤醒民族革命的激情,近代小说由此出现一个历史小说创作高潮。《东欧女豪杰》《洪水祸》等介绍外国民主革命,《痛史》《仇史》等则鼓吹本国民族革命。历史对于现实的意义,在近代被全面激活。

最后是近代社会生活的发现。传统小说中所描写的社会生活与传统生活方式密切相关。无论政治领域、家庭领域、社交场所都带有浓厚的传统色彩,表现出明显的复古倾向。《花月痕》中的诗酒世界,《荡寇志》中的战争场景,《儿女英雄传》中的家庭生活,都带有明显的传统情趣。近代小说则更关注近代的现实社会,更关注近代人的生活方式。《新中国未来记》中的政治抱负,《文明小史》中的双面洋人,《玉梨魂》中的革命尾巴,近代小说为近代社会的各个层面,留下了一帧帧全息摄影。至于侦探小说中的新型职业,科学小说中的全新想象,本来就是传统小说所无的门类,其题材之新颖自不待言。通过这些新颖的题材,近代小说维系了作者与读者之间较高强度的相互认同。

近代小说不仅在题材上开拓了新的领域,而且在主题方面追求全面的"更新"。傅兰雅"新趣小说"提倡的"除三弊",虽然没有涉及根本性问题,但其中包含的革新意味却极为明显。传统小说一直强调的"移风易俗",从本质上还是向传统回归,"世风日下"的潜台词就是以前比现在要好,因此人们需要做的就是回归到以前的世风良好的状态。近代小说则不再强调向以前的回归,而是向未来的"更新"。

近代小说不仅重视"新"认识,更重视"新"行动,鼓吹读者对人物进行仿效。因此,近代小说表现出明显的以行动为旨归的意图,希望利用小说去唤醒民众,改造社会。"新趣小说"在这方面具有分水岭的意义。后来梁启超的"新小说"理论,对这一点阐释得更为明确,甚至将小说当成包治百病的灵丹妙药:"欲新一国之民,不可不先新一国之小说。故欲新道德,必新小说;欲新宗教,必新小说;欲新政治,必新小说;欲新风俗,必新小说;欲新学艺,必新小说;乃至欲新人心,欲新人格,必新小说。"①

对于何者为"新",如何"更"新,近代小说也存在着较为明晰的内在发展演化脉络。由"鼓民力"到"新民德",再到"正民趣",小说一直是"新民"的重要工具。"辅助教育之先导与?改良社会之良药与?灌输明文之沟渠与?开通民智之锁钥与?佐群治之进化与?树道德之范围与?警世之铎与?惊梦之钟与?稗官之雄与?野史之宗与?吾莫得而名之,名之曰:万灵所集,众妙之门!"② 也正是对这种工具论的

---

① 梁启超:《论小说与群治之关系》,《新小说》第一号。
② 樱花庵主秦琴缦卿:《月月小说报祝词》,《月月小说》第一卷第十号。

认同，使得近代小说不断创造并吸引自己的读者群，从而产生实际的社会效应。

(二) 向雅与价值排序的变异

近代小说的"求新"背后，潜含着提升小说的文化品格与社会地位的意图。只有当小说成为"载新道"之文，小说才可能真正进入文学的领域，并一跃而成为"最上乘"。在传统社会中，小说一直是不入流的"小道"，属于"俗"的范畴。近代小说凸显出其"载新道"的特点，也就说明其比"载道"之文还要高出一个层次，由此可以直接进入"雅"的世界。因此，虽然近代小说界一直强调小说是写给粗人妇女看的通俗读物，但真正从事写作甚至阅读的，却主要是"出于旧学界而输入新学说者"①，也就是传统所说的"文人雅士"，小说由此进入大雅之堂。传统小说的通俗性决定其娱乐性的本质与底色，近代小说追求雅正的倾向，使得其不再以娱乐性为首要目标。这种雅正的审美趣味，在近代社会成为区分人们文化品位与文化地位的重要方式，成为促进绅士群体实现相互认同的重要纽带。由于不同作者对于小说之"雅正"有着不同理解，由此也使得近代小说的价值排序出现一定变化。

近代小说诞生伊始，追求的是目的雅正。"文以载道"之"道"，是关系国计民生之"大道"，而非丛残小语之"小说"，这也是近代小说雅正化的最初取向。近代小说从一开始就努力向"大道"靠拢，新趣小说的"除三弊"，与新小说的改良群治，都指向富国强民。鸳鸯蝴蝶派不忘宣扬节约健康优雅等美好品质，甚至黑幕小说也一再强调具有社会教科书的作用。这种目的的雅正淡化了近代小说的商业色彩与娱乐色彩，强化了其社会正当性，使近代小说获得了社会中上层人士的认同，并被接受为"最上乘"之文学。

与这种目的雅正相一致的，是近代小说对语言雅正的追求。傅兰雅征文中，将辞句与语意区分为两个层面，"辞句以浅明为要，语意以趣雅为宗"②，也就是说，在语言的词语选择以及语法方面，应该以普通

---

① 觉我：《余之小说观》续，《小说林》第十号。
② 傅兰雅：《求著时新小说启》，《申报》光绪二十一年五月初二（1895 年 5 月 25 日）。

人能够读懂为标准,但语言的通俗却不意味着其内涵的低俗,因此,傅兰雅的《时新小说出案》中,对相关"低俗"语言进行了批评:"或出语浅俗,言多土白;甚至辞尚淫巧,事涉狎秽。"①

在他看来,浅俗与浅明显然不是一个概念,好的小说语言应该浅显而雅正,不涉及低级趣味。随后的新小说倡导者在语言革新方面,同样区分了辞句的浅显与语意的雅正两个层面,因此,白话在小说中的大行其道,并没有降低小说作者与读者的社会地位,反而使他们因此而获得"启蒙者"这一新的社会身份,使白话获得社会中上层人士的认同。

由于语言包括辞句与语意两个层面,对语言雅正的追求,实际上也就可以包括辞句雅正与语意雅正两种取向。晚清的白话小说注重语意雅正,而民国初年,由于政治对文学控制的强化,小说的启蒙意图弱化,语意的雅正也出现衰退迹象,对辞句雅正的追求成为时尚。在这一背景下,文言小说甚至骈文小说忽然兴盛,社会中上层人士被压抑的对辞句雅正的追求,忽然得到释放,成为一种风尚。

然而,辞句雅正并不是文言的专利,也不应该是文言的专利。文言小说的回光返照,实际上提出了一个新的历史要求,那就是对白话小说辞句雅正的要求。在一定程度上,五四白话文运动正是对这一历史要求的回应,因此不仅指向语意雅正,甚至更主要地指向辞句雅正。这也可解释为什么五四白话文运动中,承担开路先锋的文体是诗歌这一最为典雅的形态,而非本来与白话有着不解之缘的小说。当白话文解决了辞句雅正与语意雅正如何结合的问题,白话的正统地位变得无可置疑,其社会认同的障碍也基本消除。

不同时代的作者与读者对雅正有着不同的理解,由此使得近代小说的认同价值排序也会发生不同程度的变异,但总体而言,近代小说对雅正的追求,对于提升其文化品格与社会地位起到了至关重要的作用,成为强化小说作者与士绅读者之间认同强度的重要手段。

---

① 傅兰雅:《时新小说出案》,转引自周欣平主编《清末时新小说集》第一册,上海古籍出版社2011年版,序第11页。

二 近代小说的分类与价值排序的凸显

影响近代小说认同强度的因素,不仅在于小说价值排序的位置变化,更重要的还在于价值排序的意义凸显,也就是通过特别凸显某一价值维度,来实现较高强度的相互认同。小说分类就是凸显价值排序的重要手段。通过分类,小说将某一价值予以顶置,从而预先建构读者的期待视野,使作者与读者实现在某一维度的高强度认同。

小说分类并不是一个新鲜话题。宋代就将"说话",也就是白话小说分为四家:小说(又名银字儿)、谈经、讲史、合生①,但其分类依据较为混乱,其中既有文体因素,又有内容因素。近代社会对传统小说的分类,一是从语言上分成白话与文言两大体系,一是从内容上分为英雄、男女、鬼神三大类型。但这些分类都没有凸显出某类小说价值取向的意味。近代小说创作从一开始,就表现出鲜明的价值取向,作者在为自己的小说进行分类时,就已经表现出明确的价值意图。傅兰雅将自己的征文广告命名为《求著时新小说启》,其对"新"的强调,明显表现出对"旧"小说的不满,也就是将小说分为"时新小说"与"守旧小说"两大类。但这种区分显然极为简陋。近代小说期刊兴起之后,对小说的分类变得非常丰富,其标准也较为混乱,但这些分类都包含着明确的价值取向。通过小说分类,近代小说作者将自己试图凸显的价值直接告诉了读者,小说修辞认同的价值排序由此得以固化与强化。

(一) 小说分类与价值排序的固化

近代小说的分类自然会影响读者的阅读与接受。"唯小说之种类有殊异,因而阅者脑筋之转移,亦有所殊异。"② 不同类型的小说,可以满足读者不同需求,产生不同效果。因此,作者对小说进行分类的方式,对不同类型小说的强调,包含着特别的修辞意图。在一定程度上,

---

① 参看吴自牧《梦粱录·小说讲经史》,黄霖、韩同文选注《中国历代小说论著选》(修订本)(下),江西人民出版社2000年版,第84页。
② 棣:《小说种类之区别实足移易社会之灵魂》,陈平原、夏晓虹编《二十世纪中国小说理论资料》第一卷,北京大学出版社1997年版,第240—241页。

正是通过分类来凸显某一认同维度，作者影响读者的阅读接受，强化了读者对该维度的认同强度。

对于近代小说界而言，每种"新"小说都有其必要性，"写情小说之绮腻风流，科学小说之发明真理，理想小说之寄托遥深，侦探小说之机警活泼"①，不同类型的小说具有不同的艺术风格，可以给读者不同的艺术享受。更重要的是，不同类型的小说具有各不相同的价值取向，能够产生各不相同的社会作用，从而可以从不同角度实现"新民"效果。

近代对"新"小说意义的发现与凸显，首先集中在政治小说。梁启超从维新的角度出发，将政治小说视为改造社会的灵丹妙药。"彼美、英、德、法、奥、意、日本各国政界之日进，则政治小说，为功最高焉。"② 也正是从强调政治小说的社会作用出发，梁启超带头翻译并创造政治小说。

随着梁启超通过"新小说"改良群治的主张获得广泛认同，各类"新"小说也随之兴起，并被赋予各不相同的意义与使命。《新小说》预告自己刊载的主要小说类型包括：历史小说、政治小说、哲理科学小说、军事小说、冒险小说、侦探小说、写情小说、语怪小说、札记体小说、传奇体小说（实为戏剧）。这一分类标准虽然比较混乱，文体分类与内容分类混杂在一起；但这一分类方式，大体确定了近代小说分类的主要标准与目的。该文作者对各类小说的主要内容或修辞目的做了简要说明：

> 历史小说者，专以历史上之事实为材料，而用演义体叙述之。
> 政治小说者，著者欲借以吐露其所怀抱之政治理想也。
> 哲理科学小说，专借小说以发明哲学及格致学。
> 军事小说，专以养成国民尚武精神为主。
> 冒险小说，如《鲁敏逊漂流记》之流，以激励国民远游冒险

---

① 周桂笙：《〈歇洛克复生侦探案〉弁言》，陈平原、夏晓虹编《二十世纪中国小说理论资料》第一卷，北京大学出版社1997年版，第135页。
② 梁启超：《译印政治小说序》，《饮冰室合集》第二册，中华书局2015年版，第239页。

第五章 认同强度的偏至与近代小说修辞风格的呈现

精神为主。

探侦小说,其奇情怪想,往往出人意表。

写情小说,人类有公性情二:一曰英雄,二曰男女。情之为物,固天地间一要素矣。①

以上枚举,已囊括近代小说的主要类型,同时也点明了政治小说、哲理科学小说、军事小说、冒险小说等的修辞目的,但对历史小说、侦探小说、言情小说等后来影响甚大的几类小说的修辞目的,还语焉不详。

吴趼人等人随后对这些小说的意义进行了深入阐释,从而完善了近代小说类型的修辞目的理论。在吴趼人看来,历史小说可以"寓教育于闲谈,使读者于消闲遣兴之中,仍可获益于消遣之际"②,"是故吾发大誓愿,将遍撰译历史小说,以为教科之助。历史云者,非徒记其事实之谓也,旌善惩恶之意实寓焉"③。

历史小说可以作为"教科之助",侦探小说同样也可以起到改造国民的作用。"侦探小说,为吾国所绝乏"④,它讲的虽然是破案故事,但背后隐含的却是现代政治管治方式以及现代人权观念。"泰西各国,最尊人权,涉讼者例得请人为辩护,固苟非证据确凿,不能妄入人罪。此侦探学之作用所由广也。而其人又皆深思好学之士,非徒以盗窃充捕役,无赖当公差者,所可同日语。用能迭破奇案,诡秘神妙,不可思议,偶有记载,传诵一时,侦探小说即缘之而起。"⑤虽然吴趼人对于国人推崇西方侦探小说不以为然,但他并不否认侦探小说包含的"科

---

① 新小说报社:《中国唯一之文学报〈新小说〉》,陈平原、夏晓虹编《二十世纪中国小说理论资料》第一卷,北京大学出版社1997年版,第59—62页。
② 吴趼人:《两晋演义序》,海风主编《吴趼人全集》第七卷,北方文艺出版社1998年版,第258页。
③ 吴趼人:《〈月月小说〉序》,海风主编《吴趼人全集》第八卷,北方文艺出版社1998年版,第200页。
④ 周桂生:《〈歇洛克复生侦探案〉弁言》,陈平原、夏晓虹编《二十世纪中国小说理论资料》第一卷,北京大学出版社1997年版,第135页。
⑤ 周桂生:《〈歇洛克复生侦探案〉弁言》,陈平原、夏晓虹编《二十世纪中国小说理论资料》第一卷,北京大学出版社1997年版,第135页。

学之精进"以及"输入文明"①之目的。也正是因为对侦探小说的重视,吴趼人特别强调中国"古已有之"。吴趼人将传统的断案与西方之侦探混为一谈,使得其对于侦探小说意义的理解存在偏差。相对而言,"吉"的理解更为深刻准确。其在《上海侦探案·引》中,指出侦探小说体现出司法独立的精神,因此侦探小说的推广有助于司法独立意识的普及,这在当时未尝不是一种超前意识。"司法独立,就是专设理刑的衙门,管理词讼,不再由行政官兼办的意思。"②在"极尊重人权"的法律体系中,"要求做有名的侦探家,比做名医还难几百倍。第一难求的是人格聪明,才智学问、身家、胆识、气量,皆缺一不可"③。作者在这里抬高侦探小说之地位,正是为了凸显当时司法不独立之害:"中国之所以不幸,就是为此。大凡刑法不平,官吏贪污,最为人民之害。各省祸乱频兴,莫不由此。然其大本大原,均须从司法独立上做起。"④

近代小说界对政治小说、冒险小说、军事小说的社会意义的认识较为一致,而对于写情小说的社会意义,则是见仁见智,莫衷一是。觚庵认为言情小说使人气短:"军事小说与言情小说,适成一反比例。一使人气旺,一使人气短;一使人具丈夫态度,一使人深儿女心肠;一使人易怒,一使人易戚;一合于北方性质,北人固刚毅,一合于南人形状,南人本柔弱。此为二种书分优劣处。然今日读小说者,喜军事小说,远不如喜言情小说。社会趋向,于此可见。"⑤与觚庵对写情小说的否定相对,成之的认识显然更为辩证,"其劣者足以伤风败俗","其佳者,却有涵养人德性之功"⑥,以善诱人,无"过于写情小说者","以美诱人者,亦莫写情小说若也"⑦,由此可以看出写情小说对于改良社会的

---

① 吴趼人:《自由结婚·评语》,海风主编《吴趼人全集》第九卷,北方文艺出版社1998年版,第235页。
② 吉:《上海侦探案》,《月月小说》第一年第七号。
③ 吉:《上海侦探案》,《月月小说》第一年第七号。
④ 吉:《上海侦探案》,《月月小说》第一年第七号。
⑤ 《觚庵漫笔》,《小说林》第七号。
⑥ 成之:《小说丛话》,陈平原、夏晓虹编《二十世纪中国小说理论资料》第一卷,北京大学出版社1997年版,第452页。
⑦ 成之:《小说丛话》,陈平原、夏晓虹编《二十世纪中国小说理论资料》第一卷,北京大学出版社1997年版,第453页。

重要意义。也正是在这种强调写情小说的合理性的氛围中，民国初年兴起写情小说的高潮，各种细目层出不穷。《民权素》中将写情小说分为很多细类，如：哀情、苦情、奇情、喜情、烈情、惨情、险情、孽情、侠情、悲情、忍情、痴情、幻情、滥情、怨情，等等，可见写情小说当时的社会流行程度。

《新小说》创刊时并未提及，直到《绣像小说》连载《二十年目睹之怪现状》时才加以命名的"社会小说"，后来成为蔚然大观，其独特价值也获得了特别关注。小说林社较早点出社会小说的特色，"有种种现象，成色色世界，具大魔力，超无上乘"①，而成之则更明确地点出其社会意义："此种小说，以描写社会上腐败情形为主，使人读之而知所警戒，于趣味之中，兼具教训之目的。"② 这种"兼具教训"，也成为"黑幕小说"的辩护词："黑幕小说的好处，乃在长进我们的知识，指导我们的迷途；然后我们知道进德迁善。"③

近代小说种种新的分类方式，以及种种新的小说类型，构成"新小说"之所以"新"的一个重要因素。"政治也，科学也，实业也，写情也，侦探也，分门别派，实为新小说之创例，此其所以绝有价值也。"④ 这些新的小说分类方式，以及新的小说类型，不仅是对传统小说类型的补充，更是对传统小说价值观念的颠覆。近代小说从题材与目的两个层面，对小说进行分类处理，其中包含着作者对于某一特定目的的强调，由此使得某一维度的认同强度得以凸显。

（二）小说跨界与价值结构的优化

对小说进行分类并以此为指导进行类型化写作，固然可以强化与凸显特定价值，但同时也必然导致对社会简化甚至错位的理解。在一定意

---

① 小说林社：《谨告小说林社最近之趣意》，陈平原、夏晓虹编《二十世纪中国小说理论资料》第一卷，北京大学出版社1997年版，第173页。

② 成之：《小说丛话》，陈平原、夏晓虹编《二十世纪中国小说理论资料》第一卷，北京大学出版社1997年版，第454页。

③ 杨亦曾：《对于教育部通俗教育研究会劝告勿再编黑幕小说之意见》，《新青年》第六卷第二号。

④ 《〈新世界小说社报〉发刊辞》，陈平原、夏晓虹编《二十世纪中国小说理论资料》第一卷，北京大学出版社1997年版，第201页。

义上，可以说越是优秀的小说，就越难以用单一的类型去框定，如《水浒传》可以同时是社会小说、政治小说、军事小说、侦探小说、伦理小说、冒险小说①。正是因为对小说类型化的弊端的认识，近代小说作者经常进行有意无意的跨界，使小说的价值排序出现多种可能组合，作者与读者之间不再是通过凸显单一维度来实现相互认同，而是通过改善认同结构来实现更高强度的相互认同。

被胡适誉为"中国近代的一部全德的小说"②的《九命奇冤》，融合了多种类型小说的技法，"他用中国讽刺小说的技术来写家庭与官场，用中国北方强盗小说的技术来写强盗与强盗的军师，但他又用西洋侦探小说的布局来做一个总结构"③。好的小说不仅需要突破单一类型的写作模式，更需要突破其单一类型的修辞目的。吴趼人自己对《新石头记》的定位，就是试图突破单一类型束缚的尝试："兼理想、科学、社会、政治而有之者，则为《新石头记》。"④报癖对它的评价同样不限于某一类型："《新石头》系科学小说，亦教育小说。"⑤

1910年2月，上海改良小说社出版"煮梦（李小白）著，铸愁评"的《新西游记》第一卷五回，虽然该小说在近代小说中不甚有名，但"一琴一剑斋主"之"评话"将该小说列入多个类别之下，则可以看出当时的流行趋势："一、《新西游记》是社会小说，欲知社会之情状者，不可不读。一、《新西游记》是滑稽小说，欲闻曼倩之余风者，不可不读。一、《新西游记》是心理小说，欲研究社会心理学者，不可不读。"⑥这种跨界的推销广告，一方面模糊了小说分类的针对性与影响力，另一

---

① 参看燕南尚生《〈新评水浒传〉叙》，陈平原、夏晓虹编《二十世纪中国小说理论资料》第一卷，北京大学出版社1997年版，第358—359页。

② 胡适：《五十年来中国之文学》，《胡适文集》第三卷，北京大学出版社2013年版，第221页。

③ 胡适：《五十年来中国之文学》，《胡适文集》第三卷，北京大学出版社2013年版，第222—223页。

④ 吴趼人：《近十年之怪现状·自叙》，海风主编《吴趼人全集》第三卷，北方文艺出版社1998年版，第299—300页。

⑤ 报癖：《〈新石头记〉》，《月月小说》第一年第六号。

⑥ 一琴一剑斋主：《新西游记·评话》（煮梦之《新西游记》），转引自陈大康《中国近代小说编年史》第四册，人民文学出版社2014年版，第1975页。

方面则凸显了小说的复杂性与多义性。对小说进行分类并进行类型化写作，其目的在于让读者抓住重点，明白作者的价值排序何者在前，何者在后，从而实现对某一维度的最高强度认同，而不是关注全部维度。如对政治小说，读者可以只关注其政治观点是否与其共振，而不必执着于人物形象的真实性；对社会小说，读者可以只关注其是否揭示社会丑恶，而不必执着于人物形象的丰满度。这也是近代小说分类的意义与目的。但这种分类实际上也使得小说成为一个意义相对封闭的阐释体系，其认同结构显得残缺不全。从根本上讲，理想的认同结构是作者与读者在认知、伦理、审美等多个维度上都能够实现高强度相互认同。因为逐渐认识到小说分类的局限性，近代小说作者也开始推崇小说的跨界。

这种小说跨界可能带来价值排序的含混，让读者无所适从。《孽海花》由"爱自由者"发起时，想将其写成政治小说，因此让孙文等人提前几十年出现，借以宣传其革命观点；续写者曾朴却想将其写成历史小说，这些提前出场的人物便让人觉得莫名其妙；写作过程中又夹带狭邪小说、掌故小说、谴责小说技法，傅彩云的偷情，晚清官员的逸事，倒成为吸引读者的焦点，历史反而又退居幕后。小说的这种多面性，暴露了小说的矛盾性，使小说的价值排序显得较为含混，让读者难以把握。

但这种含混性在一定程度上，正是近代小说追求丰富性与复杂性的表现，拓展了读者理解的空间，使小说作者不再依赖单一的认同维度来构建与读者之间的认同关系。也正是因为对近代小说根据题材与目的进行分类这一分类法的弊端的认识，近代小说界对小说分类方式也进行了多向探讨，从而使小说作者与读者之间的认同结构变得更为完整与完善。

这种完善认同结构的努力对小说作者与小说读者都提出了更高的要求。"沉沉支那不受小说之福，而或中小说之毒，无读人耳。小说固所以激刺人之神经，挹注人之脑汁。神经不灵，脑汁不富，欲种善因，翻得恶果。其弊在不知读法。"[①] 与读者不知读法相对应的，是新小说作

---

① 《读新小说法》，陈平原、夏晓虹编《二十世纪中国小说理论资料》第一卷，北京大学出版社1997年版，第295页。

者的不知写法,"新小说宜作史读","新小说宜作子读","新小说宜作志读","新小说宜作经读"①,其前提是新小说作者要知道如何将小说写成"史""子""志""经"。近代小说读者与作者之间的互动,推进了近代小说价值排序的复杂化。这种价值排序的复杂化,一方面催生了新的小说分类方式,如梁启超的"理想派"与"写实派",觚庵的"记述派"与"描写派"②,成之的"有主义"与"无主义"③,以及刘半农的"通俗小说"与"'交换思想意志'的小说"④,这些分类方式弱化了小说修辞目的在小说分类中的重要性,使读者有更多阐释空间;另一方面则是直接导致小说类型的退场,五四以后的新文学期刊不再给小说贴类型标签,由此可以见出小说价值排序方式及认同方式的变化。

从给小说分类到不再分类,近代小说的价值排序方式变得日渐丰富与复杂;从强调价值排序到强调价值结构,近代小说的认同结构也日趋完整与完善。

第二节　修辞情景与价值排序的分化

小说作为一种修辞交流,总是在一定的语境中发生,是对一定的修辞情景的回应。修辞情景是"一个由人、事件、物体、关系及要求所组成的自然背景,这一背景强烈诱发言语的发生;这一被诱发的言语很自然地参与到这一情景中,在很多情况下是完成情景性行为所必需的,并且通过在情景中参与获得了它的意义及修辞特性"⑤。

具体到近代小说来说,近代的修辞情景诱发了近代小说的修辞话题,而近代小说的修辞行为又参与到这一修辞情景中,从而实现其修辞

---

① 《读新小说法》,陈平原、夏晓虹编《二十世纪中国小说理论资料》第一卷,北京大学出版社1997年版,第295—296页。

② 《觚庵漫笔》,《小说林》第七期。

③ 成之:《小说丛话》,陈平原、夏晓虹编《二十世纪中国小说理论资料》第一卷,北京大学出版社1997年版,第449页。

④ 刘半农:《通俗小说之积极教训与消极教训》,严家炎编《二十世纪中国小说理论资料》第二卷,北京大学出版社1997年版,第47页。

⑤ [美]劳埃德·比彻尔:《修辞情景》,[美]肯尼斯·博克等《当代西方修辞学:演讲与话语批评》,常昌富、顾宝桐译,中国社会科学出版社1998年版,第122—123页。

第五章 认同强度的偏至与近代小说修辞风格的呈现

目的。修辞情景与修辞话题之间,存在着复杂的对应关系。一方面,修辞情景的成熟与否,与修辞话题能否获得预期的社会反响有着密切关系。出现在合适情景中的合适话题,能够引起社会最高的关注度,从而产生巨大的社会反响。而过早或过晚的话题,则难以产生理想的效果。梁启超的"新小说"与傅兰雅的"时新小说",性质相近,前者在百日维新与庚子事变之后提出,恰逢其时,因此产生了巨大的社会反响;而傅兰雅的"时新小说"征文,则由于修辞情景尚未成熟,提出过早,以致很快在历史中沉寂。《新中国未来记》与《未来世界》,都关注立宪,前者得风气之先,没写完也有首倡之功;后者则试图为摇摇欲坠的晚清政府的预备立宪辩护,写完后社会反应还是趋于负面。

另一方面,修辞情景本身的延续性,与修辞话题的生命力同样有着密切联系。"每一个修辞情景都会发展到一个适宜的时刻以引发一个恰当的修辞反应。这一时刻过去以后,大部分情景就衰败了。"① 梁启超在 1902 年提出"新小说",可以说是恰逢其时,维新运动的失败与庚子事变,使得有识之士将注意力转向下层启蒙;而小说正是实现下层启蒙的重要工具,因此梁启超的"新小说"主张可以说是一个恰当的修辞反应。但作为政治家,梁启超关注的主要是政治小说,尤其是立宪小说,在当时的修辞情景中,由于梁启超的社会影响,政治小说迅速获得大家的关注。但对于普通读者而言,这种政治热情难以持续很长时间;当民众的政治热情消退,刺激政治小说兴起的修辞情景中的相关因素衰败,政治小说也便成为明日黄花。同样,拒约小说在拒约运动中可以兴盛一时,但难以产生长远影响。这些小说所依赖的修辞情景很容易过时,其修辞话题也便很难保持长久活力。"相反,有些情景会继续存在下去;这就是为什么我们能有这一大批真正具有修辞意义的作品。"② 即时性的社会问题带来的激情容易随时间推移而迅速消退,时过境迁,往往物是人非;但小说关注的不仅有政治事件这类容易快速转换的情

---

① [美]劳埃德·比彻尔:《修辞情景》,[美]肯尼斯·博克等《当代西方修辞学:演讲与话语批评》,常昌富、顾宝桐译,中国社会科学出版社 1998 年版,第 131 页。
② [美]劳埃德·比彻尔:《修辞情景》,[美]肯尼斯·博克等《当代西方修辞学:演讲与话语批评》,常昌富、顾宝桐译,中国社会科学出版社 1998 年版,第 131 页。

景,更有着社会、人生、人性等长期存续的情景。对修辞情景中长效性或时效性因素的选择与回应,在一定程度上决定了小说的修辞价值与修辞意义。

相对而言,近代小说作者更偏向于对现实问题进行直接回应,他们在面对具体的修辞情景时,更关注当下性因素,由此使得他们的修辞话题表现出鲜明的时代性,其价值排序也同样表现出鲜明的时代性。同时,由于近代小说的修辞话题与时代过于接近,以致当其修辞情景衰败后,这些小说便与这一时代的历史使命一起,在该使命完成后成为历史陈迹。

一 1895—1901:"时新小说"与"新民"的滥觞

1895年5月,傅兰雅发起"时新小说"征文时,面对着特定的修辞情景;这种特定修辞情景刺激了时新小说的诞生,同时也决定了时新小说的命运。这一年4月,中国因甲午战争失败而签订屈辱卖国的《马关条约》,国家财政因战争赔款而雪上加霜。但因长期的专制思想灌输以及闭关锁国政策,当时的中国社会还没有明确的思想资源与强大的社会力量对君主专制体系进行挑战,皇帝的地位依旧比较稳定。同年5月发生的"公车上书",将希望还是寄托在皇帝身上,可见当时知识分子的共同心态。严复此前提出的"鼓民力、开民智、新民德"的主张,也未将矛头指向君主专制。作为受中国政府雇佣的外国专家,傅兰雅的身份使他只能是一个友好的诤谏者以及一个友善的启蒙者。他曾经因为近代书籍在中国的发行量变大而兴高采烈。"每年广学会从销售出版物中得到的收入从1893年的800美元猛增到1898年的1.8万美元。1896年傅兰雅兴高采烈地报告:'书籍生意正在全中国迅猛开展,这里的印刷商不能满足书籍生意的需要。中国终于觉醒起来了。'"[①] 利用近代书刊进行启蒙,是作为外国人的傅兰雅所能够想到的切实路径。

[①] [美] 费正清、刘广京编:《剑桥中国晚清史》(上),中国社会科学院历史研究所编译室译,中国社会科学出版社1985年版,第571页。

在这样的修辞情景中,傅兰雅借小说来"除三弊"的主张具有保守与超前的双重属性。就时新小说征文的主题而言,他没有提出超出当时思想界的主张,"除三弊"没有触及政治体制变革与帝国主义入侵等根本问题,也没有提出新的"新民"思想,因此显得较为保守;就时新小说征文的形式而言,却显得较为超前,他意识到利用小说这一较为通俗的形式进行启蒙的重要意义,但由于当时的士绅们还在汲汲于引起皇帝的注意,下层启蒙还没有进入其思考的范围,因此,与下层民众相关的小说还没有引起他们的重视。傅兰雅提出的"时新小说"由此显得较为超前,在当时没有获得主流士绅的回应,小说的社会地位因此也没有得到有效提升。

由于傅兰雅本人随后离开中国,其出版计划无疾而终,真正受征文广告激发并在当时出版的作品,只有1895年出版的《熙朝快史》与1901年出版的《醒世新编》。但作为近代小说的逻辑起点,傅兰雅的时新小说征文发出了明确的历史信号,引导着近代小说朝"新民"的路向发展。虽然由于主流士绅对小说的忽视,这一征文没能吸引知名士绅的参与,但162部应征作品还是以自己的方式回应了时代的"除弊"主张与"新民"命题,他们的成就与局限都是这一时代的成就与局限。其在价值排序上最明显的特征,就是凸显了"新民"的经济维度。

(一)经济维度的凸显

在傅兰雅看来,鸦片、小脚、时文三弊,是妨碍中国走向富强的关键因素,这种观点自然也影响应征者的思路与目的。"除三弊"没有涉及内政外交等核心问题,而是指向了近代经济主体建构,由此描绘了近代"新民"的底色。

在傅兰雅生活的近代社会,三弊并不是一个新鲜话题。但与一般时政论文主要从国家民族等宏大观念出发不同,时新小说都是基于个体命运论证三弊的危害,由此拉近了三弊与人们日常生活的关系。其论证逻辑大多基于实用与实利,由此强化了个体运用自己的理性进行功利化判断的重要性,近代经济主体由此得以凸显。

时新小说首先凸显的是身体的重要性。女性的缠足,不仅让女性遭受痛苦,更重要的还是给女性带来永久的行动不便,这种不便带来的又是其谋生能力与逃生能力的低下,以致缠足女性在动荡社会中需要承担更多风险。近代社会又正好是一个动荡不安的社会,缠足女性的悲剧命运也便带有普遍性。无论是太平天国,还是地方土匪,抑或帝国主义侵略,普通百姓,尤其是缠足女性,都要承担超出其他人的苦难与风险。

鸦片不仅与身体直接相关,而且与财产直接相关。鸦片不仅会损害人的身体,从而使鸦片瘾者遭受与缠足女性类似的命运;而且会花费大量钱财,可以使富者致贫,贫者破产;更为重要的是,鸦片还可以弱化人的意志,使人成为完全的废物。与女性缠足主要归咎于父母与社会相对照,鸦片瘾者则全然是咎由自取,其可痛恨程度因此超过缠足。

至于时文,则与创造财富有关。社会发展需要实用型人才,复合型人才,而专习八股却可以使读书人成为百无一用的废物;时代变局要求人们尤其是知识分子创造更多社会财富,而学习八股只是一种徒然耗费人的时间精力而不能创造任何价值的无用功。就是从个人功名利禄来讲,以前读书人通过八股考试就可以谋取官位,但到了晚清,捐官盛行,各级机构官满为患,《醒世新编》中的魏华如考中进士后依旧穷困潦倒,由此也可以见出这条传统的锦绣大道也已经布满荆棘与陷阱。至于未能中举的读书人,生活状态更是每况愈下。《五更钟》中的希世珍,在社会上多次碰壁,最后还是依靠崇尚实学者的解救才得以谋生,由此可见传统读书人社会生存能力的不足。

傅兰雅及应征者"除三弊"隐含的"鼓民力"命题,对于推进近代经济主体的建构具有重要意义。缠足与保命、鸦片与保财、时文与生财,构成相互对立、相互消解的关系,时新小说以个体命运为基点,以个体利益为依据,切入了重大的时代命题,由此凸显出近代经济主体建构的必要性与可行性。

(二)政治维度的萌芽

傅兰雅倡导的"除三弊"没有触及根本的政治制度与意识形态,时新小说依旧延续着传统小说"吾皇圣明"的陈腔滥调,几乎所有人最后都将解决问题的希望寄托在皇帝身上。偶有涉及政治的内容,也还是希望皇帝能够开明纳谏,采用人物条陈,最终实现变革。但这些条陈基本还是囿于当时政府能够接受的范围。朱正初《新趣小说》(出版时改名《熙朝快史》)中康鬴清的十二条陈,"一曰改科举,二曰广西学,三曰严烟禁,四曰汰冗员,五曰设议院,六曰裁兵额,七曰清旗籍,八曰除汉军,九曰开屯田,十曰兴铁路,十一曰久职任,十二曰别服色"①,基本还是抄袭当时改良主张,没有涉及根本制度,立足点主要还是经济问题。同时,与后来谴责小说的质疑姿态与悲观情绪不同,时新小说依旧保持对政府的信任与乐观态度,认为通过皇帝诏书去除三弊后,清帝国便可以马上变得国富民强,不再受人欺压。这种乐观情绪同样说明其政治上的保守性。

然而,就客观效果而言,时新小说将三弊之危害渲染得越是严重,越说明政府之无能。三弊由来已久,其中小脚与时文之发端与清政府无关,但清政府却废除无力,改革无能,以至于陈陈相因,积习成弊,积弊成疾,因此,所有对三弊的揭示最后都指向对腐败无能的政府的质疑。小脚女性所受之祸,因晚清社会动荡不安而被不断放大,而这种社会动荡,不论是匪乱还是兵祸,都显示出政府管治社会能力的弱化。鸦片之祸,更是完全可以归咎于晚清政府的腐败无能,正是因为第一次鸦片战争与第二次鸦片战争失败,鸦片才成为中国人的噩梦。时文之弊则与晚清政府腐败互为因果,得意者除了借其升官发财之外百无一能,失意者被其折腾一生后变得百无一用;当读书人这种所谓的社会精英全部成为废人,社会不乱也就只能是梦想。因此,尽管时新小说经常为除三弊加上一条光明的尾巴,但作者也经常自我解嘲,"我原说记我的梦"②,潜台词实际上已指向对时政的批评。

时新小说不仅潜含着对时政的含蓄批评,而且潜含着对个人权利与责任的肯定与推崇。时新小说"除三弊"的根本出发点是为了"本国兴盛"③,但国家兴盛的核心要素还是个体的强体与致用,每个人成为

---

① 朱正初:《新趣小说》,周欣平主编《清末时新小说集》第四册,上海古籍出版社2011年版,第52页。
② 朱正初:《新趣小说》,周欣平主编《清末时新小说集》第四册,上海古籍出版社2011年版,第87—88页。
③ 傅兰雅:《求著时新小说启》,《申报》光绪二十一年五月初二(1895年5月25日)。

有用之人之后，国家的兴盛才有可能。因此，时新小说一再强调个体的强体与开智，强调近代经济主体的建构。这种近代经济主体的建构也潜含着近代政治主体的萌芽，因为只有注重自己的权利并保护自己的权利，才能成为真正的近代经济主体，换句话说就是，近代经济主体的建构以个体的独立自觉为前提与基点。这种逐渐萌生的个体权利意识，正是近代政治主体建构的重要基础。

时新小说在政治主体建构方面的成绩，不仅表现在个体权利的朦胧自觉方面，更重要的还是表现在近代女性解放的朦胧自觉方面。时新小说虽然没有打出男女平权的旗号，但其中已经隐含较为明确的女性解放声音。反缠足不仅是女性身体的解放，更是女性精神的解放，社会地位的解放。《澹轩闲话》中的包尚德夫人周氏已经揭示了女性缠足隐含着的男女不平等的权力关系。女性缠足，是因为害怕社会上的人耻笑，而这种耻笑，又是因为"那些轻薄男人，癖好小足的，造作言语，来鼓惑人心"[1]。女性缠足的根本原因还在于女性处于一种弱势地位，对自己的美丑没有发言权，完全屈从于男性的评判。因此，女性要想实现身体的解放，首先要做的就是"不要听他的瞎说"[2]。这种呼吁虽然透出女性的无力与无奈，但终究同时也透出了女性的自觉。

《醒世新编》则走得更远。萧鲁甫在小说中塑造出了近代小说中第一代正面女性形象。小说中的大脚丫头雪花，虽然在观念上依旧恪守传统的"三从四德"，但在行动上却已成为自己甚至家庭命运的主宰。在太平天国之乱中，雪花先是凭借自己的一双大脚，背小姐魏阿莲逃难；然后是凭借自己的强壮身体，保护小姐免受游兵的欺凌；再后是凭借自己的劳动能力，在战乱中养活自己与小姐；最后是回到魏家，成为魏家重振家业的顶梁柱。她亲自下田劳作，里外操持，不畏辛劳，成为魏家在战乱后得以迅速恢复的核心人物。与雪花相似，教书先生孔先生的妻子劳氏，也是一双大脚，甚至在雪花之前，她已经放下读书人家的架

---

[1] 澹轩居士詹万云：《澹轩闲话》，周欣平主编《清末时新小说集》第一册，上海古籍出版社2011年版，第112—113页。

[2] 澹轩居士詹万云：《澹轩闲话》，周欣平主编《清末时新小说集》第一册，上海古籍出版社2011年版，第113页。

子,成为亲自下田劳作的女性先行者。她能够实现女性的自足自立,才使得她在丈夫杳无音信时,依旧能够养活自己与儿子。这些自强自立的女性,是近代小说才可能出现的异数。传统小说中有扈三娘、十三妹之类的女英雄,有林黛玉、杜采秋式的女才子,有贾母、王熙凤之类的女管家,但这些女性在家庭经济建设方面,从来没有充当过主导角色,大多数只是"用财"或"守财",就算是王熙凤的放高利贷"生财",也不是为了家族利益,而只是为了个人私利。让女性成为家庭中的主要"生财"角色,无疑是时新小说的重要创新。女性的这种自立自强,是她们提升社会与家庭地位的重要路径。当她们成为家庭的经济支柱,自然也就提升了话语权,男女平权也就具有了可能空间,时新小说由此拓宽了女性解放的通道。

(三) 审美维度的挪移

时新小说在审美维度上的表述较为简陋,但这不能说明时新小说没有理论上的自觉。傅兰雅对"新趣"的提倡,显示出其在审美方面的要求;他对辞句的浅明与语意的雅趣的强调,也与传统小说别出了苗头。然而,大多数应征者运用的主要还是传统的章回小说文体,在语言上也没有达到傅兰雅期望的高度,由此可见时新小说在审美维度创新方面的薄弱。

然而,由于时新小说特殊的修辞目的,以及应征者独特的文化背景,时新小说的审美维度也出现了一些新鲜元素。

首先,时新小说的文化背景出现了从儒教到基督教的悄然位移。由于大多数应征者都与基督教有着或多或少的联系,时新小说自然流露出基督教的影响,小说中的人物塑造经常中西合璧。《澹轩闲话》中包尚德最后梦见的金甲神人,外形颇似中国神话中的天神,但其说话却是基督教口吻,"自称天使"[①] 来传达"上帝"旨意。胡晋修的《时新小说》甚至直接让人物现身说法,凡是信仰基督教的马上可以得救,小说成为传教的工具,人物则是基督教的传声筒。基督教不仅影响小说的

---

① 澹轩居士詹万云:《澹轩闲话》,周欣平主编《清末时新小说集》第一册,上海古籍出版社2011年版,第286页。

人物塑造，更影响小说的情节设置。《天路历程》的寓言式写法，在时新小说中也不乏模仿者。望国新的《时新小说》中，以明更新与尚喜故为新旧代表，进行反复论辩，从人物命名可以看出其寓言色彩。李景山的《道德除害传》以坑人国与金银国、人才国、女才国之间的正邪之争，寓示中国命运，更是对《天路历程》的套用。教士、教会、教堂、上帝、天使等基督教元素在时新小说中更是常见。这种基督教元素，在一定程度上，为近代小说的风格转化提供了另一种可能。然而，由于大部分时新小说在当时没有获得出版机会，这种可能性也便被埋没于历史之中。

其次，时新小说的题材来源潜含着从历史到时事的悄然位移。相较于基督教这种外在影响而言，时新小说对现实的关注更真实地预示了近代小说发展的可能性。为强化时新小说中经济主体建构的内在逻辑性与内在说服力，时新小说作者大多选择现实生活中的案例来进行叙述阐发，这在无意中突破了传统小说"向后看"的"慕史"意识。时新小说针对的三弊从来没有成为传统小说的主题，其解决方案自然不可能从传统小说与传统文化中去寻找。这种主题的针对性赋予时新小说以强烈的当下性。与此同时，为了凸显问题的针对性，也就需要选择当下的题材，"按时事以立言"①，由此才可能凸显小说的说服力。因此，虽然小脚并非起于清朝，但缠足女性所受苦难则与近代发生的真实事件如太平天国、中日朝鲜战争、土匪作乱等密切相关，或者说正是近代的社会动荡，才使得缠足女性的苦难得以凸显。鸦片与时文之害，同样也必须置于相应的时代背景之中；尤其是鸦片之害，与帝国主义侵略直接相关。时新小说作者因为与传教士的关系，很少直接抨击帝国主义，甚至将希望寄托于英国等国家的慈悲为怀，减少向中国的鸦片出口，但对于鸦片为祸之源的揭示，还是会涉及鸦片战争。

最后，时新小说的价值评判标准潜含着从传统到当下的悄然位移。由于问题的当下性，使得作者们提出的解决方案也具有浓厚的当下性。

---

① 青莲后人：《扣虱闲谈·凡例八则》，周欣平主编《清末时新小说集》第二册，上海古籍出版社2011年版，第8页。

他们的目光指向的是未来，而非过去，从而在一定程度上颠覆了传统小说以传统为准绳的价值取向。时新小说的这种对当下的关注，预示着新的审美趣味的诞生。

二 1902—1911："新小说"与"新民"的深化

1902年梁启超在日本发出"新小说"的倡议时，其所面对的修辞情景与傅兰雅已经发生了巨大变化。在政治上，由于百日维新的失败，国内政坛分裂成帝党与后党，传统的君主制由于慈禧的垂帘听政受到内部冲击，忠于皇帝与忠于太后之间的内在矛盾，潜在地削弱了君主制的合法性。在思想上，西方近代民主思想由于维新运动得到迅速普及，进一步削弱了君主制的合理性。在社会心态上，百日维新的失败，使得知识分子意识到上层改良这一路线行不通，义和团运动又使得知识分子意识到下层启蒙的必要性与紧迫性，传统士绅由此逐渐将注意力转向下层启蒙。在这一政治文化背景中，有识之士发现了小说与下层启蒙之间的密切联系。严复、夏曾佑、邱炜萲等人从理论上阐释了小说对下层启蒙的重要性，梁启超、林纾等人的翻译则让国人见识了外国的小说创作实践。同时，梁启超因为维新运动以及后来创办报刊积累起来的社会声誉，使得其言论主张能够获得社会广泛的呼应；因此，他在1902年提倡"新小说"时，修辞情景已经完全成熟，登高一呼，应者云集。

梁启超提出"新小说"主张，其主要目的还是政治改革，这也就使得"新小说"从一开始就与政治有着密切联系。随后的政治发展使得晚清追求政治变革的修辞情景保持延续，新小说的政治倾向由此得以延续。晚清的社会运动一直以民众的改良意愿与朝廷的保守态度之间的角力为中心，总体上讲，朝廷迫于压力不得不进行变革，百日维新被取缔的主张，后来一一被朝廷实行，1901年，朝廷发表改革诏书，1905年废除科举，1906年宣布预备立宪，1909年重申预备立宪，并在各省成立咨议局；但朝廷的变革始终落后于民众的期望，以致民众始终处于群情激愤的状态，这也就使得社会上的政治激情保持延续，小说中的政治热情也得以延续。这一时期小说的价值排序，由此表现出明显的政治优先；同时，由于"新小说"必然带来的新形态，使其审美维度也发生重大变化；经济主体的建构也随着时代发展而表现出新的特征。正是试图通过小说影响时代发展，"新小说"从不同向度深化了"新民"命题。

（一）政治维度的张扬

作为政治家，梁启超在提倡小说的时候还是着眼于政治启蒙。其以小说改良群治的论点，从根本上讲，就是试图将小说绑上社会改造的战车。这一方面提升了小说的社会地位，另一方面使小说变得沉重。但这一论点正是当时以及随后的新小说作者与读者实现高强度认同的基点。从《新小说》开始，近代小说作者几乎无不将改良群治作为小说的招牌。其间虽然吴趼人等质疑新小说是否真正具有改良群治的效果，黄摩西质疑以小说改良群治的宗旨，认为"昔之视小说也太轻，而今之视小说又太重也"[1]，但并没有改变1902—1911年小说关注群治，凸显政治的倾向。各类小说从不同向度探讨政治主体的建构，丰富了近代小说"新民德"的命题。

这一时期小说对政治的凸显，首先就表现在小说将个体置于大的政治环境与政治关系中去书写。在传统小说中，政治是"肉食者"的事情，与普通百姓关系不大。《三国演义》的帝王将相，《水浒传》的官逼民反，《荡寇志》的替天行道，都还只是少数人的事情，百姓不过是"一将功成万骨枯"中的万骨，被湮没在功成的将领背后。时新小说已经尝试将个体置于时代大背景中进行命运展示，由此表现出与传统小说的质的差异。但由于时代局限，无论是时新小说的倡导者还是创作者，都很少涉及中外关系与朝野关系等宏观政治层面。新小说正是从时新小说忽视或故意回避的地方开始，唤起民众对政治的关注。

在中外关系方面，作为新小说兴起的大背景，八国联军侵华使绝大多数中国人都感受到了帝国主义侵略之痛。其影响的人数之多，领域之广，程度之深，都大大超出此前的几次战争。不论官员还是百姓，不论政治生活、社会生活还是私人生活，广大区域的人们都感受到了帝国主

---

[1] 摩西：《小说林发刊词》，《小说林》第一号。

义侵略的切肤之痛。在这一大语境中，新小说自然不可能再像时新小说那样，对帝国主义侵略欲语还休，而是直接揭露与批判。从《新中国未来记》开始，对帝国主义欺凌的揭示与国将不国危险的呼号，成为新小说发展的一条重要红线。《瓜分惨祸预言记》《多少头颅》等直接预言中国被瓜分灭亡的风险，《拒约奇谈》《黄金世界》《市声》《发财秘诀》等则关注中国与外国商战的命运。《文明小史》《官场现形记》《未来世界》等揭示了帝国主义对内地的影响之深，《劫余灰》《恨海》《禽海石》等作品则描写了帝国主义对个体生活侵入之广，哪怕是较为私人化的爱情生活，同样摆脱不了帝国主义的影响。正是在这一大的背景中，新小说凸显出帝国主义入侵的危害，强化了民众的国家意识与民族意识。

民族意识的提升，在一定程度上成为满汉矛盾激化的因素。《狮子吼》《自由结婚》《洪秀全演义》等作品，从各个层面解释了民族革命的必要性与合理性，《瓜分惨祸预言记》甚至直接批判清政府配合帝国主义瓜分中国，由此在想象中快意恩仇，以"饥餐胡虏肉"为能事，掉入狭隘民族主义的泥沼。但其对清政府腐败无能的揭示，对其"宁赠友邦，不与家奴"的卖国心态的批判，还是存在一定的合理性。

这种对政府的批判可以说是这一时期新小说的核心命题。无论立宪改良，还是民族革命，都需要在现实中寻找合法性资源与合理性依据。由于近代社会变革的理论资源大多来源于西方，因此，在国人心中，帝国主义实际上存在多副面孔，一方面作为压迫者存在，另一方面是艳羡与模仿的对象，由此也才出现《瓜分惨祸预言记》中侵略者竟然对宣布自治独立的区域保持中立，构建了一个荒唐的白日梦。但在国内政治方面，作者们众口一词，将批判的矛头都指向了当权的统治者，对于当时的朝廷不再抱有希望。《新中国未来记》设想了一个过渡性的明君罗在田，但小说并没有写到其如何发挥作用，倒是集中描写了各级官僚的腐败无能。《官场现形记》《二十年目睹之怪现状》《孽海花》《老残游记》《冷眼观》《宦海》《负曝闲谈》《活地狱》等小说，从各个向度、各个层面揭示了晚清官场的腐败，由此为社会变革提供了合理性依据。

关注政治的倾向不仅体现在现实题材的小说中，也渗透到其他各类题材的小说。《月球殖民地小说》《痴人说梦记》《新纪元》等带有科幻性质的小说关注的还是中外矛盾,《痛史》《仇史》《热血痕》等历史小说则更关注满汉矛盾;《上海侦探案》等侦探小说强调天赋人权,《扫迷帚》的反迷信小说则批判传统的神道设教。正是因为新小说对政治维度的强调与凸显,新小说形成了自己的鲜明特色,对社会产生了广泛影响。民族、国家、立宪、民主、革命等新名词,尽管各人理解角度不同,理解深度各异,但这些名词能够普及,本身就是一种巨大的历史成就。

(二) 审美维度的更新

傅兰雅强调"新趣",潜意识还是以士绅为中心,残存着趣味主义的影响。梁启超强调"改良群治",意味着小说受众群体越多越好,读者不再限于士绅;同时其"改良"目的,又暗示着作者与读者之间存在着内在的价值冲突。这也就意味着新小说必须寻求新的认同路径,尤其是新的审美认同路径,来实现作者与读者较高强度的相互认同。新小说由此表现出与传统小说甚至时新小说不同的风貌。

首先,新小说正式承认了白话的重要性。傅兰雅的时新小说征文中,虽然也强调"辞句以浅明为要",但这种浅明还不是指白话,而是指浅易文言,因此傅兰雅在《时新小说出案》中还将"出语浅俗,言多土白"视为不足。梁启超创办《新小说》时,已经肯定了俗语的地位,虽然这种肯定最初不够自信,认为"文言、俗语互杂处,是其所短"[1],但《新小说》明知这是不足,还是坚持"文言俗语参用;其俗语之中,官话与粤语参用"[2],可见对俗语的重视。随着时代发展,白话的重要性日渐凸显,新小说对白话的运用也日渐自信。其间虽然姚鹏图觉得白话比文言更难,徐念慈发现白话小说销路反而不如文言小说,但总体上讲,人们日渐肯定用白话创作小说的正当性与进步性。1912年,管达如再次建议,"作小说,当多用白话体"[3];1915年,吴曰法认

---

[1]《〈新小说〉第一号》,陈平原、夏晓虹编《二十世纪中国小说理论资料》第一卷,北京大学出版社1997年版,第57页。

[2] 新小说报社:《中国唯一之文学报〈新小说〉》,陈平原、夏晓虹编《二十世纪中国小说理论资料》第一卷,北京大学出版社1997年版,第59页。

[3] 管达如:《说小说》,陈平原、夏晓虹编《二十世纪中国小说理论资料》第一卷,北京大学出版社1997年版,第412页。

为白话小说才是小说之正格,"以俗言道俗情者,正格也"①;1917年,包天笑正式提出,"小说以白话为正宗"②。白话的正统性在小说领域率先得到了承认。

其次,新小说的题材由时事化向新闻化转变。在时新小说中,为了凸显"除三弊"的合理性,小说题材已由传统的"慕史"转向当下,但小说的观念化色彩还是非常浓厚,时代大事只是作为一个宏观背景存在,个体生存状态尚比较抽象,尤其是"除三弊"的光明尾巴完全与现实脱节,使得小说中的人物与情节都缺乏必要的细节支撑。新小说则较好地处理了宏观与微观的关系,更加注重细节的意义。新小说作者将当下社会中发生的最能吸引人的事件编织进小说,使小说表现出新闻化色彩,也使小说包含了更多富有意味的细节。从《新中国未来记》引新闻入小说,到包天笑发布广告"调查近三年来遗闻轶事"③,向社会征集小说题材,新小说向新闻的靠拢,使得小说表现出日渐注重生活的微观层面、注重生活化的细节的倾向,小说与现实的关系日渐贴近。这种新闻化虽然也导致了见木不见林的情况发生,读者对微观细节的印象,甚至深于对宏观整体的印象,但对细节的把握,尤其是与现实相关的细节的把握,从根本上颠覆了传统小说的"造梦"倾向,培养读者"求真"的新型审美习惯。

最后,由于外国小说的影响,新小说在文体、叙述技巧等方面,都进行了相关的开拓与创新,如文体互渗与文体创新,第一人称叙述与倒叙等技法的运用,为新小说增添了不少"新"色彩;时代发展带来新的描写对象,如革命家、实业家、工人、买办,如此等等,则丰富了中国小说的人物画廊。这些新元素,对受众的审美情趣发挥着潜移默化的作用,成为推动中国小说近代转型的力量之一。

(三) 经济维度的裂变

与时新小说以个体利益的合法性为基点不同,新小说对个体的经济利益不甚关注,甚至流露出本能的排斥。这种倾向实际上揭示出"鼓

---

① 吴曰法:《小说家言》,《小说月报》第六卷第六号。
② 包天笑:《小说画报·例言》,《小说画报》第一号。
③ 《天笑启事》,《小说林》第七期。

民力"与"新民德"的内在矛盾。就"鼓民力"而言,个体的最大动力首先是自己发家致富,而后才是国家富强。时新小说的逻辑便是,如果每个人都能够富有,那国家自然富强,因此,时新小说的"鼓民力"以个体的富强为基点。对"新民德"来说,一切行为的出发点与落脚点都应该是国家民族的集体利益,而集体利益与个体利益时常处于冲突状态。以《官场现形记》等谴责小说为代表的社会小说中的人物,之所以受到批判,就是因为他们唯利是图,为了个体利益,不惜损害国家与民族利益。《新中国未来记》等政治小说中的人物之所以受到肯定,则是因为他们为了国家与民族利益,可以舍小家为大家,甚至牺牲自己的性命。在《拒约奇谈》之类的拒约小说中,拒约运动失败的重要原因,就是许多商人首先考虑的是自己的利益,以致难以形成真正的统一战线。《发财秘诀》之类的买办小说,更是试图将唯利是图的买办阶级钉在历史的耻辱柱上。

然而,经济利益终究是推动历史发展的动力之一,因此,对于个体利益不能只是进行单纯的道德批判,而是需要将个体利益纳入合理与合法的轨道,进而与集体利益统一协调。在《市声》之类的实业小说中,实业家发财与普通人养家以及民族的发展,形成了良性互动。这种设想虽然有理想化色彩,但终究将个体利益纳入了社会发展的合理轨道。更重要的是,无论改良还是革命,要推动社会变革,都需要一定的经济基础。《黄绣球》开民智、设学堂等社会改良措施需要雄厚的经济实力做支撑;《狮子吼》中的民族革命更是需要以大量财富作为后盾,从事实业以积累财富也便成为革命的必要准备。因此,《刀余生传》中,各类废人也可以废物利用,其尸体可以制成肥皂蜡烛之类,杀人成为改造社会的生财之道。总而言之,通过将个体利益置换为民族与国家利益,经济维度虽然出现了变形,但还是在新小说中获得一定程度的重视。

三 1912—1917:"鸳鸯蝴蝶派"与"新民"的转向

辛亥革命推翻了清政府,建立了共和政体,这极大地改变了这一时期的修辞情景。首先,清帝退位,使得此前十年一直兴盛不衰的民族革命，一下子失去了目标；同时，共和政体的建立，至少从表面上看，意味着民主革命的成功，此前的民主革命激情也得到了宣泄。此后虽然出现了袁世凯的洪宪帝制，以及张勋辫子军的复辟闹剧，但这些倒行逆施终究没有得逞，由此可见民主思想的普及与深化。然而，袁世凯任总统之后，并没有真正推行民主制度，而是在外交上沿袭卖国路线，以换取帝国主义对其的支持；在内政上强化专制统治，清除异己，以巩固自己的统治地位。在这种情况下，袁世凯对文化领域的控制也逐渐强化，不遗余力地查封反对他的报刊，北京的《中华民报》，上海的《民权报》与《民国新闻》，都因激烈反袁而被迫停刊。1913年，"癸丑报灾"爆发，袁世凯通过收买、查封、杀人等手段，对全国多家报纸进行查禁和整顿，使得民国初年的500多家报纸，减少到1913年底的139家。与此同时，对于无关政治的报刊，袁政府则不甚关注，因此，与新闻界的哀鸿遍野相对应的，是文学界的"欣欣向荣"，以致范烟桥在回忆民初文学界的时候，甚至认为这是最为自由的时代："中华民国之建立，于中国历史上为新局面，一切文化，一切思想，俱有甚大之变动。最要之一点，即响时小说，受种种束缚，不能自由发表其意志与言论，光复后，既无专制之桎梏，文学已任民众尽量进展，无丝毫之干涉与压迫。"① 这种文学上的宽松，使得民初文学报刊创办在1914年出现一次高潮，《民权素》《中华小说界》《小说丛报》《小说旬报》《礼拜六》《亚东小说新刊》《香艳小品》《消闲钟》《五铜元》《白相朋友》《繁华杂志》《上海滩》《眉语》《销魂语》《香艳杂志》等以小说为主的期刊都于此年创刊。

然而，这种繁荣以小说对政治的被动或主动的疏离为代价，如《民权素》已经完全失去其前身《民权报》的政治锋芒，而其他期刊的命名，更是直接表现出疏离政治的倾向。通过这种政治疏离，鸳鸯蝴蝶派获得了"无丝毫之干涉与压迫"的自由空间。在这样的修辞情景中，民初小说的价值排序上出现重大变化，产生了不同的"新民"效果。

---

① 范烟桥：《最近十五年之小说》，芮和师、范伯群、郑学弢、徐斯年、袁沧州编《鸳鸯蝴蝶派文学资料》（上），知识产权出版社2010年版，第232页。

(一) 审美维度的回归

鸳鸯蝴蝶并非民初才有的事物,早在《花月痕》中,就有"卅六鸳鸯同命鸟,一双蝴蝶可怜虫"[①]的经典表述,但集中阐释鸳鸯蝴蝶派宗旨与特色的,还是汪痴撰写的《销魂语》发刊词:"春蚕蝴蝶,销魂豸也;鸳鸯鹦鹉,销魂鸟也;碧桃海棠,销魂花也;清风明月,销魂天也;才子佳丽,销魂人也。普天下锦绣才子佳丽,有春蚕之情,蝴蝶之梦,鸳鸯之缱绻,鹦鹉之语言,碧桃海棠之颜色,清风明月之文章,欲不销魂而得耶?"[②] 这一表述集中点出了鸳鸯蝴蝶派的特色,那就是民初鸳鸯蝴蝶小说在价值排序上对审美维度的高度重视。

与时新小说与新小说不同,鸳鸯蝴蝶小说表现出向传统的"高雅"的回归,其强调的"销魂"从来就不是低俗的销魂,而是"高雅"的销魂,或者说是一种高层次的审美快感。时新小说与新小说为了尽可能地启蒙大众,一直致力于扩大小说的外循环领域,无论是在语言还是在选材上,都尽可能向民众靠拢,因此崇尚语言的浅显易懂,以及题材的贴近现实;但时新小说与新小说的通俗倾向始终与其启蒙意识紧密结合在一起。而在民初政治高压中,鸳鸯蝴蝶小说家们的启蒙意识消退,小说通俗化动机弱化,作者们的创作热情重新向内转,小说生产与消费成为文人雅士的内部循环。因此,文人雅士的审美趣味重新主宰小说创作风尚,使鸳鸯蝴蝶小说的审美维度表现出鲜明特色。

首先是语言的典雅化。以《玉梨魂》的流行为起点,鸳鸯蝴蝶小说作者对"有词皆艳,无字不香"[③]的追求愈演愈烈。这种审美取向表现在小说语言上,是文言的回归;在体裁上,是骈体的复活;在文体内部,则是古典诗词重新成为文本的重要组成部分。这种语言的典雅在一定程度上是对此前注重"通俗"的反拨,从另一个向度探索了小说近代化的可能性。苏曼殊由 1903 年用白话编译《惨世界》,到 1912 年用文言

---

① 魏子安:《花月痕》,福建人民出版社 1981 年版,第 273 页。
② 汪痴:《销魂语·发刊词》,转引自魏绍昌主编《中国近代文学大系·史料索引集》(二),上海书店 1996 年版,第 71 页。
③ 徐枕亚:《玉梨魂》,吴组缃、端木蕻良、时萌主编《中国近代文学大系·小说集》第六册,上海书店 1991 年版,第 462 页。

创作《断鸿零雁记》；鲁迅1903年用白话翻译《月界旅行》，1913年创作文言小说《怀旧》，显示出这种转向潜含着一定的合理性与必然性。但由于文言表现"俗情"的局限性，使得其最终成为新文学运动批判的靶子。

其次是风格的悲剧化。民初的政治高压，使得小说家对政治进行主动疏离，但这并不意味着小说家们背叛了由时新小说与新小说开创的关注现实的新传统，只是与时新小说关注经济问题，新小说关注政治问题不同，鸳鸯蝴蝶小说更关注爱情问题。这同样是一个重大的时代命题，关乎个体的自由与个性的发展。对爱情不自由的控诉，在新小说中也不乏其例，但由于对政治的强调，个体被置于民族国家之下，以致爱情成为政治的附丽，《自由结婚》中的婚姻"自由"，以政治革命的成功为前提。与此同时，由于对"自由"的丑化，自由结婚在部分人眼中，成为讽刺与嘲弄的对象。鸳鸯蝴蝶小说则直接集中回应了时代对于婚恋自由的追求，替年轻一代喊出了他们的心声。《玉梨魂》的寡妇恋爱，《断鸿零雁记》的和尚恋爱，《广陵潮》的妓女恋爱，显示出民初小说边界的扩大。然而，由于自由结婚所面对的文化力量的强大，使得这一时期的言情小说对婚恋自由的追求，只能是跪着呼告，而非主动造反，"发乎情"的现代追求，最后还是止于传统的"礼义"壁垒。但传统礼义与现代情感之间，传统专制与现代自由之间，始终存在着不可调和的矛盾，并非鸳鸯蝴蝶派作者们的跪着造反就可以改变，因此，其笔下人物面临的命运不是个性的戕害就是生命的毁灭，鸳鸯蝴蝶小说由此表现出一种浓郁的甚至充满血腥味的悲剧气息。这种悲剧色彩使其与传统小说表现出鲜明差异。传统小说的"造梦"倾向，使得传统言情小说大多具有大团圆结构，哪怕《花月痕》之类的小说，在写出韦痴珠与刘秋痕的悲剧的同时，还是以韩荷生与杜采秋的喜剧作为补偿，由此满足读者对大团圆结局的偏好。鸳鸯蝴蝶小说则大多表现出"哀情"色彩，较少出现理想的结局。这在一定程度上，也正是对时代的真实写照。这种写真的悲剧色彩，使得鸳鸯蝴蝶小说与时新小说的喜剧、新小说的闹剧一起，共同组成了近代小说的多彩图谱。

最后是趣味的雅正化。与时新小说关注"鼓民力"，新小说关注"新民德"不同，鸳鸯蝴蝶小说更关注"正民趣"。《销魂语》中的"销魂",重在精神的销魂,而非肉欲的销魂,正如《礼拜六》注重消闲的健康卫生与省俭安逸。这种趣味的雅正,与新小说的目的的雅正一起,丰富了近代小说的"新民"内涵。

(二)政治维度的潜隐

鸳鸯蝴蝶小说以对政治的主动疏离换取了其繁荣兴盛,但这并不意味着鸳鸯蝴蝶小说中不再具有任何政治元素。由时新小说开创的小说题材向现实生活靠拢的取向,对近代小说发展有着决定性的影响,鸳鸯蝴蝶小说同样需要与时俱进。由于不断与现实生活接近,政治作为现实生活的重要维度,必然会在小说中得到有意无意的表现。

首先,政治生活作为社会整体生活的一部分,自然会成为现实爱情的背景。如同《恨海》《禽海石》等鸳鸯蝴蝶小说的先行者一样,爱情从来就不是孤立存在的,而是在一定的背景中发生,由此也就可能与政治相关。《玉梨魂》《金陵秋》《茜窗泪影》等鸳鸯蝴蝶小说,都以辛亥革命为背景。《广陵潮》所描写的时间更长,其表现的时代变局也就更广,从晚清革命到辛亥成功到袁氏称帝,这些政治大事作为人物命运发展的重要节点,与人物的爱情生活也息息相关。

这种政治背景自然会影响鸳鸯蝴蝶小说的人物塑造。虽然鸳鸯蝴蝶小说的情节模式依旧是才子佳人,但其描写的才子佳人已发生巨大转变。传统才子佳人小说中的才子不外乎写几首歪诗,其发达也不过是高中状元,佳人自然是相貌秀美,同时还有识珠慧眼。这类小说大多只是男性的意淫,其中处处流露出男性的优越感,以致女性基本都是男性的附庸,不具有自身欲望的独立性。《花月痕》中的妓女刘秋痕为韦痴珠殉情自杀,《儿女英雄传》中的何玉凤为安骥改弦易辙,由此可见男性影响力之巨大。传统小说中的才子,本质上不过是些百无一能的奴才,除了能够诌出几首歪诗,勾引几位女性,其最高目的便是飞黄腾达,由小奴才成为大奴才,基本不具备人格的独立性。而民初小说在时代的大背景中,对男性价值的判断,由个体的飞黄腾达,转化为对国家民族富强的贡献,其中隐含着丰富的政治信息。《玉梨魂》中的何梦霞最后投身革命,以身殉国。《金陵秋》中的王仲英与胡秋光,因为共同的志向走到了一起,是真正的革命"同志"。《茜窗泪影》中的沈琇侠的守节对象，是革命烈士何长龄。《碎簪记》中的庄湜在两个优秀女性之间的左右为难，实质是家庭包办与革命情怀的对垒，其与杜灵芳的心心相印，主要还是根植于其与杜灵芳之兄杜灵运在反对袁氏称帝方面政治立场一致。民初小说中的佳人形象没有才子那样大的变化，从总体上讲，依旧恪守着传统的妇道。《玉梨魂》中白梨影的殉情，《碎簪记》中的燕莲佩与杜灵芳的殉情，《茜窗泪影》中的沈琇侠的守节，无不暗示传统道德规范与男性中心主义的根深蒂固。但就在这些极为守旧的"节烈"之中，也透出了一点新的时代气息。白梨影等人的殉情，表现出一种"利他"精神，同时也基于自身的独立判断，而非直接的外在压力，由此表现出与传统的"贞烈"的差异性，而沈琇侠的"守节"，也被作者赋予"爱国"的色彩。这种变化虽然微小，但同样表现出民初小说家"与时俱进"的努力方向。

1916年袁世凯去世以后，报禁的松绑以及言论管制的弱化，政治重新成为小说的重要话题。《新华春梦记》等小说，由此真正获得"自由"。一再声称不谈政治的《青年杂志》，也转变成为首倡新文化运动的《新青年》。此前的外在强制与压抑，为新的社会运动积蓄了能量，为新文化运动与五四运动奠定了社会基础。

（三）经济维度的悖反

与政治上的矛盾性相似，民初小说在经济上也表现得极为矛盾。在政治维度方面，民初小说一方面继续发扬近代民主爱国精神，另一方面则复活传统的忠孝节义，由此表现出精神分裂症状。在经济维度上，同样表现出精神分裂症状，一方面是清风明月的高雅情调，另一方面则是迎合读者的追利冲动。

由于鸳鸯蝴蝶小说一直强调趣味的雅正，几乎所有鸳鸯蝴蝶刊物，都强调"精神"的享受。《小说旬报》的"整顿乾坤，且让贤者，品评花月，遮莫我侪"[①]，《礼拜六》的"晴曦照窗，花香入座，一编在手，万虑俱忘"[②]，

---

① 羽白：《〈小说旬报〉宣言》，陈平原、夏晓虹编《二十世纪中国小说理论资料》第一卷，北京大学出版社1997年版，第481页。
② 钝根：《〈礼拜六〉出版赘言》，陈平原、夏晓虹编《二十世纪中国小说理论资料》第一卷，北京大学出版社1997年版，第484页。

《消闲钟》的"花国征歌，何如文酒行乐；梨园顾曲，不若琴书养和"①，《小说丛报》的"寄情只在风花"②，《小说新报》的"画蝴蝶于罗裙，认鸳鸯于坠瓦"③，如此等等，无一不是强调鸳鸯蝴蝶小说的风雅之趣。

因为这种对"雅"的追求，使得鸳鸯蝴蝶小说作者尽量回避与金钱有关的"俗"话题。传统才子佳人小说中落魄才子接受富有佳人的馈赠，才子飞黄腾达后再来迎娶佳人，这种情节模式实际构成一种利益交换关系。民初鸳鸯蝴蝶小说为了强调情感的纯洁性，自然排斥这种金钱关系。因此，《玉梨魂》中的何梦霞，《断鸿零雁记》中的三郎，这些男性都不甚富有，但都未曾接受女性的馈赠。《孽冤镜》中的王可青与薛环娘的经济地位，与传统才子佳人中的贫富地位相反，是男富女穷，但穷的女方同样不曾接受富有男性的钱物。这种对金钱关系的拒绝，一方面凸显出近代鸳鸯蝴蝶小说对于情感纯洁性的重视，另一方面则暴露出了一个问题，那就是忽视了人物的经济背景。在这里，人物的经济维度被有意无意地忽视，人物的真实生存状态由此表现得较为残缺。

然而，与忽视人物的经济维度形成鲜明对立，民初鸳鸯蝴蝶小说作者的逐利冲动十分强烈。《玉梨魂》一纸风行之后，徐枕亚将其改写成《雪鸿泪史》，其中的经济动机显然超越艺术动机。正是因为有利可图，鸳鸯蝴蝶派小说期刊如雨后春笋一般遍地生长。这些刊物不仅有着对读者逃避现实政治的迎合，也有对读者回归传统审美趣味的迎合，他们貌似风雅，骨子里却是逐利冲动。这种出于逐利的迎合，使得鸳鸯蝴蝶丧失了创新的动力，最后成为一堆陈词滥调。

鸳鸯蝴蝶小说回避爱情生活中的经济主体建构，但并不意味着民初小说全部忽视经济主体的建构。随着资本主义的发展，以及社会主义思

---

① 李定夷：《〈消闲钟〉发刊词》，转引自魏绍昌主编《中国近代文学大系·史料索引集》（二），上海书店1996年版，第58页。

② 徐枕亚：《〈小说丛报〉发刊词》，陈平原、夏晓虹编《二十世纪中国小说理论资料》第一卷，北京大学出版社1997年版，第487页。

③ 李定夷：《〈小说新报〉发刊词》，陈平原、夏晓虹编《二十世纪中国小说理论资料》第一卷，北京大学出版社1997年版，第515页。

潮的传入，贫富分化问题逐渐进入小说家们的视野，不同职业群体的经济状况，尤其是处于社会底层的职业群体经济状况，日渐成为他们关注的对象，《工人小史》《穷愁》《渔家苦》《农家血》等小说，已经可以视为现代小说之先声。

第三节　作者个性与修辞风格的呈现

近代小说的修辞情景，在一定程度上划定了小说作者与读者关注的修辞话题的边界，但对于具体的修辞话题，不同作者的知识储备与情感立场不同，考察角度不同，得出的结论也就可能不同；同时由于审美趣味与审美表达能力的差异，其小说创作也会表现出不同的修辞风格。这些不同的修辞风格，共同组成了近代小说的多彩画卷，影响了近代小说的认同强度与修辞效果的实现。

一　"鼓民力"的富民与强国

由于近代中国的积弱积贫，"鼓民力"这一话题一直未曾离开近代小说作者与读者的视野；但不同时段小说作者与读者对于"鼓民力"的关注程度不同，他们对于"鼓民力"的实现路径有不同设想，尤其是对"鼓民力"的基点与目的存在较大分野，由此使得不同作品表现出不同的修辞风格。时新小说致力于从"除三弊"入手，通过解放身体来实现生产力的解放，其立足点还是放在民富上面，通过民富实现国强；近代实业小说与拒约小说则更希望通过振兴实业实现国强；科学小说则强调近代科学技术对于国家振兴的重要性，在想象中设计中国的富强之路。近代小说作者对"鼓民力"的思考，都是对时代修辞情景的回应，其中自然包含着时代共性，但同时也体现出作者个性。

（一）绿意轩主人：强体与开智

作为对傅兰雅"时新小说征文"的直接回应，绿意轩主人的《醒世新编》自然也打着傅兰雅主张的烙印。小说通过魏氏四兄弟现身说法，来展示"除三弊"的必要性。浙东魏氏本来是簪缨世族，祖父魏耿通过做广东监运使发家，却因沉迷鸦片破败，本人最后也死于烟毒。儿子魏隐仁因为鸦片烟瘾，在科举考试时未获功名，反而得了一场大病，后来同样死于烟毒。魏隐仁生了四儿一女，长子魏镜如喜好鸦片，二儿子魏华如痴迷八股，三儿子魏水如酷爱小脚，女儿阿莲四岁便开始缠足，只有四子魏月如没有沾染恶习。魏耿临终时给魏隐仁托梦，预言其孙子命运，除了"月如是个有福气的，其余子孙都误了三件送命的东西"①，也就是"鸦片、时文、小脚"。结果如其祖父所预言，魏家子孙各自为自己的弊习所困，魏镜如因吸鸦片败家，魏华如因热衷科举破产，魏水如因小脚媳妇致贫，魏阿莲因小脚受祸，只有魏月如致力西学，学成新技，终于得以重整家业，造福一方。

《醒世新编》对于"鸦片、时文、小脚"这三弊如何"送命"，并没有超出其他时新小说的见解。魏隐仁在科举考试现场烟瘾发作时的狼狈，以及后来父子二人都死于烟毒，是当时揭烟弊小说的常见描写；为凸显小脚之祸，写赵姨娘因小脚在太平天国之乱中被奸杀，春云逃难时因小脚摔死，也是常用套路；写八股之害，则与《五更钟》一样采用参差对照手法，一方面是落榜的孔先生百无一用，另一方面则是高中的魏华如候补之后越来越穷。

然而，这种常识性的叙述与描写，可以看出当时人们对身体有效性的凸显。魏隐仁临终前对儿子们进行劝诫，为了凸显鸦片之祸，将鸦片与其他弊习对举："你等切记，人生在世，赌嫖吃着皆可犯，独烟吃不得。吃了烟有田的不能种田，有租的不能收租，有家的不能管家。"②数害相权取其轻，他竟然肯定"赌嫖吃穿"，由此可见鸦片为祸之烈远远超过其他毛病。鸦片可以伤身败家，小脚更是可以直接让人死于非命。在小说中，作者根据缠足女性的道德品行，设置了一个报应的等级序列，利用小脚"招淫"③与仆人私通的赵姨娘死于乱军奸杀；与魏水

---

① 绿意轩主人：《醒世新编》，董文成、李勤学主编《中国近代珍稀本小说》第七册，春风文艺出版社1997年版，第244页。

② 绿意轩主人：《醒世新编》，董文成、李勤学主编《中国近代珍稀本小说》第七册，春风文艺出版社1997年版，第240页。

③ 绿意轩主人：《醒世新编》，董文成、李勤学主编《中国近代珍稀本小说》第七册，春风文艺出版社1997年版，第241页。

如偷情的小脚丫头春云逃难时在山崖上摔死；没有道德缺陷的小脚小姐阿莲经历多重磨难后还是成为孀居之人。但这种道德序列始终没有给小脚女性预留幸福的结局，小脚由此与不幸直接挂钩。与小脚丫头春云相比，大脚丫头雪花与魏华如也是在婚前开始偷情，但她的一双大脚使她不仅不需要承担道德非议，而且因为大脚成为家族英雄，在被魏华如纳为小妾后成为家庭支柱。在这种人物命运设计方式中，作者对人物进行评判的核心标准，就是身体对于家庭的有效性，由此可见"强民体"与家庭致富的内在关联。

在绿意轩主人看来，"强民体"以家庭富裕为目的，"开民智"同样以家庭富裕为旨归。小说中魏月如学到抽水机的技术之后，首先还是为家族振兴服务。而其采矿技术的运用，也还是服务于家族事业。然而，现代技术的运用，对社会发展还是具有正面意义，抽水机的运用可以提高土地的产量，矿产的开发有利于国家的富强，绿意轩主人由此潜在地沟通了民富与国强的内在关联。

（二）姬文：利己与利群

从根本上讲，"鼓民力"最有效的动力应该就是个体或家族利益。《醒世新编》中，无论身体还是技术，都与个体及家庭的利益直接相关。魏月如与郑芝芯从西方学到技术后，马上将其投入使用，最重要的动力就在于新技术可以迅速带来直接经济效益，使个体发家致富，然后才是造福一方。

然而，像《醒世新编》中那样立竿见影的快速获利，以及惠及一方的协同获利，基本上只能存在于作者想象。在现实生活中，个体利益经常与群体利益冲突，短期利益经常与长远利益冲突。绝大多数人对个体利益与短期利益的关注，远远超过对群体利益与长远利益的关心。在近代有识之士看来，这组矛盾严重制约了中国近代工商业的发展。

在如何处理个人利益与民族利益、短期利益与长远利益之间的矛盾方面，姬文提出了自己的方案。

与吴趼人的道德主义不同，姬文从来就没有否定个体的逐利冲动，认为这是个人自立的基础，也是社会发展的基础。小说借杨成甫之口，肯定了个体逐利的天然合理性："其实衣食住三个字，五洲人类，哪一个脱得了？所说是生存竞争，做了个人，并非不该吃饭的，可耻的是骗饭吃。"① 然而，在当时的环境中，真正的问题就在于"骗饭吃"的人太多，以至于最后弄得大家没饭吃。小说由一个亏掉百万家财歇业回乡的宁波实业家华达泉写起，其中别有深意，让华达泉最为感慨的就是大家只图自己利益，不顾团体利益，只图眼前利益，不顾长远利益，最后大家一起倒霉。在他看来，以前的宁波帮因为"有义气，连外国人都不敢惹怒我们"，而现在则是宁波人"自己做弄自己，不到十年，把我这几个公司，一起败完"②。每个人都只顾自己的眼前利益，不仅可以让商家破产，更重要的是破坏了发展环境，使得民族工商业再难振兴。"像这样没义气，那个还敢立什么公司，做什么生意！想要商务兴旺，万万不能的了。要知道一人弄几个非义之财，自不要紧，只是害了大众。一般的钱，留着大家慢慢用不好么？定要把来一朝用尽。你道可恼不可恼！"③

小说的大部分内容，都在写民族实业发展的这种恶劣环境。由于每个人都只想着自己的利益，结果整个实业界尔虞我诈，人人自危。每个人从别人那里讨巧得来的钱，马上就可能被另一个人取巧骗走。钱伯廉辗转弄得的不义之财，被其内弟王小兴席卷而逃。汪步青当土地掮客赚到的钱财，又眼巴巴地送给卖官的骗子。雇主一心一意想对雇员多点盘剥，雇员也就想方设法找雇主揩点油水。一拨拨风云人物，你方唱罢我登场，结果大多还是在外国资本的压力下倒闭收梢。

在姬文看来，要实现民族工商业的健康发展，首先就需要处理好个体利益与群体利益、短期利益与长远利益的关系。民族工商业关系到国家民族的根本利益，而发展民族工商业，又需要正确处理个体利益与群体利益、短期利益与长远利益的资本家，范慕蠡正是在这方面成为中国近代第一代民族实业家的典范。

---

① 姬文：《市声》，吴组缃、端木蕻良、时萌主编《中国近代文学大系·小说集》第五册，上海书店1991年版，第211页。

② 姬文：《市声》，吴组缃、端木蕻良、时萌主编《中国近代文学大系·小说集》第五册，上海书店1991年版，第7页。

③ 姬文：《市声》，吴组缃、端木蕻良、时萌主编《中国近代文学大系·小说集》第五册，上海书店1991年版，第7—8页。

在短期利益与长远利益的关系方面,姬文特别强调了长远利益,尤其是新技术的运用带来的长远利益,这是民族工商业的立身之本。与绿意轩主人相似,姬文同样认为新技术是富国强民的根本。"开不了个造机器的厂,如何望工业上发达?工业上不发达,商业上决不能合人家竞争,终归淘汰罢了。"① 但新技术的运用,却不是绿意轩主人想象的那么简单。刘浩三留洋归来,身怀新技,但在碰到"贵人"之前,四处碰壁,穷困潦倒,只能感慨"我们中国人处的恐惧时代,没什么本事可恃的"②。

新技术的运用与推广,需要财力与人力的支持,雄厚资金与长远眼光,缺一不可,因为新技术需要大量投入,却不一定能够带来立竿见影的回报。因此,刘浩三得到范慕蠡的坚定支持后,才能够得偿所愿,一展才华。而范慕蠡也正是在刘浩三新技术的支持下,最终才在激烈的实业竞争中站稳脚跟,越做越大。与范慕蠡相对照的是另一个民族实业家李伯正,后者最初的资本比他雄厚得多,结果因为技术与产品更新上跟不上外国人的节奏,最终还是在竞争中败北,由此更凸显出在新技术方面未雨绸缪的重要性。

在个体利益与群体利益方面,姬文则强调了二者的和谐共生。通过范慕蠡的发展壮大,姬文对实业家的逐利冲动做出了自己的规范与解释。在他看来,面对外国资本的入侵,民族实业是一个利益共生体,只有大家都着眼于群体利益,长远利益,各行各业相互协调,大家一起赚钱,才可能与外国资本一较高下,实现民族实业振兴。"一个人做事,做不成一桩事;一个人想获厚利,获不着分毫的利。农、工、商、贾,就是合成的一个有机动物——斗起笋来,全都活动;拆去一节,登时呆住了。我国的人,悟不到此,大家有个独攘利权的念头,你争我夺,就如自己的手合自己的脚打架。相残过度,甚至把这一个有机动物毁坏了,方肯罢手。譬如把夺利的心放淡些,人家也获利,自己也获利,这

---

① 姬文:《市声》,吴组缃、端木蕻良、时萌主编《中国近代文学大系·小说集》第五册,上海书店1991年版,第192页。
② 姬文:《市声》,吴组缃、端木蕻良、时萌主编《中国近代文学大系·小说集》第五册,上海书店1991年版,第99页。

利源永远流来，岂不更好么？"① 然而，由于看不到制度建设的可能性，姬文虽然也意识到"中国人不讲公德，须立出许多限制的条款"②，但最终还是滑入道德主义的说教。

姬文将"鼓民力"的落脚点放到民族实业振兴，实际上还是潜含着凸显民族利益贬低个体意义的道德主义倾向。他最后对实业家的要求，也还是特别强调个体的道德自觉，对实业家们的约束，也只能限于道德批判。由于对近代经济发展的关键问题所知不多，姬文的这种利己与利群的道德平衡，最终还是只能营造一场民族实业振兴的春梦。

（三）陆士谔：现实与梦想

姬文试图通过平衡利己与利群来实现"鼓民力"，最终实现民族振兴与国家富强，在世界竞争中占据一席之地，而陆士谔则用两个世界，来预示利己与利群可能导致中国两种不同命运。

在《新水浒》中，陆士谔借《水浒》之名，揭当时所谓社会改良本质上就是"文明面目，强盗心肠"③，由此预言一个只知"利己"的中国。为了顺应时势，吴用在梁山泊积极鼓动大家参与"提创的就是金钱主义，只知权利，不识义务"④ 的改良。在这种彻头彻尾的利己主义思想指导下的改良，结果不外乎就是将这个世界变成一个"强盗世界"。如小说中戴宗所言："我观现在的世界，竟是个强盗世界。不要说做强盗的是强盗，就是不做强盗的，也无非都是强盗，做大官的不顾民生国计，一味的克剥百姓，这样加捐，那样加捐，捐来捐去地，都捐到自己腰包中去，不是强盗么？做小官的一味搜索陋规，这样不能革，那样不能少，捐款以多报少，银价以高作低，兴讼有费，息讼有费，搜来刮去，又都到自己腰包中去，不是强盗么？做武官的但知克扣军粮，做军士的但欲骚扰百姓，官兵也是强盗了。做绅士的满口热心公益，牺牲私利，东奔西走，那方去演说，此方去运动，其实为来为去，也不过

---

① 姬文：《市声》，吴组缃、端木蕻良、时萌主编《中国近代文学大系·小说集》第五册，上海书店1991年版，第214—215页。
② 姬文：《市声》，吴组缃、端木蕻良、时萌主编《中国近代文学大系·小说集》第五册，上海书店1991年版，第212页。
③ 陆士谔：《新水浒》，《新中国》，中国友谊出版公司2010年版，第102页。
④ 陆士谔：《新水浒》，《新中国》，中国友谊出版公司2010年版，第106页。

第五章　认同强度的偏至与近代小说修辞风格的呈现

为图几个钱,绅士也是强盗了。至于商人经营生意,往往私做小伙,赚钱归自己,蚀本归东家,商人也是强盗了。那商界更有几个最优等的大强盗,神通广在,法力无边,交结官场,笼络士庶,貌似慷慨,伪作谦恭,凡遇地方公事,必定预闻,纱帽红袍,招摇市上,借商务之名以欺官,借官场之势以压众,此乃强盗中之最高手也。"①

在这种"改良"思想的指导下,梁山泊好汉纷纷下山践行强盗理念。神算子蒋敬先是开设银行,然而自行倒闭,卷走民众五十万两银子;一丈青扈三娘开设女总会聚赌,获益竟然独占头筹,计四十八万余两;九尾龟陶宗旺开设妓院,得银达到一丈青的一半;及时雨宋江办理赈灾捐款,中饱私囊达十万两,占总捐款的一半以上;玉幡竿孟康督造军舰八艘,每艘浮支五万两,总计达四十万两之巨;轰天雷凌振创办铁厂,光回扣就拿了十八万两;其他如当军官的克扣军饷,办教育的浮冒教员,当绅士的敲诈百姓,办报馆的暗通官场,如此等等,的确就是一个强盗世界。梁山好汉本来就是强盗,到了这一强盗世界,自然如鱼得水。

《新水浒》不仅写出了强盗世界的种种怪相,同时也指出,要想顺利实行"强盗"宗旨,还是需要"文明面目"作为掩护,因此,"文明面目"在本质上还是服务于"强盗心肠"。"虽说是面目,却大一半都用着那张口。这用口的方法,第一先要骂人。碰着年老的人,就可以骂他'暮气已深';碰着年少的人,就可以骂他'躁进喜事';碰着守旧的,可骂他'顽固不化';碰着维新的,可骂他'狂躁妄为'。人家作事若成功,可以说'顿使竖子成名';倘或不成功,则可说'我早料及'。不论维新守旧,唐愚豪杰,一撞着先骂他一个畅快。骂尽了众人,方可显自己的本领,这骂人是第一样诀窍。第二乃是吹牛皮。自己的本领没人知道,总要自己卖弄出来,说得十二分的声色,要使人家相信的死心蹋地方好。骂人是排去众人,吹牛皮是卖弄自己。于这两样外,再有一样功夫,也是必不可少的,叫做拍马屁。碰着大的可以拍大马屁,碰着小的可以拍小马屁。可大可小,随遇而安。懂了这三样诀

---

① 陆士谔:《新水浒》,《新中国》,中国友谊出版公司2010年版,第102页。

窍，文明面目就装成了。此后碰着人就可满口'热心公益''牺牲一己''提创实业''开通风气''竭诚报国'的乱说。有人相信，就可按照我们做强盗的宗旨，得寸进寸，得尺进尺。敲骨吸髓，惟利是图。"① 装文明的最终目的，还是更好地实现其利己的强盗宗旨。

《新水浒》以古讽今，《新中国》则借梦谏今。人人只知利己，自然成一强盗世界，而如果人人都能洗心革面，处处以国家民族利益为重，社会发展自然可能臻于完善。《新中国》写的就是《新水浒》的反面，预示了一个"利群"的未来中国。陆士谔在梦中，从宣统二年正月初一，穿越到宣统四十三年正月初一，那时的中国已经成为世界老大，以前的种种不平等条约全部废除，中国军力、经济、技术，都成为世界第一，无论社会风气还是市政建设，都已非常完善。"我"所熟知的妓女、赌场等词已经没有人懂，"我"闻所未闻的地铁、大桥等新建设则已是新常态，空行自由车、水行鞋、测水镜、听鱼机等新发明，更是层出不穷，让人目不暇接。

陆士谔的富强中国之梦，有三个关键因素。第一个是生财有道。宣统五年，矿学大家金冠欧在中国勘出金、银、铜、铁矿等重要矿藏，"于是，鼓铸金、银、铜各币，开办国家银行，把民间国债票全数收回，国用顿时宽裕了"②。第二个是政治变革。宣统八年，召集国会，下议长黄人杰等人领导国会，收回治外法权。第三个是人心改造，而这也是最为关键的一步。南洋公学医科专院的苏汉民，发明了两种惊人的学问，改变了整个民族的性质，从而真正奠定了富强之基。这两种学问，"一种是医心药，一种是催醒术。那医心药，专治心疾的。心邪的人，能够治之使归正；心死的人，能够治之使复活；心黑的人，能够治之使变赤。并能使无良心者，变成有良心；坏良心者，变成好良心；疑心变成决心；怯心变成勇心；刻毒心变成仁厚心；嫉妒心变成好胜心"③。"有等人心尚完好，不过迷迷糊糊，终日天昏地黑，日出不知东，月沉不知西，那便是沉睡不醒病。只要用催醒术一催，就会醒悟过来，可以

---

① 陆士谔：《新水浒》，《新中国》，中国友谊出版公司2010年版，第107—108页。
② 陆士谔：《新中国》，《新中国》，中国友谊出版公司2010年版，第8页。
③ 陆士谔：《新中国》，《新中国》，中国友谊出版公司2010年版，第24页。

无需服药。"① 正是因为有了苏汉民的医心药与催醒术，国民素质提高，人人实行"利群主义"，使得各项事业能够快速发展，同时保持社会和谐。"欧洲人创业，纯是利己主义。只要一下子享着利益，别人饿煞冻煞，都不干他事。所以，要激起均贫富党来。我国人创业，纯是利群主义。福则同福，祸则同祸，差不多已行着社会主义了，怎么还会有均贫富风潮？"② 然而，陆士谔的"利群主义"，终究不过一场春梦。相反，如黑格尔所言，恶是历史发展的动力。《新水浒》虽然批判了种种强盗行径，但这种利己主义中同样隐藏着促进历史发展的"恶"。如卢俊义独力承办大名铁路，李立收回揭阳岭矿产，武松回清河创立武学会，三阮在创办渔业公司，"于自己一面，虽有利益，于社会一面，也未始无功"③。与梦想中的利群主义相比，利己主义这种"恶"中隐含的"公私两利"，可能才是历史发展的真正动力。

二 "新民德"的复古与趋新

"鼓民力"隐含着对逐利冲动的肯定，而逐利冲动如果没有"新民德"的制约与规范，就可能变成极端利己主义。这种极端利己主义正是近代小说作者全面曝光与深入批判的重要目标。没有内心的道德约束，无论新派旧派，无论官场商界学界，那些所谓的社会精英，都会变成追腥逐臭的无耻之人，这种"世风日下"从反面揭示了"新民德"的重要性。与"鼓民力"存在不同路向相似，在试图提升民众"公德"意识这一共同的时代命题下，由于不同作者利用的思想资源不同，关于"新民德"的构想同样表现出鲜明的个性差异。

（一）刘鹗：传统资源的改造

与李伯元小说中基本看不到正面人物不同，刘鹗的《老残游记》以正面人物老残为主人公。在小说中，通过与酷吏及庸官的对照，刘鹗建构了老残这一正面人物形象，描画出其"新民德"的理想路向。

---

① 陆士谔：《新中国》，《新中国》，中国友谊出版公司2010年版，第24页。
② 陆士谔：《新中国》，《新中国》，中国友谊出版公司2010年版，第26—27页。
③ 陆士谔：《新水浒》，《新中国》，中国友谊出版公司2010年版，第205页。

作为一个过渡时代的过渡人物，老残身上充满了矛盾。他一方面强调"外国向盘"①的重要性，另一方面全盘否定"北拳南革"②；一方面反对传统贞节，另一方面又宣扬"夫唱妇随"③；一方面用近代科学讲解月盈月亏，另一方面"神道设教"描述地狱存在的真实性；一方面拥有福尔摩斯的近代侦探技术，另一方面求助于世外高人的解毒仙丹。然而，在作者眼中，这些矛盾都不是真正的矛盾，都能够被统一协调到其"新民德"路线之中。只要理解并践行传统文化资源中的"为公为民"特质，这些外在表现方面的矛盾就不再是矛盾。

刘鹗在《老残游记》及《〈老残游记〉二集》中，对儒释道三教的本质进行了通盘比较阐释，认为这三家店铺招牌虽然不同，"其实都是卖的杂货，柴米油盐都是有的"④，三教"道里子都是同的，道面子就各有分别了"⑤。"其同处在诱人为善，引人处于大公。人人好公，则天下太平；人人为私，则天下大乱。"⑥ 正是从"公""私"两个层面，刘鹗对传统道德资源进行了重估与改造。

在刘鹗看来，个体私德最关键的就是"理欲"关系问题。通过将"理欲"关系置换为"情礼"关系，刘鹗划定了个体自由的边界。老残认为"圣人言情言礼，不言理欲"⑦，并根据这一理论对贞与淫进行了重新界定。"淫本无甚罪，罪在坏人名节。若以男女交媾谓之淫，倘人夫妻之间，日日交媾，也能算得有罪吗？所以古人下个淫字，也有道

---

① 刘鹗：《老残游记》，吴组缃、端木蕻良、时萌主编《中国近代文学大系·小说集》第四册，上海书店1991年版，第249页。
② 刘鹗：《老残游记》，吴组缃、端木蕻良、时萌主编《中国近代文学大系·小说集》第四册，上海书店1991年版，第325页。
③ 刘鹗：《〈老残游记〉二集》，吴组缃、端木蕻良、时萌主编《中国近代文学大系·小说集》第四册，上海书店1991年版，第459页。
④ 刘鹗：《老残游记》，吴组缃、端木蕻良、时萌主编《中国近代文学大系·小说集》第四册，上海书店1991年版，第310页。
⑤ 刘鹗：《老残游记》，吴组缃、端木蕻良、时萌主编《中国近代文学大系·小说集》第四册，上海书店1991年版，第310页。
⑥ 刘鹗：《老残游记》，吴组缃、端木蕻良、时萌主编《中国近代文学大系·小说集》第四册，上海书店1991年版，第310页。
⑦ 刘鹗：《老残游记》，吴组缃、端木蕻良、时萌主编《中国近代文学大系·小说集》第四册，上海书店1991年版，第312页。

理。若当真的漫无节制，虽然无罪，然而身体却要衰弱了。身体发肤受之父母，若任意毁伤，在那不孝部里耽了一分罪去哩；若有节制，便一毫罪都没有的。"① 在这里，刘鹗对"淫"与"欲"与"罪"的关系进行了重新梳理，认为身体欲望本身无所谓罪过，只有当自己的欲望损及自己的身体以及他人的利益时才有罪。基于这种界定，刘鹗划定了自由的边界："或者妨害人，或者妨害自己，都做不得，这是精神上戒律。若两无妨碍，就没有甚么做不得，所谓形骸上无戒律。"②

个体自由边界的划定，实际上已经涉及公德问题，"个体不能做什么"，并不仅仅是个体自己的事，同时也是社会的事。当然，个体不仅有"不能做什么"的消极自由，而且有"能做什么"与"应该做什么"的积极自由。后者在当时的社会中可能更为重要。为此，他从"为公"的角度对传统三教资源进行了比较。"佛道两教，就有了褊心，惟恐后世人不崇奉他的教，所以说出许多天堂地狱的话来吓唬人。这还是劝人行善，不失为公。"③ "惟儒教公到极处。"④ 正是因为对三教为公的肯定，刘鹗甚至肯定地狱与天堂都真实存在，并以是否讲"公利"对其进行区分："上自三十三天，下至七十二地，人非人等，共总只有两派：一派讲公利的，就是上帝部下的圣贤仙佛；一派讲私利的，就是阿修罗部下的鬼怪妖魔。"⑤ 他对"北拳南革"的批判与否定，也是从为公为私的角度展开，而非以信不信鬼神为依据。"北拳以有鬼神为作用，南革以无鬼神为作用。说有鬼神，就可以装妖作怪，鼓惑乡愚，其志不过如此而已。若说无鬼神，其作用就很多了：第一条，说无鬼就可以不敬祖宗，为他家庭革命的根源；说无神则无阴谴，无天刑，一切违背天

---

① 刘鹗：《〈老残游记〉二集》，吴组缃、端木蕻良、时萌主编《中国近代文学大系·小说集》第四册，上海书店1991年版，第474页。
② 刘鹗：《〈老残游记〉二集》，吴组缃、端木蕻良、时萌主编《中国近代文学大系·小说集》第四册，上海书店1991年版，第451页。
③ 刘鹗：《老残游记》，吴组缃、端木蕻良、时萌主编《中国近代文学大系·小说集》第四册，上海书店1991年版，第310—311页。
④ 刘鹗：《老残游记》，吴组缃、端木蕻良、时萌主编《中国近代文学大系·小说集》第四册，上海书店1991年版，第310页。
⑤ 刘鹗：《老残游记》，吴组缃、端木蕻良、时萌主编《中国近代文学大系·小说集》第四册，上海书店1991年版，第329页。

理的事都可以做得，又可以掀动破败子弟的兴头。他却必须住在租界或外国，以骋他反背国法的手段；必须痛诋人说有鬼神的，以骋他反背天理的手段；必须说叛臣贼子是豪杰，忠臣良吏为奴性，以骋他反背人情的手段。"① 其对革命的全盘否定自然见出其思想之保守，但其对"只管自己敛钱，叫别人流血"② 的另类"英雄"的不满，则自有其合理性。

  为了彰显自己在"公""私"两个层面的道德理想，刘鹗塑造了老残这一理想人物。在私德方面，老残坚持自食其力，凭医术谋生，与官场保持距离，拒绝做官"从贼"③；但他并没有因此成为道学家，而是放浪形骸，饮酒狎妓，同时对包括妓女在内的所有人保持尊重。这种对人的尊重，扩展开来就是对民的关注。在他身上，不仅有着传统扶危济困的侠义精神，碰到能够帮助百姓的事情，总是尽力而为。游说刘仁甫出山，帮助王子谨破案，老残想的都是百姓之疾苦。他对毓贤之类的酷吏的批判，对"不通世故之君子"④ 的批判，对刚弼之流的刚愎清官的批判，对北拳南革的批判，都基于民众利益，国家利益。小说中"清官尤可恨"⑤ 的感慨，针对的并不是官员之"清"，而是官员之"酷"，以及官员之"庸"。前者虐民，后者误民，当"清"与酷虐及无能结合起来时，才显得格外可恨。刚弼被批判的根本原因不在于其"清"，而在于其刚愎自用，滥用酷刑，制造冤案；因此，最后要矫正刚弼制造的冤案，还是得靠比他清廉名声更为显著的白子寿。"这瘟刚是以清廉自命的，白太尊的清廉恐怕比他还靠得住些。白子寿的人品学问，为众所推服，他还不敢藐视，舍此更无能制伏他的人了。"⑥ 正是这种始终以

---

  ① 刘鹗：《老残游记》，吴组缃、端木蕻良、时萌主编《中国近代文学大系·小说集》第四册，上海书店1991年版，第330页。
  ② 刘鹗：《老残游记》，吴组缃、端木蕻良、时萌主编《中国近代文学大系·小说集》第四册，上海书店1991年版，第251页。
  ③ 刘鹗：《老残游记》，吴组缃、端木蕻良、时萌主编《中国近代文学大系·小说集》第四册，上海书店1991年版，第363页。
  ④ 刘鹗：《老残游记》，吴组缃、端木蕻良、时萌主编《中国近代文学大系·小说集》第四册，上海书店1991年版，第353页。
  ⑤ 刘鹗：《老残游记》，吴组缃、端木蕻良、时萌主编《中国近代文学大系·小说集》第四册，上海书店1991年版，第373页。
  ⑥ 刘鹗：《老残游记》，吴组缃、端木蕻良、时萌主编《中国近代文学大系·小说集》第四册，上海书店1991年版，第369页。

民众命运为本位的情怀,使得老残这一形象在近代小说中表现出其独特意义。

(二)颐琐:西方观念的引进

与《老残游记》用大风中的破船来寓示中国现状相似,《黄绣球》的开头也用将倒塌的房屋来隐喻当时的中国。但与老残认为送开船人一个"外国向盘"就可以改变局势不同,黄通理则认为败破的房屋不能只是修饰一下而应推倒重建。主人公的不同心态,折射出作者的不同路向,由此使得他们在"新民德"方面表现出鲜明的差异。刘鹗试图借用儒释道三教的有效因素来重塑"为公"的民族品格;颐琐则试图直接借用西方的民主观念来改造中国社会。

小说主人公黄绣球本来是一个小脚家庭妇女,从来不理会家庭之外的事务。当其丈夫黄通理告诉她,女人也可以"替得男子分担责任"①之后,立志自强,梦中接受罗兰夫人教诲,从此以将自由村建设成真正的"自由村"为己任。其最关键的思想资源,就是罗兰夫人最爱讲的"平等自由的道理"②。平等自由从传统文化中推导不出来,作者在这里只能借用西方资源,就是对传统文化进行近代阐释,同样也需要以西学为基点。

颐琐关注的平等,首先是男女平等,但颐琐同时认为男女平等的前提,是不论男女首先争得基本的人权。"要尽其道,合着理,才算是平。譬如男人可读书,女人也可读书,男人读了书,可以有用处,女人读了书,也可以想出用处来。只就算同男人有一样的权,为之平权,既然平权,自然就同他平等。若是自己不曾立了这个权,就女人还不能同女人平等,何况男人?男人若是不立他的权,也就比不上女人,女人还不屑同他平等呢。"③ 因此,男女平等的前提是男女平权,而男女平权的前提是个体自立。不论男女,如果自己甘于堕落,也就难以谈得上平

---

① 颐琐:《黄绣球》,吴组缃、端木蕻良、时萌主编《中国近代文学大系·小说集》第五册,上海书店1991年版,第245页。
② 颐琐:《黄绣球》,吴组缃、端木蕻良、时萌主编《中国近代文学大系·小说集》第五册,上海书店1991年版,第262页。
③ 颐琐:《黄绣球》,吴组缃、端木蕻良、时萌主编《中国近代文学大系·小说集》第五册,上海书店1991年版,第405页。

等平权。因此，女性的平等平权建立在自立的基础之上。女性要实现自立，首先就需要身体上的自立，女性放足的重要性由此得到凸显；其次则是精神上的自立，这也就是小说重点强调的"学问"："做女人要破去那压制，不受那束缚，只有赶快讲究学问的一法。有了学问，自然有见识，有本领，遇着贤父兄，自然不必说，便遇着顽父嚚母，也可以渐渐劝化，自己有几分主权，踏准了理路做事，压制不到我，束缚不住我。"① 在这一基础上，黄通理对传统的"三从四德"中的"从"做了现代化的解释："从其可从，就是我的权，也就是与他平权了。若照后人解说，只当事事跟随，难道杀人也跟去杀；做盗贼也跟去做，发了疯吃屎，也跟去吃屎？古人那得有这样的谬谈！所以三从的'从'字，只好讲作信从，不是什么服从。"②

颐琐对平等的阐发主要从男女之间的相对地位展开，其对自由的解读则主要基于个体与群体的关系，并由此区分"真自由"与"伪自由"。小说中对罗兰夫人的临终遗言深有感慨："呜呼！自由自由，天下古今，几多之罪恶，假汝之名以行。"③ 对于那些只顾个体的自由，作者明确反对："平日把'平权''自由'挂在嘴唇子上，只当是下流社会也可与上流社会的人同受利益，只当是趁我高兴，就算打死一个人也是我的自由，不必偿命的，岂不奇而可笑！"④ 真正的自由包含着责任与义务："自由却有个界限，界限乃是法律，人人守着法律干事，才算得人人在自由之中。法律却不是什么王法刑章，是人心上的公理。公理关于一国，不是只关一人一家的，不过总从一人一家做起。所以像此番大众的事，看似成了野蛮举动，实在为卫护公理起见，公理上有什么争闹，就情愿碎骨粉身，死个干净，也不应丝毫退让。这是何故？因为

---

① 颐琐：《黄绣球》，吴组缃、端木蕻良、时萌主编《中国近代文学大系·小说集》第五册，上海书店1991年版，第414页。
② 颐琐：《黄绣球》，吴组缃、端木蕻良、时萌主编《中国近代文学大系·小说集》第五册，上海书店1991年版，第406页。
③ 颐琐：《黄绣球》，吴组缃、端木蕻良、时萌主编《中国近代文学大系·小说集》第五册，上海书店1991年版，第311页。
④ 颐琐：《黄绣球》，吴组缃、端木蕻良、时萌主编《中国近代文学大系·小说集》第五册，上海书店1991年版，第315页。

失了公理，就失了人心，失了人心，就不成为国，没有了国，还保得住家，做得完人吗？大众明白这个道理，所以苦苦的要争，便是能伸出自由的权柄。"①

在这里，黄通理以维护公理为自由村追求自立的反抗行为辩护，揭示出自由与自治、自由与民主之间的内在关联。要想保障个体发展与群体发展的自由，不仅需要发展"地方自立之权"②，让地方官员明白，"做一处的官，这一处的事情，千千万万，实在只有两件：一件要他帮助百姓做事的力量，一件要他防备百姓的事被人侵害"③，更重要的还是要改变皇帝集权的专制政体，明白"皇上的国，全靠我们人家撑着的，国是我们几千年所有，皇上不过是一时一时替我们人家做个管事老儿"④。如果每个人都能保住自己的家，将落在管事老儿手里的权柄夺回，就可能打破专制，实现民主，保障自由。

无论是平等还是自由，颐琐的终极价值指向都是民族与国家利益。所谓平等，指向的是不论男女对共同建设"自由村"责任的平等，所谓自由，指向的是不论老少自觉维护"公理"与地方自治的自由，其实质都指向新学倡导的"义务精神"⑤。通过引进西方的平等与自由观念，颐琐找到了他个人认为最好的"新民德"方案，使民众能够从"君为臣纲""夫为妻纲"等道德规范中解放出来，形成合群的整体，最后实现民族与国家的振兴。

(三) 林纾：中西结合的尝试

虽然不懂外文，但作为近代翻译外国文学作品最多的著名翻译家，其思想自然也会受到外国思想文化的影响。这种外来影响与林纾本身深

---

① 颐琐：《黄绣球》，吴组缃、端木蕻良、时萌主编《中国近代文学大系·小说集》第五册，上海书店1991年版，第468页。
② 颐琐：《黄绣球》，吴组缃、端木蕻良、时萌主编《中国近代文学大系·小说集》第五册，上海书店1991年版，第453页。
③ 颐琐：《黄绣球》，吴组缃、端木蕻良、时萌主编《中国近代文学大系·小说集》第五册，上海书店1991年版，第461页。
④ 颐琐：《黄绣球》，吴组缃、端木蕻良、时萌主编《中国近代文学大系·小说集》第五册，上海书店1991年版，第465页。
⑤ 颐琐：《黄绣球》，吴组缃、端木蕻良、时萌主编《中国近代文学大系·小说集》第五册，上海书店1991年版，第439页。

厚的传统文化功底融合，使得他的"新民德"构想表现出中西结合的倾向。

与同时代人相似，林纾同样认为小说尤其是翻译小说是"新民德"的重要手段，翻译小说可以服务于"振作志气，爱国保种"①，创作小说同样应该关心天下兴亡。《金陵秋》可以说就是他宣扬其理念的重要作品。小说以林述庆这一真实人物为原型，以辛亥革命为背景，是伤心人"目击天下祸变，心惧危亡，不得已吐其胸中之不平，寓史局于小说之中"②的创作，但书中真正的主角王仲英与胡秋光明显带有理念建构色彩。林纾试图通过王仲英与胡秋光的自由结婚，对传统"三纲"的地位与内涵进行重新界定，从而展现他对于"新民德"的可行路径及理想境界的设计。

父子关系是林纾非常关注的伦理关系。小说一开始就是王子履与王仲英父子的争议。然而，在这里已经看不到传统"父为子纲"的专制色彩，取而代之的是双方心平气和的平等论辩。王子履虽然对儿子的革命热情不以为然，认为"国会一立，必匆匆成为暴亡"③，儿子参加革命更是"草泽揭竿之举"④，但由于对"亡国在我意料之中"⑤的清醒认识，使得他最终同意儿子离开北京，参加革命。对于父子之间的冲突，王子履没有以父亲的权威强迫儿子接受其观念，而是自认处于弱势地位："老人别有怀抱，与汝辈不同。汝兄弟好自为之。刘向心为汉室，其子与之异趣。要之，近年以来，三纲之说已废，老人胡敢以庭训相加，致乖骨肉之爱?"⑥他不仅没有阻止王仲秋参加革命，而且没有

---

① 林纾：《〈黑奴吁天录〉跋》，陈平原、夏晓虹编《二十世纪中国小说理论资料》第一卷，北京大学出版社1997年版，第44页。
② 林纾：《金陵秋》，吴组缃、端木蕻良、时萌主编《中国近代文学大系·小说集》第七册，上海书店1991年版，第406页。
③ 林纾：《金陵秋》，吴组缃、端木蕻良、时萌主编《中国近代文学大系·小说集》第七册，上海书店1991年版，第396页。
④ 林纾：《金陵秋》，吴组缃、端木蕻良、时萌主编《中国近代文学大系·小说集》第七册，上海书店1991年版，第396页。
⑤ 林纾：《金陵秋》，吴组缃、端木蕻良、时萌主编《中国近代文学大系·小说集》第七册，上海书店1991年版，第396页。
⑥ 林纾：《金陵秋》，吴组缃、端木蕻良、时萌主编《中国近代文学大系·小说集》第七册，上海书店1991年版，第426页。

阻止王仲英与胡秋光自由订婚，只是委婉地表示了对儿子没有征求他意见的不满："不告而娶，非礼也。幸尔但聘而未娶，预以白我，此尚可原。"① 与王子履的自觉退让相似，胡秋光的叔母同样与时代共同进步，对于胡秋光与王仲英的婚事，她不仅不加阻拦，甚至鼓励他们"自由结婚"，行"文明结婚礼"②。一个七十六岁的老太太能如此开通，可见林纾对于长辈与晚辈关系建构的理想色彩。父辈的这种自觉退让，使得"父为子纲"自然解体。

与"父为子纲"的和平解体不同，"君为臣纲"的消亡过程非常激烈。小说重点描写的革命场景，实际上针对的正是"君为臣纲"。在这里，林纾重构了个体与国家的关系。林纾对于革命兴起的必然性有清醒认识："读吾书者，当知革命非易事也：非骄王弛紊其权纲；非奸相排筀其忠谠；非进退系乎贿请；非赋敛加以峻急。非是非颠倒，使朝野暗无天日；非机宜坐失，使利权蚀于列强。非朘四海之财力，用之如泥沙；非出独夫之威棱，行之以残杀。非无故挑边，任邪教兴师于无名；非妄意愤军，使天下同疲于赔款，而国又乌得亡！而革命之军又胡从起！"③ 虽然他对于清政府的批评并没有上升到制度层面，但他对于王仲英与胡秋光等人的革命热情始终持肯定态度。对王仲英与胡秋光在反抗"君为臣纲"过程中建立起来的"革命"感情，以及随后的"自由结婚"，作者都明确表现出肯定与欣赏。王仲英与胡秋光都是"洞明会"中人，由此得以相识。王仲英加入革命军后，在攻打金陵时负伤，而胡秋光以红十字会的身份为革命军之后援，在王仲英负伤后予以救治，两人感情由此顺利发展。他们的革命与恋爱相互促进，相得益彰。这种共通的革命经历，使得他们的"自由结婚"具有深厚的政治意义。

王仲秋与胡秋光的"自由结婚"，以共同反抗"君为臣纲"的革命历程为情感基础，而其确立过程不仅挑战了"父为子纲"，而且否定了

---

① 林纾：《金陵秋》，吴组缃、端木蕻良、时萌主编《中国近代文学大系·小说集》第七册，上海书店1991年版，第447页。
② 林纾：《金陵秋》，吴组缃、端木蕻良、时萌主编《中国近代文学大系·小说集》第七册，上海书店1991年版，第455页。
③ 林纾：《金陵秋》，吴组缃、端木蕻良、时萌主编《中国近代文学大系·小说集》第七册，上海书店1991年版，第430页。

"夫为妻纲"。"自由结婚"以双方自愿为基础，这种自愿隐含着对男女平等与意志自由的尊重，涉及社会、家庭、个体等多个层面，对社会产生根本性的冲击。正是因为其涉及面太广，以致晚清以来的小说创作对自由结婚大多持讽刺态度。因此，林纾对他们的自由结婚的肯定还是有着充分的进步意义。在王仲秋与胡秋光二人的现实交往中，作为女性的胡秋光实际上处于主导地位，其对王仲秋的人生设计，也具有更大的话语权，由此可以看出自由婚恋中女性地位的提升与彰显。在这里，双方不再是传统的主从关系，而是新型的平等关系。双方在共同志趣下的结合，使得"夫为妻纲"自然解体。

从总体上，林纾对传统的"三纲"都表现出批判的态度，通过解构"三纲"，建构了一种新型的理想的伦理关系，为"新民德"提供了典范。然而，林纾对"三纲"的态度不尽一样。小说中，王仲英对于其父"三纲尽废"说的态度，在一定程度上，折射出林纾的态度："三纲之说，君臣一伦，新学说中无是也。若父子、夫妇，吾家纲领固在。身从何来，又安敢悖！"① 这种不同态度，可以看出其"新民德"理想中还是存在传统思想资源。其糅合中西的努力，使得其表现出不中不西亦中亦西的特点。

在国家与个体关系方面，革命与共和都是西方资源，小说对于君臣一伦的否定也最为彻底。林纾虽然对清政府抱有同情，对革命后的局势充满疑虑，但总体上还是看出了君主制覆灭的历史必然性。

但林纾对于父为子纲的解构，则显得温情脉脉。与王子履的自觉退让相对应的，是王仲英与胡秋光等人对父辈的真诚尊重。在西方的平等意识之下，隐含着父慈子孝的传统情怀。

更明显的则是两性关系的重构方面，林纾直接将传统的"风雅"与西方的"革命"，将传统的"礼义"与西方的"自由"结合起来，表现出鲜明的"中西合璧"的色彩。王仲英与胡秋光之间，不仅有着共同的革命情怀，而且有着相近的传统文化与文学功底，双方之间诗词唱

---

① 林纾：《金陵秋》，吴组缃、端木蕻良、时萌主编《中国近代文学大系·小说集》第七册，上海书店1991年版，第427页。

和，成为革命的枪林弹雨的重要补充，无论男女，都体现出侠骨与柔肠的完美结合，"洒脱而守礼防，慷慨而安素分，怆时变而抱仁心，具清才而多谦德"①的胡秋光，与"不惟勇敢，而又多情，望之似朴啬，乃不知韵致之绵远"②的王仲英，折射出林纾关于男性与女性的人格理想。在他们的结合方式上，虽然他们实行的是不需要父母之命媒妁之言的"自由结婚"，但这种"自由"以遵循"礼义"为前提，"彼此形迹虽密，然有礼防为之中梗，夜来非开窗燃烛，两人不作密谈也"③。这种"中西合璧"，使得林纾的"革命+恋爱"叙事模式，充满浪漫而古典的色彩。

三 "正民趣"的挑战与迎合

近代小说从一开始就以"新趣"为宗旨，其中自然隐含着改造读者审美趣味与审美理想的意图。然而，在审美趣味的方面，作者与读者之间的张力关系，在一定程度上，比民力与民德之间的关系更为复杂。如果作者故意挑战读者的审美趣味，结果可能就是读者对小说的疏远；但如果故意迎合读者的趣味，则又可能使小说失去"求新"的动力。更为重要的是，民力与民德的评价标准具有相对稳定性，读者的审美趣味却容易随着时代风尚的变化而改变，具有让人难以捕捉的易变性。读者喜新厌旧的消费心理，在小说领域同样存在，某一时段的时尚，下一个时段可能马上变得过时。

对时尚的不同理解，以及对时尚的不同态度，使得近代小说作者在小说的审美趣味方面也表现出不同取向。在小说艺术的创造与守成、民趣的挑战与迎合等方面，不同作者在不同方向进行了拓展，使得近代小说作者形成了自己的审美特色，对后来的小说发展产生了重要影响。

---

① 林纾：《金陵秋》，吴组缃、端木蕻良、时萌主编《中国近代文学大系·小说集》第七册，上海书店1991年版，第439页。
② 林纾：《金陵秋》，吴组缃、端木蕻良、时萌主编《中国近代文学大系·小说集》第七册，上海书店1991年版，第439页。
③ 林纾：《金陵秋》，吴组缃、端木蕻良、时萌主编《中国近代文学大系·小说集》第七册，上海书店1991年版，第446页。

(一) 梁启超：政论与小说审美的扩界

对梁启超来说，小说创作与小说翻译，都不过是"副业"，这也是他的《新中国未来记》写了五年依旧无疾而终的重要原因。然而，在中国小说发展史上，他这部未完成的小说，同样可以视为一个重要的里程碑，因为它从根本上扭转了中国小说发展的路向。最关键的一点，就是拉近了小说与政治的关系，使小说从此与政治结下了不解之缘。在此之前，傅兰雅提倡的"新趣小说"虽然也针对现实社会发声，但因为种种原因，他故意回避了政治。而梁启超作为一个政治家，他对小说的理解也是从政治角度展开。早在《时务报》时期，梁启超在《变法通议·论幼学》中，就已认为小说具有"补益"之效。1898年在流亡途中，通过翻译政治小说《佳人奇遇》，进一步认识到小说与政治变革的关系，"彼美、英、德、法、奥、意、日本各国政界之日进，则政治小说，为功最高焉"[①]。为此，他酝酿了五年时间，创作了未完成的《新中国未来记》，创办了近代第一个具有重要影响的小说期刊《新小说》，由此开创小说与政治联姻的新传统。

在《新中国未来记》绪言中，梁启超明确指出："兹编之作，专欲发表区区政见，以就正于爱国达识之君子。"[②] 这种小说修辞目的的更新，自然也带来小说形式的更新，该小说"似说部非说部，似稗史非稗史，似论著非论著，不知成何种文体，自顾良自失笑。虽然，既欲发表政见，商榷国计，则其体自不能不与寻常说部稍殊"[③]。这种新的内容与新的形式，在梁启超自己看来，并不符合传统小说规范，因此他自己都认为该小说可能是"毫无趣味"之作。但这种"毫无趣味"，在一定程度上正是改造读者审美趣味的一种方式。

《新中国未来记》作为小说，在结构上没有完成，但作为政治构想，却已经比较成熟。该小说以中国政治命运为主线，设计了理想目标——中国实行宪政重新成为强大国家，构建了政治行为主体——宪政党，提出了政治纲领与行动路线——包括扩张党势、教育国民、振

[①] 任公：《译印政治小说序》，《饮冰室合集》第二册，中华书局2015年版，第239页。
[②] 梁启超：《新中国未来记》，《饮冰室合集》第三十五册，中华书局2015年版，第9671页。
[③] 梁启超：《新中国未来记》，《饮冰室合集》第三十五册，中华书局2015年版，第9672页。

兴工商、调查国情、练习政务、养成义勇、博备外交、编纂法典八个子目，塑造了政治核心人物——黄克强与李去病。这种政治与小说的直接联姻，极大地扩展了小说的边界，对传统的审美趣味产生强烈冲击。

梁启超以政治家的身份撰写小说，本身就极大地提升小说的社会地位，从而提升小说的审美品格。传统小说在广大读者心目中，大多属于不入流的通俗作品，因此小说作者甚至不愿署真实姓名。梁启超作为社会知名人士，他自己亲自参与小说创作实践，无疑是对"小说为文学之最上乘"这一说法最有力的支持，从而产生巨大的示范效应，使小说的创作与阅读摆脱了"误人子弟"的成见。更重要的是，梁启超通过政治小说的理论主张与创作实践，直接促成了小说与政治的结合，对小说读者的审美趣味产生了重大冲击。传统小说无论是教诲还是消闲，基本不直接涉及政治，尤其是现实政治。梁启超则在内容与形式等方面，都将小说与政治直接联系起来。在内容上，小说是其"发表政见"的工具，小说的主要内容就是政见；在形式上，小说大量采用政论文体，如孔觉民的演讲体，政党条略的条文体，黄克强与李去病的论辩体等，都与政治活动关系密切。

《新中国未来记》这种小说与政治的结盟，虽然有其所短，如黄遵宪所言，"此卷所短者，小说中之神采（必以透切为佳）之趣味耳"[1]；但他对小说中的政见则充分肯定，"与我同者十之六七"[2]。从黄遵宪的双重态度可以看出，小说成为上流社会宣传与讨论政治问题的重要方式。对于普通读者而言，小说的政治化也为他们提供了更多讨论政治的空间。在《新小说》第五号，读者对《新中国未来记》的反馈主要也集中在其政治意味："前壬寅与后壬寅，六十年来事事新。如此病夫病不死，一枝妙笔回阳春。"[3] 读者的这种反应，在一定程度上，正显示出梁启超提倡的政治小说不仅扩大了小说的边界，也扩展了读者的审美

---

[1] 黄公度：《与饮冰室主人书》光绪二十八年十一月十一日，转引自丁文江、赵丰田编《梁启超年谱长编》，上海人民出版社2009年版，第198页。

[2] 黄公度：《与饮冰室主人书》光绪二十八年十一月十一日，转引自丁文江、赵丰田编《梁启超年谱长编》，上海人民出版社2009年版，第197页。

[3] 《新小说第一号题词十首》，《新小说》第五号。

趣味。

(二) 吴趼人：叙事与小说技巧的创新

与梁启超试图对读者的审美趣味进行全面挑战不同，吴趼人代表了另一种取向，那就是在尊重读者趣味的前提下发挥作者的创造性。在近代小说家中，吴趼人是创作数量最多，涉及范围最广，艺术成就最高的作家之一，编译小说《电术奇谈》，社会小说《二十年目睹之怪现状》《上海游骖录》《发财秘诀》《近十年之怪现状》，写情小说《恨海》《劫余灰》，狭邪小说《胡宝玉》，公案小说《九命奇冤》，历史小说《痛史》《两晋演义》，侦探小说《中国侦探案》，反迷信小说《瞎骗奇闻》，科幻小说《新石头记》，立宪小说《庆祝立宪》《预备立宪》《立宪万岁》，如此等等，都曾经产生较大的社会反响。近代小说流行的小说类型，吴趼人或启其绪，或衍其波，始终与时代同步。他对各类流行小说的涉猎，显示出他自觉地向当时流行审美风尚靠拢，这也决定他不太可能全面挑战读者的审美趣味。

然而，吴趼人的小说创作跨越多个小说类型，使得他在艺术上具有一种通融的眼光，为近代小说带来一些新的元素，丰富了小说读者的审美趣味。对于小说趣味性的重视，是吴趼人区别于梁启超的重要特征。对于吴趼人来说，"趣味"是小说实现改良群治功能的必要前提。"读小说者，其专注在寻绎趣味，而新知识实即暗寓于趣味之中，故随趣味而输入之而不自觉也。"[①] 因此，在强调小说改良群治的同时，吴趼人一直也在探索如何才能使小说富有趣味的技巧。

对吴趼人来说，小说的趣味性首先表现在故事的完整性。近代小说支离散漫，尤其是社会小说，"其记事遂率与一人俱起，亦即与其人俱讫"[②]，作者随时转换时空，人物命运有始无终，成为一种通病。而吴趼人小说则没有这种毛病。在晚清小说家中，吴趼人是最注意结构问题的作家之一。与《官场现形记》等不同，吴趼人的小说虽然同样"若断若续"，但书中主要人物，如草蛇灰线，时隐时现，一一交代。"新著小说，每

---

① 吴趼人：《〈月月小说〉序》，海风主编《吴趼人全集》第八卷，北方文艺出版社1998年版，第199页。

② 鲁迅：《中国小说史略》，《鲁迅全集》第九卷，人民文学出版社2005年版，第292页。

每取其快意，振笔直书，一泻千里。至支流衍蔓时，不知其源流所从出，散漫之病，读者议之。此书举定一人为主，如万马千军，均归一人操纵，处处有江汉朝宗之妙，遂成一团结之局；且开卷时几个重要人物，于篇终时皆一一回顾到，首尾联络，妙转如圜。"①《二十年目睹之怪现状》中的关键人物如其伯父余子仁、苟才、尤云岫、蔡侣笙、吴继之等人，都有始有终；就是中间的次要人物，如黎景翼、罗荣统、石映芝、符弥轩等人，也尽量交代清楚；书中的"九死一生"，不仅是一个线索人物，而且是一个功能人物，是故事的主角之一。他所讲述的故事，来自他对社会的观察与认识，其中也隐含着他自身的成长过程。这种结构方面的自觉，使吴趼人自信《二十年目睹之怪现状》能与传统小说在趣味性方面一拼高下："此书所叙悲欢离合情景，及各种社会之状态，均能令读者如身入个中，窃谓于旧著不必多让。"② 其他如《九命奇冤》能被胡适视为"全德"的小说，一个重要原因同样在于其结构之严谨。

吴趼人对故事有始有终的强调，显示出其对小说读者阅读习惯的尊重，但这并不意味着他墨守成规。相反，在推动近代小说叙事技巧发展方面，吴趼人同样做出了重大贡献。这些叙事技巧的运用，对于提升小说读者的审美能力，具有相当重要的意义。首先，《二十年目睹之怪现状》《黑籍冤魂》中双重叙述的使用，虽然其主观意愿是为了凸显小说主叙述层的可靠性，但在客观上为增强小说的复调色彩提供了示范。其次，《二十年目睹之怪现状》《黑籍冤魂》《预备立宪》《大改革》等小说使用的第一人称叙事，丰富中国小说的叙事视角，将人物限知视角引入小说创作，对读者习惯于全知叙事的审美趣味形成冲击。再次，《九命奇冤》等小说使用的倒叙手法，对于习惯顺叙的读者，同样可能产生耳目一新的效果。最后，吴趼人创作《预备立宪》《立宪万岁》《查功课》等白话短篇小说，起到开风气之先的作用，对于读者接受白话

---

① 吴趼人：《二十年目睹之怪现状》（下），海风主编《吴趼人全集》第二卷，北方文艺出版社1998年版，第936页。
② 吴趼人：《二十年目睹之怪现状》（下），海风主编《吴趼人全集》第二卷，北方文艺出版社1998年版，第936页。

短篇小说，具有重要意义。在这些方面，吴趼人通过自己的创新，对读者的审美趣味产生了潜移默化的影响。

（三）徐枕亚：抒情与小说品格的雅化

吴趼人在尊重读者对故事情节的关注的同时，发展了小说的叙事技巧，而徐枕亚则在迎合读者复古倾向的同时，强化了小说的抒情品格。由《玉梨魂》到《雪鸿泪史》，徐枕亚明确表现出试图迎合与利用《玉梨魂》引发与创造的审美时尚的意图。在这种迎合中，徐枕亚强化了小说的抒情品格，使近代小说不仅接上了传统的"诗骚传统"，而且创造出通向"诗化小说"的可能。

传统小说与诗骚的关系，大多囿于小说与诗骚的外在关系，也就是在小说中杂以诗词，或借诗词以推动故事情节发展，或展现人物性格，或渲染环境氛围，总体上讲，诗词服务于小说的叙事。而在《玉梨魂》与《雪鸿泪史》中，徐枕亚特别强调了情感因素，由此凸显了小说的抒情底色。与刘鹗、吴趼人、符霖等人对情的泛化解读不同，徐枕亚对"情"的理解，回归到"爱情"的本来面目。虽然徐枕亚自己不愿以"言情小说"命名《雪鸿泪史》，认为"余所言之情，实为当世兴高采烈之小说家所吐弃而不屑道者"[①]，但这种情感的独特性，不外是强调"对于不能用情之人而又不能不用情"[②]的内在矛盾与张力，本质上还是属于"言情"之列。不过这种情感的独特性，使徐枕亚更为重视人物的内在矛盾，而非故事的外在冲突，使小说表现出"向内转"的倾向，抒情性因素超出叙事性因素成为小说的主导品格。这种抒情品格，在一定程度上，使得近代小说变得高雅，从而使近代小说获得更广泛的上层认同。

在《玉梨魂》中，徐枕亚使用适合抒情的浅近骈体文言进行叙事，同时羼杂大量诗词，从而凸显出小说的抒情品格与高雅色调。小说语言的文白之争，一直是近代小说的一个重要话题。白话利于叙事，文言便

[①] 徐枕亚：《雪鸿泪史·自序》，吴组缃、端木蕻良、时萌主编《中国近代文学大系·小说集》第六册，上海书店1991年版，第598页。

[②] 韦梦秋：《雪鸿泪史·序》，吴组缃、端木蕻良、时萌主编《中国近代文学大系·小说集》第六册，上海书店1991年版，第602页。

于抒情；白话较为通俗，文言显得高雅；白话重在载道（启蒙），文言偏于言志（唱和），二者在晚清相互竞争，并行不悖。到了民初，近代小说"新民德"的启蒙动力急剧减弱，为"新民德"这一目标服务的白话的重要性马上急剧下降，传统小说那种风花雪月与吟诗唱和重新成为流行风尚。在辛亥革命后进入政治低潮的社会背景中，徐枕亚的文言骈体小说《玉梨魂》忽然洛阳纸贵，创造了一种新的审美时尚。

《雪鸿泪史》明确迎合与利用了《玉梨魂》形成的审美风尚。小说的故事情节，除部分修改及补充的细节之外，主干与《玉梨魂》完全一致，主要的变化在于文体："是书主旨，在矫正《玉梨魂》之误。就其事而易其文，一为小说，一为日记，作法截然不同。"[①] 与此同时，"诗词书札，较《玉梨魂》增加十之五六"[②]。这里可以看出徐枕亚的"创新"取向，就是更加强化小说的抒情特色。日记体裁，使得叙述者能够更加自由地展露自己的心境，同时也更容易拉近与受述者的情感距离；而诗词书札，在传统文学序列中，本来就是抒情的工具，其分量的增加，更是强化了小说的抒情色彩。

这种审美时尚的出现，意味着小说的抒情功能与审美功能得到了强化与凸显。在一定程度上，这也是对此前白话小说的通俗化的一种反拨，潜含着近代小说通往"抒情小说"的可能性，意味着近代小说"正民趣"存在另一种可能方向。然而，由《玉梨魂》到《雪鸿泪史》，从小说到日记，由他叙到自叙，表面上的创新，却正足以看出徐枕亚对读者的迎合姿态。这种迎合也使得徐枕亚从引导读者向前，转而落于读者之后，使文言小说丧失了发展创新的动力。

[①] 徐枕亚：《雪鸿泪史·例言》，吴组缃、端木蕻良、时萌主编《中国近代文学大系·小说集》第六册，上海书店1991年版，第654页。

[②] 徐枕亚：《雪鸿泪史·例言》，吴组缃、端木蕻良、时萌主编《中国近代文学大系·小说集》第六册，上海书店1991年版，第654页。

第六章　未完成的现代转型

——近代小说认同模式建构的局限

从 1895 年到 1917 年，时间虽然不长，但这段时间在中国小说现代转型过程中具有极为重要的意义。在这二十三年里，中国小说实现了多重跨越，打通了中国小说现代转型的关键节点，为中国小说的现代转型开拓了空间，开辟了道路。

首先，近代小说为现代小说发展培养了作者。现代小说的奠基人大多受到了近代小说的熏陶，新文学运动的主将大都是近代小说发展的积极参与者。鲁迅不仅翻译了《月界旅行》《域外小说集》等作品，而且创作了获得恽铁樵肯定的《怀旧》等文言小说。胡适自己编辑白话报刊，创作白话小说《真如岛》，虽然该小说未写完，但可以见出他顺应时代潮流的努力。陈独秀早在 1903 年就与苏曼殊合作，用白话翻译《惨世界》，该书第八回至第十三回实际上是小说创作，与原著毫无瓜葛。他创办《安徽俗话报》的经历，奠定了他在五四白话文运动中的思想基础。其他重要人物也与近代小说有着千丝万缕的关系，如刘半农，本身就是鸳鸯蝴蝶派的一名干将，如茅盾，曾任改革前的《小说月报》的编辑，如叶圣陶，在此期间已经小试身手。这些现代小说的重要奠基人，"因为从旧垒中来，情形看得较为分明，反戈一击，易制强敌的死命"[①]，所以在新文学运动中，更容易有所突破，有所发展。但这从另一个方面正好证明了近代小说对现代小说家的重要影响，无论好坏，现

---

① 鲁迅：《写在〈坟〉后面》，《鲁迅全集》，人民文学出版社 2005 年版，第 302 页。

代小说作者都吸收了近代小说的营养，打上了近代小说的烙印。现代小说作者对外国文学的接受，也是以近代翻译小说为起点。林纾等人对外国小说的引进，奠定了近代小说作者的视野与基调，也深刻影响了现代小说的奠基人。现代小说的奠基之作《狂人日记》，鲁迅虽然自己认为是从果戈理同名小说中来，但其双重第一人称叙事，则可以追溯到林纾翻译的《巴黎茶花女遗事》，更清晰的影响则可能来自近代小说流行的介绍小说来源这一双层叙事模式。

其次，近代小说为现代小说发展培育了读者。罗马不是一天建成的，审美趣味更不是一天养成的。近代小说虽然经历了几次转折，但总体趋势始终是向现实靠拢。这种对小说与现实、小说与政治关系的认可，从根本上改变了读者的审美心态，也就是由传统的在小说中"寻梦"，转化为在小说中"求真"。鸳鸯蝴蝶派小说，其模式化的确让新型读者大倒胃口，但就是在言情小说的流行中，也基本保持"悲情""哀情"色调，不再是传统的"大团圆"，其人物命运也与现实生活贴近。这种审美趣味的形成，为现实主义的诞生提供了肥沃的土壤。没有这种土壤，现实主义很难生根发芽。

最后，近代小说为现代小说发展培育了核心话题。现代小说"文学为人生"的启蒙主义导向，与近代小说"小说为改良群治"一脉相承，后来的左翼文学，甚至可以说是晚清新小说"小说为政治"的并不遥远的回响。只是人们过于强调现代小说发生的外来影响，忽视现代小说发展的本土基因，以至于一般的文学史叙述中，现代小说被斩断与近代小说的联系。在某种意义上，左翼小说兴起的文化土壤，与晚清政治小说兴起的文化土壤依旧相似，文化基因并不会在一夜之间转变。晚清政治小说对西方的膜拜，与左翼小说对苏联的膜拜，看起来风马牛不相及，而内在的思路基本相同。现代小说发展的政治经济文化环境，同样基于近代社会而来，其修辞话题，在近代小说已经埋下了种子。

最为重要的是，近代小说为现代小说发展初步建构了现代认同模式。近代小说认同模式虽然存在多重局限，但其构建已经开始颠覆传统认同模式，表现出现代色彩。在认同维度方面，近代小说将传统小说的"驯民"转化为"新民"，其"立人"理想由"臣民"转化为"国民"，无疑是中国小说发展史上一次质的飞跃，现代小说中的"个人"观念与"国民"观念有相通之处，现代小说中的"人民"观念更是与"国民"观念一脉相承。在认同向度方面，近代小说逐渐强化的读者中心倾向，从根本上挑战甚至颠覆传统小说那种作者不言自明的集体型权威，为现代小说作者型权威建构清理出空地，为作者与读者进行对话与潜对话奠定了基础。在认同强度方面，近代小说对小说认同的价值排序与价值结构进行不断的试错，其表现虽然不尽如人意，但现代小说对小说认同价值结构的完善，正是以近代小说的不断试错为前提。

然而，无论从什么角度，都可以发现近代小说认同模式的建构并不完善，其推进中国小说现代转型的重要意义不在于其未竟之业，而在于其肇始之功。在重估近代小说价值的时候，一方面固然要发掘其不可替代的历史作用，另一方面也需要分析其未能完成历史使命的内在原因，由此才可能准确理解与把握中国小说发展的内在机制与原生动力。就近代小说认同模式而言，其在认同维度、认同向度以及认同强度等方面，都存在严重缺陷，也正是这些缺陷，使得近代小说的文学成就，不如其历史作用，难以获得超越时空的认同。

第一节　徘徊于"新""旧"之界
——认同维度的局限性

从1895年傅兰雅发布"时新小说征文"① 到1918年鲁迅《狂人日记》发表，中国小说展开了自觉的现代转型过程，作者与读者关于"立什么人"的理解，与传统小说出现重大差异，小说修辞认同维度的性质发生了根本变化。正是在理性、伦理、审美三个认同维度性质的转变方面，近代小说表现出与传统小说决裂的姿态，由此开启中国小说的新局面。

在理性认同维度，近代小说通过肯定个体利益的合理性，彰显工具理性的有效性，确立了近代小说理性认同维度的基点。传统小说大多言

---

① 傅兰雅：《求著时新小说启》，《申报》光绪二十一年五月初二（1895年5月25日）。

义不言利,个体如何获得生产生活资料,一直被视为不言自明的前提,很少被用理性眼光进行分析。而近代中国的积贫积弱,使得个体的经济状况与国家建立了直接联系,"鼓民力"以及由此兴起的工具理性,成为时代的重大命题。从时新小说提出"除三弊"开始,近代小说就强调每个个体都应该成为于国于家于己都有用的人。这种工具理性的兴起,使得近代理性的经济主体开始浮出历史地表。

在伦理认同维度,近代小说试图借用近代西方资源,重构"民"与"国"的关系,从而更新了伦理认同维度的基本性质。传统伦理结构中,家与国之间存在同构及互补关系,家庭的权力结构与政治的权力结构有高度一致性,"三纲"由此成为日用而不知的"天理"。近代小说的"新民德"意图,对传统道德规范的各个层面产生了全面冲击,从根本上动摇了"三纲"存在的基础。

在审美认同维度,近代小说通过拉近小说人物与现实生活的距离,通过人物反映社会问题,努力对人物文化身份进行价值重估与审美再塑,从而推进了审美认同维度的性质转化。传统小说的娱乐本性以及补偿本能,形成了以"造梦"为主导特征的审美趣味,人物由此也表现出"超人"特色。近代小说则通过与常人相似的人物,回应当下的现实问题,甚至与新闻合谋,表现出鲜明的"写真"特征。这种审美取向对传统审美趣味产生了巨大冲击。

总体而言,通过"鼓民力""新民德""正民趣"三个层面,近代小说重构了作者与读者之间的认同维度,推进了近代小说在"立什么人"方面的重大转变。但小说的现代化不可能在一夜之间完成,传统文化基因总会或明或暗地发挥其影响。对近代小说认同维度转化过程中的局限性进行系统考察,在一定程度上,正可以描绘传统文化的基因图谱与转化轨迹。

一 个体与群体:鼓民力与理性认同立场的悖反

就社会而言,经济基础决定上层建筑;就个体而言,经济生活对于其精神生活同样有决定性的影响。然而,在传统小说中,人物如何获得生活资料很少进入小说家的视野，帝王将相的兴衰荣辱，才子佳人的悲欢离合，花妖狐鬼的兴风作浪，虽然也会涉及人物的贫富贵贱，但那里的财富转移只存在于某些人物的一念之间，而财富的现实来源与人物的经济关系很少进入小说视野。与此相对，经济关系以及与其相关的工具理性则是近代小说人物建构的核心要素。从傅兰雅提倡的"时新小说"开始，经济关系剖析、经济成本核算以及经济效益评估等工具理性运作，就成为小说的重要内容，个体的经济利益被推上历史的前台。民国初年阶级意识的萌芽，对个体经济状况的阶级分析，同样包含着工具理性的运作。哪怕是鸳鸯蝴蝶派的哀情中，始终也包含着经济主体的工具理性的影子。

近代小说对经济主体的工具理性的发现与建构方面，有着独特而重大的历史意义。然而，这一时期对经济主体的理解与建构，由于作者自身与时代环境等方面的原因，还是存在相当大的局限性，在个体建构方面，陷入主体化与工具化的悖反；在利益评价方面，陷入自然化与道德化的两难。一方面是将工具理性泛化运用到对作为主体的人的评价，将人视为工具，另一方面则是在适合运用工具理性的经济领域进行自我阉割，不能贯彻始终，近代小说关于理性的经济主体的建构，由此陷入困境。

（一）个体建构的工具化

剖析人物的经济状况并探讨改善人物经济状况的理性路径，可以说是近代小说在理性认同维度改造方面的一个重大成就。从傅兰雅的"时新小说"开始，近代小说作者就试图建构理性的经济主体，通过小说的示范作用，探寻改善人们经济处境的方式。傅兰雅除鸦片、小脚、时文"三弊"的逻辑起点与核心机制，就是肯定并激发个体对自身经济利益的关注。

但近代小说理性的经济主体建构，存在着将个体视为主体还是工具的悖反。经济主体建构的基点是个体利益，这也是近代小说中常用的逻辑思路。女性的小脚，妨碍的是女性自己的生存；男性的八股，妨碍的是男性自己的发展；至于鸦片，影响的还是个体自身的命运；近代小说由此确立其理性认同维度的基点，那就是认为理性的个体会关注自身的利益。这种对个体自身利益的尊重，显然包含着对人的主体性的尊重，也就是人本身就应该是目的。然而，如傅兰雅在征文中指出的那样，"时新小说"的终极旨归并不是个体的自立自足，而是中国的"兴盛"，"鼓民力"的最终目的并不是指向主体建构，而是民族富强。因此，近代小说对经济主体的设想与建构，最终还是指向人的工具性。

由于理性的经济主体被视为工具性存在，近代小说的修辞目的也便特别强调对当下有用的工具理性，而非具有超越性质的价值理性。时新小说中，个体的改弦易辙，革除三弊，最后还是回到了"学成文武艺，货与帝王家"。《澹轩闲话》中无论是与人为善致力改良的包尚德，还是因鸦片沉沦又戒烟奋起的雷大行，最后还是需要皇帝的肯定才能证明自己的价值。《醒世新编》中大脚丫头雪花拥有强壮的身体，并因此拥有创造财富的能力，但这种经济自立没有引导她去探寻男女平等，反而使她更自觉地维护传统道德。作者最后甚至将"除三弊"的主张，与传统道德拉郎配："若人人尽识得此文，再加以我们中国所重的三纲五常的至理，一体一用，兼权并行，何怕我们中国不富强。"[①] 这种表述明显流露出作者的工具论意识，身体与心智两方面都健全的个体的建构，最终服务于国家富强，甚至"三纲五常"。由此可见，时新小说经济主体建构的本质缺陷。

庚子事变与拒约运动，使中国民众对于西方列强的认识更为直接，也更为深入。越来越多的有识之士认识到帝国主义入侵对于国民经济的破坏作用，由此更为关注民族实业的发展。将个体经济状况置于民族实业发展的大背景中，近代小说作者对经济主体的理解与建构也更为真切深入。与《醒世新编》中的魏月如相比，《苦社会》《拒约奇谈》《黄金世界》《市声》等作品中塑造的民族实业家形象，显得更为有血有肉，小说对他们经济活动的描写也更为全面细致。《苦社会》中的李心纯，《黄金世界》中的朱怀祖，《拒约奇谈》中的病夫，《市声》中的范慕蠡，可以说是当时能够想象出来的民族实业家的理想形态。然而，与

---

① 绿意轩主人：《醒世新编》，董文成、李勤学主编《中国近代珍稀本小说》第七册，春风文艺出版社1997年版，第370页。

《醒世新编》中的魏月如相似，他们致富的目的并不是主体的完善，更不是个体的享受，而是民族的富强。他们的经济活动被置于中国与外国的经济斗争中展开，作者通过这些人物的命运，凸显了个体命运与民族命运、国家命运的关系。个体致富是为了民族富强，个体的经济活动服务于民族国家的发展。

民初小说作者对于经济主体的想象出现较大分化。就言情小说而言，一方面，鸳鸯蝴蝶的风花雪月，使得个体的经济生活重新退居幕后，以免铜臭伤了小说中人物的高雅；另一方面，言情小说作者在现实生活中的逐利冲动，在他们对时尚的迎合中展露无遗；近代言情小说的这种精神分裂症状，背后隐含的实质还是工具理性的兴起。与此同时，《农家血》《渔家苦》《工人小史》等现实主义作品，将对个体经济状况的关注拓展到对群体与阶级经济状况的关注，无疑是一种巨大的历史进步，但这些作品中的人物形象，更多地表现为一种阶级共性，而非个体特性，人的主体性在这里依旧没有得到充分展现。

个体在经济方面的自觉与自立，是主体化的人存在的物质基础。没有经济独立，就不可能有精神独立。近代小说对经济主体的关注，可以说找到了健全人格建构的关键问题。然而，由于将"鼓民力"当成服务于国富民强甚至"三纲五常"的手段，使得近代经济主体的建构成为一种工具化的存在，由此极大地制约了近代小说在个性化主体建构方面的成就。

（二）利益判断的道德化

尽管近代小说试图建构一种近代化的经济人格，将人的正常的逐利冲动自然化，也就是说经济动机并不是一个道德范畴，而是一个自然范畴，肯定每个人都有追求更好生活的权利；但由于近代小说没有划定个体利益的合理边界，近代小说这种逐利冲动自然化的过程并没有完成，最后还是掉进传统义利之辨的道德化陷阱。也就是说，逐利冲动的合法性与合理性需要目的的合法性与合理性来支撑，只有为了群体的逐利冲动才值得肯定，而为了个体的逐利冲动则应该被批判与否定，经济生活与道德判断被强行捆绑在一起。

《醒世新编》中的魏月如等人发现银矿后，并没有竭泽而渔，而是发达后自觉地停止开采，明显表现出用传统道德对逐利冲动进行规范的意味。《市声》中的范慕蠡，甚至对自己办厂赚钱带有负罪感，还是在杨成甫的解释下，才认识到实业家"为己的利益，就是为人的利益"①；因为这种道德负罪感，他在致富后热心公益，成为道德典范。与此相对，如果为了个人利益而不顾道德操守，则可能被作者全盘否定。《官场现形记》等社会小说中各级官僚的唯利是图，自然是作者嘲讽的对象；《市声》等实业小说中商人掮客的尔虞我诈，同样是作者批判的靶子；《工人小史》等反映近代工人生活的小说中资本家及各级管理者的欺压剥削，更是作者谴责的目标。近代小说对逐利冲动的道德批判，有其传统文化根源与现实生活基础，存在一定的历史合理性；然而，一旦将逐利冲动绑架到道德批判的战车上，也便可能使人们重新陷入道德化的泥沼。

吴趼人曾经表现出对个体逐利冲动的肯定。《二十年目睹之怪现状》中，作者借方佚庐之口，为拥有良好技术却未能取得合理回报的赵小云抱屈，同时也为赵小云用自己的钱坐马车辩护："本来为的是要人才，才教学生；教会了，就应该用他；用了他，就应该给他钱；给了他钱，他化他的，你何必管他坐牛车、马车呢。"② 然而，从总体上讲，吴趼人还是对个体的逐利冲动持否定态度。《发财秘诀》开头便已开宗明义："风气！风气！甚么叫做风气？据诸公说，自然是文明学问了。不知非也。据小子看来，只一个利字，便是风气。而且除利字以外，更无所谓风气者。"③ 小说中的区丙因为有过卖国经历，以致他早年合理利用民族工艺品赚钱的历史也被否定。陶庆云等买办因为与洋人打交道，以致他们获得洋人赏识的诚实品质也被遮蔽。小说最后，作者更是将逐利冲动直接与道德败坏等同起来，认为所有想发财的人，都是"人面兽心"："你若要发财，速与阎罗王商量，把你本有的人心，挖去

---

① 姬文：《市声》，吴组缃、端木蕻良、时萌主编《中国近代文学大系·小说集》第五册，上海书店1991年版，第214页。

② 吴趼人：《二十年目睹之怪现状》（上），海风主编《吴趼人全集》第一卷，北方文艺出版社1998年版，第230页。

③ 吴趼人：《发财秘诀》，海风主编《吴趼人全集》第三卷，北方文艺出版社1998年版，第3页。

换上一个兽心。"①

　　吴趼人试图通过道德判断，对人们的逐利冲动进行整体批判，其结果是回到传统"义利之辨"的原点，似乎二者不能并存。刘鹗看起来顺应了时代发展的潮流，肯定人们合理的经济收获。《老残游记》中的老残，靠自己的医术谋生，这无疑是合理合法的谋生手段。然而，与吴趼人相似，刘鹗同样没有根据利益来源本身的合法性来区分利益的合法与不合法，而是依据逐利个体的道德品性来判断利益的道德与不道德。吴趼人因为获利者本身的道德问题，否定了某些合法利益的合理性；而刘鹗则相反，因为获利者本身的道德情操，肯定了某些灰色利益的合法性，其内在思路还是利益的道德化。小说对老残的经济生活写得较为详细。第二回写到他为大户黄瑞和治病，获得一千两的报酬；第三回写其汇了八百两回老家，同时因治好高绍殷小妾获得八两银子的谢仪；第四回老残收受张宫保送来的酒席；第七回老残退还申东造赠送的狐裘；第八回老残接受申东造的羊皮狍子与马褂；第十七回老残接受王子谨的鱼翅席，同时接受王子谨与黄仁瑞促成的好事，解救妓女翠环，为此，王子谨垫支三百两银子，附送衣服衾枕；第二十回老残拒绝魏贾两家为破解冤案赠送的三千两银子，同时老残用存款还了王子谨为解救翠环用的三百两银子，王子谨拒收，于是用该钱解救另一与黄仁瑞相好的妓女翠花。近代小说中将一个人的经济来源及收支明细描写得如此详尽的，《老残游记》可算特例，由此可见作者对利益问题的开明态度。作者对于老残的经济态度，也是完全肯定，不故作清高，也不同流合污，淡泊名利而又急公好义，由此成为道德偶像。但作者对利益的合理性的判断，同样缺乏明确的标准。老残的经济活动，主要围绕两个方面展开，一方面是他行医治病的职业活动。在这方面缺乏严格的报酬标准，多的时候可以一千两，少的时候可以八两，治病报酬全凭病人经济能力与心态。这种取酬方式，依据的还是传统的道德规范，可见道德对利益的重要影响。另一方面是老残与官方的交往。这方面更明显

---

① 吴趼人：《发财秘诀》，海风主编《吴趼人全集》第三卷，北方文艺出版社1998年版，第67页。

地表现出刘鹗的道德倾向。虽然刘鹗也注意凸显老残与官员交往时的洁身自好，如拒绝他人为其捐官，拒绝狐裘等，但其对于官场的整体态度，却与李伯元与吴趼人等大为不同。他对于官场的批判，更多地集中于官员的能干与否，而不是其清廉与否，这也就使他对于官员的馈赠，持无可无不可的态度。对于酒席，不能退还就请大家一起吃掉，对于衣物，如果适用也便不再固执己见。作者对于官员财物的判断也主要基于他们的道德倾向而不是财物的合法性，王子谨与黄人瑞等官员，他们用钱做了一些好事，如解救妓女，也便可以不去追问他们钱财的来源。在这里，刘鹗实际上是以道德模糊了利益的边界，也就是说，如果利益的使用目的合理，那么也就可以不去追究利益的来源是否合法。

无论是吴趼人以道德否定利益，还是刘鹗以道德模糊利益，这种以道德评判利益的合理性的思维方式，并没有在经济领域这一适合运用工具理性的领域将工具理性贯彻到底，从而妨碍了真正近代化的经济主体的诞生，也限制了近代小说理论认同维度的质变进程。

二 权利与义务：新民德与伦理认同基点的游移

近代小说开启的关注现实、影响现实的路向，将中国小说发展推进到一个新阶段，其新的伦理价值观念，对传统的"三纲"形成了巨大冲击，在一定程度上重构了人的社会关系。这种新价值观念的核心就是个体的权利意识。在传统社会中，个体权利之有无，与个体所处等级之高低直接相关。然而，不论高下，个体的权利都不是来源于自身的存在，而是来自更高等级的赋予，因此，个体拥有的权利随时可以被更高等级剥夺，"君要臣死，臣不得不死；父要子亡，子不得不亡"。个体的权利与义务处于完全割裂的状态。对更高等级的，个体只有完全的义务，而对于更低等级的，个体则拥有完全的权利。子在父面前只有完全的义务，而成了父，对自己的儿子则拥有完全的权利。权利与义务都是随着身份的变化而变化，附着于"君臣""父子""夫妇"等社会身份之上，而不是"人"自身的属性。随着卢梭

"天赋人权"① 思想在近代社会逐渐普及，人们逐渐意识到权利与义务是一个统一体，尤其是人的基本权利，是人本身具有的属性。"权利为人生所不可须臾缺者，无权利是无生命也。"② 以这种权利意识为基点，近代小说尝试对传统"三纲"进行全面解构。

在个体与国家的关系方面，近代小说全面解构了"君为臣纲"。时新小说中已经隐含着对清政府的不满，梁启超倡导的新小说兴起后，对腐败无能的清政府的批判与攻击，更成为一时风尚。不同创作倾向的作者，几乎都以讽刺暴露政府之腐败为能事。近代小说无论是提倡立宪改良如《新中国未来记》，还是提倡民族革命如《狮子吼》，殊途同归，都指向对现存制度的否定。民国建立后，逐渐深化的民主意识构成反对袁世凯称帝的思想基础，《新华春梦记》等作品对袁世凯称帝丑剧迅速及时的披露，折射出民众对专制政体的反感，以及近代社会"君为臣纲"的解体程度。

在家庭的代际关系方面，近代小说不再强调"父为子纲"，而是试图建构一种新型的代际关系。从《新中国未来记》中的黄群与黄克强父子之间志同道合的相互支持，到《金陵秋》中王子覆与王仲英父子之间志向不同的相互尊重；从吴趼人对石映芝与马子森等人母亲的变态虐待的批判，到苏曼殊对庄湜之叔婶的变态关爱的批判，近代小说从正反两面，指出了家庭关系变革的必要性与急迫性。

在夫妻关系方面，尤其是与此相关的"自由婚恋"方面，近代小说作者出现了较大分化。"自由婚恋"在某些作者那里，甚至成为"禽兽之行"。然而，在总体上，近代小说还是表现出对个体婚恋自主权利的部分肯定，批判与否定了传统包办婚姻。《禽海石》《恨海》《劫余灰》等小说揭示了包办婚姻的种种悲剧，《金陵秋》等作品则间接证明自由婚恋的好处。对于婚后的夫妻关系，近代小说也对"夫为妻纲"进行了修正。《黄绣球》中黄通理与黄绣球之间的相互支持相互补充树立了近代夫妻平等的典范，《老残游记》中德慧生与德夫人之间的相互

---

① 曾朴：《孽海花》，吴组缃、端木蕻良、时萌主编《中国近代文学大系·小说集》第四册，上海书店1991年版，第77页。
② 侠民：《菲猎滨外史·回评》，《新小说》第一号。

包容相互体贴则重新阐释了"夫唱妇随"的道德内涵,其中都折射出近代小说作者对夫妻关系的新理解。

然而,近代小说作者对于权利内涵的认识以及对权利与义务之间关系的理解,依旧存在较大局限,权利意识并没有得到全面张扬,而是重新掉进了各种各样的"温柔"陷阱。近代小说"新民德"的保守倾向与时代局限,使得其伦理认同维度的基点游移不定。

(一)国民关系的偏至理解

近代小说的兴起以现代民族国家意识的兴起为基点,爱国主义是近代小说最明显的一条红线。从时新小说开始,近代小说作者们念兹在兹的就是国家的富强。在这种自觉的爱国主义的引导下,近代小说对于阻碍中国富强的清政府展开了不遗余力的批判,由此重构近代国家与个体之间的关系。但这种新型关系中,强调的还是个体对于国家的责任与义务,而非国家对个体合法权利的保障与庇护。"夫种者积身而成也,国者积家而成也。善谋家者不遗其国,而后家可谋焉;善保家者不遗其种,而后身可保焉。"① 保国与保种是保家与保身的前提与旨归,为此,近代小说作者大声疾呼:"以爱身家性命之精神,发为国家种族之思想,是诚无愧于爱身家性命者矣。吾思之,吾欲效之,吾愿吾同胞皆效之,以强我种族,以兴我祖国,以达我将来所希望之目的。"②

这种国家思想是对传统"朝廷观念"的一次彻底颠覆。"今人方知朝廷与国家之区别"③,就在于朝廷是"天下为家",而国家则是"天下为公","国家是人民集合成的,人民就国家的小体"④。近代国家意识的兴盛,使传统的臣忠君的私人关系,转化为近代的民爱国的公共关系。

这种新型国民关系的建构,使得传统专制政体的地位与功能被重新评估。无论是改良派还是革命派,都不再承认皇帝地位至高无上,政权

---

① 陈墨峰:《海外扶余·序》,董文成、李勤学主编《中国近代珍稀本小说》第八册,春风文艺出版社1997年版,第353页。
② 陈墨峰:《海外扶余·序》,董文成、李勤学主编《中国近代珍稀本小说》第八册,春风文艺出版社1997年版,第354页。
③ 侠民:《中国兴亡梦》,《新新小说》第一号。
④ 燕市狗屠:《中国进化小史》,《月月小说》第一年第二号。原文如此,"就"字下漏脱"是"字。

的合理性取决于其管治国家与保护国民的有效性。用这一标准去观照现实，就可以发现清政府与这一标准南辕北辙，最高统治者关心的还是自己种族家族的小利益，而非国家民族的大利益，各级官员同样只关注自己的私人利益，甚至根本不思考民族与国家命运。国事日坏，国家日穷，国民日贱，使得大家逐渐认识到统治者的无能，由此不约而同对政府进行攻击。近代谴责小说的流行，集中反映出民众的情绪。《官场现形记》出版之后，各类"现形记"风起云涌，暴露官场黑暗的小说层出不穷。《宦海潮》《宦海钟》《后官场现形记》《负曝闲谈》等小说，对晚清政府官员之腐败颠顶，穷形极相，由此折射出政府的失职失能。而《新中国未来记》《瓜分惨祸预言记》《黄金世界》等作品，更是将政权的合理性置于国际关系中进行检验，由此进一步消解传统政权的合理性根基。

然而，这种新型国民关系的建构存在一个重要缺陷，那就是在国家与个体关系中，权利与义务依旧存在着分割与失衡。在近代小说中，作者们始终强调国民对于国家的义务，而非国家保护国民合法权利的责任。或者说，他们认为国家强大了，自然会保障国民的合法权利，因此，《新中国未来记》《狮子吼》《新纪元》《新石头记》《新中国》等小说在构想中国的未来时，都简化了国家强大与国民权利之间的关系，忽视了国家与国民之间权利与义务关系的复杂性。

民国成立后的现实，对这种简单化的思维方式产生了强烈冲击，国民发现民国的建立并没有顺理成章地带来国民权益的提升，由此产生一定程度的幻灭感。这种幻灭感导致了民初小说作者与读者对政治的疏离。民众意识到当下的现实权利可能比未来的理想权利更为重要，个体权利可能比国家权利更重要，由此从晚清小说的"大我"重新回到"小我"，近代小说也便由"大说"重回"小说"。然而，无论是晚清的"大说"中对"大我"义务的强调，还是民初的"小说"中对"小我"的关注，其中都隐含着对国民关系的偏至理解。不是看国家太重，就是看国家太轻，难以在国—民关系中找到真正的平衡点。

(二) 代际关系的温情束缚

无论革命还是改良，近代小说解构"君为臣纲"的理论资源基本来源于西方，而对"父为子纲"的修正则更倾向于回归传统。家庭关系是近代小说作者极为重视的一个方面，然而，与政治领域相对激进的倾向形成对照，近代小说对于家庭伦理关系的重构则较为保守，其对"父为子纲"的解构，只是试图恢复传统的"父慈子孝"，以缓和因家庭专制产生的矛盾。作为对传统家庭伦理关系表现最深刻的作者，吴趼人在《二十年目睹之怪现状》中，对传统家族制度温情背后的残酷有着入木三分的刻画。小说以伯父侵吞"我"这个未成年侄子遗产开场，以伯父死后其夫人还想敲诈"我"的钱财结束，由此可见吴趼人对家庭问题的关注。"家庭专制，行之既久，以强权施之于子弟者，或有之矣，自无秩序之自由说出，父子骨肉之间不睦者，盖亦有之矣。不图于此更见以阴险诈骗之术，施之于家庭骨肉间者，真是咄咄怪事！吾谓茫茫大地，无可容身，此其一也。"① 通过层出不穷的家庭怪相，吴趼人切入了传统家庭伦理的弊端。符弥轩虐待祖父、苟才儿子毒死父亲，此等怪相自然是传统道德沦丧的明证，黎景翼父亲的逼儿自杀，罗荣统继母的暴虐专制，马子森寡母的变态专制，更加暴露出传统家庭伦理内在矛盾的无解。

近代小说作者对传统家族制度的弊端认识非常深刻，但对于新式家庭建构，却缺乏合理构想。"今日革命，便要从家庭革命做起"② 这一倡导，本来有其内在合理性，但在近代小说中却被漫画化，进而被彻底消解。在诸多作者看来，"家庭革命"意味着对传统孝道的颠覆，而人子不孝，自然也便沦为"禽兽"。《新中国未来记》中的宗明因提倡家庭革命被丑角化，《负曝闲谈》中的黄子文因让母亲"自立"同样成为"维新"的反面教材。日本留学生黄子文为了摆脱六十多岁的乡下老母纠缠，要其母亲自立，自谋衣食。他娘以年纪大为由反对其"自立"要求："我这样大一把年纪了，天上没有掉下来，地上没有长出来，难道还叫我去当婊子不成？"③ 结果黄子文依旧以"读书是自立的根基"④，

---

① 吴趼人：《二十年目睹之怪现状》（上），海风主编《吴趼人全集》第一卷，北方文艺出版社 1998 年版，第 25 页。
② 饮冰室主人：《新中国未来记（续第三号）》，《新小说》第七号。
③ 蘧园：《负曝闲谈》，董文成、李勤学主编《中国近代珍稀本小说》第十七册，春风文艺出版社 1997 年版，第 356 页。
④ 蘧园：《负曝闲谈》，董文成、李勤学主编《中国近代珍稀本小说》第十七册，春风文艺出版社 1997 年版，第 356 页。

将其母亲送入强种女学堂。强种女学堂开始以为黄子文母亲是去当教师，因此欢迎她去，知道真相后将其送回。《负曝闲谈》中的黄子文终究没有不认其母，最后还花钱将她送回了绍兴乡下，《广陵潮》中的贾鹏耆则明确表示不认自己的生身之父，其原因则是因为父亲不能养他："论这人实在是我的父亲，叵耐他穷了，养不起我，我便不合再认他。……我今日吃着的辛酸苦辣，都是父亲作成我的，我如何不怨他，我如何还去看顾他？"① 作者在这里将那些借维新之名，行龌龊之实的所谓家庭革命者拉出来示众，其中饱含着对传统孝道崩溃的无限同情。

在"现实"不可恃，"维新"不可靠的情况下，近代小说作者对家庭关系的建构，最终走上回归传统的老路，也就是用传统的"父慈子孝"来构建一种理想的家庭关系，对传统家族制度中隐性或显性专制的危害，进行近代化包装，由此表现出较明显的局限。

梁启超认为，"今日所恃以维持吾社会于一线者何在乎？亦曰吾祖宗遗传固有之旧道德而已"②。这种旧道德在《新中国未来记》中就得到了一定体现。黄克强天性纯良，其父亲则包容开放，父子之间成为相互支持的良友，在探索中国富强的道路上相继前行。吴趼人没有这种明确的政治取向，但他对于中国社会的治病药方，也是"恢复旧道德"③。在《二十年目睹之怪现状》中，他就写了吴继之的家庭以及"我"的家庭两个比较美满的家庭。就算是在《恨海》《劫余灰》中，因为父母的包办导致了儿女的悲剧，他还是特别强调父母的无辜，肯定了"父慈子孝"的合理性。进入民国之后，林纾的《金陵秋》延续了《新中国未来记》的思路，苏曼殊的《碎簪记》则延续了《恨海》的思路，其要义都是在淡化传统家庭关系的专制色彩，用父子天性对传统制度进行情感包装，给这种专制披上了温情的面纱。这种温情弱化了青年一代抗争的强度，无形中削弱了青年争取独立自主的权利，使他们被束缚在传统家庭的温情之茧中难以自拔。因此，《金陵秋》中的王仲英，对家

---

① 李涵秋:《广陵潮》（上），凤凰出版社2014年版，第344页。
② 梁启超:《新民说》，《饮冰室合集》第十九册，中华书局2015年版，第5114页。
③ 吴趼人:《自由结婚·评语》，海风主编《吴趼人全集》第九卷，北方文艺出版社1998年版，第233页。

庭责任的重视最后超过对革命信念的激情，结婚后退出革命，回到两情相悦的家庭温情之中。

这种对家庭专制的温情化表现，一定程度上意味着近代小说在"新民德"方面的保守性。这种保守性使近代小说对传统家族制度的批判停留在表面，个体的权利在家庭中碰到了"温情"的无形壁垒，最终掉入传统的"温柔"陷阱。

（三）婚恋关系的自由假象

近代社会的年轻人真切渴望拥有婚恋自由的权利，婚恋自由由此成为近代小说的一个重要命题，吸引着众多小说作者对其进行探讨。《恨海》与《碎簪记》等作品展示了包办婚姻的悲惨结局；《自由结婚》与《金陵秋》等作品则暗示了自由婚恋的幸福境界。这种正反对照，折射出近代小说作者与读者对婚恋自由的向往与想象。

然而，近代小说作者关于婚恋自由的想象，并没有走出"发乎情止乎礼义"的边界，表现出严重的历史局限性。

首先是经过近代包装的贞节观念获得肯定与推崇。包天笑《一缕麻》中，一个追求婚恋自由的近代女性，被家庭包办嫁给一个傻瓜；结婚后，患上白喉的她在其傻瓜老公的悉心照顾下痊愈，而其丈夫却因此感染白喉死去；这位近代女性痊愈后一改故态，立志为丈夫守节。尽管作者试图将这种守节加上点爱情意味，认为"盖郎固不痴，其志诚种子也"[①]，但这种贞节观本身就是传统的产物。与《一缕麻》赞扬"报恩"的节妇不同，李定夷《茜窗泪影》讴歌的是一个"爱国"的节妇，"琇侠则以爱其国之故，宁牺牲其毕生之幸福，以殉此为国捐躯之未婚夫，是直接所以爱其夫，间接即所以爱其国"[②]。

然而不论"报恩"还是"爱国"，这种贞节观念始终是传统的产物，其实质就是要剥夺个体对自己身体的处置权，使身体从属于外在的更高的价值。这种对身体处置权的剥夺，不仅体现在"守节"中，同

[①] 包天笑：《一缕麻》，范伯群编选《包天笑代表作·一缕麻》，华夏出版社2011年版，第49页。

[②] 徐天啸：《〈茜窗泪影〉序》，陈平原、夏晓虹编《二十世纪中国小说理论资料》第一卷，北京大学出版社1997年版，第493页。

样暗含在所谓的"自由"中。近代小说中"革命+恋爱"的创作倾向，骨子里依旧试图为婚恋自由找到更高的价值标准。从《自由结婚》到《玉梨魂》再到《金陵秋》，无论是关关与黄祸将完婚时间推到革命成功以后，还是何梦霞投身革命战死沙场，抑或是王仲英与胡秋光革命胜利后结成连理，革命成为他们婚恋自由合法性的根本依据。也就是说，爱情本身并不能证明自由的合法性，只有当爱情与更高价值标准结合的时候，其自由才可以获得肯定。

由于爱情不具有独立价值，因此如果只是追求个体的自由，这种婚恋自由马上就会成为讽刺与批判的对象。《未来世界》中的赵素华与纨绔子弟黄陆生自由恋爱后结婚，但婚后赵素华对黄陆生虚有其表颇感不满，因此与军官毕长康公然交往。在这里，作者依据传统道德对赵素华的"自由"进行了批判："女如无德，直同挟瑟之娼，人尽可夫，亦是文明之化。"①《官场维新记》中的宽小姐比赵素华对自由的追求更为激烈，其主张也更为明确，常对人家说："女学盛时，女权一定发达。只要看中了那个男子，就可以跟那个男子要好。这个就叫做天赋人权，不是父母、丈夫所得而干预的。"②而她这种态度，连推崇假维新的袁伯珍也义正词严地表达不齿："无怪政府里的人都不愿维新，无怪维新的人都要拿去砍头，原来一个人真个到了维新的极点，便要与禽兽无异的。"③

婚恋自由经过近代小说作者的漫画式书写，成为"洪水猛兽"，作者对这种自由的呼吁，也便只能包装在传统的"礼义"之下，以便"自由"能够获得人们的接受。"止于礼义"决定了近代言情小说的"纯洁性"：基本不涉及"欲望"，更不可能描写"淫奔"。（这可能与近代小说的内部分工有关，近代狭邪小说释放了这方面的欲望。）除了他们对婚恋自由的追求，爱情主体的其他行为都符合传统的道德规范，

---

① 春飔：《未来世界》，《月月小说》第二年第四号。
② 佚名：《官场维新记》，吴组缃、端木蕻良、时萌主编《中国近代文学大系·小说集》第五册，上海书店1991年版，第902页。
③ 佚名：《官场维新记》，吴组缃、端木蕻良、时萌主编《中国近代文学大系·小说集》第五册，上海书店1991年版，第911页。

无论是《禽海石》《孽冤镜》《碎簪记》等作品中相爱男女与父母长辈之间的观念冲突，还是《玉梨魂》《断鸿零雁记》等小说中爱情主角的内心矛盾，小说主人公的言行都符合传统礼义规范，从而占据了道德制高点。作者试图通过这种道德制高点，凸显婚恋自由的合理性。这实际上也就颠覆了权利与义务之间的等级结构，决定人的根本属性的，还是各式各样的义务，而非与生俱来的权利。这种对道德义务的推崇与恪守，使得近代小说作者只能磕头请命，跪着造反。这种姿态凸显出近代小说作者对人的权利的理解的偏狭，在他们眼中，个体的权利还是需要外在势力的赐予，而不是人之作为人的根本属性。

三　现象与本质：正民趣与审美认同平台的裂变

近代小说作者在改造读者审美趣味方面，最成功的就是将小说读者从传统的"白日梦"中惊醒，形成关注现实的审美取向。从《醒世新编》对富民强国的想象，到《工人小史》对工人穷困的写实；从《新中国未来记》对未来政治制度的构想，到《官场现形记》对现实腐败官场的批判；从《禽海石》对包办婚姻控诉，到《金陵秋》对自由结婚示范；从《活地狱》的草菅人命，到《老残游记》的昭雪沉冤；从《黄金世界》的世外桃源，到《新中国》的未来构想：近代小说不论何种类型，如政治小说、社会小说、侦探小说、言情小说，甚至科幻小说，都以现实中国为基点。哪怕是理想小说或科幻小说的"造梦"，也不是那种引导人们从现实生活中脱离出去的梦，不是那种使人麻醉的"梦"，而是指向了现实生活的"梦"，指向行动的"梦"。

与这种立足现实的创作倾向相关，是近代小说的新闻化倾向。近代小说报刊的发展，极大地改变了小说的传播方式，依靠报刊发表的近代小说，也逐渐向新闻靠近。这种新闻化是拉近小说与现实距离的重要手段，但同时也模糊了小说的艺术虚构与新闻的客观写实的界线，使得近代小说在"正民趣"方面，存在较为明显的局限与误导。近代小说新闻化的本来目的在于对现实进行严肃的观照，但由于新闻注意反常化与离奇性，在现象与本质的关系处理上，更注重现象，而非本质，这也就使得近代小说在不知不觉中滑向了猎奇的泥沼，从而激发了读者的窥私癖。与此同时，近代小说对于小说的艺术真实与新闻的生活真实之间的界限的理解也存在局限，从而激发了读者的索隐癖，最后混淆小说与新闻，将小说视为人身攻击的工具，忽视了小说对生活本质的揭示。

（一）猎奇性与窥探欲的激发

近代小说与新闻的结盟，在一定程度上，影响近代小说的创作风格与审美品格。对时效性的追求，使得近代小说与时代大事的距离越来越小，小说创作周期大幅缩短。《澹轩闲话》等时新小说中，其较近的时事还是太平天国，更近的则是朝鲜战争。《新中国未来记》中，则开始与旅顺被俄军占领的现实同步。《苦社会》《拒约奇谈》等拒约小说，《立宪万岁》《未来世界》等立宪小说，《新华春梦记》等时事小说，更是对重大社会事件的直接反映。《官场现形记》《二十年目睹之怪现状》等社会小说，则大量收集当时社会的逸闻趣事，甚至直接将新闻报道、社会流言写入小说，强化了小说与新闻的联姻。

然而，这种对时效性的追求，使得近代小说缺少了反思与沉淀，其对现实社会的表现，也更多地满足于光怪陆离的表面现象，而非透过纷繁错乱的现象，发现社会发展的深层规律。与此同时，为了让故事更加吸引人，近代小说作者越来越追求"反常性"。这种对反常性的追求，使传统小说的"好奇"变异为近代小说的"猎奇"。

好奇倾向是传统小说的重要特征。传统小说中的非凡人物，无论帝王将相、才子佳人还是花妖狐鬼，本身就有传奇色彩，与常人生活存在一定距离。然而，优秀的传统小说家实际上意识到了"奇"与"常"、"幻"与"真"之间的辩证关系："天下之真奇，在未有不出于庸常者也。"[①] "天下极幻之事，乃极真之事；极幻之理，乃极真之理。"[②] 这些论述已经涉及现象与本质之间的辩证关系。因此，人们判断小说好坏的

[①] 笑花主人：《今古奇观序》，黄霖、韩同文选注《中国历代小说论著选》（修订本）（上），江西人民出版社2000年版，第271页。

[②] 幔亭过客：《西游记题辞》，黄霖、韩同文选注《中国历代小说论著选》（修订本）（上），江西人民出版社2000年版，第278页。

标准，依旧是"人情物理"："凡说人情物理者，千古相传。"① 近代小说的"猎奇"倾向，则更为关注"奇事"，而非"庸常"，实际上也就是更为关注现象，而非本质，忽略现象与本质的内在联系，使得小说中的奇事表现出碎片化倾向，缺乏系统性与连续性，由此也使得近代小说表现出"话柄"②联缀的特色。

这种"话柄"集锦，难以实现人物的有始有终，更难以形成对现实的本质发现，近代小说由此不得不在"猎奇"的道路上越走越远。由于缺乏对现实的本质发现，近代小说吸引读者的手段，也便只能依靠"猎奇"这一王牌，希望以新鲜的事件而不是以对生活的深刻发现来吸引读者。从《官场现形记》开始，各类"现形记"无一不是在现形的领域与事例上翻新出奇，而其内核，不过"内外不一，表里相背"而已。言情小说界同样是一有流行作品，马上群起仿效，《恨海》一出，悲情遍野，各种爱情悲剧层出不穷。但这种仿效基本都停留在事件的翻新上，而未曾注意本质的深化，由此造成近代言情小说的千篇一律。

新奇事件总是有限的，为了找到能够吸引人的"奇事"，近代小说作者不得不费尽心思，广为收集奇闻逸事。《天笑启事》作为近代小说与新闻之间的一次奇异结合，包含着许多隐秘的历史信息。其深远影响就在于这种广告的出现，不仅肯定了小说猎奇的合理性，也激发了读者的窥探欲。读者掌握的新鲜事件，可以直接换取商业价值，作者在获得奇事后会"以该书单行本及鄙人撰译各种小说相赠"③。广告开列的范围，可以看出小说"猎奇"与现实生活的关联：

一、关于政治外交界者；
一、关于各种党派者；
一、关于优伶妓女者；

---

① 李渔：《闲情偶寄·词曲部（选录）》，黄霖、韩同文选注《中国历代小说论著选》（修订本）（上），江西人民出版社2000年版，第360页。
② 鲁迅：《中国小说史略》，《鲁迅全集》第九卷，人民文学出版社2005年版，第292—293页。
③ 《天笑启事》，《小说林》第七期。

一、关于侦探家及剧盗巨奸者。①

以上各类人等，都是当时世人关注的重点。以悬赏的方式征集小说素材，极大地激发了读者的窥探欲，个体的隐私在这里变成了征集对象。后来的"黑幕小说"，在一定程度上，正是这种"猎奇"倾向的流风所及。其"有闻必录"②的新闻化倾向，使得其成为各种秘闻私隐的展示台，而读者对其的欢迎，也正是因为"黑幕小说"满足了读者隐秘的"窥探欲"。事实上，"黑幕小说"这一命名，就已经隐含着对读者"窥探欲"的迎合与激发。理论上讲，严肃的小说"揭起黑幕，并非专心要看这幕后有人在那里做什么事，也不是专心要看做那样事的是甚么人"③；而"黑幕小说"正与此相反，他们将"黑幕"背后的事与人不加辨析一览无余地暴露出来，许多都是"个人的私事私德"④，这种依靠隐私的"猎奇"，事实上已经背离近代小说的发展方向，自然会受到崇尚新道德的新文学主将们的批判。

(二) 写实性与索隐癖的增长

近代小说的新闻化带来的另一个重要影响，就是模糊了艺术世界与生活世界的界限，是否接近生活世界甚至成为评价小说成就的重要标准。无可否认，小说的艺术世界与生活世界必然存在千丝万缕的关系，向生活世界的靠拢本身也表现出近代小说的现实情怀，但对于小说成就的评价，却很难以小说艺术世界与现实生活世界的距离远近作为标准。在传统小说中，哪怕是对历史小说的评价，也没有人孜孜以求小说与历史的契合度。而到了近代社会，由于新闻地位的急剧提升，影响日益扩大，以致小说评价标准也出现与新闻一致的趋向。与传统小说的慕史情结不同，近代小说的"倚新"情结，使其评价标准也新闻化。在近代小说作者看来，小说世界如果能够反映现实生活世界，甚至就是现实生

---

① 《天笑启事》，《小说林》第七期。
② 杨亦曾：《对于教育部通俗教育研究会劝告勿再编黑幕小说之意见》，《新青年》第六卷第二号。
③ 仲密：《论"黑幕"》，《新青年》第六卷第二号。
④ 仲密：《再论"黑幕"》，《新青年》第六卷第二号。

活世界，那么其成就与地位自然提高。为此，很多作者一再强调自己的小说并非虚构，不是像《二十年目睹之怪现状》那样用一个楔子故弄玄虚，就是像《孽海花》那样赌咒发誓，其目的都是让读者相信其小说就是现实生活的一部分。

这种写实化在小说中的具体表现，就是小说的外指性得以强化，小说的人物、环境、事件，与现实生活中的人物、环境、事件，具有高度同一性，读者可以较为容易地找到小说与现实的对应关系。在小说的环境设置上，近代小说明显表现出写实化倾向，不仅地名之类的空间标志不再虚拟，而且时代背景等宏观时间同样与现实相关。在人物方面，尽管可能改头换面，但读者还是可以很容易地在现实生活中找到很多人物的对应者。《孽海花》《轰天雷》等作品中的人物，几乎无一人无来历。至于事件，更是与现实世界紧密相关，诸多逸事，本来就是现实生活中的传闻。

这种小说世界与生活世界界限的模糊，助长了近代小说解读的索隐癖，读者乐于在小说中寻找与现实对应的人物与事件。1911年，狄平子已经开始为《孽海花》《海上花列传》做人物索引表。蔡元培对《孽海花》的肯定，主要针对的就是其无一人一事无来历。正是因为小说中的人物与现实生活中的人物的对应关系，所以某部小说中的人物甚至可以到另一部小说中去串门。《二十年目睹之怪现状》中的舒淡湖，为了解决总办看中的妓女悔婚这一难题，跑过去找"《品花宝鉴》上侯石翁的一个孙子，叫做侯翱初的，和他商量"①。恽铁樵的"革命外史系列"，带有明显的纪实色彩，他的《鞠有黄花——革命外史之二》的主角，竟然就是《海上繁华梦》中的妓女金菊仙。

正是因为混淆了小说世界与现实世界的关系，小说经常成为人身攻击的工具。鲁迅在分析《海上花列传》时，已经指出了晚清小说的这一弊端："书中人物，亦多实有，而悉隐其真姓名，惟不为赵朴斋讳。相传赵本作者挚友，时济以金，久而厌绝，韩遂撰此书以谤之，印卖至

---

① 吴趼人：《二十年目睹之怪现状》（下），海风主编《吴趼人全集》第二卷，北方文艺出版社1998年版，第545页。

第二十八回，赵急致重赂，始辍笔，而书已风行；已而赵死，乃续作贸利，且放笔至写其妹为倡云。"① 对于这一传言，鲁迅以艺术的内在统一性进行了质疑，因为"二宝沦落，实作者豫定之局"②，并非因为贿赂与否而随意修改，但他同时指出这种现象在当时的普遍性："光绪末至宣统初，上海此类小说之出尤多，往往数回辄中止，殆得赂矣。"③这种利用小说来进行人身攻击的倾向，在"黑幕小说"中发展到极端，这对于读者的审美趣味而言，自然是一大毒害。针对这种在小说中寻找现实对应人物的审美取向，鲁迅等人一再告诫读者，不要混淆小说与现实。当有人一再问他的《阿Q正传》，"你实在是在骂谁和谁呢？我只能悲愤，自恨不能使人看得我不至于如此下劣"④。这种延伸到现代的顽固观念，其根源无疑就在于近代小说模糊了现实与艺术的边界。

无论是"鼓民力"中隐含的理性认同维度的重构，还是"新民德"中隐含的伦理认同维度的改造，抑或是"正民趣"中隐含的审美认同维度的创新，近代小说通过对"立什么人"进行重新阐释，表现出与传统小说的本质差异，由此推进了中国小说的现代转型进程。然而，这种理性、伦理与审美认同维度的改造，由于传统文化根深蒂固的影响，以及作者与读者自身的局限，表现出鲜明的时代局限性与历史过渡性。从认同维度的转变这一角度重新回顾近代小说，系统剖析与深入阐释这种局限性与过渡性，不仅有利于更准确地对近代小说进行历史定位，而且有利于更深入地理解传统小说、近代小说、现代小说之间的关联与差异，更全面地把握中国小说现代化进程的动力与机制。在近代小说认同维度改造的局限性上，正可以清晰地看到作者与读者"因袭的重担"⑤，这种因袭通常都是文化基因中最难以改造的部分，由此可以透视中国文化的基因序列，有助于绘出中国文化基因图谱。同时，文化基因不可能

---

① 鲁迅：《中国小说史略》，《鲁迅全集》第九卷，人民文学出版社2005年版，第274页。
② 鲁迅：《中国小说史略》，《鲁迅全集》第九卷，人民文学出版社2005年版，第274页。
③ 鲁迅：《中国小说史略》，《鲁迅全集》第九卷，人民文学出版社2005年版，第275页。
④ 鲁迅：《〈阿Q正传〉的成因》，《鲁迅全集》第三卷，人民文学出版社2005年版，第397页。
⑤ 鲁迅：《我们现在怎样做父亲》，《鲁迅全集》第一卷，人民文学出版社2005年版，第135页。

在一夜之间完全消失或发生突变，系统梳理其不足，在一定程度上，正可以成为现代小说甚至当代小说时尚不远之殷鉴。

第二节　纠缠于"教""乐"之间
——认同向度的局限性

早在两千多年前，贺拉斯在《诗艺》中就已经指出良好修辞关系的交易性质："寓教于乐"，也就是修辞主体必须能够提供让修辞受众满意的"乐"，才能实现其改造受众的"教"。中国传统小说在这方面有着悠久的传统，并形成了一整套行之有效的修辞策略。在这种修辞关系中，虽然作者在各方面都高出受众，由此形成一种不对等的认同关系，但这种修辞关系的内核，正是满足读者的"娱乐"需求。传统小说的"娱乐"性使其"教化"目的得以深入人心，小说宣导的"三纲五常"的伦理观念，天堂地狱的迷信思想，广为传播，传统小说由此成为"中国群治腐败之总根原"。

近代小说作者在改变传统修辞策略方面，同样也进行了广泛尝试。其中重要的方面，就是重构作者—读者之间的修辞关系，将传统的单向度宣讲，转化为双向度对话，传统的作者中心逐渐向读者中心缓慢位移，由此使得近代小说必须建立新的修辞交易方式。在传统小说的修辞交易机制中，"旧教"与"旧乐"和谐共振。新型修辞关系的建构，首先需要解构传统小说"寓旧教于旧乐"，建构一种"寓新教于新乐"的修辞模式。这对于深受传统小说影响，同时对西方小说所知不多的近代小说作者而言，显然是一项难以胜任的任务。因此，近代小说在认同向度的建构方面，同样表现出明显的缺陷，其关键就在于"教"与"乐"的分离，使得作者与读者之间难以建立良好的修辞对话与修辞交易关系。在近代小说的前两个阶段，小说作者更多地强调启蒙，忽视了小说的娱乐功能；后一个阶段，则过于强调娱乐，忽视了小说的启蒙使命。这种"教"与"乐"的脱节，成为近代小说修辞策略的致命伤之一。

一　启蒙的偏至

对于小说作者与读者之间的修辞交易性质，近代小说理论家已经有较为正确的把握："养成人之德性者，不在教而在感。教者利害的关系也。而人之德性，实与利害的关系不相容，利害愈明，德性愈薄。"①"又善与美常相一致，爱美即爱善也。以善诱人，恒不如以美诱人之易。及其欢喜欣爱于美，则亦固结不解于善矣。"②这里明确指出"教"与情感体验及审美体验之间的密切关系，注意到善与情、善与美之间的密切关系。但在实际操作中，能够真正将真善美熔于一炉的小说家本来就是凤毛麟角，对于处于新旧交接过渡时期的近代小说作者而言，更是难以完成的任务。因此，他们的小说，宣传的是新的价值观念，本来应该具有较多的"问题小说"特质，但在姿态上，却表现出明显的"教训小说"特征来。"凡标榜一种教训，借小说来宣传他，教人遵行的，是教训小说。提出一种问题，借小说来研究他，求人解决的，是问题小说。问题小说有时也说出解决的方法，但与教训小说截然不同。教训小说所宣传的，必是已经成立的、过去的道德。问题小说所提倡的，必尚未成立，却不可不有的将来的道德。一个是重申旧说，一个是特创新例，大不相同。"③

在周作人眼中，"问题小说"与"教训小说"，存在着诸多区别。首先是价值观念的差异，教训小说宣扬旧的价值观念，问题小说则推崇新的价值观念；其次是叙述姿态的差异，教训小说会直接告诉答案，是一种宣传，而问题小说则重在揭示问题，让读者自己进行思考。近代小说则处于二者之间，一方面，其宣扬的是一种新的价值观念，另一方面，其运用的策略却倾向于直接告知答案，由此使近代小说表现出宣讲

---

①　成之：《小说丛话》，陈平原、夏晓虹编《二十世纪中国小说理论资料》第一卷，北京大学出版社1997年版，第452页。

②　成之：《小说丛话》，陈平原、夏晓虹编《二十世纪中国小说理论资料》第一卷，北京大学出版社1997年版，第453页。

③　仲密（周作人）：《中国小说里的男女问题》，严家炎编《二十世纪中国小说理论资料》第二卷，北京大学出版社1997年版，第81页。

式"教化"的特征,作者似乎还是习惯于低估读者。"作者说的越少,读者可想而且必须想的就越多"①,由于害怕读者看不懂,因此自己讲得特别多。这种直白的宣讲,以及过多的阐释与议论,实际上削弱了读者阅读小说的乐趣。

(一)宣讲姿态的沿袭

如果仅以是否发现问题以及是否出现新的价值观念为标准,来区分传统小说与现代小说的话,那么近代小说无疑属于现代小说的范畴;但如果以是否提供答案为标准进行衡量,却可以发现近代小说依旧带有浓重的传统小说的影子。近代小说从一开始就以发现问题并解决问题为旨归。时新小说中对于"三弊"的极力渲染,以及对"除三弊"主张有效性的言之凿凿,显示出时新小说作者的高度自信。这种自信也感染了后来的政治小说作者。几乎所有的新小说作者,都意识到了中国"群治"出现了问题,并致力于分析与回答这一问题,开出了自己独特的药方。无论是萧鲁甫的技术致富,还是姬文的实业兴国;无论是梁启超的立宪梦想,还是陈天华的革命蓝图;无论刘鹗的神道设教,还是吴趼人的道德劝惩:近代小说作者大多都是自信满满,觉得自己的小说一出,中国群治就可能大为改观。也正是这种自信,使得近代小说延续了传统小说的那种宣讲姿态。

理论上讲,作者与读者在价值观念上的距离越大,就越需要作者调整自己的姿态,向读者靠拢,也就是说,越需要在小说的趣味性上下功夫,以求能使读者沉迷于小说之中,最终实现读者的潜移默化。但在实际上,近代小说作者与读者之间的认同关系,建立在对新价值的认同本身,也就是说,读者也像作者那样已经预先接受了新思想,他们在小说中只是寻找共鸣,为自己的主张寻找支持,因此,阅读新小说成为趋新的社会人士的一种标志,一种新的文化身份的象征。当近代小说成为一个"咸与维新"的象征符号,近代小说的创作与接受实际上成为一种内循环体系,成为信奉维新人士的内部消费品,而并不是像近代小说作

---

① 陈平原:《中国小说叙事模式的转变》,《陈平原小说史论集》上卷,河北人民出版社1997年版,第350页。

者所标榜的那样，产生改良群治的社会影响。作者的姿态也便在不知不觉中向"导师"靠拢，对读者宣讲新的理论。

近代小说作者的宣讲姿态与传统小说作者还是存在较大不同。传统小说作者权威更接近一种集体型权威，他们主要是作为传统价值的代言人出现；近代小说作者权威则更多地表现为一种作者型权威，他们的宣讲姿态来源于对自己解决方案的自信，而非来自传统文化或传统制度的支撑，相反，他们的自信指向的正是传统文化与传统制度的弊端。

可是这种宣讲姿态，尤其是那种"开口便见喉咙"的简单说教，简化了小说作者与读者的修辞关系，使得小说的趣味性大打折扣。传统小说的价值宣讲，经常与小说的娱乐功能结合在一起，传统小说的价值观念，通过特别的人物、完整的情节、强烈的冲突来得以展现。这种强烈的故事性，使得读者能够轻易获得阅读快感，从而无意识地接受了小说的宣讲。而近代时新小说与政治小说的作者在凸显新型价值观念的时候，忽视了小说本身的娱乐功能，很少重视小说的故事性与情节的吸引力。时新小说的叙事套路就是个体的"成功学"，个体获得成功的手段是"除三弊"，成功的标准则是"功名利禄"，其情节设置既没有强烈的外在冲突，更没有强烈的内在冲突，小说大多成为说教与逸闻的集合体。政治小说涉及社会的核心冲突，故事中具有发生高强度冲突的可能性，但由于政治小说作者大多还是纸上谈兵，其对于政治斗争大多停留于想象层面，小说的故事性也便难以强化，梁启超的论辩体，可以说是不得已而为之的一个典型案例。在《官场现形记》等社会小说中，众多事件没有构成完整统一的情节链条，发生在不同人物、不同时空中相似的事件，都不过是作者观点的佐证，也就是清朝整个官场都已经烂透。这种话柄集锦，同样折射出作者的宣讲姿态。

近代偏重启蒙的小说不仅在故事性方面很难给读者以"娱乐"，而且在艺术性上面同样很难给人以"娱乐"。"开口便见喉咙"的直白，使得人物都成为行走的木偶，苍白而单调。如黄遵宪对《新中国未来记》的批评："此卷所短者，小说中之神采（必以透切为佳）之趣味耳。（必以曲折为佳）"① 这也是近代小说前一二阶段的通病。当宣讲的急迫性压倒了小说的娱乐性，虽然在一定时间内，小说可以凭借话题本身的社会吸引力获得读者的关注，但从长远来讲则难以行久致远。

（二）阐释议论的泛滥

出于宣扬新型价值观的需要，近代小说作者需要找到代言人，小说人物经常成为作者的传声筒，而为了让读者更明白地理解自己的观点，作者甚至通过评论介入，直接说出自己的观点，由此使得近代小说出现大量的阐释议论。这种阐释议论大幅削弱了近代小说的娱乐性，它们不仅延宕了故事的发展（如果有情节性的话），而且破坏了故事的逼真性（如果有逼真性的话）。而情节的连续性与故事的逼真性正是传统小说吸引读者的法宝。

在传统话本小说中，说书人也经常说"若是说话的与他同时生，并肩长"之类的套话，但这种套话并没有破坏传统小说的统一性，甚至成为其重要的叙事技巧，承担着重要的叙事功能。首先，这种插话预设伏笔，实际上是一种制造悬念的方式，通过情节延宕激发听众或读者的兴趣，吊起读者胃口；其次，这种插话的潜台词是强调故事本身的自洽性，目的是告诉听众哪怕是说话人也不能改变故事的发展趋势，由此强化了小说的逼真性。但近代小说中的评论介入，却经常与故事的发展无关，而只是与小说的主题有关。这种重议论轻故事的倾向，使得时人甚至认为其根本不合小说体裁："近时之小说，思想可谓有进步矣，然议论多而事实少，不合小说体裁，文人学士鄙之夷之。"②

近代小说作者的阐释与议论，服从于近代小说的"教化"目的，因为担心小说中的人物或者小说中的故事无法讲清楚，作者才匆忙地跳出来，告诉大家该如何理解。在新型价值观念尚未得到广泛认同，新型概念未曾得到充分理解的时候，这种议论显然也有其必要性。如《黄

---

① 黄公度：《与饮冰室主人书》光绪二十八年十一月十一日，转引自丁文江、赵丰田编《梁启超年谱长编》，上海人民出版社2009年版，第198页。
② 俞佩兰：《〈女狱花〉叙》，陈平原、夏晓虹编《二十世纪中国小说理论资料》第一卷，北京大学出版社1997年版，第137页。

绣球》中黄绣球用西瓜讲解民族主义之基点:"瓜子是种,瓜瓤是族,瓜子附着瓜瓤,就如人种各附其族。"①《苦学生》中杞忧子借蚁斗阐释开智之必要:"无秩序,无团体,黄蚁之所以负;有秩序,有团体,白蚁之所以胜。秩序与团体,何自而生?生于智识。智识何自而生?生于学问。劣者必亡,优者必存,是万万无可解免,万万无可希冀的。"②通过人物对具体事件的引申发挥,解释新观念新名词,比较技巧化地实现其修辞目的,在近代小说中有其必要性和合理性。

然而,当议论冲淡甚至代替了故事情节的正常发展,近代小说所能给予读者的娱乐也便所剩无几了。《澹轩闲话》等时新小说对"三弊"的危害,以及"除三弊"的措施,大多通过人物之间的议论得以展现,其主张的落实过程,经常一笔带过,这自然使小说缺乏必要的故事性。政治小说同样注重言而忽视行,没有动作冲突,小说的情节性自然也不会强烈。《二十年目睹之怪现状》等社会小说,同样对社会现象大发议论。这种议论的泛滥,强化了小说的"教化"目的,削弱了小说的"娱乐"功能,使得这类小说表现出"有教无乐"的色彩。

二 消闲的回归

近代小说前两个时段作品过于强调启蒙而忽视其娱乐功能的倾向,在民国初年得到报复性的反弹。"同样是着力渲染读小说之益处,前期新小说家突出的是教诲,后期新小说家突出的是消闲。"③以徐枕亚的《玉梨魂》的流行为标志,可以看出近代小说的大转向。尽管《玉梨魂》《孽冤镜》等哀情小说最初连载于政治激进的《民权报》的副刊,但其情调则与《民权报》关注的英雄气概形成鲜明对比,表现的主要是儿女情长。

---

① 颐琐:《黄绣球》,吴组缃、端木蕻良、时萌主编《中国近代文学大系·小说集》第五册,上海书店1991年版,第291页。
② 佚名:《苦学生》,吴组缃、端木蕻良、时萌主编《中国近代文学大系·小说集》第四册,上海书店1991年版,第521页。
③ 陈平原:《二十世纪中国小说史(1897—1916)》,《陈平原小说史论集》(中),河北人民出版社1997年版,第706页。

从报刊发行的角度讲，《民权报》将政治与哀情结合，二者各取所需，实现了共赢。一方面哀情小说借报刊的政治正确获得了社会认同的前提与基础，政治为哀情小说提供了合理性依据；另一方面则是政治报刊借哀情小说的社会欢迎度，增加了报刊受众，扩大了社会影响。这种结合实际上折射出民初小说作者的困境，他们一方面依旧需要为小说寻找金字招牌，强调小说的社会改良使命，另一方面则需要满足读者的需要，由此才可能在市场上获得认可与回报。

近代小说作者这种启蒙与市场的纠结，随着袁世凯政府对新闻管制的强化而获得解决。《民权报》被禁止在内地发行后被迫停刊，近代哀情小说与政治的结盟自然解体，哀情小说作者从此可以顺理成章地朝着迎合读者审美趣味的道路狂奔，小说的消闲娱乐功能强势回归。这种消闲的强势回归，在小说发展史上，可以视为对前一段过于偏重启蒙的反拨，但由于忽视了近代小说"寓新教于新乐"的时代要求，由此走向了另一个极端，回归于传统的"旧乐"，鸳鸯蝴蝶由此走入死胡同，成为五四新文学运动批判的靶子。

（一）情节的强化

民初小说对娱乐性的重视，最明显地表现为对小说情节的重视。经过十多年的摸索，近代小说作者终于明白了小说情节淡化、弱化后难以吸引读者，情节重新成为作者关注的核心问题。对于启蒙者而言，重要的是主题的明晰性，而非故事的完整性与吸引力，因此，晚清小说大多不注重情节与结构，这也是众多论者一再强调的晚清小说弊端之一。除了《老残游记》等少数作品，晚清小说中很少有贯穿始终的主要人物（严格讲来，《老残游记》中老残也没有贯穿始终）；同时，晚清小说讲了很多故事，但这些故事大多只是片段，如《官场现形记》很多故事有头无尾，很多故事有尾无头。包括《孽海花》在内的诸多作品，各种人物都如神龙一现，不见首尾。对于习惯于阅读人物清楚明白、故事有始有终的传统小说读者而言，晚清小说弱化情节链之后，变得缺乏趣味，甚至不合小说体裁。

与晚清小说注重主题的集中鲜明不同，民初小说更注重小说的情节结构。民初小说作者明确意识到小说结构的重要性："著书以结构为第一要着,次则布置一切人物。"① 这实际上是向传统小说趣味的回归。对晚清小说而言,构成小说的统一性的,是各个互不相干的小故事之间主题的一致性;而对于民初小说而言,则是情节的集中性。

这种情节的集中性首先就表现为主要人物贯穿始终。晚清大多数小说都没有明显的主角人物,《官场现形记》《负曝闲谈》等明显带有集锦化特征的社会小说自不待言,《孽海花》《老残游记》与《二十年目睹之怪现状》等作品中故事也时时旁逸斜出。只有《恨海》《禽海石》等少数作品有明确的中心人物。而在民初小说中,主人公形象重新变得明晰可辨。无论是《玉梨魂》《孽冤镜》《霣玉怨》等哀情小说,还是《广陵潮》《新华春梦记》等社会小说,主要人物的身影清晰明了。

与明确的主人公重新出场直接相关的,是小说事件的集中。晚清小说以主题的一致性串联互不相干的故事,而民初小说则集中讲述主要人物的主要事件,小说的故事相对单纯集中。哀情小说集中表现男女主人公的悲欢离合,社会小说同样关注主人公命运的发展。《新华春梦记》集中写袁世凯称帝丑剧,《广陵潮》则以云麟的家庭兴衰为主线展示时代变迁。人物命运重新成为小说的主题。

故事的集中单纯,并不意味着情节的平淡无奇。相反,为了能够吸引读者,民初小说作者在情节设置与叙事技巧创新等方面非常用心,较大地推进了近代小说情节模式向纵深发展。与传统小说注重外在冲突相比,民初小说更为注重内在冲突,心理描写的重要性得到极大强化。无论是哀情小说还是社会小说,人物心理描写的比重极大提升,有时甚至成为小说故事情节的主要冲突。《玉梨魂》《断鸿零雁记》《孽冤镜》等作品中,人物的内心冲突已经成为故事发展的主导性因素。情节冲突的内在化,使得小说的表现形式也发生改变,日记体(《雪鸿泪史》)、书信体(《冥鸿》)等新的文体类型由此萌生。

与此同时,近代小说悬念设置也出现新的技巧。限知视角的运用,在此时成为常态,如《孽冤镜》《碎簪记》等小说,都借旁观者角度讲

---

① 鬘红女史:《〈鸳湖潮〉评语(选录)》,陈平原、夏晓虹编《二十世纪中国小说理论资料》第一卷,北京大学出版社1997年版,第504页。

述故事，故意隐瞒有效信息，由此激发读者的阅读兴趣。倒叙手法对于设置悬念的重要性也得到明确肯定。李定夷夫人张咏述肯定了丈夫《鸳湖潮》以倒叙开头："平铺直叙，千篇一律之文字，易使读者生厌。此书从吴彤瑛一绝命书起始，实为惊人夺目之笔。"[①]《金陵秋》从王子履与王仲英之间的父子冲突切入，同样采用倒叙手法。种种提升读者阅读兴趣的手法，使民初小说在情节设置方面明显高出晚清小说一头。这种情节的复兴自然也是满足读者娱乐性的一个重要因素。

对情节的强化，增强了小说的娱乐性，然而，当娱乐性本身成为目的，忽略了小说的社会启蒙使命，小说也就可能变得"有乐无教"，成为后来者批判的目标。

（二）情调的迎合

如果仅仅是强化情节，民初小说还可以说是对晚清小说的矫正，因为对情节的忽视正是晚清小说的一个重要毛病。然而，民初小说在强化情节的同时，却忽视了对读者的启蒙使命，他们更倾向于迎合读者趣味，而非对其进行挑战与对话，由此显出暮气沉沉的保守姿态。

《玉梨魂》的一纸风行，激发了近代小说读者追求"高雅"的兴致，似乎不用文言进行创作，就显得作者没有文化没有品位。在这种时代风尚中，这一时期小说刊物的发刊词几乎都使用骈体文言。晚清以来，近代小说作者与理论家一直强调白话对于启蒙的重要意义，并在小说创作中践行这一信念。这种推广白话的努力，在民初因为文言小说的流行戛然而止，白话的地位重新被贬低。白话地位的降低也就意味着启蒙地位的降低，因为近代小说对白话的推崇，始终与小说改良社会的启蒙使命结合在一起。一旦小说的启蒙使命弱化，白话便重新被视为"引车卖浆者流"使用的下等语言，文言则重新成为文人雅士的标配语言。文言小说注重的显然是与文人雅士的情调共鸣，而非与普通百姓的情感共振。近代小说由白话的外循环，转向文言的内循环，迎合的自然是文人雅士的消闲趣味。

[①] 矕红女史：《〈鸳湖潮〉评语（选录）》，陈平原、夏晓虹编《二十世纪中国小说理论资料》第一卷，北京大学出版社1997年版，第504页。

这种文人雅士的消闲趣味，使民初小说中出现诗词的泛滥。作为文言文学的最高成就，诗词比小说的地位更高，因此，为了凸显出小说的高雅性，诗词成为小说中不可或缺的组成部分。小说中的人物如果不做几首歪诗，就不足以证明其是才子；小说作者如果不能让人物写几首歪诗，就证明作者本身不是雅人。徐枕亚将《玉梨魂》改写成《雪鸿泪史》，"诗词书札，较《玉梨魂》增加十之五六"①，可见一个重要目的就是要让自己写的诸多诗作得以流传。他这种增加诗词的做法得到了更为广泛的社会认同，《雪鸿泪史》的诗词唱和者超过了《玉梨魂》，由此可以见出文人雅士的一时风气。然而，如果说太多议论不合小说体例，那么太多诗词同样不合小说体例。小说中的诗词泛滥，更体现出民初小说的封闭性，使其与大众读者的联系更少。然而，与大众读者相比，这批文人雅士具有更强的消费实力，也可能带来更大的经济效益，这种现实利益驱动，使得近代小说作者沿着徐枕亚等人的成功足迹，奋力狂奔。

文言与诗词不仅是传统的审美趣味，也是封闭保守的审美趣味。晚清小说作者将读者视为需要启蒙的对象，其叙述姿态中始终带有一种优越感，由此对读者形成一种压力。在这种启蒙叙述中，文人雅士读者并没有相对于妇女粗人的知识与道德优势，因为他们同样是被启蒙的对象。同时，晚清小说或者使用白话，或者使用浅易文言，使得文人雅士读者同样没有审美优势，因为大家都能够看得懂。而民初小说的文言化与诗词化，排除了妇女粗人的参与，文人雅士由此得以重建审美优越感。然而，也正是因为将大众排除在外，这种审美趣味表现出明显的封闭性与保守性。

文人雅士这种封闭的审美趣味，在将现实生活中的痛苦艺术化、精致化的同时，也使其与社会疏离，成为赏玩的对象。"乐而不淫""哀而不伤"等审美规范，与"发乎情止乎礼义"等道德规范，制约着民初的小说创作与艺术评价。这也就使得民初小说能够意识到

---

① 徐枕亚：《雪鸿泪史·例言》，吴组缃、端木蕻良、时萌主编《中国近代文学大系·小说集》第六册，上海书店1991年版，第654页。

社会制度的弊端，却无法打破传统的藩篱。对这样一种情调的迎合，使得民初小说不再是鼓动读者行动的"摩罗诗"，而是成为顾影自怜的消闲品。

第三节 游移于"传""觉"之境
——认同强度的局限性

将近代小说作为文化现象进行考察，可以发现其中包含着丰富的历史信息，值得后来者不断探讨。然而，一旦将近代小说置于文学评价的视野，几乎所有人都会得出明确的结论，那就是能够传世的经典作品太少。哪怕王德威等一再强调近代文学的多种可能性，但终究也只是可能性，而非现实性。按照布斯的定义："经典也可以被定义为历经数年成功建立起友情的作品。"① 近代小说缺乏经典，一个重要的原因，就在于作者与读者难以通过作品建立持久的友情。近代小说各个阶段都有风行一时之作，但时过境迁，马上成明日黄花。无论是与此前的传统小说相比，还是与后面的现代小说相比，近代小说很少有真正让人百读不厌的经典。

作者与读者之间深厚友情的建立，不仅受到认同维度与认同向度的影响，更根本还是受到认同强度的制约。在这方面，近代小说表现出更为明显的局限性。由于过于偏执于小说的"觉世"作用，近代小说作者经常过于强调小说的单一维度，使得其出现结构性缺陷。从理想状态讲，只有小说在认知、伦理与审美三个维度都实现了高强度认同的时候，小说的修辞效果才可能到达最佳状态，小说也才可能成为历久不衰的经典。但也正是在这一方面，近代小说表现出其明显的缺陷。由于缺乏其他维度的支撑作用，这种单维凸显的力度也难以到达理想效果，有时甚至导致读者的理解与作者的主观目的南辕北辙。这在一定程度上正说明近代小说在实现作者与读者相互认同的强度方面，存在较大的局限，使近代小说很难成为"传世"之文。

---

① [美] 韦恩·C. 布斯：《修辞的复兴》，穆雷等译，译林出版社2009年版，第176页。

一 单维与多维：认同强度的结构性局限

作为"立人"的艺术，小说总会涉及人的建构的各个维度，虽然不同作者对于各个维度有不同理解与不同侧重，并为此采用不同的修辞策略，但总体说来，关于人的建构的三个维度相互影响，相互支撑，才可能实现小说作者与读者之间较高强度的相互认同，最终实现小说的修辞目的。因此，小说认同强度的结构完善程度，可以说是判断小说是否能够实现其修辞目的的重要因素。然而，近代小说由于时代使命的急迫性，以及作者知识结构的残缺性，导致认同强度出现严重的结构性缺陷。

（一）时代使命与近代小说的单维凸显

近代小说的兴起，源于近代有识之士用小说来影响社会发展的意图，这一意图大幅拉近了小说与现实的距离，同时也使近代小说变得功利化。人们对小说价值进行判断的核心标准，便是小说的现实作用。正是在这一意义上，傅兰雅发起的"时新小说征文"可以视为近代小说的起点，从这时开始，小说被当成塑造新社会的工具。传统小说强调的"教化"隐含的价值取向是"复古"，而时新小说的"除弊"指向的则是"革新"；传统小说"教化"使用的主要还是历史题材，时新小说"除弊"使用的则主要是当下案例。这些变化推动了中国小说的革命性变革。

对小说反作用于现实的功能的强调，使得近代小说跟在快速变革的社会现实后，亦步亦趋，疲于奔命，表现出明显的新闻化倾向。近代小说作者总是试图通过小说迅速及时地对近代社会大事做出反应，试图通过小说影响读者对这些大事的反应方式，由此使得近代小说表现出极强的时效性。时新小说对发生于数十年前的太平天国与十年前的朝鲜战争做出了反应，《中东大战演义》则将这种距离缩短到了六年，这部1900年出版的小说的主要内容是1894年的中日甲午战争。此后小说对时代大事的反应越来越快。《庚子国变弹词》对义和团运动反应已经缩短到一年，后来的小说则几乎与时代大事发展同步。《瓜分惨祸预言记》诞生于拒俄运动之中,《拒约奇谈》等小说则基本与拒约运动同步。1906年清廷宣布预备立宪,《未来世界》等立宪小说随之兴起。不论是春飔等人的赞成拥护,或者吴趼人等人的冷嘲热讽,他们都在用小说反映并影响社会。《金陵秋》在辛亥革命后不久,就对其进行了评价,《新华春梦记》则在袁世凯称帝失败后马上出版,由此也可以见出其反应之迅速。

由于近代社会快速变化,不同时期有着不同的社会矛盾,始终试图紧跟时代的近代小说由此表现出较明显的分期。第一个时期,人们对社会主要矛盾的认识还集中在经济方面,时新小说由此表现出对经济主体的高度关注。第二个时期,政治制度成为人们探讨的热点话题,政治主体建构也便成为小说的主题。第三个时期,由于外在的政治压迫以及社会氛围的转变,文化主体成为小说关注的焦点。这种对时代大事的跟踪,体现出近代小说作者干预现实的激情。然而,这种对时代热点的追踪,也凸显出了近代小说作者的仓促与偏执。他们通常只是关注人物建构的某一维度,而忽视了更为深广的社会历史内容,尤其是在开掘人性的深度方面,缺乏定力,更缺乏突出成就。

(二) 作家局限与近代小说的单维发展

近代小说积极追踪时代大事,从根本上反映了近代小说作者的功利心态。从时新小说征文的应征者,到新小说的启蒙者,到鸳鸯蝴蝶小说的逐利者,现实的功利化动机在作者的创作动机中占据了主导地位,而自我实现的超越性动机则相对隐蔽与淡薄。同时,近代小说的单维化倾向与近代小说作者自身的局限也有着密切关系。因为近代小说作者自身知识结构与文学才能的局限性,他们对社会的判断经常囿于一隅,见木不见林,使近代小说趋于单维化发展。

按照现代分类,人类的知识成果大体可以分成自然科学、社会科学与人文学科几个板块。对于小说家而言,最理想的状态自然是成为通才。如曹雪芹的伟大成就,就与其广博的知识储备密切相关。现代小说的迅猛发展,也与现代小说作者较为完善的知识体系有着内在关联。用这一标准去衡量近代小说作者,可以发现他们的知识结构存在明显的历史局限性。

就自然科学而言，近代科学不仅为近代小说带来新的描写对象，而且带来了新的思维方式，近代科学思维模式对传统的天人交感思维模式形成了严峻挑战，让迷信的荒谬得以暴露无遗。但他们无论是对科学知识还是科学思维的理解都还极为浅薄。时新小说征文的应征者大多与教会及教会学校有着密切联系，比同时期的其他人相比，他们对近代科学的接触与了解应该更多，由此《醒世新编》才可能出现对物理学知识的直接引用。随着时代发展，自然科学在中国的普及程度日渐提高，作者们的科学知识也逐渐增长，吴趼人甚至可以自己制作轮船模型。然而，近代小说作者对近代科学的了解还是非常有限，许多作者所知甚至仅限于某些科学门类的名称。因为对自然科学的了解有限，近代小说中基本没有真正意义的科幻小说创作。《痴人说梦记》之类带有科幻性质的小说，其科学的分量极为有限，与传统的神魔小说难以区分。与对科学理解的局限形成对照，近代小说作者对科学的功能却极度夸大，科学甚至成为解决社会问题的终极良药。从《醒世新编》中用科技致富，到《新纪元》中用科技御侮，再到《新中国》中用科技称雄，唯科技论在近代小说作者那里，始终保持着一席之地。而这种唯科技论同样折射出近代小说作者对科学理解的偏颇。以这种似是而非的科学视角去观照人的建构，自然会弱化人的主体性，甚至将其当成科技的工具。

对科技的强调只是近代小说作者提供的一剂药方，更多人则注意到政治的优先地位。梁启超等人以政治家的身份提倡小说，其较为丰富的社会科学知识储备，使其对社会的认识超出常人一大截。那些曾经流亡海外的维新派与革命派作者，对中国政治问题的解决方案虽然不同，但其思路却基本一致，都强调政治问题的优先性。为此，小说成为他们进行政治宣传与政治斗争的重要工具。在这种思路中，小说首先关注的是作为群体存在的民族的命运，而非具有个性的具体个体的命运；其对人的建构的理解，也自然会出现偏颇。

对于近代小说作者而言，最严重的局限可能表现在人文学科素养，尤其是文学素养方面。他们对社会问题思考较多，对自我与人性的问题则思考较少；受传统文学影响较多，受西方文学影响较少，对现实主义的理解更是极为有限；他们对于小说的理解，基本没有超越工具论范畴。用小说去思考人生，表现人性，似乎还没有进入他们的视野。梁启超将小说视为文学之最上乘，其实质不过是将小说视为"载新道之文"，而没有凸显出小说作为一门艺术的独立性与超越性。梁启超对小说的功利化的解读，影响了 20 世纪中国小说的发展趋向。鸳鸯蝴蝶派小说的消闲化倾向，则从另一个角度发展了近代小说的工具论倾向。对于他们而言，小说是逞才使气的工具，以及谋取利益的工具。小说变得与个体相关，但这一个体所具有的典型性，却值得强烈质疑。无论小说中的人物，还是小说作者，都难以说代表了时代发展趋向。

作为一个整体，近代小说在各方面都取得了一定的成就，推进了中国小说的现代转型，但就具体作者而言，却很难实现融会贯通，知识结构的局限，使得近代小说作者只能从自己的角度对社会进行判断，基于自己的能力进行创作。他们对各自发现的维度的强调，使得近代小说沿着单维化的方向越走越远。

二　距离与张力：认同强度的力量性局限

对于近代小说而言，其最大的问题可能还不是其认同结构的单一性，传统经典小说对人的理解与描述同样各有侧重。《三国演义》《水浒传》偏重政治主体的建构；《红楼梦》潜含文化主体的偏爱；《金瓶梅》则关注经济主体的出场。这些小说之所以成为经典，是因为小说读者与作者可以通过某一维度的高强度认同建构持久的友谊。而近代小说则无论在哪个维度，都难以实现认同强度在力量上的突破。近代小说致力于"短平快"的"觉世"效果，容易使小说形成一种风尚，但同时也像风尚一样，容易风过无痕。而真正能够"传世"的作品，则要使人"入迷"，只有能够"迷"人，才可能如梁启超所言，实现"熏浸刺提"的艺术效果，从而与读者建立深厚而持久的友谊，对社会产生深远影响。

近代小说的艺术局限，从根本上，就是缺乏距离意识，包括与现实的距离意识，以及与读者的距离意识，由此使近代小说缺乏内在张力，大多呈现为单薄的平面感，很难给人丰富的立体感。

（一）贴着现实写：写真与写实的混淆

"中国过去历史上虽然没有象工业革命那样显著的事迹，但清廷的腐败和不断涌来的西欧近代文明的波涛，在中国，强有力地使文学与社会结合起来的思潮，已由其自身准备了成长的条件。如果说，在狄更司的作品中，对社会罪恶的尖锐的谴责和细致的描绘，包含着开展写实主义的契机的话，那么，以相同意义也可以说，清末的谴责小说中也包含着，或者说包括着这种可能性。"[①] 毫无疑问，近代小说关注现实关注社会的品性，使其的确包含着发展"写实主义"的契机。然而，由于作者们的时代局限，他们混淆了写真与写实，由此不是流入新闻化的猎奇，就是回归传统的"浪漫"与"抒情"。其核心问题，在于作者缺乏足够的理论资源，对现实的把握停留在现象层面，难以把握其深刻本质，由此难以塑造出真正具有长久艺术魅力的典型。

近代社会恰逢三千年未有之大变局，各种新鲜事物的确让人眼花缭乱，应接不暇。如果过于关注当下的社会现象，就如同坐在一辆高速行驶的汽车上观看近距离的风景，快速变化的社会可以让人充满新鲜感，但同时也足以使人晕眩，难以把握变化的本质。大多数近代小说作者始终跟在现实之后，亦步亦趋，唯恐落后，这种紧迫感使得他们难以保持足够定力，对现实进行深入剖析，进而把握其转变机制与发展趋势等内在本质问题。无论时新小说对经济主体的初步建构，还是政治小说对政治主体的完美想象；无论是社会小说对官场与官员的无情讽刺，还是哀情小说对痴男怨女的无限同情；无论是历史小说对中国过去悲剧命运的披露，还是科幻小说对中国未来重新强大的构想：近代小说作者的思路，无一不是贴着现实，紧跟现实，回应当下的现实问题、现实情绪、现实愿望。

对现实的过于贴近，使得近代小说作者无暇对现实进行深入分析，大多数时候都是满足于现象层面的罗列。这也就使得近代小说表现出新闻式的平面化与透明化，小说的题材及主题与现实缺乏必要的距离。就

[①] ［日］内田道夫：《林琴南的文学评论》，夏洪秋译，薛绥之、张俊才编《林纾研究资料》，福建人民出版社1983年版，第258页。

近代小说的主题而言，大多关注时效性较强的经济问题、政治问题、道德问题、婚恋问题，而忽视人生与人性的问题。"中国文学的近代变革从表现上看是成功的，在骨子里却是失败的。成功的象征是：文学创作实行了转换，文学范围等与国际接轨，白话的新文学占了统治地位。失败的象征是：缺乏人文精神的支撑，文学主流始终在政治层面上思考文学问题，文学未能真正建立在表现人的生命状态的基础上，对文学的理解过于狭隘。成功是由于接受了外来影响，实现了转型；失败是由于未能在总结中国文化优秀传统的基础上接受外来影响，打通中西，确立人文精神。"[①] 周作人以西方近代写实主义对人生的观照作为参照，"近代写实小说的目的，是寻求真实解释人生八个字，超越道德范围以外"[②]，发现中国近代小说的根本弊病就是缺乏这种写实精神。

近代小说主题的平面化经常与题材的新闻化相伴相生。"'新小说'家也很注重小说的真实性，但囿于以读史的眼光来读小说的传统偏见，这种'真实性'更多落实为素材的真实。"[③] 由于对题材缺乏深入开掘，使得近代小说吸引读者的内容不是意蕴的深刻，而是题材的新颖。从时新小说中女性小脚的悲剧，到社会小说中官员的丑态，到哀情小说中情节的离奇，到黑幕小说中异闻的罗列，近代小说的猎奇倾向愈演愈烈。这种以材料的新颖性来吸引读者的倾向，从根本上损害了近代小说的典型性。对纷繁杂乱的现实题材不进行高度的艺术提炼，就难以塑造出生动形象的艺术典型。近代小说作者还缺少塑造典型的自觉，经常将不加提炼的真人真事、新闻报道、奇闻逸事直接写进小说。1911年4月，上海商业会出版署"著作者百业公"的《商界现形记》，其中第十三回对晚清小说如何改写真人真事手段进行了披露："虽不肯把真的名姓写出来，然而终究和真名的姓上脱不了的关系。譬如：草头黄改做三画王、走肖赵改换曲日曹、人可何改做口天吴，或是古月胡、耳东改做奠耳、双林改做马出角。至于名字上更是花样翻新，层出不穷。或作谐

[①] 袁进：《中国文学的近代变革》，广西师范大学出版社2006年版，第17页。
[②] 仲密：《再论"黑幕"》，《新青年》第六卷第二号。
[③] 陈平原：《中国小说叙事模式的转变》，《陈平原小说史论集》上卷，河北人民出版社1997年版，第351页。

音,或作对偶,诗谜射覆,异样巧思,使得人看了,明明是某事说的是某人呀,更是装花设叶,添枝补梗。"① 这种对现实材料的引用与改写,使近代小说出现了很多新人新事,其艺术效果却与新闻报道一样,足以引起一时轰动,能够给人留下长远而深刻印象的人物寥若晨星。时过境迁,读者对小说中的真实人物已经完全陌生的情况下,读来更是味同嚼蜡。曾深受蔡元培首肯的《孽海花》,如果对小说中的人物缺乏必要的了解,同样会让人不知所云。

过于贴近现实,不仅使得近代小说缺少深刻主题与典型人物,而且使得近代小说缺少精美结构。近代小说的新闻化使小说结构也表现出"新闻化"的生活化。在现实生活中,多个人物在多个空间中同时进行多项活动,呈现出来的是多线头的复杂的人物关系;而小说叙事则需要对多线的复杂的生活关系进行艺术剪裁,将其改造成单线的严谨的艺术结构。近代小说的新闻化,使小说结构也呈现为生活的自然化,保留了生活中的无序状态、多线状态、复杂状态,但同时也使得小说的艺术结构表现为不完整、不严谨、不清晰的特征。这对于习惯从小说中发现阅读乐趣的读者而言,自然是一种极为超前的挑战。而一旦小说与新闻的距离消失,人们自然也会对小说存在的意义产生怀疑。如果不能提供小说独有的乐趣,读者对小说的兴趣自然也会极大地降低。

"修辞艺术的真正秘密乃在于诚挚与艺术性两者的审慎明智的结合。无论何时,一旦不加修饰地模仿'自然性',就会冒犯听众的艺术鉴赏力;相反,不管何处,一味寻求纯粹的艺术表达,则将动摇听众对其的道德信任。它是在审美和道德的边界上的运作:步入任何一边,都会将成功毁掉。艺术魅力须与道德信任榫合起来;但它们不应将对方的力量相互抵消:格斗者赢来赞美是说服的主要资本。"② 在某种意义上,近代小说正是因为无法在"自然性"与"艺术性"中找到平衡点,过于强调"自然性"而失去了读者对他们的信任。民国的哀情小说,试

---

① 百业公:《商界现形记》,陈大康《中国近代小说编年史》第五册,人民文学出版社 2014 年版,第 2200 页。
② [德] 弗里德里希·尼采:《古修辞学描述》,屠友祥译,屠友祥《修辞与意识形态》,人民出版社 2012 年版,第 178 页。

图用文言来弥补近代小说艺术性的不足，但其对现实的亦步亦趋，还是使其掉入了写真的陷阱。近代哀情小说发现了婚姻不自由的痛苦，并试图表现出这种时代情绪，但他们的观念始终还是落在现实之后，从来没有超越于现实之前，对于婚恋自由问题，从来没有提出超越现实超越时代的解决方案，使得民初哀情小说依旧只能停留在纷繁的表象层面，对各类悲剧进行重复书写，最终同样掉入猎奇的泥沼，缺乏对主题与艺术的纵深开掘，变得千篇一律。除了人物名字与故事情节稍有不同外，其内在的思想依旧陈腐不堪，最后成为新文学提倡者攻击的靶子。

（二）贴着读者写：改造与迎合的两难

如果说近代小说过于拉近了小说世界与现实世界的距离，使得其内容结构显得平面透明，从而丧失其长久的艺术感染力的话，那近代小说作者向读者的迎合，则使得二者之间缺乏一种内在张力结构，由此难以建立稳定的友谊。

小说作者与读者之间修辞认同的实现，总是以一定形式的修辞交易为基础。也就是说，在小说修辞交流中，必然包含着对读者某个维度某种程度的迎合，才可能换得读者对作者的认同，正是这种迎合才使得修辞交易得以发生。然而，如果可以用交易这一隐喻来描述修辞交流，那也就可以用交易的质量来对修辞进行评价。交易有大交易，有小交易，有简单交易，有复杂交易，有公平交易，有欺诈交易，有自愿交易，有强迫交易，如此等等，小说的修辞交易也存在多种形态。

近代小说作者们想做的是一桩大交易，也就是用小说改良群治，改变社会。要实现这一大交易，也就要求作者有大筹码。作者希望读者在价值规范方面做出重大改变，也就是希望读者对自己进行全面改造。这种全面改造是一个复杂的系统工程，需要理性、伦理以及审美等层面的配套改造。但近代小说作者对这一系统工程的复杂性显然缺乏必要认识与足够重视。与他们的宏大目标形成鲜明对照，他们能够提供给读者的东西极为有限，因此，这一交易更像一种欺诈，或者一种强迫，也就是作者只能拿出这些东西，读者却一定要付出作者希望的价格。因此，尽管近代小说作者在靠近读者甚至迎合读者方面做出了巨大努力，但双方终究难以建立持久友谊。

近代小说作者贴近读者或迎合读者的意图，首先就表现在对特定评审读者的态度上。传统小说基本不存在评审机制，书商们选择刊行的小说，基本是已经获得广大现实读者认可了的小说。近代小说生产流程的一大改变，就是评审机制的出现。傅兰雅的时新小说征文，自然存在一个明确的评审读者。这一评审读者的存在，使得所有时新小说作者都表现出对傅兰雅的肯定甚至吹捧，没有人挑战或批评他的局限性。时新小说的众多作品，从主题到形式到结构到语言，都尽量向傅兰雅的要求靠拢，表现出高度的相似性。《新小说》等小说报刊出现后，编辑者的取向同样影响了作者的创作倾向。近代小说作者与时新小说作者一样，表现出对评审读者的迎合。

这种对评审读者的迎合，隐含着对评审者想象的理想读者的迎合。晚清评审读者关于理想读者的想象，出于其改良社会的目的，自然指向了广大民众。在他们的想象中，理想的近代小说读者应该具有以下特征：数量众多，学识有限，审美能力不高，同时具有爱国热情，关心社会进步，愿意接受新知等。为了让新的价值观念获得理想读者的认同，晚清小说作者表现出尽量向理想读者靠拢的迹象。

首先是语言上的迎合。晚清小说对白话的强调，无疑出于对小说读者的想象性建构。他们认为新小说的读者应该是广大识字不多的普通民众，由此特别强调白话的启蒙工具意义。其次是价值观的迎合。他们小说创作的主题都是爱国、改良之类的话题，显然意味着他们认为读者都应该关注国家命运，关注社会变革。最后是求知欲的迎合。他们认为读者都应该关心现实，对新事物充满好奇，对现实充满疑惑，因此小说作者需要为读者提供可行的解决方案，为他们答疑解惑。但评审者的这种理想读者与真实读者实际上存在巨大的距离。在现实生活中，识字不多的普通民众喜欢的小说始终是那种趣味性较强的小说，他们对充满新概念的作品很难理解，自然也不太容易接受；因此，新小说的真实读者主要还是"出于旧学界而输入新学说者"。由于并没有出现想象中那种完美的互动关系，晚清小说作者与读者之间自然也难以建构完善的张力结构。

对于鸳鸯蝴蝶派的评审读者而言，其理想读者已发生重大改变。在他们看来，鸳鸯蝴蝶小说的理想读者应该具有以下特征：有较扎实的文言基础，较优雅的审美趣味，较广泛的传统知识，对政治较为疏离，对社会比较关注等。他们构想的这种理想读者，与其现实读者已有高度重合性，鸳鸯蝴蝶派向理想读者的贴近，也便表现为向现实读者的全面迎合，双方的修辞交易关系，向现实的商品交易越界，双方的关系不再是作者与读者之间价值、审美、认知的交易，而是变成了现实中的商品交易，也就是作者提供让读者满意的商品，读者付费购买这一商品。在这种情况下，小说作者与读者之间的张力结构同样难以建构。

无论是晚清小说对理想读者的迎合，还是民初小说对真实读者的迎合，其中都存在过于拉近作者与读者距离的倾向，使得二者之间缺少必要张力，由此难以形成顺畅的互动机制，最终削弱了小说的长远吸引力，使得作者难以与不同时代的读者建立稳定的友谊。在近代小说的"觉世"使命时过境迁之后，其"传世"的可能性也便逐渐消失。

余 论

对中国近代小说修辞的认同机制进行研究，存在着许多实际障碍，也容易引起很多理论质疑。

一般来说，"没有语境参考的修辞根本无法判断"[①]，对于修辞交流的认同机制研究而言，语境的理解与还原是最基础的问题。因此，最理想的状态是研究者与对话双方处于同一语境，这种同时空与及时性，可以保证修辞交流双方对语境理解的差异性缩到最小，从而最大限度地发挥修辞的功能，同时可以让研究者与研究对象的距离缩到最小，从而对修辞的认同效果进行实证性研究。等而次之的是修辞交流双方处于同一语境，而研究者与研究对象时空距离较近，研究者对语境的理解与还原相对容易。而近代小说的修辞交流，不仅交流双方时空分离，而且研究者与交流双方的时空距离已经久远，这也就使得还原当时的修辞语境成为一项不可能的任务。这种语境还原的不确定性，使得对近代小说修辞目的、修辞策略、修辞效果不可能进行实证性研究。所谓认同模式也便只能停留在理论推演层面，难以展开实际考证考察。

但这并不意味着这一研究并没有坚实的现实与理论基础。

在现实层面，近代大量文献资料，为重构语境提供了便利。近代印刷技术以及相关管理制度的成熟，使得大量文献资料得以保存，近代庞杂的小说报刊与新闻报刊，以及其他各种出版物，为重构近代小说修辞语境提供了可能。对于本书作者而言，困难之处在于，近代小说的修辞

---

① 黄晓华：《20世纪中国小说修辞史略》，人民出版社2014年版，第14页。

语境还原，不仅涉及文学自身，而且涉及与文学相关的政治、经济、文化变迁等各个方面，实际上就是无所不包，这也便使得作者只能大处着眼，很难进入历史发展的细密处，把握其机理结构，材料使用也难免挂一漏万。不过，在把握与还原这种宏大语境的总体特征与主导特征方面，本书作者还是做出了具有一定创造性的努力与尝试。

在理论层面，小说修辞研究的不断推进，解决了认同机制研究的理论难题。① 小说修辞交流是一个涉及多个层次多个主体的动态系统：

作者—｛隐含作者—［叙述者—（人物—人物）—受述者］—隐含读者｝—读者。②

小说修辞交流实际上包含四个层次，处于文本之外的真实作者与真实读者之间的修辞交易的实现，依靠对文本之内叙述—叙事—故事三个层次之间修辞交易的编码与解码。对这三个环节的修辞交流进行深入分析，可以真切把握作者的修辞目的、修辞策略，进而考辨其针对隐含读者的修辞效果。

在故事层面，人物的言说内容，直接表现出其认知方式与价值观念，而其言说方式，则折射出其文化品位与审美趣味，人物之间的对话（内心独白可以视为自己与自己的对话），由此构成小说修辞认同机制分析的基点。在传统小说中，人物的社会等级差异必然导致话语权分配的差异，处于高等级的人物才有言说权，所以，一旦皇帝降旨，所有的人都得闭嘴。同时，大家信奉的本来就是同一套价值体系，就是出现所谓论辩，也不过是手段之争，而非目的之争。《三国演义》中的诸葛亮舌战群儒，双方表面上针锋相对剑拔弩张，背后用的始终是同一套话语体系。近代小说中人物的言说内容与言说方式，都发生了重大转变，《新中国未来记》中黄克强与李去病之间的多重论辩，可以视为近代小

---

① 参看拙著《20世界中国小说修辞史略》第一章"小说修辞的动态系统"，人民出版社2014年版。

② 查特曼《故事与话语》中的叙事交流图为"真实作者→隐含作者→叙述者→受述者→隐含读者→真实读者"，华莱士·马丁在《当代叙事学》中，则分得更细："作者—隐含作者—戏剧化作者—戏剧化叙述者—叙事—听叙者—模范读者—作者的读者—真实读者。"前者忽视了人物这一环节，后者不仅同样忽视人物，而且过于复杂。本书认为，人物交流是小说修辞中的一个重要环节，应该予以特别强调。

说言说内容与言说方式转变的典型。修辞由此真正有了用武之地，拥有不同价值观念的平等主体之间，主要通过论辩的方式让对方认同，而不是通过权力将对方压服。

与故事层面的人物言说相似，在叙事层面，叙述者对内容的选择取舍，表现出其认知方式与价值观念，而其叙述方式，则折射出其文化品位与审美趣味，叙述者与受述者之间的交流，构成小说修辞认同机制分析的第二个层面。传统小说叙述者对帝王将相才子佳人的特别关注，对忠孝节义的特别强调，体现出传统小说叙述者与主流意识形态的高频共振，而其全知视角与顺叙方式，则折射出对天理天道的特别依赖，至于文言或者白话的分流，倒是相对次要的问题，骨子里并没有太大区别。近代小说叙述者不断发现与塑造被传统小说遮蔽的人物，跟踪与讲述当下的故事，这种"求新"与"倚实"本身就体现出价值观念的巨大转变，而限知视角以及倒叙手法等叙述技巧，一定程度上也解构了传统的认同纽带，至于白话与文言的选择，也突破了审美趣味的范畴，因为与启蒙结合到了一起而获得了思想意义。

在叙述层面，则可以通过分析隐含作者对叙述者与人物之间认知、伦理与审美等方面的距离调控，来把握其说服隐含读者的策略。虽然层次不同，但人物与叙述者都是隐含作者创造出来的言说者，最终服务于隐含作者与隐含读者的修辞交流。传统小说隐含作者的集体型权威，使得其高度自信，隐含作者与叙述者以及人物，在认知、伦理与审美等方面都没有太大距离，三者高频共振，以强化"宣讲"效果。近代小说隐含作者的作者型权威则使得其需要面对隐含读者的质疑，一定程度上拉开其与叙述者及人物的距离，同时也拉开了叙述者与人物之间的距离，通过对隐含作者—叙述者—人物之间在认知、伦理、审美等维度的距离调控，赋予隐含读者以自行判断的空间。因此，在这一层面，不仅要分析讲出来的内容，而且要分析讲述出来的内容之间的关系，进而把握没讲出来的内容。叙述者与人物之间相互矛盾的事实判断、伦理判断与审美判断，叙述者的故意错漏，人物的言行不一与前后不一，可能都是隐含作者希望隐含读者关注的空白，召唤着隐含读者的参与。近代小说中明显增多的不可靠叙述，强化了隐含作者与隐含读者的"对话"

姿态。

小说修辞认同机制的复杂性，不仅在于其包含多个层次，而且在于其包含多个维度。修辞认同交易，始终围绕理性、伦理与审美三个维度展开，不仅三个维度本身非常复杂，而且三个维度之间的互动关系更加复杂。这种复杂性给本研究带来了巨大挑战，也赋予了本研究巨大空间。

近代小说是小说家对近代语境中存在的相关问题进行修辞性回应的结果，这种修辞性反应能否取得实效，取决于近代小说的"立人"成效，而"立人"成效的高低又取决于认同机制的完善与否。因此，认同模式对于评估近代小说的历史地位与理论价值具有基础性的意义。长期以来，近代小说由于其思想上的过渡性与艺术上的不成熟，在小说史的地位一直比较尴尬。但从认同模式转型这一角度切入，可以发现近代小说在中国小说现代化进程中的关键作用，其在"立什么人""如何立人"以及"人能否立"等不同层面，都做出了诸多创造性尝试，取得了诸多突破性成就。虽然其建构现代认同模式的努力没有取得完全成功，但已经为后来者开拓了空间，指明了方向。

认同机制的动态性与复杂性，使得对其研究必须保持开放性与包容性。哲学、伦理学、美学等可以为深化小说"立什么人"的研究提供指导与借鉴；文艺学、心理学、叙事学、修辞学等可以为推进小说"如何立人"的研究提供动力与支撑；历史学、社会学、文化研究等可以为评判小说"人能否立"的研究提供参照与标准。本研究吸收整合各种理论，初步建构了认同机制的理论框架，并对近代小说认同模式进行了系统研究，在把握其隐含的历史信息与文化内涵，分析影响其发展走向的文化基因，总结其展开与转化过程中的成就与不足等方面，取得了一定的进展。这一理论框架与研究方法，对于当下的小说认同研究以及社会认同研究具有一定的理论启发意义与方法示范意义。

由于笔者学力有限，本书对相关理论成果的跟踪与吸收还比较粗浅，对历史细部的把握与剖析也比较粗疏，这些不足，在一定程度上也预示了后续研究深化与拓展的方向与空间。

参考文献

《新小说》《新新小说》《绣像小说》《月月小说》《小说林》《小说月报》《小说大观》《小说画报》《申报》《时务报》《东方杂志》《新青年》

阿英：《晚清小说史》，东方出版社 1996 年版。
包天笑：《钏影楼回忆录》，（香港）大华出版社 1971 年版。
陈大康：《中国近代小说编年史》（6 册），人民文学出版社 2014 年版。
陈方竞：《多重对话：中国新文学的发生》，人民文学出版社 2003 年版。
陈平原：《陈平原小说史论集》（3 册），河北人民出版社 1997 年版。
陈平原、夏晓虹编：《二十世纪中国小说理论资料》第一卷，北京大学出版社 1997 年版。
陈天华：《猛回头·警世钟》，朱钟颐评注，华夏出版社 2002 年版。
陈望道：《修辞学发凡》，上海教育出版社 1997 年新 2 版。
程文超：《1903：前夜的涌动》，山东教育出版社 1998 年版。
程锡麟、王晓路：《当代美国小说理论》，外语教学与研究出版社 2001 年版。
邓志勇：《修辞理论与修辞哲学：关于修辞学泰斗肯尼思·伯克的研究》，学林出版社 2011 年版。
丁文江、赵丰田编：《梁启超年谱长编》，上海人民出版社 2009 年版。
董文成、李勤学主编：《中国近代珍稀本小说》（20 册），春风文艺出版社 1997 年版。

范伯群编选:《包天笑代表作·一缕麻》,华夏出版社2011年版。
范伯群主编:《中国近现代通俗文学史》(2卷),江苏教育出版社2010年版。
方正耀:《中国古典小说理论史》,华东师范大学出版社2005年版。
费孝通:《乡土中国 生育制度》,北京大学出版社1998年版。
付建舟:《小说界革命的兴起与发展》,中国社会科学出版社2008年版。
郭洪雷:《中国小说修辞模式的嬗变——从宋元话本到五四小说》,上海三联书店2008年版。
郭延礼:《中国前现代文学的转型》,山东大学出版社2005年版。
郭战涛:《民国初年骈体小说研究》,广西师范大学出版社2010年版。
胡全章:《清末白话文运动》,中国社会科学出版社2015年版。
胡适:《胡适文集》(12册),北京大学出版社2013年版。
胡适选编:《中国新文学大系·建设理论集》(影印本),上海文艺出版社2003年版。
胡亚敏:《叙事学》,华中师范大学出版社2004年版。
黄霖、韩同文选注:《中国历代小说论著选》(修订本)(2册),江西人民出版社2000年版。
黄晓华:《20世纪中国小说修辞史略》,人民出版社2014年版。
金观涛、刘青峰:《兴盛与危机:论中国社会超稳定结构》,法律出版社2011年版。
蓝纯编著:《修辞学:理论与实践》,外语教学与研究出版社2010年版。
黎锦熙:《国语运动史纲》,商务印书馆2011年版。
李春阳:《白话文运动的危机》,生活·读书·新知三联书店2017年版。
李建军:《小说修辞研究》,中国人民大学出版社2003年版。
李孝悌:《清末的下层社会启蒙运动:1901—1911》,河北教育出版社2001年版。
李泽厚:《中国思想史论》(3卷),安徽文艺出版社1999年版。
连燕堂:《二十世纪中国翻译文学史·近代卷》,百花文艺出版社2009年版。
梁启超:《饮冰室合集》(40册),中华书局2015年版。

凌硕为：《新闻传播与近代小说之转型》，浙江大学出版社2013年版。

刘亚猛：《西方修辞学史》，外语教学与研究出版社2008年版。

刘亚猛：《追求象征的力量》，生活·读书·新知三联书店2004年版。

刘永文：《民国小说目录（1912—1920）》，上海古籍出版社2011年版。

刘永文：《晚清小说目录》，上海古籍出版社2008年版。

鲁迅：《鲁迅全集》（18卷），人民文学出版社2005年版。

罗检秋、李占领、黄春生：《中国文化发展史·晚清卷》，山东教育出版社2013年版。

罗晓静：《"个人"视野中的晚清至五四小说——论现代个人观念与中国文学的现代转型》，中国社会科学出版社2012年版。

欧阳健：《晚清小说史》，浙江古籍出版社1997年版。

芮和师、范伯群、郑学弢、徐斯年、袁沧州编：《鸳鸯蝴蝶派文学资料》（2册），知识产权出版社2010年版。

申丹：《叙事、文本与潜文本》，北京大学出版社2009年版。

申丹：《叙述学与小说文体学研究》，北京大学出版社1998年版。

申丹、王亚丽：《西方叙事学：经典与后经典》，北京大学出版社2010年版。

申丹等：《英美小说叙事理论研究》，北京大学出版社2005年版。

施蛰存主编：《中国近代文学大系·翻译文学集》（3卷），上海书店1991年版。

苏曼殊著，柳亚子编订：《苏曼殊全集》，哈尔滨出版社2011年版。

谭嗣同：《仁学》，华夏出版社2002年版。

谭学纯、唐跃、朱玲：《接受修辞学（增订本）》，安徽大学出版社2000年版。

汤克勤：《近代转型视阈下的晚清小说家——从传统的士到近代知识分子》，中国社会科学出版社2012年版。

汤克勤、李珊编著：《近代小说学术档案》，武汉大学出版社2013年版。

屠友祥：《修辞与意识形态》，人民出版社2012年版。

王德威：《被压抑的现代性——晚清小说新论》，宋伟杰译，北京大学出版社2005年版。

王栻主编：《严复集》，中华书局1986年版。

王同舟主编：《中国文学编年史·晚清卷》，湖南人民出版社2006年版。

王小波：《王小波文集》（4卷），中国青年出版社1999年版。

王一川：《兴辞诗学片语》，山东友谊出版社2005年版。

王一川：《修辞论美学》，东北师范大学出版社1997年版。

魏绍昌编：《孽海花资料》，上海古籍出版社1982年版。

魏绍昌主编：《中国近代文学大系·史料索引集》（2册），上海书店1996年版。

吴趼人著，海风主编：《吴趼人全集》（10卷），北方文艺出版社1998年版。

吴组缃、端木蕻良、时萌主编：《中国近代文学大系·小说集》（7卷），上海书店1991年版。

武润婷：《中国近代小说演变史》，山东人民出版社2000年版。

徐中玉主编：《中国近代文学大系·文学理论集》（2册），上海书店1994年版。

薛绥之、张俊才编：《林纾研究资料》，福建人民出版社1983年版。

薛正兴主编：《李伯元全集》（全5卷），江苏古籍出版社1997年版。

严家炎编：《二十世纪中国小说理论资料》第二卷，北京大学出版社1997年版。

杨联芬：《晚清至五四：中国文学现代性的发生》，北京大学出版社2003年版。

杨霞：《清末民初的"中国意识"与文学中的"国家想象"》，南京师范大学出版社2012年版。

杨义：《中国叙事学》，人民出版社1997年版。

於可训、叶立文主编：《中国文学编年史·现代卷》，湖南人民出版社2006年版。

俞政：《严复译著研究》，苏州大学出版社2003年版。

郁达夫：《郁达夫文集》（12卷），花城出版社、生活·读书·新知三联书店香港分店1982年版。

袁进：《中国文学的近代变革》，广西师范大学出版社2006年版。

袁进:《中国小说的近代变革》,中国社会科学出版社 1992 年版。
袁进主编:《中国近代文学编年史——以文学广告为中心(1872—1914)》,北京大学出版社 2013 年版。
张寅德编选:《叙述学研究》,中国社会科学出版社 1989 年版。
张之洞:《劝学篇》,上海书店出版社 2002 年版。
赵毅衡:《当说者被说的时候》,中国人民大学出版社 1998 年版。
赵毅衡:《苦恼的叙述者——中国小说的叙述形式与中国文化》,北京十月文艺出版社 1994 年版。
中共中央马克思恩格斯列宁斯大林著作编译局:《马克思恩格斯选集》(4 卷),人民出版社 2012 年版。
钟叔河编订:《周作人散文全集》,广西师范大学出版社 2009 年版。
周欣平主编:《清末时新小说集》(14 册),上海古籍出版社 2011 年版。
宗廷虎、李金苓:《中国修辞学通史·近现代卷》,吉林教育出版社 1998 年版。
邹容:《革命军》,冯小琴评注,华夏出版社 2002 年版。
[德] 康德:《历史理性批判文集》,何兆武译,商务印书馆 1990 年版。
[法] 罗兰·巴特:《S/Z》,屠友祥译,上海人民出版社 2000 年版。
[法] 米歇尔·福柯:《词与物——人文科学考古学》,莫伟民译,上海三联书店 2001 年版。
[法] 米歇尔·福柯:《知识的考掘》,王德威译,(台湾)麦田出版社 1993 年版。
[法] 热拉尔·热奈特:《叙事话语 新叙事话语》,王文融译,中国社会科学出版社 1990 年版。
[古希腊] 亚里士多德、[古罗马] 贺拉斯:《诗学 诗艺》,郝久新译,中国社会科学出版社 2009 年版。
[古希腊] 亚理斯多德:《修辞学》,罗念生译,生活·读书·新知三联书店 1991 年版。
[荷兰] 米克·巴尔:《叙述学:叙事理论导论》,谭君强译,万千校,中国社会科学出版社 1995 年版。
[加拿大] 诺斯罗普·弗莱:《批评的解剖》,陈慧等译,百花文艺出版

社 2006 年版。

［美］本杰明·史华兹：《寻求富强：严复与西方》，叶凤美译，江苏人民出版社 1996 年版。

［美］戴卫·赫尔曼主编：《新叙事学》，马海良译，北京大学出版社 2002 年版。

［美］费正清、刘广京编：《剑桥中国晚清史》（2 卷），中国社会科学院历史研究所编译室译，中国社会科学出版社 1985 年版。

［美］弗雷德里克·詹姆逊：《政治无意识》，王逢振、陈永国译，中国社会科学出版社 1999 年版。

［美］韩南：《中国近代小说的兴起》，徐侠译，上海教育出版社 2004 年版。

［美］James Phelan Peter J. Rabinowitz 编：《当代叙事理论指南》，申丹等译，北京大学出版社 2007 年版。

［美］J. 希利斯·米勒：《解读叙事》，申丹译，北京大学出版社 2002 年版。

［美］肯尼斯·博克等：《当代西方修辞学：演讲与话语批评》，常昌富、顾宝桐译，中国社会科学出版社 1998 年版。

［美］苏珊·S. 兰瑟：《虚构的权威》，黄必康译，北京大学出版社 2002 年版。

［美］W. C. 布斯：《小说修辞学》，华明等译，北京大学出版社 1986 年版。

［美］韦恩·C. 布斯：《修辞的复兴》，穆雷等译，译林出版社 2009 年版。

［美］詹姆斯·费伦：《作为修辞的叙事：技巧、读者、伦理、意识形态》，陈永国译，北京大学出版社 2002 年版。

［美］张灏：《梁启超与中国思想的过渡（1890—1907）》，崔志海、葛夫平译，江苏人民出版社 1997 年版。

［苏］巴赫金著，钱中文主编：《巴赫金全集》（7 卷），河北教育出版社 2009 年版。

［以］里蒙－凯南：《叙事虚构作品》，姚锦清等译，生活·读书·新知

三联书店 1989 年版。

［英］华莱士·马丁：《当代叙事学》，伍晓明译，北京大学出版社 2005 年版。

［英］雷蒙·威廉斯：《文化与社会（1780—1950）》，高晓玲译，商务印书馆 2018 年版。

［英］特里·伊格尔顿：《当代西方文学理论》，王逢振译，中国社会科学出版社 1988 年版。

Burke, Kenneth, *A Rhetoric of Motives*, Berkeley: University of California Press, 1969.

Phelan, James, *Experiencing Fiction: Judgments, Progressions, And The Rhetorical Theory of Narrative*, Columbus: Ohio State University Press, 2007.

后　记

十年前，当有人问我做什么研究的时候，自己总是期期艾艾，欲言又止。

一般说来，研究领域越集中、越明确，其辨识度便越高。自己对学生也一再强调，一定要有自己的学术领地，在某一方面有了话语权之后，别人才有可能认可你。

在二级学科内部分工越来越细、研究越来越专的今天，一个人就算是一辈子集中耕耘一个领域，都未必有所突破，像我这样天资欠佳、起步较晚、资源很少的人，似乎更不应该拉长自己的战线，扩大自己的领域。

自己长期以来却在几个二级学科之间游移。硕士与博士专业是中国现当代文学，博士后是文艺学，自己申报的第一个国家课题又转向了近代小说。如此一来，自然难于用一句话来概括自己的研究领域。

但现在，似乎可以较为明确地说：自己从事修辞视野下的中国小说现代化进程研究。尽管这还是一个缺乏明确指向的研究领域，但在自己看来却包含着极其丰富的内容，其中隐含着自己的学术信念与研究理路。

从攻读硕士学位到现在，自己虽然横跨了几个二级学科，但实质上还是坚持着一贯的学术思路，那就是试图从作为"民族秘史"的小说中分析与把握民族文化基因，从而理解我们为什么成为现在这个样子。

小说作为"民族秘史"，不仅仅在于其讲述了隐秘的历史，更在于其隐秘地重构了历史。小说总是采用某种修辞方式，对历史进行重构，以实现对现实的某种回应，发挥对读者的某种影响。中国小说的现代化进程，由此也与中国人的现代化进程、中国话语修辞方式的现代化进程相互扭结在一起，中国文化基因的遗传与变异，也就在其中隐秘地展开。

这种对文化基因的兴趣，是自己从事学术研究的根本动力。从硕士的"狂人"与"病人"，到博士的"立身"与"立人"，到博士后的"立人"与"人立"，再到本书的"人立"与"修辞"，对何以为人，何为现代人，尤其是何为中国现代人的关注，一以贯之。

也正是因为对人的现代化、小说的现代化、修辞的现代化之间相关性的关注，博士期间重点考察了现代小说，博士后将视野拓展到 20 世纪，而本书则集中探讨现代转型的关键节点，也就是清末民初。这种跨学科，似乎还不足以让自己满足，因为要认识中国人之所以为中国人，还需要世界视野。自己于是也将继续跨下去。

当然，从学理上讲，这一目标显然超出了自己的能力范围，但对于自我启蒙而言，似乎不应该有什么自我设限。

于是自己也将继续横跨式地阅读着，思考着，写作着。

本书从最初立项到最后出版，历时十年，离结项也已过去五年。古人将"十年磨一剑"当成一件大事来说，是因为磨出了一把宝剑，而自己的十年一书，由于思想认识水平与语言表达能力等方面的局限，得出的却可能是个残次品，因此只能让自己感到汗颜。不过，时间总会给人增加点什么，除了白发与皱纹，也还会有一点经过反刍的思想。如果重写本书，应该会有很大不同。但由于天资的平凡与生性的疏懒，自己似乎更愿意将书中的诸多不足，留待方家指正。

尽管存在很多不足，但这十年的写作过程还是有着很多美好的镜头。获得立项时，自己还在美国加州大学洛杉矶分校访学，知道消息较晚，不过这种迟到并没有妨碍自己的喜悦。此后数年，在湖北大学图书馆十二楼翻阅古籍时，偌大一个阅览室的安静，让自己可以心无旁骛地面对发黄的故纸堆，由此也生出一种与古人对话的心境。同时，生活中家人开心的微笑，工作中师友暖心的微笑，教学中学生会心的微笑，让自己十年的平凡生活变得充实而幸福。

最后，本课题获国家社科基金立项资助，部分内容先后在《外国文学研究》《中国现代文学研究丛刊》《江汉论坛》《湖北大学学报》等刊物上发表，并被《中国社会科学文摘》《高等学校文科学术文摘》《学